E L James

GREY

Después de veinticinco años trabajando en televisión, E L James decidió seguir su sueño de escribir historias que cautivaran a los lectores. El resultado fue la sensual novela *Cincuenta sombras de Grey* y sus dos secuelas, *Cincuenta sombras más oscuras* y *Cincuenta sombras liberadas*, una trilogía que sobrepasó los 125 millones de ejemplares vendidos en todo el mundo en 52 idiomas.

En 2012 E L James fue nombrada una de "Las diez personas más fascinantes del año" por Barbara Walters, una de las "Personas más influyentes del mundo" por la revista *Time* y "Persona del año" por la revista *Publishers Weekly*. *Cincuenta sombras de Grey* permaneció en la lista de bestsellers de *The New York Times* durante 133 semanas consecutivas, y en el 2015 la adaptación a la gran pantalla—de la cual James fue productora—rompió récords de taquilla en todo el mundo para Universal Pictures.

E L James vive en Londres con su esposo, el novelista y guionista Niall Leonard, y sus dos hijos. Continúa escribiendo novelas y es productora de las próximas dos adaptaciones a la gran pantalla de *Cincuenta sombras más oscuras* y *Cincuenta sombras liberadas*.

GREY

GREY

*Cincuenta sombras de Grey
contada por Christian*

E L James

Traducción de ANUVELA

Vintage Español
Una división de Penguin Random House LLC | Nueva York

Este libro está dedicado a esas lectoras que me han pedido…
y pedido… y pedido… y pedido que escribiera estas páginas.

Gracias por todo lo que habéis hecho por mí.

Dais sentido a mi mundo todos los días.

Agradecimientos

Gracias a:

Anne Messitte por sus consejos, su buen humor y por su fe en mí. Por ser tan generosa con su tiempo y por no escatimar esfuerzos para depurar mi prosa, estaré en deuda con ella para siempre jamás.

Tony Chirico y Russell Perreault por velar siempre por mí, y al fabuloso equipo editorial de producción y diseño que consiguieron que este libro traspasara la línea de meta: Amy Brosey, Lydia Buechler, Katherine Hourigan, Andy Hugues, Claudia Martinez y Megan Wilson.

Niall Leonard por su amor, su apoyo y su orientación, y por ser el único hombre capaz de hacerme reír de verdad.

Valerie Hoskins, mi agente, sin la cual todavía estaría trabajando en televisión. Gracias por todo.

Kathleen Blandino, Ruth Clampett y Belinda Willis: gracias por la prelectura.

Las *lost girls* por su preciosísima amistad y por la terapia.

Las *bunker babes* por su constante ingenio, sabiduría, apoyo y amistad.

Las chicas de FP por su ayuda con mis americanismos.

Peter Branston por su ayuda con la terapia SFBT.

Brian Brunetti por sus consejos sobre cómo pilotar un helicóptero.

La profesora Dawn Carusi por ayudarme a entender el sistema de educación superior de Estados Unidos.

El profesor Chris Collins por los conocimientos en ciencia del suelo.

La doctora Raina Sluder por sus explicaciones sobre salud mental.

Y por último, pero no por ello menos importante, a mis hijos. Os quiero más de lo que puede expresarse con palabras. Llenáis mi vida y la de todos los que os rodean de la mayor felicidad del mundo. Sois unos chicos guapos, divertidos, brillantes y compasivos, y no podría sentirme más orgullosa de vosotros.

Lunes, 9 de mayo de 2011

*T*engo tres coches. Van muy rápido por el suelo. Muy, muy rápido. Uno es rojo. Otro es verde. Otro es amarillo. Me gusta el verde. Es el mejor. A mami también le gustan. A mí me gusta cuando mami juega con los coches y conmigo. El rojo es su preferido. Hoy está sentada en el sofá mirando a la pared. El coche verde se estrella en la alfombra. El coche rojo lo sigue. Luego el amarillo. ¡Pum! Pero mami no lo ve. Apunto a sus pies con el coche verde, pero el coche verde se mete debajo del sofá. No puedo cogerlo; mi mano es demasiado grande para el hueco. Mami no ve nada. Quiero mi coche verde, pero mami sigue sentada en el sofá mirando a la pared. «¡Mami! Mi coche.» No me oye. «¡Mami!» Le cojo la mano y se echa hacia atrás y cierra los ojos. «Ahora no, renacuajo. Ahora no», dice. Mi coche verde se queda debajo del sofá. Todavía está debajo del sofá. Lo veo, pero no llego a cogerlo. El coche verde está lleno de polvo. Cubierto de pelo gris y de suciedad. Quiero recuperarlo, pero no lo consigo. Nunca lo consigo. He perdido mi coche verde. Perdido para siempre. Y ya no podré volver a jugar con él.

Abro los ojos y mi sueño se desvanece en la luz de primera hora de la mañana. ¿De qué narices iba todo eso? Intento atrapar algunos fragmentos antes de que desaparezcan, pero todos se me escapan.

Me olvido del sueño, como hago casi todas las mañanas, salgo de la cama y busco unos pantalones de chándal recién lavados en el vestidor. Fuera, un cielo plomizo augura lluvia, y hoy no estoy de humor para mojarme. Decido ir al gimnasio de la planta de arriba, enciendo el televisor para ver las noticias de economía de la edición matinal y me subo a la cinta de correr.

Centro mis pensamientos en el día que me espera. Solo tengo reuniones, aunque he quedado con el entrenador personal un poco más tarde para una sesión en la oficina: Bastille siempre supone un reto estimulante.

¿Y si llamo a Elena?

Sí, tal vez. Podríamos cenar un día de esta semana.

Paro la máquina de correr, sin resuello, y bajo para darme una ducha. Luego me dispongo a enfrentarme a un nuevo día monótono.

—Hasta mañana —murmuro para despedir a Claude Bastille, que está de pie en el umbral de mi oficina.

—Esta semana tenemos golf, Grey. —Bastille sonríe con arrogancia porque sabe que tiene asegurada la victoria en el campo de golf.

Se gira y se va y yo lo veo alejarse con el ceño fruncido. Esa frase antes de irse echa sal en mis heridas, porque a pesar de mis heroicos intentos en el gimnasio esta mañana mi entrenador personal me ha dado una buena paliza. Bastille es el único que puede vencerme y ahora pretende apuntarse otra victoria en el campo de golf. Odio el golf, pero se hacen muchos negocios en las calles de los campos de ese deporte, así que tengo que soportar que me dé lecciones ahí también… Y aunque no me guste admitirlo, Bastille ha conseguido que mejore mi juego.

Mientras miro la vista panorámica de Seattle, el hastío ya familiar se cuela en mi mente. Mi humor está tan gris y aburrido como el cielo. Los días se mezclan unos con otros y soy incapaz de diferenciarlos. Necesito algún tipo de distracción. He trabajado todo el fin de semana y ahora, en los confines siempre constantes de mi despacho, me siento inquieto. No debería estar así después de varios asaltos con Bastille. Pero así me siento.

Frunzo el ceño. Lo cierto es que lo único que ha captado mi interés recientemente ha sido la decisión de enviar dos cargueros

a Sudán. Eso me recuerda que se supone que Ros tenía que haberme pasado ya los números y la logística. ¿Por qué demonios se estará retrasando? Miro mi agenda y me acerco para coger el teléfono con intención de descubrir qué está pasando.

Maldita sea. Tengo que soportar una entrevista con la persistente señorita Kavanagh para la revista de la facultad. ¿Por qué demonios accedería? Odio las entrevistas: preguntas insulsas que salen de la boca de imbéciles mal informados e insustanciales que pretenden hurgar en mi vida personal. Y, encima, es una estudiante. Suena el teléfono.

—Sí —le respondo bruscamente a Andrea, como si ella tuviera la culpa. Al menos puedo intentar que la entrevista dure lo menos posible.

—La señorita Anastasia Steele está esperando para verle, señor Grey.

—¿Steele? Esperaba a Katherine Kavanagh.

—Pues es Anastasia Steele quien está aquí, señor.

Odio los imprevistos.

—Dile que pase.

Bueno, bueno… parece que la señorita Kavanagh no ha podido venir… Conozco a su padre: es el propietario de Kavanagh Media. Hemos hecho algunos negocios juntos y parece un tipo listo y un hombre racional. He aceptado la entrevista para hacerle un favor… un favor que tengo intención de cobrarme cuando me convenga. Debo admitir que tenía una vaga curiosidad por conocer a su hija para saber si son de tal palo tal astilla.

Un golpe en la puerta me devuelve a la realidad. Entonces veo una maraña de largo pelo castaño, blanquísimas piernas y botas marrones que aterriza de bruces en mi despacho. Reprimo la irritación que me sale naturalmente ante tal torpeza. Me acerco enseguida a la chica, que está a cuatro patas en el suelo. La sujeto por los hombros delgados y la ayudo a levantarse.

Unos ojos claros y avergonzados se encuentran con los míos y me dejan petrificado. Son de un color de lo más extraordinario, un azul nítido y cándido, y durante un momento horrible me siento como si pudieran ver a través de mí. Me siento… expues-

to. La idea me resulta tan inquietante que la borro inmediatamente de mi cabeza.

Tiene la cara pequeña y dulce y se está ruborizando con un inocente rosa pálido. Me pregunto un segundo si toda su piel será así, tan impecable, y qué tal estará sonrosada y caliente después de un golpe con una vara.

Joder.

Freno en seco mis díscolos pensamientos, alarmado por la dirección que están tomando. Pero ¿qué coño estás pensando, Grey? Esta chica es demasiado joven. Me mira con la boca abierta y tengo que contenerme para no poner los ojos en blanco. Sí, sí, nena, no es más que una cara bonita, no hay belleza debajo de la piel. Me gustaría hacer desaparecer de esos ojos esa mirada de admiración, pero mientras tanto ¡vamos a divertirnos un rato!

—Señorita Kavanagh. Soy Christian Grey. ¿Está bien? ¿Quiere sentarse?

Otra vez ese rubor. Ahora que ya he recuperado la compostura y el control, la observo. Es bastante atractiva: menuda y pálida, con una melena oscura que la goma de pelo que lleva apenas puede contener.

Una chica morena.

Sí, es atractiva. Le tiendo la mano y ella balbucea una disculpa mortificada mientras me la estrecha con la suya. Tiene la piel fresca y suave, pero su apretón de manos es sorprendentemente firme.

—La señorita Kavanagh está indispuesta, así que me ha mandado a mí. Espero que no le importe, señor Grey. —Habla en voz baja con una musicalidad vacilante y parpadea como loca agitando las largas pestañas.

Incapaz de mantener al margen de mi voz la diversión que siento al recordar su algo menos que elegante entrada en el despacho, le pregunto quién es.

—Anastasia Steele. Estudio literatura inglesa con Kate… digo… Katherine… bueno… la señorita Kavanagh, en la Estatal de Washington.

Un ratón de biblioteca nervioso y tímido, ¿eh? Parece exactamente eso; va vestida de una manera espantosa, ocultando su complexión delgada bajo un jersey sin forma, una falda marrón acampanada y unas botas cómodas y prácticas. ¿Es que no tiene gusto para vestir? Mira mi despacho con nerviosismo. Lo está observando todo menos a mí, noto con una ironía divertida.

¿Cómo puede ser periodista esta chica? No tiene ni una pizca de determinación en el cuerpo. Está ruborizada, tan dócil, tan cándida… tan sumisa. Niego con la cabeza, asombrado por la línea que están siguiendo mis pensamientos, y me pregunto si las primeras impresiones son de fiar. Le digo algún tópico y le pido que se siente. Después noto que su mirada penetrante observa los cuadros del despacho. Antes de que me dé cuenta, me encuentro explicándole de dónde vienen.

—Un artista de aquí. Trouton.

—Son muy bonitos. Elevan lo cotidiano a la categoría de extraordinario —dice distraída, perdida en el arte exquisito y la técnica perfecta de las obras de Trouton. Su perfil es delicado (la nariz respingona y los labios suaves y carnosos) y sus palabras han expresado exactamente lo que yo siento al mirar los cuadros: «Elevan lo cotidiano a la categoría de extraordinario». Una observación muy inteligente. La señorita Steele es lista.

Me muestro de acuerdo con ella y la observo, fascinado, mientras vuelve a aparecer en su piel ese rubor. Me siento frente a ella e intento dominar mis pensamientos. Ella saca un papel arrugado y una grabadora digital de un bolso demasiado grande. Es un poco manazas, y el maldito cacharro se le cae dos veces sobre mi mesa de café Bauhaus. Es obvio que no ha hecho esto nunca, pero por alguna razón que no logro comprender todo esto me parece divertido. Normalmente esa torpeza me irritaría sobremanera, pero ahora tengo que esconder una sonrisa tras mi dedo índice y contenerme para no colocar el aparato sobre la mesa yo mismo.

Mientras ella se va poniendo más nerviosa por momentos, se me ocurre que yo podría mejorar sus habilidades motoras con la ayuda de una fusta de montar. Bien utilizada puede domar hasta a la más asustadiza. Ese pensamiento hace que me revuelva en la silla. Ella me mira y se muerde el labio carnoso.

¡Joder! ¿Cómo he podido no fijarme antes en lo sugerente que es esa boca?

—Pe... Perdón. No suelo utilizarla.

Está claro, nena, pero ahora mismo me importa una mierda porque no puedo apartar los ojos de tu boca.

—Tómese todo el tiempo que necesite, señorita Steele. —Yo también necesito un momento para controlar estos pensamientos rebeldes.

Grey... para ahora mismo.

—¿Le importa que grabe sus respuestas? —me pregunta con expresión expectante e inocente.

Estoy a punto de echarme a reír.

—¿Me lo pregunta ahora, después de lo que le ha costado preparar la grabadora?

Parpadea y sus ojos se ven muy grandes y perdidos durante un momento. Siento una punzada de culpa que me resulta extraña.

Deja de ser tan gilipollas, Grey.

—No, no me importa. —No quiero ser el responsable de esa mirada.

—¿Le explicó Kate... digo... la señorita Kavanagh para dónde era la entrevista?

—Sí. Para el último número de este curso de la revista de la facultad, porque yo entregaré los títulos en la ceremonia de graduación de este año. —Y no sé por qué demonios he accedido a hacer eso. Sam, de relaciones públicas, me ha dicho que es un honor y el departamento de ciencias medioambientales de la Estatal de Washington necesita la publicidad para conseguir financiación adicional y complementar la beca que les he dado, y Sam es capaz de hacer cualquier cosa para tener presencia en los medios.

La señorita Steele parpadea otra vez, como si mis palabras la hubieran sorprendido... y me mira con desaprobación. ¿Es que no ha hecho ninguna investigación para la entrevista? Debería saberlo. Pensar eso me enfría un poco la sangre. Es... molesto. No es lo que espero de alguien a quien le dedico parte de mi tiempo.

—Bien. Tengo algunas preguntas, señor Grey. —Se coloca un mechón de pelo tras la oreja, y eso me distrae de mi irritación.

—Sí, creo que debería preguntarme algo —murmuro con sequedad. Vamos a hacer que se incomode un poco. Ella se remueve como si hubiera oído mis pensamientos, pero consigue recobrar la compostura, se sienta erguida y cuadra sus delgados hombros. Quiere aparentar profesionalidad. Se inclina y pulsa el botón de la grabadora y después frunce el ceño al mirar sus notas arrugadas.

—Es usted muy joven para haber amasado este imperio. ¿A qué se debe su éxito?

Seguro que sabe hacerlo mejor. Qué pregunta más aburrida. Ni una pizca de originalidad. Qué decepcionante. Le recito de memoria mi respuesta habitual sobre la gente excepcional que trabaja para mí, gente en la que confío (en la medida en que yo puedo confiar en alguien) y a la que pago bien, bla, bla, bla... Pero, señorita Steele, la verdad es que soy un puto genio en lo que hago. Para mí está chupado: compro empresas con problemas y que están mal gestionadas, las rehabilito y me quedo algunas; o, si están hundidas del todo, les extraigo los activos útiles y los vendo al mejor postor. Es cuestión de saber cuál es la diferencia entre las dos, y eso invariablemente depende de la gente que está al cargo. Para tener éxito en un negocio se necesita buena gente, y yo sé juzgar a las personas mejor que la mayoría.

—Quizá solo ha tenido suerte —dice en voz baja.

¿Suerte? Me recorre el cuerpo un estremecimiento irritado. ¿Suerte? ¿Cómo se atreve? Parece apocada y tímida, pero ese comentario... Nadie me había preguntado nunca si he tenido suerte. Trabajar duro, escoger a las personas adecuadas, vigilarlas de cerca, cuestionarlas si es preciso y, si no se aplican a la tarea, librarme de ellas sin miramientos. Eso es lo que yo hago, y lo hago bien. ¡Y no tiene nada que ver con la suerte! Bueno, a la mierda. En un alarde de erudición, le cito las palabras de Harvey Firestone, mi empresario americano favorito:

—«La labor más importante de los directivos es que las personas crezcan y se desarrollen.»

—Parece usted un maniático del control —responde, y lo dice completamente en serio.

Pero ¿qué coño...? Tal vez esos ojos cándidos sí que ven a través de mí.

Control es como mi segundo nombre, cariño.

La miro fijamente con la esperanza de intimidarla.

—Bueno, lo controlo todo, señorita Steele. —Y me gustaría controlarte a ti, aquí y ahora.

Ese rubor tan atractivo vuelve a aparecer en su cara una vez más y se muerde de nuevo el labio. Yo sigo yéndome por las ramas, intentando apartar mi atención de su boca.

—Además, decirte a ti mismo, en tu fuero más íntimo, que has nacido para ejercer el control te concede un inmenso poder.

—¿Le parece a usted que su poder es inmenso? —me pregunta con voz suave y serena, pero arquea su delicada ceja y sus ojos me miran con censura. ¿Me está provocando deliberadamente? ¿Y me molesta por sus preguntas, por su actitud o porque me parece atractiva? Mi irritación aumenta por momentos.

—Tengo más de cuarenta mil empleados, señorita Steele. Eso me otorga cierto sentido de la responsabilidad... poder, si lo prefiere. Si decidiera que ya no me interesa el negocio de las telecomunicaciones y lo vendiera todo, veinte mil personas pasarían apuros para pagar la hipoteca en poco más de un mes.

Se le abre la boca al oír mi respuesta. Así está mejor. Chúpate esa, nena. Siento que recupero el equilibrio.

—¿No tiene que responder ante una junta directiva?

—Soy el dueño de mi empresa. No tengo que responder ante ninguna junta directiva. —Ella debería saberlo ya.

—¿Y cuáles son sus intereses, aparte del trabajo? —continúa apresuradamente porque ha identificado mi reacción. Sabe que estoy cabreado y por alguna razón inexplicable eso me complace muchísimo.

—Me interesan cosas muy diversas, señorita Steele. Muy diversas. —Imágenes de ella en diferentes posturas en mi cuarto de juegos me cruzan la mente: esposada a la cruz, con las extremidades estiradas y atada a la cama de cuatro postes, tumbada sobre el banco de azotar... Fíjate... ese rubor otra vez. Es como un mecanismo de defensa.

—Pero si trabaja tan duro, ¿qué hace para relajarse?

—¿Relajarme? —Le sonrío; esa palabra suena un poco rara pero graciosa viniendo de su lengua viperina. Además, ¿de dónde voy a sacar tiempo para relajarme? No tiene ni idea de lo que hago, pero me mira con esos ojos azules ingenuos y para mi sorpresa me encuentro reflexionando sobre la pregunta. ¿Qué hago para relajarme? Navegar, volar, follar... Poner a prueba los límites de chicas morenas atractivas como ella hasta que las doblego... Solo de pensarlo me revuelvo en el asiento, pero le respondo de forma directa, omitiendo unas cuantas aficiones favoritas.

—Invierte en fabricación. ¿Por qué en fabricación en concreto?

—Me gusta construir. Me gusta saber cómo funcionan las cosas, cuál es su mecanismo, cómo se montan y se desmontan. Y me encantan los barcos. ¿Qué puedo decirle? —Distribuyen comida por todo el planeta.

—Parece que el que habla es su corazón, no la lógica y los hechos.

¿Corazón? ¿Yo? Oh, no, nena.

Mi corazón fue destrozado hasta quedar irreconocible hace tiempo.

—Es posible. Aunque algunos dirían que no tengo corazón.

—¿Por qué dirían algo así?

—Porque me conocen bien. —Le dedico una media sonrisa. De hecho nadie me conoce tan bien, excepto Elena tal vez. Me pregunto qué le parecería a ella la pequeña señorita Steele... Esta chica es un cúmulo de contradicciones: tímida, incómoda, claramente inteligente y mucho más que excitante.

Sí, vale, lo admito: me parece despampanante.

Me suelta la siguiente pregunta sin mirar el papel.

—¿Dirían sus amigos que es fácil conocerlo?

—Soy una persona muy reservada, señorita Steele. Hago todo lo posible por proteger mi vida privada. No suelo ofrecer entrevistas. —Haciendo lo que yo hago y viviendo la vida que he elegido, necesito proteger mi intimidad. ·

—¿Por qué aceptó esta?

—Porque soy mecenas de la universidad, y porque, por más que lo intentara, no podía sacarme de encima a la señorita Kavanagh. No dejaba de dar la lata a mis relaciones públicas, y admiro esa tenacidad. —Pero me alegro de que seas tú la que ha venido y no ella.

—También invierte en tecnología agrícola. ¿Por qué le interesa este ámbito?

—El dinero no se come, señorita Steele, y hay demasiada gente en el mundo que no tiene qué comer. —Me la quedo mirando con cara de póquer.

—Suena muy filantrópico. ¿Le apasiona la idea de alimentar a los pobres del mundo? —Me mira con una expresión curiosa, como si yo fuera un enigma que tiene que resolver, pero no hay forma de que esos grandes ojos azules puedan ver mi alma oscura. Eso no es algo que esté abierto a discusión. Pasa a otro tema, Grey.

—Es un buen negocio —murmuro, fingiendo aburrirme, y me imagino follándole esa boca de lengua viperina para distraerme de esos pensamientos sobre el hambre. Sí, esa boca necesita entrenamiento, y me permito imaginarla de rodillas delante de mí. Vaya, ese pensamiento sí es sugerente...

Formula su siguiente pregunta, sacándome de mi ensoñación particular.

—¿Tiene una filosofía? Y si la tiene, ¿en qué consiste? —Vuelve a leer como un papagayo.

—No tengo una filosofía como tal. Quizá un principio que me guía... de Carnegie: «Un hombre que consigue adueñarse absolutamente de su mente puede adueñarse de cualquier otra cosa para la que esté legalmente autorizado». Soy muy peculiar, muy tenaz. Me gusta el control... de mí mismo y de los que me rodean.

—Entonces quiere poseer cosas…

Sí, nena. A ti, para empezar… Arrugo la frente, sorprendido por ese pensamiento.

—Quiero merecer poseerlas, pero sí, en el fondo es eso.

—Parece usted el paradigma del consumidor. —Su voz tiene un tono de desaprobación que me molesta.

—Lo soy.

Parece una niña rica que ha tenido todo lo que ha querido, pero cuando me fijo en su ropa me doy cuenta de que no es así: va vestida de grandes almacenes, Old Navy o H&M seguramente. No ha crecido en un hogar acomodado.

Yo podría cuidarte y ocuparme de ti.

¿De dónde coño ha salido eso?

Aunque, ahora que lo pienso, necesito a una nueva sumisa. Han pasado… ¿qué? ¿Dos meses desde Susannah? Y aquí estoy, babeando por esta mujer. Pruebo con una sonrisa afable. No hay nada malo en el consumo: al fin y al cabo, eso es lo que mueve lo que queda de la economía americana.

—Fue un niño adoptado. ¿Hasta qué punto cree que eso ha influido en su manera de ser?

¿Y eso qué narices tiene que ver con el precio del petróleo? Qué pregunta más ridícula. Si me hubiera quedado con la puta adicta al crack probablemente ahora estaría muerto. Le respondo con algo que no es una verdadera respuesta, intentando mantener mi voz serena, pero insiste preguntándome a qué edad me adoptaron.

¡Haz que se calle de una vez, Grey!

Mi tono se vuelve glacial.

—Todo el mundo lo sabe, señorita Steele.

Esto también debería saberlo. Ahora parece arrepentida y se retira un mechón rebelde de pelo tras la oreja. Bien.

—Ha tenido que sacrificar su vida familiar por el trabajo.

—Eso no es una pregunta —le suelto bruscamente.

Se sobresalta, a todas luces avergonzada, pero tiene la elegancia de disculparse y reformula la pregunta.

—¿Ha tenido que sacrificar su vida familiar por el trabajo?

¿Y para qué querría tener una familia?

—Tengo familia. Un hermano, una hermana y unos padres que me quieren. Pero no me interesa seguir hablando de mi familia.

—¿Es usted gay, señor Grey?

¡Pero qué coño…! ¡No me puedo creer que haya llegado a decir eso en voz alta! Una pregunta que, irónicamente, ni siquiera mi familia se atreve a hacerme. ¡Cómo se atreve! Tengo que reprimir la necesidad imperiosa de arrancarla de su asiento, ponerla sobre mis rodillas y azotarla para después follármela encima de mi mesa con las manos atadas detrás de la espalda. Eso respondería perfectamente a su ridícula pregunta. Inspiro hondo para calmarme. Para mi deleite vengativo, parece muy avergonzada por su propia pregunta.

—No, Anastasia, no soy gay. —Levanto ambas cejas, pero mantengo la expresión impasible. Anastasia. Es un nombre muy bonito. Me gusta cómo me acaricia la lengua.

—Le pido disculpas. Está… bueno… está aquí escrito. —Se coloca el pelo detrás de la oreja. Evidentemente, es un tic nervioso.

¿Acaso no son suyas las preguntas? Se lo pregunto y ella palidece. Maldita sea, es realmente atractiva, aunque de una forma discreta.

—Bueno… no. Kate… la señorita Kavanagh… me ha pasado una lista.

—¿Son compañeras de la revista de la facultad?

—No. Es mi compañera de piso.

Ahora entiendo por qué se comporta así. Me rasco la barbilla y me debato entre hacérselo pasar muy mal o no.

—¿Se ha ofrecido usted para hacer esta entrevista? —le pregunto, y me recompensa con una mirada sumisa: está nerviosa y agobiada por mi reacción. Me gusta el efecto que tengo sobre ella.

—Me lo ha pedido ella. No se encuentra bien —dice en voz baja.

—Esto explica muchas cosas.

Llaman a la puerta y aparece Andrea.

—Señor Grey, perdone que lo interrumpa, pero su próxima reunión es dentro de dos minutos.

—No hemos terminado, Andrea. Cancela mi próxima reunión, por favor.

Andrea duda y me mira con la boca abierta. Yo me quedo mirándola fijamente. ¡Fuera! ¡Ahora! Estoy ocupado con la señorita Steele.

—Muy bien, señor Grey —dice, recobrándose rápidamente.

Gira sobre sus talones y sale del despacho.

Vuelvo a centrar mi atención en la intrigante y frustrante criatura que tengo sentada en mi sofá.

—¿Por dónde íbamos, señorita Steele?

—No quisiera interrumpir sus obligaciones.

Oh, no, nena. Ahora me toca a mí. Quiero saber si hay algún secreto que descubrir detrás de esa preciosa cara.

—Quiero saber de usted. Creo que es lo justo. —Me acomodo en el respaldo y apoyo un dedo sobre los labios. Veo que sus ojos se dirigen a mi boca y traga saliva. Oh, sí… el efecto habitual. Es gratificante saber que no es completamente ajena a mis encantos.

—No hay mucho que saber —me dice, y vuelve el rubor.

La estoy intimidando. Bien.

—¿Qué planes tiene después de graduarse?

—No he hecho planes, señor Grey. Tengo que aprobar los exámenes finales.

—Aquí tenemos un excelente programa de prácticas.

¿Qué me ha poseído para decir eso? Va contra las reglas, Grey. Prohibido follar con el personal… Pero tú no te estás follando a esta chica.

Parece sorprendida y sus dientes vuelven a clavarse en su labio. ¿Por qué me resulta excitante eso?

—Lo tendré en cuenta —murmura. Y después añade—: Aunque no creo que encajara aquí.

—¿Por qué lo dice? —le pregunto.

¿Qué le pasa a mi empresa?

23

—Es obvio, ¿no?

—Para mí no. —Me confunde su respuesta.

Está nerviosa de nuevo y estira el brazo para coger la grabadora.

Mierda, se va. Repaso mentalmente mi agenda para la tarde… No hay nada que no pueda esperar.

—¿Le gustaría que le enseñara el edificio?

—Seguro que está muy ocupado, señor Grey, y yo tengo un largo camino.

—¿Vuelve en coche a Vancouver? —Miro por la ventana. Es mucha distancia y está lloviendo. No debería conducir con este tiempo, pero no puedo prohibírselo. Eso me irrita—. Bueno, conduzca con cuidado. —Mi voz suena más dura de lo que pretendía.

Ella intenta torpemente guardar la grabadora. Tiene prisa por salir de mi despacho y, para mi sorpresa, yo no deseo que se vaya.

—¿Me ha preguntado todo lo que necesita? —digo en un esfuerzo claro por prolongar su estancia.

—Sí, señor —dice en voz baja.

Su respuesta me deja helado: esas palabras suenan de una forma en su boca de listilla… Brevemente me imagino esa boca a mi entera disposición.

—Gracias por la entrevista, señor Grey.

—Ha sido un placer —le respondo. Y lo digo completamente en serio; hacía mucho que nadie me fascinaba tanto. Y eso es perturbador.

Ella se pone de pie y yo le tiendo la mano, muy ansioso por tocarla.

—Hasta la próxima, señorita Steele —digo en voz baja. Ella me estrecha la mano. Sí, quiero azotar y follarme a esta chica en mi cuarto de juegos. Tenerla atada y suplicando… necesitándome, confiando en mí. Trago saliva.

No va a pasar, Grey.

—Señor Grey —se despide con la cabeza y aparta la mano rápidamente… demasiado rápidamente.

No puedo dejar que se vaya así. Pero es obvio que se muere

por salir de aquí. Es muy irritante, pero en cuanto abro la puerta del despacho, me viene la inspiración.

—Asegúrese de cruzar la puerta con buen pie, señorita Steele.

Sus labios forman una línea recta.

—Muy amable, señor Grey —me suelta bruscamente.

¡La señorita Steele tiene dientes! Sonrío mientras la observo al salir y la sigo. Tanto Andrea como Olivia levantan la vista alucinadas. Sí, sí... La estoy acompañando a la puerta.

—¿Ha traído abrigo? —pregunto.

—Chaqueta.

Lanzo a Olivia una mirada elocuente e inmediatamente salta para traer una chaqueta azul marino. Me la da con su expresión afectada habitual. Dios, qué irritante es Olivia... Suspirando por mí a todas horas...

Mmm... Es una chaqueta vieja y barata. La señorita Anastasia Steele debería ir mejor vestida. La sostengo para que se la ponga y, al colocársela sobre los hombros delgados, le rozo la piel de la nuca. Ella se queda helada ante el contacto y palidece.

¡Sí! Ejerzo algún efecto sobre ella. Saberlo es algo inmensamente gratificante. Me acerco al ascensor y pulso el botón mientras ella espera a mi lado, revolviéndose, incapaz de permanecer quieta.

Oh, yo podría hacer que dejaras de revolverte de esa forma, nena.

Las puertas se abren y ella se apresura a entrar; luego se gira para mirarme. Es más que atractiva. Llegaría incluso a decir que es verdaderamente guapa.

—Anastasia —le digo a modo de despedida.

—Christian —susurra en respuesta. Y las puertas del ascensor se cierran dejando mi nombre en el aire con un sonido extraño, poco familiar, pero mucho más que sexy.

Joder... ¿Qué ha sido eso?

Necesito saber más sobre esta chica.

—Andrea —exclamo mientras camino decidido de vuelta a mi despacho—. Ponme con Welch inmediatamente.

Me siento a la mesa esperando que me pase la llamada y miro

los cuadros colgados de las paredes de mi despacho. Las palabras de la señorita Steele vuelven a mí: «Elevan lo cotidiano a la categoría de extraordinario». Eso podría ser una buena descripción de ella.

El teléfono suena.

—Tengo al señor Welch al teléfono.

—Pásamelo.

—Sí, señor.

—Welch, necesito un informe.

Sábado, 14 de mayo de 2011

Anastasia Rose Steele

Fecha de nacimiento:	10 de septiembre de 1989, Montesano, Washington
Dirección:	1114 SW Green Street, Apartamento 7, Haven Heights, Vancouver, Washington 98888
Teléfono móvil:	360 959 4352
N.º de la Seguridad Social:	987-65-4320
Datos bancarios:	Wells Fargo Bank, Vancouver, Washington 98888 Número de cuenta: 309361 Saldo: 683,16 dólares
Profesión:	Estudiante de la Universidad Estatal de Washington, facultad de letras, campus de Vancouver - Especialidad: literatura inglesa
Nota media:	4 sobre 5
Formación anterior:	Instituto de Montesano
Nota en examen de acceso a la universidad:	2150
Actividad laboral:	Ferretería Clayton's NW Vancouver Drive, Portland, Oregón (a tiempo parcial)
Padre:	Franklin A. Lambert –fecha de nacimiento: 1 de septiembre de 1969

	–fallecido el 11 de septiembre de 1989
Madre:	Carla May Wilks Adams
	–fecha de nacimiento: 18 de julio de 1970
	–casada con Frank Lambert el 1 de marzo de 1989; enviudó el 11 de septiembre de 1989
	–casada con Raymond Steele el 6 de junio de 1990; divorciada el 12 de julio de 2006
	–casada con Stephen M. Morton el 16 de agosto de 2006; divorciada el 31 de enero de 2007
	casada con Robbin (Bob) Adams el 6 de abril de 2009
Afiliaciones políticas:	No se le conocen
Afiliaciones religiosas:	No se le conocen
Orientación sexual:	Desconocida
Relaciones sentimentales:	Ninguna en la actualidad

Estudio el escueto informe por centésima vez desde que lo recibí hace dos días, buscando alguna pista sobre la enigmática señorita Anastasia Rose Steele. No puedo sacármela de la cabeza y está empezando a irritarme de verdad. Esta pasada semana, durante unas reuniones particularmente aburridas, me he encontrado reproduciendo de nuevo la entrevista en mi cabeza. Sus dedos torpes con la grabadora, la forma en que se colocaba el pelo detrás de la oreja, cómo se mordía el labio. Sí. Eso de morderse el labio me tiene loco.

Y ahora aquí estoy, aparcado delante de la ferretería Clayton's, un negocio familiar en las afueras de Portland donde ella trabaja.

Eres un idiota, Grey. ¿Por qué estás aquí?

Sabía que iba a acabar así. Toda la semana… Sabía que tenía que verla de nuevo. Lo supe desde que pronunció mi nombre en el ascensor. He intentado resistirme. He esperado cinco días, cinco putos días para intentar olvidarme de ella. Y yo no espero. No me gusta esperar… para nada. Nunca antes he perseguido a una mujer. Las mujeres han entendido siempre lo que quería de ellas. Ahora temo que la señorita Steele sea demasiado joven y no le interese lo que tengo que ofrecer... ¿Le interesará? ¿Podría ser una buena sumisa? Niego con la cabeza. Por eso estoy aquí como un tonto, sentado en un aparcamiento de las afueras en un barrio de Portland muy deprimente.

Su informe no me ha desvelado nada reseñable. Excepto el último dato, que no abandona mi mente. Y es la razón por la que estoy aquí. ¿Por qué no tiene novio, señorita Steele? «Orientación sexual: Desconocida.» Tal vez sea lesbiana. Río entre dientes, pensando que es poco probable. Recuerdo la pregunta que me hizo durante la entrevista, su vergüenza, cómo se sonrojó con ese rubor rosa pálido... Llevo sufriendo esos pensamientos lascivos desde que la conocí.

Por eso estás aquí.

Estoy deseando volver a verla... Esos ojos azules me persiguen, incluso en sueños. No le he hablado de ella a Flynn, y me alegro de no haberlo hecho porque ahora me estoy comportando como un acosador. Tal vez debería contárselo. No, no quiero que me vuelva loco con su última mierda de terapia centrada en soluciones. Solo necesito una distracción, y ahora mismo la única distracción que quiero trabaja de cajera en una ferretería.

Ya has venido hasta aquí. Vamos a ver si la pequeña señorita Steele es tan atractiva como la recuerdas. Ha llegado la hora del espectáculo, Grey. Suena una campana con un tono electrónico cuando entro en la tienda.

Es más grande de lo que parece desde fuera, y, aunque es casi la hora de comer, el lugar está tranquilo teniendo en cuenta que es sábado. Hay pasillos y pasillos llenos de los artículos habituales de una tienda de esas características. Se me habían olvidado las posibilidades que una ferretería le ofrece a alguien como yo. Normalmente compro por internet lo que necesito, pero ya que estoy aquí voy a llevarme unas cuantas cosas: velcro, anillas... Sí. Encontraré a la deliciosa señorita Steele y me divertiré un poco.

Solo necesito tres segundos para localizarla. Está encorvada sobre el mostrador, mirando fijamente la pantalla del ordenador y comiendo un bagel distraída. Sin darse cuenta se quita un resto de la comisura de la boca con el dedo, se mete el dedo en la boca y lo chupa. Mi polla se agita en respuesta. ¿Es que acaso tengo catorce años? Mi reacción es muy irritante. Tal vez consiga detener esta respuesta si la esposo, me la follo y la azoto con el látigo… y no necesariamente en ese orden. Sí. Eso es lo que necesito.

Está muy concentrada en su tarea y eso me da la oportunidad de observarla. Al margen de mis pensamientos perversos, es atractiva, bastante atractiva. La recordaba bien.

Ella levanta la vista y se queda petrificada. Es tan inquietante como la primera vez que la vi. Se limita a mirarme, sorprendida, creo, y no sé si eso es una respuesta buena o mala.

—Señorita Steele, qué agradable sorpresa.

—Señor Grey —susurra jadeante y ruborizada. Ah… es una buena respuesta.

—Pasaba por aquí. Necesito algunas cosas. Es un placer volver a verla, señorita Steele. —Un verdadero placer. Va vestida con una camiseta ajustada y vaqueros, nada que ver con la ropa sin forma que llevaba el otro día. Ahora es toda piernas largas, cintura estrecha y tetas perfectas. Sigue mirándome con la boca abierta por la sorpresa y tengo que resistir la tentación de empujarle un poco la barbilla para cerrarle la boca. He volado desde Seattle solo para verla, y con lo que tengo delante ahora creo que ha merecido la pena el viaje.

—Ana. Me llamo Ana. ¿En qué puedo ayudarle, señor Grey? —Inspira hondo, cuadra los hombros igual que hizo durante la entrevista, y me dedica una sonrisa falsa que estoy seguro de que reserva para los clientes.

Empieza el juego, señorita Steele.

—Necesito un par de cosas. Para empezar, bridas para cables.

Mi petición la coge desprevenida, se ha quedado atónita. Vaya, esto va a ser divertido. Le sorprendería saber lo que puedo hacer con ellas, señorita Steele…

—Tenemos varias medidas. ¿Quiere que se las muestre? —contesta, recuperando la voz.

—Sí, por favor. La acompaño, señorita Steele.

Sale de detrás del mostrador y señala uno de los pasillos. Lleva unas zapatillas Converse. Sin darme cuenta me pregunto qué tal le quedarían unos tacones de vértigo. Louboutin... Nada más que Louboutin.

—Están con los artículos de electricidad, en el pasillo número ocho. —Le tiembla la voz y se sonroja...

Le afecto. La esperanza nace en mi pecho. No es lesbiana. Sonrío para mis adentros.

—La sigo —murmuro y extiendo la mano para señalarle que vaya delante. Si ella va delante tengo tiempo y espacio para admirar ese culo fantástico. La larga y gruesa coleta marca el compás del suave contoneo de sus caderas como si se tratara de un metrónomo. La verdad es que lo tiene todo: es dulce, educada y bonita, con todos los atributos físicos que yo valoro en una sumisa. Pero la pregunta del millón es: ¿podría ser una sumisa? Seguro que no sabe nada de ese estilo de vida (mi estilo de vida), pero me encantaría introducirla en ese mundo. Te estás adelantando mucho, Grey.

—¿Ha venido a Portland por negocios? —pregunta interrumpiendo mis pensamientos. Habla en voz alta, intentando fingir desinterés. Me entran ganas de reír. Las mujeres no suelen hacerme reír.

—He ido a visitar el departamento de agricultura de la universidad, que está en Vancouver —miento. De hecho he venido a verla a usted, señorita Steele.

Ella se sonroja y yo me siento fatal.

—En estos momentos financio una investigación sobre rotación de cultivos y ciencia del suelo. —Eso es cierto, por lo menos.

—¿Forma parte de su plan para alimentar al mundo? —Enarca una ceja, divertida.

—Algo así —murmuro. ¿Se está riendo de mí? Oh, me encantaría quitarle eso de la cabeza si es lo que pretende. Pero ¿cómo empezar? Tal vez con una cena en vez de la entrevista habitual. Eso sí que sería una novedad: llevar a cenar a un proyecto de sumisa...

31

Llegamos a donde están las bridas, que están clasificadas por tamaños y colores. Mis dedos recorren los paquetes distraídamente. Podría pedirle que saliéramos a cenar. ¿Como si fuera una cita? ¿Aceptaría? Cuando la miro, ella se está observando los dedos entrelazados. No puede mirarme... Prometedor. Escojo las bridas más largas. Son las que más posibilidades tienen: pueden sujetar dos muñecas y dos tobillos a la vez.

—Estas me irán bien.

—¿Algo más? —pregunta apresuradamente. O está siendo muy eficiente o está deseando que me vaya de la tienda, una de dos, no sabría decirlo.

—Quisiera cinta adhesiva.

—¿Está decorando su casa?

—No, no estoy decorándola.

Si tú supieras...

—Por aquí —dice—. La cinta está en el pasillo de la decoración.

Vamos, Grey. No tienes mucho tiempo. Entabla una conversación.

—¿Lleva mucho tiempo trabajando aquí? —Ya sé la respuesta, claro. A diferencia del resto de la gente, yo investigo de antemano. Vuelve a ruborizarse... Dios, qué tímida es esta chica. No tengo ninguna oportunidad de conseguir lo que quiero. Se gira rápidamente y camina por el pasillo hacia la sección de decoración. Yo la sigo encantado, como un perrito faldero.

—Cuatro años —murmura cuando llegamos a donde está la cinta. Se agacha y coge dos rollos, cada uno de un ancho diferente.

—Me llevaré esta —decido. La más ancha es mucho mejor como mordaza. Al pasármela, las puntas de nuestros dedos se rozan brevemente. Ese contacto tiene un efecto en mi entrepierna. ¡Joder!

Ella palidece.

—¿Algo más? —Su voz es ronca y entrecortada.

Dios, yo le causo el mismo efecto que el que ella tiene sobre mí. Tal vez sí...

—Un poco de cuerda.

—Por aquí. —Cruza el pasillo, lo que me da otra oportunidad de apreciar su bonito culo—. ¿Qué tipo de cuerda busca? Tenemos de fibra sintética, de fibra natural, de cáñamo, de cable...

Mierda... para. Gruño en mi interior intentando apartar la imagen de ella atada y suspendida del techo del cuarto de juegos.

—Cinco metros de la de fibra natural, por favor. —Es más gruesa y deja peores marcas si tiras de ella... es mi cuerda preferida.

Veo que sus dedos tiemblan, pero mide los cinco metros con eficacia, saca un cúter del bolsillo derecho, corta la cuerda con un gesto rápido, la enrolla y la anuda con un nudo corredizo. Impresionante.

—¿Iba usted a las scouts?

—Las actividades en grupo no son lo mío, señor Grey.

—¿Qué es lo suyo, Anastasia? —Sus iris se dilatan mientras la miro fijamente. ¡Sí!

—Los libros —susurra.

—¿Qué tipo de libros?

—Bueno, lo normal. Los clásicos. Sobre todo literatura inglesa.

¿Literatura inglesa? Las Brontë y Austen, seguro. Esas novelas románticas llenas de flores y corazones. Joder. Eso no es bueno.

—¿Necesita algo más?

—No lo sé. ¿Qué me recomendaría? —Quiero ver su reacción.

—¿De bricolaje? —me pregunta, sorprendida.

Estoy a punto de soltar una carcajada. Oh, nena, el bricolaje no es lo mío. Asiento aguantándome la risa. Sus ojos me recorren el cuerpo y yo me pongo tenso. ¡Me está dando un repaso!

—Un mono de trabajo —suelta de pronto.

Es lo más inesperado que le he oído decir a su dulce boca viperina desde la pregunta sobre si era gay.

—No querrá que se le estropee la ropa... —dice señalando mis vaqueros.

No puedo resistirme.

—Siempre puedo quitármela.

—Ya. —Ella se pone escarlata y mira al suelo.

—Me llevaré un mono de trabajo. No vaya a ser que se me estropee la ropa —murmuro para sacarla de su apuro.

Sin decir nada se gira y cruza el pasillo. Yo sigo su seductora estela una vez más.

—¿Necesita algo más? —me pregunta sin aliento mientras me pasa un mono azul. Está cohibida y sigue mirando al suelo. Dios, las cosas que me provoca…

—¿Cómo va el artículo? —le pregunto deseando que se relaje un poco.

Levanta la vista y me dedica una breve sonrisa relajada. Por fin.

—No estoy escribiéndolo yo, sino Katherine. La señorita Kavanagh, mi compañera de piso. Está muy contenta. Es la editora de la revista y se quedó destrozada por no haber podido hacerle la entrevista personalmente.

Es la frase más larga que me ha dicho desde que nos conocimos y está hablando de otra persona, no de sí misma. Interesante.

Antes de que pueda decir nada, ella añade:

—Lo único que le preocupa es que no tiene ninguna foto suya original.

La tenaz señorita Kavanagh quiere fotografías. Publicidad, ¿eh? Puedo hacerlo. Y eso me permitirá pasar más tiempo con la deliciosa señorita Steele.

—¿Qué tipo de fotografías quiere?

Ella me mira un momento y después niega con la cabeza, confusa, sin saber qué decir.

—Bueno, voy a estar por aquí. Quizá mañana… —Puedo quedarme en Portland. Trabajar desde un hotel. Una habitación en el Heathman quizá. Necesitaré que venga Taylor y me traiga el ordenador y ropa. También puede venir Elliot… A menos que esté por ahí tirándose a alguien, que es lo que suele hacer los fines de semana.

—¿Estaría dispuesto a hacer una sesión de fotos? —No puede ocultar su sorpresa.

Asiento brevemente. Sí, quiero pasar más tiempo contigo… Tranquilo, Grey.

—Kate estará encantada… si encontramos a un fotógrafo. —Sonríe y su cara se ilumina como un atardecer de verano. Dios, es impresionante.

—Dígame algo mañana. —Saco la cartera de los vaqueros—. Mi tarjeta. Está mi número de móvil. Tendría que llamarme antes de las diez de la mañana. —Si no me llama, volveré a Seattle y me olvidaré de esta aventura estúpida. Pensar eso me deprime.

—Muy bien. —Sigue sonriendo.

—¡Ana! —Ambos nos volvemos cuando un hombre joven, vestido de forma cara pero informal, aparece en un extremo del pasillo. No le quita los ojos de encima a la señorita Anastasia Steele. ¿Quién coño es ese gilipollas?

—Discúlpeme un momento, señor Grey. —Se acerca a él y el cabrón la envuelve en un abrazo de oso. Se me hiela la sangre. Es una respuesta primitiva. Quita tus putas zarpas de ella. Mis manos se convierten en puños y solo me aplaco un poco al ver que ella no hace nada para devolverle el abrazo.

Se enfrascan en una conversación en susurros. Tal vez la información de Welch no era correcta. Tal vez ese tío sea su novio. Tiene la edad apropiada y no puede apartar los ojos de ella. La mantiene agarrada pero se separa un poco para mirarla, examinándola, y después le apoya el brazo con confianza sobre los hombros. Parece un gesto casual, pero sé que está reivindicando su lugar y transmitiéndome que me retire. Ella parece avergonzada y cambia el peso de un pie al otro.

Mierda. Debería marcharme. He ido demasiado lejos, es evidente que está con este tío. Entonces ella le dice algo y él se aparta, tocándole el brazo, no la mano, y se lo quita de encima. Está claro que no están unidos. Bien.

—Paul, te presento a Christian Grey. Señor Grey, este es Paul Clayton, el hermano del dueño de la tienda. —Me dedica una mirada extraña que no comprendo y continúa—: Conozco a

Paul desde que trabajo aquí, aunque no nos vemos muy a menudo. Ha vuelto de Princeton, donde estudia administración de empresas.

Habla atropelladamente, está ofreciéndome una larga explicación para decirme que no están juntos. O eso creo. Es el hermano del jefe, no su novio. Siento un alivio inmenso que no esperaba y que hace que frunza el ceño. Esta chica me ha calado hondo…

—Señor Clayton —saludo en un tono deliberadamente cortante.

—Señor Grey. —Me tiende una mano lánguida, tan lánguida como su pelo—. Espera… ¿No será el famoso Christian Grey? ¿El de Grey Enterprises Holdings? —En un segundo veo cómo pasa de territorial a solícito.

Sí, ese soy yo, imbécil.

—Uau… ¿Puedo ayudarle en algo?

—Se ha ocupado Anastasia, señor Clayton. Ha sido muy atenta. —Ahora lárgate.

—Estupendo —dice obsequioso, todo sonrisas—. Nos vemos luego, Ana.

—Claro, Paul —dice y él se va, por fin. Le veo desaparecer en dirección al almacén.

—¿Algo más, señor Grey?

—Nada más —murmuro. Mierda, me quedo sin tiempo y sigo sin saber si voy a volver a verla. Tengo que saber si hay alguna posibilidad de que llegue a considerar lo que tengo en mente. ¿Cómo podría preguntárselo? ¿Estoy listo para aceptar a una nueva sumisa, una que no sepa nada? Va a necesitar mucho adiestramiento. Cierro los ojos e imagino todas las interesantes posibilidades que eso presenta… Joder, adiestrarla va a constituir la mitad de la diversión. ¿Le interesará? ¿O lo estoy interpretando todo mal?

Ella se dirige al mostrador y marca el precio de los artículos que quiero sin apartar la vista de la caja en ningún momento. ¡Mírame, maldita sea! Quiero volver a verle la cara para saber qué está pensando.

Por fin levanta la cabeza.

—Serán cuarenta y tres dólares, por favor.

¿Eso es todo?

—¿Quiere una bolsa? —me pregunta, cuando le tiendo mi American Express.

—Sí, gracias, Anastasia. —Su nombre, un bonito nombre para una chica bonita, me acaricia la lengua.

Mete los objetos con eficiencia en la bolsa. Ya está. Tengo que irme.

—Ya me llamará si quiere que haga la sesión de fotos.

Asiente y me devuelve la tarjeta.

—Bien. Hasta mañana, quizá. —No puedo irme así. Tengo que hacerle saber que me interesa—. Ah, una cosa, Anastasia... Me alegro de que la señorita Kavanagh no pudiera hacerme la entrevista. —Parece sorprendida y halagada. Eso está bien. Me cuelgo la bolsa del hombro y salgo de la tienda.

Sí, aunque eso vaya en contra de mi buen juicio, la deseo. Ahora tengo que esperar... joder, esperar... otra vez. Haciendo gala de una fuerza de voluntad que enorgullecería a Elena, mantengo la mirada al frente mientras saco el móvil del bolsillo y subo al coche de alquiler. Me he propuesto no volver la vista. No voy a hacerlo. Ni hablar. Los ojos se me van al espejo retrovisor, en el que queda enmarcada la puerta de la tienda, pero lo único que veo es la fachada anticuada. Ana no se ha acercado al escaparate para mirar por la cristalera.

Qué decepción.

Marco el 1 y Taylor contesta antes de que suene el primer tono.

—Señor Grey —dice.

—Reserva una habitación en el Heathman, pasaré el fin de semana en Portland. Y tráete el SUV, el ordenador y el informe que está junto a él. Ah, y también un par de mudas.

—Sí, señor. ¿Y el *Charlie Tango*?

—Que Joe lo lleve al aeropuerto de Portland.

—De acuerdo, señor. Estaré ahí en unas tres horas y media.

Cuelgo y pongo el coche en marcha. Bueno, tendré que matar el tiempo de alguna manera mientras estoy en Portland, hasta que esa chica decida si le intereso o no. ¿Qué hago? Creo que iré a dar un paseo. Igual así consigo burlar esta extraña hambre que me devora.

Han pasado cinco horas y todavía no he recibido ni una sola llamada de la cautivadora señorita Steele. ¿En qué narices estaba pensando? Contemplo la calle desde la ventana de mi suite del Heathman. Odio esperar. Desde siempre. Aunque ahora el cielo está nublado, ha permanecido despejado el tiempo suficiente para que pudiera dar una caminata por Forest Park, aunque el paseo no ha conseguido calmar mi agitación. Estoy molesto con ella porque no me ha llamado, pero con quien estoy enfadado de verdad es conmigo mismo. Me estoy comportando como un imbécil. Ir detrás de esa mujer está resultando una pérdida de tiempo. ¿Cuándo he ido yo detrás de ninguna mujer?

Grey, contrólate.

Vuelvo a echar un vistazo al móvil mientras suspiro, con la esperanza de que su llamada se me haya pasado por alto, pero no hay nada. Al menos ha llegado Taylor y tengo todas mis cosas. Debo leerme el informe de Barney sobre las pruebas del grafeno de su departamento y aquí puedo trabajar tranquilo.

¿Tranquilo? No sé qué es la tranquilidad desde que la señorita Steele aterrizó en el suelo de mi despacho.

Alzo la vista y me doy cuenta de que el crepúsculo ha sumido mi suite en la penumbra. La perspectiva de volver a pasar una noche solo es deprimente, y estoy planteándome qué hacer cuando el móvil vibra sobre la madera pulida del escritorio y un número desconocido, aunque vagamente familiar y con el prefijo de Washington, aparece en la pantalla. De pronto, el corazón se me acelera como si hubiera corrido quince kilómetros.

¿Es ella?

Contesto.

—¿Se... Señor Grey? Soy Anastasia Steele.

Una sonrisa idiota asoma en mi cara. Bien, bien. La jadeante, nerviosa y dulce Steele. La noche empieza a mejorar.

—Señorita Steele. Un placer tener noticias suyas.

Oigo su respiración entrecortada, lo que provoca una reacción inmediata en mi entrepierna.

Genial. Es evidente que ejerzo un efecto sobre ella. Del mismo modo que ella lo hace sobre a mí.

—Bueno... Nos gustaría hacer la sesión fotográfica para el artículo. Mañana, si no tiene problema. ¿Dónde le iría bien?

En mi habitación. Solo tú, yo y las bridas.

—Me alojo en el hotel Heathman de Portland. ¿Le parece bien a las nueve y media de la mañana?

—Muy bien, nos vemos allí —responde, entusiasmada, incapaz de ocultar el alivio y la alegría que revela su voz.

—Lo estoy deseando, señorita Steele.

Cuelgo antes de que note mi excitación y lo contento que estoy. Me arrellano en la silla mientras contemplo el horizonte anochecido. Me paso las manos por el pelo.

¿Cómo demonios voy a cerrar este trato?

Domingo, 15 de mayo de 2011

Corro por Southwest Salmon Street en dirección al río Willamette mientras Moby suena a todo volumen en mis oídos. Son las seis y media de la mañana e intento aclararme las ideas. Anoche soñé con ella: ojos azules, voz jadeante… Y acababa sus frases con un «señor», arrodillada delante de mí. Desde que la conozco, mis sueños han experimentado un agradable cambio en comparación con las pesadillas ocasionales. Me pregunto qué opinaría Flynn al respecto. La idea resulta desconcertante, así que la aparto de mi mente y me concentro en llevar mi cuerpo hasta el límite a lo largo de la orilla del Willamette. El sol despunta entre las nubes y me llena de esperanza mientras mis pies golpean la avenida.

Dos horas después, paso corriendo a un ritmo relajado junto a una cafetería, de camino de vuelta al hotel. ¿Y si la invito a un café?

¿Como si fuera una cita?

Bueno, no, como si fuera una cita no. La idea es tan absurda que me echo a reír solo con pensarlo. Sería únicamente para charlar, para hacerle una especie de entrevista, a ver si consigo averiguar algo más de esa enigmática mujer, si le interesa o si estoy perdiendo el tiempo. Sigo haciendo estiramientos mientras subo, solo, en el ascensor. Los acabo en la suite del hotel. Una vez allí, me doy cuenta de que es la primera vez que me siento centrado y tranquilo desde que he llegado a Portland. Me han traído el desayuno; estoy hambriento, una sensación que no soporto. Nunca la he soportado. Decido comer antes de ducharme, así que me siento a desayunar sin quitarme los pantalones de chándal.

Oigo que alguien llama a la puerta enérgicamente. La abro y me encuentro con Taylor en el umbral.

—Buenos días, señor Grey.

—Hola. ¿Están listos?

—Sí, señor. Todo está dispuesto en la habitación 601.

—Bajo enseguida.

Cierro la puerta y me remeto la camisa por dentro de los pantalones grises. Todavía tengo el pelo húmedo de la ducha, pero me trae sin cuidado. Le doy un último repaso a ese cabrón de mala fama que se refleja en el espejo y salgo tras Taylor hasta el ascensor.

La habitación 601 está llena de personas, luces y cajas con cámaras, pero la localizo al instante. Se mantiene apartada a un lado. Se ha dejado el pelo suelto, una melena abundante y lustrosa que le llega por debajo de los pechos, y lleva vaqueros ajustados, unas Converse y una chaqueta azul marino de manga corta con una camiseta blanca debajo. ¿Es que las Converse y los vaqueros son su marca de la casa? Aunque estos resultan muy poco prácticos, lo cierto es que realzan sus magníficas y torneadas piernas. Abre los ojos, tan arrebatadores como siempre, cuando me aproximo a ella.

—Señorita Steele, volvemos a vernos.

Acepta la mano que le tiendo y por un instante siento la tentación de apretársela y llevármela a los labios.

Déjate de tonterías, Grey.

Su tez adopta ese encantador tono rosáceo y señala a su amiga, que se encuentra demasiado cerca de nosotros, esperando que le preste algo de atención.

—Señor Grey, le presento a Katherine Kavanagh —dice.

Le suelto la mano a regañadientes y me vuelvo hacia la persistente señorita Kavanagh. Es alta, tiene un aspecto imponente y se nota que le gusta ir bien arreglada, igual que su padre, aunque ha sacado los ojos de su madre. Además, de no haber sido por ella, no habría conocido a la encantadora señorita Steele, y eso es algo que debo agradecerle; hace que me sienta un poco más indulgente con ella.

—La tenaz señorita Kavanagh. ¿Qué tal está? Espero que se encuentre mejor. Anastasia me dijo que la semana pasada estuvo enferma.

—Estoy bien, gracias, señor Grey.

Me estrecha la mano con fuerza y seguridad. Dudo mucho que haya sufrido alguna penalidad en toda su vida. Me pregunto cómo es posible que estas dos mujeres sean amigas, cuando es evidente que no tienen nada en común.

—Gracias por haber encontrado un momento para la sesión —dice Katherine.

—Es un placer —contesto, y lanzo una mirada a Anastasia, que me premia con un rubor que la delata.

¿Soy yo quien hace que se ruborice así? Esa idea me gusta.

—Este es José Rodríguez, nuestro fotógrafo —dice Anastasia, y su rostro se le ilumina al presentármelo.

Mierda. ¿Este es el novio?

Rodríguez se deshace bajo la dulce sonrisa de Ana.

¿Follan?

—Señor Grey.

Rodríguez me mira con cara de pocos amigos mientras me estrecha la mano. Es una advertencia; me está diciendo que me retire. Anastasia le gusta, y mucho.

Bueno, empieza el juego, chaval.

—Señor Rodríguez. ¿Dónde quiere que me coloque?

Utilizo un tono desafiante y Rodríguez lo capta, pero Katherine interviene y me indica que tome asiento en una silla. Vaya, le gusta estar al mando. Obedezco, divertido ante la idea. Otro joven, que parece trabajar con Rodríguez, enciende las luces, que me ciegan unos instantes.

¡Joder!

Cuando el resplandor se desvanece busco a la adorable señorita Steele. Se encuentra en la otra punta de la habitación, observando todo el proceso. ¿Siempre intenta mantenerse en un segundo plano? Tal vez por eso Kavanagh y ella son amigas, porque se contenta con esperar al fondo mientras Katherine ocupa el frente del escenario.

Mmm... Sumisa por naturaleza.

El fotógrafo parece bastante profesional y está absorto en la tarea que le han encargado. Estudio a la señorita Steele mientras ella nos observa a ambos. Nuestras miradas se encuentran; la suya es sincera e inocente, y por un instante reconsidero el plan. Pero entonces se muerde el labio, y me quedo sin respiración.

Frena, Anastasia. Le ordeno que deje de mirarme y, como si me hubiera oído, aparta enseguida los ojos.

Buena chica.

Katherine me pide que me levante y Rodríguez sigue sacándome fotos hasta que damos la sesión por finalizada. Esta es mi oportunidad.

—Gracias de nuevo, señor Grey.

Katherine se adelanta y me estrecha la mano seguida por el fotógrafo, que me mira con una antipatía mal disimulada. Su antagonismo me hace sonreír.

Tío... No tienes ni idea.

—Me encantará leer su artículo, señorita Kavanagh —digo, y me despido de ella con un breve y educado gesto de cabeza. Necesito hablar con Ana—. ¿Viene conmigo, señorita Steele? —pregunto cuando la alcanzo junto a la puerta.

—Claro —contesta, sorprendida.

A por ella, Grey.

Mascullo unas palabras de agradecimiento a los que todavía están en la habitación y la acompaño hasta la puerta con la intención de poner cierta distancia entre Rodríguez y ella. En el pasillo, juguetea con el pelo con gesto nervioso y retuerce los dedos hasta que salgo, seguido por Taylor.

—Enseguida te aviso, Taylor —digo, y en cuanto creo que

ya no puede oírnos, le pregunto a Ana si le apetece ir a tomar un café mientras contengo la respiración a la espera de su respuesta.

Parpadea un par de veces.

—Tengo que llevar a todos a casa —contesta, consternada.

—¡Taylor! —lo llamo.

Ana da un respingo. Supongo que la pongo nerviosa, aunque no sé si eso es bueno o malo. Además, es incapaz de estarse quieta. Me perturba pensar en la cantidad de maneras en que podría conseguir que no se moviera.

—¿Van a la universidad?

Asiente con la cabeza y le pido a Taylor que lleve a los amigos de Ana a la facultad.

—Arreglado. ¿Puede ahora venir conmigo a tomar un café?

—Verá... señor Grey... esto... la verdad... —Se interrumpe.

Mierda. Eso es un no. No habrá trato. Me observa fijamente con ojos brillantes.

—Mire, no es necesario que Taylor los lleve. Puedo intercambiar el coche con Kate, si me espera un momento.

Mi alivio es evidente, y sonrío de oreja a oreja.

¡Tengo una cita!

Abro la puerta de la habitación y la invito a entrar mientras Taylor intenta disimular su desconcierto.

—Taylor, ¿te importaría ir a buscar mi chaqueta?

—Por supuesto, señor.

Da media vuelta intentando contener una sonrisa al tiempo que enfila el pasillo. Lo sigo con los ojos entornados hasta que lo veo desaparecer en el ascensor y luego me apoyo en la pared a la espera de la señorita Steele.

¿Qué narices voy a decirle?

«¿Qué le parecería ser mi sumisa?»

No, Grey, tranquilo. Vayamos poco a poco.

Taylor regresa con mi chaqueta al cabo de un par de minutos.

—¿Eso es todo, señor?

—Sí, gracias.

Me la da y me deja allí, en el pasillo, esperando como un idiota.

¿Cuánto más tardará Anastasia? Miro el reloj. Debe de estar arreglando lo del intercambio de coches con Katherine, o hablando con Rodríguez, explicándole que solo va a tomar un café para complacerme y que me quede tranquilo por el bien del artículo. Mis pensamientos se vuelven cada vez más sombríos. Tal vez se están despidiendo con un beso.

Maldita sea.

Aparece un instante después, y eso me llena de alegría. No parece que haya estado besando a nadie.

—Ya está —anuncia con decisión—. Vamos a tomar un café.

Aunque el rubor de las mejillas contradice en cierta manera sus intentos por parecer segura de sí misma.

—Usted primero, señorita Steele.

Disimulo mi regocijo cuando empieza a caminar delante de mí. Pero enseguida me sitúo junto a ella: siento curiosidad por su amistad con Katherine, sobre todo por saber cómo pueden ser compatibles, y le pregunto cuánto hace que se conocen.

—Desde el primer año de facultad. Somos buenas amigas.

Por el afecto con el que habla de Kavanagh es evidente que está muy unida a ella. Ha viajado hasta Seattle para entrevistarme porque Katherine estaba enferma y no podía acudir, y de pronto me sorprendo deseando que la señorita Kavanagh la trate con la misma lealtad y respeto.

Llegamos junto a los ascensores y Ana pulsa el botón de llamada. Las puertas se abren prácticamente al instante, y una pareja se separa de golpe, azorada al verse sorprendida en un abrazo apasionado. Entramos en el ascensor sin prestarles atención, pero no se me escapa la sonrisita traviesa de Anastasia.

La tensión sexual se respira en el ambiente mientras descendemos hasta la planta baja, aunque no sé si emana de la pareja que tenemos detrás o de mí.

Sí, la deseo. ¿Aceptará lo que tengo que ofrecerle?

Respiro aliviado cuando las puertas vuelven a abrirse y la cojo de la mano, que noto fría pero no sudorosa, como había esperado.

Tal vez no le causo el mismo efecto que ella tiene en mí. Solo con pensarlo se me cae el alma a los pies.

Oímos las risitas avergonzadas de la pareja a nuestra espalda.

—¿Qué tendrán los ascensores? —mascullo.

Aunque debo admitir que hay algo de sano e inocente, y que resulta encantador, en las risitas de esos dos. La señorita Steele parece igual de ingenua que ellos, y vuelvo a replantearme mis intenciones mientras salimos a la calle.

Es demasiado joven, e inexperta, pero, joder, me encanta la sensación de llevarla de la mano.

Ya en la cafetería, le pido que elija una mesa y le pregunto qué le apetece tomar. Con la voz entrecortada, me dice que un té negro con la bolsita aparte. Eso es nuevo.

—¿No quiere un café?

—No me gusta demasiado el café.

—Muy bien, un té negro. ¿Dulce?

—No, gracias —dice mirándose los dedos.

—¿Quiere comer algo?

—No, gracias.

Niega con la cabeza y se retira hacia atrás el pelo, que desprende reflejos cobrizos.

Me toca hacer cola mientras las dos mujeres corpulentas de detrás del mostrador intercambian las frases amables de rigor con todos los clientes. Es irritante y me mantiene alejado de mi objetivo: Anastasia.

—Hola, guapo, ¿qué te pongo? —pregunta la mayor de las dos con un brillo en la mirada.

Es solo una cara bonita, cariño.

—Un café con leche, un té negro con la bolsita aparte y un magdalena de arándanos.

Por si Anastasia cambia de opinión y le apetece comer algo.

—¿Estás en Portland de visita?

—Sí.

—¿Has venido a pasar el fin de semana?

—Sí.

—Parece que hoy ha hecho buen tiempo.

46

—Sí.

—Espero que salgas a disfrutar del solecito.

Por favor, déjate ya de tanto parloteo y espabila de una vez, joder.

—Sí —mascullo entre dientes, y miro furtivamente a Ana, que aparta la vista de inmediato.

Ella también me estaba mirando. ¿Dándome un repaso tal vez?

La esperanza renace en mí.

—Aquí tienes. —La mujer me guiña un ojo y coloca las bebidas en la bandeja—. Paga en caja, corazón, y que tengas un buen día.

—Gracias —consigo musitar en un tono educado.

Anastasia sigue con la mirada clavada en sus dedos, pensando en solo Dios sabe qué. ¿En mí tal vez?

—Un dólar por sus pensamientos.

Da un respingo y se pone colorada, pero continúa muda y muerta de vergüenza. ¿Por qué? ¿Es posible que no quieras estar aquí conmigo?

—¿Qué está pensando? —insisto, mientras ella juguetea con la bolsita de té.

—Que este es mi té favorito —contesta, y tomo nota de su marca preferida, Twinings.

Observo cómo introduce la bolsita en la tetera. Es un espectáculo complejo y caótico. La retira casi al instante y deja la bolsita usada sobre el plato. A duras penas consigo reprimir una sonrisa. Me explica que el té negro le gusta muy flojo, y por un momento imagino que está describiendo su tipo de hombre.

Céntrate, Grey. Está hablando de tés.

Se acabaron los preámbulos; es hora de llevar a cabo una pequeña auditoría.

—Ya veo. ¿Es su novio?

Frunce el ceño, que forma una pequeña V sobre su nariz.

—¿Quién?

Vamos bien.

—El fotógrafo. José Rodríguez.

47

Se ríe. De mí.

¡De mí!

Y no sé si es porque necesita liberar tensión o porque me encuentra gracioso. Me fastidia ser incapaz de formarme una opinión definitiva sobre ella. ¿Le gusto o no le gusto? Dice que Rodríguez solo es un amigo.

Ay, cariño, ese tipo quiere ser algo más que un amigo.

—¿Por qué ha pensado que era mi novio? —quiere saber.

—Por cómo se sonríen.

No tienes ni idea, ¿verdad? Ese chico está coladito por ti.

—Es como de la familia —insiste.

De acuerdo, solo existe atracción por una de las partes, y me pregunto si será consciente de lo adorable que es. Observa la magdalena de arándanos mientras retiro el papel y por un momento me la imagino de rodillas, delante de mí, mientras le doy de comer trocito a trocito. La idea me resulta divertida… y me excita.

—¿Quiere un poco? —pregunto.

Niega con la cabeza.

—No, gracias.

Lo dice con voz vacilante y vuelve a mirarse las manos. ¿Por qué está tan nerviosa? ¿Tal vez sea yo la causa?

—Y el chico al que me presentó ayer, en la tienda… ¿No es su novio?

—No. Paul es solo un amigo. Se lo dije ayer.

Frunce el ceño de nuevo, como si no supiera a qué atenerse, y se cruza de brazos a la defensiva. No le gusta que le pregunte por esos chicos, y recuerdo lo incómoda que parecía cuando el tipo de la tienda le pasó el brazo por encima, como si quisiera reclamar algo suyo.

—¿Por qué me lo pregunta? —añade.

—Parece nerviosa cuando está con hombres.

Abre los ojos como platos. Son realmente bonitos, del color del mar de El Cabo, el más azul de los mares azules. Tendría que llevarla algún día allí.

¿Cómo? ¿A qué ha venido eso?

—Usted me resulta intimidante.

Ya, más le vale. No todo el mundo tiene agallas suficientes para admitir que lo intimido. Es sincera, y se lo digo, pero soy incapaz de saber qué piensa porque aparta la mirada. Es frustrante. ¿Le gusto? ¿O se ha visto obligada a estar conmigo por la entrevista de Kavanagh? ¿Desconozco la respuesta?

—Es usted un misterio, señorita Steele.

—No tengo nada de misteriosa.

—Creo que es usted muy contenida. —Como toda buena sumisa—. Menos cuando se ruboriza, claro, cosa que hace a menudo. Me gustaría saber por qué se ha ruborizado.

¡Eso es! Ahora se verá obligado a contestar. Me meto un trozo de magdalena en la boca y espero su respuesta.

—¿Siempre hace comentarios tan personales?

Tampoco son tan personales, ¿no?

—No me había dado cuenta de que fuera personal. ¿La he ofendido?

—No.

—Bien.

—Pero es usted un poco arrogante.

—Suelo hacer las cosas a mi manera, Anastasia. En todo.

—No lo dudo —murmura, y a continuación me pregunta por qué no le he pedido que me tutee.

¿Qué?

Entonces la recuerdo en el ascensor, tras salir de mi despacho, y cómo sonó mi nombre pronunciado por esa lengua viperina. ¿Tan transparente soy para ella? ¿Está fastidiándome a propósito? Le digo que solo me tutea mi familia.

Y ni siquiera sé si me llaman por mi verdadero nombre.

No vayas por ahí, Grey.

Cambio de tema. Quiero saber más cosas sobre ella.

—¿Es usted hija única?

Parpadea varias veces antes de contestar con un sí.

—Hábleme de sus padres.

Pone los ojos en blanco, y tengo que reprimir el impulso de llamarle la atención.

—Mi madre vive en Georgia con su nuevo marido, Bob. Mi padrastro vive en Montesano.

Ya estoy al corriente gracias al informe de Welch, pero es importante que me lo cuente ella. El rictus de sus labios se suaviza cuando habla de su padrastro.

—¿Y su padre? —pregunto.

—Mi padre murió cuando yo era una niña.

De pronto me descubro arrastrado a mis pesadillas y me veo contemplando un cuerpo tumbado boca abajo sobre un suelo mugriento.

—Lo siento —musito.

—No me acuerdo de él —dice devolviéndome al presente.

Tiene una expresión sincera y serena, y sé que Raymond Steele ha sido un buen padre para ella. En cuanto a la relación que mantiene con su madre… Veamos.

—¿Y su madre volvió a casarse?

Suelta una risita amarga.

—Nunca mejor dicho —contesta, aunque no se explaya.

Es de las pocas mujeres que conozco que saben estar en silencio; una cualidad que valoro, aunque ahora preferiría que fuese más habladora.

—No cuenta demasiado de su vida, ¿verdad?

—Usted tampoco —replica.

Vamos, señorita Steele, siga jugando.

Con gran placer y una sonrisa de suficiencia, le respondo que ella ya me ha entrevistado.

—Y recuerdo algunas preguntas bastante personales.

Sí, me preguntaste si era gay.

Mi argumento tiene el efecto deseado y se siente avergonzada, por lo que empieza a hablar de sí misma de forma aturullada y al fin obtengo la información que deseo. Su madre es una romántica empedernida. Supongo que alguien que se ha casado cuatro veces se aferra antes a la esperanza que a la experiencia. ¿Ella es como su madre? No me atrevo a preguntárselo. Si contesta que sí, entonces no hay nada que hacer. Y no quiero que se acabe la entrevista; estoy pasándomelo muy bien.

Cuando le pregunto por su padre, sus palabras confirman mi presentimiento. Es obvio que lo quiere; la cara se le ilumina al hablar de él, de la profesión a la que se dedica (es carpintero), de sus aficiones (le gusta el fútbol europeo e ir a pescar). Ana decidió quedarse con él cuando su madre se casó por tercera vez.

Interesante.

Ana endereza la espalda.

—Cuénteme cosas sobre sus padres —pide tratando de desviar la conversación.

No me gusta hablar de mi familia, de modo que me limito a darle la información imprescindible.

—Mi padre es abogado, y mi madre, pediatra. Viven en Seattle.

—¿A qué se dedican sus hermanos?

¿De verdad quiere ir por ahí? No me extiendo demasiado y le digo que Elliot es constructor y que mi hermana pequeña está estudiando cocina en París.

Ella escucha embelesada.

—Me han dicho que París es preciosa —murmura con expresión distraída.

—Es bonita. ¿Ha estado?

—Nunca he salido de Estados Unidos.

La cadencia de su voz decae, teñida de tristeza. Tal vez podría llevarla.

—¿Le gustaría ir?

¿Primero a El Cabo y ahora a París? Céntrate, Grey.

—¿A París? Por supuesto, pero a donde de verdad me gustaría ir es a Inglaterra.

La emoción le ilumina el rostro. La señorita Steele quiere viajar. Le pregunto que por qué Inglaterra.

—Porque allí nacieron Shakespeare, Austen, las hermanas Brontë, Thomas Hardy... Me gustaría ver los lugares que les inspiraron para escribir libros tan maravillosos.

Es evidente cuál es su primer amor.

Los libros.

Ayer dijo lo mismo en Clayton's, lo que significa que compito con Darcy, Rochester y Angel Clare: héroes románticos insufribles. Ya tengo la prueba que necesitaba; es una romántica empedernida, como su madre... y esto no va a funcionar. Y para colmo de males, consulta la hora: se está agobiando.

He fastidiado el trato.

—Tengo que marcharme; debo estudiar —anuncia.

Me ofrezco a acompañarla hasta el coche de su amiga, lo que significa que dispongo de todo el camino de vuelta al hotel para convencerla.

Aunque la cuestión es si debería hacerlo.

—Gracias por el té, señor Grey —susurra.

—No hay de qué, Anastasia. Ha sido un placer. —Y en cuanto se lo digo me doy cuenta de que durante los últimos veinte minutos me lo he pasado... bien. Le tiendo la mano y le dedico mi sonrisa más cautivadora, la que nunca falla—. Vamos.

La acepta, y la agradable sensación de ir de su mano me acompaña durante el camino de vuelta al Heathman.

Tal vez podría funcionar.

—¿Siempre lleva vaqueros? —pregunto.

—Casi siempre —contesta.

Ya lleva dos strikes en contra: romántica empedernida que solo viste vaqueros. Me gusta que mis mujeres lleven falda, que sean accesibles.

—¿Tiene novia? —suelta sin venir a cuento.

Tercer strike. No voy a seguir adelante con este compromiso de principiante. Ella busca romanticismo y yo no puedo ofrecérselo.

—No, Anastasia. Yo no tengo novias.

Desconcertada y con el ceño fruncido, se da la vuelta con un gesto brusco y se precipita hacia la carretera.

—¡Mierda, Ana! —grito mientras tiro de ella hacia mí para impedir que acabe atropellada por un ciclista gilipollas que va en contradirección a toda velocidad.

Y de pronto la tengo entre mis brazos, agarrada con fuerza a mis bíceps, con sus ojos vueltos hacia mí. Me mira asustada y por primera vez me fijo en que un anillo de un azul más intenso rodea sus iris. Son preciosos, y aún lo son más a tan escasa distancia. Sus pupilas se dilatan y sé que podría perderme en su mirada y no regresar jamás. Respira hondo.

—¿Estás bien?

No reconozco mi propia voz, que suena lejana, y de pronto noto que está tocándome, pero no me importa. Mis dedos recorren su rostro. Tiene una piel muy suave y delicada, y contengo la respiración cuando le paso el pulgar por el labio inferior. Pega su cuerpo al mío; sentir sus pechos y su calor a través de la camisa me pone a cien. Desprende una fragancia fresca y natural que me recuerda el huerto de manzanos de mi abuelo. Cierro los ojos e inhalo su aroma para no olvidarlo. Cuando los abro, sigue mirándome, suplicándome, implorándome con sus ojos clavados en mi boca.

Mierda. Quiere que la bese.

Y yo también deseo besarla. Solo una vez. Sus labios están separados, dispuestos, expectantes. Tenían un tacto incitante bajo mi pulgar.

No, no, no. No lo hagas, Grey.

No es la chica adecuada para ti.

Ella espera flores y corazones, y a ti no te van esas chorradas.

Cierro los ojos para borrarla de mi mente y resistir la tentación, y cuando vuelvo a abrirlos ya he tomado una decisión.

—Anastasia, deberías mantenerte alejada de mí. No soy un hombre para ti —susurro.

La pequeña V se forma una vez más entre sus cejas; parece que se haya quedado sin respiración.

—Respira, Anastasia, respira. —Tengo que alejarme de ella antes de hacer una tontería, aunque me sorprende mi reticencia a moverme. Deseo sentirla un poco más entre mis brazos—. Voy a soltarte y a dejarte marchar.

Retrocedo y ella se aparta de mí, aunque, por extraño que parezca, no me produce ningún alivio. La sujeto por los hombros para asegurarme de que se tiene en pie. La humillación le cubre el rostro. Mi rechazo le produce una vergüenza insoportable.

Mierda, no pretendía hacerle daño.

—Quiero decirte una cosa —susurra. El desengaño tiñe su voz entrecortada. Se muestra correcta y distante, aunque no se aparta de mí—. Gracias.

—¿Por qué?

—Por salvarme.

Deseo decirle que estoy salvándola de mí, que se trata de un gesto noble, pero no es lo que quiere oír.

—Ese idiota iba en contradirección. Me alegro de haber estado aquí. Me dan escalofríos solo de pensar en lo que podría haberte pasado.

Ahora soy yo el que habla por hablar, y sigo siendo incapaz de soltarla. Le ofrezco ir al hotel para que pueda sentarse un rato, consciente de que se trata de una excusa para pasar más tiempo con ella, y por fin la dejo ir.

Niega con la cabeza, la espalda envarada, rodeándose con los brazos en un gesto protector. Sin más, cruza rápidamente la carretera y tengo que apresurarme para darle alcance.

Cuando llegamos al hotel, se vuelve hacia mí una vez más con expresión serena.

—Gracias por el té y por la sesión de fotos.

Me mira de modo desapasionado y el arrepentimiento me atenaza las entrañas.

—Anastasia… Yo…

No sé qué decirle, salvo que lo lamento.

—¿Qué, Christian? —me espeta.

Uau, sí que está cabreada conmigo; ha impreso todo su desdén en cada sílaba que forma mi nombre. Esto es nuevo. Y se escapa. Y no quiero que se vaya.

—Buena suerte en los exámenes.

Sus ojos me lanzan una mirada encendida, cargada de dolor e indignación.

—Gracias —contesta sin disimular su desprecio—. Adiós, señor Grey.

Da media vuelta y enfila la calle con paso decidido en dirección al aparcamiento subterráneo. Sigo mirándola con la esperanza de que se vuelva, aunque solo sea una vez, pero no lo hace. Desaparece en el interior del edificio, y tras de sí deja una estela de remordimientos, el recuerdo de sus bellos ojos azules y la fragancia de un huerto de manzanos en otoño.

Jueves, 19 de mayo de 2011

No! Mi grito rebota en las paredes del dormitorio y me arranca de la pesadilla. Estoy bañado en sudor y todavía noto el hedor a cerveza rancia, a tabaco y a pobreza, mezclados con una sensación persistente de terror hacia una embriaguez envuelta en violencia. Me incorporo en la cama y me sujeto la cabeza entre las manos mientras trato de controlar el latido desbocado de mi corazón y la respiración agitada. Llevo cuatro noches igual. Miro la hora: son las tres de la madrugada.

Mañana… no, hoy, me esperan dos reuniones importantes y necesito tener la cabeza despejada y dormir algo. Maldita sea, lo que daría por poder descansar una noche entera como es debido. Y encima tengo que ir a jugar al golf de los cojones con Bastille. Debería cancelar lo del golf; la idea de una posible derrota no ayuda a mejorar un humor ya de por sí bastante sombrío.

Salgo a rastras de la cama y recorro el pasillo en dirección a la cocina con paso incierto. Me sirvo un vaso de agua y veo mi reflejo en la pared de cristal del otro lado de la sala, vestido únicamente con los pantalones del pijama. Me vuelvo, asqueado.

La rechazaste.

Ella te deseaba.

Y tú la rechazaste.

Fue por su propio bien.

Llevo unos cuantos días así; soy incapaz de pensar en otra cosa. Su bonito rostro aparece en medio de mis pensamientos sin previo aviso, mofándose de mí. Si mi loquero ya hubiera vuelto de sus vacaciones en Inglaterra, podría llamarlo. Sus chorradas psicológicas me ayudarían a no sentirme tan mal.

Grey, solo era una chica guapa.

Me convendría distraerme; tal vez debería buscarme a otra sumisa. Ha pasado mucho tiempo desde la última, Susannah, así que me planteo si llamar a Elena por la mañana. Siempre encuentra a las candidatas apropiadas. Sin embargo, no me apetece conocer a nadie nuevo.

Quiero a Ana.

Su desengaño, su orgullo herido y su desdén me acompañan desde entonces. Se marchó sin volver la vista atrás ni una sola vez. Quizá se hizo ilusiones cuando la invité a tomar un café y luego se sintió decepcionada.

Tendría que encontrar el modo de disculparme para poder olvidar este maldito episodio y quitarme a esa chica de la cabeza. Dejo el vaso en el fregadero para que lo lave el ama de llaves y me vuelvo a la cama arrastrando los pies.

Cuando el radiodespertador suena a las 5.45, yo sigo mirando el techo. No he dormido nada y estoy agotado.

¡Joder, esto es ridículo!

El programa de la radio me distrae un rato hasta el segundo bloque de noticias, en el que hablan sobre la venta de un manuscrito de gran valor, una novela inacabada de Jane Austen titulada *Los Watson*, que va a ser subastada en Londres.

Ella dijo «libros».

¡Dios! Hasta las noticias me recuerdan a la señorita Bibliotecaria.

Una romántica empedernida que adora los clásicos ingleses. Igual que yo, aunque por razones distintas. No tengo ninguna primera edición de Austen, y de las Brontë tampoco, en realidad... pero sí poseo dos de Thomas Hardy.

¡Claro! ¡Eso es! Ya tengo lo que buscaba.

Poco después me encuentro en la biblioteca, con *Jude el oscuro* y un estuche que contiene la obra de *Tess, la de los d'Urberville* en tres volúmenes dispuestos sobre la mesa de billar, delante de mí. Ambas son obras deprimentes, de historias trágicas. Hardy tenía un alma oscura y retorcida.

Igual que yo.

Ahuyento ese pensamiento y examino los ejemplares. Aunque *Jude* está en mejor estado, no puede competir con el otro. En *Jude* no hay redención, así que le enviaré el de *Tess*, con una cita apropiada. Sé que no es el libro más romántico de todos, teniendo en cuenta los males a los que se enfrenta la protagonista, pero al menos esta tiene la oportunidad, aunque breve, de conocer el amor carnal en el idilio bucólico que vive en la campiña inglesa. Además, Tess acaba vengándose del hombre que la ha deshonrado.

En cualquier caso, no es por eso. Ana mencionó que Hardy era uno de sus autores preferidos, y estoy seguro de que nunca ha visto, y menos poseído, una primera edición.

«Parece usted el paradigma del consumidor.» El comentario cargado de crítica que hizo durante la entrevista me persigue una vez más. Sí, me gusta poseer cosas, cuyo valor aumentará con el tiempo, como las primeras ediciones.

Me siento un poco más tranquilo y sereno, y un tanto satisfecho conmigo mismo, así que vuelvo al vestidor y me cambio para salir a correr.

Hojeo el primer volumen de la primera edición de *Tess* en la parte trasera del coche, buscando una cita mientras me pregunto cuándo tendrá Ana su último examen. Hace bastantes años que me leí el libro y solo recuerdo vagamente el argumento. De adolescente, las novelas eran mi refugio sagrado. A mi madre siempre le maravillaba que leyera, aunque no a Elliot. Yo anhelaba la evasión que la literatura me proporcionaba, mientras que él no necesitaba evadirse de nada.

—Señor Grey —interrumpe Taylor—. Ya hemos llegado, señor. —Baja del coche y me abre la puerta—. Estaré esperándole a las dos para llevarlo al campo de golf.

Asiento con la cabeza y entro en Grey House con los libros encajados debajo del brazo. La joven recepcionista me saluda con un gesto coqueto.

Cada día lo mismo… Como una melodía pegadiza reproduciéndose en bucle.

Sin prestarle atención, me dirijo hacia el ascensor que me llevará directamente a mi planta.

—Buenos días, señor Grey —me saluda Barry, el de seguridad, mientras pulsa el botón de llamada.

—¿Cómo está tu hijo, Barry?

—Mejor, señor.

—Me alegro.

Entro en el ascensor, que me sube hasta la planta veinte en un abrir y cerrar de ojos. Andrea ya está esperando para recibirme.

—Buenos días, señor Grey. Ros quiere verle para hablar sobre el proyecto de Darfur. A Barney le gustaría tener unos minutos…

Alzo la mano para impedir que siga.

—Olvida a esos dos por el momento. Ponme con Welch y averigua cuándo vuelve Flynn de vacaciones. Retomaremos la agenda habitual cuando haya hablado con Welch.

—Sí, señor.

—Y necesito un café doble. Que lo prepare Olivia.

Sin embargo, al mirar a mi alrededor veo que Olivia no está. Es un alivio. Esa chica se pasa el día contemplándome extasiada, y no sabe hasta qué punto me resulta irritante.

—¿Con leche, señor? —pregunta Andrea.

Buena chica. Le sonrío.

—Hoy no.

Me encanta mantenerlos intrigados y que no sepan cómo voy a tomarme el café ese día.

—Muy bien, señor Grey.

Parece bastante satisfecha consigo misma, y con razón: es la mejor secretaria personal que he tenido.

Tres minutos después, Welch está al teléfono.

—¿Welch?

—Señor Grey.

—Quisiera hablar contigo del informe que me enviaste la semana pasada. Sobre Anastasia Steele. Estudia en la Estatal de Washington.

—Sí, señor. Lo recuerdo.

—Necesito que averigües la fecha de su último examen y que me lo comuniques de inmediato. Prioridad absoluta.

—Muy bien, señor. ¿Algo más?

—No, eso es todo.

Cuelgo el teléfono y me quedo mirando los libros que hay sobre la mesa. Tengo que encontrar la cita.

Ros, mi mano derecha y directora general de la empresa, está en pleno discurso.

—Obtendremos la autorización del gobierno sudanés para la entrada del cargamento en Puerto Sudán, pero a nuestros contactos sobre el terreno les preocupa el desplazamiento por carretera hasta Darfur. Están realizando una evaluación de los riesgos para decidir su viabilidad.

La logística debe de estar resultando bastante complicada, porque su alegre disposición habitual brilla por su ausencia.

—Siempre podríamos lanzarlo desde el aire.

—Christian, el coste de un lanzamiento…

—Lo sé. Esperemos a ver qué dicen nuestros amigos de la ONG.

—De acuerdo —accede, y suelta un suspiro—. También estoy esperando la autorización del Departamento de Estado.

Pongo los ojos en blanco. Maldita burocracia.

—Si hay que untar a alguien, o llamar al senador Blandino para que intervenga, dímelo.

—Pues lo siguiente es decidir la ubicación de la nueva planta. Ya sabes que las amnistías fiscales en Detroit son enormes. Te he enviado un resumen.

—Lo sé, pero, joder, ¿tiene que ser en Detroit?

—No sé qué tienes contra esa ciudad. Cumple todos nuestros requisitos.

—Vale, dile a Bill que busque zonas industriales abandonadas que puedan servirnos. Investiguemos de nuevo si existe algún otro municipio que pueda ofrecernos condiciones más favorables.

—Bill ya ha enviado a Ruth para que se reúna con los de la Autoridad para la Remodelación de las Zonas Industriales de Detroit, que no pueden mostrarse más solícitos, pero le pediré que realice un último sondeo.

Suena el teléfono.

—Sí —le mascullo a Andrea. Sabe que no me gusta que me interrumpan cuando estoy reunido.

—Tengo a Welch al teléfono.

Según mi reloj son las once y media. Sí que se ha dado prisa.

—Pásamelo.

Le indico a Ros que se quede.

—¿Señor Grey?

—¿Welch? ¿Qué hay de nuevo?

—La señorita Steele hará su último examen mañana, veinte de mayo.

Mierda, no me queda mucho tiempo.

—Genial. Es todo lo que necesitaba saber. —Cuelgo—. Ros, discúlpame un momento.

Descuelgo el teléfono y Andrea contesta al instante.

—Andrea, necesito una tarjeta para escribir una nota en menos de una hora —digo, y cuelgo—. Muy bien, Ros, ¿por dónde íbamos?

Olivia entra con el cuerpo de medio lado en mi despacho a las doce y media, con la comida. Es una chica alta y esbelta, con una cara muy bonita que, por desgracia, suele tener vuelta hacia mí inútilmente, con expresión nostálgica. Lleva una bandeja con lo que espero que sea algo comestible. Después de una mañana ajetreada, estoy hambriento. La deja sobre mi mesa con manos temblorosas.

Ensalada de atún. Bien, por una vez no la ha cagado.

También deja tres tarjetas de distintos tamaños y tonalidades de blanco, con sus sobres correspondientes.

—Perfecto —mascullo.

Y ahora, lárgate. Se marcha con paso apresurado.

Me llevo un bocado de ensalada a la boca para calmar mi apetito y luego busco la pluma. He escogido una cita. Una advertencia. He hecho lo correcto al alejarme de ella; no todos los hombres son héroes románticos, aunque omitiré la palabra «hombres». Ella lo entenderá.

> *¿Por qué no me dijiste que era peligroso?*
> *¿Por qué no me lo advertiste? Las mujeres saben*
> *de lo que tienen que protegerse, porque leen novelas*
> *que les cuentan cómo hacerlo...*

Introduzco la tarjeta en el sobre que la acompaña y escribo la dirección de Ana, que se me ha quedado grabada desde que la leí en el informe de Welch. Llamo a Andrea.

—¿Sí, señor Grey?

—¿Puedes venir, por favor?

—Sí, señor.

Segundos después, aparece en la puerta.

—¿Señor Grey?

—Llévate estos libros, envuélvelos y envíaselos a Anastasia Steele, la chica que me entrevistó la semana pasada. Aquí tienes la dirección.

—Ahora mismo, señor Grey.

—Tiene que recibirlo mañana como muy tarde.

—Sí, señor. ¿Eso es todo?

—No. Búscame un recambio.

—¿Para los libros?

—Sí. Primeras ediciones. Que lo haga Olivia.

—¿De qué libros se trata?

—*Tess, la de los d'Urberville.*

—Sí, señor.

Me sonríe de manera inesperada y abandona el despacho.

¿Por qué sonríe?

Ella nunca sonríe. Desecho la idea mientras me pregunto si será la última vez que vea esos volúmenes, y debo admitir que, en mi fuero interno, deseo que no sea así.

Viernes, 20 de mayo de 2011

He dormido bien por primera vez en cinco días. Tal vez sea porque, ahora que le he enviado esos libros a Anastasia, por fin tengo la sensación de haber cerrado un capítulo de mi vida. Mientras me afeito, el capullo del espejo me devuelve la mirada con unos ojos grises y fríos.

Mentiroso.

Joder.

Vale, vale. Tengo la esperanza de que llame. Le di mi número.

La señora Jones levanta la mirada cuando entro en la cocina.

—Buenos días, señor Grey.

—Buenos días, Gail.

—¿Qué le apetece desayunar?

—Tomaré una tortilla. Gracias.

Me siento junto a la barra de la cocina mientras me prepara el desayuno y hojeo *The Wall Street Journal* y *The New York Times* antes de meterme de lleno en *The Seattle Times*. Aún estoy absorto en los periódicos cuando me suena el móvil.

Es Elliot. ¿Qué narices querrá mi hermano mayor?

—¿Elliot?

—Chaval, necesito salir de Seattle este fin de semana. Hay una tía que no me suelta del paquete y tengo que escapar.

—¿Del paquete?

—Sí, sabrías de qué te hablo si tuvieras uno.

Ignoro la pulla, y entonces se me ocurre una idea retorcida.

—¿Qué te parece si nos damos una vuelta por Portland? Podríamos acercarnos esta tarde, quedarnos a dormir y volver a casa el domingo.

—Suena genial. ¿En el pájaro? ¿O te apetece conducir?

—Es un helicóptero, Elliot, pero sacaré el coche. Pásate por la oficina a la hora de comer y salimos desde allí.

—Gracias, hermano. Te debo una. —Elliot cuelga.

Siempre le ha costado mucho contenerse, al igual que las mujeres con las que se relaciona: quienquiera que sea la desafortunada, no es más que otra de una muy larga serie de rollos ocasionales.

—Señor Grey, ¿qué quiere que haga con las comidas este fin de semana?

—Prepara cualquier cosa ligera y déjalo en la nevera. Puede que ya esté aquí de vuelta el sábado.

O puede que no.

Ella no se volvió para mirarte, Grey.

Dado que me he pasado buena parte de mi vida profesional gestionando las expectativas de los demás, debería dárseme mejor gestionar las mías.

Elliot se pasa casi todo el trayecto hasta Portland durmiendo. El pobre cabrón debe de estar hecho polvo, de trabajar y de follar: esa es la razón de ser de Elliot. Está despatarrado en el asiento del copiloto, y ronca.

Menuda compañía va a hacerme.

Cuando lleguemos a Portland serán más de las tres, así que llamo a Andrea por el manos libres.

—Señor Grey —responde tras dos tonos de llamada.

—¿Puedes encargarte de que nos lleven dos bicis de montaña al Heathman?

—¿Para qué hora, señor?

—Las tres.

—¿Las bicicletas son para su hermano y para usted?

—Sí.

—¿Y su hermano mide alrededor de metro noventa?

—Sí.

—Ahora mismo me ocupo de ello.

—Fantástico.

Cuelgo y luego llamo a Taylor.

—Señor Grey —contesta tras un solo tono.

—¿A qué hora estarás aquí?

—Calculo que sobre las nueve de esta noche.

—¿Vendrás con el R8?

—Será un placer, señor. —Taylor también es un fanático de los coches.

—Bien. —Pongo fin a la llamada y subo el volumen de la música.

Veamos si Elliot es capaz de seguir durmiendo mientras suena The Verve.

A medida que avanzamos por la interestatal 5 mi excitación va en aumento.

¿Le habrán entregado ya los libros? Estoy tentado de llamar otra vez a Andrea, pero le he dejado un montón de trabajo que hacer. Además, no quiero darle al personal motivos para chismorrear. No suelo hacer esa clase de chorradas.

¿Por qué se los has enviado, para empezar?

Porque quiero volver a verla.

Pasamos de largo la salida de Vancouver y me pregunto si habrá terminado su examen.

—Eh, tío, ¿dónde estamos? —suelta Elliot.

—Vaya, si se ha despertado —murmuro—. Ya casi hemos llegado. Nos vamos a hacer bici de montaña.

—¿Ah, sí?

—Sí.

—Genial. ¿Te acuerdas de cuando papá nos llevaba?

—Pues sí.

Sacudo la cabeza al recordarlo. Mi padre es un erudito, un auténtico hombre del renacimiento: académico, deportista, se siente a sus anchas en la ciudad y más aún en plena naturaleza. Acogió a tres niños adoptados… y yo soy el único que no estuvo a la altura de sus expectativas.

Sin embargo, antes de que me llegara la adolescencia sí tuvimos un vínculo que nos unió. Él era mi héroe. Solía gustarle llevarnos de campamento y disfrutar de todas esas actividades al aire libre que ahora me encantan: el barco, el kayak, la bicicleta... Lo practicábamos todo.

Mi pubertad se cargó todo eso.

—Me ha parecido que, como llegaremos a media tarde, ya no tendremos tiempo para una excursión a pie.

—Bien pensado.

—Bueno, y ¿de quién estás huyendo?

—Tío, yo soy de los que se las ligan y, luego, si te he visto no me acuerdo. Ya lo sabes. Sin ataduras. En cuanto las tías descubren que diriges tu propio negocio, empiezan a entrarles ideas locas. —Me mira de reojo—. Haces muy bien guardándote la polla para ti solo.

—No hablábamos de mi polla, estábamos hablando de la tuya, y de quién ha estado jugando con ella últimamente.

Elliot suelta una risa burlona.

—He perdido la cuenta. Bueno, ya vale de hablar de mí. ¿Cómo va el estimulante mundo del comercio y las altas finanzas?

—¿De verdad quieres saberlo? —Le lanzo una miradita.

—Bah... —gruñe.

Me río de su apatía y de su falta de elocuencia.

—¿Qué tal el negocio? —pregunto.

—¿Compruebas cómo va tu inversión?

—Siempre.

A eso me dedico.

—Bueno, la semana pasada dimos el pistoletazo de salida con el proyecto de Spokani Eden y de momento vamos según el calendario previsto, pero solo ha pasado una semana. —Se encoge de hombros.

Debajo de esa apariencia hasta cierto punto informal, mi hermano es un guerrero ecologista. Su pasión por una vida sostenible contribuye a generar acaloradas conversaciones durante las cenas familiares de los domingos, y su último proyecto es la construcción de viviendas ecológicas de bajo coste al norte de Seattle.

—Tengo la esperanza de poder instalar ese nuevo sistema de aguas grises que te contaba. Eso supondrá que todos los hogares reducirán el consumo de agua y el coste de las facturas en un veinticinco por ciento.

—Impresionante.

—Eso espero.

En silencio, entramos con el coche en el centro de Portland y, justo cuando vamos a meternos en el aparcamiento subterráneo del Heathman —donde la vi por última vez—, Elliot murmura algo.

—¿Sabes que nos perderemos el partido de los Mariners de esta noche?

—Quizá podrías pasarte la velada delante del televisor. Darle un descanso a tu polla y ver un poco de béisbol.

—Suena bien.

Seguirle el ritmo a Elliot en bici es todo un reto. Avanza a través del sendero con esa actitud de «todo me la suda» que adopta en la mayoría de las situaciones. Elliot no conoce el miedo; por eso lo admiro. Aun así, a este ritmo no tengo ocasión de disfrutar del entorno. Soy vagamente consciente de la vegetación exuberante que pasa volando junto a mí, pero tengo la mirada fija en la pista para intentar esquivar los baches.

Al final de la excursión acabamos los dos sucios y agotados.

—Ha sido lo más divertido que he hecho con la ropa puesta en una buena temporada —dice mientras le devolvemos las bicis al botones del Heathman.

—Sí —mascullo.

Entonces recuerdo cómo sostuve a Anastasia cuando la salvé del ciclista: su calidez, sus pechos apretados contra mí; su aroma, que invadía mis sentidos.

Yo entonces llevaba la ropa puesta…

—Sí —digo otra vez.

Ya en el ascensor, comprobamos los teléfonos mientras subimos a la última planta.

He recibido varios correos electrónicos y un par de mensajes de texto de Elena, que me pregunta qué voy a hacer este fin de semana, pero no hay ninguna llamada perdida de Anastasia. Ya son casi las siete; tiene que haber recibido los libros. Ese pensamiento me deprime: he hecho todo el camino hasta Portland persiguiendo una quimera, una vez más.

—Joder, esa tía me ha llamado cinco veces y me ha enviado cuatro mensajes. ¿Es que no sabe lo desesperada que parece así? —protesta Elliot.

—Quizá está embarazada.

Mi hermano palidece y yo me echo a reír.

—No tiene gracia, campeón —refunfuña—. Además, no hace tanto que la conozco, y tampoco nos hemos visto tantas veces.

Después de una ducha rápida, me reúno con Elliot en su suite y nos sentamos a ver lo que queda del partido de los Mariners contra los San Diego Padres. Pedimos que nos suban unos filetes, ensalada, patatas fritas y un par de cervezas, y me arrellano en el sofá a disfrutar del béisbol con la relajada compañía de Elliot. Me he resignado al hecho de que Anastasia no llamará. Los Mariners van por delante en el marcador y todo indica que le van a dar una paliza al otro equipo.

Al final no lo consiguen y nos llevamos una decepción, aunque han ganado por 4 a 1.

¡Vamos, Mariners! Elliot y yo entrechocamos las botellas de cerveza.

Cuando el análisis postpartido ya está en marcha, suena mi móvil y el número de la señorita Steele aparece en la pantalla.

Es ella.

—¿Anastasia? —No oculto mi sorpresa ni mi alegría.

Hay ruido de fondo y suena como si estuviera en una fiesta o en un bar. Elliot me está mirando, así que me levanto del sofá y me alejo para que no me oiga.

—¿Por qué me has mandado esos libros? —Le cuesta vocalizar.

Una oleada de aprensión me recorre la columna de arriba abajo.

—Anastasia, ¿estás bien? Tienes una voz rara.

—La rara no soy yo, sino tú —dice en un tono acusador.

—Anastasia, ¿has bebido?

Mierda. ¿Con quién está? ¿Con el fotógrafo? ¿Dónde está su amiga Kate?

—¿A ti qué te importa?

Suena hosca y agresiva, y sé que está borracha, pero también necesito saber que se encuentra bien.

—Tengo… curiosidad. ¿Dónde estás?

—En un bar.

—¿En qué bar?

Dímelo. La angustia estalla en mi vientre. Es una mujer joven, borracha, en algún garito de Portland. No está segura.

—Un bar de Portland.

—¿Cómo vas a volver a casa?

Me pellizco el puente de la nariz con la vana esperanza de que eso me distraiga; no quiero perder los estribos.

—Ya me las apañaré.

Pero ¿qué narices está diciendo? ¿Va a conducir? Vuelvo a preguntarle en qué bar está, pero se niega a contestarme.

—¿Por qué me has mandado esos libros, Christian?

—Anastasia, ¿dónde estás? Dímelo ahora mismo.

¿Cómo va a volver a casa?

—Eres tan… dominante. —Se ríe.

En cualquier otra situación me resultaría encantador, pero en estos momentos… solo quiero demostrarle lo dominante que puedo llegar a ser. Me está volviendo loco.

—Ana, contéstame: ¿dónde cojones estás?

Vuelve a soltar una risilla. ¡Mierda, se está riendo de mí! ¡Otra vez!

—En Portland… Bastante lejos de Seattle.

—¿Dónde exactamente?

—Buenas noches, Christian. —Se corta la comunicación.

—¡Ana!

¡Me ha colgado! Me quedo mirando el móvil; no me lo puedo creer: nadie me había colgado nunca el teléfono. ¡Qué cojones...!

—¿Qué problema tienes? —pregunta Elliot levantando la voz desde el sofá.

—Acaba de llamarme una borracha.

Lo miro y veo que su boca se abre por la sorpresa.

—¿A ti?

—Pues sí.

Aprieto el botón de rellamada mientras intento contener la ira, y la angustia.

—Hola —dice, susurrante y tímida. Esta vez ya no se oye tanto ruido de fondo.

—Voy a buscarte. —Mi voz es gélida, sigo luchando contra mi ira y cierro el móvil de golpe.

—Tengo que ir a recoger a esa chica y llevarla a casa. ¿Quieres venir?

Elliot me mira como si me hubieran salido tres cabezas.

—¿Tú? ¿Con una tía? Eso tengo que verlo.

Busca sus zapatillas de deporte y empieza a ponérselas.

—Solo tengo que hacer una llamada —digo.

Me meto en el dormitorio de mi hermano mientras decido si llamar a Barney o a Welch. Barney es el ingeniero de más experiencia del departamento de telecomunicaciones de mi empresa. Es un genio de la tecnología, pero lo que quiero que haga no es estrictamente legal.

Lo mejor será no meter a nadie de la compañía en esto.

Llamo a Welch por marcación rápida y su voz áspera me contesta al cabo de unos segundos.

—¿Señor Grey?

—Necesito saber dónde está ahora mismo Anastasia Steele

—Comprendo. —Se calla un momento—. Déjemelo a mí, señor Grey.

Sé que estoy violando la ley, pero ella podría meterse en algún lío.

—Gracias.

—Volveré a llamarle dentro de unos minutos.

Cuando regreso al salón, Elliot se está frotando las manos con regocijo y tiene una sonrisa estúpida en la cara.

Vamos, no me jodas.

—No me perdería esto por nada del mundo —dice regodeándose.

—Voy a buscar las llaves del coche. Nos vemos en el aparcamiento dentro de cinco minutos —murmuro sin hacer caso de su cara de listillo.

El bar está abarrotado, lleno de estudiantes decididos a pasar un buen rato. Se oye una porquería *indie* que atruena desde el sistema de sonido, y la pista de baile está a reventar de cuerpos que se contorsionan.

Hacen que me sienta mayor.

Ella está aquí, en alguna parte.

Elliot me ha seguido desde la puerta de entrada.

—¿La ves? —grita por encima del barullo.

Rastreo la sala con la mirada y localizo a Katherine Kavanagh. Está con un grupo de amigos, todos hombres, sentados en un reservado. No veo a Ana por ninguna parte, pero la mesa está repleta de vasos de chupito y jarras de cerveza.

Bueno, veamos si la señorita Kavanagh es tan leal con su amiga como Ana lo es con ella.

Me mira sorprendida cuando nos plantamos en su mesa.

—Katherine —digo a modo de saludo.

Ella me interrumpe antes de que pueda preguntarle dónde se ha metido Ana.

—Christian, menuda sorpresa encontrarte aquí —grita para hacerse oír.

Los tres tipos de la mesa nos miran a Elliot y a mí con un recelo hostil.

—Pasaba por el barrio.

—¿Y este quién es? —pregunta interrumpiéndome de nuevo, y le sonríe a Elliot, quizá con demasiada alegría.

Qué mujer más exasperante.

—Es mi hermano, Elliot. Elliot, Katherine Kavanagh. ¿Dónde está Ana?

Su sonrisa se hace más amplia mientras sigue mirando a Elliot, y me sorprende ver que él le corresponde con otra igual.

—Me parece que ha salido a que le dé un poco el aire —contesta Kavanagh, pero no me mira a mí.

Solo tiene ojos para don Si-te-he-visto-no-me-acuerdo. Ella misma... Será su funeral.

—¿Ha salido? ¿Adónde? —grito.

—Ah, pues por ahí. —Señala una puerta doble que hay al final de la barra.

Me abro paso entre la muchedumbre y voy hacia la puerta. Tras de mí dejo a los tres hombres cabreados, y a Kavanagh y a Elliot en pleno duelo de sonrisas.

Al otro lado de las puertas está la cola del baño de chicas, y más allá otra puerta que se abre al exterior. Es la parte trasera del bar. Irónicamente, da al aparcamiento donde acabamos de estar Elliot y yo.

Salgo y me encuentro en un espacio de reunión adyacente al aparcamiento: un rincón agradable flanqueado por parterres de flores en el que hay varias personas fumando, bebiendo, charlando. Enrollándose. La veo.

¡Mierda! Está con ese fotógrafo, creo, aunque es difícil distinguirlo con tan poca luz. Ana está en sus brazos, pero parece revolverse en un intento de apartarlo mientras él le murmura algo que no oigo y empieza a besarla a lo largo de la mandíbula.

—José, no —dice Ana.

Ahora resulta evidente; está intentando quitárselo de encima. No quiere que ese tío la bese.

Por un momento deseo arrancarle la cabeza a ese tipo. Con las manos cerradas en puños a los costados, echo a andar hacia ellos.

—Creo que la señorita ha dicho que no. —Mi voz se alza fría y siniestra en el relativo silencio mientras lucho por contener mi furia.

El fotógrafo suelta a Ana y ella me mira con los ojos medio entornados y una expresión de aturdimiento y embriaguez.

—Grey —dice él, lacónico.

Necesito de todo mi control para no arrancarle de un puñetazo esa expresión de chasco que refleja su cara.

El cuerpo de Ana da una sacudida, luego se inclina y vomita en el suelo.

¡Oh, mierda!

—¡Uf, *Dios mío*, Ana! —exclama José, que salta con asco para quitarse de en medio.

Menudo capullo.

Paso de él y le recojo el pelo a Anastasia para apartárselo de la cara mientras sigue vomitando todo lo que se ha bebido esa noche. Me irrita bastante darme cuenta de que no parece haber comido nada. Le paso el brazo por los hombros y la alejo de los curiosos hacia uno de los parterres.

—Si vas a volver a vomitar, hazlo aquí. Yo te sostengo.

El lugar está sumido en la oscuridad; puede devolver tranquila. Lo hace una y otra vez, con las manos apoyadas en los ladrillos. Es lamentable. Ya tiene el estómago vacío, pero sigue convulsionándose con largas arcadas secas.

Caray, sí que le ha dado fuerte.

Por fin su cuerpo se relaja y creo que ha terminado. La suelto y le ofrezco mi pañuelo, que por algún milagro llevo en el bolsillo interior de la americana.

Gracias, señora Jones.

Ana se limpia la boca, se vuelve y apoya el cuerpo en los ladrillos mientras evita mirarme porque se siente avergonzada y abochornada. Y aun así, estoy contento de verla. Mi arrebato de ira contra el fotógrafo ya ha pasado, porque es un auténtico placer encontrarme en el aparcamiento de un bar de estudiantes de Portland con la señorita Anastasia Steele.

Se lleva las manos a la cabeza, se encoge y entonces me mira, todavía muerta de vergüenza. Se vuelve hacia la puerta y observa por encima de mi hombro. Supongo que busca a su «amigo».

—Bueno... Nos vemos dentro —dice José.

Yo ni siquiera vuelvo la cabeza para lanzarle una mirada despectiva y, para mi satisfacción, ella tampoco le hace ningún caso, sino que busca otra vez mis ojos.

—Lo siento —dice entonces, mientras sus dedos retuercen la suave tela de lino.

Vale, vamos a divertirnos.

—¿Qué sientes, Anastasia?

—Sobre todo, haberte llamado. Estar mareada. Uf, la lista es interminable —masculla.

—A todos nos ha pasado alguna vez, quizá no de manera tan dramática como a ti. —¿Por qué me divierte tanto incordiar a esta chica?—. Es cuestión de saber cuáles son tus límites, Anastasia. Bueno, a mí me gusta traspasar los límites, pero la verdad es que esto es demasiado. ¿Sueles comportarte así?

Quizá tiene un problema con la bebida. Es una idea preocupante, y sopeso si debería llamar a mi madre para que me dé el nombre de una buena clínica de desintoxicación.

Ana frunce el ceño un momento, como si estuviera enfadada, entre sus cejas se forma esa pequeña V y yo reprimo las ganas de besarla. Sin embargo, cuando habla parece arrepentida.

—No —dice—. Nunca me había emborrachado, y ahora mismo no me apetece nada que se repita.

Levanta la mirada hacia mí. Sigue sin poder enfocar la vista y se balancea un poco. Parece a punto de desmayarse, así que no me lo pienso dos veces y la cojo en brazos.

Es asombroso lo poco que pesa. Demasiado poco. Esa idea me cabrea. No me extraña que haya acabado tan borracha.

—Vamos, te llevaré a casa.

—Tengo que decírselo a Kate —añade mientras descansa la cabeza en mi hombro.

—Puede decírselo mi hermano.

—¿Qué?

—Mi hermano Elliot está hablando con la señorita Kavanagh.

—¿Cómo?

—Estaba conmigo cuando me has llamado.

—¿En Seattle?

—No. Estoy en el Heathman.

Y mi búsqueda de una quimera ha valido la pena.

—¿Cómo me has encontrado?

—He rastreado la localización de tu móvil, Anastasia. —Voy hacia el coche. Quiero llevarla a casa—. ¿Has traído chaqueta o bolso?

—Sí, las dos cosas. Christian, por favor, tengo que decírselo a Kate. Se preocupará.

Me detengo y me muerdo la lengua. Kavanagh no estaba preocupada por que Ana hubiera salido a la parte de atrás con ese fotógrafo más ardiente de la cuenta. Rodríguez. Así se llama. ¿Qué clase de amiga es? La luz del bar ilumina la expresión angustiada de su cara.

Por mucho que me cueste, la dejo en el suelo y accedo a acompañarla dentro. Regresamos al bar cogidos de la mano y nos detenemos junto a la mesa de Kate. Uno de los jóvenes sigue sentado ahí, con pinta de estar cabreado y de sentirse abandonado.

—¿Dónde está Kate? —grita Ana por encima del ruido.

—Bailando —dice el tipo, que no aparta sus ojos oscuros de la pista de baile.

Ana recoge la chaqueta y el bolso y, para mi sorpresa, alarga la mano y se aferra a mi brazo.

Me quedo helado.

Mierda.

Mi ritmo cardíaco se dispara enloquecido, mientras la oscuridad empieza a aflorar y se extiende y aprieta su garra alrededor de mi garganta.

—Está en la pista —me grita.

Sus palabras cosquillean mi oído, me distraen y ya no siento tanto miedo.

De repente la oscuridad desaparece y las palpitaciones de mi corazón cesan.

¿Cómo?

Pongo los ojos en blanco para ocultar mi confusión y me la llevo a la barra, pido un vaso grande de agua y se lo paso.

—Bebe.

Ana da un sorbo vacilante mientras me mira a través del cristal.

—Bébetela toda —ordeno.

Espero que este control de daños baste para evitar la resaca de campeonato del día siguiente.

¿Qué le habría ocurrido si no llego a intervenir? Mi ánimo cae en picado.

Y pienso en lo que acaba de ocurrirme a mí.

El contacto de su piel. Mi reacción.

Mi estado anímico sigue en caída libre.

Ana se balancea un poco mientras bebe, así que la sujeto por el hombro. Me gusta esa conexión; estar tocándola. Esta chica es como aceite sobre mis aguas oscuras, profundas y turbulentas.

Vaya... muy florido, Grey.

Cuando termina de beber, cojo el vaso y lo dejo sobre la barra.

Muy bien. Quiere hablar con su supuesta amiga, así que examino la pista abarrotada, inquieto al pensar en todos esos cuerpos apretándose contra el mío mientras intento abrirnos paso a los dos.

Me armo de valor, la cojo de la mano y la llevo hacia la pista de baile. Ella duda, pero si quiere hablar con su amiga solo hay una forma de hacerlo: tendrá que bailar conmigo. En cuanto Elliot se pone en marcha ya no hay quien lo pare; a la mierda su velada tranquila.

Tiro de ella y la aprisiono entre mis brazos.

Esto sí puedo soportarlo. Si sé que va a tocarme, lo controlo. Puedo con ello, sobre todo porque llevo puesta la americana. Voy guiando nuestros movimientos entre la gente hasta el lugar donde Elliot y Kate están montando un auténtico espectáculo.

Cuando llegamos a su lado, mi hermano se inclina hacia mí sin dejar de bailar, medio pavoneándose, y nos repasa con una mirada de incredulidad.

—Me llevo a Ana a casa. Díselo a Kate —le grito al oído.

Él asiente con la cabeza y tira de Kavanagh para estrecharla entre sus brazos.

Bien. Ahora, a acompañar a casa a la señorita Bibliotecaria Borracha, que por algún motivo parece no querer marcharse. Mira a Kavanagh preocupada. Cuando salimos de la pista, vuelve la cabeza para mirar a Kate, luego me mira a mí y se tambalea, algo mareada.

—¡Joder!

De puro milagro consigo sostenerla cuando se desmaya en medio del bar. Estoy tentado de echármela al hombro, pero llamaríamos demasiado la atención, así que la levanto en brazos una vez más, acunándola contra mi pecho, y me la llevo fuera, al coche.

—¡Dios! —murmuro mientras trato de sacar la llave de mis vaqueros sin soltar el cuerpo de ella ni un instante.

No sé cómo, pero logro meterla en el asiento del copiloto y abrocharle el cinturón.

—Ana. —La zarandeo un poco, porque la veo demasiado quieta y me preocupa—. ¡Ana!

Masculla algo incoherente. Bueno, al menos no ha perdido del todo la consciencia. Sé que debería llevarla a su casa, pero el trayecto hasta Vancouver es largo y no sé si volverá a marearse. No me atrae demasiado la idea de que mi Audi apeste a vómito. El olor que emana de su ropa ya resulta bastante desagradable.

Me dirijo al Heathman mientras me digo que solo lo hago por ella.

Sí, no te lo crees ni tú, Grey.

Mientras subimos en el ascensor desde el parking, la llevo dormida entre mis brazos. Tendré que quitarle los vaqueros y los zapatos. El hedor rancio a vómito invade la cabina. Me gustaría darle un baño, pero eso sería traspasar los límites de la propiedad.

¿Y esto no lo es?

Ya en mi suite, dejo su bolso sobre el sofá y luego la llevo al dormitorio y la acuesto en la cama. Ella vuelve a susurrar algo, pero no se despierta.

Le quito los zapatos y los calcetines y los meto en la bolsa de plástico para la lavandería que dan en el hotel. Después le bajo la cremallera de los vaqueros, tiro de ellos y compruebo si lleva algo en los bolsillos antes de introducirlos en la bolsa de la ropa sucia. Ana vuelve a caer sobre la cama con las extremidades extendidas, como una estrella de mar, toda piernas y brazos blanquísimos, y por un momento me imagino esas piernas alrededor de mi cintura y sus muñecas atadas a mi cruz de san Andrés. Veo que tiene un leve moratón en la rodilla y me pregunto si es de cuando se cayó en mi despacho.

Está marcada desde entonces... igual que yo.

Hago que se siente y entonces abre los ojos.

—Hola, Ana —susurro mientras le quito la chaqueta despacio y sin ninguna ayuda por su parte.

—Grey. Labios —balbucea.

—Sí, cariño.

La reclino en la cama. Ella cierra de nuevo los ojos y se vuelve de lado, pero enseguida se acurruca hecha una ovillo y se la ve pequeña y vulnerable. La tapo con el edredón y la beso en el pelo. Ahora que le he quitado la ropa sucia ha reaparecido un deje de su fragancia: manzanas, otoño, fresca, deliciosa... Ana. Tiene los labios entreabiertos, las pestañas le caen como abanicos sobre las mejillas pálidas, y su tez parece inmaculada. Lo único que me permito es un contacto más, y le acaricio la mejilla con el dedo índice.

—Que duermas bien —murmuro, y luego voy al salón para terminar la lista de la lavandería.

Al acabar, dejo la repugnante bolsa fuera de la habitación para que se lleven su contenido y lo laven.

Antes de comprobar mis correos, le envío un mensaje de texto a Welch para pedirle que averigüe si José Rodríguez tiene antecedentes policiales. Siento curiosidad. Quiero saber si se dedica a acosar a jovencitas bebidas. Después me ocupo del asunto de la ropa para la señorita Steele: le envío un e-mail sucinto a Taylor.

De: Christian Grey
Fecha: 20 de mayo 2011 23:46
Para: J B Taylor
Asunto: Señorita Anastasia Steele

Buenos días:
¿Podrías buscar los siguientes artículos para la señorita Steele y hacer que me los traigan a mi habitación de siempre antes de las 10.00, por favor?

Vaqueros: Azules, talla S
Blusa: Azul. Bonita, talla S
Converse: Negras, un 38
Calcetines: un 38
Lencería: Braguitas, talla S. Sujetador: calculo que una 90C.

Gracias.

Christian Grey
Presidente de Grey Enterprises Holdings, Inc.

Cuando ya ha desaparecido de la bandeja de salida, le envío un mensaje de texto a Elliot.

Ana está conmigo. Si sigues con Kate, díselo.

Me contesta con otro mensaje.

*Lo haré. Espero que eches un polvo.
Lo necesitas muuucho. ;)*

Su respuesta me provoca una gran carcajada sorda por mi parte.

Pero mucho, Elliot. Mucho, mucho.

Abro el correo del trabajo y empiezo a leer.

Sábado, 21 de mayo de 2011

Casi dos horas después me voy a la cama; son las dos menos cuarto. Ella se ha dormido enseguida y no se ha movido de donde la he dejado. Me desnudo, me pongo los pantalones del pijama y una camiseta y me acuesto a su lado. Se ha quedado frita; no es probable que empiece a dar vueltas y me toque. Vacilo unos instantes mientras la oscuridad crece en mi interior, pero no aflora, y sé que es porque estoy observando el hipnótico subir y bajar de su pecho y respiro en sincronía con ella. Inspiro. Espiro. Inspiro. Espiro. Inspiro. Espiro. Durante segundos, minutos, horas, no lo sé; la observo. Y mientras duerme inspecciono cada bello centímetro de su adorable rostro: las oscuras pestañas que tiemblan dormidas; la boca, un poco abierta, que me deja ver sus dientes blancos y uniformes. Masculla algo ininteligible, su lengua asoma y se lame los labios. Es excitante, muy excitante. Por fin caigo en un sopor profundo y sin sueños.

Cuando abro los ojos hay silencio y por un momento me siento desorientado. Ah, sí. Estoy en el Heathman. El despertador de mi mesilla de noche marca las 7.43.

¿Cuándo fue la última vez que dormí hasta tan tarde?

Ana.

Poco a poco, vuelvo la cabeza y la encuentro profundamente dormida, de cara a mí. Su precioso rostro está relajado por el reposo.

Nunca había dormido con una mujer. Me he follado a muchas, pero despertarme junto a una joven atractiva es una experiencia nueva y estimulante. Mi polla está de acuerdo.

Pero esto no funcionará.

A regañadientes, me levanto de la cama y busco mi ropa de correr. Tengo que quemar este... exceso de energía. Mientras me pongo los pantalones de chándal, no logro recordar cuándo fue la última vez que dormí tan bien.

En el salón, enciendo el portátil, compruebo los correos electrónicos y respondo a dos de Ros y a uno de Andrea. Me lleva más tiempo de lo habitual; no consigo centrarme sabiendo que Ana está durmiendo en la habitación contigua. Me pregunto cómo se sentirá cuando se despierte.

La resaca. ¡Ah!

Encuentro un botellín de zumo de naranja en el minibar y lo sirvo en un vaso. Cuando vuelvo a entrar todavía duerme; su pelo es una maraña color castaño que se desparrama sobre toda la almohada, y la ropa de cama se le ha deslizado hasta por debajo de la cintura. La camiseta se le ha subido y deja al descubierto el vientre y el ombligo. Esa imagen me remueve por dentro una vez más.

No te quedes ahí plantado comiéndotela con los ojos, joder, Grey.

Tengo que salir antes de hacer algo de lo que luego me arrepienta. Dejo el vaso sobre la mesilla, entro en el cuarto de baño, cojo dos ibuprofenos de mi neceser y los deposito junto al vaso de zumo de naranja.

Tras mirar una última vez a Anastasia Steele —la primera mujer con la que he dormido en toda mi vida—, salgo a correr.

Cuando vuelvo de hacer ejercicio, en el salón hay una bolsa de una tienda que no reconozco. Echo un vistazo y veo que contiene ropa para Ana. Como siempre, Taylor ha cumplido... ¡y lo ha hecho todo antes de las nueve!

Ese hombre es prodigioso.

El bolso de ella sigue sobre el sofá, donde lo dejó anoche, y la puerta del dormitorio está cerrada, de manera que doy por sentado que no se ha marchado y aún está durmiendo.

Es un alivio. Examino la carta del servicio de habitaciones y decido pedir algo de comer. Cuando se despierte tendrá hambre, pero no tengo ni idea de qué le apetecerá, así que en un extraño arrebato por complacerla pido un surtido de platos de la carta del desayuno. Me informan de que tardará media hora.

Ha llegado el momento de despertar a la encantadora señorita Steele; ya ha dormido bastante.

Cojo la toalla que he usado para hacer ejercicio y la bolsa con su ropa, llamo a la puerta y entro. Me alegra ver que ya está sentada en la cama. Las pastillas han desaparecido y el zumo también.

Buena chica.

Palidece cuando, con toda tranquilidad, cruzo la habitación.

Quítale importancia, Grey. No querrás que te acusen de secuestro.

Ella cierra los ojos, e imagino que lo hace porque se siente avergonzada.

—Buenos días, Anastasia. ¿Cómo te encuentras?

—Mejor de lo que merezco —murmura mientras dejo la bolsa con su ropa en la silla.

Cuando se vuelve a mirarme, sus ojos son increíblemente grandes y azules, y aunque tiene el pelo todo alborotado... está arrebatadora.

—¿Cómo he llegado hasta aquí? —pregunta, y por su tono parece que tema la respuesta.

Tranquilízala, Grey.

Me siento en el borde de la cama y me ciño a los hechos.

—Después de que te desmayaras no quise poner en peligro la tapicería de piel de mi coche llevándote a tu casa, así que te traje aquí.

—¿Me metiste tú en la cama?

—Sí.

—¿Volví a vomitar?

—No.

Gracias a Dios.

—¿Me quitaste la ropa?

—Sí.

¿Quién podría habértela quitado si no?

Se sonroja; por fin ha vuelto el color a sus mejillas. Con esós dientes perfectos se muerde el labio inferior, y yo ahogo un gemido.

—¿No habremos...? —susurra mirándose las manos.

Dios, ¿por qué clase de animal me ha tomado?

—Anastasia, estabas casi en coma. La necrofilia no es lo mío. —Hablo en tono seco—. Me gusta que mis mujeres estén conscientes y sean receptivas.

Ella relaja los hombros, aliviada, lo cual me lleva a preguntarme si ya ha vivido antes esa situación: desmayarse y despertarse en la cama de un extraño y luego descubrir que él se la ha follado sin su consentimiento. Tal vez sea ese el modus operandi del fotógrafo. La idea me resulta inquietante. Sin embargo, recuerdo su confesión de la noche anterior, la de que nunca se había emborrachado. Menos mal que no lo tiene por costumbre.

—Lo siento mucho —dice en un tono avergonzado.

Mierda. Tal vez no debería pasarme tanto con ella.

—Fue una noche muy divertida. Tardaré en olvidarla.

Espero haber sonado conciliador, pero ella frunce el ceño.

—No tenías por qué seguirme la pista con algún artilugio a lo James Bond que estés desarrollando para vendérselo al mejor postor.

¡Uau! Ahora está cabreada. ¿Por qué?

—En primer lugar, la tecnología para localizar móviles está disponible en internet.

Bueno, en la internet profunda...

—En segundo lugar, mi empresa no invierte en ningún aparato de vigilancia, ni los fabrica.

Estoy empezando a perder los nervios, pero no puedo controlarme.

—Y en tercer lugar, si no hubiera ido a buscarte, seguramente te habrías despertado en la cama del fotógrafo y, si no recuerdo mal, no estabas muy entusiasmada con sus métodos de cortejarte.

Ella parpadea unas cuantas veces, y entonces se le escapa la risa.

De nuevo se ríe de mí.

—¿De qué crónica medieval te has escapado? Pareces un caballero andante.

Es cautivadora. Me está provocando... otra vez, y su irreverencia resulta reconfortante, muy reconfortante. Sin embargo, tengo muy claro que no soy ningún caballero de brillante armadura. Vaya, se ha formado una idea equivocada y, aunque no me conviene en absoluto, me siento obligado a advertirle que en mí no hay nada caballeroso ni cortés.

—No lo creo, Anastasia. Un caballero oscuro, quizá. —Si supiera hasta qué punto... Pero ¿por qué estamos hablando de mí? Cambio de tema—. ¿Cenaste ayer?

Ella niega con la cabeza.

¡Lo sabía!

—Tienes que comer. Por eso te pusiste tan mal. De verdad, es la primera norma cuando bebes.

—¿Vas a seguir riñéndome?

—¿Estoy riñéndote?

—Creo que sí.

—Tienes suerte de que solo te riña.

—¿Qué quieres decir?

—Bueno, si fueras mía, después del numerito que montaste ayer no podrías sentarte en una semana. No cenaste, te emborrachaste y te pusiste en peligro. —Siento un miedo visceral que me sorprende; qué comportamiento tan irresponsable el suyo, tan arriesgado—. No quiero ni pensar lo que podría haberte pasado.

Me mira con expresión ceñuda.

—No me habría pasado nada. Estaba con Kate.

¡Menuda ayuda!

—¿Y el fotógrafo? —repongo.

—José simplemente se pasó de la raya —dice sin dar importancia a mi preocupación mientras se echa hacia atrás la melena enredada.

—Bueno, la próxima vez que se pase de la raya quizá alguien debería enseñarle modales.

—Eres muy partidario de la disciplina —me suelta.

—Oh, Anastasia, no sabes cuánto.

Me viene a la cabeza una imagen de ella encadenada a mi banco, con una raíz de jengibre pelada introducida en el ano de modo que no pueda apretar las nalgas, y a continuación un uso bien merecido de un cinturón o de una correa. Sí... Eso le enseñaría a no ser tan irresponsable. Esa idea me resulta enormemente tentadora.

Me mira con los ojos muy abiertos y aire aturdido, y eso hace que me sienta incómodo. ¿Puede leerme el pensamiento? ¿O solo está contemplando mi cara bonita?

—Voy a ducharme. A no ser que prefieras ducharte tú primero... —le propongo, pero ella continúa boquiabierta.

Incluso así es de lo más adorable. Cuesta resistirse, y me concedo permiso para tocarla y recorrer el perfil de su mejilla con el dedo pulgar. Se queda sin respiración cuando acaricio su suave labio inferior.

—Respira, Anastasia —murmuro. Luego me pongo en pie y le digo que dentro de quince minutos nos subirán el desayuno.

Ella permanece callada; por una vez su lengua viperina guarda silencio.

Ya en el cuarto de baño, respiro hondo, me quito la ropa y entro en la ducha. Me apetece hacerme una paja, pero ese temor familiar a que me descubran y luego lo cuenten, que tiene su origen en una época anterior de mi vida, me disuade.

A Elena no le gustaría.

Viejos hábitos.

Mientras el agua cae en cascada sobre mi cabeza, reflexiono sobre mi última conversación con la desafiante señorita Steele. Todavía está ahí, en mi cama, así que no debo de parecerle repulsivo del todo. He notado la forma en que contenía la respiración y cómo me ha seguido con la mirada por toda la habitación.

Sí. Hay esperanza.

Pero ¿será una buena sumisa?

Es obvio que no conoce nada de esa forma de vida. Ni siquiera sería capaz de decir «polvo», o «sexo», o lo que sea que los aplicados estudiantes universitarios de hoy en día utilicen como eufemismo de follar. Es bastante ingenua, aunque quizá haya tenido alguna relación poco satisfactoria con chicos como el fotógrafo.

La idea de que haya tenido experiencias con otros me irrita.

Podría preguntarle simplemente si le interesa.

No, tengo que explicarle a qué se expone si acepta tener una relación conmigo.

A ver qué tal nos va durante el desayuno.

Me aclaro el jabón y permanezco bajo el chorro de agua caliente mientras me preparo para el siguiente asalto con Anastasia Steele. Cierro el grifo, salgo de la ducha y cojo una toalla. Tras un rápido vistazo en el espejo empañado decido que hoy paso de afeitarme. Enseguida traerán el desayuno, y tengo hambre. Me lavo los dientes a toda prisa.

Cuando abro la puerta del cuarto de baño, ella se ha levantado de la cama y está buscando sus vaqueros. Me recuerda al típico cervatillo asustado, con sus largas piernas y sus grandes ojos.

—Si estás buscando tus vaqueros, los he mandado a la lavandería. —La verdad es que tiene unas piernas fantásticas; no debería ocultarlas bajo unos pantalones. Entorna los ojos y presiento que está dispuesta a discutir, así que le explico por qué—. Estaban salpicados de vómito.

—Ah —exclama.

Claro. «Ah». ¿Qué tiene que decirme a eso, eh, señorita Steele?

—He mandado a Taylor a comprar otros y unas zapatillas de deporte. Están en esa bolsa.

Señalo con la cabeza la bolsa de la tienda.

Ella arquea las cejas... sorprendida, creo.

—Bueno… Voy a ducharme —musita y, poco después, añade—: Gracias.

Coge la bolsa, me esquiva para entrar a toda prisa en el cuarto de baño y cierra la puerta con pestillo.

Mmm… No veía la hora de encerrarse en el cuarto de baño. De alejarse de mí.

A lo mejor estoy siendo demasiado optimista.

Desanimado, me seco y me visto rápidamente. En el salón compruebo los e-mails, pero no hay nada urgente. Me interrumpen unos golpes en la puerta. Son dos mujeres jóvenes del servicio de habitaciones.

—¿Dónde desea que le sirvamos el desayuno, señor?

—Déjenlo sobre la mesa de comedor.

Al regresar al dormitorio capto sus miradas furtivas, pero las ignoro y me deshago de los sentimientos de culpa por haber pedido tantísima comida. Es imposible que nos lo terminemos todo.

—Ha llegado el desayuno —digo tras llamar a la puerta del cuarto de baño.

—Va… Vale. —La voz de Ana suena un poco ahogada.

De nuevo en el salón, veo que el desayuno está en la mesa. Una de las mujeres, que tiene los ojos oscuros, muy oscuros, me tiende la cuenta para que la firme, y saco unos cuantos billetes de veinte dólares de la cartera para ambas.

—Gracias, señoritas.

—Cuando quiera que le retiren la mesa, solo tiene que llamar al servicio de habitaciones, señor —dice la señorita Ojos Oscuros con una mirada coqueta, como si estuviera ofreciéndose a algo más.

Mi fría sonrisa la disuade de insistir.

Sentado a la mesa con el periódico, me sirvo un café y empiezo a comerme la tortilla. Me suena el teléfono: un mensaje de Elliot.

Kate quiere saber si Ana sigue viva.

Me río entre dientes, algo más tranquilo al ver que la que se hace llamar amiga de Ana se preocupa por ella. Es obvio que Elliot no le ha dado respiro a su polla, a pesar de todas sus protestas de ayer. Le contesto con otro mensaje.

Vivita y coleando ;)

Ana aparece al cabo de un momento: tiene el pelo mojado y lleva la bonita blusa azul que hace juego con sus ojos. Taylor ha hecho un buen trabajo; está preciosa. Echa un vistazo a la habitación y encuentra su bolso.

—Mierda, Kate —suelta.

—Sabe que estás aquí y que sigues viva. Le he mandado un mensaje a Elliot.

Ella me sonríe vacilante mientras se acerca a la mesa.

—Siéntate —le ordeno señalando el lugar que tiene preparado.

Arruga la frente al ver tal cantidad de comida, lo cual acentúa aún más mis sentimientos de culpa.

—No sabía lo que te gusta, así que he pedido un poco de todo —musito a modo de disculpa.

—Eres un despilfarrador —dice.

—Lo soy.

Me siento cada vez más culpable, pero veo que se decide por las tortitas, los huevos revueltos y el beicon con sirope de arce, y se lanza al ataque; así que me olvido de mí mismo. Qué bien sienta verla comer.

—¿Té? —le pregunto.

—Sí, por favor —contesta entre bocado y bocado.

Es evidente que está muerta de hambre. Le paso la pequeña tetera llena de agua y ella me dedica una sonrisa agradecida al ver la bolsita de Twinings English Breakfast. Me perturba enormemente esa sonrisa, lo cual me molesta.

Pero me da esperanzas.

—Tienes el pelo muy mojado —observo.

—No he encontrado el secador —dice, avergonzada.

Se pondrá enferma.

—Gracias por la ropa —añade.

—Es un placer, Anastasia. Este color te sienta muy bien.

Ella clava la mirada en sus dedos.

—¿Sabes? Deberías aprender a encajar los piropos.

A lo mejor no recibe demasiados... Pero ¿por qué? Es muy guapa, aunque de una forma discreta.

—Debería darte algo de dinero por la ropa.

¿Cómo?

Me la quedo mirando y ella se apresura a añadir:

—Ya me has regalado los libros, que no puedo aceptar, por supuesto. Pero la ropa... Por favor, déjame que te la pague.

Qué encanto.

—Anastasia, puedo permitírmelo, créeme.

—No se trata de eso. ¿Por qué tendrías que comprarme esta ropa?

—Porque puedo.

Soy un hombre muy rico, Ana.

—El hecho de que puedas no implica que debas.

Habla en tono suave, pero de repente me pregunto si me ha atravesado con la mirada y ha visto mis deseos más oscuros.

—¿Por qué me mandaste los libros, Christian?

Porque quería volver a verte, y aquí estás...

—Bueno, cuando casi te atropelló el ciclista... y yo te sujetaba entre mis brazos y me mirabas diciéndome: «Bésame, bésame, Christian»... —Me interrumpo y recuerdo aquel momento, su cuerpo pegado al mío. Mierda. Ahuyento ese pensamiento enseguida—. Bueno, creí que te debía una disculpa y una advertencia. Anastasia, no soy un hombre de flores y corazones. No me interesan las historias de amor. Mis gustos son muy peculiares. Deberías mantenerte alejada de mí. Pero hay algo en ti que me impide apartarme. Supongo que ya lo habías imaginado.

—Pues no te apartes —susurra.

¿Cómo?

—No sabes lo que dices.

—Pues explícamelo.

Sus palabras repercuten directamente en mi polla.

Joder.

—Entonces sí que vas con mujeres… —dice.

—Sí, Anastasia, voy con mujeres.

Y si me dejases que te atara, te lo demostraría ahora mismo.

Abre mucho los ojos y sus mejillas se sonrojan.

Oh, Ana.

Tengo que enseñárselo. Es la única forma de saberlo.

—¿Qué planes tienes para los próximos días? —le pregunto.

—Hoy trabajo, a partir del mediodía. ¿Qué hora es? —exclama, presa del pánico.

—Poco más de las diez. Tienes tiempo de sobra. ¿Y mañana?

—Kate y yo vamos a empezar a empaquetar. Nos mudamos a Seattle el próximo fin de semana, y yo trabajo en Clayton's toda esta semana.

—¿Ya tenéis casa en Seattle?

—Sí.

—¿Dónde?

—No recuerdo la dirección. En el distrito de Pike Market.

—No está lejos de mi casa —¡Bien!—. ¿Y en qué vas a trabajar en Seattle?

—He mandado solicitudes a varios sitios para hacer prácticas. Aún tienen que responderme.

—¿Y a mi empresa, como te comenté?

—Bueno… no.

—¿Qué tiene de malo mi empresa?

—¿Tu empresa o tu «compañía»?

Arquea una ceja con aire malicioso.

—¿Está riéndose de mí, señorita Steele?

No puedo disimular que me divierte. Oh, cuánto disfrutaría adiestrándola… Desafiante, exasperante, qué mujer.

Fija la mirada en el plato del desayuno y se muerde el labio inferior.

—Me gustaría morder ese labio —susurro, porque es cierto.

De pronto, me observa atentamente mientras se remueve en el asiento. Luego levanta la barbilla en mi dirección, con los ojos llenos de confianza en sí misma.

—¿Por qué no lo haces? —dice en voz baja.

—Porque no voy a tocarte, Anastasia... no hasta que tenga tu consentimiento por escrito.

—¿Qué quieres decir? —pregunta.

—Exactamente lo que he dicho. Tengo que mostrártelo, Anastasia. —Para qué sepas dónde te estás metiendo—. ¿A qué hora sales del trabajo esta tarde?

—A las ocho.

—Bien, podríamos cenar en mi casa de Seattle esta noche o el sábado que viene y te lo explico. Tú decides.

—¿Por qué no puedes decírmelo ahora?

—Porque estoy disfrutando de mi desayuno y de tu compañía. Cuando lo sepas, seguramente no querrás volver a verme.

Ella arruga la frente mientras asimila lo que acabo de decirle.

—Esta noche —responde.

Bien. No ha tardado nada en decidirse.

—Como Eva, quieres probar cuanto antes el fruto del árbol de la ciencia —la provoco.

—¿Está riéndose de mí, señor Grey? —pregunta.

La miro con los ojos entornados.

Muy bien, nena, tú lo has querido.

Cojo el teléfono y pulso la tecla en la que tengo grabado el número de Taylor, quien me responde casi de inmediato.

—Señor Grey.

—Taylor, voy a necesitar el *Charlie Tango*.

Ana no me quita los ojos de encima mientras lo organizo todo para que me traigan el EC135 a Portland.

Le enseñaré lo que tengo en mente... Y el resto será decisión suya. Puede que cuando lo sepa quiera volver a casa, así que necesitaré que Stephan, mi piloto, esté disponible para poder traerla de vuelta a Portland si decide que no quiere saber nada más de mí. Aunque espero que no sea así.

Me doy cuenta de que estoy impaciente por llevármela a Seattle en el *Charlie Tango*.

Será toda una novedad.

—Piloto disponible desde las diez y media —le confirmo a Taylor, y cuelgo.

—¿La gente siempre hace lo que les dices? —pregunta, y su tono es claramente reprobatorio.

¿Me está censurando? Su descaro me pone de los nervios.

—Suelen hacerlo si no quieren perder su trabajo.

No me cuestiones cómo trato a mis empleados.

—¿Y si no trabajan para ti? —insiste.

—Bueno, puedo ser muy convincente, Anastasia. Deberías terminarte el desayuno. Luego te llevaré a casa. Pasaré a buscarte por Clayton's a las ocho, cuando salgas. Volaremos a Seattle.

—¿Volaremos?

—Sí. Tengo un helicóptero.

Ella me mira boquiabierta, sus labios forman una pequeña O. Resulta muy agradable ver su sorpresa.

—¿Iremos a Seattle en helicóptero?

—Sí.

—¿Por qué?

—Porque puedo. —Sonrío. A veces ser quien soy es realmente cojonudo—. Termínate el desayuno.

Parece atónita.

—Come. —Mi voz es más contundente—. Anastasia, no soporto tirar la comida… Come.

—No puedo comerme todo esto.

Mira todo lo que queda en la mesa y vuelvo a sentirme culpable. Sí, hay demasiada comida.

—Cómete lo que hay en tu plato. Si ayer hubieras comido como es debido, no estarías aquí y yo no tendría que mostrar mis cartas tan pronto.

Mierda. Esto podría ser un grave error.

Me mira con el rabillo del ojo mientras va pinchando la comida que queda en el plato con el tenedor, y entonces veo que intenta contener la risa.

—¿Qué te hace tanta gracia?

Sacude la cabeza y se mete el último trozo de tortita en la boca, y yo también hago lo imposible por no echarme a reír.

12/09/2019

<u>Item(s) Checked Out</u>

TITLE   Big book of animals :
BARCODE   33029106415771
DUE DATE   **12-30-19**

Total Items This Session: 1

Thank you for visiting the library!
Sacramento Public Library
www.saclibrary.org

Love your library?
Join the Friends!
www.saclibfriends.org/join
Visit our Book Den, too.

Terminal #   3

Consigue sorprenderme, como siempre. Es compleja, imprevisible y arrebatadora.

—Buena chica —murmuro—. Te llevaré a casa en cuanto te hayas secado el pelo. No quiero que te pongas enferma.

Tienes que reservar todas tus energías para esta noche, para lo que tengo que enseñarte.

De repente, se levanta de la mesa y debo contener el impulso de decirle que no le he dado permiso para hacerlo.

Grey, no es tu sumisa… todavía.

De vuelta al dormitorio, se detiene junto al sofá.

—¿Dónde has dormido? —pregunta.

—En mi cama. —Contigo.

—Oh.

—Sí, para mí también ha sido toda una novedad.

—Dormir con una mujer… sin sexo.

Ha dicho «sexo»… Y aparece ese rubor tan revelador.

—No.

¿Cómo se lo digo sin que suene raro?

Díselo y punto, Grey.

—Sencillamente dormir con una mujer.

Con toda tranquilidad, vuelvo a centrar mi atención en la sección de deportes del periódico, que trae la reseña del partido de la noche anterior, y luego la miro mientras entra en el dormitorio.

No, no ha sonado nada raro.

Bien, tengo otra cita con la señorita Steele. No, no es una cita; tiene que saber quién soy. Dejo escapar un profundo suspiro y me termino el zumo de naranja. El día se está poniendo muy interesante. Me alegra oír el ruido del secador y me sorprende que esté haciendo lo que se le ha ordenado.

Mientras la espero, llamo al mozo para que me traiga el coche del parking y vuelvo a comprobar la dirección de Ana en Google Maps. Después le envío un mensaje a Andrea para que me haga llegar un acuerdo de confidencialidad por correo electrónico. Si ella quiere saber de qué va todo esto, tendrá que tener la boca cerrada. Me suena el móvil. Es Ros.

Mientras hablo por teléfono, Ana sale del dormitorio y coge el bolso. Ros está hablando de Darfur, pero yo tengo la atención puesta en Ana. Rebusca en su bolso y se alegra cuando encuentra un coletero.

Tiene el pelo muy bonito: abundante, largo, grueso. Me distraigo preguntándome qué debe de sentirse al trenzarlo. Se lo recoge hacia atrás y se pone la chaqueta, luego se sienta en el sofá a esperar que yo acabe con la llamada.

—De acuerdo, adelante. Mantenme informado de cómo van las cosas.

Doy por terminada la conversación con Ros. Ha hecho auténticos milagros y parece ser que el envío de comida a Darfur sí podrá llevarse a cabo.

—¿Estás lista? —le pregunto a Ana.

Ella asiente. Cojo mi chaqueta y las llaves del coche y cruzo la puerta tras ella, que me mira a través de sus largas pestañas mientras nos dirigimos al ascensor. Sus labios esbozan una sonrisa tímida. En respuesta, noto un temblor en los míos.

¿Qué narices me está haciendo esta chica?

Llega el ascensor y dejo que entre ella primero. Pulso el botón de la planta baja y se cierran las puertas. En ese espacio tan reducido tengo plena conciencia de su persona. Un efluvio de su dulce perfume invade mis sentidos… Su respiración se altera, se entrecorta un poco, y me mira con una expresión luminosa y seductora.

Mierda.

Se muerde el labio.

Lo está haciendo a propósito. Y por una fracción de segundo me pierdo en su mirada sensual, cautivadora. No la aparta.

Se me pone dura.

Al instante.

La deseo.

Aquí.

Ahora.

En el ascensor.

—A la mierda el papeleo.

Las palabras salen de la nada y, de forma instintiva, la agarro y la empujo contra la pared del ascensor. Le sujeto las dos manos y las levanto por encima de su cabeza para que no pueda tocarme, y, cuando la tengo inmovilizada, la agarro del pelo mientras mis labios buscan los suyos y los encuentran.

Ella gime en mi boca, el canto de una sirena, y por fin la pruebo: menta y té y la suave jugosidad de un campo entero de frutales. Su sabor es todo lo delicioso que promete su aspecto. Me recuerda a una época de plenitud. Oh, Dios, cuánto la deseo. Le cojo la barbilla, le meto la lengua y noto que la suya me la acaricia con cautela... Explora. Sopesa. Palpa. Responde al beso.

Qué delicia...

—Eres... tan... dulce —murmuro contra sus labios, completamente extasiado, ebrio de su fragancia y de su sabor.

El ascensor se detiene y las puertas empiezan a abrirse.

Haz el puto favor de centrarte, Grey.

Me aparto de ella y me mantengo fuera de su alcance.

Tiene la respiración agitada.

Yo también.

¿Cuándo fue la última vez que perdí el control?

Tres hombres de negocios trajeados nos dirigen miradas de complicidad al entrar en el ascensor.

Entonces me fijo en el cartel que cuelga sobre los botones del ascensor y en el que se anuncia un fin de semana romántico en el Heathman. Miro a Ana y exhalo un suspiro.

Ella sonríe.

Y vuelvo a notar un temblor en los labios.

¿Qué coño me ha hecho esta chica?

El ascensor se detiene en la segunda planta y los hombres bajan y me dejan a solas con la señorita Steele.

—Te has lavado los dientes —señalo con una mueca divertida.

—He utilizado tu cepillo —me responde con un brillo en la mirada.

Pues claro... y por algún motivo me resulta agradable, demasiado agradable. Reprimo la sonrisa.

—Ay, Anastasia Steele, ¿qué voy a hacer contigo? —La cojo de la mano cuando se abren las puertas del ascensor en la planta baja y, con un hilo de voz, añado—: ¿Qué tendrán los ascensores?

Ella me dirige una mirada cómplice mientras cruzamos a paso rápido el vestíbulo de mármol pulido.

El coche nos está esperando en una de las plazas de aparcamiento de enfrente del hotel; el mozo camina de un lado a otro, impaciente. Le doy una propina de escándalo y le abro la puerta del copiloto a Ana, que guarda silencio, pensativa.

Sin embargo, no ha salido corriendo.

A pesar de que la he abordado en el ascensor.

Debería decir algo sobre lo que ha ocurrido ahí dentro, pero ¿qué?

¿Lo siento?

¿Qué te ha parecido?

¿Qué coño estás haciendo conmigo?

Arranco el coche y decido que mejor no comentarle nada. La aplacadora música del «Dúo de las Flores» de Delibes invade el espacio y empiezo a relajarme.

—¿Qué es lo que suena? —pregunta Ana cuando enfilo Southwest Jefferson Street.

Se lo explico y le pregunto si le gusta.

—Christian, es precioso.

Oír mi nombre en sus labios me produce un extraño placer. Ya lo ha pronunciado una media docena de veces, y cada una suena diferente. Hoy lo ha dicho maravillada, por la música. Me parece genial que le guste esta pieza; es una de mis favoritas. Me descubro sonriendo de oreja a oreja. No cabe duda de que me ha perdonado el arrebato del ascensor.

—¿Puedes volver a ponerlo?

—Claro.

Pulso la pantalla táctil para que vuelva a sonar la pieza.

—¿Te gusta la música clásica? —me pregunta mientras cruzamos Fremont Bridge, e iniciamos una conversación desenfadada sobre mis gustos musicales.

Mientras hablamos, recibo una llamada por el manos libres.

—Grey —contesto.

—Señor Grey, soy Welch. Tengo la información que pidió.

Ah, sí, datos sobre el fotógrafo.

—Bien. Mándamela por e-mail. ¿Algo más?

—Nada más, señor.

Pulso un botón y vuelve a sonar la música. Los dos escuchamos ensimismados, abstraídos ahora en el sonido crudo de los Kings of Leon. Pero no por mucho tiempo; el manos libres vuelve a interrumpir nuestros momentos de placer musical.

¿Qué narices...?

—Grey —suelto.

—Le han mandado por e-mail el acuerdo de confidencialidad, señor Grey.

—Bien. Eso es todo, Andrea.

—Que tenga un buen día, señor.

Dirijo una mirada furtiva a Ana para ver si ha captado de qué iba la conversación, pero está contemplando el paisaje de Portland. Sospecho que lo hace por cortesía. Me cuesta mantener la vista en la carretera; quiero mirarla a ella. A pesar de su gran torpeza, tiene un bonito cuello y me gustaría besarla desde la oreja derecha hasta el hombro.

Mierda. Me remuevo en el asiento. Espero que acceda a firmar el acuerdo de confidencialidad y acepte mi proposición.

En cuanto nos incorporamos a la interestatal 5 recibo otra llamada.

Es Elliot.

—Hola, Christian. ¿Has echado un polvo?

Eh... tranquilo, chaval, tranquilo.

—Hola, Elliot... Estoy con el manos libres, y no voy solo en el coche.

—¿Quién va contigo?

—Anastasia Steele.

—¡Hola, Ana!

—Hola, Elliot —responde ella, animada.

—Me han hablado mucho de ti —dice Elliot.

Mierda. ¿Qué le habrán dicho?

—No te creas una palabra de lo que te cuente Kate —repone ella con alegría.

Elliot se ríe.

—Estoy llevando a Anastasia a su casa. ¿Quieres que te recoja? —le ofrezco.

Seguro que Elliot tiene ganas de salir por piernas.

—Claro.

—Hasta ahora.

Cuelgo.

—¿Por qué te empeñas en llamarme Anastasia? —pregunta ella.

—Porque es tu nombre.

—Prefiero Ana.

—¿De verdad?

«Ana» es demasiado normal y corriente para ella. Y demasiado familiar. Estas tres letras tienen el poder de herirme...

En ese momento me doy cuenta de que me costará aceptar su rechazo, cuando llegue el momento. Me ha ocurrido otras veces, pero nunca me había sentido así de... atrapado. Apenas la conozco pero quiero saberlo todo de ella. Tal vez sea porque nunca he ido detrás de una mujer.

Grey, contrólate y sigue las reglas. Si no, todo esto se irá a la mierda.

—Anastasia... —empiezo a decir haciendo caso omiso de su expresión de enfado—. Lo que ha pasado en el ascensor... no volverá a pasar. Bueno, a menos que sea premeditado.

Eso la mantiene en silencio mientras aparco frente a su casa. Antes de que pueda contestarme, salgo del coche, lo rodeo y le abro la puerta.

En cuanto se baja, me dirige una mirada fugaz.

—A mí me ha gustado lo que ha pasado en el ascensor —dice.

¿Te ha gustado? Su confesión me deja de piedra. De nuevo la señorita Steele me sorprende gratamente. Me cuesta seguirle el paso al subir los escalones de la entrada.

Elliot y Kate nos miran cuando entramos. Están sentados a la mesa del comedor en una sala casi sin muebles, como corresponde a dos estudiantes. Hay unas cuantas cajas de mudanza al lado de una estantería. Elliot parece relajado y no tiene prisa por marcharse, lo cual me sorprende.

Kavanagh se levanta de un salto y de reojo me lanza una mirada de reproche mientras abraza a Ana.

¿Qué creía que iba a hacerle a su amiga?

Aunque tengo claro lo que me gustaría hacerle...

Me tranquiliza ver que Kavanagh la examina de cerca; puede que en el fondo ella también se preocupe por Ana.

—Buenos días, Christian —dice, y su tono es frío y condescendiente.

—Señorita Kavanagh.

Me siento tentado de hacer un comentario sarcástico sobre su repentino interés por su amiga, pero me muerdo la lengua.

—Christian, se llama Kate —comenta Elliot, ligeramente molesto.

—Kate —musito para ser educado.

Elliot abraza a Ana, y el abrazo se prolonga un poco más de la cuenta.

—Hola, Ana —saluda. El muy cabrón es todo sonrisas.

—Hola, Elliot.

Ella también le dedica una amplia sonrisa.

Bueno, esto se está poniendo insoportable.

—Elliot, tenemos que irnos.

No se te ocurra ponerle las manos encima.

—Claro —me dice, y suelta a Ana, pero agarra a Kavanagh y la besa montando una escena indecorosa.

Vamos, no me jodas...

Ana está incómoda presenciando aquello. No la culpo, pero se vuelve hacia mí y me mira con los ojos entornados, como si quisiera leerme la mente.

¿En qué estará pensando?

—Nos vemos luego, nena —le dice Elliot a Kavanagh en un tono baboso.

Tío, un poco de dignidad, por el amor de Dios.

Ana tiene puestos en mí sus ojos llenos de reproche, y por unos instantes dudo de si el motivo ha sido el alarde de lascivia de Elliot y Kate o…

¡Mierda! Eso es lo que quiere, que la cortejen y la seduzcan.

No me interesan las historias de amor, cariño.

Se le ha soltado un mechón de pelo y, sin pensarlo, se lo coloco detrás de la oreja. Ella apoya la cabeza en mis dedos, y la ternura de ese gesto me sorprende. Le acaricio el labio inferior con el pulgar. Me gustaría volver a besarla, pero no puedo. No mientras no tenga su consentimiento.

—Nos vemos luego, nena —susurro, y una sonrisa suaviza su expresión—. Pasaré a buscarte a las ocho.

Me cuesta apartarme de ella, pero abro la puerta de la calle y Elliot me sigue.

—Tío, necesito dormir un rato —dice mi hermano en cuanto entramos en el coche—. Esa mujer es insaciable.

—En serio… —Mi voz está cargada de sarcasmo. Lo último que me apetece es que me cuente con pelos y señales lo ocurrido durante su cita.

—¿Y tú qué tal, campeón? ¿Te ha desflorado la chica?

Lo mando a la mierda con la mirada.

Elliot se echa a reír.

—Tío, eres un puto neuras.

Se tapa la cara con su gorra de los Sounders y se arrellana en el asiento dispuesto a dar una cabezada.

Subo el volumen de la música.

¡Duerme ahora si puedes, Lelliot!

Sí, envidio a mi hermano porque se comporta de manera natural con las mujeres, porque tiene facilidad para dormir… y porque él no es el hijo de puta.

La investigación del pasado de José Luis Rodríguez revela una sanción por posesión de marihuana. En su historial delictivo no dice nada de acoso sexual. Tal vez anoche se habría estrenado si yo no hubiera intervenido. ¿Ese gilipollas fuma maría? Espero que no lo haga delante de Ana. Y espero que ella no fume, claro.

Abro el correo de Andrea y envío el acuerdo de confidencialidad a la impresora del estudio de mi casa en el Escala. Ana tendrá que firmarlo antes de que le enseñe mi cuarto de juegos. Y en un arrebato de debilidad, o de exceso de confianza en mí mismo, o tal vez de un optimismo sin precedentes, no sé muy bien el qué, relleno con su nombre y dirección mi modelo de contrato amo/sumisa y también lo envío a imprimir.

Llaman a la puerta.

—Campeón, oye, vámonos de excursión —dice Elliot desde el otro lado.

Ah... El pequeño se ha despertado de la siesta.

El aroma de los pinos, de la tierra mojada y del final de la primavera es un bálsamo para mis sentidos. Este olor me recuerda a aquellos días emocionantes de mi infancia, cuando corría por el bosque con Elliot y con mi hermana Mia bajo la vigilante mirada de nuestros padres adoptivos. La tranquilidad, el espacio abierto, la libertad... El crujir de las agujas de pino secas bajo los pies.

Aquí, en la inmensidad del aire libre, podía olvidar.

Este fue el refugio de mis pesadillas.

Elliot no deja de parlotear; solo necesita algún gruñido de confirmación por mi parte para seguir hablando. Mientras avanzamos por la pedregosa orilla del Willamette, mi mente se desvía hacia Anastasia. Por primera vez en mucho tiempo, siento una dulce expectación. Estoy ansioso.

¿Dirá que sí a mi propuesta?

La recuerdo durmiendo junto a mí, suave y menuda... y mi miembro palpita ante esa expectativa. Podría haberla despertado y habérmela follado entonces; habría sido toda una novedad.

Me la follaré a su debido tiempo.

Me la follaré atada y con una mordaza en esa boca de lengua viperina.

Clayton's está tranquilo. El último cliente se ha marchado hace cinco minutos. Y yo estoy esperando, otra vez, tamborileando con los dedos sobre mis muslos. La paciencia no es mi fuerte. Ni siquiera la larga caminata con Elliot ha disminuido mi inquietud. Esta noche él cena con Kate en el Heathman. Dos citas en dos noches consecutivas no es propio de él.

De repente, los fluorescentes del interior de la ferretería se apagan, la puerta se abre y Ana sale a la calle en esta cálida noche de Portland. El corazón me martillea en el pecho. Llegó la hora: o bien es el inicio de una nueva relación o es el principio del fin. Le dice adiós con la mano a un chico que ha salido con ella. No es el mismo al que conocí la última vez que estuve aquí; es uno nuevo. Mientras se dirige hacia mí, la mira sin apartar los ojos de su culo. Taylor me distrae al disponerse a salir del coche, pero lo detengo. Esto es cosa mía. Cuando me apeo y le abro la puerta a la señorita Steele, el nuevo está cerrando la tienda con llave y ya no tiene los ojos clavados en ella.

Los labios de Ana esbozan una sonrisa tímida al acercarse. Lleva el pelo recogido en una coleta desenfadada que se mece en la brisa nocturna.

—Buenas tardes, señorita Steele.

—Señor Grey —dice.

Lleva puestos unos vaqueros negros… Otra vez vaqueros. Saluda a Taylor y se sienta en la parte trasera del coche.

En cuanto estoy a su lado le cojo la mano y se la aprieto con suavidad, mientras Taylor se incorpora a la carretera sin tráfico y se dirige al helipuerto de Portland.

—¿Cómo ha ido el trabajo? —le pregunto disfrutando del tacto de su mano en la mía.

—Interminable —me contesta con voz ronca.

—Sí, a mí también se me ha hecho muy largo.

¡Las últimas horas de espera han sido un infierno!

—¿Qué has hecho? —me pregunta.

—He ido de excursión con Elliot.

Tiene la mano cálida y suave. Baja la cabeza y mira nuestros dedos entrelazados, y yo le acaricio los nudillos con el pulgar una y otra vez. Se le entrecorta la respiración y posa los ojos en los míos. Veo en ellos su ansia y su deseo… y su expectación. Espero de veras que acepte mi propuesta.

Por suerte, el trayecto hasta el helipuerto es corto. Cuando salimos del coche, vuelvo a cogerla de la mano. Parece un poco perpleja.

Ah. Se pregunta dónde está el helicóptero.

—¿Preparada? —digo.

Asiente con la cabeza y yo la guío al interior del edificio y hasta el ascensor. Ella me dirige una rápida mirada de complicidad.

Está recordando el beso de esta mañana. Claro que… yo también.

—Son solo tres plantas —mascullo.

Mientras estamos ahí dentro tomo nota mentalmente de que un día tengo que follármela en un ascensor. Aunque primero tendrá que aceptar mi trato.

En la azotea, el *Charlie Tango*, recién llegado de Boeing Field, está preparado y a punto para despegar, aunque no hay rastro de Stephan, que es quien lo ha traído hasta aquí. Sin embargo, Joe, que se encarga del helipuerto de Portland, está en el pequeño despacho. Al verlo, lo saludo. Es mayor que mi abuelo, y lo que él no sepa acerca de volar es que no vale la pena aprenderlo. Estuvo pilotando helicópteros Sikorsky en Corea para evacuar a heridos y, joder, cuenta algunas historias que ponen los pelos de punta.

—Aquí tiene su plan de vuelo, señor Grey —dice Joe, y su voz áspera revela lo anciano que es—. Lo hemos revisado todo. Está listo, esperándole, señor. Puede despegar cuando quiera.

—Gracias, Joe.

Un rápido vistazo a Ana me dice que está excitada… igual que yo. Esto es toda una novedad.

—Vamos.

Vuelvo a cogerla de la mano y la guío por el helipuerto hasta el *Charlie Tango*. Es el Eurocopter más seguro de su clase, y pilotarlo supone una auténtica delicia. Es mi orgullo y mi alegría. Le abro la puerta a Ana, que trepa al interior, y la sigo.

—Ahí —le ordeno señalando el lugar del acompañante—. Siéntate. Y no toques nada.

Me encanta cuando hace lo que se le dice.

Una vez sentada, examina los instrumentos con una mezcla de sobrecogimiento y entusiasmo. Me inclino hacia ella y la ato con el arnés de seguridad mientras intento no imaginármela desnuda ahí mismo. Me tomo un poco más de tiempo del necesario, porque puede que esta sea mi última oportunidad de estar cerca de ella, mi última oportunidad de aspirar su aroma dulce y evocador. Cuando conozca mis gustos puede que salga huyendo… Aunque también puede que se apunte a mi forma de vida. Las posibilidades que eso evoca en mi mente son casi abrumadoras. Me sostiene la mirada; está muy cerca… está preciosa. Aprieto la última banda. No se marchará a ninguna parte. Al menos durante una hora.

—Estás segura. No puedes escaparte —susurro reprimiendo mi excitación.

Ella inspira con fuerza.

—Respira, Anastasia —añado, y le acaricio la mejilla.

Le sujeto la barbilla, me inclino hacia ella y le doy un beso rápido.

—Me gusta este arnés —murmuro.

Me entran ganas de explicarle que tengo otros, de cuero, en los que me gustaría verla atada y suspendida del techo. Pero me porto bien, me siento y me abrocho el arnés.

—Colócate los cascos. —Señalo los auriculares que tiene delante—. Estoy haciendo todas las comprobaciones previas al vuelo.

Todos los mandos parecen funcionar bien. Acciono el acelerador para ponerlo a 1.500 rpm, pongo el transpondedor en espera y enciendo la baliza de posición. Todo está preparado y a punto para el despegue.

—¿Sabes lo que haces? —me pregunta maravillada.

Le contesto que aprendí a pilotar hace cuatro años. Su sonrisa es contagiosa.

—Estás a salvo conmigo —la tranquilizo, y añado—: Bueno, mientras estemos volando.

Le guiño un ojo, y ella sonríe de oreja a oreja y me deslumbra.

—¿Lista? —le pregunto, y apenas puedo creer hasta qué punto me excita tenerla al lado.

Ella asiente.

Hablo con la torre de control —están despiertos— y subo el acelerador a 2.000 rpm. Cuando nos confirman que podemos despegar, hago las últimas comprobaciones. La temperatura del aceite es de 60°C. Aumento la presión del colector con el motor a 2.500 rpm y tiró del acelerador hacia atrás. El *Charlie Tango* se eleva en el aire como la elegante ave que es.

Anastasia da un grito ahogado cuando la tierra empieza a desaparecer bajo nosotros, pero se muerde la lengua, embelesada al ver las tenues luces de Portland. Pronto nos envuelve la oscuridad, y la única luz procede del tablero de instrumentos que tenemos delante. El brillo verde y rojo ilumina la cara de Ana mientras contempla la noche.

—Inquietante, ¿verdad?

Aunque a mí no me lo parece; me resulta reconfortante. Aquí arriba nada puede hacerme daño.

Estoy a salvo y oculto en la oscuridad.

—¿Cómo sabes que vas en la dirección correcta? —pregunta Ana.

—Aquí. —Señalo el tablero de control.

No quiero aburrirla hablándole de cómo funcionan los instrumentos, pero lo cierto es que absolutamente todo lo que tengo frente a mí sirve para guiarnos hasta nuestro destino: el indicador de actitud, el altímetro, el variómetro y, por supuesto, el GPS. Le hablo del *Charlie Tango* y de que está equipado para vuelos nocturnos.

Ana me mira llena de asombro.

—En mi edificio hay un helipuerto. Allí nos dirigimos.

Vuelvo a mirar el tablero y compruebo todos los indicadores. Eso es precisamente lo que tanto me gusta: el control, saber que mi seguridad y mi bienestar dependen de mi dominio de la tecnología que tengo delante.

—Cuando vuelas de noche, no ves nada. Tienes que confiar en los aparatos —le digo.

—¿Cuánto durará el vuelo? —pregunta con la respiración algo entrecortada.

—Menos de una hora... Tenemos el viento a favor —Vuelvo a mirarla—. ¿Estás bien, Anastasia?

—Sí —dice en un tono extrañamente brusco.

¿Está nerviosa? O tal vez lamenta la decisión de estar aquí conmigo. La idea me inquieta; no me ha dado ninguna oportunidad. Me distraigo un momento con el control de tráfico aéreo. Entonces, a medida que salimos de la masa de nubes, veo Seattle en la distancia y el destello de una baliza en la oscuridad.

—Mira. Aquello es Seattle. —Dirijo la atención de Anastasia hacia el brillo de las luces.

—¿Siempre impresionas así a las mujeres? ¿«Ven a dar una vuelta en mi helicóptero»?

—Nunca había subido a una mujer al helicóptero, Anastasia. También esto es una novedad. ¿Estás impresionada?

—Me siento sobrecogida, Christian —susurra.

—¿Sobrecogida?

Mi sonrisa es espontánea. Y recuerdo a Grace, mi madre, acariciándome el pelo mientras yo leía *Camelot* en voz alta.

«Christian, ha sido fantástico. Estoy sobrecogida, cariño.»

Tenía siete años y hacía poco que había empezado a hablar.

—Lo haces todo... tan bien —sigue diciendo Ana.

—Gracias, señorita Steele.

Mi rostro se enciende de placer ante ese elogio inesperado. Espero que no se haya dado cuenta.

—Está claro que te divierte —añade poco después.

—¿El qué?

—Volar.

—Exige control y concentración... —Dos de mis cualidades que más aprecio—. ¿Cómo podría no gustarme? Aunque lo que más me divierte es planear.

—¿Planear?

—Sí. Vuelo sin motor, para que me entiendas. Planeadores y helicópteros. Piloto las dos cosas.

A lo mejor debería llevármela a planear.

Frena, Grey.

¿Desde cuándo invitas a alguien a planear?

¿Acaso habías llevado alguna vez a una mujer en el *Charlie Tango*?

El control de tráfico aéreo me redirige hacia la trayectoria del vuelo e interrumpe mis pensamientos erráticos mientras nos acercamos a los límites de Seattle. Estamos cerca. Y yo estoy más cerca de saber si todo esto es una quimera o no. Ana mira por la ventanilla, extasiada.

No puedo apartar los ojos de ella.

Por favor, dime que sí.

—Es bonito, ¿verdad? —le pregunto para que se vuelva y así poder verle la cara.

Ella me mira con una amplia sonrisa que hace que se me ponga la polla dura.

—Llegaremos en unos minutos —añado.

De pronto, el ambiente de la cabina se tensa y siento su presencia de forma más evidente. Respiro hondo e inhalo su aroma y la sensación de deseo expectante. El de Ana. El mío.

Mientras descendemos, guío el *Charlie Tango* por el centro de la ciudad hasta el Escala, mi casa, y mi ritmo cardíaco se acelera. Ana empieza a removerse. También ella está nerviosa. Espero que no salga corriendo.

Y, de repente, aparece ante nosotros el helipuerto. Respiro hondo otra vez.

Ya está.

Aterrizamos con suavidad, apago el motor y observo cómo las hélices del rotor disminuyen la velocidad hasta que se paran. Y todo cuanto puedo oír es el silbido del ruido blanco amortiguado por los auriculares mientras permanecemos sentados en silencio. Me quito los cascos y luego le quito a Ana los suyos.

—Hemos llegado —le digo en voz baja.

Tiene la cara pálida bajo el resplandor de las luces de aterrizaje, y le brillan los ojos.

Oh, Dios, qué guapa es.

Me desabrocho el arnés y me inclino hacia Ana para desabrocharle el suyo.

Ella levanta la cabeza y me mira. Confiada. Joven. Dulce. Su delicioso aroma está a punto de ser mi perdición.

¿Debería hacer esto con ella?

Es adulta.

Puede tomar sus propias decisiones.

Y quiero que siga mirándome así cuando me conozca realmente… cuando sepa de lo que soy capaz.

—No tienes que hacer nada que no desees hacer. Lo sabes, ¿verdad?

Es importante que lo entienda. Quiero que sea mi sumisa, pero por encima de todo necesito su consentimiento.

—Nunca haría nada que no quisiera hacer, Christian.

Parece sincera y quiero creerla. Con esas palabras tranquilizadoras resonando aún en mi mente, me levanto del asiento y abro la puerta para saltar a la pista. La cojo de la mano cuando sale del helicóptero. El viento le agita el pelo alrededor de la cara, y parece ansiosa; no sé si es porque está aquí conmigo, solos los dos, o porque hay una altura de treinta pisos. Estar aquí arriba puede producir sensación de vértigo.

—Vamos.

La cojo de la cintura para protegerla del viento y la llevo hasta el ascensor.

Los dos guardamos silencio durante el corto recorrido hasta mi ático. Ana lleva una blusa verde pastel debajo de la chaqueta negra. Le sienta bien. Tomo nota mental de incluir verdes y azules en la ropa que le proporcionaré si acepta mi trato. Debería ir mejor vestida. Sus ojos se cruzan con los míos en los espejos del ascensor justo cuando las puertas se abren ante mi apartamento.

Cruza tras de mí el vestíbulo, me sigue por el pasillo y entramos en el salón.

—¿Me das la chaqueta? —le pregunto.

Ana niega con la cabeza y aferra las solapas de su chaqueta para dejar claro que quiere dejársela puesta.

De acuerdo.

—¿Quieres tomar una copa?

Cambio de táctica y decido que yo sí necesito beber algo para calmarme.

¿Por qué estoy tan nervioso?

Porque la deseo.

—Yo tomaré una copa de vino blanco. ¿Quieres tú otra?

—Sí, gracias —responde.

En la cocina, me quito la chaqueta y abro la nevera para vino. Un sauvignon blanc servirá para romper el hielo. Elijo un socorrido Pouilly Fumé y observo a Ana, que contempla la vista a través de las puertas de la terraza. Cuando da media vuelta y regresa a la cocina le pregunto si le parece bien el vino que he elegido.

—No tengo ni idea de vinos, Christian. Estoy segura de que será perfecto.

Habla en tono cohibido.

Mierda. Esto no está saliendo bien. ¿Se siente abrumada? ¿Es eso?

Sirvo dos copas y me dirijo al centro del salón, donde ella aguarda de pie con el aspecto de un corderito. La mujer arrebatadora ha desaparecido. Parece perdida.

Como yo…

—Toma. —Le tiendo la copa, y ella bebe de inmediato y cierra los ojos en un claro gesto de que le ha gustado el vino.

Cuando baja la copa tiene los labios húmedos.

Buena elección, Grey.

—Estás muy callada y ni siquiera te has puesto roja. La verdad es que creo que nunca te había visto tan pálida, Anastasia. ¿Tienes hambre?

Ella niega con la cabeza y da otro sorbo. Tal vez también necesite beber un poco para reunir el valor necesario.

—Qué casa tan grande —dice con voz tímida.

—¿Grande?

—Grande.

—Es grande.

No puedo negarlo: tiene más de novecientos metros cuadrados.

Doy otro sorbo de vino.

—¿Sabes tocar? —Mira el piano.

—Sí.

—¿Bien?

—Sí.

—Claro, cómo no. ¿Hay algo que no hagas bien?

—Sí... un par o tres de cosas.

Cocinar.

Contar chistes.

Tener una conversación espontánea y desenfadada con una mujer que me atrae.

Dejar que me toquen...

—¿Quieres sentarte?

Señalo el sofá. Ana enseguida asiente con la cabeza. La cojo de la mano, la llevo hasta allí y ella se sienta y me dirige una mirada traviesa.

—¿Qué te parece tan divertido? —pregunto a la vez que tomo asiento a su lado.

—¿Por qué me regalaste precisamente *Tess, la de los d'Urberville*?

Vaya. ¿Adónde irá a parar esto?

—Bueno, me dijiste que te gustaba Thomas Hardy.

—¿Solo por eso?

No quiero decirle que tiene mi primera edición, y que pensé que era una opción mejor que *Jude el oscuro*.

—Me pareció apropiado. Yo podría empujarte a algún ideal imposible, como Angel Clare, o corromperte del todo, como Alec d'Urberville. —Mi respuesta es lo bastante sincera y además encierra cierta ironía. Sospecho que lo que voy a proponerle está muy lejos de sus expectativas.

—Si solo hay dos posibilidades, elijo la corrupción —susurra.

Mierda. ¿No es eso lo que quieres, Grey?

—Anastasia, deja de morderte el labio, por favor. Me desconcentras. No sabes lo que dices.

—Por eso estoy aquí —responde ella, y los dientes le dejan unas pequeñas marcas en el labio inferior, húmedo por el vino.

Ahí está: una vez más me desarma, me sorprende cada dos por tres. Mi polla está de acuerdo.

Parece que nos vamos acercando al meollo del asunto, pero antes de que entremos en detalles necesito que firme el acuerdo de confidencialidad. Me excuso y entro en mi estudio. El contrato y el acuerdo de confidencialidad están en la impresora. Dejo el contrato sobre el escritorio —no sé si llegaremos tan lejos— y grapo las hojas del acuerdo de confidencialidad antes de llevárselo a Ana.

—Esto es un acuerdo de confidencialidad. —Lo dejo en la mesita de café, frente a ella, que parece confusa y sorprendida—. Mi abogado ha insistido —añado—. Si eliges la segunda opción, la corrupción, tendrás que firmarlo.

—¿Y si no quiero firmar nada?

—Entonces te quedas con los ideales de Angel Clare, bueno, al menos en la mayor parte del libro.

Y yo no podré tocarte. Le diré a Stephan que te lleve a casa y haré lo imposible para olvidarme de ti. Mi angustia crece rápidamente; puede que todo esto se vaya a la mierda.

—¿Qué implica este acuerdo?

—Implica que no puedes contar nada de lo que suceda entre nosotros. Nada a nadie.

Ella escruta mi rostro y no sé si se siente confusa o contrariada.

Podría pasar cualquier cosa.

—De acuerdo, lo firmaré —decide.

Vaya, qué fácil ha sido. Le tiendo mi Mont Blanc y ella se dispone a firmar.

—¿Ni siquiera vas a leerlo? —pregunto, molesto de pronto.

—No.

—Anastasia, siempre deberías leer todo lo que firmas.

¿Cómo puede ser tan ingenua? ¿Es que sus padres no le han enseñado nada?

—Christian, lo que no entiendes es que en ningún caso hablaría de nosotros con nadie. Ni siquiera con Kate. Así que lo mismo da si firmo un acuerdo o no. Si es tan importante para ti o para tu abogado… con el que es obvio que hablas de mí, de acuerdo. Lo firmaré.

Tiene respuesta para todo. Eso resulta estimulante.

—Buena puntualización, señorita Steele —observo en tono lacónico.

Ella me dirige una breve mirada reprobatoria y luego firma.

Y, antes de que pueda empezar a soltarle mi discurso, me hace una pregunta.

—¿Quiere decir esto que vas a hacerme el amor esta noche, Christian?

¿Cómo?

¿Yo?

¿Hacer el amor?

Ay, Grey, desengáñala cuanto antes.

—No, Anastasia, no quiere decir eso. En primer lugar, yo no hago el amor. Yo follo… duro.

Ella ahoga un grito. Le he dado que pensar.

—En segundo lugar, tenemos mucho más papeleo que arreglar. Y en tercer lugar, todavía no sabes de lo que se trata. Todavía podrías salir corriendo. Ven, quiero mostrarte mi cuarto de juegos.

Está perpleja, su entrecejo forma una pequeña V.

—¿Quieres jugar con la Xbox?

Me río a carcajadas.

Ay, nena.

—No, Anastasia, ni a la Xbox ni a la PlayStation. Ven.

Me levanto y le tiendo la mano, y ella la acepta de buen grado. La guío hasta el pasillo y subimos a la planta de arriba, donde nos detenemos ante la puerta de mi cuarto de juegos. El corazón me aporrea el pecho.

Se acabó. Ahora o nunca. ¿Alguna vez he estado tan nervioso? Me doy cuenta de que mis deseos dependen de que abra esta puerta, así que hago girar la llave en la cerradura y, en ese momento, siento la necesidad de tranquilizarla.

—Puedes marcharte en cualquier momento. El helicóptero está listo para llevarte donde quieras. Puedes pasar la noche aquí y marcharte mañana por la mañana. Lo que decidas me parecerá bien.

—Abre la maldita puerta de una vez, Christian —dice cruzándose de brazos con expresión testaruda.

Es el momento decisivo. No quiero que se marche corriendo, pero jamás había tenido esta sensación de estar poniéndome en evidencia. Ni siquiera con Elena. Y me doy cuenta de que se debe a que Ana no sabe nada de esta forma de vida.

Abro la puerta y entro tras ella en el cuarto de juegos.

Mi refugio.

El único lugar en el que soy yo mismo.

Ana permanece en mitad de la habitación, observando toda la parafernalia que forma una parte tan importante de mi vida: los látigos, las varas, la cama, el banco... Guarda silencio mientras lo va asimilando, y lo único que oigo es el latido ensordecedor de mi corazón cuando el torrente sanguíneo pasa junto a mis tímpanos.

Ahora ya lo sabes.

Este soy yo.

Ella se vuelve y me mira con ojos penetrantes mientras espero a que diga algo, pero prolonga mi agonía y se adentra en la habitación, obligándome a seguirla.

Desliza los dedos por un látigo de ante, uno de mis favoritos. Le digo qué nombre recibe, pero ella no responde. Se acerca a la cama y la explora con las manos, rozando por uno de los postes de madera tallada.

—Di algo.

Su silencio es insoportable. Necesito saber si va a salir corriendo.

—¿Se lo haces a gente o te lo hacen a ti?

¡Por fin!

—¿A gente? —Me entran ganas de soltar un bufido—. Se lo hago a mujeres que quieren que se lo haga.

Está dispuesta a hablar de ello. Hay esperanza.

Arruga la frente.

—Si tienes voluntarias dispuestas a aceptarlo, ¿por qué estoy aquí?

—Porque quiero hacerlo contigo, lo deseo.

Me vienen a la mente un sinfín de imágenes de ella atada en distintas posturas en esa habitación: en la cruz, en la cama, encima del banco...

—Oh —exclama, y se dirige al banco.

Mi mirada recae en sus dedos intrigados, que se deslizan por el cuero. Lo acaricia llena de curiosidad, lentamente, con movimientos sensuales. ¿Es consciente de lo que está haciendo?

—¿Eres un sádico?

Su pregunta me sobresalta.

Joder. Ya me conoce.

—Soy un Amo —me apresuro a responder con la esperanza de avanzar en la conversación.

—¿Qué significa eso? —me pregunta, impactada; al menos, lo parece.

—Significa que quiero que te rindas a mí en todo voluntariamente.

—¿Por qué iba a hacer algo así?

—Por complacerme —murmuro. Es lo que necesito de ti—. Digamos, en términos muy simples, que quiero que quieras complacerme.

—¿Cómo tengo que hacerlo? —dice con un suspiro.

—Tengo normas, y quiero que las acates. Son normas que a ti te benefician y a mí me proporcionan placer. Si cumples esas normas para complacerme, te recompensaré. Si no, te castigaré para que aprendas.

Mira las varas situadas detrás del banco.

—¿Y en qué momento entra en juego todo esto? —Señala con las manos todo lo que nos rodea.

—Es parte del paquete de incentivos. Tanto de la recompensa como del castigo.

—Entonces disfrutarás ejerciendo tu voluntad sobre mí.

Bien visto, señorita Steele.

—Se trata de ganarme tu confianza y tu respeto para que me permitas ejercer mi voluntad sobre ti. —Necesito tu permiso, nena—. Obtendré un gran placer, incluso una gran alegría, si te sometes. Cuanto más te sometas, mayor será mi alegría. La ecuación es muy sencilla.

—De acuerdo, ¿y qué saco yo de todo esto?

—A mí. —Me encojo de hombros.

Ya está, nena; solo a mí. Me tendrás todo para ti. Y también obtendrás placer...

Ella abre un poco los ojos mientras me observa fijamente, sin decir nada. Es exasperante.

—Anastasia, no hay manera de saber lo que piensas. Volvamos abajo, así podré concentrarme mejor. Me desconcentro mucho contigo aquí.

Le tiendo la mano y por primera vez ella desliza la mirada de mi mano a mi cara, dudando.

Mierda.

La he asustado.

—No voy a hacerte daño, Anastasia.

Con cautela, me da la mano. Estoy eufórico; no ha salido corriendo.

Más tranquilo, decido enseñarle su dormitorio de sumisa.

—Quiero mostrarte algo, por si aceptas. —La guío por el pasillo—. Esta será tu habitación. Puedes decorarla a tu gusto y tener aquí lo que quieras.

—¿Mi habitación? ¿Esperas que me venga a vivir aquí? —exclama sin dar crédito.

Vale, tal vez debería haber dejado esto para más tarde.

—A vivir no —preciso para tranquilizarla—. Solo, digamos, del viernes por la noche al domingo. Tenemos que hablar del tema y negociarlo. Si aceptas.

—¿Dormiré aquí?

—Sí.

—No contigo.

—No. Ya te lo dije. Yo no duermo con nadie. Solo contigo cuando te has emborrachado hasta perder el sentido.

—¿Dónde duermes tú?

—Mi habitación está abajo. Vamos, debes de tener hambre.

—Es raro, pero creo que se me ha quitado el hambre —confiesa con esa expresión terca tan suya.

—Tienes que comer, Anastasia.

Sus hábitos alimenticios son una de las primeras cosas de las que pienso ocuparme si acepta ser mía. De eso y de su costumbre de no estarse quieta.

¡Frena, Grey!

—Soy totalmente consciente de que estoy llevándote por un camino oscuro, Anastasia, y por eso es fundamental que te lo pienses bien.

Me sigue a la planta de abajo y de nuevo estamos en el salón.

—Seguro que tienes cosas que preguntarme. Has firmado el acuerdo de confidencialidad, así que puedes preguntarme lo que quieras y te contestaré.

Para que esto salga bien, debe ser capaz de comunicarse. Una vez en la cocina, abro la nevera y saco un gran plato con quesos y unos racimos de uva. Gail no esperaba que tuviera compañía, y no hay suficiente... Me pregunto si debería pedir comida preparada. ¿O mejor cenamos fuera?

Como en una cita.

Otra cita.

No quiero darle falsas esperanzas.

Las citas no van conmigo.

Solo con ella...

La idea me exaspera. En la cesta del pan hay una baguette del día. Tendrá que conformarse con pan y queso. Además, dice que no tiene hambre.

—Siéntate.

Señalo uno de los taburetes y Ana se sienta y me dirige una mirada neutra.

—Has hablado de papeleo.

—Sí.

—¿A qué te refieres?

—Bueno, aparte del acuerdo de confidencialidad, a un contrato que especifique lo que haremos y lo que no haremos. Tengo que saber cuáles son tus límites, y tú tienes que saber cuáles son los míos. Se trata de un consenso, Anastasia.

—¿Y si no quiero?

Mierda.

—Perfecto —miento.

—Pero ¿no tendremos la más mínima relación?

—No.

—¿Por qué?

—Es el único tipo de relación que me interesa.

—¿Por qué?

—Soy así.

—¿Y cómo llegaste a ser así?

—¿Por qué cada uno es como es? Es muy difícil saberlo. ¿Por qué a unos les gusta el queso y otros lo odian? ¿Te gusta el queso? La señora Jones, mi ama de llaves, ha dejado queso para la cena.

Pongo el plato delante de ella.

—¿Qué normas tengo que cumplir?

—Las tengo por escrito. Las veremos después de cenar.

—De verdad que no tengo hambre —susurra.

—Vas a comer.

—¿Quieres otra copa de vino? —pregunto en señal de paz.

—Sí, por favor.

Le sirvo vino en la copa y me acomodo a su lado.

—Te sentará bien comer, Anastasia.

Coge unas cuantas uvas.

¿Ya está? ¿Es todo cuanto piensas comer?

—¿Hace mucho que estás metido en esto? —me pregunta.

—Sí.

—¿Es fácil encontrar a mujeres que lo acepten?

Si tú supieras…

—Te sorprenderías —digo en un tono frío.

—Entonces ¿por qué yo? De verdad que no lo entiendo.

Está realmente desconcertada.

Nena, eres preciosa. ¿Por qué no iba a querer hacer esto contigo?

—Anastasia, ya te lo he dicho. Tienes algo. No puedo apartarme de ti. Soy como una polilla atraída por la luz. Te deseo con locura, especialmente ahora, cuando vuelves a morderte el labio.

—Creo que le has dado la vuelta a ese cliché —dice en voz baja, y esa revelación me resulta inquietante.

—¡Come! —le ordeno para cambiar de tema.

—No. Todavía no he firmado nada, así que creo que haré lo que yo decida un rato más, si no te parece mal.

Oh… otra vez esa lengua viperina.

—Como quiera, señorita Steele.

Disimulo una sonrisita.

—¿Cuántas mujeres? —pregunta de repente, y se lleva una uva a la boca.

—Quince.

Me veo obligado a apartar la mirada.

—¿Durante largos períodos de tiempo?

—Algunas sí.

—¿Alguna vez has hecho daño a alguna?

—Sí.

—¿Grave?

—No.

Dawn se recuperó, aunque la experiencia la dejó algo afectada. Y, para ser sincero, a mí también.

—¿Me harás daño a mí?

—¿Qué quieres decir?

—Si vas a hacerme daño físicamente.

Solo mientras puedas soportarlo.

—Te castigaré cuando sea necesario, y será doloroso.

Por ejemplo, cuando te emborraches y pongas en riesgo tu salud.

—¿Alguna vez te han pegado? —me pregunta.

—Sí.

Muchas, muchas veces. Elena era diabólicamente hábil con la vara. Es la única forma de contacto físico que tolero.

Ella abre mucho los ojos y deja en el plato las uvas que no se ha comido para dar otro sorbo de vino. Su falta de apetito me saca de quicio y me quita las ganas de comer a mí también. Tal vez debería armarme de valor y enseñarle las reglas.

—Vamos a hablar a mi estudio. Quiero mostrarte algo.

Ella me sigue y se sienta en la silla de cuero que hay frente a mi escritorio, mientras yo me apoyo en él con los brazos cruzados.

Aquí está lo que quiere saber. Es una suerte que sienta curiosidad; aún no ha salido corriendo. Cojo una de las páginas del contrato que hay encima de mi escritorio y se la entrego.

—Estas son las normas. Podemos cambiarlas. Forman parte del contrato, que también te daré. Léelas y las comentamos.

Ella examina la hoja con la mirada.

—¿Límites infranqueables? —me pregunta.

—Sí. Lo que no harás tú y lo que no haré yo. Tenemos que especificarlo en nuestro acuerdo.

—No estoy segura de que vaya a aceptar dinero para ropa. No me parece bien.

—Quiero gastar dinero en ti. Déjame comprarte ropa. Quizá necesite que me acompañes a algún acto. —Grey, ¿qué estás diciendo? Eso sería otra novedad—. Y quiero que vayas bien vestida. Estoy seguro de que con tu sueldo, cuando encuentres trabajo, no podrás costearte la ropa que me gustaría que llevaras.

—¿No tendré que llevarla cuando no esté contigo?

—No.

—De acuerdo. No quiero hacer ejercicio cuatro veces por semana.

—Anastasia, necesito que estés ágil, fuerte y resistente. Confía en mí. Tienes que hacer ejercicio.

—Pero seguro que no cuatro veces por semana. ¿Qué te parece tres?

—Quiero que sean cuatro.

—Creía que esto era una negociación.

Otra vez me desarma al ponerme en evidencia.

—De acuerdo, señorita Steele, vuelve a tener razón. ¿Qué te parece una hora tres días por semana, y media hora otro día?

—Tres días, tres horas. Me da la impresión de que te ocuparás de que haga ejercicio cuando esté aquí.

Oh, eso espero.

—Sí, lo haré. De acuerdo. ¿Estás segura de que no quieres hacer las prácticas en mi empresa? Eres buena negociando.

—No, no creo que sea buena idea.

Tiene razón, por supuesto. Y es mi regla número uno: prohibido follar con el personal.

—Pasemos a los límites. Estos son los míos.

Le tiendo la lista. Ya está: o es mía o a la mierda todo. Me sé mis límites de memoria y los voy repasando mentalmente mientras la observo leerla. Veo que se pone cada vez más pálida a medida que se acerca al final.

Joder, espero que no salga corriendo después de esto.

La deseo. Deseo que sea mi sumisa... Lo deseo muchísimo. Traga saliva y me mira, nerviosa. ¿Cómo puedo convencerla de que al menos lo pruebe? Debo tranquilizarla, mostrarle que puedo cuidar de ella.

—¿Quieres añadir algo?

En mi fuero interno albergo la esperanza de que no añada nada. Quiero tener carta blanca con ella. Se me queda mirando; no consigue dar con las palabras adecuadas. Es exasperante. No estoy acostumbrado a que me hagan esperar para darme una respuesta.

—¿Hay algo que no quieras hacer? —insisto.

—No lo sé.

Vaya, no esperaba esa contestación.

—¿Qué es eso de que no lo sabes?

Se remueve en el asiento con aire incómodo y se mordisquea de nuevo el labio inferior.

—Nunca he hecho cosas así.

Por supuesto que no, joder.

Paciencia, Grey. Mierda. Le has dado demasiada información de golpe.

Sigo intentándolo pero esta vez me muestro amable. Eso también es nuevo.

—Bueno, ¿ha habido algo que no te ha gustado hacer en el sexo?

Entonces recuerdo que el día anterior el fotógrafo intentó acosarla.

Ella se ruboriza y noto que me pica aún más la curiosidad. ¿Qué habrá hecho que no le ha gustado? ¿Es atrevida en la cama? Parece tan… inocente. Normalmente eso es algo que no me atrae.

—Puedes decírmelo, Anastasia. Si no somos sinceros, no va a funcionar.

Tengo que animarla para que se suelte; ni siquiera habla de sexo. Vuelve a removerse, incómoda, y no aparta la mirada de sus dedos.

Vamos, Ana.

—Dímelo —le ordeno.

Oh, Dios. Esta chica es frustrante.

—Bueno… Nunca me he acostado con nadie, así que no lo sé —susurra.

La Tierra deja de girar.

Joder, no me lo puedo creer.

¿Cómo es posible?

¿Por qué?

¡Mierda!

—¿Nunca?

No me lo creo.

Ella sacude la cabeza con los ojos muy abiertos.

—¿Eres virgen?

No puede ser.

Asiente avergonzada. Cierro los ojos; soy incapaz de mirarla.

¿Cómo coño he podido equivocarme tanto?

Me invade la ira. ¿Acaso puedo hacer algo con una virgen? Le clavo la mirada mientras la furia va apoderándose de todo mi cuerpo.

—¿Por qué cojones no me lo habías dicho? —le increpo, y empiezo a caminar de un lado a otro de mi estudio.

¿Qué me gustaría hacerle a una virgen? Ella se encoge de hombros en señal de disculpa, incapaz de dar con las palabras adecuadas.

—No entiendo por qué no me lo has dicho.

En mi voz se refleja toda mi exasperación.

—No ha salido el tema —contesta ella—. No tengo por costumbre ir contando por ahí mi vida sexual. Además... apenas nos conocemos.

Como siempre, tiene razón. No puedo creerme que la haya llevado a hacer una visita turística a mi cuarto de juegos. ¡Menos mal que hay un acuerdo de confidencialidad!

—Bueno, ahora sabes mucho más de mí —le suelto—. Sabía que no tenías mucha experiencia, pero... ¡virgen! Mierda, Ana, acabo de mostrarte...

No solo el cuarto de juegos, también las reglas, los límites de jugar duro. No sabe nada. ¿Cómo he podido hacerlo?

—Que Dios me perdone —musito casi para mis adentros...

No sé qué hacer. Y entonces recuerdo algo: el beso del ascensor, cuando podría habérmela follado allí mismo, ¿fue su primera vez?

—¿Te han besado alguna vez, sin contarme a mí?

Por favor, di que sí.

—Pues claro.

Parece ofendida. Sí, la han besado, pero no muchas veces. Y por alguna razón esa idea me resulta... placentera.

—¿Y no has perdido la cabeza por ningún chico guapo? De verdad que no lo entiendo. Tienes veintiún años, casi veintidós. Eres guapa.

¿Por qué ningún tío se la ha llevado a la cama?

Mierda. A lo mejor tiene creencias religiosas. No; Welch lo habría descubierto. Se mira los dedos y creo que está sonriendo. ¿Qué le resulta tan gracioso? Me daría de cabezazos contra la pared.

—¿Y de verdad estás hablando de lo que quiero hacer cuando no tienes experiencia?

Me fallan las palabras. ¿Cómo es posible?

—¿Por qué has eludido el sexo? Cuéntamelo, por favor.

Porque no lo entiendo. Va a la universidad, y, por lo que yo recuerdo de la universidad, todos follaban como conejos.

Todos. Menos yo.

Eso me trae a la mente oscuros recuerdos, pero los alejo, de momento.

Ana hace un gesto, como para indicarme que no lo sabe. Sus hombros menudos se yerguen un poco.

—Nadie me ha… en fin… —Deja la frase inacabada.

Nadie te ha ¿qué? ¿Nadie te ha considerado lo bastante atractiva? ¿Nadie se ha ajustado a tus expectativas? ¿Y yo sí?

¿Yo?

No sabe nada de nada. ¿Cómo puede ser una sumisa si no tiene ni idea de sexo?

Esto no va a funcionar. Y todo este tiempo que he perdido preparando el terreno no ha servido de nada. No puedo cerrar el trato.

—¿Por qué estás tan enfadado conmigo? —dice con un hilo de voz.

Cree que estoy enfadado con ella. Pues claro. Arregla las cosas, Grey.

—No estoy enfadado contigo. Estoy enfadado conmigo mismo. Había dado por sentado…

¿Por qué coño tendría que estar enfadado contigo? ¿En qué lío me he metido? Me paso las manos por el pelo mientras trato de refrenar mi furia.

—¿Quieres marcharte? —le pregunto, preocupado.

—No, a menos que tú quieras que me marche —contesta con un susurro. Su voz denota arrepentimiento.

—Claro que no. Me gusta tenerte aquí.

Tan pronto acabo de decirlo, me sorprenden mis propias palabras. Sí que me gusta tenerla aquí, estar con ella. Es tan… distinta. Y quiero follármela, y zurrarle con la vara, y ver cómo su piel de alabastro se tiñe de rosa bajo mis manos. Aunque ya no creo que sea posible, ¿verdad? Tal vez follármela sí… Esa idea supone toda una revelación. Puedo llevármela a la cama. Desvirgarla. Será una experiencia nueva para ambos. ¿Aceptará? Antes me ha preguntado si iba a hacerle el amor. Podría intentarlo, sin atarla.

Pero ¿y si me toca?

Mierda. Echo un vistazo al reloj y me doy cuenta de que es tarde. Vuelvo a mirarla y me excita ver que está mordisqueándose el labio inferior.

Aún la deseo, a pesar de su inocencia. ¿Podría llevármela a la cama? ¿Aceptará, aun sabiendo todo lo que sabe de mí? Joder, no tengo ni idea. ¿Se lo pregunto?

Me está poniendo a cien mordiéndose el labio otra vez. Se lo digo y ella se disculpa.

—No te disculpes. Es solo que yo también quiero morderlo... fuerte.

Contiene la respiración.

Vaya, puede que sí que le apetezca. Adelante. La decisión está tomada.

—Ven —le propongo, y le tiendo la mano.

—¿Qué?

—Vamos a arreglar la situación ahora mismo.

—¿Qué quieres decir? ¿Qué situación?

—Tu situación, Ana. Voy a hacerte el amor, ahora.

—Oh.

—Si quieres, claro. No quiero tentar a la suerte.

—Creía que no hacías el amor. Creía que tú solo follabas duro —dice con una voz entrecortada y muy, muy seductora.

Tiene los ojos muy abiertos y las pupilas dilatadas. Se ha sonrojado de deseo... Ella también lo quiere.

Y en mi interior se desata una emoción por completo inesperada.

—Puedo hacer una excepción, o quizá combinar las dos cosas. Ya veremos. De verdad quiero hacerte el amor. Ven a la cama conmigo, por favor. Quiero que nuestro acuerdo funcione, pero tienes que hacerte una idea de dónde estás metiéndote. Podemos empezar tu entrenamiento esta noche... con lo básico. No quiere decir que venga con flores y corazones. Es un medio para llegar a un fin, pero quiero ese fin y espero que tú lo quieras también.

Las palabras brotan con profusión.

¡Grey! ¡Haz el favor de frenar de una puta vez!

Ella se ruboriza.

Vamos, Ana, responde, o me va a dar algo.

—Pero no he hecho todo lo que pides en tu lista de normas.

Su voz es tímida. ¿Tal vez tiene miedo? Espero que no. No quiero que se asuste.

—Olvídate de las normas. Olvídate de todos esos detalles por esta noche. Te deseo. Te he deseado desde que te caíste en mi despacho, y sé que tú también me deseas. No estarías aquí charlando tranquilamente sobre castigos y límites infranqueables si no me desearas. Ana, por favor, quédate conmigo esta noche.

Vuelvo a tenderle la mano, y esta vez ella la acepta, y la rodeo entre mis brazos y la aprieto contra mí. Ruborizada, ahoga un grito de sorpresa y siento su cuerpo pegado al mío. La oscuridad no aflora en mi interior; tal vez mi libido la tiene dominada. La deseo. Me atrae muchísimo. Esta chica me desconcierta constantemente. Le he revelado mi oscuro secreto y, sin embargo, sigue aquí; no ha salido corriendo.

Le enrollo los dedos en el pelo y tiro de él para que levante la cabeza y me mire, y veo unos ojos cautivadores.

—Eres una chica muy valiente —musito—. Me tienes fascinado. —Me inclino y la beso con suavidad, y luego jugueteo con los dientes en su labio inferior—. Quiero morder este labio. —Tiro de él con más fuerza y ella da un respingo. La polla se me pone dura al instante—. Por favor, Ana, déjame hacerte el amor —susurro contra sus labios.

—Sí —responde ella, y en mi cuerpo estallan fuegos artificiales como en un Cuatro de Julio.

Contrólate, Grey. No hemos cerrado ningún acuerdo, no hemos puesto límites y no es mía para hacer con ella lo que me plazca. Sin embargo, estoy muy excitado. A punto de estallar. Es una sensación nueva pero estimulante; el deseo por esta mujer me corre por las venas. Me encuentro al mismísimo borde de la caída por una montaña rusa gigantesca.

¿Sexo vainilla?

¿Puedo hacerlo?

Sin pronunciar una sola palabra más, salgo con ella de mi

estudio, cruzamos el salón y recorremos el pasillo hasta mi dormitorio. Ella me sigue cogiéndome fuerte de la mano.

Mierda. Las medidas anticonceptivas. Seguro que no toma la píldora. Por suerte tengo condones para una emergencia. Al menos no debo preocuparme por las pollas que se la hayan follado. La dejo esperando junto a la cama, me dirijo a la cómoda y me quito el reloj, los zapatos y los calcetines.

—Supongo que no tomas la píldora.

Ella niega con la cabeza.

—Me temo que no.

Saco del cajón una caja de condones y le hago saber que estoy preparado. Ella no deja de mirarme con esos ojos tan increíblemente grandes que tiene en esa cara tan bonita, y dudo un instante. Se supone que para ella este es un momento muy importante, ¿no? Recuerdo mi primera vez con Elena, lo avergonzado que me sentía. Pero, al mismo tiempo, qué maravilloso alivio... En el fondo sé que debería enviarla a su casa, pero la verdad es que no quiero que se vaya; la deseo. Es más, veo mi deseo reflejado en su expresión, en la oscuridad que aflora en su mirada.

—¿Quieres que baje las persianas? —pregunto.

—No me importa —dice—. Creía que no permitías a nadie dormir en tu cama.

—¿Quién ha dicho que vamos a dormir?

—Oh.

Sus labios forman una pequeña O perfecta. La polla se me endurece más aún. Sí, me gustaría follarme esa boca, esa O. Me acerco a ella como si fuera mi presa. Oh, nena, tengo ganas de hundirme en ti. Su respiración es débil y acelerada. Tiene las mejillas sonrosadas... Se la ve temerosa pero excitada a la vez. La tengo en mis manos, y el saberlo hace que me sienta poderoso. No tiene ni idea de lo que voy a hacerle.

—Vamos a quitarte la chaqueta, si te parece.

Me inclino y le deslizo la chaqueta por los hombros, la doblo y la dejo sobre la silla.

—¿Tienes idea de lo mucho que te deseo, Ana Steele?

Ella separa los labios y coge aire, y yo me acerco para acariciarle la mejilla. Mis dedos se deslizan por su barbilla y notan la suavidad como de pétalo de su cara. Está extasiada, perdida, bajo mi hechizo. Ya es mía. ¡Dios! Cómo me pone...

—¿Tienes idea de lo que voy a hacerte? —susurro, y le sujeto la barbilla con el índice y el pulgar.

Me inclino, la beso con fuerza, acoplando sus labios a los míos. Ella me corresponde; es suave y dulce y está preparada. Siento una tremenda necesidad de verla, entera. Me apresuro a desabrocharle los botones, y poco a poco le quito la blusa y la dejo caer al suelo. Me aparto un poco para contemplarla. Lleva el sujetador azul cielo que le compró Taylor.

Es una preciosidad.

—Ana... Tienes una piel preciosa, blanca y perfecta. Quiero besártela centímetro a centímetro.

No tiene ni una sola marca. Eso me inquieta. Quiero verla con marcas... sonrosada... con señales diminutas, tal vez de una fusta.

En sus mejillas aparece un rubor delicioso; seguro que se siente cohibida. Al menos le enseñaré a no avergonzarse de su cuerpo. Alargo los brazos, le quito el coletero y le suelto el pelo, que cae castaño y exuberante, rodeándole la cara hasta sus pechos.

—Me gustan las morenas.

Es encantadora, excepcional, una joya.

Le sujeto la cabeza y entrelazo mis dedos en su pelo, y luego la estrecho con fuerza y la beso. Ella gime contra mí y abre los labios, permitiéndome acceder a su cálida y húmeda boca. El delicado gemido de placer se propaga a través de mi cuerpo y llega hasta la punta de mi polla. Su lengua roza la mía con timidez, va recorriendo a tientas mi boca, y por algún motivo su torpeza inexperta me resulta... excitante.

Su sabor es delicioso: vino, uvas e inocencia; una potente y embriagadora mezcla de matices. La rodeo fuertemente con los brazos, más tranquilo al ver que ella me coge únicamente de los bíceps. Dejo una mano en su pelo para inmovilizarla y con la otra le recorro la columna vertebral hasta el culo y la empujo hacia mí, contra mi erección. Ella vuelve a gemir. Sigo besándola, forzando su lengua inexperta a explorar mi boca como yo exploro la suya. Mi cuerpo se tensa cuando sus manos ascienden por mis brazos... Y por un instante me pongo nervioso pensando dónde me tocará a continuación. Me acaricia la mejilla, luego el pelo. Me altero un poco, pero cuando me entrelaza las manos en el pelo y tira con suavidad...

Maldita sea, qué sensación...

Gimo en respuesta a esa caricia pero no puedo permitirle que siga. Antes de que pueda volver a tocarme, la empujo contra la cama y me pongo de rodillas. Quiero quitarle esos vaqueros, quiero desnudarla, excitarla un poco más y... que no me toque. La aferro de las caderas y le paso la lengua por el vientre, desde la cinturilla del pantalón hasta el ombligo. Ella se pone tensa y aspira de forma brusca. Joder, qué bien huele y qué bien sabe: a huerto de árboles frutales en plena primavera, y quiero saciarme. Sus manos vuelven a aferrarme el pelo, pero eso no me importa... De hecho, me gusta. Le mordisqueo la cadera y noto que me tira del pelo con más fuerza. Tiene los ojos cerrados, la boca relajada, y está jadeando. Cuando le desabrocho el botón de los vaqueros, ella abre los ojos y nos miramos fijamente. Poco a poco, bajo la cremallera y deslizo las manos hasta su culo. Luego las introduzco por debajo de la cinturilla, rodeo con las palmas sus suaves nalgas y le bajo los pantalones.

No puedo parar. Quiero impactarla, poner a prueba sus límites este mismo instante. Sin apartar los ojos de los suyos, me lamo los labios con intención. Luego me inclino sobre ella y recorro con la punta de la nariz la parte central de sus bragas; aspiro su excitación. Cierro los ojos y disfruto de esa sensación.

Oh, Dios, es muy tentadora.

—Hueles muy bien.

Tengo la voz ronca por el deseo y mis vaqueros empiezan a molestarme. Necesito quitármelos. Con suavidad, la empujo hasta la cama y, cogiéndole el pie derecho, me apresuro a quitarle la Converse y el calcetín. Para provocarla, le recorro el empeine con la uña del pulgar y ella se retuerce de placer en la cama, con la boca abierta, observándome, fascinada. Me inclino sobre ella, ahora le recorro el empeine con la lengua y mis dientes rozan la pequeña marca que ha dejado mi uña. Ella permanece tumbada en la cama con los ojos cerrados, gimiendo. Es tan receptiva... Es sublime.

Dios.

Le quito rápidamente la otra zapatilla y el otro calcetín, y luego los vaqueros. Está prácticamente desnuda en mi cama, el pelo le enmarca la cara a la perfección, sus largas y blanquísimas piernas están abiertas ante mí, como una invitación. Tengo que hacer concesiones a causa de su inexperiencia. Pero está jadeando. Me desea. Sus ojos están fijos en mí.

Nunca me he tirado a nadie en mi cama. Otra novedad con la señorita Steele.

—Eres muy hermosa, Anastasia Steele. Me muero por estar dentro de ti.

Hablo con voz suave; quiero provocarla un poco más, descubrir lo que sabe.

—Muéstrame cómo te das placer —le pido mirándola a los ojos.

Ella frunce el ceño.

—No seas tímida, Ana. Muéstramelo.

Una parte de mí quiere zurrarla para que aprenda a no ser tan cohibida.

Ella niega con la cabeza.

—No entiendo lo que quieres decir.

¿Está jugando conmigo?

—¿Cómo te corres sola? Quiero verlo.

Ella permanece muda. Es evidente que he vuelto a asustarla.

—No me corro sola —murmura al fin, casi sin aliento.

La miro sin dar crédito. Incluso yo me masturbaba antes de que Elena me pusiera las garras encima.

Probablemente no ha tenido nunca un orgasmo... aunque me cuesta creerlo. Uau. Soy yo quien va a follársela por primera vez y con quien va a tener su primer orgasmo. Más me vale hacerlo bien.

—Bueno, veamos qué podemos hacer al respecto.

Vas a tener un orgasmo como un tren, nena.

Mierda. Seguro que tampoco ha visto nunca a un hombre desnudo. Sin apartar la vista de sus ojos, me desabrocho el primer botón de los vaqueros y los dejo caer al suelo, pero no puedo quitarme la camisa porque corro el riesgo de que me toque.

Aunque si lo hiciera… no estaría tan mal… ¿verdad? No estaría mal que me tocara.

Ahuyento esa idea antes de que aflore la oscuridad en mi interior, y la cojo por los tobillos para abrirla de piernas. Ella pone los ojos como platos y se aferra a mis sábanas.

Eso, mantén las manos ahí, nena.

Trepo poco a poco por la cama, entre sus piernas. Ella se remueve debajo de mí.

—No te muevas —le digo, y me inclino para besar la delicada parte interior de su muslo. Le recorro a besos los muslos, sigo por encima de las bragas, por el vientre, y mientras la mordisqueo y succiono su piel ella se retuerce debajo de mí—. Vamos a tener que trabajar para que aprendas a quedarte quieta, nena.

Si me dejas.

Le enseñaré a aceptar el placer sin moverse, intensificando cada caricia, cada beso, cada pellizco. Pensar en eso hace que desee hundirme en ella, pero antes quiero saber hasta qué punto se muestra receptiva. De momento no se ha echado atrás. Me está dando rienda suelta para que le recorra todo el cuerpo. No vacila ni un momento. Desea que esto ocurra, lo desea de verdad. Introduzco mi lengua en su ombligo y prosigo mi viaje de placer hacia arriba, deleitándome con su sabor. Cambio de postura y me tumbo a su lado con una pierna aún entre las suyas. Mi mano recorre su cuerpo casi sin tocarlo: la cadera, la cintura, un pecho. Lo cubro con mi mano, tratando de anticipar su reacción. Ella no se pone tensa. No me detiene… Se siente segura. ¿Conseguiré que confíe plenamente en mí para que me permita dominar por completo su cuerpo? ¿Y a toda ella? La idea es muy estimulante.

—Encajan perfectamente en mi mano, Anastasia.

Introduzco el dedo en la copa del sujetador y tiro de él para dejar su pecho al descubierto. El pezón es pequeño, rosado, y ya está duro. Retiro la prenda de modo que la tela y la varilla descansen bajo el pecho y lo empujen hacia arriba. Repito el proceso con la otra copa y observo, fascinado, cómo sus pezones se dilatan bajo mi atenta mirada. Vaya… Si ni siquiera la he tocado todavía.

—Muy bonitos —suspiro con admiración, y chupo suavemente el pezón que tengo más cerca mientras observo maravillado cómo aumenta su dureza y su tamaño.

Anastasia cierra los ojos y arquea la espalda.

Quédate quieta, nena, limítate a aceptar el placer; llegará a ser mucho más intenso.

Chupo un pezón mientras rodeo el otro con el índice y el pulgar. Ella se aferra a las sábanas mientras yo me inclino sobre ella y succiono, con fuerza. Su cuerpo vuelve a arquearse y Ana grita.

—Vamos a ver si conseguimos que te corras así —susurro, y no me detengo.

Ella empieza a gemir.

Sí, nena, sí… Siéntelo. Sus pezones se dilatan más y ella empieza a mover la cadera en círculos. Quédate quieta, nena. Te enseñaré a que te estés quieta.

—Oh… por favor —me suplica.

Sus piernas se ponen tensas. Lo estoy consiguiendo. Está a punto de correrse. Continúo con mi sesión de placer. Me concentro en cada uno de los pezones, observo cómo responde, noto su lujuria y siento que estoy loco por ella. Dios, cuánto la deseo.

—Déjate ir, nena —murmuro, y tiro de su pezón con los dientes.

Ella grita al alcanzar el clímax.

¡Sí! Me apresuro a besarla para absorber sus gritos en mi boca. Está sin aliento y jadea, perdida en su placer… Y en el mío. Su primer orgasmo me pertenece, y esa idea me produce una alegría ridícula.

—Eres muy receptiva. Tendrás que aprender a controlarlo, y será muy divertido enseñarte.

No veo la hora… Pero en este momento la deseo. La deseo a toda ella. La beso una vez más y dejo que mi mano viaje hacia abajo por su cuerpo, hasta su sexo. Lo aprieto y noto su calor. Deslizo el dedo índice por debajo del encaje de sus bragas y trazo un pequeño círculo… ¡Joder! ¡Está empapada!

—Estás muy húmeda. No sabes cuánto te deseo.

Introduzco un dedo en su interior, y ella grita. Está caliente, y tensa, y húmeda, y quiero poseerla. Vuelvo a meter el dedo en ella y absorbo sus gritos en mi boca. Apoyo la palma de la mano en el clítoris… Hago presión hacia abajo… Y en círculos. Ella grita y se retuerce debajo de mí. Joder. La quiero para mí ahora mismo. Está a punto. Me incorporo, le quito las bragas, me quito yo también los calzoncillos y alcanzo un condón. Me arrodillo entre sus piernas y se las separo más. Anastasia me mira con… ¿qué? ¿Temor? Probablemente no ha visto nunca una erección.

—No te preocupes. Tú también te dilatas —murmuro.

Me tumbo encima de ella, coloco las manos a ambos lados de su cabeza y me apoyo sobre los codos. Dios, cuánto la deseo… Pero tengo que saber si está dispuesta a seguir.

—¿De verdad quieres hacerlo? —le pregunto.

Por Dios, no digas que no, joder.

—Por favor —me suplica.

—Levanta las rodillas —le ordeno.

Así será más fácil. ¿He estado alguna vez tan excitado? Apenas puedo contenerme. No lo entiendo… Debe de ser por ella.

¿Por qué?

¡Céntrate, Grey!

—Ahora voy a follarla, señorita Steele. Duro.

Me meto en ella con una embestida.

Joder. ¡Joder!

Está muy tensa. Grita.

¡Mierda! Le he hecho daño. Quiero moverme, vaciarme en su interior, y tengo que hacer acopio de toda mi voluntad para parar.

—Estás muy cerrada. ¿Te encuentras bien? —pregunto, y mi voz es un susurro ronco y ansioso.

Ella asiente con los ojos muy abiertos. Esto es la gloria, la noto tensa a mi alrededor. Y aunque tiene las manos sobre mis brazos, me da igual. La oscuridad está dormida, tal vez porque llevo mucho tiempo deseándola. Nunca antes había sentido este anhelo, esta... voracidad. Es una sensación nueva, nueva y muy agradable. Deseo muchas cosas de ella: su confianza, su obediencia, su sumisión. Quiero que sea mía. Pero de momento... yo soy suyo.

—Voy a moverme, nena —Siento la voz forzada.

Entonces, lentamente, me retiro un poco. Es una sensación extraordinaria y maravillosa: su cuerpo acoge mi polla. La penetro otra vez y la hago mía sabiendo que no ha sido de nadie más. Ella gime.

Me detengo.

—¿Más?

—Sí —susurra ella al cabo de un momento.

Esta vez la embisto y llego más adentro.

—¿Otra vez? —le pregunto en tono suplicante mientras las gotas de sudor me perlan el cuerpo.

—Sí.

Su confianza en mí... de repente me abruma, y empiezo a moverme, a moverme de verdad. Quiero que se corra. No pararé hasta que se corra. Quiero poseer a esta mujer, su cuerpo y su alma. Quiero que se aferre a mí.

Joder. Empieza a acoger todos mis movimientos, a acoplarse a mi ritmo. ¿Ves lo mucho que nos compenetramos, Ana? Le sujeto la cabeza y la inmovilizo mientras la hago mía y la beso con fuerza, haciendo también mía su boca. Ella se pone rígida debajo de mí... Joder, sí. Está cerca del orgasmo.

—Córrete para mí, Ana —le pido.

Y ella grita a la vez que la pasión la devora; la cabeza hacia atrás, la boca abierta, los ojos cerrados... Y la visión de su éxtasis me basta. Exploto en su interior, se me nublan la razón y los sentidos y grito su nombre mientras me corro dentro de ella.

Cuando abro los ojos estoy jadeando, intentando recobrar el aliento. Su frente está apoyada en mi frente y me mira.

Joder. Estoy hecho polvo.

Le doy un breve beso en la frente y salgo de ella. Luego me tumbo a su lado.

Ella se estremece cuando me aparto de su cuerpo, pero por lo demás se la ve bien.

—¿Te he hecho daño? —le pregunto, y le coloco un mechón de pelo detrás de la oreja porque no quiero dejar de tocarla.

Ana sonríe con incredulidad.

—¿Estás de verdad preguntándome si me has hecho daño?

Y por un momento no sé por qué sonríe.

Ah, el cuarto de juegos.

—No me vengas con ironías —musito. Incluso ahora me desconcierta—. En serio, ¿estás bien?

Ella se tumba a mi lado mientras se pasa la mano por el cuerpo y me tienta con una expresión divertida que también denota su satisfacción.

—No me has contestado —gruño.

Necesito saber si ha disfrutado. Por su expresión se diría que sí, pero necesito oírlo de su boca. Mientras espero su respuesta, me quito el condón. Dios, odio estas cosas. Lo dejo caer discretamente al suelo.

Ella me mira.

—Me gustaría volver a hacerlo —dice con una risita tímida.

¿Cómo?

¿Otra vez?

¿Ya?

—¿Ahora mismo, señorita Steele? —La beso en la comisura de la boca—. ¿No eres un poquito exigente? Date la vuelta.

Así me aseguro de que no me toques.

Ella me obsequia con una breve y dulce sonrisa y se pone boca abajo. Mi polla se estremece, encantada. Le desabrocho el sujetador y le deslizo la mano por la espalda hasta las nalgas.

—Tienes una piel realmente preciosa —digo mientras le retiro el pelo de la cara y le abro las piernas.

Con delicadeza, le cubro el hombro de suaves besos.

—¿Por qué no te has quitado la camisa? —me pregunta.

Es muy preguntona. Mientras esté boca abajo sé que no podrá tocarme, así que me incorporo, me quito la camisa sin desabrochármela y la dejo caer al suelo. Del todo desnudo, me tumbo sobre ella. Tiene la piel cálida, se derrite contra la mía.

Mmm… Sería fácil acostumbrarme a esto.

—Así que quieres que vuelva a follarte… —le susurro al oído, besándola.

Ella se retuerce de forma muy excitante debajo de mí.

Oh, esto no va a funcionar. Quédate quieta, nena.

Deslizo la mano por su cuerpo hasta la parte trasera de sus rodillas, le levanto las piernas y se las separo para que quede bien abierta debajo de mí. Ella contiene la respiración, expectante, espero. No se mueve.

¡Por fin!

Le acaricio el culo y dejo que mi peso repose sobre ella.

—Voy a follarte desde atrás, Anastasia.

Con la otra mano, le agarro el pelo a la altura de la nuca y tiro suavemente para colocarla bien. No puede moverse. Tiene las manos lejos, extendidas sobre la sábana; no suponen ningún peligro.

—Eres mía —susurro—. Solo mía. No lo olvides.

Desplazo la mano que me queda libre hasta su clítoris y empiezo a trazar lentos círculos.

Sus músculos se flexionan debajo de mí cuando intenta moverse, pero mi peso la mantiene en su sitio. Le recorro la línea del mentón con los dientes. Su suave aroma se impone sobre el olor a sexo.

—Hueles de maravilla —susurro mientras le froto la nariz detrás de la oreja.

Ella empieza a mover sus caderas en círculo siguiendo las caricias de mi mano.

—No te muevas —le advierto.

Si no, pararé.

Poco a poco, le introduzco el pulgar y lo hago girar una y otra vez, y me centro en acariciarle la pared anterior de la vagina.

—¿Te gusta? —digo para provocarla, y le mordisqueo la oreja.

Mientras mis dedos siguen atormentándole el clítoris, empiezo a mover el pulgar dentro y fuera. Ella se pone rígida, pero no puede moverse.

Gime mucho, y cierra los ojos con fuerza.

—Estás muy húmeda y eres muy rápida. Muy receptiva. Oh, Anastasia, me gusta, me gusta mucho.

De acuerdo. A ver hasta dónde llegas.

Retiro el pulgar de su vagina.

—Abre la boca —le ordeno, y cuando lo hace le meto el dedo entre los dientes—. Mira cómo sabes. Chúpame, nena.

Me chupa el pulgar... con fuerza.

Joder.

Y por un momento imagino mi polla dentro de su boca.

—Quiero follarte la boca, Anastasia, y pronto lo haré.

Me tiene sin aliento.

Cierra los dientes alrededor de mi dedo y me muerde con fuerza.

¡Ay! ¡Joder!

—Mi niña traviesa.

Se me ocurren varios castigos dignos de semejante atrevimiento; si fuera mi sumisa, podría infligírselos. Esa idea hace que mi polla crezca hasta tal extremo que parece a punto de explotar. La suelto y me siento sobre las rodillas.

—Quieta, no te muevas.

Saco otro condón de la mesilla de noche, rasgo el envoltorio y desenrollo el látex sobre mi erección.

La observo y veo que sigue sin moverse excepto por el subir y bajar de su espalda a causa de la anticipación.

Es maravillosa.

Vuelvo a tumbarme sobre ella, la agarro del pelo y la sujeto para que no pueda mover la cabeza.

—Esta vez vamos a ir muy despacio, Anastasia.

Ella ahoga un grito y la penetro hasta que no puedo más.

Joder. Qué sensación...

Al retirarme un poco muevo las caderas en círculo, y luego vuelvo a deslizarme hasta su interior. Ella gime y sus extremidades se tensan debajo de mí cuando intenta moverse.

Oh, no, nena.

Quiero que te estés quieta.

Quiero que sientas esto.

Acepta todo este placer.

—Se está tan bien dentro de ti —le digo, y repito los movimientos trazando a la vez círculos con las caderas.

Despacio. Dentro. Fuera. Dentro. Fuera. Ella empieza a estremecerse desde el interior.

—No, nena, todavía no.

No pienso dejar que te corras.

Al menos mientras me lo esté pasando así de bien.

—Por favor —grita.

—Te quiero dolorida, nena.

Salgo de su cuerpo y me hundo otra vez en ella.

—Quiero que, cada vez que te muevas mañana, recuerdes que he estado dentro de ti. Solo yo. Eres mía.

—Christian, por favor —me suplica.

—¿Qué quieres, Anastasia? Dímelo. —Sigo con mi lenta tortura—. Dímelo.

—A ti, por favor.

Está desesperada.

Me quiere a mí.

Buena chica.

Aumento el ritmo y su cuerpo empieza a estremecerse, receptivo de inmediato.

Entre embestida y embestida pronuncio una palabra.

—Eres… tan… dulce… Te… deseo… tanto… Eres… mía…

Sus extremidades tiemblan por la tensión que le supone estarse quieta. Está a punto de llegar.

—Córrete para mí, nena —gruño.

Y ella, obediente, se convulsiona alrededor de mi sexo mientras el orgasmo la rasga por dentro y grita mi nombre contra el colchón.

Oír mi nombre en sus labios desata mi placer, y alcanzo el clímax y me desplomo sobre ella.

—Joder, Ana —musito, agotado pero eufórico.

Me retiro casi de inmediato y ruedo por la cama hasta quedar boca arriba. Ella se acurruca a mi lado mientras me quito el condón, cierra los ojos y se queda dormida.

Domingo, 22 de mayo de 2011

Me despierto sobresaltado y con un profundo sentimiento de culpa, como si hubiera cometido un pecado terrible. ¿Es porque me he follado a Anastasia Steele? ¿Una virgen?

Está acurrucada y profundamente dormida a mi lado. Miro el radiodespertador: son más de las tres de la mañana. Ana duerme el sueño profundo de los inocentes. Bueno, ya no tan inocente. Mi cuerpo se remueve al contemplarla.

Podría despertarla.

Follarla otra vez.

Es evidente que tenerla en mi cama tiene ciertas ventajas.

Grey. Acaba ya con esta tontería.

Tirártela no ha sido más que el medio para conseguir un fin, además de una distracción agradable.

Sí. Muy agradable.

Más bien increíble.

Solo ha sido sexo, no me jodas.

Cierro los ojos aunque sé que no podré dormirme, porque la habitación está demasiado impregnada de Ana: su aroma, el sonido de su suave respiración y el recuerdo de mi primer polvo vainilla. Me abruman las visiones de su cabeza echada hacia atrás por la pasión, de cómo gritaba una versión apenas reconocible de mi nombre, de su desatado entusiasmo por la unión sexual.

La señorita Steele es una criatura carnal.

Será un juguete al que podré entrenar.

Mi polla se estremece; está de acuerdo.

Mierda.

No puedo dormir, aunque esta noche no son las pesadillas lo que me tiene despierto, sino la señorita Steele, tan menuda ella. Salgo de la cama, recojo del suelo los condones usados, les hago un nudo y los tiro a la papelera. Saco unos pantalones de pijama de la cómoda y me los pongo. Durante unos instantes, contemplo a la tentadora mujer que yace en mi cama, y luego voy a la cocina. Tengo sed.

Después de beberme un vaso de agua, hago lo de siempre cuando no puedo dormir: echo un vistazo a mis correos electrónicos en el estudio. Taylor ha regresado y pregunta si pueden guardar el *Charlie Tango*. Stephan debe de estar durmiendo en la planta de arriba. Le contesto al correo con un sí, aunque a estas horas de la noche ya se da por sentado.

Vuelvo al salón y me siento al piano, uno de mis mayores placeres, algo que me permite evadirme durante horas. Sé tocar bien desde que tenía nueve años, pero no fue hasta que tuve mi propio piano, en mi propia casa, cuando de verdad se convirtió en una pasión. Cuando necesito desconectar del mundo, toco el piano. Y ahora mismo no quiero pensar en que le he hecho proposiciones deshonestas a una virgen, en que me la he tirado ni en que le he desvelado mi estilo de vida a alguien sin experiencia. Con las manos sobre las teclas, empiezo a tocar y me abandono a la soledad de Bach.

Un movimiento me distrae de la música y, al levantar la mirada, veo a Ana de pie junto al piano. Envuelta en un edredón, con la melena alborotada descendiendo en ondas por su espalda, los ojos luminosos... está arrebatadora.

—Perdona —dice—. No quería molestarte.

¿Por qué se disculpa?

—Está claro que soy yo el que tendría que pedirte perdón. —Toco las últimas notas y me pongo de pie—. Deberías estar en la cama —la regaño.

—Un tema muy hermoso. ¿Bach?

—La transcripción es de Bach, pero originariamente es un concierto para oboe de Alessandro Marcello.

—Precioso, aunque muy triste, una melodía muy melancólica.

¿Melancólica? No es la primera vez que alguien utiliza ese
adjetivo para describirme.

*—¿Puedo hablarle con libertad, señor? —Leila está arrodillada
junto a mí mientras trabajo.*
—Puedes.
—Señor, hoy está usted muy melancólico.
—¿De verdad?
—Sí, señor. ¿Hay algo que yo pueda hacer…?

Ahuyento el recuerdo. Ana debería estar en la cama. Insisto
en ello
—Me he despertado y no estabas.
—Me cuesta dormir. No estoy acostumbrado a dormir con
nadie.

¿Por qué le he dicho eso? ¿Acaso me estoy justificando? Ro-
deo con un brazo sus hombros desnudos, disfrutando del tacto de
su piel, y me llevo de vuelta al dormitorio.
—¿Cuándo empezaste a tocar? Tocas muy bien.
—A los seis años. —Mi respuesta es brusca.
—Ah —dice ella.

Creo que ha pillado la indirecta: no quiero hablar de mi in-
fancia.
—¿Cómo te sientes?
—Estoy bien.

Hay sangre en mis sábanas. Sangre de ella. Pruebas de su vir-
ginidad perdida. Su mirada se desplaza rápidamente de las manchas a mí, y luego mira a otro lado, incómoda.
—Bueno, la señora Jones tendrá algo en lo que pensar.

Parece muy avergonzada.

Se trata de tu cuerpo, cariño. Le cojo la barbilla e inclino su
cabeza hacia atrás para poder ver su expresión. Estoy a punto de
darle una pequeña charla para que no se avergüence de su cuerpo, pero de repente alarga una mano directa a mi pecho.

Joder.

Doy un paso atrás para apartarme cuando la oscuridad aflora.

No, no me toques.

—Métete en la cama —en un tono más brusco de lo que pretendía.

Espero que no haya detectado mi miedo. Sus ojos se abren mucho, confusos, tal vez heridos.

Maldita sea.

—Me acostaré contigo —añado como oferta de paz.

Saco una camiseta de un cajón de la cómoda y me la pongo deprisa, para protegerme.

Ella sigue de pie, mirándome.

—A la cama —ordeno, más agresivo esta vez.

Ana se mete en mi cama y se tumba; yo me estiro detrás de ella y la estrecho entre mis brazos. Hundo la cabeza en su pelo e inspiro el dulce aroma: otoño y manzanos. De espaldas a mí no puede tocarme, y mientras estoy ahí tumbado decido que me quedaré acurrucado con ella hasta que se duerma. Después me levantaré y trabajaré un poco.

—Duerme, dulce Anastasia.

Le beso el pelo y cierro los ojos. Su aroma invade mi nariz, me recuerda una época feliz y me deja saciado... incluso contento...

Hoy mami está alegre. Está cantando.
Canta sobre lo que tiene que ver el amor con esto.
Y cocina. Y canta.
Siento un burbujeo en el estómago. Está preparando beicon y gofres.
Huelen muy bien. A mi estómago le gustan el beicon y los gofres.
Qué bien huelen.

Cuando abro los ojos, la luz entra a raudales por las ventanas. Percibo un aroma que proviene de la cocina y se me hace la boca agua. Beicon. Por un momento me siento desconcertado. ¿Ha vuelto Gail de casa de su hermana?

Entonces lo recuerdo.

Ana.

Echo un vistazo al reloj y veo que es tarde. Salto de la cama y sigo mi olfato hasta la cocina.

Ahí está. Se ha puesto mi camisa, se ha hecho dos trenzas en el pelo y está bailando al ritmo de una música que no puedo oír: lleva puestos unos auriculares. Aún no me ha visto, así que me siento junto a la barra de la cocina a disfrutar del espectáculo. Está batiendo huevos, prepara el desayuno, sus trenzas rebotan cada vez que salta de un pie a otro y entonces me doy cuenta de que no lleva ropa interior.

Buena chica.

Debe de ser una de las mujeres más descoordinadas que he visto jamás. Resulta divertido, encantador y extrañamente excitante al mismo tiempo; pienso en todas las formas que tengo para mejorar su coordinación. Cuando se da la vuelta y me ve, se queda paralizada.

—Buenos días, señorita Steele. Está muy activa esta mañana.

Parece aún más joven con esas trenzas.

—He… He dormido bien —tartamudea.

—No imagino por qué —bromeo, y admito que yo también he dormido bien.

Son más de las nueve. ¿Cuándo fue la última vez que dormí hasta más tarde de las seis y media?

Ayer.

Cuando dormí con ella.

—¿Tienes hambre? —pregunta.

—Mucha.

No sé si de desayunar o de ella.

—¿Tortitas, beicon y huevos? —ofrece.

—Suena muy bien.

—No sé dónde están los manteles individuales —dice con aspecto de sentirse algo perdida.

Creo que está avergonzada porque la he sorprendido bailando. Me apiado de ella y me ofrezco a preparar la mesa para el desayuno.

—¿Quieres que ponga música para que puedas seguir bailando?

Se ruboriza y mira al suelo.

Maldita sea. La he molestado.

—No te cortes por mí. Resulta muy entretenido.

Me da la espalda haciendo un mohín y sigue batiendo los huevos con entusiasmo. Me pregunto si sabrá lo irrespetuoso que resulta eso para alguien como yo... pero es evidente que no se da cuenta, y por algún motivo incomprensible me hace reír. Me acerco a ella con sigilo y le tiro de una trenza.

—Me encantan, pero no van a servirte de nada.

No van a protegerte de mí. No ahora que te he poseído.

—¿Cómo quieres los huevos? —Su tono es inesperadamente descarado y tengo ganas de reírme a carcajadas, pero me contengo.

—Muy batidos —contesto intentando poner cara de póquer, aunque no lo consigo.

Ella también intenta disimular su risa y sigue con su tarea.

Tiene una sonrisa cautivadora.

Saco los manteles individuales, los coloco deprisa y me pregunto cuándo fue la última vez que hice eso por alguien.

Nunca.

Lo normal es que durante el fin de semana mi sumisa se encargue de todas las labores domésticas.

Pues hoy no, Grey, porque esta chica no es tu sumisa... todavía.

Sirvo zumo de naranja para los dos y pongo en marcha la cafetera. Ella no bebe café, solo té.

—¿Quieres un té?

—Sí, por favor. Si tienes.

En el armario encuentro las bolsitas de Twinings que le pedí a Gail que comprara.

Mira por dónde, ¿quién habría dicho que al final las usaría?

Arruga la frente al verlas.

—El final estaba cantado, ¿no?

—¿Tú crees? No tengo tan claro que hayamos llegado todavía al final, señorita Steele —respondo con expresión severa.

Y no hables de ti de esa manera.

Añado su falta de autoestima a la lista de conductas que habrá que modificar.

Ana evita mi mirada, ocupada en servir el desayuno. Coloca dos platos sobre los manteles individuales y luego saca el sirope de arce de la nevera.

Cuando levanta la vista y me mira, estoy de pie esperando a que se siente.

—Señorita Steele —digo, y le señalo su asiento.

—Señor Grey —contesta en un tono falsamente formal.

Al sentarse se encoge un poco.

—¿Estás muy dolorida?

Me sorprende un desagradable sentimiento de culpa. Quiero follármela otra vez, a ser posible después de desayunar, pero si está demasiado dolorida no podrá ser. Quizá debería usar su boca esta vez.

A Ana se le salen los colores.

—Bueno, a decir verdad, no tengo con qué compararlo —contesta de manera cortante—. ¿Querías ofrecerme tu compasión?

Su tono sarcástico me pilla desprevenido. Si fuera mía, se habría ganado al menos una buena zurra, puede que sobre la encimera de la cocina.

—No. Me preguntaba si deberíamos seguir con tu entrenamiento básico.

—Oh.

Se ha sobresaltado.

Sí, Ana, también podemos practicar sexo durante el día. Y me encantaría llenarte esa boca de lengua viperina.

Doy un bocado a mi desayuno y cierro los ojos para saborearlo. Está delicioso. Cuando trago, veo que todavía me mira fijamente.

—Come, Anastasia —le ordeno—. Por cierto, esto está buenísimo.

Sabe cocinar, y muy bien.

Come un poco y luego se limita a remover el desayuno en el plato. Le pido que deje de morderse el labio.

—Me desconcentras, y resulta que me he dado cuenta de que no llevas nada debajo de mi camisa.

Ana toquetea la bolsita de té y la tetera sin hacer ningún caso de mi enfado.

—¿En qué tipo de entrenamiento básico estás pensando? —pregunta.

Su curiosidad no tiene límites… Veamos hasta dónde es capaz de llegar.

—Bueno, como debes de estar dolorida, he pensado que podríamos dedicarnos a las técnicas orales.

Escupe el té en la taza.

Mierda. No quiero que se atragante. Le doy unos golpecitos suaves en la espalda y le acerco un vaso de zumo de naranja.

—Si quieres quedarte, claro.

No debería tentar a mi suerte.

—Me gustaría quedarme durante el día, si no hay problema. Mañana tengo que trabajar.

—¿A qué hora tienes que estar en el trabajo?

—A las nueve.

—Te llevaré al trabajo mañana a las nueve.

¿Qué estoy diciendo? ¿De verdad quiero que se quede otra noche?

Eso es una sorpresa incluso para mí.

Sí, quiero que se quede.

—Tengo que volver a casa esta noche. Necesito cambiarme de ropa.

—Podemos comprarte algo.

Se aparta el pelo de la cara y se muerde el labio con nerviosismo… otra vez.

—¿Qué pasa? —pregunto.

—Tengo que volver a casa esta noche.

Caray, qué terca que es. No quiero que se marche, pero a estas alturas, y sin acuerdo, no puedo insistir en que se quede.

—De acuerdo, esta noche. Ahora acábate el desayuno.

Observa la comida que queda en el plato.

—Come, Anastasia. Anoche no cenaste.

—No tengo hambre, de verdad —dice.

Joder, qué frustrante es esto.

—Me gustaría mucho que te terminaras el desayuno —insisto en voz baja.

—¿Qué problema tienes con la comida? —me suelta.

Ay, nena, no quieras saberlo, de verdad.

—Ya te dije que no soporto tirar la comida. Come.

La fulmino con la mirada. No me presiones con esto, Ana. Me mira con expresión testaruda, pero empieza a comer.

Al ver cómo se mete un tenedor cargado de huevo en la boca me relajo. Tiene una actitud desafiante, aunque a su manera. Y eso es algo único. Nunca me he enfrentado a ello. Sí. Exacto. Ana es una novedad. Por eso me fascina... ¿verdad?

Cuando termina de comer le retiro el plato.

—Tú has cocinado, así que yo recojo la mesa.

—Muy democrático —dice levantando una ceja.

—Sí. No es mi estilo habitual. En cuanto acabe tomaremos un baño.

Y podré poner a prueba sus técnicas orales. Inspiro deprisa para controlar la súbita excitación que me provoca esa idea.

Mierda.

Le suena el teléfono y Ana se retira a un rincón de la cocina, metida ya en la conversación. Me detengo junto al fregadero a mirarla. Está de pie contra la pared de cristal y la luz de la mañana recorta la silueta de su cuerpo bajo mi camisa blanca. Se me seca la boca. Está muy delgada, tiene las piernas largas, unos pechos perfectos y un culo ideal.

Todavía pegada al móvil, se vuelve hacia mí y yo finjo que estoy interesado en otra cosa. Por algún motivo no quiero que me pille comiéndomela con los ojos.

¿A quién tiene al teléfono?

Oigo que menciona el nombre de Kavanagh y me pongo tenso. ¿Qué le estará contando? Nuestras miradas se encuentran.

¿Qué le estás diciendo, Ana?

Ella se vuelve hacia otro lado y un momento después cuelga,

luego se acerca hacia mí moviendo las caderas a un ritmo suave y seductor bajo la camisa. ¿Debería decirle que la veo?

—¿El acuerdo de confidencialidad lo abarca todo? —pregunta.

Me quedo paralizado mientras sujeto la puerta de la despensa que estaba a punto de cerrar.

—¿Por qué?

¿Adónde quiere ir a parar? ¿Qué le ha contado a Kavanagh? Inspira hondo.

—Bueno, tengo algunas dudas, ya sabes... sobre sexo, y me gustaría comentarlas con Kate.

—Puedes comentarlas conmigo.

—Christian, con todo el respeto...

Se queda callada. ¿Le da vergüenza?

—Son solo cuestiones técnicas. No diré nada del cuarto rojo del dolor —dice de un tirón.

—¿El cuarto rojo del dolor?

Pero ¿qué cojones...?

—Se trata sobre todo de placer, Anastasia. Créeme. Y además, tu compañera de piso está revolcándose con mi hermano. Preferiría que no hablaras con ella, la verdad.

No me apetece que Elliot sepa nada de mi vida sexual. No dejaría de meterse conmigo en lo que me queda de vida.

—¿Sabe algo tu familia de tus... preferencias?

—No. No son asunto suyo.

Se muere por preguntarme algo.

—¿Qué quieres saber? —digo, de pie delante de ella, escudriñándole el rostro.

¿Qué te pasa, Ana?

—De momento, nada en concreto —murmura.

—Bueno, podemos empezar preguntándote qué tal lo has pasado esta noche.

Mi respiración se vuelve superficial mientras espero su respuesta. Todo nuestro acuerdo podría depender de lo que diga ahora.

—Bien —contesta.

Me ofrece una sonrisa dulce y sexy.

Es lo que quería oír.

—Yo también. Nunca había echado un polvo vainilla, y no ha estado nada mal. Aunque quizá es porque ha sido contigo.

La sorpresa y el placer que le provocan mis palabras son evidentes. Le acaricio el carnoso labio inferior con el pulgar. Me muero por tocarla… otra vez.

—Ven, vamos a bañarnos.

La beso y me la llevo al cuarto de baño.

—Quédate ahí —le ordeno mientras abro el grifo.

Luego vierto un aceite esencial en el agua humeante. La bañera se llena deprisa mientras ella sigue mirándome. Normalmente, esperaría de cualquier mujer que compartiese un baño conmigo que mantuviera la mirada gacha en señal de modestia.

Pero Ana no lo hace.

No mira al suelo, sino que sus ojos brillan llenos de expectación y curiosidad. Aun así, se ha echado los brazos alrededor del cuerpo; es tímida.

¡Dios! Cómo me pone…

Y pensar que nunca se ha bañado con un hombre…

Puedo apuntarme otro tanto al marcador.

Cuando la bañera está llena, me quito la camiseta y le tiendo una mano.

—Señorita Steele.

Ella acepta mi invitación y se mete dentro.

—Gírate y mírame —ordeno—. Sé que ese labio está delicioso, doy fe de ello, pero ¿puedes dejar de mordértelo? Cuando te lo muerdes, tengo ganas de follarte, y estás dolorida, ¿no?

Toma aire con brusquedad y deja de morderse el labio.

—Eso es. ¿Lo has entendido?

Todavía de pie, asiente con vehemencia.

—Bien.

Aún lleva puesta mi camisa, le quito el iPod del bolsillo y lo dejo en el lavabo.

—Agua e iPods… no es una combinación muy inteligente.

Cojo la camisa por abajo y se la quito tirando de ella hacia arriba. Doy un paso atrás para admirarla, y automáticamente agacha la cabeza.

—Oye —digo con una voz suave, intentando que se yerga para mirarme—. Anastasia, eres muy guapa, toda tú. No bajes la cabeza como si estuvieras avergonzada. No tienes por qué avergonzarte, y te aseguro que es todo un placer poder contemplarte.

Le sostengo la barbilla y le echo la cabeza hacia atrás.

No te escondas de mí, nena.

—Ya puedes sentarte.

Lo hace con una prisa indecente y se estremece cuando su cuerpo dolorido toca el agua.

Muy bien...

Cierra los ojos con fuerza mientras se reclina, pero al abrirlos ya parece más relajada.

—¿Por qué no te bañas conmigo? —me pregunta con una sonrisa cohibida.

—Sí, muévete hacia delante.

Acabo de desvestirme y me meto detrás de ella, presiono su espalda contra mi pecho y coloco las piernas sobre las suyas con los pies por encima de sus tobillos. Después se las separo.

Se remueve, pegada a mí, pero no reacciono a sus movimientos y hundo la nariz en su pelo.

—Qué bien hueles, Anastasia —susurro.

Se relaja y yo alcanzo el gel del estante. Me pongo un poco en la mano, froto hasta conseguir algo de espuma y empiezo a darle un masaje por el cuello y los hombros. Gime y su cabeza cae hacia un lado bajo mis tiernas atenciones.

—¿Te gusta? —pregunto.

—Mmm —responde, satisfecha.

Le lavo los brazos y las axilas, luego llego a mi primer objetivo: sus pechos.

Dios, qué tacto tienen...

Sus pechos son perfectos. Los masajeo y jugueteo con ellos. Ana gime y arquea las caderas mientras se le acelera la respiración. Está excitada. Mi cuerpo reacciona de la misma manera y crece bajo ella.

Deslizo las manos por su torso y su vientre en dirección a mi segundo objetivo. Antes de llegar al vello púbico, paro y me hago con una toallita. Echo un poco de gel en ella y doy comienzo al lento proceso de lavarla entre las piernas. Suave, despacio pero seguro, voy frotando, lavando, limpiando bien, estimulando. Ana empieza a jadear y sus caderas se mueven al mismo ritmo que mi mano. Tiene la cabeza apoyada contra mi hombro, los ojos cerrados, la boca abierta en un gemido mudo mientras se rinde a mis dedos implacables, que no le dan tregua.

—Siéntelo, nena. —Le deslizo los dientes por el lóbulo de la oreja—. Siéntelo para mí.

—Oh… por favor —jadea.

Intenta estirar las piernas, pero las tengo bien aprisionadas bajo las mías.

Ya es suficiente.

Ahora que está toda cubierta de una fina capa de espuma estoy listo para seguir adelante.

—Creo que ya estás lo suficientemente limpia —anuncio, y aparto las manos de su cuerpo.

—¿Por qué te paras? —protesta.

Abre los ojos de golpe, con lo que desvela su frustración y su decepción.

—Porque tengo otros planes para ti, Anastasia.

Está jadeando y, si no me equivoco, hace pucheros.

Bien.

—Date la vuelta. Yo también tengo que lavarme.

Me obedece. Tiene las mejillas sonrosadas, los ojos brillantes, las pupilas dilatadas.

Levanto las caderas y me agarro la polla.

—Quiero que, para empezar, conozcas bien la parte más valiosa de mi cuerpo, mi favorita. Le tengo mucho cariño.

Se le abre la boca al mirar mi miembro erecto y luego mi cara… y mi miembro otra vez. No puedo contener una sonrisa malvada. Su rostro es la viva imagen de una virgen escandalizada por lo que está viendo.

Sin embargo, cuanto más observa mi polla, más cambia su

expresión. Primero se pone pensativa, luego intenta evaluar lo que ve y, cuando sus ojos se encuentran con los míos, en ellos percibo claramente un desafío.

Vamos, lánzate, señorita Steele.

Su sonrisa, mientras alcanza la botella de gel, es cautivadora. Se echa un poco de jabón en la mano y, sin apartar la mirada de la mía, se frota las palmas. Entreabre la boca, se muerde el labio inferior y luego pasa la lengua por las pequeñas marcas que han dejado sus dientes.

¡Ana Steele, estás hecha toda una seductora!

Mi polla reacciona con entusiasmo y se pone más dura. Ella alarga la mano y rodea mi miembro. Mi respiración sale siseante entre dientes apretados y cierro los ojos para saborear el momento.

No me importa que me toquen esa parte del cuerpo.

No, no me importa lo más mínimo... Coloco la mano encima de la suya para enseñarle qué debe hacer.

—Así. —Mi voz suena ronca mientras empiezo a guiarla.

Ella cierra la mano con más fuerza y la mueve arriba y abajo, cubierta por la mía.

Oh, sí.

—Muy bien, nena.

La suelto y dejo que siga sola, cierro los ojos y me rindo al ritmo que marca ella.

Oh, Dios.

¿Qué tiene su inexperiencia que resulta tan excitante? ¿Es porque estoy disfrutando con cada nuevo aprendizaje?

De repente se la mete en la boca y chupa con fuerza. Su lengua me tortura.

¡Joder!

—Uau... Ana.

Chupa más fuerte; tiene la mirada encendida de astucia femenina. Esta es su venganza, me paga con mi misma moneda. Está arrebatadora.

—Dios —digo en un gruñido.

Y vuelvo a cerrar los ojos para no correrme en ese mismo

instante. Ana continúa con su dulce tortura y, a medida que va ganando confianza, levanto las caderas y me meto mucho más adentro en su boca.

¿Hasta dónde puedo llegar, nena?

Mirarla me excita, me pone muchísimo. La agarro del pelo y empiezo a imprimirle ritmo a su boca mientras ella se apoya con las manos en mis muslos.

—Oh... nena... es fantástico.

Esconde los dientes tras sus labios y se mete mi polla en la boca una vez más.

—¡Ah! —gimo, y me pregunto hasta dónde me permitirá entrar.

Su boca me atormenta, sus dientes protegidos aprietan con fuerza. Y quiero más.

—Dios, ¿hasta dónde puedes llegar?

Su mirada se cruza con la mía. Arruga la frente y entonces, con una expresión muy decidida, se desliza por mi miembro hasta que le toco el fondo de la garganta.

Joder.

—Anastasia, voy a correrme en tu boca —le advierto casi sin aliento—. Si no quieres, para.

Empujo una y otra vez, y veo cómo mi polla desaparece y reaparece en su boca. Es mucho más que erótico. Estoy al borde del clímax. De repente libera los dientes y me aprieta con suavidad, y estoy perdido; me corro contra el fondo de su garganta y grito de placer.

¡Joder!

Me cuesta respirar. Me ha desarmado por completo... ¡Una vez más!

Cuando abro los ojos la veo resplandecer de orgullo.

Y tiene motivos para estar orgullosa. Ha sido una mamada de puta madre.

—¿No tienes arcadas?

La miro maravillado mientras recobro la respiración.

—Dios, Ana... ha estado... muy bien, de verdad, muy bien. Aunque no lo esperaba. ¿Sabes? No dejas de sorprenderme.

Hay que elogiar el trabajo bien hecho.

Un momento; lo ha hecho tan bien que tal vez sí tiene experiencia.

—¿Lo habías hecho antes? —pregunto, aunque no estoy seguro de querer saberlo.

—No —dice con evidente orgullo.

—Bien. —Espero que mi sensación de alivio no haya sido demasiado obvia—. Otra novedad, señorita Steele. Bueno, tienes un sobresaliente en técnicas orales. Ven, vamos a la cama. Te debo un orgasmo.

Salgo de la bañera algo aturdido y me tapo con una toalla alrededor de la cadera. Saco otra, la sostengo en alto, ayudo a Ana a salir de la bañera y la envuelvo en ella para dejarla atrapada. La estrecho contra mi cuerpo y le doy un beso, un beso de verdad. Exploro su interior con la lengua.

Saboreo mi semen en su boca. Le agarro la cabeza y la beso más profundamente.

La deseo.

A toda ella.

Su cuerpo y su alma.

Quiero que sea mía.

Miro esos ojos desconcertados y le imploro:

—Dime que sí.

—¿A qué? —susurra.

—A nuestro acuerdo. A ser mía. Por favor, Ana.

Es lo más cerca que he estado de suplicar desde hace muchísimo tiempo. Vuelvo a besarla y en ese beso vierto toda mi pasión. Cuando la cojo de la mano, parece deslumbrada.

Deslúmbrala aún más, Grey.

En mi dormitorio, la suelto.

—¿Confías en mí? —pregunto.

Asiente con la cabeza.

—Buena chica.

Buena, y preciosa, chica.

Voy al vestidor para elegir una de mis corbatas. Cuando vuelvo a estar frente a ella, le quito la toalla y la dejo caer al suelo.

—Junta las manos por delante.

Se lame los labios, y creo que, por un instante, se siente insegura, pero después me tiende los brazos. Le ato las muñecas deprisa con la corbata. Compruebo el nudo. Sí. Está fuerte.

Ya es hora de seguir con el entrenamiento, señorita Steele.

Sus labios se abren cuando inspira… Está excitada.

Le tiro con delicadeza de las dos trenzas.

—Pareces muy joven con estas trenzas. —Pero no van a detenerme. Tiro mi toalla—. Oh, Anastasia, ¿qué voy a hacer contigo?

La sujeto de los brazos, casi a la altura de los hombros, y la empujo suavemente hacia la cama sin soltarla, para que no se caiga. Cuando la tengo postrada, me tumbo a su lado, le agarro los puños y se los levanto por encima de la cabeza.

—Deja las manos así. No las muevas. ¿Entendido?

Traga saliva.

—Contéstame.

—No moveré las manos —dice con voz ronca.

—Buena chica.

No puedo evitar sonreír. La tengo tumbada a mi lado con las muñecas atadas, indefensa. Es mía.

Aún no se ha convertido en la mujer que deseo, pero nos vamos acercando.

Me inclino, la beso con delicadeza y le digo que voy a besarle todo el cuerpo.

Ella suspira cuando mis labios se deslizan desde la base de su oreja hasta el hueco del cuello. Me veo recompensado por un gemido de placer. De pronto baja los brazos y me rodea el cuello con ellos.

No. No. No. Eso no vale, señorita Steele.

Le lanzo una mirada furiosa y se los coloco de nuevo por encima de la cabeza.

—Si mueves las manos, tendremos que volver a empezar.

—Quiero tocarte —susurra.

—Lo sé. —Aun así no puedes—. Pero deja las manos quietas.

Tiene la boca entreabierta y su pecho se eleva con cada rápida inspiración. La he puesto a cien.

Estupendo.

Le levanto la barbilla y empiezo a descender por su cuerpo dejando un rastro de besos. Mi mano baja hasta sus pechos, mis labios ardientes la siguen. Con una mano sobre su vientre para inmovilizarla, rindo homenaje a sus dos pezones, los chupo y jugueteo un poco con ellos; están deliciosos cuando se endurecen en respuesta a mis caricias.

Ana gimotea y empieza a mover las caderas.

—No te muevas —le advierto sin apenas separar la boca de su piel.

Voy dejando besos por toda su barriga, donde mi lengua explora el sabor y la profundidad de su ombligo.

—Ah... —gime, y se retuerce.

Tendré que enseñarle a estarse quieta...

Mis dientes rozan su piel.

—Mmm. Qué dulce es usted, señorita Steele.

Le doy pequeños mordiscos entre el ombligo y el vello púbico, luego me siento entre sus piernas. La agarro de ambos tobillos y se las separo mucho. Contemplarla así, desnuda, vulnerable, es fascinante. Le levanto el pie izquierdo, le doblo la rodilla y me llevo los dedos a los labios sin dejar de mirarla. Le beso cada uno de los dedos del pie, luego le muerdo las yemas.

Tiene los ojos muy abiertos, y también la boca, que dibuja una O que va pasando de minúscula a mayúscula. Cuando le muerdo la yema del meñique con algo más de fuerza, su pelvis se eleva y ella jadea. Deslizo la lengua por el empeine y llego al tobillo. Ana cierra los ojos con fuerza, su cabeza se sacude de un lado a otro y yo prosigo con mi tortura en la otra pierna.

—Por favor —suplica cuando le chupo y le muerdo el meñique.

—Lo mejor para usted, señorita Steele —le digo en un tono burlón

Al llegar a la rodilla no me detengo, sino que continuo lamiendo, chupando y mordiendo por la parte interior del muslo, y le separo las piernas más aún mientras avanzo.

Ella tiembla, desesperada, imaginando ya mi lengua en el vértice de sus muslos.

Oh, no... Todavía no, señorita Steele.

Retomo mis atenciones para con la pierna izquierda, besando y mordisqueando desde la rodilla por la cara interior del muslo.

Ana se tensa cuando por fin estoy entre sus piernas, pero mantiene los brazos levantados.

Buena chica.

Despacio, deslizo la nariz por su sexo, arriba y abajo.

Ella se retuerce.

Me paro. Tiene que aprender a estarse quieta.

Levanta la cabeza para mirarme.

—¿Sabe lo embriagador que es su olor, señorita Steele?

Le sostengo la mirada y meto la nariz entre su vello púbico para inspirar profundamente. Su cabeza cae hacia atrás sobre la cama y suelta un gemido.

Le soplo con delicadeza el vello púbico, arriba y abajo.

—Me gusta —murmuro. Es la primera vez en mucho tiempo que veo un vello púbico desde tan cerca y de una forma tan personal. Tiro de él con suavidad—. Quizá lo conservemos.

Aunque resulta bastante molesto para jugar con cera...

—Oh... por favor —me ruega.

—Mmm... Me gusta que me supliques, Anastasia.

Gime.

—No suelo pagar con la misma moneda, señorita Steele —susurro sin apartarme de su sexo—, pero hoy me ha complacido, así que tiene que recibir su recompensa.

Le sostengo los muslos y los abro para dejar paso a mi lengua, que empieza a trazar círculos alrededor del clítoris.

Grita; su cuerpo quiere elevarse de la cama.

Pero no me detengo. Mi lengua es implacable. Ana tensa las piernas, estira las puntas de los pies.

Oh, está a punto, y lentamente le meto el dedo corazón.

Está mojada.

Empapada, esperándome.

—Nena, me encanta que estés tan mojada para mí.

Empiezo a mover el dedo en el sentido de las agujas del reloj para dilatarla. Mi lengua sigue torturándole el clítoris, más y más. Ella se tensa debajo de mí y por fin grita cuando el orgasmo estalla en todo su cuerpo.

¡Sí!

Me arrodillo y saco un condón. En cuanto me lo pongo entro en ella, despacio.

Joder, qué sensación...

—¿Cómo estás? —pregunto para asegurarme.

—Bien. Muy bien. —Tiene la voz áspera.

Oh... Empiezo a moverme, deleitándome al sentirla alrededor de mi polla, debajo de mí. Una y otra vez, cada vez más deprisa, perdiéndome en el interior de esta mujer. Quiero que se corra otra vez.

Quiero saciarla.

Quiero hacerla feliz.

Por fin, vuelve a ponerse tensa y gime.

—Córrete para mí, nena —digo apretando los dientes.

Ana estalla a mi alrededor.

—Un polvo de agradecimiento —murmuro, y me dejo ir para encontrar yo también la dulce liberación.

Me dejo caer sobre ella un momento, deleitándome en su piel tersa. Mueve las manos para dejarlas alrededor de mi cuello, pero como está atada no puede tocarme.

Respiro hondo, me apoyo en los brazos y me la quedo mirando, asombrado.

—¿Ves lo buenos que somos juntos? Si te entregas a mí, será mucho mejor. Confía en mí, Anastasia. Puedo transportarte a lugares que ni siquiera sabes que existen.

Nuestras frentes se tocan y cierro los ojos.

Por favor, dime que sí.

Oímos unas voces al otro lado de la puerta.

¿Qué coño es eso?

Son Taylor y Grace.

—¡Mierda! Mi madre.

Ana se encoge cuando mi miembro sale de ella.

Me levanto de la cama dando un salto y tiro el condón a la papelera.

¿Qué narices está haciendo aquí mi madre?

Taylor la ha distraído, menos mal. Bueno, pues está a punto de llevarse una sorpresa.

Ana sigue postrada en la cama.

—Vamos, tenemos que vestirnos… si quieres conocer a mi madre.

Le sonrío mientras me pongo los vaqueros. Está adorable.

—Christian… no puedo… —protesta, aunque también esboza una amplia sonrisa.

Me inclino, le desato la corbata y le beso la frente.

Mi madre va a estar encantada.

—Otra novedad —susurro, incapaz de controlar mi sonrisa.

—No tengo ropa limpia.

Me pongo una camiseta blanca y, cuando me vuelvo, me la encuentro sentada, abrazándose las rodillas.

—Quizá debería quedarme aquí.

—No, claro que no —le advierto—. Puedes ponerte algo mío.

Me gusta que lleve mi ropa.

Su cara es un poema.

—Anastasia, estarías preciosa hasta con un saco. No te preocupes, por favor. Me gustaría que conocieras a mi madre. Vístete. Voy a calmarla un poco. Te espero en el salón dentro de cinco minutos. Si no, vendré a buscarte y te arrastraré lleves lo que lleves puesto. Mis camisetas están en ese cajón. Las camisas, en el armario. Sírvete tú misma.

Pone los ojos como platos.

Sí, lo digo en serio, nena.

Con una última mirada penetrante de advertencia, abro la puerta y salgo para saludar a mi madre.

Veo a Grace en el pasillo de la puerta del vestíbulo, y Taylor le está danto conversación. El rostro de mi madre se ilumina al verme.

—Cariño, no tenía ni idea de que estuvieras acompañado —exclama, y parece algo incómoda.

—Hola, mamá. —Le doy un beso en la mejilla que me ofrece—. Ahora ya me ocupo yo de ella —le digo a Taylor.

—Sí, señor Grey.

Taylor asiente con cara de exasperación y regresa a su despacho.

—Gracias, Taylor —le dice Grace mientras él se marcha, y luego vuelve toda su atención hacia mí—. ¿Cómo que ya te ocupas tú de mí? —pregunta en un tono de reproche—. Estaba de compras por el centro y he pensado pasarme a tomar un café. —Se calla—. De haber sabido que no estabas solo…

Se encoge de hombros con gesto torpe, infantil.

Otras veces ha pasado a tomar un café y también había una mujer en casa… pero nunca lo ha sabido.

—Enseguida la conocerás —anuncio para no hacerla sufrir más—. ¿Quieres sentarte?

Señalo el sofá.

—¿La? ¿Una chica?

—Sí, mamá. Una chica. —Mi tono es muy seco porque intento no echarme a reír.

Por una vez guarda silencio mientras recorre el salón.

—Veo que ya has desayunado —comenta al ver los cacharros sin fregar.

—¿Quieres un café?

—No, gracias, cariño. —Se sienta—. Conoceré a tu… amiga y luego me marcharé. No quiero interrumpiros. Pensaba que te estarías matando a trabajar en tu estudio. Trabajas demasiado, cariño, por eso me había propuesto sacarte de aquí a rastras.

Me mira casi con una disculpa cuando me siento junto a ella en el sofá.

—No te preocupes. —Su reacción me hace muchísima gracia—. ¿Por qué no has ido a la iglesia esta mañana?

—Carrick tenía que trabajar, así que hemos pensado ir a misa de tarde. Supongo que esperar que nos acompañes sería pedir demasiado.

Levanto una ceja en un gesto de cínico disgusto.

—Mamá, sabes que eso no es para mí.

Dios y yo nos dimos la espalda hace mucho tiempo.

Suspira, pero entonces aparece Ana... vestida con su propia ropa, y se detiene en el umbral con timidez. La tensión entre madre e hijo desaparece, y me levanto, aliviado

—Aquí está.

Grace se vuelve y se pone de pie.

—Mamá, te presento a Anastasia Steele. Anastasia, esta es Grace Trevelyan-Grey.

Se dan la mano.

—Encantada de conocerte —dice Grace, quizá con demasiado entusiasmo para mi gusto.

—Doctora Trevelyan-Grey —contesta Ana con educación.

—Llámame Grace —añade mi madre, que de repente se muestra simpática e informal.

¿Cómo? ¿Tan pronto?

—Suelen llamarme doctora Trevelyan, y la señora Grey es mi suegra.

Le guiña un ojo a Ana y se sienta. Yo le hago una señal y doy unas palmadas en el cojín que queda a mi lado. Ana se acerca y toma asiento.

—Bueno, ¿y cómo os conocisteis? —pregunta Grace.

—Anastasia me hizo una entrevista para la revista de la facultad, porque esta semana voy a entregar los títulos.

—Así que te gradúas esta semana...

Grace sonríe a Ana de oreja a oreja.

—Sí.

Entonces suena el móvil de Ana y ella se disculpa para ir a contestar.

—También daré el discurso inaugural —le digo a Grace, aunque Ana tiene toda mi atención.

¿Quién es?

—Mira, José, ahora no es buen momento —oigo que dice.

Ese maldito fotógrafo. ¿Qué quiere ahora?

—Le dejé un mensaje a Elliot, y luego supe que estaba en Portland. No lo he visto desde la semana pasada —está diciendo Grace.

Ana cuelga.

Grace sigue hablando mientras ella se acerca de nuevo a nosotros.

—… y Elliot me llamó para decirme que estabas por aquí… Hace dos semanas que no te veo, cariño.

—¿Elliot lo sabía? —comento.

¿Qué quiere ese fotógrafo?

—Pensé que podríamos comer juntos, pero ya veo que tienes otros planes, así que no quiero interrumpiros.

Grace se pone en pie y, por una vez, agradezco que sea tan intuitiva y entienda la situación. Vuelve a acercarme una mejilla y me despido de ella con un beso.

—Tengo que llevar a Anastasia a Portland.

—Claro, cariño.

Grace le dedica una sonrisa resplandeciente —y, si no me equivoco, también agradecida— a Ana.

Esto es exasperante.

—Anastasia, un placer conocerte. —Mi madre le da la mano con su enorme sonrisa fijada en el rostro—. Espero que volvamos a vernos.

—Señora Grey… —Es Taylor, que ha aparecido en el umbral de la puerta.

—Gracias, Taylor —contesta Grace mientras él la escolta por el salón y la lleva a la puerta doble que da al vestíbulo.

Bueno, ha sido interesante…

Mi madre siempre ha pensado que era gay, aunque jamás se ha entrometido en mi vida privada y nunca me lo ha preguntado.

Ahora ya lo sabe.

Ana está maltratando su labio inferior y parece angustiada… Más le vale estarlo.

—Así que te ha llamado el fotógrafo… —suelto con brusquedad.

—Sí.

—¿Qué quería?

—Solo pedirme perdón, ya sabes… por lo del viernes.

—Ya veo.

Quizá quiere que ella le dé una segunda oportunidad. Esa idea no me hace ninguna gracia.

Taylor carraspea.

—Señor Grey, hay un problema con el envío a Darfur.

Mierda. Esto me pasa por no haber mirado los e-mails esta mañana. He estado demasiado ensimismado con Ana.

—¿El *Charlie Tango* ha vuelto a Boeing Field? —le pregunto a Taylor.

—Sí, señor. —Inclina la cabeza en dirección a Ana—. Señorita Steele.

Ella le sonríe y él se va.

—¿Taylor vive aquí? —pregunta Ana.

—Sí.

Voy a la cocina y, de camino, cojo el móvil y abro un momento el programa de correo. Tengo un e-mail marcado como urgente de Ros y un par de mensajes de texto. La llamo de inmediato.

—Ros, ¿cuál es el problema?

—Christian, hola. El informe que nos llega desde Darfur no es bueno. No pueden garantizar la seguridad de los envíos ni de la tripulación de carretera, y el Departamento de Estado no está dispuesto a autorizar el relevo sin el apoyo de la ONG.

Maldita sea.

—No voy a poner en peligro a la tripulación.

Ros ya lo sabe.

—Podríamos intentar conseguir mercenarios —propone.

—No, cancélalo...

—Pero el coste... —protesta.

—Lo lanzaremos desde el aire.

—Sabía que dirías eso, Christian. Ya estoy preparando un plan de acción. Saldrá caro. Mientras tanto, los contenedores pueden ir a Rotterdam desde Filadelfia; lo retomaremos desde allí y ya está.

—Bien.

Cuelgo. Un poco más de apoyo del Departamento de Estado no me vendría mal. Decido llamar a Blandino para comentarlo con él.

Mi atención regresa entonces a la señorita Steele, que está de pie en el salón, mirándome con recelo. Tengo que conseguir que esto vuelva a funcionar.

Sí. El contrato. Ese es el siguiente paso de nuestra negociación.

En mi estudio, reúno los papeles que están sobre el escritorio y los meto todos en un sobre de papel manila.

Ana no se ha movido de donde la he dejado, en el salón. Quizá ha estado pensando en el fotógrafo... Mi ánimo se hunde a plomo.

—Este es el contrato. —Sostengo el sobre en alto—. Léelo y lo comentamos el fin de semana que viene. Te sugiero que investigues un poco para que sepas de lo que estamos hablando.

Mira primero el sobre y luego a mí. Está pálida.

—Bueno, si aceptas, y espero de verdad que aceptes —añado.

—¿Que investigue?

—Te sorprenderá ver todo lo que puedes encontrar en internet.

Frunce el ceño.

—¿Qué pasa? —pregunto.

—No tengo ordenador. Suelo utilizar los de la facultad. Veré si puedo utilizar el portátil de Kate.

¿Que no tiene ordenador? ¿Cómo puede una estudiante no tener ordenador? ¿Tan pelada está? Le tiendo el sobre.

—Seguro que puedo... bueno... prestarte uno. Recoge tus cosas. Volveremos a Portland en coche y comeremos algo por el camino. Voy a vestirme.

—Tengo que hacer una llamada —dice con una voz débil y vacilante.

—¿Al fotógrafo? —le suelto.

Parece sentirse culpable.

Pero ¿qué coño...?

—No me gusta compartir, señorita Steele. Recuérdelo.

Antes de que ella diga algo, salgo del salón hecho una furia.

¿Está colgada de él?

¿Acaso me ha utilizado para estrenarse?

Joder.

Tal vez es por el dinero. Esa idea me deprime… aunque no parece ser una cazafortunas. Ha sido bastante tajante en cuanto a comprarle ropa. Me quito los vaqueros y me pongo unos bóxers. Mi corbata de Brioni está en el suelo, así que me agacho a recogerla.

No se ha negado a que la atara; es más, pareció gustarle. Hay esperanza, Grey. Hay esperanza.

Meto la corbata y otras dos más en una bolsa de piel junto con calcetines, ropa interior y preservativos.

¿Qué estoy haciendo?

De hecho, sé que voy a quedarme en el Heathman durante la próxima semana… para estar cerca de ella. Saco un par de trajes y camisas para que Taylor me los lleve mientras esté allí. Necesitaré uno para la ceremonia de graduación.

Me pongo deprisa unos vaqueros limpios y saco una cazadora de cuero justo cuando me suena el móvil. Es un mensaje de Elliot.

Vuelvo hoy y llevo tu coche. Espero no joderte los planes.

Le contesto.

*No. Ahora mismo regreso a Portland.
Avisa a Taylor cuando llegues.*

Llamo a Taylor por el teléfono interno.

—¿Señor Grey?

—Elliot volverá con el SUV esta tarde. Llévamelo a Portland mañana. Me hospedaré en el Heathman hasta la ceremonia de graduación. He dejado preparada alguna ropa que me gustaría que me llevaras también.

—Sí, señor.

—Y llama a Audi. Puede que necesite el A3 antes de lo que creía.

—Ya está listo, señor Grey.

—Ah, genial. Gracias.

Bueno, ya me he ocupado del coche; ahora le toca al ordenador. Llamo a Barney, suponiendo que estará en su despacho, porque sé que tendrá algún portátil último modelo.

—¿Señor Grey? —contesta.

—¿Qué haces en la oficina, Barney? Es domingo.

—Estoy trabajando en el diseño de la tableta. No consigo quitarme de la cabeza el problema de la célula fotoeléctrica.

—Necesitas tener una vida familiar.

Barney tiene la gentileza de reír.

—¿Qué puedo hacer por usted, señor Grey?

—¿Tienes algún portátil nuevo?

—Tengo dos de Apple aquí mismo.

—Fantástico. Necesito uno.

—Sin problema.

—¿Puedes configurarle una cuenta de correo a Anastasia Steele? El ordenador es para ella.

—¿Cómo se escribe? ¿«Steal»?

—S. T. E. E. L. E.

—De acuerdo.

—Estupendo. Andrea se pondrá en contacto contigo hoy mismo para hacer la entrega.

—Sin problema, señor.

—Gracias, Barney... y vete a casa.

—Sí, señor.

Escribo un mensaje a Andrea con instrucciones para que envíe el portátil a la dirección de Ana y luego vuelvo al salón. Ella está sentada en el sofá, jugueteando nerviosa con los dedos. Me mira con cautela y se levanta.

—¿Lista? —pregunto.

Asiente con la cabeza.

Taylor sale de su despacho.

—Mañana, pues —le digo.

—Sí, señor. ¿Qué coche va a llevarse?

—El R8.

—Buen viaje, señor Grey. Señorita Steele —dice Taylor mientras nos abre las puertas del vestíbulo.

Ana se mueve nerviosa a mi lado mientras esperamos el ascensor; se está mordiendo su carnoso labio inferior.

Me recuerda sus dientes sobre mi polla.

—¿Qué pasa, Anastasia? —le pregunto, y alargo una mano
para tirarle de la barbilla—. Deja de morderte el labio o te follaré en el ascensor, y me dará igual si entra alguien o no —mascullo con ferocidad.

Está escandalizada, creo… Aunque ¿por qué iba a estarlo
después de todo lo que hemos hecho…? Mi mal humor se suaviza.

—Christian, tengo un problema.

—¿Ah, sí?

Ya en el ascensor, aprieto el botón del parking.

—Bueno… —balbucea, insegura. Entonces yergue los hombros—. Necesito hablar con Kate. Tengo muchas preguntas sobre sexo, y tú estás demasiado implicado. Si quieres que haga
todas esas cosas, ¿cómo voy a saber…? —Se detiene, como si
estuviera midiendo sus palabras—. Es que no tengo puntos de
referencia.

Otra vez no… Creía que habíamos superado esa etapa. No
quiero que hable con nadie; ha firmado un acuerdo de confidencialidad. Pero me lo ha vuelto a pedir, así que debe de ser importante para ella.

—Si no hay más remedio, habla con ella. Pero asegúrate de
que no comente nada con Elliot.

—Kate no haría algo así, como yo no te diría a ti nada de lo
que ella me cuente de Elliot… si me contara algo —insiste.

Le recuerdo que a mí no me interesa la vida sexual de Elliot,
pero accedo a que hable sobre lo que hemos hecho hasta ahora.
Su compañera de piso me cortaría los huevos si supiera cuáles son
mis verdaderas intenciones.

—De acuerdo —dice Ana, y me regala una gran sonrisa.

—Cuanto antes te sometas a mí, mejor, y así acabamos con
todo esto.

—¿Acabamos con qué?

—Con tus desafíos.

Le doy un beso fugaz y sus labios contra los míos hacen que me sienta mejor al instante.

—Bonito coche —comenta cuando nos acercamos al R8 en el aparcamiento subterráneo.

—Lo sé.

Le sonrío entusiasmado y me recompensa con otra sonrisa... pero entonces pone los ojos en blanco. Y mientras le abro la puerta del copiloto, me planteo si debería comentarle algo sobre ese gesto que acaba de hacer.

—¿Qué coche es? —me pregunta cuando ya estoy sentado al volante.

—Un Audi R8 Spyder. Como hace un día precioso, podemos bajar la capota. Ahí hay una gorra. Bueno, debería de haber dos.

Pongo el coche en marcha, bajo la capota y la voz del Boss inunda el vehículo.

—Va a tener que gustarte Bruce.

Le sonrío y saco el R8 de su segura plaza en el parking.

En la interestatal 5 vamos esquivando los demás coches de camino a Portland. Ana está muy callada; escucha la música y mira por la ventanilla. Es difícil interpretar la expresión que se oculta tras esas enormes gafas de sol Wayfarer y bajo mi gorra de los Mariners. El viento silba por encima de nosotros mientras pasamos a toda velocidad junto a Boeing Field.

Hasta ahora, el fin de semana ha resultado del todo inesperado. Aunque ¿qué esperaba? Pensaba que cenaríamos juntos, que negociaríamos el contrato y luego... ¿qué? Tal vez era inevitable que me la follara.

Miro hacia Ana.

Sí... Y quiero follarla otra vez.

Ojalá supiera qué piensa de todo esto. Deja entrever muy poco, pero he aprendido algunas cosas sobre ella. A pesar de su inexperiencia, está ansiosa por aprender. ¿Quién habría dicho que bajo esa apariencia tímida se ocultaba el alma de una sirena? Me viene a la mente la imagen de sus labios sobre mi polla y tengo que reprimir un gemido.

Sí... Está más que ansiosa.

Pensar eso me excita.

Espero poder verla de nuevo antes del próximo fin de semana. Incluso ahora, me muero de ganas por tocarla otra vez. Alargo el brazo y le pongo la mano sobre la rodilla.

—¿Tienes hambre?

—No especialmente —responde, contenida.

Esto empieza a preocuparme de verdad.

—Tienes que comer, Anastasia. Conozco un sitio fantástico cerca de Olympia. Pararemos allí.

El Cuisine Sauvage es pequeño y está lleno de parejas y familias que disfrutan de un almuerzo de domingo. Con Ana de la mano, sigo a la recepcionista hasta nuestra mesa. La última vez que estuve aquí fue con Elena. Me pregunto qué opinaría ella de Anastasia.

—Hacía tiempo que no venía. No se puede elegir... Preparan lo que han cazado o recogido —explico.

Hago una mueca fingiendo horrorizarme y Ana se ríe.

¿Por qué me siento como si midiera tres metros cuando la hago reír?

—Dos copas de Pinot Grigio —le pido a la camarera, que me pone ojitos desde debajo de su largo flequillo rubio.

Eso me molesta. Veo que Ana frunce el ceño.

—¿Qué pasa? —pregunto; tal vez a ella también le ha molestado la actitud de la camarera.

—Yo quería una Coca-Cola light.

¿Y por qué no lo has dicho? Me cabreo

—El Pinot Grigio de aquí es un vino decente. Irá bien con la comida, nos traigan lo que nos traigan.

—¿Nos traigan lo que nos traigan? —pregunta con los ojos como platos, alarmada.

—Sí.

Y esbozo una sonrisa de varios megavatios para que me perdone por no haberle dejado pedir su bebida. No estoy acostumbrado a preguntar...

—A mi madre le has gustado —añado, con la esperanza de que eso la complazca, al recordar cómo ha reaccionado Grace al conocerla.

—¿En serio? —dice, y parece halagada.

—Claro. Siempre ha pensado que era gay.

—¿Por qué pensaba que eras gay?

—Porque nunca me había visto con una chica.

—Vaya… ¿con ninguna de las quince?

—Tienes buena memoria. No, con ninguna de las quince.

—Oh.

Sí, nena, solo contigo. La idea me resulta perturbadora.

—Mira, Anastasia, para mí también ha sido un fin de semana de novedades.

—¿Sí?

—Nunca había dormido con nadie, nunca había tenido relaciones sexuales en mi cama, nunca había llevado a una chica en el *Charlie Tango* y nunca le había presentado una mujer a mi madre. ¿Qué estás haciendo conmigo?

Eso. ¿Qué coño estás haciendo conmigo? Este no soy yo.

La camarera nos trae el vino, frío, y Ana enseguida da un pequeño sorbo sin dejar de mirarme con un brillo en los ojos.

—Me lo he pasado muy bien este fin de semana, de verdad —dice con un tímido deleite en la voz.

Yo también me lo he pasado muy bien, y me doy cuenta de que hacía mucho que no disfrutaba de un fin de semana… desde que Susannah y yo rompimos. Se lo digo.

—¿Qué es un polvo vainilla? —pregunta.

Me río porque no me esperaba esta pregunta, ni que cambiara tan radicalmente de tema.

—Sexo convencional, Anastasia, sin juguetes ni accesorios. —Me encojo de hombros—. Ya sabes… bueno, la verdad es que no lo sabes, pero eso es lo que significa.

—Oh —se sorprende.

La veo algo alicaída. ¿Y ahora qué?

La camarera nos interrumpe y deja dos platos de sopa.

—Sopa de ortigas —anuncia, y vuelve a la cocina dándose aires.

Ana y yo nos miramos, luego contemplamos la sopa. La probamos enseguida y a ambos nos parece buenísima. Ella suelta una risita al ver mi exagerada expresión de alivio.

—Qué sonido tan bonito —digo en voz baja.

—¿Por qué nunca has echado polvos vainilla? ¿Siempre has hecho... bueno... lo que hagas?

Ella y sus constantes preguntas...

—Digamos que sí.

Y me planteo si ser más explícito en mi respuesta. Deseo que se abra a mí; quiero que confíe en mí. Nunca he hablado de ello con nadie con tanta franqueza, pero creo que puedo fiarme de ella, así que escojo las palabras con mucho cuidado.

—Una amiga de mi madre me sedujo cuando yo tenía quince años.

—Oh.

La cuchara de Ana se detiene a medio camino entre el plato y su boca.

—Sus gustos eran muy especiales. Fui su sumiso durante seis años.

—Oh. —Y suelta un suspiro.

—Así que sé lo que implica, Anastasia. —Ya lo creo que lo sé—. La verdad es que no tuve una introducción al sexo demasiado corriente.

Nadie podía tocarme. Todavía es así.

Espero a ver cómo reacciona, pero sigue tomándose la sopa mientras le da vueltas a lo que acabo de decirle.

—¿Y nunca saliste con nadie en la facultad? —pregunta cuando se ha terminado la última cucharada.

—No.

La camarera nos interrumpe para llevarse los platos vacíos. Ana espera a que se aleje.

—¿Por qué?

—¿De verdad quieres saberlo?

—Sí.

—Porque no quise. Solo la deseaba a ella. Además, me habría matado a palos.

Parpadea un par de veces mientras asimila esos datos.

—Si era una amiga de tu madre, ¿cuántos años tenía?

—Los suficientes para saber lo que hacía.

—¿Sigues viéndola?

Noto que está impactada.

—Sí.

—¿Todavía… bueno…?

Se pone tan roja como un tomate y hace un mohín con la boca.

—No —digo enseguida. No quiero que se haga una idea equivocada de mi relación con Elena—. Es una buena amiga —añado para tranquilizarla.

—¿Tu madre lo sabe?

—Claro que no.

Mi madre me mataría… y Elena también.

La camarera regresa con el segundo plato: venado. Ana toma un largo trago de vino.

—Pero no estarías con ella todo el tiempo…

No presta atención a la comida.

—Bueno, estaba solo con ella, aunque no la veía todo el tiempo. Era… difícil. Al fin y al cabo, todavía estaba en el instituto, y más tarde en la facultad. Come, Anastasia.

—No tengo hambre, Christian, de verdad —dice.

Entorno los ojos.

—Come —insisto sin subir la voz.

Intento controlar mi ira

—Espera un momento —pide en un tono igual de calmado que el mío.

¿Qué problema tiene? ¿Elena?

—De acuerdo —accedo.

Me pregunto si le he contado demasiado sobre mí. Como un poco de venado.

Por fin coge los cubiertos y empieza a comer.

Bien.

—¿Así será nuestra… bueno… nuestra relación? —pregunta—. ¿Estarás dándome órdenes todo el rato?

Inspecciona con la mirada el plato de comida que tiene delante.

—Sí.

—Ya veo.

Se aparta la coleta de encima del hombro.

—Es más, querrás que lo haga.

—Es mucho decir —opina.

—Lo es.

Cierro los ojos. Quiero poder hacerlo con ella, ahora más que nunca. ¿Cómo convencerla de que le dé una oportunidad a nuestro acuerdo?

—Anastasia, tienes que seguir tu instinto. Investiga un poco, lee el contrato... No tengo problema en comentar cualquier detalle. Estaré en Portland hasta el viernes, por si quieres que hablemos antes del fin de semana. Llámame... Podríamos cenar... ¿digamos el miércoles? De verdad quiero que esto funcione. Nunca he querido nada tanto.

Uau. Bonita parrafada, Grey. ¿Acabas de pedirle que salga contigo?

—¿Qué pasó con las otras quince? —quiere saber.

—Cosas distintas, pero al fin y al cabo se reduce a... incompatibilidad.

—¿Y crees que yo podría ser compatible contigo?

—Sí.

Eso espero...

—Entonces ya no ves a ninguna de ellas.

—No, Anastasia. Soy monógamo.

—Ya veo.

—Investiga un poco, Anastasia.

Deja el cuchillo y el tenedor sobre el plato, y eso significa que ya no tiene hambre.

—¿Ya has terminado? ¿Eso es todo lo que vas a comer?

Asiente con la cabeza, se lleva las manos al regazo, su boca hace ese mohín testarudo tan suyo... y sé que será imposible convencerla de que se termine el plato. No me extraña que esté tan flaca. Tendré que cambiar sus hábitos alimentarios si accede a ser mía. Mientras yo sigo comiendo, veo que me lanza una mirada cada pocos segundos y que un lento rubor empieza a aparecer en sus mejillas.

Mmm, ¿y a qué viene eso?

—Daría cualquier cosa por saber lo que estás pensando ahora mismo. —Es evidente que está pensando en sexo—. Ya me imagino… —digo para provocarla.

—Me alegro de que no puedas leerme el pensamiento.

—El pensamiento no, Anastasia, pero tu cuerpo… lo conozco bastante bien desde ayer.

Le lanzo una sonrisa voraz y pido la cuenta.

Cuando nos vamos, su mano se agarra a la mía con fuerza. Está callada —parece absorta en sus pensamientos—, y así sigue todo el trayecto hasta Vancouver. Le he dado mucho que pensar.

Sin embargo, también ella me ha dado mucho que pensar a mí.

¿Querrá meterse en esto conmigo?

Maldita sea, espero que sí.

Aún es de día cuando llegamos a su casa, pero el sol se está poniendo tras el horizonte y baña el monte Santa Helena con una luz brillante, rosada y nacarada. Ana y Kate viven en un lugar espectacular, con unas vistas increíbles.

—¿Quieres entrar? —me pregunta cuando apago el motor.

—No. Tengo trabajo.

Sé que si acepto su invitación estaré cruzando una línea que no estoy preparado para cruzar. No sé hacer de novio… y no quiero darle falsas esperanzas en cuanto al tipo de relación que tendrá conmigo.

Veo la decepción en su rostro, y, desanimada, mira hacia otro lado.

No quiere que me vaya.

Menuda lección de humildad. Alargo el brazo, le cojo la mano y le beso los nudillos con la esperanza de que mi rechazo no le resulte tan hiriente.

—Gracias por este fin de semana, Anastasia. Ha sido… estupendo.

Me mira con los ojos brillantes.

—¿Nos vemos el miércoles? —sigo diciendo—. Pasaré a buscarte por el trabajo o por donde me digas.

—Nos vemos el miércoles —contesta, y la esperanza que resuena en sus palabras me desconcierta.

Mierda. No es una cita.

Le beso otra vez la mano y bajo del coche para abrirle la puerta. Tengo que salir de aquí antes de hacer algo de lo que luego me arrpienta

Cuando baja del coche, se le ilumina la cara; nada que ver con la expresión que tenía hace un momento. Echa a andar hacia la puerta de su casa, pero antes de llegar a los escalones se vuelve de repente.

—Ah... por cierto, me he puesto unos calzoncillos tuyos —dice en tono triunfal.

Tira de la goma y puedo leer las palabras «Polo» y «Ralph» asomando bajo sus vaqueros.

¡Me ha robado ropa interior!

Me deja pasmado. Y en ese instante no hay nada que desee más que verla con mis bóxers... y solo con ellos.

Se echa la melena hacia atrás y entra en su casa con aire insolente mientras me deja de pie en la acera, mirándola como un idiota.

Sacudo la cabeza, subo otra vez al coche y al ponerlo en marcha no puedo reprimir una sonrisa de gilipollas.

Espero que diga que sí.

Termino de trabajar y doy un sorbo del delicioso Sancerre que me ha traído una mujer del servicio de habitaciones con unos ojos muy, muy oscuros. Revisar los e-mails y contestar a unos cuantos me ha venido bien para distraerme y no pensar tanto en Anastasia. Ahora estoy agradablemente cansado. ¿Es por las cinco horas de trabajo? ¿O por la actividad sexual de anoche y de esta mañana? Los recuerdos de la cautivadora señorita Steele invaden mi pensamiento: en el *Charlie Tango*, en la cama, en la bañera, bailando por la cocina. Y pensar que todo empezó aquí el viernes... y que ahora está sopesando aceptar mi proposición.

¿Se habrá leído el contrato? ¿Estará haciendo los deberes?

Compruebo mi móvil una vez más para ver si hay algún mensaje o una llamada perdida, pero no he recibido nada.

¿Accederá?

Eso espero...

Andrea me ha enviado la nueva dirección de e-mail de Ana, y me ha asegurado que le entregarán el portátil mañana a primera hora. Con eso en mente, redacto un correo.

De: Christian Grey
Fecha: 22 de mayo de 2011 23:15
Para: Anastasia Steele
Asunto: Tu nuevo ordenador

Querida señorita Steele:
Confío en que haya dormido bien. Espero que haga buen uso de este portátil, como comentamos.
Estoy impaciente por cenar con usted el miércoles.
Hasta entonces, estaré encantado de contestar a cualquier pregunta vía e-mail, si lo desea.

Christian Grey
Presidente de Grey Enterprises Holdings, Inc.

El mensaje no rebota, así que la dirección está activa. Me pregunto cómo reaccionará Ana cuando lo lea. Espero que le guste el portátil. Supongo que mañana lo sabré. Me acomodo en el sofá con el libro que estoy leyendo. Lo han escrito dos economistas de renombre que analizan por qué los pobres piensan y se comportan como lo hacen. Me viene a la cabeza la imagen de una joven cepillándose la melena oscura y larga; el pelo le brilla en la luz que entra por la ventana de cristales amarillentos y agrietados, y el aire está lleno de motas de polvo que bailan. Canta en voz baja, como una niña.

Me estremezco.

No vayas por ahí, Grey.

Abro el libro y me pongo a leer.

Lunes, 23 de mayo de 2011

Es la una y pico de la madrugada cuando me voy a dormir. Me quedo mirando el techo, cansado, relajado, pero también excitado, ansioso por lo que me deparará la semana. Espero tener un nuevo proyecto: la señorita Anastasia Steele.

Mis pies golpean la acera de Main Street mientras me dirijo hacia el río. Son las 6.35 de la mañana y la luz trémula de los primeros rayos de sol despunta por encima de los altos edificios. La primavera ha vestido los árboles de verde, se respira un aire limpio y apenas hay tráfico. He dormido bien. «O Fortuna», del *Carmina Burana* de Orff, suena a todo volumen en mis oídos. Hoy se abre ante mí un nuevo mundo lleno de posibilidades.

¿Responderá a mi e-mail?

Es muy temprano, demasiado temprano para recibir ninguna respuesta, pero hacía mucho tiempo que no me sentía tan ligero cuando paso corriendo junto a la estatua del ciervo en dirección al Willamette.

A las 7.45 ya estoy sentado delante del portátil, me he duchado y he pedido el desayuno. Le he enviado un correo a Andrea para informarle de que esta semana voy a trabajar desde Portland y para pedirle que reprograme todas las reuniones de modo que puedan realizarse o bien por teléfono o por videoconferencia.

También le he escrito a Gail para que sepa que no volveré a casa hasta el jueves por la noche, como muy pronto. A continuación repaso la bandeja de entrada y descubro, entre otras cosas, una propuesta para formar una *joint venture* con un astillero de Taiwan. Reenvío el mensaje a Ros para que lo añada a la agenda de temas que debemos discutir.

Por fin puedo dedicar mi atención a la otra cuestión pendiente: Elena. Me ha enviado un par de correos durante el fin de semana y no le he contestado.

De: Christian Grey
Fecha: 23 de mayo de 2011 08:15
Para: Elena Lincoln
Asunto: Fin de semana

Buenos días, Elena:
Perdona que no haya contestado antes, pero he estado muy liado estos dos días y pasaré toda la semana en Portland. Tampoco sé nada sobre el próximo fin de semana, pero te digo algo si estoy libre.
Los últimos resultados del negocio de belleza parecen prometedores.
Bien hecho, Señora…

Saludos,
C.

Christian Grey
Presidente de Grey Enterprises Holdings, Inc.

Le doy a «Enviar» mientras me pregunto una vez más qué pensaría Elena de Ana… y viceversa. Oigo el tono de mensaje entrante que emite el portátil.

Es de Ana.

De: Anastasia Steele
Fecha: 23 de mayo de 2011 08:20
Para: Christian Grey
Asunto: Tu nuevo ordenador (en préstamo)

He dormido muy bien, gracias... por alguna extraña razón... Señor.
Creí entender que el ordenador era en préstamo, es decir,
no es mío.

Ana

«Señor» con mayúscula. Ha estado leyendo, y seguramente también informándose. Y sigue hablándome. Sonrío como un tonto delante del correo. Son buenas noticias. Aunque también sigue empeñada en rechazar el ordenador.
¡Es desesperante!
Niego con la cabeza, divertido.

De: Christian Grey
Fecha: 23 de mayo de 2011 08:22
Para: Anastasia Steele
Asunto: Tu nuevo ordenador (en préstamo)

El ordenador es en préstamo. Indefinidamente, señorita Steele.
Observo por su tono que ha leído la documentación que le di.
¿Tiene alguna pregunta?

Christian Grey
Presidente de Grey Enterprises Holdings, Inc.

Pulso «Enviar». ¿Tardará mucho en contestarme? Me dispongo a leer el resto de los mensajes a modo de distracción mientras espero su respuesta. Veo un resumen ejecutivo de Fred, el jefe de departamento de telecomunicaciones, sobre el desarrollo de nuestra tableta de energía solar, uno de mis proyectos que más me ilusiona. Es ambicioso, pero pocas de mis aventuras empresariales me importan tanto como esta, y me siento realmente emocionado ante esa perspectiva. Estoy decidido a que el tercer mundo disponga de tecnología avanzada a precios asequibles.

Oigo el tono de mensaje entrante.

Otro correo de la señorita Steele.

De: Anastasia Steele
Fecha: 23 de mayo de 2011 08:25
Para: Christian Grey
Asunto: Mentes inquisitivas

Tengo muchas preguntas, pero no me parece adecuado hacértelas vía e-mail, y algunos tenemos que trabajar para ganarnos la vida.

No quiero ni necesito un ordenador indefinidamente.

Hasta luego. Que tenga un buen día... Señor.

Ana

El tono del mensaje me hace sonreír, pero tiene que ir a trabajar, así que tal vez no vuelva a enviar ninguno más en un rato. Me molesta su reticencia a aceptar el maldito ordenador. No es una cazafortunas, algo que no suele darse entre las mujeres que conozco... Aunque Leila era igual.

—*Señor, no merezco este vestido tan bonito.*

—*Sí que lo mereces, acéptalo. Y no quiero volver a oír hablar del asunto. ¿Entendido?*

—*Sí, amo.*

—*Bien. Es de un estilo que te va muy bien.*

Ah, Leila. Era una buena sumisa, pero se encariñó demasiado y yo no era el hombre adecuado. Por suerte, no duró mucho y ahora está felizmente casada. Devuelvo mi atención al e-mail de Ana y lo releo una vez más.

«Algunos tenemos que trabajar para ganarnos la vida.»

La muy descarada insinúa que me paso el día rascándome la barriga.

¡A la mierda!

Veo el breve informe de Fred que tengo abierto en el escritorio y decido dejarle las cosas claras a Ana.

De: Christian Grey
Fecha: 23 de mayo de 2011 08:26
Para: Anastasia Steele
Asunto: Tu nuevo ordenador (de nuevo en préstamo)

Hasta luego, nena.
P.D.: Yo también trabajo para ganarme la vida.

Christian Grey
Presidente de Grey Enterprises Holdings, Inc.

Soy incapaz de concentrarme en lo que tengo que hacer mientras espero ese tono revelador que me anuncia los mensajes entrantes. Cuando llega, voy derecho a la bandeja de entrada... pero no es de Ana, sino de Elena. Y me sorprende la desilusión que me produce.

¿Se lo cuento? Si lo hago, me llamará al instante para hacerme preguntas, y todavía no estoy preparado para compartir las experiencias de este fin de semana. Le contesto con un breve correo en el que le digo que se trata de negocios, y retomo la lectura del informe.

Andrea me llama a las nueve y repasamos la agenda. Como estoy en Portland, le pido que concierte una reunión con el director y el subdirector adjunto de desarrollo económico de la Universidad Estatal de Washington para hablar sobre el proyecto de ciencia del suelo que hemos puesto en marcha y de su petición respecto al aumento de la financiación para el próximo año fiscal. Me confirma que cancelará el resto de los compromisos sociales de la semana y a continuación me pasa la primera videoconferencia del día.

A las tres me encuentro enfrascado en el estudio de varios diseños para tabletas que me ha enviado Barney, cuando alguien llama a la puerta y me distrae. No soporto las interrupciones, pero por un instante deseo que se trate de la señorita Steele. Es Taylor.

—Hola. —Espero que mi voz no delate mi decepción.

—Le traigo la ropa, señor Gray —dice con suma educación.

—Adelante. ¿Te importaría colgarla en el armario? Estoy pendiente de una multiconferencia.

—Por supuesto, señor.

Entra en la suite sin perder tiempo, con un par de bolsas para trajes y una de deporte, más grande.

Cuando regresa, todavía estoy esperando la llamada.

—Taylor, creo que no voy a necesitarte estos próximos dos días. ¿Por qué no aprovechas para ir a ver a tu hija?

—Es usted muy amable, señor, pero su madre y yo... —Se interrumpe, incómodo.

—Ah. De modo que así están las cosas, ¿no? —pregunto.

Asiente con la cabeza.

—Sí, señor. Tendré que hablarlo con ella.

—De acuerdo. ¿Mejor el miércoles, entonces?

—Lo preguntaré. Gracias, señor.

—¿Hay algo que pueda hacer?

—Ya hace suficiente, señor.

No quiere hablar del tema.

—De acuerdo. Creo que me hará falta una impresora, ¿puedes encargarte tú?

—Sí, señor.

Asiente de nuevo y cierra la puerta con suavidad mientras yo me quedo con el ceño fruncido. Espero que su ex mujer no esté haciéndole la vida imposible. El coste de la educación de la niña corre de mi cuenta como incentivo adicional para que Taylor se quede a mi servicio. Es un buen hombre, y no quiero perderlo. El teléfono suena; se trata de la multiconferencia con Ros y el senador Blandino.

La última llamada acaba a las cinco y veinte de la tarde. Me estiro en la silla, pensando en lo productivo que ha resultado el día. Es increíble lo mucho que he adelantado sin estar en el despacho. Solo me quedan por leer un par de informes para dar la jornada por terminada. Contemplo el claro cielo crepuscular por la ventana y mis pensamientos se desvían hacia cierta sumisa potencial.

Me pregunto cómo le habrá ido en Clayton's, poniéndoles precios a las bridas para cables y midiendo metros de cuerda. Espero poder utilizar todo eso con ella algún día, una idea que me hace evocar imágenes de Ana atada en mi cuarto de juegos. Me recreo con ellas unos momentos... y le envío un correo rápido. Toda esta espera, el trabajo y el envío de e-mails me pone nervioso. Sé muy bien de qué forma me gustaría liberar toda esta tensión acumulada, pero tengo que conformarme con salir a correr.

De: Christian Grey
Fecha: 23 de mayo de 2011 17:24
Para: Anastasia Steele
Asunto: Trabajar para ganarse la vida

Querida señorita Steele:
Espero que haya tenido un buen día en el trabajo.

Christian Grey
Presidente de Grey Enterprises Holdings, Inc.

Me cambio y me pongo la ropa de salir a correr. Taylor me ha traído dos pares más de pantalones de chándal, aunque estoy seguro de que ha sido cosa de Gail. Compruebo el correo electrónico de camino a la puerta. Ha contestado.

De: Anastasia Steele
Fecha: 23 de mayo de 2011 17:48
Para: Christian Grey
Asunto: Trabajar para ganarse la vida

Señor... He tenido un día excelente en el trabajo.
Gracias.

Ana

Pero no ha hecho los deberes. Le respondo con otro e-mail.

De: Christian Grey
Fecha: 23 de mayo de 2011 17:50
Para: Anastasia Steele
Asunto: ¡A trabajar!

Señorita Steele: ·
Me alegro mucho de que haya tenido un día excelente.
Mientras escribe e-mails no está investigando.

Christian Grey
Presidente de Grey Enterprises Holdings, Inc.

Y en lugar de salir de la habitación, aguardo su respuesta. No
me hace esperar demasiado.

De: Anastasia Steele
Fecha: 23 de mayo de 2011 17:53
Para: Christian Grey
Asunto: Pesado

Señor Grey: deje de mandarme e-mails y podré empezar a hacer los deberes. Me gustaría sacar otro sobresaliente.

Ana

Suelto una carcajada. ¡Sí! Ese sobresaliente podría haber sido una matrícula de honor. Cierro los ojos y vuelvo a ver y a sentir sus labios alrededor de mi polla.

Joder...

Hago entrar en vereda a mi cuerpo descarriado, le doy a la tecla de «Enviar» de mi mensaje de respuesta y espero.

De: Christian Grey
Fecha: 23 de mayo de 2011 17:55
Para: Anastasia Steele
Asunto: Impaciente

Señorita Steele:
Deje de escribirme e-mails... y haga los deberes.
Me gustaría ponerle otro sobresaliente.
El primero fue muy merecido. ;)

Christian Grey
Presidente de Grey Enterprises Holdings, Inc.

Esta vez no me responde inmediatamente, por lo que me doy la vuelta y decido irme a correr, con cierta sensación de abatimiento. Sin embargo, estoy abriendo la puerta cuando el tono de mensaje entrante me arrastra junto al ordenador.

De: Anastasia Steele
Fecha: 23 de mayo de 2011 17:59
Para: Christian Grey
Asunto: Investigación en internet

Señor Grey:
¿Qué me sugiere que ponga en el buscador?

Ana

¡Mierda! ¿Por qué no habré pensado en ello? Podría haberle dado algunos libros. Me vienen muchas páginas web a la mente, pero no quiero asustarla.

Tal vez lo mejor será empezar con las más vainilla...

De: Christian Grey
Fecha: 23 de mayo de 2011 18:02
Para: Anastasia Steele
Asunto: Investigación en internet

Señorita Steele:
Empiece siempre con la Wikipedia.
No quiero más e-mails a menos que tenga preguntas.
¿Entendido?

Christian Grey
Presidente de Grey Enterprises Holdings, Inc.

Me levanto de la silla, pensando que no contestará, pero, como es habitual en ella, me sorprende y lo hace. Soy incapaz de resistirme.

De: Anastasia Steele
Fecha: 23 de mayo de 2011 18:04
Para: Christian Grey
Asunto: ¡Autoritario!

Sí... Señor.
Es muy autoritario.

Ana

No lo sabes tú bien, nena.

De: Christian Grey
Fecha: 23 de mayo de 2011 18:06
Para: Anastasia Steele
Asunto: Controlando

Anastasia, no te imaginas cuánto.
Bueno, quizá ahora te haces una ligera idea.
Haz los deberes.

Christian Grey
Presidente de Grey Enterprises Holdings, Inc.

Contente un poco, Grey. He salido por la puerta antes de que Ana tenga oportunidad de volver a distraerme. Corro en dirección al río con los Foo Fighters sonando a todo volumen en mis oídos. He visto el Willamette al amanecer y ahora me apetece disfrutar de sus vistas con la puesta del sol. Hace una tarde preciosa y algunas parejas han salido a pasear junto a la orilla, otras descansan en el césped, y unos cuantos turistas pedalean con sus bicicletas por la explanada. Los evito con la música atronando en mis oídos.

La señorita Steele tiene preguntas. No ha abandonado el juego, todavía no ha dicho que no, y el intercambio de e-mails ha alimentado mis esperanzas. Cruzo por debajo de Hawthorne Bridge mientras voy pensando en lo cómoda que se siente cuando escribe; bastante más que cuando habla. Tal vez sea su medio de expresión preferido. Bueno, ha estudiado literatura inglesa. Espero que al volver a la habitación haya otro correo suyo, tal vez con preguntas, o con más bromitas insolentes.

Sí, esto último es bastante probable.

Atravieso Main Street a la carrera mientras pienso en la posibilidad de que acepte mi propuesta. La idea me resulta excitante, incluso estimulante, y fuerzo un sprint de vuelta al Heathman.

Son las 8.15 cuando ocupo de nuevo la silla del salón. He tomado el salmón salvaje de Oregón para cenar, otra vez cortesía de la señorita Ojos Oscurísimos, y todavía me queda media copa de Sancerre. Tengo el portátil abierto y encendido, por si llega algún correo importante, y cojo el informe que he impreso y que habla de las zonas industriales en plena recalificación de Detroit.

—Al final tendrá que ser Detroit —rezongo en voz alta, y empiezo a leer.

Pocos minutos después oigo el tono de mensaje entrante.

Se trata de un correo cuyo asunto reza: «Universitaria escandalizada». El encabezamiento hace que me incorpore en la silla.

De: Anastasia Steele
Fecha: 23 de mayo de 2011 20:33
Para: Christian Grey
Asunto: Universitaria escandalizada

Bien, ya he visto bastante.
Ha sido agradable conocerte.

Ana

¡Mierda!

Lo releo.

Joder.

Es un no. Me quedo mirando la pantalla sin poder creérmelo.

¿Y ya está?

¿Sin discutirlo?

Nada.

¿Un simple «Ha sido agradable conocerte» y listos?

Pero ¡qué cojones...!

Vuelvo a arrellanarme en la silla, boquiabierto.

¿Agradable?

Agradable.

AGRADABLE.

Yo diría que le resultó más que agradable cuando echó la cabeza hacia atrás mientras se corría.

No te precipites, Grey.

¿Y si es una broma?

¡Menuda broma!

Me acerco el portátil para responderle.

De: Christian Grey
Fecha: 23 de mayo de 2011
Para: Anastasia Steele
Asunto: ¿AGRADABLE?

Sin embargo, me quedo mirando la pantalla con los dedos sobre las teclas y sin saber qué decir.

¿Cómo ha podido rechazarme con tanta facilidad?

Su primer polvo.

Manos a la obra, Grey. ¿Qué opciones tienes? ¿Y si voy a verla para asegurarme de que es un no? Tal vez pueda hacerle cambiar de opinión. Lo cierto es que no sé qué contestar a este correo. Quizá se ha metido en alguna página especialmente *hardcore*. ¿Por qué no le he pasado unos cuantos libros? No me lo

creo. No me lo creeré hasta que no me lo diga mirándome a los ojos.

Eso es. Me froto la barbilla mientras pienso en un plan y momentos después me encuentro frente al armario, en busca de la corbata.

Esa corbata.

El trato todavía puede cerrarse. Saco varios preservativos de la bolsa de piel y me los meto en el bolsillo trasero de los pantalones, después cojo la chaqueta y una botella de vino blanco del minibar. Mierda, es un chardonnay... pero tendrá que servir. Recupero al vuelo la llave de la habitación, cierro la puerta y me dirijo hacia el ascensor para ir a buscar el coche al parking del hotel.

Aparco el R8 frente al apartamento que Ana comparte con Kavanagh, mientras me pregunto si no estaré cometiendo un disparate. Hasta ahora, nunca había ido a visitar a su casa a ninguna de mis sumisas; ellas siempre venían a verme a mí. Estoy traspasando todos los límites que me había impuesto, y no me gusta la sensación que tengo cuando abro la puerta del coche y salgo. Es imprudente y muy presuntuoso por mi parte venir hasta aquí. Aunque también es cierto que no es la primera vez... pero en las dos ocasiones anteriores solo me he quedado unos minutos. En caso de que acepte, tendré que hacer algo con sus expectativas. Esto no volverá a suceder.

Te estás precipitando de nuevo, Grey.

Estás aquí porque crees que es un no.

Kavanagh sale a abrir cuando llamo a la puerta. Le sorprende verme allí.

—Hola, Christian. Ana no me ha dicho que venías. —Se hace a un lado para dejarme entrar—. Está en su habitación. Voy a avisarla.

—No, me gustaría darle una sorpresa. —Le dedico mi mirada más encantadora y formal, ante la que reacciona con un par de parpadeos. ¡Uau!, sí que ha sido fácil. ¿Quién lo habría dicho? Así da gusto—. ¿Cuál es su habitación?

—Por esa primera puerta.

Me indica una que da al salón, desierto en esos momentos.

—Gracias.

Dejo la chaqueta y el vino frío encima de una de las cajas de la mudanza, abro la puerta y me encuentro en un pequeño distribuidor con un par de habitaciones. Supongo que una debe de ser un cuarto de baño, así que llamo a la otra. Espero un segundo, abro y allí está Ana, sentada frente a un pequeño escritorio, leyendo algo que parece el contrato. Lleva puestos los auriculares mientras tamborilea con los dedos de manera ausente, al compás de un ritmo que solo oye ella. La observo unos instantes, sin moverme del sitio. Su expresión concentrada le forma arrugas en la cara, se ha hecho trenzas y lleva puestos unos pantalones de chándal. Tal vez ha salido a correr por la tarde… Quizá también necesita desfogarse. La idea me complace. El dormitorio es pequeño, está muy ordenado y tiene un aire femenino e infantil: todo es blanco, de color crema o azul celeste, y está bañado por la luz suave de la lamparita de noche. También parece un poco vacío, aunque veo una caja cerrada, con las palabras «Habitación de Ana» escritas en la parte superior. Al menos tiene una cama de matrimonio… de hierro forjado blanco. Vaya, vaya. Esto tiene posibilidades.

De pronto Ana da un respingo, sorprendida ante mi presencia.

Sí, he venido por tu e-mail.

Se quita los auriculares de un tirón y el ruido amortiguado de la música llena el silencio que se ha instalado entre nosotros.

—Buenas noches, Anastasia.

Me mira boquiabierta y con los ojos como platos.

—He pensado que tu e-mail merecía una respuesta en persona.

Intento adoptar un tono neutro. Ana mueve la mandíbula arriba y abajo, pero permanece muda.

La señorita Steele se ha quedado sin palabras. Vaya, eso me gusta.

—¿Puedo sentarme?

Asiente con la cabeza y sigue mirándome completamente atónita mientras me acomodo en el borde de la cama.

—Me preguntaba cómo sería tu habitación —digo para intentar romper el hielo, aunque la charla insustancial no es uno de mis fuertes.

Ana pasea la mirada por el dormitorio, como si lo viera por primera vez.

—Es muy serena y tranquila —añado, aunque ahora mismo estoy muy lejos de sentirme sereno y tranquilo.

Quiero saber por qué ha rechazado mi propuesta sin opción a discutirla.

—¿Cómo...? —empieza a preguntar con un hilo de voz, pero se queda a medias.

Habla en susurros; es evidente que sigue sorprendida.

—Todavía estoy en el Heathman.

Eso ya lo sabe.

—¿Quieres tomar algo? —dice en un tono estridente

—No, gracias, Anastasia.

Bien, no ha olvidado los buenos modales, pero deseo resolver cuanto antes lo que me ha traído hasta aquí: su inquietante e-mail.

—Así que ha sido agradable conocerme... —comento haciendo hincapié en la palabra que más me ofende de toda la frase.

¿Agradable? ¿En serio?

Se mira las manos, que descansan sobre su regazo, mientras tamborilea nerviosa con los dedos sobre los muslos.

—Pensaba que me contestarías por e-mail —responde con una voz tan desangelada como su cuarto.

—¿Estás mordiéndote el labio a propósito? —pregunto en un tono más duro de lo que pretendía.

—No era consciente de que me lo estaba mordiendo —murmura, muy pálida.

Nos miramos a los ojos.

Y el aire prácticamente desprende chispas entre los dos.

¡Joder!

¿Acaso tú no lo sientes, Ana? La tensión. La atracción. Mi

respiración se acelera cuando veo que se le dilatan las pupilas. Despacio, sin prisas, alargo la mano hacia su pelo y le quito una de las gomas con cuidado para deshacerle la trenza. Ella me observa, hipnotizada, sin apartar sus ojos de los míos. Le deshago la otra.

—Veo que has decidido hacer un poco de ejercicio.

Recorro la delicada línea de su oreja con los dedos y masajeo el carnoso lóbulo con suaves tirones. No lleva pendientes, aunque tiene agujeros. Me gustaría saber cómo le quedarían unos diamantes. Le pregunto, sin alzar la voz, por qué ha estado haciendo ejercicio. Su respiración se acelera también.

—Necesitaba tiempo para pensar —contesta.

—¿Pensar en qué, Anastasia?

—En ti.

—¿Y has decidido que ha sido agradable conocerme? ¿Te refieres a conocerme en sentido bíblico?

Se ruboriza.

—No pensaba que fueras un experto en la Biblia.

—Iba a catequesis los domingos, Anastasia. Aprendí mucho.

Catequismo. Culpa. Y que Dios me abandonó hace mucho tiempo.

—No recuerdo haber leído nada sobre pinzas para pezones en la Biblia. Quizá te dieron la catequesis con una traducción moderna —dice para provocarme, con un brillo incitante en la mirada.

Ay, esa lengua viperina…

—Bueno, he pensado que debía venir para recordarte lo agradable que ha sido conocerme. —Mi tono desafiante impregna el ambiente. Me mira con la boca abierta, pero deslizo los dedos hasta la barbilla y se la cierro—. ¿Qué le parece, señorita Steele? —susurro con mis ojos clavados en los suyos.

De pronto, se abalanza sobre mí.

Mierda.

Consigo cogerla por los brazos antes de que llegue a tocarme y me giro de manera que cae en la cama, debajo de mí y con los brazos extendidos por encima de la cabeza. Le vuelvo la cara para que me mire, la beso con dureza; mi lengua explora su boca y la reclama. Ella arquea el cuerpo en respuesta y me devuelve el beso con la misma pasión.

Por Dios, Ana, qué me estás haciendo...

En cuanto la siento retorcerse en busca de más, me detengo y la miro fijamente. Ha llegado el momento de poner en marcha el plan B.

—¿Confías en mí? —pregunto cuando abre los ojos con un parpadeo.

Asiente con vehemencia. Saco la corbata del bolsillo trasero de los pantalones para que la vea, luego me pongo a horcajadas sobre ella y le ato las muñecas a uno de los barrotes de hierro del cabezal.

Se mueve y se contonea debajo de mí, y le da tirones para comprobar si está bien atada, pero la corbata resiste sin problemas. No se escapará.

—Mejor así.

Sonrío aliviado porque la tengo donde quería. Ahora toca desnudarla.

Le cojo un pie y empiezo a desatarle la zapatilla de deporte.

—No —protesta, azorada, e intenta retirarlo.

Sé que es porque ha salido a correr y no quiere que le quite la zapatilla. ¿Cree que el sudor va a echarme atrás?

¡Cariño...!

—Si forcejeas, te ataré también los pies, Anastasia. Si haces el menor ruido, te amordazaré. No abras la boca. Seguramente ahora mismo Katherine está ahí fuera escuchando.

Se queda quieta, y sé que mi corazonada era cierta: le preocupan los pies. ¿Cuándo entenderá que esas cosas no me importan?

Sin perder tiempo, le quito las zapatillas, los calcetines y el pantalón de chándal. Luego la desplazo para que quede bien estirada y tumbada sobre las sábanas, no sobre esa delicada colcha hecha a mano. Vamos a dejarlo todo hecho un asco.

Deja de morderte el puto labio.

Paso un dedo sobre su boca a modo de tórrida advertencia.

Ella frunce los labios como si quisiera besarlo, y eso me arranca una sonrisa. Es una criatura bella y sensual.

Ahora que por fin la tengo como yo quiero, me quito los zapatos y los calcetines, me desabrocho los pantalones y me despojo de la camisa. Ella me sigue atentamente con la mirada.

—Creo que has visto demasiado.

Quiero tenerla en vilo, que no sepa qué voy a hacerle. Será un festín carnal. Nunca le he vendado los ojos, de modo que esto contará como parte del entrenamiento. Eso en caso de que acepte...

Vuelvo a sentarme a horcajadas sobre ella, cojo el borde de la camiseta y se la subo, pero, en lugar de quitársela, se la dejo enrollada sobre los ojos; una venda muy práctica.

Me ofrece una visión fantástica, expuesta y atada como está.

—Mmm, esto va cada vez mejor. Voy a tomar una copa —susurro, y la beso.

Ella ahoga un grito cuando nota que bajo de la cama. Una vez en el distribuidor, dejo la puerta entornada y me dirijo al salón para recuperar la botella de vino.

Kavanagh, que lee sentada en el sofá, alza la vista y enarca las cejas, sorprendida. Vamos, Kavanagh, no irás a decirme que nunca has visto a un hombre descamisado porque eso no te lo crees ni tú.

—Kate, ¿dónde puedo encontrar vasos, hielo y un sacacorchos? —pregunto, sin prestar atención a la cara de escandalizada que pone.

—Mmm... En la cocina. Ya voy yo. ¿Dónde está Ana?

Ah, se preocupa por su amiga. Bien.

—Ahora mismo anda un poco liada, pero le apetece beber algo.

Cojo la botella de chardonnay.

—Sí, ya veo —dice Kavanagh, y la sigo hasta la cocina, donde me señala unos vasos que hay sobre la encimera. Están todos fuera, supongo que a la espera de que los empaqueten para la mudanza. Me tiende un sacacorchos y saca de la nevera una bandeja de hielo, de la que extrae los cubitos.

—Todavía quedan muchas cosas que embalar. Ya sabes que Elliot nos está echando una mano, ¿no? —comenta con retintín.

—¿Ah, sí? —murmuro, distraído, mientras abro el vino—. Pon el hielo en los vasos. —Le indico dos con la barbilla—. Es un chardonnay. Con hielo pasará mejor.

—Te hacía más de vino tinto —observa cuando sirvo la bebida—. ¿Vendrás a echarle una mano a Ana con la mudanza?

Le brillan los ojos. Está desafiándome.

Tú ni caso, Grey.

—No, no puedo —contesto, cortante, porque me cabrea que intente que me sienta culpable.

Aprieta los labios y me doy la vuelta para salir de la cocina, aunque no lo bastante rápido para librarme de su expresión desaprobadora.

Que te den, Kavanagh.

No pienso colaborar de ninguna de las maneras. Ana y yo no tenemos ese tipo de relación. Además, no me sobra el tiempo.

Regreso al dormitorio, cierro la puerta y dejo atrás a Kavanagh y su desdén. La visión de la cautivadora Ana Steele tumbada en la cama, jadeante y a la expectativa, tiene un efecto apaciguador inmediato. Pongo el vino sobre la mesilla de noche, me saco el paquetito plateado del pantalón y lo coloco junto a la botella antes de dejar caer al suelo el pantalón y los calzoncillos, que liberan mi miembro erecto.

Doy un sorbo de vino, sorprendido al ver que no está nada mal, y observo a Ana. No ha dicho ni una palabra. Tiene el rostro vuelto hacia mí, con los labios ligeramente separados, anhelantes. Cojo el vaso y vuelvo a sentarme a horcajadas sobre ella.

—¿Tienes sed, Anastasia?

—Sí —jadea.

Doy otro sorbo, me inclino y, al besarla, derramo el vino en su boca. Se relame y su garganta emite un débil murmullo agradecido.

—¿Más? —pregunto.

Asiente, sonriendo, y la complazco.

—Pero no nos excedamos. Ya sabemos que tu tolerancia al alcohol es limitada, Anastasia —bromeo, y sus labios se separan para formar una amplia sonrisa.

Me agacho de nuevo y vuelvo a darle de beber de mi boca mientras ella se retuerce debajo de mí.

—¿Te parece esto agradable? —pregunto mientras me tumbo a su lado.

Se queda inmóvil, muy seria, pero abre los labios a causa de su respiración agitada.

Doy otro trago de vino, aunque esta vez también cojo dos cubitos. Cuando la beso, empujo un trocito de hielo entre sus labios y luego voy trazando un sendero de besos helados por su piel fragante, desde la garganta hasta el ombligo, donde deposito el otro fragmento y un poco de vino.

Aspira sobresaltada.

—Ahora tienes que quedarte quieta. Si te mueves, llenarás la cama de vino, Anastasia. —Le hablo en un susurro y, cuando vuelvo a besarla justo por encima del ombligo, ella mueve las caderas—. Oh, no. Si derrama el vino, la castigaré, señorita Steele.

Gime en respuesta y tira de la corbata.

Lo mejor para ti, Ana...

Le saco los pechos del sujetador, primero uno y luego el otro, de manera que quedan apoyados en los aros. Son turgentes y están expuestos, justo como me gustan. Despacio, paseo mi lengua por ellos.

—¿Te gusta esto? —murmuro, y soplo suavemente sobre un pezón.

Ella abre la boca en una exclamación muda. Me coloco otro trozo de hielo entre los labios y recorro su piel despacio desde el cuello hasta el pezón, dibujando un par de círculos con el cubito. La oigo gemir. Cojo el hielo con los dedos y continúo atormentando sus pezones con mis labios helados y lo que queda del cubito, que se derrite entre mis yemas.

Entre jadeos y suspiros, noto que va tensándose debajo de mí, pero consigue estarse quieta.

—Si derramas el vino, no dejaré que te corras —advierto.

—Oh… por favor… Christian… señor… por favor… —suplica.

Qué placer oírle pronunciar esas palabras…

Todavía hay esperanza.

No es una negativa.

Deslizo los dedos por su cuerpo en dirección a las bragas, acariciando su piel suave. De pronto, mueve las caderas y el vino y el hielo derretido del ombligo se derraman. Me acerco rápidamente para bebérmelo, besándolo y chupándolo de su cuerpo.

—Querida Anastasia, te has movido. ¿Qué voy a hacer contigo?

Meto los dedos por dentro de las bragas y, al hacerlo, rozo el clítoris.

—¡Ah! —gimotea.

—Oh, nena —murmuro, admirado.

Está húmeda. Muy húmeda.

¿Lo ves? ¿Ves lo agradable que es esto?

Le introduzco dos dedos y se estremece.

—Estás lista para mí tan pronto… —le susurro, y los muevo despacio dentro y fuera de ella, con una cadencia que le arranca un largo y dulce gemido. Sus caderas empiezan a levantarse para ir al encuentro de mis dedos.

Vaya, le encanta.

—Eres una glotona.

Continúo hablando en voz baja, y ella se acomoda al ritmo que impongo cuando empiezo a trazar círculos alrededor de su clítoris con el pulgar, acariciándola y atormentándola.

Grita, su cuerpo se arquea debajo de mí. Necesito ver su expresión, por lo que alargo la otra mano y le paso la camiseta por encima de la cabeza. Abre los ojos y la débil luz la hace parpadear.

—Quiero tocarte —dice con voz ronca y cargada de deseo.

—Lo sé —susurro sobre sus labios y la beso, manteniendo el ritmo implacable de los dedos.

Sabe a vino, a deseo y a Ana. Y me corresponde con una avidez que desconocía en ella. Le sujeto la cabeza por detrás, para que no la mueva, y continúo besándola y masturbándola hasta que empiezo a notar que tensa las piernas, y justo entonces ralentizo el ritmo de mis dedos.

Ah, no, nena, no vas a correrte aún.

Hago lo mismo tres veces más sin dejar de besarle la dulce y cálida boca. A la quinta, detengo los dedos en su interior y me acerco a su oreja.

—Este es tu castigo, tan cerca y de pronto tan lejos. ¿Te parece esto agradable?

—Por favor —gimotea.

Dios, cómo me gusta oírla suplicar.

—¿Cómo quieres que te folle, Anastasia?

Mis dedos se mueven de nuevo y sus piernas empiezan a estremecerse, por lo que vuelvo a ralentizar el ritmo de la mano.

—Por favor —repite en un suspiro tan leve que apenas la oigo.

—¿Qué quieres, Anastasia?

—A ti… ahora —implora.

—Dime cómo quieres que te folle. Hay una variedad infinita de maneras —le susurro.

Aparto la mano, cojo el preservativo que había dejado sobre la mesita de noche y me arrodillo entre sus piernas. Con la mirada clavada en la suya, le quito las bragas y las dejo caer al suelo. Tiene las pupilas dilatadas, unos ojos sugerentes y anhelantes que abre mucho mientras me coloco el condón poco a poco.

—¿Te parece esto agradable? —pregunto mientras rodeo mi miembro erecto con la mano.

—Era una broma —gimotea.

¿Una broma?

Gracias a Dios.

No todo está perdido.

—¿Una broma? —repito mientras mi mano recorre mi polla arriba y abajo.

—Sí. Por favor, Christian —me ruega.

—¿Y ahora te ríes?

—No.

Apenas la oigo, pero el modo en que sacude ligeramente la cabeza me dice todo lo que necesito saber.

Viendo cómo me desea... podría correrme en la mano solo con mirarla. La agarro y le doy la vuelta para alzar su precioso, su hermoso culo. Es demasiado tentador... Le doy un azote en el trasero, con fuerza, y la penetro.

¡Joder! Está a punto.

Las paredes de su vagina aprisionan mi polla y se corre.

Mierda, ha ido demasiado rápido.

La sujeto por las caderas y me la follo, duro, embisto contra su trasero en medio de su clímax. Aprieto los dientes y empujo una y otra vez, hasta que empieza a excitarse de nuevo.

Vamos, Ana. Una vez más, le ordeno mentalmente sin dejar de embestirla.

Gime y jadea debajo de mí mientras una película de sudor le cubre la espalda.

Le tiemblan las piernas.

Está a punto.

—Vamos, Anastasia, otra vez —gruño.

Y por medio de una especie de milagro, su orgasmo traspasa su cuerpo y penetra en el mío.

Joder, menos mal. Me corro en silencio y me derramo en su interior.

Santo Dios. Me desplomo sobre ella. Ha sido agotador.

—¿Te ha gustado? —le susurro al oído intentando recuperar el aliento.

Salgo de ella y me quito el maldito condón mientras ella sigue tumbada en la cama, jadeando. Me levanto y me visto deprisa, y cuando he terminado me agacho para desatar la corbata y dejarla libre. Ana se da la vuelta, flexiona las manos y los dedos y vuelve a colocarse el sujetador. Después de taparla con la colcha me tumbo a su lado, incorporado sobre un codo.

—Ha sido realmente agradable —dice con una sonrisa traviesa.

—Ya estamos otra vez con la palabrita.

Yo también sonrío, satisfecho.

—¿No te gusta que lo diga?

—No, no tiene nada que ver conmigo.

—Vaya... No sé... parece tener un efecto beneficioso sobre ti.

—¿Soy un efecto beneficioso? ¿Eso es lo que soy ahora? ¿Podría herir más mi amor propio, señorita Steele?

—No creo que tengas ningún problema de amor propio.

Frunce el ceño un breve instante.

—¿Tú crees?

El doctor Flynn tendría mucho que decir al respecto.

—¿Por qué no te gusta que te toquen? —pregunta con voz dulce y suave.

—Porque no. —La beso en la frente para distraerla y desviar la conversación—. Así que ese e-mail era lo que tú llamas una broma.

Sonríe a modo de disculpa y se encoge de hombros.

—Ya veo. Entonces todavía estás planteándote mi proposición...

—Tu proposición indecente... Sí, me la estoy planteando.

Joder, pues menos mal.

El trato todavía está en juego. Mi alivio es tan palpable que casi puedo tocarlo.

—Pero tengo cosas que comentar —añade.

—Me decepcionarías si no tuvieras cosas que comentar.

—Iba a mandártelas por correo, pero me has interrumpido.

—*Coitus interruptus.*

—¿Lo ves?, sabía que tenías algo de sentido del humor escondido por ahí.

Sus ojos se iluminan de alegría.

—No es tan divertido, Anastasia. He pensado que estabas diciéndome que no, que ni siquiera querías comentarlo.

—Todavía no lo sé. No he decidido nada. ¿Vas a ponerme un collar?

Su pregunta me sorprende.

—Has estado investigando. No lo sé, Anastasia. Nunca le he puesto un collar a nadie.

—¿A ti te han puesto un collar? —pregunta.

—Sí.

—¿La señora Robinson?

—¡La señora Robinson! —Se me escapa una carcajada. Anne Bancroft en *El graduado*—. Le diré cómo la llamas. Le encantará.

—¿Sigues en contacto con ella? —Su voz aguda delata su sorpresa e indignación.

—Sí.

¿Por qué se lo toma de esa manera?

—Ya veo —contesta, cortante. ¿Está enfadada? ¿Por qué? No lo entiendo—. Así que tienes a alguien con quien comentar tu alternativo estilo de vida, pero yo no puedo.

Está cabreada, y sin embargo, una vez más, consigue ponerme en evidencia.

—Creo que nunca había pensado en ello desde ese punto de vista. La señora Robinson formaba parte de este estilo de vida. Te dije que ahora es una buena amiga. Si quieres, puedo presentarte a una de mis ex sumisas. Podrías hablar con ella.

—¿Esto es lo que tú llamas una broma? —exige saber.

—No, Anastasia.

Me sorprende su tono vehemente, y niego con la cabeza para reafirmarme en mi respuesta. Es habitual que una sumisa consulte con las sumisas anteriores para asegurarse de que su nuevo amo sabe lo que se hace.

—No... me las arreglaré yo sola, muchas gracias —asegura, y alarga la mano para tirar de la colcha y el edredón y subírselos hasta la barbilla.

¿Cómo? ¿Se ha molestado?

—Anastasia, no... No quería ofenderte.

—No estoy ofendida. Estoy consternada.

—¿Consternada?

—No quiero hablar con ninguna ex novia tuya... o esclava... o sumisa... como las llames.

Oh.

—Anastasia Steele, ¿estás celosa?

Si parezco desconcertado es porque realmente lo estoy. Se

pone colorada como un tomate y entonces sé que he dado en el clavo. ¿Por qué coño está celosa?

Cariño, tenía una vida propia antes de conocerte.

Una vida muy activa.

—¿Vas a quedarte? —quiere saber.

¿Qué? Por supuesto que no.

—Mañana a primera hora tengo una reunión en el Heathman. Además, ya te dije que no duermo con mis novias, o esclavas, o sumisas, ni con nadie. El viernes y el sábado fueron una excepción. No volverá a pasar.

Aprieta los labios y adopta ese gesto terco característico.

—Bueno, estoy cansada —dice.

Mierda.

—¿Estás echándome?

No es así como se supone que va la cosa.

—Sí.

Pero ¿qué narices...?

La señorita Steele ha vuelto a desarmarme.

—Bueno, otra novedad —murmuro.

Me están echando. No puedo creerlo.

—¿No quieres que comentemos nada? Sobre el contrato —pregunto buscando cualquier excusa para prolongar la visita.

—No —contesta con un gruñido.

Su malhumor me resulta irritante, y, si de verdad fuera mía, no se lo toleraría.

—Ay, cuánto me gustaría darte una buena tunda. Te sentirías mucho mejor, y yo también —le aseguro.

—No puedes decir esas cosas... Todavía no he firmado nada.

Me lanza una mirada desafiante.

Ay, nena, ya lo creo que puedo decirlo, lo que no puedo es hacerlo. Al menos hasta que me dejes.

—Pero soñar es humano, Anastasia. ¿Hasta el miércoles?

El trato sigue interesándome, aunque ignoro por qué. Me he topado con una chica difícil. La beso fugazmente en los labios.

—Hasta el miércoles —accede.

Vuelvo a sentir un gran alivio.

—Espera, salgo contigo —añade, ya en un tono más suave—. Dame un minuto. —Me empuja para que me levante de la cama, y se pone la camiseta—. Pásame los pantalones de chándal, por favor —me ordena, señalándolos.

Uau. La señorita Steele también sabe mandar.

—Sí, señora —bromeo, consciente de que no captará la alusión.

Sin embargo, entorna los ojos. Sabe que estoy burlándome de ella, pero no dice nada y se pone los pantalones.

Divertido en parte ante la perspectiva de que estén a punto de ponerme de patitas en la calle, la sigo por el salón hasta la puerta de la entrada.

¿Cuándo fue la última vez que me ocurrió algo así?

Nunca.

Abre la puerta, pero no deja de mirarse las manos.

¿Qué ocurre aquí?

—¿Estás bien? —le pregunto acariciándole la barbilla con el pulgar.

Tal vez no quiere que me vaya... o quizá no ve el momento de perderme de vista.

—Sí —contesta con voz apagada.

No sé si creerla.

—Nos vemos el miércoles —le recuerdo.

Habrá que esperar hasta entonces. Me inclino y cierra los ojos cuando la beso. Y no quiero irme. No con tantas dudas sobre ella. Le sujeto la cabeza y la beso más profundamente, y ella responde y me entrega su boca.

Ay, nena, no tires la toalla conmigo. Dale una oportunidad a esto.

Se cuelga de mis brazos, me besa, y no quiero parar. Ana es embriagadora y la oscuridad permanece callada, silenciada por la mujer que tengo delante. Muy a mi pesar, me contengo y descanso mi frente sobre la suya.

Le falta el aire, igual que a mí.

—Anastasia, ¿qué estás haciendo conmigo?

—Lo mismo podría decirte yo —susurra.

Sé que debería irme; es mi perdición, aunque no sé por qué. La beso en la frente y enfilo el camino de entrada en dirección al R8. Ella se queda en la puerta, desde donde me sigue con la mirada. No ha entrado en casa. Sonrío, feliz, porque continúa mirándome mientras subo al coche.

Sin embargo, cuando vuelvo la vista ya no está.

Mierda. ¿Qué ha pasado? ¿No va a decirme adiós con la mano?

Enciendo el motor y emprendo el camino de vuelta a Portland mientras analizo lo que ha ocurrido entre nosotros.

Ella me ha enviado un correo.

Yo he ido a verla.

Hemos follado.

Me ha echado antes de que yo decidiera irme.

Por primera vez, bueno, tal vez no sea la primera, me siento un poco utilizado, sexualmente utilizado. Es una sensación perturbadora que me recuerda la época que estuve con Elena.

¡Mierda! La señorita Steele está escalando posiciones a marchas forzadas, aunque ella ni siquiera lo sabe. Y encima yo se lo permito, como un imbécil.

Tengo que darle la vuelta a esta situación. Tener tantas dudas me está volviendo loco.

Pero la deseo. Necesito que firme.

¿Es solo por el hecho de conquistarla? ¿Es eso lo que me excita? ¿O es ella?

Joder, no lo sé, pero espero averiguarlo el miércoles. Por otro lado, no puede negarse que ha sido una manera bastante agradable de pasar la velada. Sonrío satisfecho mientras miro el espejo retrovisor y aparco en el parking del hotel.

Ya de vuelta en mi habitación, me siento delante del portátil.

Concéntrate en aquello que deseas, en el lugar en el que quieres estar. ¿No es eso lo que Flynn no deja de repetirme en esa mierda de terapia centrada en soluciones?

De: Christian Grey
Fecha: 23 de mayo de 2011 23:16
Para: Anastasia Steele
Asunto: Esta noche

Señorita Steele:
Espero impaciente sus notas sobre el contrato.
Entretanto, que duermas bien, nena.

Christian Grey
Presidente de Grey Enterprises Holdings, Inc.

Me siento tentado de añadir: «Gracias por otra velada entretenida», pero me parece excesivo. Dejo el portátil a un lado porque Ana seguramente ya estará durmiendo, saco el informe sobre Detroit y sigo leyendo.

Martes, 24 de mayo de 2011

L a idea de ubicar la planta de componentes electrónicos en Detroit me resulta deprimente. Odio Detroit; solo guardo malos recuerdos de esa ciudad, recuerdos que pongo todo mi maldito empeño en olvidar. Afloran a la superficie, sobre todo de noche, para recordarme lo que soy y de dónde vengo.

Aunque lo cierto es que Michigan ofrece unos excelentes incentivos fiscales. Las propuestas que aparecen en este informe resultan muy tentadoras. Lo dejo sobre la mesa de comedor y bebo un sorbo de mi Sancerre. Mierda. Está caliente. Es muy tarde, debería dormir. Cuando me levanto y me desperezo, oigo el aviso de correo entrante de mi ordenador. Ha llegado un e-mail. Podría ser de Ros, así que decido echarle un rápido vistazo.

Es de Ana. ¿Por qué sigue aún despierta?

De: Anastasia Steele
Fecha: 24 de mayo de 2011 00:02
Para: Christian Grey
Asunto: Objeciones

Querido señor Grey:
Aquí está mi lista de objeciones. Espero que el miércoles las discutamos con calma en nuestra cena.
Los números remiten a las cláusulas:

¿Se está refiriendo nada menos que a las cláusulas? La señorita Steele lo ha revisado a conciencia. Abro una copia en la pantalla para consultarlo.

CONTRATO

A día ——————— de 2011 («fecha de inicio»)

ENTRE

EL SR. CHRISTIAN GREY, con domicilio en el Escala 301, Seattle, 98889 Washington

(«el Amo»)

Y LA SRTA. ANASTASIA STEELE, con domicilio en SW Green Street 1114, apartamento 7, Haven Heights, Vancouver, 98888 Washington

(«la Sumisa»)

LAS PARTES ACUERDAN LO SIGUIENTE

1. Los puntos siguientes son los términos de un contrato vinculante entre el Amo y la Sumisa.

TÉRMINOS FUNDAMENTALES

2. El propósito fundamental de este contrato es permitir que la Sumisa explore su sensualidad y sus límites de forma segura, con los debidos respeto y consideración por sus necesidades, sus límites y su bienestar.

3. El Amo y la Sumisa acuerdan y admiten que todo lo que suceda bajo los términos de este contrato será consensuado y confidencial, y estará sujeto a los límites acordados y a los procedimientos de seguridad que se contemplan en este contrato. Pueden añadirse límites y procedimientos de seguridad adicionales.

4. El Amo y la Sumisa garantizan que no padecen infecciones sexuales ni enfermedades graves, incluyendo VIH, herpes y hepatitis, entre otras. Si durante la vigencia del contrato (como se define abajo) o de cualquier ampliación del mismo una de las partes es diagnosticada o tiene conocimiento de padecer alguna de estas enfermedades, se compromete a informar a la otra inmediatamente y en todo caso antes de que se produzca cualquier tipo de contacto entre las partes.

5. Es preciso cumplir las garantías y los acuerdos anteriormente mencionados (y todo límite y procedimiento de seguridad

adicional acordado en la cláusula 3). Toda infracción invalidará este contrato con carácter inmediato, y ambas partes aceptan asumir totalmente ante la otra las consecuencias de la infracción.

6. Todos los puntos de este contrato deben leerse e interpretarse a la luz del propósito y los términos fundamentales establecidos en las cláusulas 2-5.

FUNCIONES

7. El Amo será responsable del bienestar y del entrenamiento, la orientación y la disciplina de la Sumisa. Decidirá el tipo de entrenamiento, la orientación y la disciplina, y el momento y el lugar de administrarlos, atendiendo a los términos acordados, los límites y los procedimientos de seguridad establecidos en este contrato o añadidos en la cláusula 3.

8. Si en algún momento el Amo no mantiene los términos acordados, los límites y los procedimientos de seguridad establecidos en este contrato o añadidos en la cláusula 3, la Sumisa tiene derecho a finalizar este contrato inmediatamente y a abandonar su servicio al Amo sin previo aviso.

9. Atendiendo a esta condición y a las cláusulas 2-5, la Sumisa tiene que obedecer en todo al Amo. Atendiendo a los términos acordados, los límites y los procedimientos de seguridad establecidos en este contrato o añadidos en la cláusula 3, debe ofrecer al Amo, sin preguntar ni dudar, todo el placer que este le exija, y debe aceptar, sin preguntar ni dudar, el entrenamiento, la orientación y la disciplina en todas sus formas.

INICIO Y VIGENCIA

10. El Amo y la Sumisa firman este contrato en la fecha de inicio, conscientes de su naturaleza y comprometiéndose a acatar sus condiciones sin excepción.

11. Este contrato será efectivo durante un período de tres meses desde la fecha de inicio («vigencia del contrato»). Al expirar la vigencia, las partes comentarán si este contrato y lo dispuesto por ellos en el mismo son satisfactorios y si se han satisfecho las necesidades de cada parte. Ambas partes pueden proponer ampliar el contrato y ajustar los términos o los acuerdos que en él se establecen. Si no se llega a un acuerdo para ampliarlo, este contrato concluirá y ambas partes serán libres para seguir su vida por separado.

DISPONIBILIDAD

12. La Sumisa estará disponible para el Amo desde el viernes por la noche hasta el domingo por la tarde, todas las semanas durante la vigencia del contrato, a horas a especificar por el Amo («horas asignadas»). Pueden acordarse mutuamente más horas asignadas adicionales.

13. El Amo se reserva el derecho a rechazar el servicio de la Sumisa en cualquier momento y por las razones que sean. La Sumisa puede solicitar su liberación en cualquier momento, liberación que quedará a criterio del Amo y estará exclusivamente sujeta a los derechos de la Sumisa contemplados en las cláusulas 2-5 y 8.

UBICACIÓN

14. La Sumisa estará disponible a las horas asignadas y a las horas adicionales en los lugares que determine el Amo. El Amo correrá con todos los costes de viaje en los que incurra la Sumisa con este fin.

PRESTACIÓN DE SERVICIOS

15. Las dos partes han discutido y acordado las siguientes prestaciones de servicios, y ambas deberán cumplirlas durante la vigencia del contrato. Ambas partes aceptan que pueden surgir cuestiones no contempladas en los términos de este contrato ni en la prestación de servicios, y que determinadas cuestiones podrán renegociarse. En estas circunstancias, podrán proponerse cláusulas adicionales a modo de enmienda. Ambas partes deberán acordar, redactar y firmar toda cláusula adicional o enmienda, que estará sujeta a los términos fundamentales establecidos en las cláusulas 2-5.

AMO

15.1. El Amo debe priorizar en todo momento la salud y la seguridad de la Sumisa. El Amo en ningún momento exigirá, solicitará, permitirá ni pedirá a la Sumisa que participe en las actividades detalladas en el Apéndice 2 o en toda actividad que cualquiera de las dos partes considere insegura. El Amo no llevará a cabo, ni permitirá que se lleve a cabo, ninguna actividad que pueda herir gravemente a la Sumisa o poner en peligro su vida. Los restantes subapartados de esta cláusula 15 deben leerse atendiendo a esta condición y a los acuerdos fundamentales de las cláusulas 2-5.

15.2. El Amo acepta el control, el dominio y la disciplina de la Sumisa durante la vigencia del contrato. El Amo puede utilizar el cuerpo de la Sumisa en cualquier momento durante las horas asignadas, o en horas adicionales acordadas, de la manera que considere oportuno, en el sexo o en cualquier otro ámbito.

15.3. El Amo ofrecerá a la Sumisa el entrenamiento y la orientación necesarios para servir adecuadamente al Amo.

15.4. El Amo mantendrá un entorno estable y seguro en el que la Sumisa pueda llevar a cabo sus obligaciones para servir al Amo.

15.5. El Amo puede disciplinar a la Sumisa cuanto sea necesario para asegurarse de que la Sumisa entiende totalmente su papel de sumisión al Amo y para desalentar conductas inaceptables. El Amo puede azotar, zurrar, dar latigazos y castigar físicamente a la Sumisa si lo considera oportuno por motivos de disciplina, por placer o por cualquier otra razón, que no está obligado a exponer.

15.6. En el entrenamiento y en la administración de disciplina, el Amo garantizará que no queden marcas en el cuerpo de la Sumisa ni heridas que exijan atención médica.

15.7. En el entrenamiento y en la administración de disciplina, el Amo garantizará que la disciplina y los instrumentos utilizados para administrarla sean seguros, no los utilizará de manera que provoquen daños serios y en ningún caso podrá traspasar los límites establecidos y detallados en este contrato.

15.8. En caso de enfermedad o herida, el Amo cuidará a la Sumisa, vigilará su salud y su seguridad, y solicitará atención médica cuando lo considere necesario.

15.9. El Amo cuidará de su propia salud y buscará atención médica cuando sea necesario para evitar riesgos.

15.10. El Amo no prestará su Sumisa a otro Amo.

15.11. El Amo podrá sujetar, esposar o atar a la Sumisa en todo momento durante las horas asignadas o en cualquier hora adicional por cualquier razón y por largos períodos de tiempo, prestando la debida atención a la salud y la seguridad de la Sumisa.

15.12. El Amo garantizará que todo el equipamiento utilizado para el entrenamiento y la disciplina se mantiene limpio, higiénico y seguro en todo momento.

SUMISA

15.13. La Sumisa acepta al Amo como su dueño y entiende que ahora es de su propiedad y que está a su disposición cuando al Amo le plazca durante la vigencia del contrato en general, pero especialmente en las horas asignadas y en las horas adicionales acordadas.

15.14. La Sumisa obedecerá las normas establecidas en el Apéndice 1 de este contrato.

15.15. La Sumisa servirá al Amo en todo aquello que el Amo considere oportuno y debe hacer todo lo posible por complacer al Amo en todo momento.

15.16. La Sumisa tomará las medidas necesarias para cuidar su salud, solicitará o buscará atención médica cuando la necesite, y en todo momento mantendrá informado al Amo de cualquier problema de salud que pueda surgir.

15.17. La Sumisa garantizará que toma anticonceptivos orales, y que los toma como y cuando es debido para evitar quedarse embarazada.

15.18. La Sumisa aceptará sin cuestionar todas y cada una de las acciones disciplinarias que el Amo considere necesarias, y en todo momento recordará su papel y su función ante el Amo.

15.19. La Sumisa no se tocará ni se proporcionará placer sexual sin el permiso del Amo.

15.20. La Sumisa se someterá a toda actividad sexual que exija el Amo, sin dudar y sin discutir.

15.21. La Sumisa aceptará azotes, zurras, bastonazos, latigazos o cualquier otra disciplina que el Amo decida administrar, sin dudar, preguntar ni quejarse.

15.22. La Sumisa no mirará directamente a los ojos al Amo excepto cuando se le ordene. La Sumisa debe bajar la mirada, guardar silencio y mostrarse respetuosa en presencia del Amo.

15.23. La Sumisa se comportará siempre con respeto hacia el Amo y solo se dirigirá a él como señor, señor Grey o cualquier otro apelativo que le ordene el Amo.

15.24. La Sumisa no tocará al Amo sin su expreso consentimiento.

ACTIVIDADES

16. La Sumisa no participará en actividades o actos sexuales que cualquiera de las dos partes considere inseguras ni en las actividades detalladas en el Apéndice 2.

17. El Amo y la Sumisa han comentado las actividades estsa-blecidas en el Apéndice 3 y hacen constar por escrito en el Apéndice 3 su acuerdo al respecto.

PALABRAS DE SEGURIDAD

18. El Amo y la Sumisa admiten que el Amo puede solicitar a la Sumisa acciones que no puedan llevarse a cabo sin incurrir en daños físicos, mentales, emocionales, espirituales o de otro tipo en el momento en que se le solicitan. En este tipo de circunstancias, la Sumisa puede utilizar una palabra de seguridad. Se incluirán dos palabras de seguridad en función de la intensidad de las demandas.

19. Se utilizará la palabra de seguridad «Amarillo» para indicar al Amo que la Sumisa está llegando al límite de resistencia.

20. Se utilizará la palabra de seguridad «Rojo» para indicar al Amo que la Sumisa ya no puede tolerar más exigencias. Cuando se diga esta palabra, la acción del Amo cesará totalmente con efecto inmediato.

CONCLUSIÓN

21. Los abajo firmantes hemos leído y entendido totalmente lo que estipula este contrato. Aceptamos libremente los términos de este contrato y con nuestra firma damos nuestra conformidad.

———————————————————

El Amo: Christian Grey
Fecha

———————————————————

La Sumisa: Anastasia Steele
Fecha

APÉNDICE 1
NORMAS

Obediencia:

La Sumisa obedecerá inmediatamente todas las instrucciones del Amo, sin dudar, sin reservas y de forma expeditiva. La Sumisa aceptará toda actividad sexual que el Amo considere oportuna y placentera, excepto las actividades contempladas en los límites infranqueables (Apéndice 2). Lo hará con entusiasmo y sin dudar.

Sueño:

La Sumisa garantizará que duerme como mínimo ocho horas diarias cuando no esté con el Amo.

Comida:

Para cuidar su salud y su bienestar, la Sumisa comerá frecuentemente los alimentos incluidos en una lista (Apéndice 4). La Sumisa no comerá entre horas, a excepción de fruta.

Ropa:

Durante la vigencia del contrato, la Sumisa solo llevará ropa que el Amo haya aprobado. El Amo ofrecerá a la Sumisa un presupuesto para ropa, que la Sumisa debe utilizar. El Amo acompañará a la Sumisa a comprar ropa cuando sea necesario. Si el Amo así lo exige, mientras el contrato esté vigente, la Sumisa se pondrá los adornos que le exija el Amo, en su presencia o en cualquier otro momento que el Amo considere oportuno.

Ejercicio:

El Amo proporcionará a la Sumisa un entrenador personal cuatro veces por semana, en sesiones de una hora, a horas convenidas por el entrenador personal y la Sumisa. El entrenador personal informará al Amo de los avances de la Sumisa.

Higiene personal y belleza:

La Sumisa estará limpia y depilada en todo momento. La Sumisa irá a un salón de belleza elegido por el Amo cuando este lo decida y se someterá a cualquier tratamiento que el Amo considere oportuno. El Amo correrá con todos los gastos.

Seguridad personal:

La Sumisa no beberá en exceso, ni fumará, ni tomará sustancias psicotrópicas, ni correrá riesgos innecesarios.

Cualidades personales:
La Sumisa solo mantendrá relaciones sexuales con el Amo. La Sumisa se comportará en todo momento con respeto y humildad. Debe comprender que su conducta influye directamente en la del Amo. Será responsable de cualquier fechoría, maldad y mala conducta que lleve a cabo cuando el Amo no esté presente.

El incumplimiento de cualquiera de las normas anteriores será inmediatamente castigado, y el Amo determinará la naturaleza del castigo.

APÉNDICE 2
Límites infranqueables
Actos con fuego.
Actos con orina, defecación y excrementos.
Actos con agujas, cuchillos, perforaciones y sangre.
Actos con instrumental médico ginecológico.
Actos con niños y animales.
Actos que dejen marcas permanentes en la piel.
Actos relativos al control de la respiración.
Actividad que implique contacto directo con corriente eléctrica (tanto alterna como continua), fuego o llamas en el cuerpo.

APÉNDICE 3
Límites tolerables
A discutir y acordar por ambas partes:
¿Acepta la Sumisa lo siguiente?

- Masturbación
- Cunnilingus
- Felación
- Ingestión de semen
- Penetración vaginal
- Fisting vaginal
- Penetración anal
- Fisting anal

¿Acepta la Sumisa lo siguiente?

- Vibradores
- Dilatadores anales
- Consoladores
- Otros juguetes vaginales/anales

¿Acepta la Sumisa lo siguiente?

- Bondage con cuerda
- Bondage con muñequeras de cuero
- Bondage con esposas y grilletes
- Bondage con cinta adhesiva
- Otros tipos de bondage

¿Acepta la Sumisa los siguientes tipos de bondage?

- Manos al frente
- Tobillos
- Codos
- Manos a la espalda
- Rodillas
- Muñecas con tobillos
- A objetos, muebles, etc.
- Barras separadoras
- Suspensión

¿Acepta la Sumisa que se le venden los ojos?

¿Acepta la Sumisa que se la amordace?

¿Cuánto dolor está dispuesta a experimentar la Sumisa?

1 equivale a que le gusta mucho y 5, a que le disgusta mucho:
1 — 2 — 3 — 4 — 5

¿Acepta la Sumisa las siguientes formas de dolor/castigo/disciplina?

- Azotes
- Latigazos
- Mordiscos
- Pinzas genitales
- Cera caliente
- Azotes con pala
- Azotes con vara
- Pinzas para pezones
- Hielo
- Otros tipos/métodos de dolor

Bueno, y ahora, sus objeciones.

2: No tengo nada claro que sea exclusivamente en MI beneficio, es decir, para que explore mi sensualidad y mis límites. Estoy segura de que para eso no necesitaría un contrato de diez páginas. Seguramente es para TU beneficio.

Tienes toda la razón. ¡Bien dicho, señorita Steele!

4: Como sabes, solo he practicado sexo contigo. No tomo drogas
y nunca me han hecho una transfusión. Seguramente estoy más
que sana. ¿Qué me dices de ti?

¡En eso también llevas razón! Y acabo de darme cuenta de
que esta es la primera vez que no he tenido que preocuparme por
el historial sexual de una compañera de cama. Bueno, esa es una
de las ventajas de tirarse a una virgen.

8: Puedo dejarlo en cualquier momento si creo que no
te ciñes a los límites acordados. De acuerdo, eso me parece
muy bien.

Espero que no lleguemos a ese extremo, pero tampoco sería
la primera vez que pasa.

9: ¿Obedecerte en todo? ¿Aceptar tu disciplina sin dudar?
Tenemos que hablarlo.
11: Período de prueba de un mes, no de tres.

¿Un mes? Es poco tiempo. ¿Hasta dónde podríamos llegar en
nuestros juegos en tan solo un mes?

12: No puedo comprometerme todos los fines de semana. Tengo
vida propia, y seguiré teniéndola. ¿Quizá tres de cada cuatro?

¿Y entonces podrá relacionarse y salir con otros hombres? Se
dará cuenta de lo que se está perdiendo... No tengo muy claro
ese punto...

15.2: Utilizar mi cuerpo de la manera que consideres oportuna, en
el sexo o en cualquier otro ámbito... Por favor, define «en cualquier
otro ámbito».
15.5: Toda la cláusula sobre la disciplina en general. No estoy
segura de que quiera ser azotada, zurrada o castigada físicamente.

Estoy segura de que esto infringe las cláusulas 2-5. Y además eso de «por cualquier otra razón» es sencillamente mezquino... y me dijiste que no eras un sádico.

¡Mierda! Sigue leyendo, Grey...

15.10: Como si prestarme a alguien pudiera ser una opción. Pero me alegro de que lo dejes tan claro.

15.14: Sobre las normas, comento más adelante.

15.19: ¿Qué problema hay en que me toque sin tu permiso? En cualquier caso, sabes que no lo hago.

15.21: Disciplina: véase arriba cláusula 15.5.

15.22: ¿No puedo mirarte a los ojos? ¿Por qué?

15.24: ¿Por qué no puedo tocarte?

Normas:

Dormir: aceptaré seis horas.

Comida: no voy a comer lo que ponga en una lista. O la lista de los alimentos se elimina, o rompo el contrato.

Vaya, eso sí que va a ser un problema...

Ropa: de acuerdo, siempre y cuando solo tenga que llevar tu ropa cuando esté contigo.

Ejercicio: habíamos quedado en tres horas, pero sigue poniendo cuatro.

Límites tolerables:

¿Tenemos que pasar por todo esto? No quiero fisting de ningún tipo.

¿Qué es la suspensión? Pinzas genitales... debes de estar de broma.

¿Podrías decirme cuáles son tus planes para el miércoles? Yo trabajo hasta las cinco de la tarde.

Buenas noches.

Ana

Su respuesta me supone un alivio enorme. La señorita Steele ha pensado y analizado detenidamente todo esto, más que cualquier otra de las mujeres a las que les he presentado este contrato. Se ha comprometido de verdad. Parece tomárselo muy en serio, y tendremos mucho de que hablar el miércoles. La incertidumbre que he sentido esta tarde al salir de su apartamento está remitiendo. Aún hay esperanza para nuestra relación, pero primero... necesita dormir.

De: Christian Grey
Fecha: 24 de mayo de 2011 00:07
Para: Anastasia Steele
Asunto: Objeciones

Señorita Steele:
Es una lista muy larga. ¿Por qué está todavía despierta?

Christian Grey
Presidente de Grey Enterprises Holdings, Inc.

Al cabo de unos minutos, su respuesta aparece en mi bandeja de entrada.

De: Anastasia Steele
Fecha: 24 de mayo de 2011 00:10
Para: Christian Grey
Asunto: Quemándome las cejas

Señor:
Si no recuerdo mal, estaba con esta lista cuando un obseso del control me interrumpió y me llevó a la cama.
Buenas noches.

Ana

Su e-mail me provoca grandes carcajadas, pero también me irrita enormemente. Es mucho más descarada por escrito y tiene un gran sentido del humor, pero esta mujer necesita dormir.

De: Christian Grey
Fecha: 24 de mayo de 2011 00:12
Para: Anastasia Steele
Asunto: Deja de quemarte las cejas

ANASTASIA, VETE A LA CAMA.

Christian Grey
Obseso del control y presidente de Grey Enterprises Holdings, Inc.

Pasan unos minutos y, cuando me convenzo de que por fin se ha ido a la cama intimidada por las mayúsculas de mi mensaje, me dirijo al dormitorio. Me llevo el portátil por si me responde otra vez.

Cuando me meto en la cama, cojo mi libro y me pongo a leer. Media hora después me doy por vencido. No logro concentrarme; mi cerebro vuelve una y otra vez a Ana, a cómo ha estado esta noche, y también a su e-mail.

Tengo que recordarle qué es lo que espero exactamente de nuestra relación. No quiero que se haga una idea equivocada. Ya me he apartado demasiado de mi objetivo.

«¿Vendrás a echarle una mano a Ana con la mudanza?» Las palabras de Kavanagh me recuerdan que alguien tiene unas expectativas poco realistas.

Pero ¿no podría ayudarlas con la mudanza?

No. Basta ya, Grey.

Abro el portátil y vuelvo a leer su e-mail de «Objeciones». Tengo que rebajar sus expectativas e intentar encontrar las palabras adecuadas para expresar cómo me siento.

Por fin, me viene la inspiración.

De: Christian Grey
Fecha: 24 de mayo de 2011. 01:27
Para: Anastasia Steele
Asunto: Sus objeciones

Querida señorita Steele:
Tras revisar con más detalle sus objeciones, me permito recordarle
la definición de sumiso.
sumiso: *adjetivo*
1. inclinado o dispuesto a someterse; que obedece humildemente:
sirvientes sumisos.
2. que indica sumisión: *una respuesta sumisa.*
Origen: 1580-1590; someterse, sumisión
Sinónimos: 1. obediente, complaciente, humilde. 2. pasivo, resignado,
paciente, dócil, contenido. *Antónimos*: 1. rebelde, desobediente.
Por favor, téngalo en mente cuando nos reunamos el miércoles.

Christian Grey
Presidente de Grey Enterprises Holdings, Inc.

Ya está. Espero que le parezca ocurrente, pero el caso es que
transmite lo que quiero decir.

Con ese pensamiento, apago la luz de la mesilla de noche, me
quedo dormido y sueño.

Se llama Lelliot. Es mucho más grandote que yo. Se ríe. Y sonríe.
Y grita. Y habla a todas horas. Habla todo el rato con mamá y papá.
Es mi hermano. «¿Por qué no hablas?», dice Lelliot una y otra vez, y
otra. «¿Es que eres tonto o qué?», dice Lelliot una y otra vez, y otra.
Yo me tiro encima de él y le pego en la cara, una y otra vez, y otra. Él
llora. Llora un montón. Yo no lloro. Yo nunca lloro. Mamá está enfa-
dada conmigo. Tengo que sentarme al pie de la escalera. Tengo que
quedarme allí sentado mucho, muchísimo rato. Pero Lelliot ya no vuel-
ve a preguntarme nunca más por qué no hablo. Si cierro el puño, él echa
a correr. A Lelliot le doy miedo. Sabe que soy un monstruo.

A la mañana siguiente, cuando vuelvo de correr, compruebo el correo electrónico antes de ducharme. No veo ningún mensaje de la señorita Steele, aunque solo son las siete y media de la mañana; tal vez sea algo temprano.

Grey, deja ya el tema. Céntrate un poco, anda.

Fulmino con la mirada al capullo de ojos grises que me mira desde el otro lado del espejo mientras me afeito. Ya vale. Olvídate de ella por hoy.

Tengo trabajo que hacer y una reunión a la que asistir a la hora del desayuno.

—Freddie estaba diciendo que tal vez Barney pueda tener listo un prototipo de la tableta dentro de un par de días —me informa Ros durante nuestra videoconferencia.

—Ayer estuve mirándome los planos de diseño y la verdad es que son impresionantes, pero me parece que todavía nos queda mucho trabajo por delante. Si lo hacemos bien, me cuesta imaginar hasta dónde podría llegar la tecnología y los enormes beneficios que supondría para países en vías de desarrollo.

—No te olvides del mercado doméstico —señala.

—Eso nunca.

—Christian, ¿cuánto tiempo vas a estar en Portland? —Ros parece bastante nerviosa—. ¿Se puede saber qué está pasando ahí abajo?

Mira primero a la webcam, pero inmediatamente desplaza la vista a la pantalla y la mira fijamente, en busca de alguna pista en la expresión de mi cara.

—Una fusión.

Trato de disimular mi sonrisa.

—¿Y Marco lo sabe?

Suelto un resoplido. Marco Inglis es el director de mi departamento de adquisiciones y fusiones.

—No. No es esa clase de fusión.

—Ah.

Ros se queda callada un momento y, a juzgar por su expresión, parece sorprendida.

Efectivamente. Es un asunto privado.

—Bueno, espero que tengas éxito —dice con una sonrisa burlona.

—Yo también —contesto con otra sonrisa—. Y, ahora, ¿podemos hablar de Woods?

Durante el año pasado, hemos adquirido tres empresas tecnológicas. Dos de ellas funcionan de maravilla, superando con creces todos los objetivos, y a la tercera le está costando más, a pesar del optimismo inicial de Marco. Lucas Woods es quien está al frente de ella, y ha resultado ser un idiota, todo fachada, sin ninguna sustancia. El dinero se le ha subido a la cabeza y ha perdido el norte y el liderazgo que su empresa había tenido hasta entonces en el sector de la fibra óptica. Mi instinto me aconseja liquidar los activos de la compañía, despedir a Woods y fusionar su división tecnológica con Grey Enterprises Holdings.

Ros, en cambio, cree que Woods necesita más tiempo, y nosotros también para otra planificación si vamos a liquidar su empresa e incluirla dentro de nuestra marca. Si lo hacemos, eso conllevará indemnizaciones por despido muy costosas.

—Creo que Woods ya ha tenido tiempo suficiente para reconducir la situación. El problema, sencillamente, es que se niega a aceptar la realidad —afirmo con rotundidad—. Tiene que irse, y me gustaría que Marco calculase los costes de la liquidación.

—Marco quería incorporarse a la conversación en esta parte de la llamada. Le diré que se conecte.

A las doce y media del mediodía, Taylor me lleva en el coche hasta la Estatal de Washington en Vancouver para almorzar con el director, el jefe del departamento de ciencias medioambientales y el subdirector adjunto de desarrollo económico. Cuando nos aproximamos al edificio por el camino de entrada, no puedo evitar mirar a todos los estudiantes que pasean por el campus para ver si localizo a la señorita Steele. Por desgracia no la veo; seguramente estará metida en la biblioteca leyendo un clásico. Imaginarla acurrucada en un rincón con un libro me resulta reconfortante. No ha respondido a mi último e-mail, pero estaba trabajando. Tal vez me envíe una respuesta después de almorzar.

Cuando aparcamos delante del edificio de Secretaría, me suena el teléfono. Es Grace. Nunca me llama entre semana.

—¿Mamá?

—Hola, cariño. ¿Cómo estás?

—Bien. A punto de entrar en una reunión.

—Tu secretaria me ha dicho que estabas en Portland. —Me habla en un tono lleno de esperanza.

Maldita sea. Cree que estoy con Ana.

—Sí, de viaje de negocios.

—¿Cómo está Anastasia?

¡Ya estamos!

—Bien, que yo sepa. ¿Qué querías?

Ay, Dios… Mi madre es otra de las personas cuyas expectativas tengo que mantener a raya.

—Mia vuelve a casa una semana antes de lo previsto, el sábado. Ese día me toca guardia y tu padre está fuera, en un congreso jurídico presidiendo una mesa redonda sobre filantropía y cooperación —dice.

—¿Quieres que vaya yo a recogerla?

—¿Podrías?

—Sí, claro. Dile que me envíe el día y la hora de su vuelo.

—Gracias, cariño. Saluda a Anastasia de mi parte.

—Tengo que dejarte. Adiós, mamá.

Cuelgo antes de que pueda hacerme alguna otra pregunta incómoda. Taylor abre la puerta del coche.

—Debería irme de aquí hacia las tres.

—Sí, señor Grey.

—¿Podrás ver a tu hija mañana, Taylor?

—Sí, señor.

Se le ilumina la cara, llena de orgullo paterno.

—Estupendo.

—Estaré aquí a las tres —me confirma.

Me dirijo al edificio de Secretaría de la universidad... Este va a ser un almuerzo muy largo.

Hoy he conseguido no pensar en Anastasia Steele, al menos de forma consciente. Bueno, casi. Durante el almuerzo, ha habido algún que otro momento en que nos he imaginado a los dos en mi cuarto de juegos. ¿Cómo lo llamó ella? «El cuarto rojo del dolor.» Sacudo la cabeza, sonriendo, y abro el programa del correo. Esa mujer sabe cómo utilizar las palabras, pero de momento no hay ninguna suya en mi bandeja de entrada.

Me quito el traje y me pongo los pantalones de chándal dispuesto a entrenar en el gimnasio del hotel. Cuando estoy a punto de salir de la habitación, oigo el aviso de correo entrante. Es ella.

De: Anastasia Steele
Fecha: 24 de mayo de 2011 18:29
Para: Christian Grey
Asunto: Mis objeciones... ¿Qué pasa con las suyas?

Señor:

Le ruego que observe la fecha de origen: 1580-1590. Quisiera recordarle al Señor, con todo respeto, que estamos en 2011.

Desde entonces hemos avanzado un largo camino.

Me permito ofrecerle una definición para que la tenga en cuenta en nuestra reunión:

compromiso: *sustantivo*

1. llegar a un entendimiento mediante concesiones mutuas; alcanzar un acuerdo ajustando exigencias o principios en conflicto u oposición mediante la recíproca modificación de las demandas.

2. el resultado de dicho acuerdo. 3. poner en peligro, exponer a un peligro, una sospecha, etc.: *poner en un compromiso la integridad de alguien.*

Ana

Menuda sorpresa, un correo provocador de la señorita Steele… Pero sigue en pie nuestra cena, lo cual es un alivio.

De: Christian Grey
Fecha: 24 de mayo de 2011 18:32
Para: Anastasia Steele
Asunto: ¿Qué pasa con mis objeciones?

Bien visto, como siempre, señorita Steele. Pasaré a buscarla por su
casa a las siete en punto.

Christian Grey
Presidente de Grey Enterprises Holdings, Inc.

Me suena el móvil. Es Elliot.

—Hola, campeón. Kate me ha pedido que te dé la tabarra
con la mudanza.

—¿La mudanza?

—Kate y Ana, lo de echarles una mano con la mudanza, gilipollas.

Suelto un suspiro exageradamente dramático. La verdad es
que es un auténtico cabrón.

—No puedo ayudar. Voy a recoger a Mia al aeropuerto.

—¿Qué? ¿Y no pueden ir mamá o papá?

—No. Mamá me ha llamado esta mañana.

—Entonces supongo que no hay nada más que hablar. No me
llegaste a contar cómo te fue con Ana. ¿Al final conseguiste tir…?

—Adiós, Elliot.

Cuelgo el teléfono. No es asunto suyo y me espera un e-mail.

De: Anastasia Steele
Fecha: 24 de mayo de 2011 18:40
Para: Christian Grey
Asunto: 2011 – Las mujeres sabemos conducir

Señor:

Tengo coche y sé conducir.
Preferiría que quedáramos en otro sitio.
¿Dónde nos encontramos?
¿En su hotel a las siete?

Ana

¡Qué cansina es esta chica! Le contesto inmediatamente.

De: Christian Grey
Fecha: 24 de mayo de 2011 18:43
Para: Anastasia Steele
Asunto: Jovencitas testarudas

Querida señorita Steele:
Me remito a mi e-mail del 24 de mayo de 2011, enviado a la 01:27,
y a la definición que contiene.
¿Cree que será capaz de hacer lo que se le diga?

Christian Grey
Presidente de Grey Enterprises Holdings, Inc.

Tarda en responder, lo que no contribuye precisamente a mejorar mi humor.

De: Anastasia Steele
Fecha: 24 de mayo de 2011 18:49
Para: Christian Grey
Asunto: Hombres intratables

Señor Grey:
Preferiría conducir.
Por favor.

Ana

¿Intratable? ¿Yo? Joder… Si nuestro encuentro sale según lo previsto, su comportamiento rebelde será cosa del pasado. Teniendo eso muy presente, accedo a sus deseos.

De: Christian Grey
Fecha: 24 de mayo de 2011 18:52
Para: Anastasia Steele
Asunto: Hombres exasperados

Muy bien.
En mi hotel a las siete.
Nos vemos en el Marble Bar.

Christian Grey
Presidente de Grey Enterprises Holdings, Inc.

De: Anastasia Steele
Fecha: 24 de mayo de 2011 18:55
Para: Christian Grey
Asunto: Hombres no tan intratables

Gracias.

Ana x

Y me veo recompensado con un beso. Haciendo caso omiso de los sentimientos que despierta eso en mí, le respondo diciendo que no hay de qué. Estoy de mucho mejor humor cuando me dirijo al gimnasio del hotel.

Me ha enviado un beso…

Miércoles, 25 de mayo de 2011

Pido una copa de Sancerre y me quedo en la barra. Llevo todo el día esperando este momento y no dejo de mirar el reloj. Me siento como si esto fuera una primera cita, y en cierto modo lo es. Nunca había llevado a cenar a una candidata a sumisa. Hoy he mantenido reuniones interminables, comprado una empresa y despedido a tres personas. Y nada de lo que he hecho, ni siquiera correr —dos veces— y un circuito rápido en el gimnasio, ha disipado la ansiedad con la que llevo batallando todo el día. Ese poder está en manos de Anastasia Steele. Quiero que sea mi sumisa.

Espero que no llegue tarde. Lanzo una mirada a la entrada del bar... y se me seca la boca. Ella está en el umbral, de pie, y por un segundo no la reconozco. Está deslumbrante: el cabello le cae en suaves ondas hasta el pecho por un lado, y por el otro lo lleva recogido hacia atrás, lo que permite admirar el perfil delicado de su mandíbula y la sutil curva de su esbelto cuello. Lleva tacones altos y un vestido ceñido de color morado que realza su figura, ágil y seductora.

Uau.

Me adelanto para recibirla.

—Estás impresionante —susurro, y la beso en la mejilla. Cierro los ojos y saboreo su aroma, cautivador—. Un vestido, señorita Steele. Me parece muy bien. —Unos diamantes en las orejas completarían el conjunto; tengo que comprarle un par.

La cojo de la mano y conduzco hasta un reservado.

—¿Qué quieres tomar?

Me agradece la pregunta con una sonrisa cómplice mientras se sienta.

—Tomaré lo mismo que tú, gracias.

Ah, está aprendiendo.

—Otra copa de Sancerre —le digo al camarero, y me siento en el reservado, frente a ella—. Tienen una bodega excelente —añado, y me tomo un momento para admirarla.

Se ha maquillado un poco; recuerdo que pensé que era una mujer corriente cuando se cayó en mi despacho. Es todo menos corriente. Con algo de maquillaje y la ropa adecuada, es una diosa.

Se remueve en su asiento y pestañea.

—¿Estás nerviosa? —pregunto.

—Sí.

Allá vamos, Grey.

Me inclino hacia delante y, en un cándido murmullo, le digo que yo también estoy nervioso. Ella me mira como si me hubiesen salido tres cabezas.

Sí, yo también soy humano, nena… nada más.

El camarero deja entre ambos el vino de Ana y dos platitos con frutos secos y aceitunas.

Ana yergue la espalda, señal de que quiere ir al grano, como cuando fue a entrevistarme.

—¿Cómo lo hacemos? ¿Revisamos mis puntos uno por uno? —pregunta.

—Siempre tan impaciente, señorita Steele.

—Bueno, puedo preguntarte por el tiempo —replica.

Oh, esa lengua viperina.

Hazla sufrir un rato, Grey.

Sin dejar de mirarla a los ojos, me llevo una aceituna a la boca y me chupo el dedo índice. Sus ojos se abren y se oscurecen aún más.

—Creo que el tiempo hoy no ha tenido nada de especial. —Pruebo con la frivolidad.

—¿Está riéndose de mí, señor Grey?

—Sí, señorita Steele.

Frunce los labios para reprimir una sonrisa.

—Sabes que ese contrato no tiene ningún valor legal.

—Soy perfectamente consciente, señorita Steele.

—¿Pensabas decírmelo en algún momento?

¿Qué? No creía que tuviera que hacerlo... y ya lo has averiguado tú sola.

—¿Crees que estoy coaccionándote para que hagas algo que no quieres hacer, y que además pretendo tener algún derecho legal sobre ti?

—Bueno, sí.

Vaya...

—No tienes muy buen concepto de mí, ¿verdad?

—No has contestado a mi pregunta.

—Anastasia, no importa si es legal o no. Es un acuerdo al que me gustaría llegar contigo... lo que me gustaría conseguir de ti y lo que tú puedes esperar de mí. Si no te gusta, no lo firmes. Si lo firmas y después decides que no te gusta, hay suficientes cláusulas que te permitirán dejarlo. Aun cuando fuera legalmente vinculante, ¿crees que te llevaría a juicio si decidieras marcharte?

¿Por quién me toma?

Me tantea con sus insondables ojos azules.

Lo que necesito que entienda es que este contrato nada tiene que ver con las leyes, sino con la confianza.

Quiero que confíes en mí, Ana.

Aprovecho que toma un sorbo de vino para proseguir en un intento de que lo entienda.

—Las relaciones de este tipo se basan en la sinceridad y en la confianza. Si no confías en mí... Tienes que confiar en mí para que sepa en qué medida te estoy afectando, hasta dónde puedo llegar contigo, hasta dónde puedo llevarte... Si no puedes ser sincera conmigo, entonces es imposible.

Se frota la barbilla mientras sopesa lo que acabo de decir.

—Es muy sencillo, Anastasia. ¿Confías en mí o no?

Si me tiene en tan mala consideración, deberíamos dejarlo correr ahora mismo.

La tensión me forma un nudo en el estómago.

—¿Has mantenido este tipo de conversación con… bueno, con las quince?

—No. —¿Por qué siempre acaba hablando de las otras?

—¿Por qué no? —pregunta.

—Porque ya eran sumisas. Sabían lo que querían de la relación conmigo, y en general lo que yo esperaba. Con ellas fue una simple cuestión de afinar los límites tolerables, ese tipo de detalles.

—¿Vas a buscarlas a alguna tienda? ¿Sumisas 'Я' Us?

Enarca una ceja, y me río a carcajadas. Y entonces, al igual que haría el conejo de un mago, la tensión de mi cuerpo desaparece de repente.

—No exactamente. —Mi tono es irónico.

—Pues ¿cómo?

Su curiosidad es insaciable, pero no quiero volver a hablar de Elena. La última vez que lo hice Ana estuvo muy fría conmigo.

—¿De eso quieres que hablemos? ¿O pasamos al meollo de la cuestión? A las objeciones, como tú dices.

Frunce el ceño.

—¿Tienes hambre? —le pregunto.

Ella mira con recelo las aceitunas.

—No.

—¿Has comido hoy?

Vacila.

Mierda.

—No —contesta.

Intento no irritarme.

—Tienes que comer, Anastasia. Podemos cenar aquí o en mi suite. ¿Qué prefieres?

No conseguiré que muerda el anzuelo.

—Creo que mejor nos quedamos en terreno neutral.

Como preveía: muy sensata, señorita Steele.

—¿Crees que eso me detendría? —Mi voz es áspera.

Ella traga saliva.

—Eso espero.

No la hagas sufrir más, Grey.

—Vamos, he reservado un comedor privado. —Me levando y le tiendo una mano.

¿La aceptará?

Mira varias veces mi cara y mi mano.

—Coge el vino —le indico.

Coge la copa y me da la mano.

De camino a la salida del bar advierto miradas de admiración de otros clientes y, en el caso de un tipo muy atractivo y atlético, verdadera fascinación por mi acompañante. Es la primera vez que me veo en esta situación… y creo que no me gusta.

En el entresuelo, el maître encarga a un joven camarero de librea que nos acompañe hasta la sala que he reservado. El chico solo tiene ojos para la señorita Steele, y mi mirada fulminante lo invita a abandonar de inmediato el lujoso comedor. Un camarero de mayor edad le retira la silla a Ana y le coloca la servilleta sobre el regazo.

—Ya he pedido la comida. Espero que no te importe.

—No, está bien —dice, y asiente con elegancia.

—Me gusta saber que puedes ser dócil. —Sonrío, ufano—. Bueno, ¿dónde estábamos?

—En el meollo de la cuestión —contesta, centrada en lo que nos ocupa, pero entonces toma un largo sorbo de vino y sus mejillas se encienden.

Debe de estar haciendo acopio de valor. Tendré que estar atento a cuánto bebe, ya que ha venido en coche.

Aunque podría pasar la noche aquí… Así podría quitarle ese vestido tan tentador.

Me obligo a centrarme en lo que hemos venido a discutir: las objeciones de Ana. Rescato su e-mail del bolsillo interior de la americana. Ella vuelve a erguir la espalda y me dirige una mirada expectante, y tengo que esforzarme para ocultar mi diversión.

—Cláusula 2. De acuerdo. Es en beneficio de los dos. Volveré a redactarlo.

Toma otro trago.

—Mi salud sexual. Bueno, todas mis compañeras anteriores se hicieron análisis de sangre, y yo me hago pruebas cada seis meses de todos estos riesgos que comentas. Mis últimas pruebas han salido perfectas. Nunca he tomado drogas. De hecho, estoy totalmente en contra de las drogas, y mi empresa lleva una política antidrogas muy estricta. Insisto en que se hagan pruebas aleatorias y por sorpresa a mis empleados para detectar cualquier posible consumo de drogas.

De hecho, una de las personas a las que he despedido hoy no superó esas pruebas.

Parece perpleja, pero prosigo con la explicación.

—Nunca me han hecho una transfusión. ¿Contesta eso a tu pregunta?

Asiente con la cabeza.

—El siguiente punto ya lo he comentado antes. Puedes dejarlo en cualquier momento, Anastasia. No voy a detenerte. Pero si te vas… se acabó. Que lo sepas.

Nunca. Jamás. Segundas. Oportunidades.

—De acuerdo —contesta, aunque no parece estar muy segura.

Ambos guardamos silencio cuando el camarero entra con el primer plato. Por un momento me pregunto si no deberíamos haber celebrado esta reunión en mi despacho, y enseguida la idea me parece ridícula. Solo los necios mezclan el trabajo con el placer. Siempre he mantenido separados los negocios y la vida privada; es una de mis reglas de oro. La única excepción es mi relación con Elena… pero, claro, ella me ayudó a crear mis negocios.

—Espero que te gusten las ostras —le comento a Ana cuando el camarero se va.

—Nunca las he probado.

—¿En serio? Bueno. Lo único que tienes que hacer es metértela en la boca y tragar. Creo que lo conseguirás.

Miro deliberadamente su boca, recordando lo bien que sabe tragar. Al instante se ruboriza, y yo exprimo limón sobre la concha y me la llevo a la boca.

—Mmm, riquísima. Sabe a mar. —Sonrío mientras ella me mira fascinada—. Vamos —la animo, consciente de que no es de las que se amilanan frente a un desafío.

—¿No tengo que masticarla?

—No, Anastasia. —E intento no pensar en sus dientes jugueteando con mi parte favorita de mi anatomía.

Los aprieta contra el labio inferior hasta dejar una marca en él.

Maldita sea. Esa imagen hace que me estremezca, y me remuevo en la silla. Ella coge una ostra, le exprime limón encima, echa la cabeza hacia atrás y abre mucho la boca. Cuando se introduce la ostra en la boca, mi cuerpo se tensa.

—¿Y bien? —pregunto, y mi voz suena algo ronca.

—Me comeré otra —contesta en un tono irónico.

—Buena chica.

Me pregunta si he pedido expresamente ostras; conoce sus famosas propiedades afrodisíacas. La sorprendo al decirle que, sencillamente, eran el primer plato del menú.

—No necesito afrodisíacos contigo.

Sí, podría follarte ahora mismo.

Compórtate, Grey. Vuelve a encauzar esta negociación.

—¿Dónde estábamos? —Echo otro vistazo a su correo y me concentro en sus excepcionales objeciones. Cláusula 9—. Obedecerme en todo. Sí, quiero que lo hagas. —Esto es importante para mí. Tengo que saber que está a salvo y que hará cualquier cosa por mí—. Necesito que lo hagas. Considéralo un papel, Anastasia.

—Pero me preocupa que me hagas daño.

—Que te haga daño ¿cómo?

—Daño físico.

—¿De verdad crees que te haría daño? ¿Qué traspasaría un límite que no pudieras aguantar?

—Me dijiste que habías hecho daño a alguien.

—Sí, pero fue hace mucho tiempo.

—¿Qué pasó?

—La colgué del techo del cuarto de juegos. Es uno de los puntos que preguntabas, la suspensión. Para eso son los mosquetones. Con cuerdas. Y apreté demasiado una cuerda.

Horrorizada, alza una mano suplicándome que pare.

Demasiada información.

—No necesito saber más. Entonces no vas a colgarme… —dice.

—No, si de verdad no quieres. Puedes pasarlo a la lista de los límites infranqueables.

—De acuerdo. —Suspira, aliviada.

Sigue adelante, Grey.

—Bueno, ¿crees que podrás obedecerme?

Me mira con esos ojos capaces de ver a través de mi alma oscura, y no tengo ni idea de cuál será la respuesta.

Mierda. Esto podría ser el fin.

—Podría intentarlo —musita.

Ahora soy yo quien suspira de alivio. La partida aún no ha terminado para mí.

—Bien. Ahora la vigencia. —Cláusula 11—. Un mes no es nada, especialmente si quieres un fin de semana libre cada mes. —Así no llegaremos a ningún sitio. Tiene que practicar, y yo soy incapaz de estar alejado de ella tanto tiempo. Se lo digo. Tal vez lleguemos a un punto medio, como sugirió ella—. ¿Qué te parece un día de un fin de semana al mes para ti? Pero entonces te quedarías conmigo una noche entre semana.

La veo sopesar la posibilidad.

—De acuerdo —dice al fin con semblante serio.

Bien.

—Y, por favor, intentémoslo tres meses. Si no te gusta, puedes marcharte en cualquier momento.

—¿Tres meses? —pregunta.

¿Aceptará? Lo tomaré por un sí.

Vale. Allá vamos.

—El tema de la posesión es meramente terminológico y remite al principio de obediencia. Es para situarte en el estado de ánimo adecuado, para que entiendas de dónde vengo. Y quiero que sepas que, en cuanto cruces la puerta de mi casa como mi sumisa, haré contigo lo que me dé la gana. Tienes que aceptarlo de buena gana. Por eso tienes que confiar en mí. Te follaré cuando quiera, como quiera y donde quiera. Voy a disciplinarte, porque vas a meter la pata. Te adiestraré para que me complazcas.

»Pero sé que todo esto es nuevo para ti. De entrada iremos con calma, y yo te ayudaré. Avanzaremos desde diferentes perspectivas. Quiero que confíes en mí, pero sé que tengo que ganarme tu confianza, y lo haré. El "en cualquier otro ámbito"… de nuevo es para ayudarte a meterte en situación. Significa que todo está permitido.

Menudo discurso, Grey.

Ella se reclina en el respaldo… abrumada, creo.

—¿Sigues aquí? —le pregunto con delicadeza.

El camarero entra discretamente en la sala y con un gesto afirmativo le doy permiso para retirar los platos.

—¿Quieres más vino? —le pregunto.

—Tengo que conducir.

Buena respuesta.

—¿Agua, pues?

Asiente.

—¿Normal o con gas?

—Con gas, por favor.

El camarero se aleja con nuestros platos.

—Estás muy callada —susurro.

Apenas ha pronunciado palabra.

—Tú estás muy hablador —me replica al instante.

Un punto para usted, señorita Steele.

Y ahora, a por la siguiente objeción de su lista: la cláusula 15. Inspiro profundamente.

—Disciplina. La línea que separa el placer del dolor es muy fina, Anastasia. Son las dos caras de una misma moneda. La una no existe sin la otra. Puedo enseñarte lo placentero que puede ser el dolor. Ahora no me crees, pero a eso me refiero cuando hablo de confianza. Habrá dolor, pero nada que no puedas soportar. —Por mucho que se lo diga, sé que es difícil de asumir—. Volvemos al tema de la confianza. ¿Confías en mí, Ana?

—Sí, confío en ti —contesta sin pensárselo.

Su respuesta me deja atónito: no me la esperaba en absoluto. Una vez más.

¿Ya me he ganado su confianza?

—De acuerdo. Lo demás son detalles. —Me siento como si volara.

—Detalles importantes.

Tiene razón. Céntrate, Grey.

—Vale, comentémoslos.

El camarero regresa con el segundo plato.

—Espero que te guste el pescado —le digo cuando nos deja los platos delante.

El bacalao tiene un aspecto delicioso. Ana lo prueba.

¡Al fin está comiendo!

—Hablemos de las normas —prosigo—. ¿Romperías el contrato por la comida?

—Sí.

—¿Puedo cambiarlo y decir que comerás como mínimo tres veces al día?

—No.

Contengo un suspiro de irritación e insisto.

—Necesito saber que no pasas hambre.

Frunce el ceño.

—Tienes que confiar en mí.

—*Touché*, señorita Steele —digo sin levantar la voz. Estas son batallas que no voy a ganar—. Acepto lo de la comida y lo de dormir.

Esboza una breve sonrisa, aliviada.

—¿Por qué no puedo mirarte? —pregunta.

—Es cosa de la relación de sumisión. Te acostumbrarás.

Vuelve a fruncir el ceño, pero esta vez parece afligida.

—¿Por qué no puedo tocarte? —pregunta.

—Porque no.

Ciérrale la boca, Grey.

—¿Es por la señora Robinson?

¿Cómo?

—¿Por qué lo piensas? ¿Crees que me traumatizó?

Asiente con la cabeza.

—No, Anastasia, no es por ella. Además, la señora Robinson no me aceptaría estas chorradas.

—Entonces no tiene nada que ver con ella... —deduce con aire confuso.

—No.

No soporto que me toquen. Y, nena, te aseguro que no querrías saber por qué.

—Y tampoco quiero que te toques —añado.

—Por curiosidad... ¿por qué?

—Porque quiero para mí todo tu placer.

De hecho, lo quiero ahora. Podría follármela aquí para ver si es capaz de permanecer callada, sin emitir ningún tipo de sonido, sabiendo que el personal y los huéspedes del hotel podrían oírnos fácilmente. Al fin y al cabo, ese es el motivo por el que he reservado esta sala.

Abre la boca para decir algo, pero la cierra enseguida y toma otro bocado de su plato, casi intacto.

—Te he dado muchas cosas en las que pensar, ¿verdad? —le digo mientras doblo su e-mail y lo devuelvo al bolsillo interior de la americana.

—Sí.

—¿Quieres que pasemos ya a los límites tolerables?

—Espera a que acabemos de comer.

—¿Te da asco?

—Algo así.

—No has comido mucho.

—Lo suficiente.

Esto empieza a ser cansino.

—Tres ostras, cuatro trocitos de bacalao y un espárrago. Ni puré de patatas, ni frutos secos, ni aceitunas. Y no has comido en todo el día. Me has dicho que podía confiar en ti.

Sus ojos se agrandan.

Sí. He llevado la cuenta, Ana.

—Christian, por favor, no suelo mantener conversaciones de este tipo todos los días.

—Necesito que estés sana y en forma, Anastasia. —Mi tono es categórico.

—Lo sé.

—Y ahora mismo quiero quitarte ese vestido.

—No creo que sea buena idea —susurra—. Todavía no hemos tomado el postre.

—¿Quieres postre? —¿Cuando ni siquiera te has comido el segundo plato?

—Sí.

—El postre podrías ser tú.

—No estoy segura de que sea lo bastante dulce.

—Anastasia, eres exquisitamente dulce. Lo sé.

—Christian, utilizas el sexo como arma. No me parece justo.

Agacha la vista hacia el regazo; su voz es tenue y algo melancólica. Cuando vuelve a mirarme, me atraviesa con sus ojos azul pastel, intensos, perturbadores… y excitantes.

—Tienes razón. Lo hago. Cada uno utiliza en la vida lo que sabe, Anastasia. Eso no quita que te desee muchísimo. Aquí. Ahora. —Y podríamos follar aquí, ahora. Sé que tú también lo deseas, Ana. Percibo cómo se ha alterado tu respiración—. Me gustaría probar una cosa. —Quiero saber si de verdad es capaz de estarse callada, y si puede echar un polvo con miedo a que nos sorprendan.

Su ceño se frunce de nuevo; está desconcertada.

—Si fueras mi sumisa, no tendrías que pensarlo. Sería fácil. Todas estas decisiones… todo el agotador proceso racional quedaría atrás. Cosas como «¿Es lo correcto?», «¿Puede suceder aquí?», «¿Puede suceder ahora?». No tendrías que preocuparte por esos detalles. Lo haría yo, como tu amo. Y ahora mismo sé que me deseas, Anastasia.

Se echa el pelo hacia atrás y su ceño se contrae aún más mientras se lame los labios.

Oh, sí. Claro que me desea.

—Estoy tan seguro porque tu cuerpo te delata. Estás apretando los muslos, te has puesto roja y tu respiración ha cambiado.

—¿Cómo sabes lo de mis muslos? —pregunta con voz aguda, impactada, o eso me parece.

—He notado que el mantel se movía, y lo he deducido basándome en años de experiencia. No me equivoco, ¿verdad?

Guarda silencio un momento y aparta la mirada.

—No me he terminado el bacalao —dice, evasiva pero ruborizada.

—¿Prefieres el bacalao frío a mí?

Me mira a los ojos; los suyos están muy abiertos y tienen las pupilas oscuras, dilatadas.

—Pensaba que te gustaba que me acabara toda la comida del plato.

—Ahora mismo, señorita Steele, me importa una mierda su comida.

—Christian, no juegas limpio, de verdad.

—Lo sé. Nunca he jugado limpio.

Nos miramos en un duelo de voluntades, conscientes ambos de la tensión sexual que se propaga entre los dos a través de la mesa.

Por favor, ¿es que no puedes hacer lo que te dicen que hagas y punto?, le imploro con la mirada. Pero sus ojos destellan con una mezcla de sensualidad y desafío y una sonrisa se dibuja en sus labios. Sin dejar de mirarme fijamente, coge un espárrago y se muerde el labio con deliberación.

¿Qué está haciendo?

Muy despacio, se mete la punta del espárrago en la boca y lo chupa.

Joder.

Está jugando conmigo... una táctica peligrosa que hará que me la folle encima de la mesa.

Oh, siga así, señorita Steele.

La miro, cautivado, y excitado por momentos.

—Anastasia, ¿qué haces? —la advierto.

—Estoy comiéndome un espárrago —contesta con una sonrisa falsamente tímida.

—Creo que está jugando conmigo, señorita Steele.

—Solo estoy terminándome la comida, señor Grey.

Sus labios se curvan y se separan despacio, carnosos, y la temperatura aumenta varios grados entre ambos. De verdad que no tiene ni idea de lo sexy que es... Estoy a punto de abalanzarme sobre ella cuando el camarero llama a la puerta y entra.

Maldita sea.

Dejo que retire los platos y centro de nuevo mi atención en la señorita Steele. Pero tiene otra vez el ceño fruncido y se toca nerviosa los dedos.

Mierda.

—¿Quieres postre? —le pregunto.

—No, gracias. Creo que tengo que marcharme —contesta sin dejar de mirarse las manos.

—¿Marcharte? —¿Se va?

El camarero se lleva los platos a toda prisa.

—Sí —dice Ana con voz firme y resuelta. Se pone en pie para marcharse y yo me levanto automáticamente—. Mañana tenemos los dos la ceremonia de la entrega de títulos.

Esto no entraba en los planes.

—No quiero que te vayas —le suelto, porque es la verdad.

—Por favor... Tengo que irme —insiste ella.

—¿Por qué?

—Porque me has planteado muchas cosas en las que pensar... y necesito cierta distancia. —Sus ojos me suplican que la deje marchar.

Pero hemos llegado muy lejos en la negociación. Ambos hemos hecho concesiones; podemos lograr que funcione. Tengo que hacer que esto funcione.

—Podría conseguir que te quedaras —le digo, sabedor de que podría seducirla ahora mismo, en esta sala.

—Sí, no te sería difícil, pero no quiero que lo hagas.

Esto va de mal en peor... He ido demasiado lejos. No es así como creía que acabaría la velada. Me paso los dedos por el pelo, frustrado.

—Mira, cuando viniste a entrevistarme y te caíste en mi despacho, todo eran «Sí, señor», «No, señor». Pensé que eras una sumisa nata. Pero, la verdad, Anastasia, no estoy seguro de que tengas madera de sumisa.

Avanzo los pocos pasos que nos separan y la miro a los ojos, que brillan con determinación.

—Quizá tengas razón —dice.

No. No. No quiero tener razón.

—Quiero tener la oportunidad de descubrir si la tienes. —Le acaricio la cara y el labio inferior con el pulgar—. No sé hacerlo de otra manera, Anastasia. Soy así.

—Lo sé —dice.

Inclino la cabeza para acercar mis labios a los suyos, y espero hasta que ella alza la boca hacia la mía y cierra los ojos. Quiero darle un beso breve, casto, pero en cuanto nuestros labios se tocan ella se lanza contra mí, me aferra el cabello con las manos, su boca se abre, su lengua se vuelve apremiante. Aprieto mi mano contra la parte baja de su espalda, la presiono contra mí y la beso más profundo, correspondiendo a su pasión.

Dios, cuánto la deseo.

—¿No puedo convencerte de que te quedes? —susurro en la comisura de su boca, y mi cuerpo reacciona endureciéndose.

—No.

—Pasa la noche conmigo.

—¿Sin tocarte? No.

Maldita sea. La oscuridad se despliega en mis entrañas, pero no hago caso.

—Eres imposible —murmuro; me retiro y observo su cara y su expresión tensa, inquietante.

—¿Por qué tengo la impresión de que estás despidiéndote de mí?

—Porque voy a marcharme.

—No es eso lo que quiero decir, y lo sabes.

—Christian, tengo que pensar en todo esto. No sé si puedo mantener el tipo de relación que quieres.

Cierro los ojos y apoyo la frente contra la suya; luego hundo la nariz en su pelo e inhalo su aroma dulce, otoñal, y lo grabo en mi memoria.

Basta. Suficiente.

Retrocedo un paso y la suelto.

—Como quiera, señorita Steele. La acompaño hasta el vestíbulo.

Le tiendo la mano, quizá por última vez, y me sorprende lo

doloroso que me resulta este pensamiento. Ella coge mi mano, y bajamos juntos a la recepción.

—¿Tienes el tíquet del aparcacoches? —le pregunto cuando llegamos al vestíbulo. Mi tono de voz es calmado y sereno, pero por dentro soy un manojo de nervios.

Saca el tíquet del bolso, y se lo entrego al portero.

—Gracias por la cena —dice.

—Ha sido un placer como siempre, señorita Steele.

Esto no puede ser el final. Tengo que enseñarle... mostrarle lo que realmente significa todo esto, lo que podemos conseguir juntos. Debe conocer las posibilidades que nos ofrece el cuarto de juegos. Entonces se dará cuenta. Tal vez sea la única forma de salvar este trato. Me vuelvo hacia ella.

—Esta semana te mudas a Seattle. Si tomas la decisión correcta, ¿podré verte el domingo? —le pregunto.

—Ya veremos. Quizá —contesta.

Eso es un no.

Advierto que tiene la piel de gallina en los brazos.

—Ahora hace fresco. ¿No has traído chaqueta? —le pregunto.

—No.

Esta mujer necesita que alguien cuide de ella. Me quito la americana.

—Toma. No quiero que cojas frío.

Se la pongo sobre los hombros y ella se la ciñe, cierra los ojos e inspira profundamente.

¿Le atrae mi aroma? ¿Como a mí me atrae el suyo?

Tal vez no todo está perdido...

El aparcacoches aparece con un Volkswagen Escarabajo.

¿Qué coño es eso?

—¿Ese es tu coche? —Debe de ser más viejo que el abuelo Theodore. ¡No puedo creérmelo!

El mozo le tiende las llaves y yo le doy una generosa propina. Merece un plus de peligrosidad.

—¿Está en condiciones de circular? —La fulmino con la mirada. ¿Cómo va a estar segura en esa cafetera oxidada?

—Sí.

—¿Llegará hasta Seattle?

—Claro que sí.

—¿Es seguro?

—Sí. —Intenta tranquilizarme—. Vale, es viejo, pero es mío y funciona. Me lo compró mi padrastro.

Cuando sugiero que podríamos solucionarlo, enseguida entiende lo que estoy ofreciéndole y su expresión cambia al instante.

Se ha puesto furiosa.

—Ni se te ocurra comprarme un coche —dice en tono imperativo.

—Ya veremos —murmuro tratando de mantener la calma.

Abro la puerta del conductor, y mientras ella sube me pregunto si debería pedirle a Taylor que la lleve a casa. Maldita sea. Acabo de recordar que esta noche libra.

Cierro la puerta y ella baja la ventanilla… con una lentitud desesperante.

¡Por el amor de Dios!

—Conduce con prudencia —rezongo.

—Adiós, Christian —dice, y le flaquea la voz, como si estuviera conteniendo las lágrimas.

Mierda. Mi estado de ánimo pasa de la irritación y la inquietud por su integridad física a la impotencia mientras su coche se aleja por la calle.

No sé si volveré a verla.

Me quedo de pie en la acera como un pelele hasta que los faros traseros desaparecen en la noche.

Joder. ¿Por qué ha ido tan mal?

Vuelvo al hotel, me dirijo al bar y pido una botella de Sancerre. La cojo y me la llevo a la habitación. El portátil está sobre la mesa de escritorio, y, antes de descorchar el vino, me siento y empiezo a escribir un correo.

De: Christian Grey
Fecha: 25 de mayo de 2011 22:01
Para: Anastasia Steele
Asunto: Esta noche

No entiendo por qué has salido corriendo esta noche. Espero sinceramente haber contestado a todas tus preguntas de forma satisfactoria. Sé que tienes que plantearte muchas cosas y espero fervientemente que consideres en serio mi propuesta. Quiero de verdad que esto funcione. Nos lo tomaremos con calma. Confía en mí.

Christian Grey
Presidente de Grey Enterprises Holdings, Inc.

Miro el reloj. Tardará al menos veinte minutos en llegar a casa, quizá más en esa trampa mortal. Escribo a Taylor.

De: Christian Grey
Fecha: 25 de mayo de 2011 22:04
Para: J. B. Taylor
Asunto: Audi A3

Necesito que entreguen ese Audi aquí mañana.
Gracias.

Christian Grey
Presidente de Grey Enterprises Holdings, Inc.

Abro el Sancerre, me sirvo una copa, cojo el libro y me siento a leer, esforzándome por concentrarme. No dejo de mirar la pantalla del portátil. ¿Cuándo responderá?

La ansiedad aumenta con cada minuto que pasa; ¿por qué no ha contestado a mi correo?

A las once le envío un mensaje de texto.

¿Has llegado bien?

Pero no recibo respuesta. Tal vez se ha ido directamente a la cama. Antes de las doce le envío otro correo.

De: Christian Grey
Fecha: 25 de mayo de 2011 23:58
Para: Anastasia Steele
Asunto: Esta noche

Espero que hayas llegado bien a casa en ese coche tuyo.
Dime si estás bien.

Christian Grey
Presidente de Grey Enterprises Holdings, Inc.

La veré mañana en la ceremonia de la entrega de títulos; entonces sabré si ya no quiere saber nada del trato. Con ese deprimente pensamiento me desvisto, me acuesto y clavo la mirada en el techo.

La has jodido, Grey, bien jodido.

Jueves, 26 de mayo de 2011

Mami no está. A veces sale.

Y estoy solo. Solo con mis coches y mi mantita.

Cuando vuelve a casa duerme en el sofá. El sofá es marrón y está pegajoso. Llega cansada. A veces la tapo con mi mantita.

O viene con algo de comer. Me gustan esos días.

Comemos pan con mantequilla. Y a veces macrones con queso. Es mi comida favorita.

Hoy mami no está. Juego con mis coches. Corren deprisa por el suelo. Mi mami no está. Volverá. Seguro. ¿Cuándo va a volver mami?

Ahora está oscuro y mi mami no ha vuelto. Si me subo al taburete, llego a la lámpara.

Encendida. Apagada. Encendida. Apagada. Encendida. Apagada. Luz. Oscuridad. Luz. Oscuridad. Luz.

Tengo hambre. Como queso. Hay queso en la nevera.

Queso con piel azul.

¿Cuándo va a volver mami?

A veces viene con él. Lo odio. Cuando él viene me escondo. Mi escondite favorito es el armario de mami. Huele a mami. Huele a mami cuando está contenta. ¿Cuándo va a volver mami?

Mi cama está fría. Y tengo hambre. Tengo mi mantita y mis coches, pero no a mi mami. ¿Cuándo va a volver mami?

Me despierto sobresaltado.

Joder. Joder. Joder.

Aborrezco estos sueños. Están plagados de vivencias espeluznantes, recordatorios distorsionados de una época que quiero olvidar. Tengo el corazón desbocado y estoy bañado en sudor. Pero lo peor de estas pesadillas es cómo controlar la abrumadora ansiedad que me invade cuando me despierto.

Mis pesadillas han empezado a ser más frecuentes últimamente, y también más vívidas. No sé por qué. Maldito Flynn, no vuelve hasta la semana que viene. Me paso las manos por el pelo y miro la hora. Son las 5.38 y la luz del amanecer se filtra a través de las cortinas. Ya es casi la hora de levantarme.

Sal a correr, Grey.

Aún no he recibido ningún mensaje de texto ni ningún e-mail de Ana. Mi ansiedad crece al ritmo de mis zancadas sobre el asfalto.

Déjalo, Grey.

¡Déjalo de una puta vez!

Sé que la veré en la ceremonia de la entrega de títulos.

Pero no puedo dejarlo.

Antes de ducharme, le envío otro mensaje.

Llámame.

Solo necesito saber que está bien.

Acabo de desayunar y sigo sin tener noticias de Ana. Para quitármela de la cabeza, trabajo un par de horas en el discurso. En la entrega de títulos, esta misma mañana, alabaré el extraordinario trabajo del departamento de ciencias medioambientales y los progresos que ha hecho junto con Grey Enterprises Holdings en el ámbito de la tecnología agraria para los países en vías de desarrollo.

«¿Forma parte de su plan para alimentar al mundo?» Las perspicaces palabras de Ana se abren paso entre la pesadilla de anoche y resuenan en mi cabeza.

Intento sacudirme el mal sueño de encima mientras reescribo el discurso. Sam, vicepresidente y responsable de relaciones públicas, me ha enviado un borrador demasiado pretencioso para mi gusto. Tardo una hora en cambiar su palabrería mediática por un contenido más humano.

Las nueve y media, y ningún mensaje de Ana. Su persistente silencio es preocupante... y, francamente, grosero. Llamo, pero enseguida se oye el mensaje genérico del buzón de voz.

Cuelgo.

Demuestra algo de dignidad, Grey.

Oigo el sonido de aviso de mi bandeja de entrada y se me acelera el corazón... pero el correo es de Mia. Pese al mal humor, sonrío. He echado de menos a esa cría.

De: Mia G. Chef Extraordinaire
Fecha: 26 de mayo de 2011 18:32 GMT-1
Para: Christian Grey
Asunto: Vuelos

¡Hola, Christian!
¡Qué ganas tengo de irme de aquí!
Rescátame, por favor.
El número de vuelo es el AF3622. Llego el sábado a las 12.22,
¡y papá me hace volar en clase turista! *¡puchero!
Llevaré un montón de equipaje. Adoro la moda de París, la adoro,
¡la adoro!
Mamá dice que tienes novia.
¿Es verdad?
¿Cómo es?
¡¡¡NECESITO SABERLO!!!
Nos vemos el sábado. Te he echado mucho de menos.
À bientôt, mon frère.
¡Muchos besos!

M.

¡Oh, mierda! Mi madre y su enorme bocaza. ¡Ana no es mi novia! Y el sábado tendré que mantener a raya la también enorme bocaza de mi hermana, su optimismo innato y sus preguntas chismosas. A veces resulta agotadora. Memorizo el número de vuelo y la hora de llegada, y envío un correo breve a Mia diciéndole que allí estaré.

A las 9.45 me preparo para la ceremonia. Traje gris, camisa blanca y, por supuesto, *esa* corbata. Es una forma sutil de decirle a Ana que aún no me he rendido, y un recordatorio de los buenos momentos que hemos pasado juntos.

Sí, momentos realmente increíbles… Imágenes de ella, atada y anhelante, afloran en mi memoria. Maldita sea. ¿Por qué no ha llamado? Pulso el botón de rellamada.

Mierda.

¡Sigue sin contestarme!

A las diez en punto llaman a mi puerta. Es Taylor.

—Buenos días —saludo cuando entra.

—Señor Grey.

—¿Qué tal ayer?

—Bien, señor.

El porte de Taylor cambia y su expresión se torna más cálida. Debe de estar pensando en su hija.

—¿Qué tal Sophie?

—Es una muñeca, señor. Y le va muy bien en la escuela.

—Es fantástico.

—El A3 estará en Portland antes del mediodía.

—Excelente. Vamos.

Y, aunque detesto admitirlo, estoy impaciente por ver a la señorita Steele.

La secretaria del rector me acompaña a una pequeña sala adyacente al auditorio de la Universidad Estatal de Washington. Se ruboriza, casi tanto como cierta joven a la que conozco íntimamente. Allí, en esa especie de camerino, personal académico y administrativo y varios estudiantes toman café antes de la entrega de títulos. Entre ellos, para mi sorpresa, se encuentra Katherine Kavanagh.

—Hola, Christian —dice mientras se contonea hacia mí con el aplomo de la gente que está forrada de dinero. Lleva la toga y parece muy contenta; seguro que ella ha visto a Ana.

—Hola, Katherine. ¿Cómo estás?

—Pareces sorprendido de verme aquí —dice obviando mi saludo y con aire algo ofendido—. Voy a pronunciar el discurso de graduación. ¿No te lo ha dicho Elliot?

—No. —¡Somos hermanos, no siameses, por el amor de Dios!—. Felicidades —añado a modo de cortesía.

—Gracias —contesta en tono seco.

—¿Está Ana aquí?

—Llegará enseguida. Viene con su padre.

—¿La has visto esta mañana?

—Sí. ¿Por qué?

—Quería saber si llegó bien a casa en esa trampa mortal a la que llama coche.

—Wanda. Lo llama Wanda. Y sí, llegó bien. —Me mira con una expresión socarrona.

—Me alegro.

En ese instante el rector se acerca a nosotros y, tras dirigirle una sonrisa amable a Kavanagh, me lleva a conocer a los demás académicos.

Me alivia saber que Ana está bien, pero me cabrea que no haya contestado a ninguno de mis mensajes.

No es buena señal.

De todas formas, no tengo tiempo de seguir lamentándome por el estado de la situación: uno de los miembros del cuerpo docente anuncia que es hora de comenzar y nos precede a todos hasta el pasillo.

En un instante de debilidad vuelvo a llamar a Ana. De nuevo el buzón de voz, y Kavanagh me interrumpe.

—Estoy impaciente por escuchar tu discurso —dice mientras avanzamos por el pasillo.

Cuando llegamos al auditorio, advierto que es más grande de

lo que esperaba y que está a rebosar. Los asistentes se ponen en pie y aplauden cuando nos dirigimos al escenario. Los aplausos se intensifican y después, mientras todos se sientan, van remitiendo poco a poco para dar paso a un rumor expectante.

Mientras el rector pronuncia el discurso de bienvenida, aprovecho para pasear la mirada por el público. Las filas delanteras están ocupadas por estudiantes, todos con idénticas togas negras y rojas. ¿Dónde está? Escruto metódicamente fila por fila.

Ya te tengo.

La encuentro acurrucada en la segunda fila. Está viva. Me siento como un tonto por haber estado tan preocupado y haber malgastado tanta energía elucubrando sobre su paradero anoche y esta mañana. Sus ojos azules y brillantes se abren como platos al topar con los míos, y se remueve en el asiento mientras un tenue rubor tiñe sus mejillas.

Sí. Te he encontrado. Y no has contestado a mis mensajes. Me está evitando y estoy cabreado. Muy cabreado. Cierro los ojos e imagino que derramo gotas de cera caliente sobre sus pechos y que ella se retuerce debajo de mí… lo cual tiene un efecto fulminante en mi cuerpo.

Mierda.

Contente, Grey.

Expulso su imagen de mi mente, me deshago de esos pensamientos lascivos y me concentro en los discursos.

El de Kavanagh es inspirador; versa sobre la importancia de aprovechar las oportunidades —sí, *carpe diem*, Kate—, y el público le brinda una calurosa ovación cuando acaba. Salta a la vista que es inteligente, popular y segura de sí misma. No la chica tímida, retraída y fea del baile que sería la encantadora señorita Steele. Me pasma que sean amigas.

Oigo que anuncian mi nombre; el rector me ha presentado. Me levanto y me dirijo al atril. Empieza el espectáculo, Grey.

—Estoy profundamente agradecido y emocionado por el gran honor que me han concedido hoy las autoridades de la Universidad Estatal de Washington, honor que me ofrece la excepcional posibilidad de hablar del impresionante trabajo que lleva a cabo el departamento de ciencias medioambientales de la universidad. Nuestro propósito es desarrollar métodos de cultivo viables y ecológicamente sostenibles para países del tercer mundo. Nuestro objetivo último es ayudar a erradicar el hambre y la pobreza en el mundo. Más de mil millones de personas, principalmente en el África subsahariana, el sur de Asia y Latinoamérica, viven en la más absoluta miseria. El mal funcionamiento de la agricultura es generalizado en estas zonas, y el resultado es la destrucción ecológica y social. Sé lo que es pasar hambre. Para mí, se trata de una travesía muy personal.

»Juntos, la Universidad Estatal de Washington y Grey Enterprises Holdings han hecho grandes progresos en el ámbito de la tecnología agraria y de la fertilidad de la tierra. Hemos sido los primeros en implantar sistemas de bajo coste en países en vías de desarrollo, que en nuestros terrenos de prueba han logrado que las cosechas aumenten en un treinta por ciento por hectárea. La Universidad Estatal de Washington ha sido crucial para la consecución de este fantástico logro. Y en Grey Enterprises Holdings nos sentimos orgullosos de los estudiantes que han querido hacer sus prácticas con nosotros trabajando en los terrenos de prueba que tenemos en África. La labor que llevan a cabo allí beneficia tanto a las comunidades locales como a ellos mismos. Juntos podemos combatir el hambre y la pobreza extrema que asolan esas regiones.

»Pero en esta era de evolución tecnológica, mientras el primer mundo avanza a toda velocidad, agrandando la distancia entre ricos y pobres, es esencial recordar que no debemos malgastar los recursos finitos de la tierra. Estos recursos son para toda la humanidad, y debemos utilizarlos con sensatez, encontrar formas de renovarlos y desarrollar nuevas soluciones para alimentar a nuestro planeta superpoblado.

»Como ya he dicho, el trabajo que están llevando a cabo en común Grey Enterprises Holdings y la Universidad Estatal de Washington proporciona soluciones, y nuestra obligación es transmitir este mensaje. Nuestra intención es proveer información y comunicación al mundo en vías de desarrollo por medio de nuestra área de telecomunicaciones. Me enorgullece decir que estamos haciendo progresos impresionantes en tecnología solar, duración de baterías y distribución de redes inalámbricas que llevarán internet a los rincones más remotos del planeta. Y nuestro objetivo es que esta nueva tecnología sea gratuita para los usuarios. El acceso a la educación y a la información, que aquí damos por sentado, es el requisito esencial para acabar con la pobreza en estas zonas subdesarrolladas.

»Nosotros tenemos suerte. Aquí todos somos privilegiados. Unos más que otros, cierto, y me incluyo en esta categoría. Tenemos la obligación moral de ofrecer a aquellos menos afortunados una vida decente, saludable, segura y bien nutrida, con acceso a mayores recursos.

»Les dejo con una cita con la que siempre me he identificado. Quisiera citar a un indio americano: "Solo cuando la última hoja ha caído, el último árbol ha muerto y el último pez ha sido pescado nos damos cuenta de que el dinero no se come".

Al sentarme con los aplausos de fondo, me resisto a mirar a Ana y contemplo el estandarte de la Universidad, que cuelga al fondo del auditorio. Si lo que pretende es ignorarme, perfecto. Los dos sabemos jugar a ese juego.

El vicerrector se pone en pie para entregar los títulos, y con ello comienza la agonizante espera hasta que lleguemos a la S y pueda volver a verla.

Después de una eternidad oigo que anuncian su nombre: «Anastasia Steele». Un breve aplauso y ella se encamina hacia mí con aire meditabundo y consternado.

Mierda.

¿En qué está pensando?

Tranquilízate, Grey.

—Felicidades, señorita Steele —le digo al entregarle el título. Nos estrechamos la mano, y retengo la suya—. ¿Tiene problemas con el ordenador?

Parece perpleja.

—No.

—Entonces ¿no haces caso de mis e-mails? —Le suelto la mano.

—Solo vi el de las fusiones y adquisiciones.

¿Qué coño significa eso?

Frunce aún más el ceño, pero tengo que dejarla ir... Empieza a formarse una cola detrás de ella.

—Luego. —Así le hago saber que no hemos acabado con esta conversación cuando empieza a alejarse.

Me siento como en el purgatorio para cuando llegamos al final de la cola; me han comido con los ojos, me han dedicado seductoras caídas de párpados, varias chicas tontas me han apretado la mano entre risillas, y otras cinco me han dejado disimuladamente una nota con su número de teléfono. Experimento un alivio enorme cuando abandono el escenario junto con el personal docente, acompañado de una lóbrega música procesional y aplausos.

En el pasillo agarro a Kavanagh del brazo.

—Tengo que hablar con Ana. ¿Puedes ir a buscarla? Ahora mismo. —Kavanagh parece sorprendida, pero antes de que tenga tiempo de decir nada, añado en el tono más amable de que soy capaz—: Por favor.

Sus labios apretados delatan su rechazo, pero espera conmigo a que pasen los académicos y luego vuelve al auditorio. El rector se detiene para felicitarme por mi discurso.

—Ha sido un honor para mí que me invitaran —contesto mientras le estrecho la mano una vez más.

Con el rabillo del ojo espío a Kate en el pasillo... Ana está a su lado.

—Gracias —le digo a Kate, que le dirige a su amiga una mirada de preocupación.

Cojo a Ana del brazo y cruzamos la primera puerta que encuentro. Es un vestuario de hombres, y por el olor a limpio sé que está vacío. Cierro la puerta con pestillo y me vuelvo hacia la señorita Steele.

—¿Por qué no me has mandado un e-mail? ¿O un mensaje al móvil? —le pregunto.

Ella parpadea un par de veces; parece consternada.

—Hoy no he mirado ni el ordenador ni el teléfono. —Su desconcierto ante mi arrebato parece sincero—. Tu discurso ha estado muy bien —añade.

—Gracias —musito, descolocado.

¿Cómo es posible que no haya mirado el ordenador ni el teléfono?

—Ahora entiendo tus problemas con la comida —dice en tono afable… y, si no me equivoco, también compasivo.

—Anastasia, no quiero hablar de eso ahora.

No necesito tu compasión.

Cierro los ojos; todo este tiempo convencido de que no quería hablar conmigo…

—Estaba preocupado por ti.

—¿Preocupado? ¿Por qué?

—Porque volviste a casa en esa trampa mortal a la que tú llamas coche.

Y creía que me había cargado nuestro trato.

Ana se enfurece.

—¿Qué? No es ninguna trampa mortal. Está perfectamente. José suele hacerle la revisión.

—¿José, el fotógrafo? —Esto mejora por momentos, joder.

—Sí, el Escarabajo era de su madre.

—Sí, y seguramente también de su abuela y de su bisabuela. No es un coche seguro. —Casi estoy gritando.

—Lo tengo desde hace más de tres años. Siento que te hayas preocupado. ¿Por qué no me has llamado?

La he llamado al móvil. ¿Es que no utiliza el maldito móvil? ¿Se está refiriendo al teléfono fijo? Me paso la mano por el pelo, exasperado, y respiro hondo. ¡No es esa la puta cuestión!

—Anastasia, necesito una respuesta. La espera está volviéndome loco.

Su expresión se entristece.

Mierda.

—Christian… Mira, he dejado a mi padrastro solo.

—Mañana. Quiero una respuesta mañana.

—De acuerdo, mañana. Ya te diré algo —contesta con una mirada inquieta.

Bueno, sigue sin ser un no. Y, una vez más, me sorprende el alivio que siento.

¿Qué demonios tiene esta mujer? Me mira con sus sinceros ojos azules, la preocupación grabada en el rostro, y reprimo el impulso de tocarla.

—¿Te quedas a tomar algo? —le pregunto.

—No sé qué quiere hacer Ray. —Parece dubitativa.

—¿Tu padrastro? Me gustaría conocerlo.

Se muestra aún más dudosa.

—Creo que no es buena idea —dice, misteriosa, mientras abro el pestillo de la puerta.

¿Por qué? ¿Porque ahora sabe que de niño era pobre? ¿O porque sabe cuánto me gusta follar y que soy un bicho raro?

—¿Te avergüenzas de mí?

—¡No! —exclama, y pone los ojos en blanco, exasperada—. ¿Y cómo te presento a mi padre? ¿«Este es el hombre que me ha desvirgado y que quiere mantener conmigo una relación sadomasoquista»? No llevas puestas las zapatillas de deporte.

¿Zapatillas de deporte?

¿Su padre pretenderá perseguirme? Y así, con un comentario absurdo, le aporta un poco de humor a la situación. Mis labios se curvan y ella me devuelve la sonrisa; su rostro se ilumina como un amanecer estival.

—Para que lo sepas, corro muy deprisa —replico, juguetón—. Dile que soy un amigo, Anastasia.

Abro la puerta y la sigo afuera, pero me detengo cuando llego a la altura del rector y de sus colegas. Todos se vuelven en bloque y miran a la señorita Steele, pero ella ya ha desaparecido dentro del auditorio. Luego fijan sus miradas en mí.

La señorita Steele y yo no somos de su incumbencia, señores.

Saludo breve y cortésmente con la cabeza al rector, y él me pregunta si deseo conocer a algunos colegas más y degustar unos canapés.

—Encantado —contesto.

Tardo treinta minutos en conseguir escapar del grupo de académicos y, cuando empiezo a alejarme de la atestada recepción,

Kavanagh aparece a mi lado. Nos dirigimos al gran pabellón entoldado que han montado en el césped y donde los licenciados y sus familiares celebran la ocasión con una copa.

—Bueno, y ¿has invitado a Ana a cenar el domingo? —pregunta.

¿El domingo? ¿Le ha comentado Ana que nos vemos los domingos?

—En casa de tus padres —especifica Kavanagh.

¿Mis padres?

Veo a Ana.

Pero ¿qué coño…?

Un tipo alto y rubio que parece como recién salido de una playa californiana la está manoseando.

¿Quién cojones es ese? ¿Es por eso por lo que no quería que viniera a tomar una copa?

Ana alza la mirada, capta mi expresión y palidece mientras su compañera de piso se detiene al lado del tipo en cuestión.

—Hola, Ray —dice Kavanagh, y besa al hombre que está al lado de Ana, de mediana edad y ataviado con un traje que le sienta fatal.

Debe de ser Raymond Steele.

—¿Conoces al novio de Ana? —le pregunta Kavanagh—. Christian Grey.

¡Novio!

—Señor Steele, encantado de conocerlo.

—Señor Grey —dice él, algo sorprendido.

Nos estrechamos la mano; la suya es firme, y sus dedos y su palma tienen un tacto áspero. Este hombre trabaja con las manos. Entonces lo recuerdo: es carpintero. Sus ojos castaño oscuro no delatan nada.

—Y este es mi hermano, Ethan Kavanagh —dice Kate presentándome al chulito de playa que rodea a Ana con un brazo.

Vaya. La prole Kavanagh reunida.

Mascullo su nombre al estrecharle la mano y noto que es suave, a diferencia de la de Ray Steele.

Y ahora deja de sobar a mi chica, capullo.

—Ana, cariño —susurro.

Le tiendo una mano y, como la buena chica que es, la acepta y se acerca a mí. Se ha quitado la toga y lleva un vestido de un color gris pálido con la espalda descubierta que deja a la vista sus hombros perfectos.

Dos vestidos en dos días. Me está malcriando.

—Ethan, mamá y papá quieren hablar con nosotros —dice Kate, y se lleva con ella a su hermano.

—¿Desde cuándo os conocéis, chicos? —pregunta el señor Steele.

Cuando alargo el brazo para pasarlo por los hombros de Ana, rozo con el pulgar su espalda desnuda y ella se estremece. Le digo que nos vimos por primera vez hace dos semanas.

—Nos conocimos cuando Anastasia vino a entrevistarme para la revista de la facultad.

—No sabía que trabajabas para la revista de la facultad, Ana —dice el señor Steele.

—Kate estaba enferma —contesta ella.

Ray Steele mira a su hija y frunce el ceño.

—Su discurso ha estado muy bien, señor Grey —dice.

—Gracias. Tengo entendido que es usted un entusiasta de la pesca.

—Sí, lo soy. ¿Te lo ha dicho Annie?

—Sí.

—¿Usted pesca? —Hay una chispa de curiosidad en sus ojos castaños.

—No tanto como me gustaría. Mi padre nos llevaba a pescar a mi hermano y a mí cuando éramos niños. Estaba obsesionado con las truchas arcoíris. Supongo que me contagió la afición.

Ana nos escucha un instante, pero enseguida se excusa y se aleja entre la multitud para reunirse con el clan Kavanagh.

Maldita sea, está sensacional con ese vestido.

—¿Y dónde pesca? —La pregunta de Ray Steele me devuelve a la conversación.

Sé que me está poniendo a prueba.

—Por todo el Pacífico Noroeste.

—¿Se crió en Washington?

—Sí, señor. Mi padre nos inició en el río Wynoochee.

Una sonrisa aparece en los labios de Steele.

—Lo conozco bien.

—Pero su favorito es el Skagit, en la ribera estadounidense. Nos sacaba de la cama de madrugada e íbamos allí. Pescó varios ejemplares imponentes en ese río.

—Un buen trecho de agua dulce. Yo también atrapé varios rompedores de cañas en el Skagit, aunque en la ribera canadiense.

—Es uno de los mejores sitios donde pescar truchas arcoíris. La pesca es mucho más abundante que en tramos más cortos —digo sin dejar de mirar a Ana.

—Totalmente de acuerdo.

—Mi hermano atrapó un par de monstruos salvajes. Yo sigo esperando el mío.

—Algún día, ¿eh?

—Eso espero.

Ana se ha enzarzado en una acalorada discusión con Kavanagh. ¿De qué estarán hablando esas dos mujeres?

—¿Sigue yendo a pescar a menudo? —Vuelvo a centrar mi atención en el señor Steele.

—Sí. José, el amigo de Annie, su padre y yo nos escapamos siempre que podemos.

¡El maldito fotógrafo! ¿Otra vez?

—¿Es el tipo que cuida del Escarabajo?

—Sí, el mismo.

—Gran coche, el Escarabajo. Me gustan los coches alemanes.

—¿Sí? Annie adora ese coche, pero supongo que empieza a hacerse viejo.

—Es curioso que mencione eso, porque estaba pensando en prestarle uno de los coches de mi empresa. ¿Cree que lo aceptaría?

—Supongo que sí. Aunque sería decisión de Annie.

—Fantástico. Deduzco que a Ana no le gusta la pesca.

—No. Esa chica ha salido a su madre. No soportaría ver

cómo sufre el pez, o los gusanos, tanto da. Es un alma sensible.

—Me dirige una mirada mordaz.

Vaya. Una advertencia de Raymond Steele. Intento darle un toque cómico.

—Ahora entiendo por qué no le gustó demasiado el bacalao que cenamos el otro día.

Steele se ríe entre dientes.

—No tiene problemas a la hora de comérselos.

Ana ha acabado de hablar con los Kavanagh y se acerca a nosotros.

—Hola —dice, sonriente.

—Ana, ¿dónde está el cuarto de baño? —pregunta Steele.

Ella le indica que debe salir del pabellón e ir a la izquierda.

—Vuelvo enseguida. Divertíos, chicos —dice él.

Ella se lo queda mirando un momento, y luego me mira a mí, nerviosa. Pero antes de que podamos decir nada, un fotógrafo nos interrumpe. Hace una instantánea de los dos juntos y se escabulle a toda prisa.

—Así que también has cautivado a mi padre… —dice Ana con voz dulce y guasona.

—¿También?

¿La he cautivado a usted, señorita Steele?

Paso los dedos por el rubor rosáceo que aparece en su mejilla.

—Ojalá supiera lo que estás pensando, Anastasia.

Cuando mis dedos llegan a su barbilla, le inclino la cabeza hacia atrás con suavidad para poder ver su expresión. Ella guarda silencio y me devuelve la mirada con las pupilas cada vez más oscuras.

—Ahora mismo estoy pensando: bonita corbata.

Esperaba alguna especie de declaración, así que su respuesta me hace reír.

—Últimamente es mi favorita.

Sonríe.

—Estás muy guapa, Anastasia. Este vestido con la espalda descubierta te sienta muy bien. Me dan ganas de acariciarte la espalda y sentir tu hermosa piel.

Sus labios se separan y su respiración se acelera, y siento la fuerza de la atracción que nos une.

—Sabes que irá bien, ¿verdad, nena? —Mi voz tenue delata mi deseo de que así sea.

Ella cierra los ojos, traga saliva y respira hondo. Cuando vuelve a abrirlos, su rostro refleja una gran ansiedad.

—Pero quiero más.

—¿Más?

Mierda. ¿De qué va esto?

Ella asiente.

—Más —vuelvo a susurrar. Su labio es dúctil bajo mi pulgar—. Quieres flores y corazones.

Joder. Esto nunca funcionará con ella. ¿Cómo es posible que funcione? No me interesan las historias de amor. Mis esperanzas y mis sueños empiezan a desmoronarse.

Sus ojos, muy abiertos, son inocentes y suplicantes.

Maldita sea. Es tan cautivadora…

—Anastasia, no sé mucho de ese tema.

—Yo tampoco.

Claro. Nunca antes había tenido una relación con nadie.

—Tú no sabes mucho de nada.

—Tú sabes todo lo malo —susurra.

—¿Lo malo? Para mí no lo es. Pruébalo —le suplico.

Por favor. Pruébalo a mi manera.

Su mirada intensa escruta mi cara en busca de señales que le desvelen algo, y por un momento me pierdo en esos ojos azules que todo lo ven.

—De acuerdo —susurra.

—¿Qué? —Hasta el último vello de mi cuerpo se eriza.

—De acuerdo. Lo intentaré.

—¿Estás de acuerdo? —Me cuesta creerlo.

—Dentro de los límites tolerables, sí. Lo intentaré.

Gracias al cielo. Tiro de ella, la estrecho contra mí, hundo la cara en su pelo e inhalo su aroma embriagador. Y no me importa que nos encontremos en un lugar atestado de gente. Solo estamos ella y yo.

—Ana, eres imprevisible. Me dejas sin aliento.

Instantes después advierto que Raymond Steele ha vuelto y se mira el reloj para ocultar su incomodidad. A mi pesar, suelto a Ana. Me siento como si estuviera en la cima del mundo.

¡Trato hecho, Grey!

—Annie, ¿vamos a comer algo? —pregunta Steele.

—Vamos —dice ella, y me sonríe con timidez.

—Christian, ¿quieres venir con nosotros?

Por un momento me siento tentado, pero la mirada ansiosa de Ana dice: «Por favor, no». Quiere pasar tiempo a solas con su padre. Lo capto.

—Gracias, señor Steele, pero tengo otros planes. Encantado de conocerlo.

Intenta controlar tu estúpida sonrisa, Grey.

—Lo mismo digo —contesta Steele... Y creo que es since-ro—. Cuida a mi niña.

—Esa es mi intención —respondo mientras le estrecho la mano.

De formas que jamás imaginaría, señor Steele.

Cojo una mano de Ana y acerco los nudillos a mi boca.

—Nos vemos luego, señorita Steele —murmuro.

Me has hecho un hombre feliz, muy feliz.

Steele asiente brevemente con la cabeza, coge del brazo a su hija y la acompaña fuera de la recepción. Yo me quedo allí, aturdido pero rebosante de esperanza.

Ha accedido.

—¿Christian Grey?

Mi alegría se ve interrumpida por Eamon Kavanagh, el padre de Katherine.

—Eamon, ¿cómo estás? —Nos estrechamos la mano.

Taylor me recoge a las tres y media.

—Buenas tardes, señor —dice al abrirme la puerta del coche.

Durante el trayecto me informa de que el Audi A3 ya ha sido entregado en el Heathman. Ahora solo tengo que dárselo a Ana.

Sé que eso será motivo de una discusión, y tal vez la cosa llegue a ponerse seria. Pero, bueno, ha accedido a ser mi sumisa, así que quizá acepte el regalo sin protestar demasiado.

¿A quién pretendes engañar, Grey?

Un hombre tiene derecho a soñar. Espero que podamos vernos esta noche; se lo daré como regalo de licenciatura.

Llamo a Andrea y le digo que encaje una reunión en mi agenda a primera hora de la mañana con Eamon Kavanagh y sus socios de Nueva York, vía WebEx. Kavanagh está interesado en actualizar su red de fibra óptica. Le pido a Andrea que también avise a Ros y a Fred para la reunión. Ella me informa de varios mensajes —nada importante— y me recuerda que mañana por la noche tengo que asistir a un acto benéfico en Seattle.

Esta será mi última noche en Portland, y Ana también pronto se irá de aquí… Sopeso la idea de llamarla, pero no tiene mucho sentido, ya que no lleva el móvil. Además, está disfrutando de la compañía de su padre.

Camino del Heathman, observo a través de la ventanilla del coche a la buena gente de Portland con sus actividades vespertinas. En un semáforo veo a una pareja discutir en la acera por el contenido de una bolsa de la compra que se les ha caído al suelo. Otra pareja, más joven, pasa por su lado de la mano, mirándose a los ojos y riéndose disimuladamente. La chica se pone de puntillas y susurra algo al oído de su novio tatuado. Él se ríe, se inclina y le da un beso rápido; luego abre la puerta de una cafetería y se hace a un lado para dejarla pasar.

Ana quiere «más». Dejo escapar un profundo suspiro y me paso los dedos por el pelo. Siempre quieren más. Todas. ¿Acaso puedo impedirlo? Esa pareja que pasea de la mano hasta la cafetería… Ana y yo también hemos hecho eso. Hemos comido juntos en dos restaurantes, y fue… divertido. Quizá podría probarlo. Al fin y al cabo, ella me está dando mucho. Me aflojo la corbata.

¿Podría ofrecerle más?

De vuelta en mi habitación, me desvisto, me pongo la ropa de deporte y bajo a hacer un circuito rápido en el gimnasio. Tener que relacionarse con tanta gente ha puesto mi paciencia al límite y necesito quemar ese exceso de energía.

También necesito pensar sobre ese «más».

Cuando ya me he duchado y vestido y estoy de nuevo delante del ordenador, Ros me llama a través de WebEx y hablamos unos cuarenta minutos. Tratamos todos los puntos de su orden del día, entre ellos la propuesta de Taiwan y Darfur. El coste del suministro por paracaídas es desmedido, pero resulta más seguro para todos los implicados. Le doy mi visto bueno. Ahora tenemos que esperar a que el envío llegue a Rotterdam.

—Ya me he puesto al día con Kavanagh Media. Creo que también Barney debería estar en la reunión —dice Ros.

—Adelante, pues. Díselo a Andrea.

—De acuerdo. ¿Cómo ha ido la ceremonia? —pregunta.

—Bien. Sorprendente.

Ana ha accedido a ser mía.

—¿Sorprendentemente bien?

—Sí.

Ros me observa fijamente desde la pantalla, intrigada, pero permanezco en silencio.

—Andrea me ha dicho que vuelves a Seattle mañana.

—Sí.

Sonríe con malicia.

—Me alegra saberlo. Tengo otra reunión, así que, si no hay nada más, me despido por el momento.

—Adiós.

Salgo de WebEx y entro en el programa de correo electrónico, centrando mi atención en esta noche.

De: Christian Grey
Fecha: 26 de mayo de 2011 17:22
Para: Anastasia Steele
Asunto: Límites tolerables

¿Qué puedo decir que no haya dicho ya?
Encantado de comentarlo contigo cuando quieras.

Hoy estabas muy guapa.

Christian Grey
Presidente de Grey Enterprises Holdings, Inc.

Y pensar que esta mañana estaba convencido de que todo había terminado entre nosotros...

Dios, Grey, necesitas centrarte un poco. Flynn tendría un montón de material para trabajar contigo hoy.

Claro que ella no llevaba el móvil encima. Tal vez necesite una manera de comunicarse más fiable.

De: Christian Grey
Fecha: 26 de mayo de 2011 17:36
Para: J. B. Taylor
Cc: Andrea Ashton
Asunto: BlackBerry

Taylor:
Por favor, consigue una BlackBerry nueva para Anastasia Steele con su e-mail preinstalado. Andrea puede pedirle todos los datos a Barney y pasártelos después.
Por favor, entrégalo mañana en su casa o en Clayton's.

Christian Grey
Presidente de Grey Enterprises Holdings, Inc.

En cuanto lo envío, cojo el último número del *Forbes* y empiezo a leer.

A las seis y media aún no tengo respuesta de Ana, de modo que deduzco que sigue entreteniendo al discreto y sencillo Ray Steele. Teniendo en cuenta que no comparten lazos de sangre, su parecido es asombroso.

Pido un *risotto* de marisco al servicio de habitaciones y, mientras espero, sigo leyendo.

La llamada de Grace me sorprende en plena lectura.

—Cristian, cariño…

—Hola, mamá.

—¿Mia se ha puesto en contacto contigo?

—Sí. Tengo los datos del vuelo. Iré a recogerla.

—Fantástico. Espero que te quedes a cenar el sábado.

—Sí, claro.

—Y el domingo Elliot traerá a cenar a su amiga Kate. ¿Te gustaría venir? Podrías invitar a Anastasia.

A esto se refería Kavanagh esta mañana.

Intento ganar tiempo.

—Le preguntaré qué planes tiene.

—Dime algo. Sería maravilloso volver a tener a toda la familia reunida.

Pongo los ojos en blanco.

—Si tú lo dices, mamá…

—Sí, eso digo, cariño. ¡Hasta el sábado!

Cuelga.

¿Llevar a Ana a conocer a mis padres? ¿Cómo coño voy a salir de esta?

Mientras le doy vueltas al asunto, llega un correo.

De: Anastasia Steele
Fecha: 26 de mayo de 2011 19:23
Para: Christian Grey
Asunto: Límites tolerables

Si quieres, puedo ir a verte esta noche y lo comentamos.

Ana

No, ni hablar, nena. En ese coche no. Y entonces mis planes acaban de encajar.

De: Christian Grey
Fecha: 26 de mayo de 2011 19:27
Para: Anastasia Steele
Asunto: Límites tolerables

Voy yo a tu casa. Cuando te dije que no me gustaba que condujeras ese coche, lo decía en serio.
Nos vemos enseguida.

Christian Grey
Presidente de Grey Enterprises Holdings, Inc.

Imprimo de nuevo el apartado «Límites tolerables» del contrato y del correo con sus objeciones porque me he dejado la otra copia en la americana, que sigue en su poder. Luego llamo a la puerta de Taylor.

—Voy a llevarle el coche a Anastasia. ¿Podrías recogerme en su casa sobre las... nueve y media?

—Por supuesto, señor.

Antes de salir me guardo dos condones en el bolsillo de los vaqueros.

Tal vez tenga suerte.

El A3 es divertido de conducir, aunque tiene menos motor de lo que estoy acostumbrado a llevar. Aparco frente a una licorería de las afueras de Portland; quiero comprar champán para celebrarlo. Renuncio al Cristal y al Dom Pérignon y me decanto por un Bollinger, sobre todo porque la añada es de 1999 y está helado, pero también porque es rosa... Simbólico, pienso con una sonrisa pícara, y le tiendo la American Express a la cajera.

Ana abre la puerta; sigue llevando ese sensacional vestido gris. Estoy impaciente por que llegue el momento de quitárselo.

—Hola —dice.

Sus ojos se ven grandes y luminosos en su pálido rostro.

—Hola.

—Pasa.

Parece tímida e incómoda. ¿Por qué? ¿Qué ha ocurrido?

—Si me lo permites. —Levanto la botella de champán—. He pensado que podríamos celebrar tu graduación. No hay nada como un buen Bollinger.

—Interesante elección. —Su tono es sarcástico.

—Me encanta la chispa que tienes, Anastasia. —Esa es mi chica.

—No tenemos más que tazas. Ya hemos empaquetado todos los vasos y copas.

—¿Tazas? Por mí, bien.

La veo dirigirse a la cocina. Está nerviosa y algo asustada. Tal vez porque ha tenido un día intenso, o porque ha accedido a mis condiciones, o porque está sola en el apartamento (sé que esta noche Kavanagh pasa la velada con su familia; su padre me lo dijo). Confío en que el champán la ayude a relajarse... y a hablar.

El salón está vacío, a excepción de las cajas de embalaje, el sofá y la mesa. Sobre ella hay un paquete marrón con una nota manuscrita adherida:

Acepto las condiciones, Angel, porque tú sabes mejor cuál tiene que ser mi castigo. Lo único que te pido es… que no sea más duro de lo que pueda soportar.

—¿Quieres platito también? —me pregunta desde la cocina.

—Con la taza me vale, Anastasia —contesto, distraído.

Ha empaquetado los libros… las primeras ediciones que le envié. Va a devolvérmelas. No las quiere. Por eso está nerviosa.

¿Cómo diablos reaccionará cuando vea el coche?

Alzo la vista y la encuentro frente a mí, mirándome. Deja las tazas sobre la mesa con cuidado.

—Eso es para ti. —Su voz es débil y forzada.

—Mmm, me lo figuro —murmuro—. Una cita muy oportuna. —Trazo las palabras con un dedo. Su letra es pequeña y pulcra, y me pregunto qué concluiría un grafólogo de ella—. Pensé que era d'Urberville, no Angel. Has elegido la corrupción. —Por supuesto que es la cita perfecta. Mi sonrisa es irónica—. Solo tú podías encontrar algo de resonancias tan acertadas.

—También es una súplica —susurra.

—¿Una súplica? ¿Para que no me pase contigo?

Asiente.

Estos libros supusieron una inversión para mí, pero creía que significarían algo más para ella.

—Compré esto para ti. —Es una mentira inofensiva… ya que los he reemplazado—. No me pasaré contigo si lo aceptas. —Mantengo la voz serena y suave, ocultando la desilusión que siento.

—Christian, no puedo aceptarlo, es demasiado.

Ya estamos, otro duelo de voluntades.

Plus ça change, plus c'est la même chose.

—¿Ves?, a esto me refería, me desafías. Quiero que te lo quedes, y se acabó la discusión. Es muy sencillo. No tienes que pensar en nada de esto. Como sumisa mía, tendrías que agradecérmelo. Limítate a aceptar lo que te compre, porque me complace que lo hagas.

—Aún no era tu sumisa cuando lo compraste —dice en un tono calmado.

Como siempre, tiene respuesta para todo.

—No… pero has accedido, Anastasia.

¿Está incumpliendo nuestro trato? Dios, esta chica me tiene en una montaña rusa.

—Entonces, ¿es mío y puedo hacer lo que quiera con ello?

—Sí.

Creía que te encantaba Hardy.

—En ese caso, me gustaría donarlo a una ONG, a una que trabaja en Darfur y a la que parece que le tienes cariño. Que lo subasten.

—Si eso es lo que quieres hacer…

No voy a detenerte.

Por mí, como si los quemas.

Su tez pálida cobra color.

—Me lo pensaré —murmura.

—No pienses, Anastasia. En esto, no.

Quédatelos, por favor. Son para ti; tu pasión son los libros. Me lo has dicho más de una vez. Disfrútalos.

Dejo el champán sobre la mesa, me pongo de pie delante de ella, la cojo de la barbilla y le echo suavemente la cabeza hacia atrás para mirarla a los ojos.

—Te voy a comprar muchas cosas, Anastasia. Acostúmbrate. Me lo puedo permitir. Soy un hombre muy rico. —Le doy un beso rápido—. Por favor —añado, y la suelto.

—Eso hace que me sienta ruin —dice.

—No debería. Le estás dando demasiadas vueltas, Anastasia. No te juzgues por lo que puedan pensar los demás. No malgastes energía. Esto es porque nuestro contrato te produce cierto reparo; es algo de lo más normal. No sabes en qué te estás metiendo.

Su encantador rostro rebosa consternación.

—Eh, para de hacer eso. No hay nada ruin en ti, Anastasia. No quiero que pienses eso. No he hecho más que comprarte unos libros antiguos que pensé que te gustarían, nada más.

Parpadea un par de veces y mira fijamente el paquete de libros; es evidente que no sabe qué decisión tomar.

Quédatelos, Ana. Son para ti.

—Bebamos un poco de champán —susurro, y ella me regala una breve sonrisa—. Eso está mejor.

Abro el champán y sirvo las sofisticadas tazas que me ha dejado delante.

—Es rosado. —Parece sorprendida, y no soy capaz de decirle por qué he escogido el rosado.

—Bollinger La Grande Année Rosé 1999, una añada excelente.

—En taza.

Sonríe. Y me contagia su sonrisa.

—En taza. Felicidades por tu graduación, Anastasia.

Brindamos y bebo. Es bueno, como ya sabía.

—Gracias. —Se lleva la taza a los labios y toma un sorbo rápido—. ¿Repasamos los límites tolerables?

—Siempre tan impaciente.

La cojo de la mano, la llevo al sofá (uno de los únicos muebles que quedan en el salón) y nos sentamos, rodeados de cajas.

—Tu padrastro es un hombre muy taciturno.

—Lo tienes comiendo de tu mano.

Me río brevemente.

—Solo porque sé pescar.

—¿Cómo sabías que le gusta pescar?

—Me lo dijiste tú. Cuando fuimos a tomar un café.

—¿Ah, sí? —Bebe otro sorbo y cierra los ojos paladeando el sabor. Luego los abre y pregunta—: ¿Probaste el vino de la recepción?

—Sí. Estaba asqueroso. —Hago una mueca.

—Pensé en ti cuando lo probé. ¿Cómo es que sabes tanto de vinos?

—No sé tanto, Anastasia, solo sé lo que me gusta. —Y tú me gustas—. ¿Más? —Señalo la botella con la cabeza.

—Por favor.

Cojo el champán y sirvo su copa. Ella me mira recelosa. Sabe que pretendo emborracharla.

—Esto está muy vacío. ¿Te mudas ya? —le pregunto para distraerla.

—Más o menos.

—¿Trabajas mañana?

—Sí, es mi último día en Clayton's.

—Te ayudaría con la mudanza, pero le he prometido a mi hermana que iría a buscarla al aeropuerto. Mia llega de París el sábado a primera hora. Mañana me vuelvo a Seattle, pero tengo entendido que Elliot os va a echar una mano.

—Sí, Kate está muy entusiasmada al respecto.

Me sorprende que Elliot siga interesado en la amiga de Ana; no es propio de él.

—Sí, Kate y Elliot, ¿quién lo iba a decir?

Su relación complica las cosas. La voz de mi madre resuena en mi cabeza: «Podrías invitar a Anastasia».

—¿Y qué vas a hacer con lo del trabajo de Seattle? —pregunto.

—Tengo un par de entrevistas para puestos de becaria.

—¿Y cuándo pensabas decírmelo?

—Eh... te lo estoy diciendo ahora —contesta.

—¿Dónde? —Intento ocultar mi frustración.

—En un par de editoriales.

—¿Es eso lo que quieres hacer, trabajar en el mundo editorial?

Asiente, pero no añade más.

—¿Y bien? —digo para animarla a seguir.

—Y bien ¿qué?

—No seas retorcida, Anastasia, ¿en qué editoriales?

Repaso mentalmente todas las editoriales que conozco en Seattle. Hay cuatro... creo.

—Unas pequeñas —contesta, evasiva.

—¿Por qué no quieres que lo sepa?

—Tráfico de influencias —dice.

¿Qué significa eso? Frunzo el ceño.

—Pues sí que eres retorcida —insisto.

—¿Retorcida? ¿Yo? —Se ríe, regocijada—. Dios mío, qué morro tienes. Bebe, y hablemos de esos límites.

Pestañea e inspira profundamente, temblorosa, y luego apura la taza. Está realmente muy nerviosa. Le ofrezco más coraje líquido.

—Por favor —dice.

Con la botella en la mano, hago una pausa.

—¿Has comido algo?

—Sí. Me he dado un banquete con Ray —responde, exasperada, y pone los ojos en blanco.

Oh, Ana. Por fin puedo hacer algo con esa costumbre tuya tan irreverente.

Me inclino hacia delante, la cojo de la barbilla y la fulmino con la mirada.

—La próxima vez que me pongas los ojos en blanco te voy a dar unos azotes.

—Ah. —Parece sorprendida, pero también intrigada.

—Ah. Así se empieza, Anastasia.

Esbozo una sonrisa voraz, sirvo su taza y ella bebe un buen sorbo.

—Me sigues ahora, ¿no?

Asiente con la cabeza.

—Respóndeme.

—Sí... te sigo —contesta con una sonrisa contrita.

—Bien. —Saco de la chaqueta su correo y el Apéndice 3 de mi contrato—. De los actos sexuales... lo hemos hecho casi todo.

Se acerca a mí y leemos la lista.

APÉNDICE 3

Límites tolerables
A discutir y acordar por ambas partes:

¿Acepta la Sumisa lo siguiente?

- Masturbación
- Cunnilingus
- Felación
- Ingestión de semen

- Penetración vaginal
- Fisting vaginal
- Penetración anal
- Fisting anal

—De fisting nada, dices. ¿Hay algo más a lo que te opongas? —pregunto.

Traga saliva.

—La penetración anal tampoco es que me entusiasme.

—Lo del fisting pase, pero no querría renunciar a tu culo, Anastasia.

Ella inspira profundamente.

—Bueno, ya veremos. Además, tampoco es algo a lo que podamos lanzarnos sin más. —No consigo reprimir una sonrisa maliciosa—. Tu culo necesitará algo de entrenamiento.

—¿Entrenamiento? —Sus ojos se abren como platos.

—Oh, sí. Habrá que prepararlo con mimo. La penetración anal puede resultar muy placentera, créeme. Pero si lo probamos y no te gusta, no tenemos por qué volver a hacerlo. —Me deleito con su cara de conmoción.

—¿Tú lo has hecho? —me pregunta.

—Sí.

—¿Con un hombre?

—No. Nunca he hecho nada con un hombre. No me va.

—¿Con la señora Robinson?

—Sí. —Y su enorme arnés de silicona.

Ana arruga la frente y yo me apresuro a proseguir antes de que me pregunte más sobre el tema.

—Y la ingestión de semen… Bueno, eso se te da de miedo.

Espero que sonría, pero ella me observa atentamente, como si estuviera viéndome bajo una nueva luz. Creo que sigue dándole vueltas a la señora Robinson y a la penetración anal. Oh, nena, Elena contaba con mi sumisión. Podía hacer conmigo lo que se le antojara. Y a mí me gustaba.

—Entonces… Tragar semen, ¿vale? —pregunto intentando traerla de vuelta al presente.

Ella asiente y apura la taza.

—¿Más? —le pregunto.

Frena, Grey. Solo la quieres achispada, no borracha.

—Más —susurra.

Le sirvo champán y vuelvo a la lista.

—¿Juguetes sexuales?

¿Acepta la Sumisa lo siguiente?

- Vibradores
- Dilatadores anales
- Consoladores
- Otros juguetes vaginales/anales

—¿Dilatadores anales? ¿Eso sirve para lo que pone en el envase? —Hace una mueca de asco.

Sí. Y hace referencia a la penetración anal de antes. Al entrenamiento.

—Ah... ¿y el «otros»?

—Rosarios, huevos... ese tipo de cosas.

—¿Huevos? —Se lleva las manos a la boca, espantada.

—No son huevos de verdad. —Me río.

—Me alegra ver que te hago tanta gracia.

Parece ofendida, y no era esa mi intención.

—Mis disculpas. Lo siento, señorita Steele.

¡No me jodas, Grey! No te pases con ella.

—¿Algún problema con los juguetes?

—No —suelta con brusquedad.

Mierda. Se está enfadando.

—Anastasia, lo siento. Créeme. No pretendía burlarme. Nunca he tenido esta conversación de forma tan explícita. Eres tan inexperta... Lo siento.

Hace un mohín y toma otro sorbo de champán.

—Vale... bondage —digo, y volvemos a la lista.

¿Acepta la Sumisa lo siguiente?

- Bondage con cuerda
- Bondage con muñequeras de cuero
- Bondage con esposas y grilletes
- Bondage con cinta adhesiva
- Otros tipos de bondage

—¿Y bien? —pregunto, esta vez amablemente.

—De acuerdo —susurra, y sigue leyendo.

¿Acepta la Sumisa los siguientes tipos de bondage?

- Manos al frente
- Tobillos
- Codos
- Manos a la espalda
- Rodillas

- Muñecas con tobillos
- A objetos, muebles, etc.
- Barras separadoras
- Suspensión

¿Acepta la Sumisa que se le venden los ojos?

¿Acepta la Sumisa que se la amordace?

—Ya hemos hablado de la suspensión y, si quieres ponerla como límite infranqueable, me parece bien. Lleva mucho tiempo y, de todas formas, solo te tengo a ratos pequeños. ¿Algo más?

—No te rías de mí, pero ¿qué es una barra separadora?

—Prometo no reírme. Ya me he disculpado dos veces. —Por el amor de Dios—. No me obligues a hacerlo de nuevo. —Mi voz es más severa de lo que pretendo, y ella se aparta de mí.

Mierda.

No hagas caso, Grey. Continúa con esto.

—Es una barra que incorpora unas esposas para los tobillos y/o las muñecas. Es divertido.

—Vale… De acuerdo con lo de amordazarme… Me preocupa no poder respirar.

—A mí también me preocuparía que no respiraras. No quiero asfixiarte. —Jugar a contener el aliento no me va nada.

—Además, ¿cómo voy a usar las palabras de seguridad estando amordazada? —pregunta.

—Para empezar, confío en que nunca tengas que usarlas. Pero si estás amordazada, lo haremos por señas.

—Lo de la mordaza me pone nerviosa.

—Vale. Tomo nota.

Me observa un momento como si hubiera resuelto el enigma de la esfinge.

—¿Te gusta atar a tus sumisas para que no puedan tocarte? —pregunta.

—Esa es una de las razones.

—¿Por eso me has atado las manos?

—Sí.

—No te gusta hablar de eso —dice.

—No, no me gusta.

No voy a ir ahí contigo, Ana. Déjalo.

—¿Te apetece más champán? —pregunto—. Te está envalentonando, y necesito saber lo que piensas del dolor. —Le sirvo en la taza y ella toma un sorbo, nerviosa y con los ojos muy abiertos—. A ver, ¿cuál es tu actitud general respecto a sentir dolor?

Guarda silencio.

Contengo un suspiro.

—Te estás mordiendo el labio.

Por suerte, deja de hacerlo, pero se queda pensativa y se mira las manos.

—¿Recibías castigos físicos de niña? —le pregunto de pronto.

—No.

—Entonces, ¿no tienes ningún ámbito de referencia?

—No.

—No es tan malo como crees. En este asunto, tu imaginación es tu peor enemigo.

Confía en mí, Ana. Créeme, por favor.

—¿Tienes que hacerlo?

—Sí.

—¿Por qué?

No quieras saberlo, de verdad.

—Es parte del juego, Anastasia. Es lo que hay. Te veo nerviosa. Repasemos los métodos.

Revisamos la lista.

- Azotes
- Latigazos
- Mordiscos
- Pinzas genitales
- Cera caliente

- Azotes con pala
- Azotes con vara
- Pinzas para pezones
- Hielo
- Otros tipos/métodos de dolor

—Vale, has dicho que no a las pinzas genitales. Muy bien. Lo que más duele son los varazos.

Ana palidece.

—Ya iremos llegando a eso —me apresuro a añadir.

—O mejor no llegamos —replica.

—Forma parte del trato, nena, pero ya iremos llegando a todo eso. Anastasia, no te voy a obligar a nada horrible.

—Todo esto del castigo es lo que más me preocupa.

—Bueno, me alegro de que me lo hayas dicho. De momento quitamos los varazos de la lista. Y a medida que te vayas sintiendo más cómoda con todo lo demás, incrementaremos la intensidad. Lo haremos despacio.

Parece que duda, así que me inclino hacia delante y la beso.

—Ya está, no ha sido para tanto, ¿no?

Se encoge de hombros, aún dubitativa.

—A ver, quiero comentarte una cosa más antes de llevarte a la cama.

—¿A la cama? —exclama, y se le encienden las mejillas.

—Vamos, Anastasia, después de repasar todo esto, quiero follarte hasta la semana que viene, desde ahora mismo. En ti también debe de haber tenido algún efecto.

Se estremece a mi lado e inspira profundamente, con los muslos apretados entre sí.

—¿Ves? Además, quiero probar una cosa.

—¿Me va a doler?

—No... deja de ver dolor por todas partes. Más que nada es placer. ¿Te he hecho daño hasta ahora?

—No.

—Pues entonces. A ver, antes me hablabas de que querías más.

—Me interrumpo.

Joder. Estoy al borde de un precipicio.

De acuerdo, Grey, ¿estás seguro de esto?

Tengo que intentarlo. No quiero perderla antes de empezar.

Vamos, Grey, lánzate.

Le cojo una mano.

—Podríamos probarlo durante el tiempo en que no seas mi

sumisa. No sé si funcionará. No sé si podremos separar las cosas. Igual no funciona. Pero estoy dispuesto a intentarlo. Quizá una noche a la semana. No sé.

Se queda boquiabierta.

—Con una condición.

—¿Qué? —pregunta con la respiración entrecortada.

—Que aceptes encantada el regalo de graduación que te hago.

—Ah —exclama, y sus ojos se agrandan por la incertidumbre.

—Ven.

Tiro de ella para ayudarla a levantarse, me quito la cazadora de cuero y se la pongo sobre los hombros. Respiro hondo, abro la puerta y dejo que vea el Audi A3 que he aparcado fuera.

—Para ti. Feliz graduación. —La abrazo y le beso el pelo.

Cuando la suelto, veo que contempla anonadada el coche.

Vale… Esto podría salir bien o mal.

La cojo de la mano, bajo los escalones de la entrada y ella me sigue como si estuviera en trance.

—Anastasia, ese Escarabajo tuyo es muy viejo y francamente peligroso. Jamás me perdonaría que te pasara algo cuando para mí es tan fácil solucionarlo…

Mira el coche, enmudecida.

Mierda.

—Se lo comenté a tu padrastro. Le pareció una idea genial.

A lo mejor estoy exagerando…

Sigue boquiabierta y consternada cuando se vuelve hacia mí; me mira enfadada.

—¿Le mencionaste esto a Ray? ¿Cómo has podido? —Está furiosa, muy furiosa.

—Es un regalo, Anastasia. ¿Por qué no me das las gracias y ya está?

—Sabes muy bien que es demasiado.

—Para mí, no; para mi tranquilidad, no.

Vamos, Ana. Quieres más, pues este es el precio.

Hunde los hombros y se vuelve hacia mí, creo que resignada. No ha sido exactamente la reacción que esperaba. El rubor rosa-

286

do fruto del champán ha desaparecido y su tez vuelve a estar pálida.

—Te agradezco que me lo prestes, como el portátil.

Sacudo la cabeza. ¿Por qué todo es tan difícil con ella? Ninguna de mis otras sumisas ha reaccionado así cuando les he regalado un coche. Al contrario, suelen estar encantadas.

—Vale. Te lo presto. Indefinidamente —accedo entre dientes.

—No, indefinidamente, no. De momento. Gracias —dice con un hilo de voz. Se pone de puntillas y me besa en la mejilla—. Gracias por el coche, señor.

Esa palabra. En su dulce, dulce boca. La agarro, aprieto su cuerpo contra el mío y enredo los dedos en su pelo.

—Eres una mujer difícil, Ana Steele.

La beso con pasión y la obligo a abrir la boca con la lengua, y un instante después ella corresponde a mi deseo acariciando mi lengua con la suya. Mi cuerpo reacciona: quiero poseerla. Aquí. Ahora. En la calle.

—Me está costando una barbaridad no follarte encima del capó de este coche ahora mismo para demostrarte que eres mía y que, si quiero comprarte un puto coche, te compro un puto coche. Venga, vamos dentro y desnúdate —mascullo.

La beso una vez más con actitud exigente y posesiva. Me la llevo de la mano y volvemos al apartamento. Cierro de un portazo y vamos directos al dormitorio. Allí la suelto y enciendo la luz de la mesilla.

—Por favor, no te enfades conmigo —susurra.

Sus palabras sofocan el fuego de mi ira.

—Siento lo del coche y lo de los libros… —Se interrumpe y se lame los labios—. Me das miedo cuando te enfadas.

Mierda. Nadie me había dicho eso nunca. Cierro los ojos. Lo último que quiero es asustarla.

Cálmate, Grey.

Está aquí. Está a salvo. Está entregada. No lo jodas solo porque no sepa cómo debe comportarse.

Al abrir los ojos encuentro a Ana mirándome, no asustada sino anhelante.

—Date la vuelta —le pido con voz tierna—. Quiero quitarte el vestido.

Obedece de inmediato.

Buena chica.

Le quito la chaqueta de los hombros, la dejo caer al suelo y luego le aparto el pelo del cuello. El tacto de su piel suave bajo mi índice rudo resulta balsámico. Ahora que hace lo que se le ordena, me relajo. Con la yema del dedo voy siguiendo la línea de su columna hasta el comienzo de la cremallera, envuelta en seda gris.

—Me gusta este vestido. Me gusta ver tu piel inmaculada.

Introduzco un dedo por el borde de la tela y tiro de Ana hasta apretarla contra mí. Hundo la cara en su pelo e inhalo su aroma.

—Qué bien hueles, Anastasia. Qué agradable.

Como el otoño.

Su fragancia es reconfortante; me recuerda a una época de abundancia y felicidad. Sigo inhalando su delicioso olor, y le acaricio la oreja con la nariz y desciendo por el cuello hasta el hombro sin dejar de besarla. Bajo la cremallera muy despacio y beso, lamo y succiono su piel hasta alcanzar el otro hombro.

Toda ella tiembla con mis caricias.

Oh, nena.

—Vas… a… tener… que… aprender… a… estarte… quieta —le susurro entre besos, y desabrocho el cuello del vestido, que cae a sus pies—. Sin sujetador, señorita Steele. Me gusta.

Alargo las manos, le cubro con ellas los pechos y noto cómo los pezones se endurecen contra mis palmas.

—Levanta los brazos y cógete a mi cabeza —le ordeno rozándole el cuello con los labios.

Ella obedece y sus pechos se elevan dentro de mis manos. Me enreda los dedos en el pelo, como a mí me gusta, y tira de él.

Oh… Qué placer.

Ladea la cabeza y aprovecho el gesto para besarla allí donde su pulso palpita bajo la piel.

—Mmm… —musito agradecido mientras mis dedos juguetean con sus pezones y tiran de ellos.

Ella gime y arquea la espalda apretando sus tetas perfectas aún más contra mis manos.

—¿Quieres que te haga correrte así?

Su cuerpo se curva un poco más.

—Le gusta esto, ¿verdad, señorita Steele?

—Mmm...

—Dilo —insisto sin aflojar mi sensual asalto a sus pezones.

—Sí —jadea.

—Sí, ¿qué?

—Sí... señor.

—Buena chica.

Pellizco y retuerzo suavemente con los dedos, y su cuerpo se convulsiona contra mí entre gemidos. Sus manos me tiran del pelo.

—No creo que estés lista para correrte aún. —Y detengo el movimiento de las manos sin soltarle los pechos mientras le mordisqueo el lóbulo—. Además, me has disgustado. Así que igual no dejo que te corras.

Le masajeo los pechos y mis dedos vuelven a centrarse en sus pezones; se los retuerzo y tiro de ellos. Ella gime y aprieta el culo contra mi erección. Bajo las manos hasta sus caderas, la sujeto y miro sus bragas.

Algodón. Blanco. Fácil.

Introduzco el dedo por el borde y tiro de ellas hasta donde dan de sí, y luego clavo los pulgares en la costura posterior. Se desgarran en mis manos y las lanzo a los pies de Ana.

Ella contiene el aliento.

Paseo los dedos por sus nalgas e introduzco uno en la vagina.

Está húmeda. Muy húmeda.

—Oh, sí. Mi dulce niña ya está lista.

Le doy la vuelta y me llevo el dedo a la boca.

Mmm. Salado.

—Qué bien sabe, señorita Steele.

Su boca se abre y sus ojos se oscurecen de deseo. Creo que está un poco sobresaltada.

—Desnúdame. —Sigo mirándola a los ojos. Ella ladea la cabeza, procesando mi orden, pero duda—. Puedes hacerlo —la animo.

Levanta las manos dispuesta a tocarme, pero no estoy preparado. Mierda.

Instintivamente le agarro las manos.

—Ah, no. La camiseta, no.

Quiero que se ponga encima. Todavía no hemos hecho esto y podría perder el equilibrio, así que necesito la protección que me ofrece la camiseta.

—Para lo que tengo planeado, vas a tener que acariciarme.

Le suelto una de las manos y coloco la otra sobre mi miembro erecto, que lucha por conseguir espacio dentro de los vaqueros.

—Este es el efecto que me produce, señorita Steele.

Ella toma aire mirándose la mano. Luego sus dedos se tensan sobre mi polla y me mira fascinada.

Sonrío con malicia.

—Quiero metértela. Quítame los vaqueros. Tú mandas.

Se queda boquiabierta.

—¿Qué me vas a hacer? —Mi voz es ronca.

Le cambia la cara, que irradia deleite, y antes de que me dé tiempo a reaccionar me empuja. Me río al caer sobre la cama, sobre todo por su atrevimiento, pero también porque me ha tocado y no he sentido pánico. Me quita los zapatos, luego los calcetines, pero sus manos son muy torpes, lo que me recuerda la entrevista y sus intentos de poner en marcha la grabadora.

La miro. Divertido. Excitado. Y me pregunto qué hará a continuación. Le va a costar horrores quitarme los vaqueros estando tumbado. Se desprende de los zapatos de tacón, sube a la cama, se sienta a horcajadas sobre mis muslos y desliza los dedos bajo la cinturilla de los vaqueros.

Cierro los ojos y muevo las caderas disfrutando de la Ana desinhibida.

—Vas a tener que aprender a estarte quieto —me amonesta, y me tira del vello púbico.

¡Ah! Qué descarada, señorita.

—Sí, señorita Steele —bromeo entre dientes—. Condón, en el bolsillo.

Sus ojos refulgen con evidente fruición y sus dedos hurgan en el bolsillo, muy hondo, acariciando mi erección.

Oh...

Saca los dos paquetitos de aluminio y los deja sobre la cama, a mi lado. Sus dedos ávidos buscan el botón de la cinturilla y, después de dos intentos, lo desabrochan.

Su ingenuidad me cautiva. Es evidente que nunca había hecho esto antes. Otra novedad... y, joder, resulta muy excitante.

Baja la cremallera, empieza a tirar de la cintura de los vaqueros y me dirige una mirada llena de frustración.

Me esfuerzo por no reírme.

Sí, nena, ¿cómo te las arreglarás para quitármelos?

Se sienta más cerca de mis tobillos y aferra los vaqueros, muy concentrada y con aire adorable. Y decido ayudarla.

—No puedo estarme quieto si te muerdes el labio —le digo mientras levanto las caderas de la cama.

Ella se incorpora de rodillas y tira de los pantalones y de los bóxers, y yo los lanzo al suelo de una patada. Vuelve a sentarse sobre mí mirándome la polla y lamiéndose los labios.

Uau.

Está muy sexy. El pelo oscuro le cae en suaves ondas alrededor de los pechos.

—¿Qué vas a hacer ahora? —susurro.

Me mira fijamente. Alarga la mano, me aferra el sexo y aprieta con fuerza. Su pulgar acaricia la punta.

Dios...

Se inclina hacia delante.

Y estoy dentro de su boca.

Joder.

Chupa con ansia, y mi cuerpo se arquea bajo ella.

—Dios, Ana, tranquila —masculló.

Pero ella no muestra la menor compasión y me la chupa sin darme tregua. Joder. Su entusiasmo es apabullante. Su lengua sube y baja, y yo entro y salgo de su boca, hasta el fondo de la garganta, con sus labios apretados contra mí. Podría correrme solo con mirarla.

—Para, Ana, para. No quiero correrme.

Se incorpora con la boca húmeda y los ojos como dos focos que me iluminan.

—Tu inocencia y tu entusiasmo me desarman. —Pero ahora mismo quiero follarte para poder verte—. Tú, encima... eso es lo que tenemos que hacer. Toma, pónmelo.

Dejo un condón en su mano. Ella lo mira consternada y luego abre el envoltorio con los dientes.

Está entusiasmada.

Saca el condón y me mira a la espera de instrucciones.

—Pellizca la punta y ve estirándolo. No conviene que quede aire en el extremo de ese mamón.

Asiente y hace exactamente lo que le he dicho, absorta en sus manos, muy concentrada, con la lengua asomando entre los labios.

—Dios mío, me estás matando, Anastasia —mascullo.

Cuando ha acabado, se sienta de nuevo y admira su obra, o a mí... No estoy seguro, pero no me importa.

—Vamos. Quiero hundirme en ti.

Me incorporo de golpe, sorprendiéndola, de modo que mi cara queda frente a la suya.

—Así —susurro, y, rodeándola con un brazo, la levanto un poco.

Con la otra mano coloco mi polla y luego bajo su cuerpo lentamente.

Me quedo sin aliento cuando sus ojos se cierran y el placer ruge en su garganta.

—Eso es, nena, siénteme, entero.

Qué... sensación...

La sujeto para que se acostumbre a tenerme en lo más profundo de ella.

—Así entra más adentro. —Mi voz se vuelve ronca mientras muevo e inclino la pelvis para llegar aún más al fondo.

Ladea la cabeza y gime.

—Otra vez —jadea, y abre los ojos, que arden en los míos. Impúdicos. Anhelantes.

Me vuelve loco verla tan exaltada. Hago lo que me pide y ella vuelve a gemir echando la cabeza hacia atrás. Su pelo le cae en cascada sobre los hombros. Me recuesto despacio en la cama para apreciar el espectáculo.

—Muévete tú, Anastasia, sube y baja, lo que quieras. Cógeme las manos.

Se las tiendo y ella las toma, estabilizándose encima de mí. Se eleva lentamente y de nuevo se deja caer.

Mi respiración se acelera y se convierte en resuellos por el esfuerzo que me supone contenerme. Ella vuelve a subir, y esta vez levanto las caderas para recibirla entera cuando baja.

Oh, sí.

Cierro los ojos y saboreo hasta el último y delicioso ápice de ella. Juntos encontramos el ritmo mientras ella me monta. Más y más. Está fabulosa: sus pechos se bambolean, su pelo oscila, su boca se abre con cada punzada de placer.

Nuestras miradas se encuentran, maravilladas y rebosantes de deseo. Dios, es preciosa.

Grita y su cuerpo se acelera. Está a punto de llegar al orgasmo, así que le aprieto más las manos y ella estalla sobre mí. La agarro por las caderas mientras grita de forma incoherente al alcanzar el clímax. Luego la sujeto con más fuerza y, en silencio, me dejo ir y exploto en su interior.

Se derrumba sobre mi pecho y yo permanezco inmóvil y jadeante debajo de ella.

Dios mío, qué polvo tiene.

Nos quedamos tendidos juntos un momento; su peso es un consuelo. Se mueve y me acaricia con la nariz a través de la camiseta, y luego posa una mano abierta sobre mi pecho.

La oscuridad, repentina y poderosa, se desliza por mi torso hacia la garganta y amenaza con sofocarme y asfixiarme.

No. No me toques.

Le agarro la mano, me llevo los nudillos a los labios y me coloco sobre ella para que no pueda tocarme más.

—No —suplico, y la beso en los labios mientras aplaco el miedo.

—¿Por qué no te gusta que te toquen?

—Porque estoy muy jodido, Anastasia. Tengo muchas más sombras que luces. Cincuenta sombras más. —Después de años y años de terapia, es lo único de lo que estoy seguro.

Sus ojos se agrandan, inquisitivos; quiere más información. Pero no necesita conocer esa mierda.

—Tuve una introducción a la vida muy dura. No quiero aburrirte con los detalles. No lo hagas y ya está. —Froto con ternura mi nariz contra la suya y salgo de ella. Luego me incorporo, me quito el condón y lo dejo caer al lado de la cama—. Creo que ya hemos cubierto lo más esencial. ¿Qué tal ha ido?

Por un momento parece distraída, aunque ladea la cabeza, sonriente.

—Si piensas que he llegado a creerme que me cedías el control es que no has tenido en cuenta mi nota media. Pero gracias por dejar que me hiciera ilusiones.

—Señorita Steele, no es usted solo una cara bonita. Ha tenido seis orgasmos hasta la fecha y los seis me pertenecen. —¿Por qué me alegra tanto eso?

Su mirada se pierde en el techo, y una sombra de culpa nubla por un instante su rostro.

¿Qué ocurre?

—¿Tienes algo que contarme? —le pregunto.

Ella duda.

—He soñado algo esta mañana.

—¿Ah, sí?

—Me he corrido en sueños. —Se tapa la cara con un brazo ocultándose de mí, avergonzada.

Su confesión me deja atónito pero también me excita y me conmueve.

Qué criatura tan sensual...

Asoma su cabeza por encima del brazo. ¿Cree que estoy enfadado?

—¿En sueños? —quiero aclarar.

—Y me he despertado —susurra.

—Apuesto a que sí. —Estoy fascinado—. ¿Qué soñabas?

—Contigo —responde con un hilo de voz.

¡Conmigo!

—¿Y qué hacía yo?

Vuelve a esconderse tras el brazo.

—Anastasia, ¿qué hacía yo? No te lo voy a volver a preguntar.

—¿Por qué le da tanta vergüenza? Que haya soñado conmigo es… conmovedor.

—Tenías una fusta —musita.

Le aparto el brazo para poder verle la cara.

—¿En serio?

—Sí. —Se ha ruborizado. La investigación debe de estar afectándola, en el buen sentido.

Sonrío.

—Vaya, aún me queda esperanza contigo. Tengo varias fustas.

—¿Marrón, de cuero trenzado? —En su voz hay una nota de discreto optimismo.

Río.

—No, pero seguro que puedo hacerme con una.

Le doy un beso rápido y me levanto para vestirme. Ana hace lo mismo y se pone los pantalones de chándal y la camiseta de tirantes. Recojo el condón del suelo y lo anudo deprisa. Ahora que ha accedido a ser mía, tendrá que tomar anticonceptivos. Está vestida y sentada en la cama con las piernas cruzadas mirándome mientras yo cojo los pantalones.

—¿Cuándo te toca la regla? —le pregunto—. Me revienta ponerme estas cosas. —Sostengo en alto el condón anudado y me pongo los vaqueros.

Mi pregunta la ha pillado por sorpresa.

—¿Eh? —la acucio.

—La semana que viene —contesta con las mejillas sonrosadas.

—Vas a tener que buscarte algún anticonceptivo.

Me siento en la cama para ponerme los calcetines y los zapatos. Ella no dice nada.

—¿Tienes médico? —le pregunto, y niega con la cabeza—.

Puedo pedirle al mío que pase a verte por tu piso. El domingo por la mañana, antes de que vengas a verme tú. O le puedo pedir que te visite en mi casa, ¿qué prefieres?

Estoy seguro de que el doctor Baxter accederá a hacerle una visita a domicilio si se lo pido, aunque hace tiempo que no nos vemos.

—En tu casa —contesta.

—Vale. Ya te diré a qué hora.

—¿Te vas?

Parece sorprendida de que me vaya.

—Sí.

—¿Cómo vas a volver? —me pregunta.

—Taylor viene a recogerme.

—Te puedo llevar yo. Tengo un coche nuevo precioso.

Eso está mejor. Ha aceptado el coche, como correspondía, pero aun así no debería conducir con todo el champán que ha tomado.

—Me parece que has bebido demasiado.

—¿Me has achispado a propósito?

—Sí.

—¿Por qué?

—Porque les das demasiadas vueltas a las cosas y eres tan reticente como tu padrastro. Con una gota de alcohol ya estás hablando por los codos, y yo necesito que seas sincera conmigo. De lo contrario, te cierras como una ostra y no tengo ni idea de lo que piensas. *In vino veritas*, Anastasia.

—¿Y crees que tú eres siempre sincero conmigo?

—Me esfuerzo por serlo. Esto solo saldrá bien si somos sinceros el uno con el otro.

—Quiero que te quedes y uses esto.

Coge el otro condón y lo agita en el aire, mirándome.

Controla sus expectativas, Grey.

—Anastasia, esta noche me he pasado mucho de la raya. Tengo que irme. Te veo el domingo. —Me pongo de pie—. Tendré listo el contrato revisado y entonces podremos empezar a jugar de verdad.

—¿A jugar? —exclama.

—Me gustaría tener una sesión contigo, pero no lo haré hasta que hayas firmado, para asegurarme de que estás lista.

—Ah. ¿O sea que si no firmara podría alargar esto?

Mierda. No lo había pensado.

Alza la barbilla con aire desafiante.

Vaya, vuelve a sobrepasarme. Siempre encuentra el modo de hacerlo.

—Supongo que sí, pero igual reviento de la tensión.

—¿Reventar? ¿Cómo? —pregunta, y su mirada chispea de curiosidad.

—La cosa podría ponerse muy fea —bromeo entornando los ojos.

—¿Cómo... fea? —Corresponde con una sonrisa a la mía.

—Ah, ya sabes, explosiones, persecuciones en coche, secuestro, cárcel...

—¿Me vas a secuestrar?

—Desde luego.

—¿A retenerme en contra de mi voluntad?

—Por supuesto. —Una idea interesante...—. Y luego viene el IPA 24/7.

—Me he perdido —dice, perpleja y con voz sofocada.

—Intercambio de Poder Absoluto, las veinticuatro horas. —Mi mente gira a toda velocidad cuando pienso en las posibilidades. Ella siente curiosidad—. Así que no tienes elección —añado en un tono mordaz.

—Claro. —Lo dice con voz sarcástica, y mira al techo, tal vez buscando en el cielo inspiración divina para entender mi sentido del humor.

Dulce dicha...

—Ay, Anastasia Steele, ¿me acabas de poner los ojos en blanco?

—¡No!

—Me parece que sí. ¿Qué te he dicho que haría si volvías a poner los ojos en blanco?

Mis palabras quedan suspendidas entre ambos, y vuelvo a sentarme en la cama.

—Ven aquí.

Se me queda mirando y palidece.

—Aún no he firmado —susurra.

—Te he dicho lo que haría. Soy un hombre de palabra. Te voy a dar unos azotes, y luego te voy a follar muy rápido y muy duro. Me parece que al final vamos a necesitar ese condón.

¿Aceptará? ¿No? Ha llegado el momento; veamos si es capaz de hacerlo o no. La miro, impasible, esperando a que decida. Una negativa significaría que no se ha tomado en serio la posibilidad de ser mi sumisa.

Y ahí acabaría todo.

Elige bien, Ana.

Tiene una expresión seria, los ojos muy abiertos, y creo que está sopesando su decisión.

—Estoy esperando —murmuro—. No soy un hombre paciente.

Respira hondo, despliega las piernas y gatea hacia mí. Intento ocultar el alivio que me invade.

—Buena chica. Ahora ponte de pie.

Hace lo que le digo y le ofrezco una mano. Deja el condón en mi palma y yo tiro de ella de golpe y la tumbo sobre mi rodilla izquierda de modo que su cabeza, sus hombros y su pecho descansan sobre la cama. Le paso la pierna derecha por encima de las suyas para inmovilizarla. Deseaba hacer esto desde que me preguntó si era gay.

—Sube las manos y colócalas a ambos lados de la cabeza —le ordeno, y ella obedece de inmediato—. ¿Por qué hago esto, Anastasia?

—Porque he puesto los ojos en blanco —contesta en un susurro ronco.

—¿Te parece que eso es de buena educación?

—No.

—¿Vas a volver a hacerlo?

—No.

—Te daré unos azotes cada vez que lo hagas, ¿me has entendido?

Con mucho cuidado, recreándome en el momento, le bajo

los pantalones de chándal. Su bonito trasero está desnudo y listo para mí. Cuando poso una mano en la parte baja de su espalda, ella tensa hasta el último músculo del cuerpo... expectante. Su piel es suave al tacto, y paso la mano por las dos nalgas, acariciándolas. Tiene un culo precioso. Y yo voy a ponérselo de color rosa... como el champán.

Levanto la mano y le doy con fuerza, justo por encima de donde acaban los muslos.

Ella contiene el aliento e intenta levantarse, pero la sujeto poniendo la otra mano entre sus omoplatos, y acaricio lenta y suavemente la parte que acabo de azotar.

Se queda inmóvil.

Jadeante.

Anhelante.

Sí. Voy a volver a hacerlo.

La pego una, dos, tres veces.

Ella hace muecas de dolor y mantiene los ojos cerrados con fuerza. Pero, aunque se revuelve, no me pide que pare.

—Estate quieta o tendré que azotarte más rato —le advierto.

Froto su piel suave y vuelvo a empezar, alternando la nalga izquierda, la derecha, el centro.

Grita, pero no mueve los brazos y sigue sin pedirme que pare.

—Solo estoy calentando —digo con voz ruda.

Vuelvo a azotarla y paso la mano por la huella rosada que he dejado en su piel. Su culo está adquiriendo un bonito tono rosado. Tiene un aspecto espléndido.

Le doy otro azote.

Y ella vuelve a gritar.

—No te oye nadie, nena, solo yo.

La azoto otra vez, y otra, siguiendo la misma pauta: nalga izquierda, nalga derecha, centro... y ella chilla cada vez.

Cuando llego a las dieciocho, me detengo. Estoy resollando, siento punzadas en la mano y tengo la polla dura.

—Ya está —digo con voz ronca para recuperar el aliento—. Bien hecho, Anastasia. Ahora te voy a follar.

Le acaricio con ternura toda la parte sonrosada, con movimientos circulares y hacia abajo. Está húmeda.

Y mi cuerpo se endurece aún más.

Introduzco dos dedos en su sexo.

—Siente esto. Mira cómo le gusta esto a tu cuerpo, Anastasia. Te tengo empapada.

Meto y saco los dedos y ella gruñe; su cuerpo se retuerce con cada embestida y su respiración se acelera.

Retiro los dedos.

La deseo. Ahora.

—La próxima vez te haré contar. A ver, ¿dónde está ese condón?

Lo cojo de donde está, junto a su cabeza, y la paso a ella con cuidado de mi regazo a la cama, boca abajo. Me bajo la cremallera, no me molesto en quitarme los vaqueros y abro el envoltorio del condón. Me lo pongo con gestos rápidos y expertos. Le levanto las caderas hasta que queda de rodillas con ese culo glorioso y rosado en alto frente a mí.

—Te la voy a meter. Te puedes correr —gruño mientras le acaricio el trasero y sujeto mi polla. Con una rápida embestida estoy dentro de ella.

Ella gime mientras me muevo. Dentro. Fuera. Dentro. Fuera. Arremeto una y otra vez, viendo cómo mi polla desaparece bajo su trasero sonrosado.

Vamos, Ana.

Ella me tensa alrededor del sexo y grita al correrse intensamente.

—¡Ay, Ana! —Y me abandono tras ella al clímax y pierdo la noción del tiempo y del espacio.

Me desplomo a su lado, la subo encima de mí y la envuelvo con los brazos.

—Oh, nena. Bienvenida a mi mundo —le susurro entre el pelo.

Su peso afianza mi cuerpo, y no hace ademán de tocarme el pecho. Tiene los ojos cerrados y su respiración se estabiliza poco a poco. Le acaricio la melena. Es suave, de un castaño intenso que brilla a la luz de la lámpara de la mesilla. Huele a Ana, a manzanas y a sexo. Es embriagador.

—Bien hecho, nena.

No llora. Ha hecho lo que le he pedido. Se ha enfrentado a todos los desafíos que le he lanzado; es extraordinaria, no hay duda. Le cojo el fino tirante de su camiseta.

—¿Esto es lo que te pones para dormir?

—Sí. —Parece adormilada.

—Deberías llevar seda y satén, mi hermosa niña. Te llevaré de compras.

—Me gusta lo que llevo —replica.

Obviamente.

Le beso el pelo.

—Ya veremos.

Cierro los ojos y me relajo en la intimidad de nuestro silencio mientras una extraña satisfacción me llena y me reconforta.

La sensación es buena. Demasiado buena.

—Tengo que irme —murmuro, y la beso en la frente—. ¿Estás bien?

—Estoy bien —dice en un tono apagado.

Salgo de debajo de ella con cuidado y me levanto.

—¿Dónde está el baño? —pregunto mientras cojo el condón usado y me subo la cremallera de los vaqueros.

—Por el pasillo, a la izquierda.

Tiro los condones a la papelera del baño y me fijo en una botella de aceite infantil que hay en un estante.

Eso es lo que necesito.

Cuando vuelvo, ella ya se ha vestido y evita mi mirada. ¿A qué viene de repente tanta timidez?

—He encontrado este aceite para niños. Déjame que te dé un poco en el trasero.

—No, ya se me pasará —dice mirándose los dedos. Sigue evitándome.

—Anastasia —la reprendo.

Por favor, tú solo haz lo que te dicen.

Me siento detrás de ella y le bajo los pantalones de chándal.

301

Me vierto un poco de aceite en una mano y le froto con delicadeza las nalgas doloridas.

Ella se pone en jarras, en un gesto obstinado, pero guarda silencio.

—Me gusta tocarte —admito para mí mismo en voz alta—. Ya está. —Le subo los pantalones—. Me marcho ya.

—Te acompaño —dice con voz tenue, aunque se mantiene apartada.

La cojo de la mano y, a mi pesar, la suelto cuando llegamos a la entrada del apartamento. Una parte de mí no quiere marcharse.

—¿No tienes que llamar a Taylor? —me pregunta con la mirada fija en la cremallera de mi cazadora de cuero.

—Taylor lleva aquí desde las nueve. Mírame.

Unos ojos azules y grandes me miran bajo unas pestañas largas y oscuras.

—No has llorado —digo con un hilo de voz.

Y has dejado que te azote. Eres asombrosa.

La estrecho contra mí y la beso vertiendo en ese gesto mi gratitud.

—Hasta el domingo —susurro, febril, contra sus labios.

La suelto de golpe, antes de que me venza la tentación de preguntarle si puedo quedarme, y me encamino hacia donde Taylor me espera con el SUV. Subo al coche y vuelvo la cabeza, pero ella ya se ha ido. Seguramente está cansada, como yo.

Un cansancio agradable.

Esta debe de haber sido la conversación sobre «límites tolerables» más placentera que he mantenido nunca.

Maldita sea, esa mujer es imprevisible. Cierro los ojos y la veo montándome, con la cabeza echada hacia atrás en pleno éxtasis. Ana no hace nada a medias; se implica a fondo. Y pensar que solo hace una semana desde su primera experiencia sexual...

Conmigo. Y con nadie más.

Sonrío satisfecho mientras miro por la ventanilla del coche, pero lo único que veo es mi cara fantasmagórica reflejada en el cristal. Así que cierro los ojos y me permito soñar despierto.

Será divertido entrenarla.

Taylor me despierta de mi ensoñación.

—Hemos llegado, señor Grey.

—Gracias —musito—. Tengo una reunión por la mañana.

—¿En el hotel?

—Sí. Videoconferencia. No necesitaré que me lleves a ningún sitio, pero me gustaría que nos fuéramos antes de almorzar.

—¿A qué hora quiere que tenga preparado el equipaje?

—A las diez y media.

—Muy bien, señor. Mañana le entregarán a la señorita Steele la BlackBerry que pidió.

—Bien. Eso me recuerda… ¿Podrías recoger su viejo Escarabajo mañana y deshacerte de él? No quiero que vuelva a conducirlo.

—Por supuesto. Tengo un amigo que restaura coches antiguos. Podría interesarle. Me encargaré de ello. ¿Alguna otra cosa?

—No, gracias. Buenas noches.

—Buenas noches.

Dejo a Taylor aparcando el SUV y subo a mi suite.

Saco una botella de agua con gas del mueble bar, la abro, me siento a la mesa de escritorio y enciendo el ordenador.

Ningún correo urgente.

Pero mi principal propósito es darle las buenas noches a Ana.

De: Christian Grey
Fecha: 26 de mayo de 2011 23:14
Para: Anastasia Steele
Asunto: Usted

Querida señorita Steele:
Es sencillamente exquisita. La mujer más hermosa, inteligente, ingeniosa y valiente que he conocido jamás. Tómese un ibuprofeno (no es un mero consejo). Y no vuelva a coger el Escarabajo. Me enteraré.

Christian Grey
Presidente de Grey Enterprises Holdings, Inc.

Puede que esté durmiendo, pero dejo el ordenador encendido por si me contesta y voy consultando el correo. Pocos minutos después llega su respuesta.

De: Anastasia Steele
Fecha: 26 de mayo de 2011 23:20
Para: Christian Grey
Asunto: Halagos

Querido señor Grey:
Con halagos no llegará a ninguna parte, pero, como ya ha estado en todas, da igual. Tendré que coger el Escarabajo para llevarlo a un concesionario y venderlo, de modo que no voy a hacer ni caso de sus bobadas. Prefiero el tinto al ibuprofeno.

Ana

P.D.: Para mí, los varazos están dentro de los límites INFRANQUEABLES.

La primera frase me hace reír a carcajadas. Ay, nena, no he estado en todos los sitios a donde quiero ir contigo. ¿Vino tinto después del champán? No es una mezcla muy sensata, y los varazos saltan de la lista. Me pregunto a qué más pondrá objeciones mientras redacto mi respuesta.

De: Christian Grey
Fecha: 26 de mayo de 2011 23:26
Para: Anastasia Steele
Asunto: Las mujeres frustradas no saben aceptar cumplidos

Querida señorita Steele:
No son halagos. Debería acostarse.
Acepto su incorporación a los límites infranqueables.
No beba demasiado.
Taylor se encargará de su coche y lo revenderá a buen precio.

Christian Grey
Presidente de Grey Enterprises Holdings, Inc.

Ahora sí que confío en que esté en la cama.

De: Anastasia Steele
Fecha: 26 de mayo de 2011 23:40
Para: Christian Grey
Asunto: ¿Será Taylor el hombre adecuado para esa tarea?

Querido Señor:
Me asombra que le importe tan poco que su mano derecha conduzca mi coche pero sí que lo haga una mujer a la que se folla de vez en cuando. ¿Cómo sé yo que Taylor me va a conseguir el mejor precio por el coche? Siempre me he dicho, seguramente antes de conocerle, que estaba conduciendo una auténtica ganga.

Ana

¿Qué demonios…? ¿Una mujer a la que me follo de vez en cuando?

Tengo que respirar hondo. Su respuesta me irrita… no, me enfurece. ¿Cómo se atreve a hablar de sí misma de ese modo? Como mi sumisa, será mucho más que eso: me entregaré por completo a ella. ¿Es que no lo ve?

Ella conducirá una ganga, pero a mí su consentimiento no me ha salido precisamente barato. ¡Santo Dios! Solo hay que ver todas las concesiones que he hecho con respecto al contrato.

Cuento hasta diez y, para calmarme, me imagino a bordo del *Grace*, mi catamarán, navegando por el Sound.

Flynn estaría orgulloso de mí.

Contesto.

De: Christian Grey
Fecha: 26 de mayo de 2011 23:44
Para: Anastasia Steele
Asunto: ¡Cuidado!

Querida señorita Steele:
Doy por sentado que es el TINTO lo que le hace hablar así, y que el día ha sido muy largo. Aunque me siento tentado de volver allí y asegurarme de que no pueda sentarse en una semana, en vez de una noche. Taylor es ex militar y capaz de conducir lo que sea; desde una moto hasta un tanque Sherman. Su coche no supone peligro alguno para él. Por favor, no diga que es una mujer a la que me follo de vez en cuando porque, la verdad, me ENFURECE, y le aseguro que no le gustaría verme enfadado.

Christian Grey
Presidente de Grey Enterprises Holdings, Inc.

Exhalo despacio, tratando de calmar mi ritmo cardíaco. Joder, ninguna otra persona tiene la capacidad de enfurecerme tanto. No contesta de inmediato. Quizá mi respuesta la ha intimidado. Cojo el libro, pero enseguida caigo en la cuenta de que he leído el mismo párrafo tres veces mientras espero un correo suyo. Consulto la bandeja de entrada por enésima vez.

De: Anastasia Steele
Fecha: 26 de mayo de 2011 23:57
Para: Christian Grey
Asunto: Cuidado usted

Querido señor Grey:
No estoy segura de que usted me guste, sobre todo ahora.

Señorita Steele

Me quedo mirando la respuesta; ya no siento ira, sino una terrible ansiedad.

Mierda.

¿Está diciendo que se ha acabado?

Viernes, 27 de mayo de 2011

De: Christian Grey
Fecha: 25 de mayo de 2011 00:03
Para: Anastasia Steele
Asunto: Cuidado usted

¿Por qué no te gusto?

Christian Grey
Presidente de Grey Enterprises Holdings, Inc.

Me levanto y abro otra botella de agua con gas.
Y espero.

De: Anastasia Steele
Fecha: 27 de mayo de 2011 00:09
Para: Christian Grey
Asunto: Cuidado, tú

Porque nunca te quedas en casa.

Seis palabras.

Seis simples palabras que me producen un hormigueo en el cuero cabelludo.

Le dije que nunca dormía con nadie.

Pero hoy ha sido un gran día.

Se ha graduado en la universidad.

Ha dicho que sí.

Hemos recorrido todos esos límites franqueables de los que Ana no sabía nada. Hemos follado. Le he pegado. Hemos vuelto a follar.

Mierda.

Y, antes de que pueda arrepentirme, cojo el tíquet del aparcamiento de mi coche, elijo una americana y salgo por la puerta.

Las carreteras están desiertas y al cabo de veintitrés minutos ya he llegado a su casa.

Llamo a la puerta con suavidad y abre Kavanagh.

—¿Qué coño crees que haces aquí? —grita con los ojos centelleantes de ira.

Vaya. No es el recibimiento que esperaba.

—He venido a ver a Ana.

—¡Vale, pues no puedes!

Kavanagh me impide el paso con los brazos cruzados y las piernas firmes, como una gárgola.

Intento que entre en razón.

—Es que tengo que verla. Me ha enviado un e-mail.

¡Quítate de en medio!

—¿Qué coño le has hecho ahora?

—Por eso he venido, para averiguarlo.

Aprieto los dientes.

—Desde que te conoció, se pasa el día llorando.

—¡¿Qué?! —No soporto más la mierda que me lanza encima y la aparto de un empujón.

—¡No puedes venir aquí!

Kavanagh me sigue, chillando como una arpía, mientras irrumpo en el piso y me dirijo al dormitorio de Ana.

Abro la puerta y enciendo la luz. La veo acurrucada en la cama, arropada bajo el edredón. La luz le molesta y entorna los ojos, enrojecidos e hinchados, al igual que la nariz.

He visto a mujeres en ese estado muchas veces, sobre todo después de castigarlas. Sin embargo, me sorprende el desasosiego que me atenaza por dentro.

—Dios mío, Ana.

Apago la luz para que no le moleste y me siento en la cama, junto a ella.

—¿Qué haces aquí?

Está sollozando. Enciendo la lámpara de la mesilla de noche.

—¿Quieres que eche a este gilipollas? —ladra Kate desde la puerta.

Vete a la mierda, Kavanagh. La miro arqueando una ceja y no le hago ni caso.

Ana niega con la cabeza, pero tiene los ojos llorosos clavados en mí.

—Dame una voz si me necesitas —le dice Kate a Ana, como si fuera una niña—. Grey, estás en mi lista negra y te tengo vigilado.

Su tono es estridente y en sus ojos destella la furia, pero me importa una mierda.

Por suerte se marcha. Ajusta la puerta sin llegar a cerrarla. Busco en el bolsillo interior de la americana y de nuevo la señora Jones supera todas mis expectativas. Saco el pañuelo y se lo ofrezco a Ana.

—¿Qué pasa?

—¿A qué has venido? —Tiene la voz trémula.

No lo sé.

Has dicho que no te gusto.

—Parte de mi papel es ocuparme de tus necesidades. Me has dicho que querías que me quedara, así que he venido. —Bien esquivado, Grey—. Y te encuentro así. —Cuando me fui, estabas bien—. Seguro que es culpa mía, pero no tengo ni idea de por qué. ¿Es porque te he pegado?

Se incorpora con esfuerzo y hace una mueca de dolor.

—¿Te has tomado un ibuprofeno? —¿...como te he dicho
que hicieras?

Ella niega con la cabeza.

¿Cuándo harás lo que te digo?

Salgo en busca de Kavanagh, que está en el sofá, furiosa.

—A Ana le duele la cabeza. ¿Tenéis ibuprofeno?

Ella arquea las cejas. Creo que le sorprende que me preocupe
por su amiga. Con mala cara, se levanta del sofá y entra en la
cocina. Tras rebuscar entre unas cuantas cajas, me tiende un par
de pastillas y una taza de agua.

Entro de nuevo en el dormitorio, le doy las pastillas a Ana y
me siento en la cama.

—Tómate esto.

Ella lo hace, con la visión nublada por el temor.

—Cuéntame. Me habías dicho que estabas bien. De haber
sabido que estabas así, jamás te habría dejado. —Distraída, juguetea con un hilo suelto de la colcha—. Deduzco que, cuando
me has dicho que estabas bien, no lo estabas.

—Pensaba que estaba bien.

—Anastasia, no puedes decirme lo que crees que quiero oír.
Eso no es muy sincero. ¿Cómo voy a confiar en nada de lo que
me has dicho?

Si no es sincera conmigo, esto no funcionará.

La idea me parece deprimente.

Háblame, Ana.

—¿Cómo te has sentido cuando te estaba pegando y después?

—No me ha gustado. Preferiría que no volvieras a hacerlo.

—No tenía que gustarte.

—¿Por qué te gusta a ti? —me pregunta, y su tono es más
decidido.

Mierda. No puedo explicárselo.

—¿De verdad quieres saberlo?

—Ah, créeme, me muero de ganas.

Ahora se ha puesto sarcástica.

—Cuidado —le advierto.

Ella palidece al ver mi expresión.

—¿Me vas a pegar otra vez?

—No, esta noche no.

Creo que ya has tenido bastante por hoy.

—¿Y bien?

Insiste en que le dé una respuesta.

—Me gusta el control que me proporciona, Anastasia. Quiero que te comportes de una forma concreta y, si no lo haces, te castigaré, y así aprenderás a comportarte como quiero. Disfruto castigándote. He querido darte unos azotes desde que me preguntaste si era gay.

Y no quiero que pongas los ojos en blanco ni que me hables con sarcasmo.

—Así que no te gusta como soy —dice con un hilo de voz.

—Me pareces encantadora tal como eres.

—Entonces, ¿por qué intentas cambiarme?

—No quiero cambiarte. —No, por Dios. Me tienes hechizado—. Me gustaría que fueras respetuosa y que siguieras las normas que te he impuesto y no me desafiaras. Es muy sencillo.

Quiero que estés a salvo.

—Pero ¿quieres castigarme?

—Sí, quiero.

—Eso es lo que no entiendo.

Exhalo un suspiro.

—Así soy yo, Anastasia. Necesito controlarte. Quiero que te comportes de una forma concreta, y si no lo haces… —Dejo volar la imaginación. Me excita, Ana. Y a ti también te ha excitado. ¿No puedes aceptarlo? Postrarte sobre mis rodillas… Notar tu trasero bajo la palma de la mano—. Me encanta ver cómo se sonroja y se calienta tu hermosa piel blanca bajo mis manos. Me excita.

Solo con pensarlo, noto un cosquilleo en el cuerpo.

—Entonces, ¿no es el dolor que me provocas?

Mierda.

—Un poco, el ver si lo aguantas. —En gran medida, sí que es el dolor, pero ahora no quiero hablar de eso. Si se lo digo, me rechazará—. Pero no es la razón principal. Es el hecho de que seas mía y pueda hacer contigo lo que quiera: control absoluto de otra persona. Y eso me pone. Muchísimo.

Tendré que prestarle un par de libros sobre el comportamiento de un sumiso.

—Mira, no me estoy explicando muy bien. Nunca he tenido que hacerlo. No he meditado mucho todo esto. Siempre he estado con gente de mi estilo. —Hago una pausa para comprobar que me sigue—. Y aún no has respondido a mi pregunta: ¿cómo te has sentido después?

Pestañea.

—Confundida.

—Te ha excitado, Anastasia.

Tienes un lado oscuro, Ana. Lo sé.

Cierro los ojos y la recuerdo húmeda y anhelante entre mis dedos después de haberle pegado. Cuando los abro, ella me está mirando con las pupilas dilatadas y los labios entreabiertos… Se humedece el labio superior con la lengua. Lo desea, igual que yo.

Mierda. Otra vez no, Grey. Tal como está no.

—No me mires así —le advierto con la voz áspera.

Ella levanta las cejas, sorprendida.

Ya sabes lo que quiero decir, Ana.

—No llevo condones, y sabes que estás disgustada. En contra de lo que piensa tu compañera de piso, no soy ningún degenerado. Entonces, ¿te has sentido confundida?

Ella permanece muda.

Dios.

—No te cuesta nada sincerarte conmigo por escrito. Por e-mail siempre me dices exactamente lo que sientes. ¿Por qué no puedes hacer eso cara a cara? ¿Tanto te intimido?

Juguetea con la colcha entre los dedos.

—Me cautivas, Christian. Me abrumas. Me siento como Ícaro volando demasiado cerca del sol. —Habla en voz baja pero rebosante de emoción.

Su confesión me tumba, como si de repente me hubieran dado un golpe en la cabeza.

—Pues me parece que eso lo has entendido al revés —susurro.

—¿El qué?

—Ay, Anastasia, eres tú la que me has hechizado. ¿Es que no es obvio?

Por eso estoy aquí.

No se la ve muy convencida.

Ana, créeme.

—Todavía no has respondido a mi pregunta. Mándame un correo, por favor. Pero ahora mismo. Me gustaría dormir un poco. ¿Me puedo quedar?

—¿Quieres quedarte?

—Querías que viniera.

—No has respondido a mi pregunta —insiste.

Qué mujer más incorregible... He conducido como un loco para venir hasta aquí después de leer tu mensaje, joder. Ahí tienes la respuesta.

Le digo entre dientes que le responderé por e-mail. No pienso hablar de esto. Se acabó la conversación.

Antes de que me dé tiempo a cambiar de idea y volver al Heathman, me pongo de pie, me vacío los bolsillos, me quito los zapatos, los calcetines y los pantalones. Dejo la americana encima de la silla y me meto en la cama de Ana.

—Túmbate —gruño.

Ella me obedece, y yo me incorporo sobre un codo para contemplarla.

—Si vas a llorar, llora delante de mí. Necesito saberlo.

—¿Quieres que llore?

—No en particular. Solo quiero saber cómo te sientes. No quiero que te me escapes entre los dedos. Apaga la luz. Es tarde y los dos tenemos que trabajar mañana.

Lo hace.

—Quédate en tu lado y date la vuelta.

No quiero que me toques.

La cama se hunde cuando ella se mueve, y yo la rodeo con un brazo y la estrecho suavemente contra mí.

—Duerme, nena —susurro, e inhalo el olor de su pelo.
Maldita sea, qué bien huele.

Lelliot corre sobre la hierba.
Se ríe. Fuerte.
Yo lo persigo. Tengo la cara sonriente.
Voy a pillarlo.
Estamos rodeados de pequeños árboles.
Árboles bajitos llenos de manzanas.
Mamá me deja que coja las manzanas.
Mamá me deja que me coma las manzanas.
Me guardo las manzanas en los bolsillos. En todos los bolsillos.
Las escondo dentro del jersey.
Las manzanas están muy ricas.
Las manzanas huelen muy bien.
Mamá prepara pastel de manzana.
Pastel de manzana con helado.
Mi tripita sonríe.
Escondo las manzanas en los zapatos. Las escondo debajo de la almohada.
Hay un hombre. El abuelo Trev-Trev-yan.
Tiene un nombre difícil. Suena difícil cuando lo digo en mi cabeza.
Tiene otro nombre. Thee-o-door.
Theodore es un nombre divertido.
Los árboles bajitos son suyos.
Están en su casa. Donde él vive.
Es el papá de mamá.
Tiene una risa muy fuerte. Y unos hombros anchos.
Y unos ojos alegres.
Corre para pillarnos a Lelliot y a mí.
No me pillas.
Lelliot corre. Ríe.
Yo corro. Lo pillo.
Y caemos sobre la hierba.
Él se ríe.
Las manzanas brillan bajo el sol.

Y están muy ricas.
Mmm…
Y huelen muy bien.
Muy, muy bien.
Las manzanas caen.
Caen encima de mí.
Me doy la vuelta y me golpean la cabeza. Me hacen daño.
¡Ay!
Pero el olor persiste, dulce y fresco.
Ana.

Cuando abro los ojos, estoy abrazado a ella, envolviéndola con mi cuerpo; tenemos las piernas y los brazos entrelazados. Me sonríe con ternura. Ya no tiene la cara hinchada ni enrojecida; se la ve radiante. Mi polla está de acuerdo y se pone dura a modo de saludo.

—Buenos días. —Estoy desorientado—. Dios, hasta mientras duermo me siento atraído por ti. —Me desperezo, me separo de ella y miro alrededor. Claro, estamos en su dormitorio. Los ojos le brillan con una curiosidad expectante cuando nota la presión de mi erección—. Mmm, esto promete, pero creo que deberíamos esperar al domingo.

La acaricio con la nariz justo debajo de la oreja y me incorporo sobre un codo.

Está ruborizada. Cálida.

—Estás ardiendo —me regaña.

—Tú tampoco te quedas corta.

Sonrío y arqueo las caderas para provocarla con mi parte del cuerpo favorita. Ella intenta obsequiarme con una mirada reprobatoria pero fracasa estrepitosamente. Parece muy divertida. Me inclino y la beso.

—¿Has dormido bien? —le pregunto.

Asiente con la cabeza.

—Yo también.

Estoy sorprendido. He dormido realmente bien, y así se lo digo. Ni una pesadilla. Solo sueños…

—¿Qué hora es? —quiero saber.

—Son las siete y media.

—Las siete y media… ¡mierda!

Salto de la cama y empiezo a ponerme los vaqueros. Ella me observa mientras me visto intentando contener la risa.

—Eres muy mala influencia para mí —me quejo—. Tengo una reunión. Tengo que irme. Debo estar en Portland a las ocho. ¿Te estás riendo de mí?

—Sí —reconoce.

—Llego tarde. Yo nunca llego tarde. También esto es una novedad, señorita Steele.

Me pongo la americana, me agacho y rodeo su cabeza con ambas manos.

—El domingo —susurro, y la beso.

Me acerco a la mesilla de noche a por el reloj, la cartera y el dinero, cojo los zapatos y salgo por la puerta.

—Taylor vendrá a encargarse de tu Escarabajo. Lo dije en serio. No lo cojas. Te veo en mi casa el domingo. Te diré la hora por correo.

Salgo del piso dejándola un poco confusa y me dirijo al coche a toda prisa.

Me pongo los zapatos mientras conduzco. Luego piso a fondo el acelerador y voy esquivando el tráfico de entrada a Portland. Tengo una reunión con los socios de Eamon Kavanagh y llevo vaqueros. Por suerte, la reunión es vía WebEx.

Irrumpo en mi habitación del Heathman y enciendo el portátil. Las 8.02. Mierda. No me he afeitado, pero me atuso el pelo y me aliso la americana con la esperanza de que no noten que debajo solo llevo una camiseta.

De todas formas, ¿a quién narices le importa?

Entro en WebEx y veo que Andrea ya está conectada, esperándome.

—Buenos días, señor Grey. El señor Kavanagh va con retraso, pero en Nueva York están preparados y aquí, en Seattle, también.

—¿Fred y Barney?

—Sí, señor, y Ros también.

—Genial. Gracias. —Estoy sin aliento. Capto la fugaz mirada de perplejidad de Andrea pero decido pasar de ella—. ¿Me pides un bocadillo de queso cremoso y salmón ahumado a la plancha y un café solo? Que me lo suban a la suite lo antes posible.

—Sí, señor Grey.

Me pega el vínculo de la videoconferencia en la ventana.

—Ahí va, señor —dice.

Yo hago clic en el vínculo y entro.

—Buenos días.

Hay dos ejecutivos sentados a una mesa de reuniones de Nueva York, ambos mirando con expectación a la cámara. Ros, Barney y Fred aparecen en sendas ventanas, por separado.

A trabajar. Kavanagh dice que quiere cambiar su red de comunicaciones e instalar una conexión de fibra óptica de alta velocidad. Grey Enterprises Holdings puede encargarse de instalarla, pero ¿van en serio con la compra? De entrada supone una inversión importante, aunque a la larga obtendrán grandes beneficios.

Mientras hablamos, en la esquina superior derecha de mi pantalla aparece la notificación de que he recibido un correo de Ana con un nombre de asunto fascinante. Lo abro con la máxima discreción.

De: Anastasia Steele
Fecha: 27 de mayo de 2011 08:05
Para: Christian Grey
Asunto: Asalto y agresión: efectos secundarios

Querido señor Grey:
Quería saber por qué me sentí confundida después de que me...
¿qué eufemismo utilizo: me diera unos azotes, me castigara,
me pegara, me agrediera?

Un poco melodramática, señorita Steele. Podría haber dicho que no.

Pues bien, durante todo el inquietante episodio, me sentí humillada, degradada y ultrajada.

Si te sentiste así, ¿por qué no me interrumpiste? Dispones de palabras de seguridad.

Y para mayor vergüenza, tiene razón, estaba excitada, y eso era algo que no esperaba.

Ya lo sé. Bien. Por fin lo reconoces.

Como bien sabe, todo lo sexual es nuevo para mí. Ojalá tuviera más experiencia y, en consecuencia, estuviera más preparada. Me extrañó que me excitara.
Lo que realmente me preocupó fue cómo me sentí después. Y eso es más difícil de explicar con palabras. Me hizo feliz que usted lo fuera. Me alivió que no fuera tan doloroso como había pensado que sería. Y mientras estuve tumbada entre sus brazos, me sentí... plena.

Yo también, Ana, yo también.

Pero esa sensación me incomoda mucho, incluso hace que me sienta culpable. No me encaja y, en consecuencia, me confunde.
¿Responde eso a su pregunta?
Espero que el mundo de las fusiones y adquisiciones esté siendo tan estimulante como siempre, y que no haya llegado demasiado tarde.
Gracias por quedarse conmigo.

Ana

Kavanagh se une a la conversación y se disculpa por la demora. Mientras se hacen las presentaciones y Fred habla de lo que puede ofrecer la compañía, tecleo mi respuesta para Ana. Espero que a los del otro lado de la pantalla les parezca que estoy tomando notas.

De: Christian Grey
Fecha: 27 de mayo de 2011 08:24
Para: Anastasia Steele
Asunto: Libere su mente

Interesante, aunque el asunto del mensaje sea algo exagerado, señorita Steele.

Respondiendo a su pregunta: yo diría «azotes», y eso es lo que fueron.

- ¿Así que se sintió humillada, degradada, injuriada y agredida? ¡Es tan Tess Durbeyfield...! Si no recuerdo mal, fue usted la que optó por la corrupción. ¿De verdad se siente así o cree que debería sentirse así? Son dos cosas muy distintas. Si es así como se siente, ¿cree que podría intentar abrazar esas sensaciones y digerirlas, por mí? Eso es lo que haría una sumisa.
- Agradezco su inexperiencia. La valoro, y estoy empezando a entender lo que significa. En pocas palabras: significa que es mía en todos los sentidos.
- Sí, estaba excitada, lo que a su vez me excitó a mí; no hay nada malo en eso.
- «Feliz» es un adjetivo que apenas alcanza a expresar lo que sentí. «Extasiado» se aproxima más.
- Los azotes de castigo duelen bastante más que los sensuales, así que nunca le dolerá más de eso, salvo, claro, que cometa alguna infracción, en cuyo caso me serviré de algún instrumento para castigarla. Luego me dolía mucho la mano. Pero me gusta.
- También yo me sentí pleno, más de lo que usted jamás podría imaginar.
- No malgaste sus energías con sentimientos de culpa y pecado. Somos mayores de edad y lo que hagamos a puerta cerrada es cosa nuestra. Debe liberar su mente y escuchar a su cuerpo.
- El mundo de las fusiones y adquisiciones no es ni mucho menos tan estimulante como usted, señorita Steele.

Christian Grey
Presidente de Grey Enterprises Holdings, Inc.

Su respuesta es casi inmediata.

De: Anastasia Steele
Fecha: 27 de mayo de 2011 08:26
Para: Christian Grey
Asunto: ¡Mayores de edad!

¿No estás en una reunión?
Me alegro mucho de que te doliera la mano.
Y, si escuchara a mi cuerpo, ahora mismo estaría en Alaska.

Ana

P.D.: Me pensaré lo de abrazar esas sensaciones.

¡Alaska! Francamente, señorita Steele. Río para mis adentros y procuro dar la impresión de estar enfrascado en la conversación de negocios. Llaman a la puerta y me disculpo por interrumpir la reunión mientras doy permiso para que el servicio de habitaciones entre con mi desayuno. La señorita Ojos Oscurísimos me obsequia con una sonrisa pícara mientras firmo la cuenta.

Vuelvo a WebEx y descubro que Fred está poniendo a Kavanagh y a sus socios al corriente de lo bien que le ha funcionado esa tecnología a otra empresa del mercado de futuros que es cliente nuestra.

—¿Será útil esta tecnología para los futuros? —pregunta Kavanagh con una sonrisita burlona.

Cuando le explico que Barney se está esforzando de lo lindo para inventar una bola de cristal capaz de predecir los precios, todos tienen el detalle de reírse.

Mientras Fred propone una fecha para la implementación e integración de la tecnología, yo le escribo un correo a Ana.

De: Christian Grey
Fecha: 27 de mayo de 2011 08:35
Para: Anastasia Steele
Asunto: No ha llamado a la poli

Señorita Steele:
Ya que lo pregunta, estoy en una reunión hablando del mercado de futuros.
Por si no lo recuerda, se acercó a mí sabiendo muy bien lo que iba a hacer.
En ningún momento me pidió que parara; no utilizó ninguna palabra de seguridad.
Es adulta; toma sus propias decisiones.
Sinceramente, espero con ilusión la próxima vez que se me caliente la mano.
Es evidente que no está escuchando a la parte correcta de su cuerpo.
En Alaska hace mucho frío y no es un buen escondite.
La encontraría.
Puedo rastrear su móvil, ¿recuerda?
Váyase a trabajar.

Christian Grey
Presidente de Grey Enterprises Holdings, Inc.

Fred está en pleno discurso cuando recibo la respuesta de Ana.

De: Anastasia Steele
Fecha: 27 de mayo de 2011 08:36
Para: Christian Grey
Asunto: Acosador

¿Has buscado ayuda profesional para esa tendencia al acoso?

Ana

Ahogo la risa. Esta chica es muy ocurrente.

De: Christian Grey
Fecha: 27 de mayo de 2011 08:38
Para: Anastasia Steele
Asunto: ¿Acosador, yo?

Le pago al eminente doctor Flynn una pequeña fortuna para que se ocupe de mi tendencia al acoso y de las otras.
Vete a trabajar.

Christian Grey
Presidente de Grey Enterprises Holdings, Inc.

¿Por qué no se ha ido a trabajar? Llegará tarde.

De: Anastasia Steele
Fecha: 27 de mayo de 2011 08:40
Para: Christian Grey
Asunto: Charlatanes caros

Si me lo permite, le sugiero que busque una segunda opinión.
No estoy segura de que el doctor Flynn sea muy eficiente.

Señorita Steele

Maldita sea, esta mujer es muy ocurrente... e intuitiva; Flynn me cobra una pequeña fortuna por sus consejos. Tecleo mi respuesta procurando que los demás no me vean.

De: Christian Grey
Fecha: 27 de mayo de 2011 08:43
Para: Anastasia Steele
Asunto: Segundas opiniones

Te lo permita o no, no es asunto tuyo, pero el doctor Flynn es la
segunda opinión.
Vas a tener que acelerar en tu coche nuevo y ponerte en peligro
innecesariamente. Creo que eso va contra las normas.
VETE A TRABAJAR.

Christian Grey
Presidente de Grey Enterprises Holdings, Inc.

Kavanagh me pregunta sobre las garantías de futuro. Le hago
saber que hace poco hemos adquirido una empresa de fibra óptica
innovadora y dinámica. No le confieso que tengo dudas sobre el
presidente, Lucas Woods. De todas formas, se marchará. Estoy decidido a echar a ese idiota; me da igual lo que diga Ros.

De: Anastasia Steele
Fecha: 27 de mayo de 2011 08:47
Para: Christian Grey
Asunto: MAYÚSCULAS CHILLONAS

Como soy el blanco de su tendencia al acoso, creo que sí
es asunto mío. No he firmado aún, así que sus normas me
la repampinflan. Y no entro hasta las nueve y media.

Señorita Steele

«MAYÚSCULAS CHILLONAS.» Me encanta.
Respondo.

De: Christian Grey
Fecha: 27 de mayo de 2011 08:49
Para: Anastasia Steele
Asunto: Lingüística descriptiva

¿«Repampinflan»? Dudo mucho que eso venga en
el diccionario.

Christian Grey
Presidente de Grey Enterprises Holdings, Inc.

—Podemos continuar la conversación sin estar conectados
—le dice Ros a Kavanagh—. Ahora que ya tenemos una idea de
sus necesidades y de sus expectativas, prepararemos una propuesta detallada y volveremos a reunirnos la semana que viene para
comentarla.

—Estupendo —contesto fingiendo que los estaba escuchando.

Todos asienten con la cabeza para mostrar su conformidad y
nos despedimos.

—Gracias por darme la oportunidad de hacerme con este presupuesto, Eamon —digo dirigiéndome a Kavanagh.

—Parece que tenéis muy claro cuáles son nuestras necesidades —contesta él—. Me alegro de que coincidiéramos ayer.
Adiós.

Todos desconectan excepto Ros, que me mira como si me
hubieran salido dos cabezas.

Se oye el sonido de un mensaje de Ana en la bandeja de entrada.

—Un momento, Ros, dame un par de minutos. —La pongo
en silencio.

Y leo.

Y me río a carcajadas.

De: Anastasia Steele
Fecha: 27 de mayo de 2011 08:52
Para: Christian Grey
Asunto: Lingüística descriptiva

Sale después de «acosador» y de «controlador obsesivo».
Y la lingüística descriptiva está dentro de mis límîtes infranqueables.
¿Me dejas en paz de una vez? Me gustaría irme a trabajar en mi
coche nuevo.

Ana

Tecleo una respuesta rápida.

De: Christian Grey
Fecha: 27 de mayo de 2011 08:56
Para: Anastasia Steele
Asunto: Mujeres difíciles pero divertidas

Me escuece la palma de la mano.
Conduzca con cuidado, señorita Steele.

Christian Grey
Presidente de Grey Enterprises Holdings, Inc.

Ros me lanza una mirada furibunda cuando vuelvo a conectar con ella.

—¿Qué narices pasa, Christian?

—¿A qué te refieres? —Me hago el inocente.

—Ya lo sabes. No convoques una maldita reunión cuando es evidente que no te interesa.

—¿Tanto se ha notado?

—Sí.

—Mierda.

—Sí. Mierda. Esto podría suponernos un contrato importantísimo.

—Lo sé, lo sé. Y lo siento.

Sonrío.

—No sé qué te pasa últimamente.

Sacude la cabeza, pero noto que intenta disimular su diversión con una expresión exasperada.

—Son los aires de Portland.

—Bueno, cuanto antes vuelvas, mejor.

—Saldré de aquí sobre la hora de comer. Mientras tanto, pídele a Marco que investigue todas las editoriales de Seattle por si pudiéramos absorber alguna.

—¿Ahora quieres dedicarte al negocio editorial? —suelta Ros—. No parece que ese sector vaya a tener un gran crecimiento económico.

Seguramente tiene razón.

—De momento investigadlo. Eso es todo.

Ella suspira.

—Si insistes… ¿Estarás aquí a última hora de la tarde? Podemos hablar con calma del tema.

—Depende del tráfico.

—Le pediré a Andrea que te reserve un hueco en la agenda.

—Estupendo. Hasta luego, de momento.

Me desconecto de WebEx y llamo a Andrea.

—¿Señor Grey?

—Llama al doctor Baxter y pídele que vaya a mi casa el domingo, alrededor del mediodía. Si está ocupado, busca a un buen ginecólogo. El mejor.

—Sí, señor —dice—. ¿Algo más?

—Sí. ¿Cómo se llama la *personal shopper* que me atiende en el Neiman Marcus de Bravern Center?

—Caroline Acton.

—Envíame un mensaje de texto con su número de teléfono.

—Lo haré.

—Nos vemos esta tarde.

—Sí, señor.

Cuelgo.

De momento la mañana está resultando interesante. No recuerdo haberme divertido nunca tanto intercambiando correos. Miro el portátil, pero no hay nada nuevo. Ana debe de estar trabajando.

Me paso las manos por el pelo.

Ros se ha dado cuenta de lo distraído que estaba durante la conversación.

Mierda, Grey. Ponte las pilas.

Engullo el desayuno, bebo un poco más de café frío y me dirijo al dormitorio para ducharme y cambiarme. Ni siquiera mientras me lavo el pelo puedo quitarme a esa mujer de la cabeza. Ana.

La increíble Ana.

Me viene a la mente una imagen de ella subiendo y bajando encima de mí; otra de ella tumbada sobre mis rodillas, con el trasero enrojecido; otra, atada a la cama con la boca abierta, extasiada. Dios, cómo me pone esa mujer... Y esta mañana, cuando me he despertado a su lado, no me he sentido tan mal como creía. Además, he dormido bien; muy bien, de hecho.

«Mayúsculas chillonas.» Sus correos me hacen reír; son ocurrentes. Ana es muy divertida. Nunca había apreciado esa cualidad en una mujer. Tengo que pensar qué haremos el domingo en el cuarto de juegos... Algo divertido, algo que sea nuevo para ella.

Mientras me afeito se me ocurre una idea, y nada más vestirme regreso junto al ordenador para echar un vistazo a mi tienda de juguetes favorita. Necesito una fusta; de cuero trenzado, marrón. Sonrío. Voy a hacer realidad los sueños de Ana.

Tras cerrar el pedido, me dedico a escribir correos con vigor y eficiencia, hasta que Taylor me interrumpe.

—Buenos días, Taylor.

—Señor Grey.

Me saluda con la cabeza mientras me observa con expresión perpleja, y me doy cuenta de que estoy sonriendo porque estoy pensando en los e-mails de Ana.

«La lingüística descriptiva está dentro de mis límites infranqueables.»

—Lo he pasado bien esta mañana —se me escapa.

—Me alegro de oír eso, señor. Tengo la ropa de la señorita Steele que la semana pasada envió a la lavandería.

—Ponla con mi equipaje.

—Lo haré.

—Gracias.

Lo veo entrar en el dormitorio. Hasta Taylor está notando el efecto Anastasia Steele. Suena mi móvil: es un mensaje de texto de Elliot.

¿Todavía estás en Portland?

Sí, pero me marcho ya.

*Yo llegaré más tarde. Voy a ayudar a las chicas con la mudanza.
Lástima que no puedas quedarte.
Nuestra primera CITA DOBLE
desde que Ana te desfloró.*

Vete a la mierda. Yo voy a recoger a Mia.

Necesito detalles, hermanito. Kate no cuenta nada.

Bien. Vete a la mierda. Otra vez.

—¿Señor Grey? —Taylor vuelve a interrumpirme con el equipaje en la mano—. Ya han enviado el paquete con la BlackBerry.

—Gracias.

Saluda con una inclinación de cabeza, y en cuanto se marcha le envío otro correo a la señorita Steele.

De: Christian Grey
Fecha: 27 de mayo de 2011 11:15
Para: Anastasia Steele
Asunto: BlackBerry EN PRÉSTAMO

Quiero poder localizarte a todas horas y, como esta es la forma
de comunicación con la que más te sinceras, he pensado que
necesitabas una BlackBerry.

Christian Grey
Presidente de Grey Enterprises Holdings, Inc.

Y a lo mejor cuando te llame a este teléfono sí que contes-
tas.

A las once y media tengo otra videoconferencia con el director financiero de Grey Enterprises Holdings, para hablar de las
donaciones benéficas del próximo trimestre. La reunión dura casi
una hora y cuando acaba tomo un almuerzo ligero y termino de
leer la revista *Forbes*.

Mientras me termino la ensalada me doy cuenta de que no
tengo ningún motivo para seguir alojado en el hotel. Ha llegado
la hora de marcharse y, sin embargo, me resisto. En el fondo
tengo que reconocer que es porque no veré a Ana hasta el domingo, a menos que ella cambie de idea.

Mierda. Espero que no.

Ahuyento de mi cabeza ese desagradable pensamiento, introduzco los documentos en la bolsa y, cuando me dispongo a guardar el portátil, veo que tengo un correo de Ana.

De: Anastasia Steele
Fecha: 27 de mayo de 2011 13:22
Para: Christian Grey
Asunto: Consumismo desenfrenado

Me parece que te hace falta llamar al doctor Flynn ahora mismo.
Tu tendencia al acoso se está descontrolando.
Estoy en el trabajo. Te mando un correo cuando llegue a casa.
Gracias por este otro cacharrito.
No me equivocaba cuando te dije que eres un consumista
compulsivo.
¿Por qué haces esto?

Ana

¡Me está echando la bronca! Le respondo de inmediato.

De: Christian Grey
Fecha: 27 de mayo de 2011 13:24
Para: Anastasia Steele
Asunto: Muy sagaz para ser tan joven

Una muy buena puntualización, como de costumbre, señorita
Steele.
El doctor Flynn está de vacaciones.
Y hago esto porque puedo.

Christian Grey
Presidente de Grey Enterprises Holdings, Inc.

No contesta, así que guardo el portátil. Cojo la bolsa, bajo
a la recepción y dejo el hotel. Mientras estoy esperando a que

llegue el coche, Andrea me llama para decirme que ha dado con una ginecóloga que podría ir al Escala el domingo.

—Es la doctora Greene, y su médico de cabecera me la ha recomendado encarecidamente, señor.

—Bien.

—Pasa consulta en el Northwest.

—De acuerdo.

¿A qué viene ese comentario de Andrea?

—Hay un problema, señor… Es muy cara.

Hago caso omiso de su preocupación.

—Andrea, lo que pida estará bien.

—En ese caso, puede estar en su casa el domingo a la una y media.

—Fantástico. Adelante, contrátala.

—Lo haré, señor Grey.

Cuelgo, y me siento tentado de llamar a mi madre para pedirle referencias de la doctora Greene, ya que trabajan en el mismo hospital. Sin embargo, eso podría suscitar demasiadas preguntas por parte de Grace.

Ya en el coche, le mando a Ana un correo para quedar el domingo.

De: Christian Grey
Fecha: 27 de mayo de 2011 13:40
Para: Anastasia Steele
Asunto: Domingo

¿Quedamos el domingo a la una?
La doctora te esperará en el Escala a la una y media.
Yo me voy a Seattle ahora.
Confío en que la mudanza vaya bien, y estoy deseando que llegue el domingo.

Christian Grey
Presidente de Grey Enterprises Holdings, Inc.

Perfecto. Todo liso. Me incorporo a la circulación con el R8 y me dirijo a todo gas a la interestatal 5. Cuando paso de largo la salida de Vancouver, se me ocurre una idea. Llamo a Andrea por el manos libres y le pido que se encargue de que Ana y Kate reciban un regalo de bienvenida al nuevo piso.

—¿Qué le gustaría enviarles?

—Un Bollinger La Grande Année Rosé, añada de 1999.

—Sí, señor. ¿Algo más?

—¿Qué quieres decir con «algo más»?

—¿Flores? ¿Bombones? ¿Un globo?

—¿Un globo?

—Sí.

—¿Qué clase de globo?

—Bueno… Los hay de muchos tipos.

—Vale. Buena idea. Intenta encontrar un globo en forma de helicóptero.

—Sí, señor. ¿Algún mensaje para la tarjeta?

—«Señoritas: Buena suerte en su nuevo hogar. Christian Grey.» ¿Lo tienes?

—Sí. ¿Cuál es la dirección?

Mierda. No lo sé.

—Te la enviaré por mensaje de texto más tarde o mañana. ¿Te va bien?

—Sí, señor. Puedo hacer que lo envíen mañana.

—Gracias, Andrea.

—De nada. —Parece sorprendida.

Cuelgo y piso a fondo el acelerador del R8.

A las seis y media llego a casa, pero mi euforia se ha desvanecido. Sigo sin tener noticias de Ana. Elijo unos gemelos de un cajón de mi vestidor y, mientras me anudo la corbata para la velada, me pregunto si ella estará bien. Ha dicho que se pondría en contacto conmigo en cuanto llegara a casa; la he llamado dos veces, pero no contesta, y estoy empezando a cabrearme. Lo intentaré de nuevo, y esta vez le dejaré un mensaje.

—Me parece que tienes que aprender a lidiar con mis expectativas. No soy un hombre paciente. Si me dices que te pondrás en contacto conmigo cuando termines de trabajar, ten la decencia de hacerlo. De lo contrario, me preocupo, y no es una emoción con la que esté familiarizado, por lo que no la llevo bien. Llámame.

Si no me llama pronto, voy a explotar.

Estoy sentado a la mesa con Whelan, mi banquero. Soy su invitado en una función benéfica para un proyecto sin ánimo de lucro cuyo objetivo es concienciar a la gente de la pobreza que hay en el mundo.

—Me alegro de que haya podido venir —dice Whelan.

—Es por una buena causa.

—Y gracias por su generosa contribución, señor Grey.

Su mujer es una provocadora nata; no hace más que erguir sus perfectos pechos operados en mi dirección.

—Como le decía, es por una buena causa.

Lo obsequio con una sonrisa condescendiente.

¿Por qué Ana no me ha devuelto la llamada?

Vuelvo a mirar el teléfono.

Nada.

Me fijo en los comensales de mediana edad que me rodean, todos con sus mujeres de bandera, fruto de segundas o terceras nupcias. Dios no permita que yo llegue a convertirme en esto.

Me aburro. Mucho. Y también estoy muy cabreado.

¿Qué estará haciendo Ana?

¿Debería haberla traído conmigo? Sospecho que también ella se aburriría de lo lindo. Cuando en la mesa cambian de tema de conversación y empiezan a hablar del estado de la economía, decido que ya he tenido bastante. Presento mis excusas y abandono el salón y el hotel. Mientras el mozo va a buscarme el coche, vuelvo a llamar a Ana.

Tampoco contesta.

Tal vez ahora que no estoy ha decidido que no quiere saber nada más de mí.

En cuanto llego a casa, me dirijo al estudio y enciendo el iMac.

De: Christian Grey
Fecha: 27 de mayo de 2011 22:14
Para: Anastasia Steele
Asunto: ¿Dónde estás?

«Estoy en el trabajo. Te mando un correo cuando llegue a casa.»
¿Aún sigues en el trabajo, o es que has empaquetado el teléfono, la BlackBerry y el MacBook?
Llámame o me veré obligado a llamar a Elliot.

Christian Grey
Presidente de Grey Enterprises Holdings, Inc.

Miro por la ventana hacia las oscuras aguas del Sound. ¿Por qué me ofrecí para ir a buscar a Mia? Ahora podría estar con Ana, ayudándola a empaquetar todos sus trastos, y luego saldríamos con Kate y Elliot a comer una pizza, o lo que sea que haga la gente normal.

Por el amor de Dios, Grey.

Este no eres tú. Céntrate.

Paseo de un lado a otro de mi apartamento, mis pasos resuenan en el salón, que se me antoja dolorosamente vacío en comparación con la última vez que estuve aquí. Me deshago el nudo de la corbata. Quizá el que se siente vacío soy yo. Me sirvo un armañac y vuelvo a contemplar el perfil de Seattle recortado contra el Sound.

¿Estás pensando en mí, Anastasia Steele? Las luces parpadeantes de la ciudad no tienen la respuesta.

Suena el teléfono.

Menos mal. Joder. Por fin. Es ella.

—Hola.

Me siento aliviado por su llamada.

—Hola —contesta.

—Me tenías preocupado.

—Lo sé. Siento no haberte respondido, pero estoy bien.

¿Bien? Ojalá yo también lo estuviera…

—¿Lo has pasado bien esta noche? —le pregunto intentando apaciguar mi mal humor.

—Sí. Hemos terminado de empaquetar y Kate y yo hemos cenado comida china con José.

Ah, esto se pone cada vez más interesante. El cabrón del fotógrafo otra vez. Por eso no me ha llamado.

—¿Qué tal tú? —me pregunta cuando ve que no respondo. Su voz denota cierta desesperación.

¿Por qué? ¿Qué es lo que no me cuenta?

¡Vamos, deja de darle tantas vueltas, Grey!

Suspiro.

—He asistido a una cena con fines benéficos. Aburridísima. Me he ido en cuanto he podido.

—Ojalá estuvieras aquí —musita.

—¿En serio?

—Sí —dice en un tono vehemente.

Vaya. A lo mejor me ha echado de menos.

—¿Nos veremos el domingo? —pregunto para confirmarlo, pero intentando que mi voz no delate lo esperanzado que estoy.

—Sí, el domingo —contesta, y creo que está sonriendo.

—Buenas noches.

—Buenas noches, señor. —Le ha salido la voz ronca, y al oírla se me corta la respiración.

—Buena suerte con la mudanza de mañana, Anastasia.

No cuelga; su respiración es superficial. ¿Por qué no cuelga el teléfono? ¿No le apetece hacerlo?

—Cuelga tú —me susurra.

No quiere colgar, y mi ánimo mejora de inmediato. Le sonrío mientras contemplo la vista de Seattle.

—No, cuelga tú.

—No quiero.

—Yo tampoco.

—¿Estabas enfadado conmigo? —pregunta.

—Sí.

—¿Todavía lo estás?

—No.

Ahora sé que estás bien.

—Entonces, ¿no me vas a castigar?

—No. Yo soy de aquí te pillo, aquí te mato.

—Ya lo he notado —me provoca, y eso me arranca otra sonrisa.

—Ya puede colgar, señorita Steele.

—¿En serio quiere que lo haga, señor?

—Vete a la cama, Anastasia.

—Sí, señor.

No cuelga, y sé que está sonriendo. Eso aún me anima más.

—¿Alguna vez crees que serás capaz de hacer lo que te digan? —pregunto.

—Puede. Lo sabremos después del domingo —dice con su voz de seductora, y la comunicación se corta.

Anastasia Steele, ¿qué voy a hacer contigo?

De hecho, ya se me ha ocurrido una buena idea, siempre que la fusta que he encargado llegue a tiempo. Y con ese agradable pensamiento, apuro la copa de armañac y me dispongo a acostarme.

Sábado, 28 de mayo de 2011

Christian! —exclama Mia, eufórica, y echa a correr en mi dirección tras abandonar el carrito cargado hasta arriba de equipaje. Me rodea el cuello con los brazos y me estrecha contra ella, con fuerza—. Te he echado de menos.

—Yo también.

Le devuelvo el abrazo. Se inclina hacia atrás y me escudriña con sus intensos ojos negros.

—Tienes buen aspecto —afirma rebosando entusiasmo—. ¡Háblame de esa chica!

—Primero os llevo a tu equipaje y a ti a casa.

Me hago cargo del carrito, que pesa una tonelada, y abandonamos la terminal del aeropuerto para encaminarnos juntos al aparcamiento.

—Bueno, ¿qué tal París? Cualquiera diría que te lo has traído en la maleta.

—*C'est incroyable!* —exclama—. Aunque Floubert es un cabrón. ¡Dios mío! Qué horror de hombre. Será un buen chef, pero es una mierda de profesor.

—¿Eso quiere decir que esta noche cocinas tú?

—Pues yo esperaba que lo hiciera mamá.

Mia no deja de hablar de París: de lo pequeña que era su habitación, de las cañerías, del Sacré-Coeur, Montmartre, los parisinos, el café, el vino tinto, el queso, la moda, las tiendas… Sobre todo de la moda y de las tiendas. Y eso que yo creía que había ido a París para aprender a cocinar.

Cuánto he echado de menos su locuacidad; me resulta relajante y la agradezco. Mia es la única persona que conozco que no hace que me sienta... diferente. Qué recuerdos.

—*Esta es tu hermanita, Christian. Se llama Mia.*
Mamá me deja tenerla en brazos. Es muy pequeña y tiene el pelo muy, muy negro.
Sonríe. No tiene dientes. Le saco la lengua. Tiene una risa alegre.
Mamá me deja tenerla en brazos otra vez. Se llama Mia.
Se ríe conmigo. Yo la levanto y la abrazo. En mis brazos está segura.
A Elliot le da igual Mia. Mia babea y llora.
Y él arruga la nariz cuando ella se hace caca.
Cuando Mia llora, Elliot no le hace caso. Yo la levanto y la abrazo, y así para de llorar.
Se duerme en mis brazos.
—*Mi-a* —*susurro.*
—*¿Qué has dicho?* —*pregunta mamá, blanca como la tiza.*
—*Mi-a.*
—*Sí, sí, cariño mío. Mia. Se llama Mia.*
Y mamá se pone a llorar de alegría.

Doblo hacia el camino de entrada, detengo el coche frente a la puerta de mis padres, descargo el equipaje de Mia y lo entro en casa.

—¿Dónde está todo el mundo?

Mia hace un mohín exagerado. La única persona que aparece es la asistenta de mis padres: una estudiante de intercambio cuyo nombre no recuerdo.

—Bienvenida a casa —saluda a Mia con su deficiente inglés, aunque en realidad está mirándome a mí con ojos de cordera degollada.

Por favor, no es más que una cara bonita, cariño.

Respondo a la pregunta de Mia sin hacerle ningún caso a la asistenta.

—Creo que mamá está de guardia y papá ha ido a una conferencia. Te has adelantado una semana.

—No soportaba a Floubert ni un minuto más. Tenía que irme de allí mientras pudiera. Ah, te he traído un regalo. —Coge una de las maletas, la abre en el vestíbulo y empieza a rebuscar en su interior—. ¡Ajá! —Me tiende una caja cuadrada y pesada—. Ábrelo —me anima, impaciente, con una amplia sonrisa. Esta chica es un verdadero terremoto.

Abro la caja con recelo y dentro encuentro una bola de nieve que contiene un piano de cola negro cubierto de purpurina. Es la cosa más hortera que he visto en mi vida.

—Es una caja de música. Mira…

Me la quita de las manos, la agita con fuerza y le da cuerda a una llavecita situada en la parte inferior. Empieza a sonar una versión ligera de «La Marsellesa» entre una nube de purpurina de colores.

¿Qué voy a hacer con este trasto? Me echo a reír, porque es un regalo muy típico de Mia.

—Me encanta, Mia. Gracias.

La abrazo y ella hace lo mismo.

—Sabía que te reirías.

Tiene razón. Me conoce bien.

—Bueno, háblame de esa chica —insiste, pero nos interrumpe la llegada de Grace, que entra apresuradamente por la puerta, y el abrazo en el que se funden madre e hija me concede un respiro.

—Siento mucho no haber podido ir a buscarte, cariño —se disculpa Grace—. Estaba de guardia. Qué mayor se te ve. Christian, ¿te importaría subir las maletas de Mia? Gretchen te echará una mano.

¿En serio? ¿Ahora soy el mozo de equipaje?

—Claro, mamá.

Pongo los ojos en blanco. Lo último que necesito es a Gretchen bebiendo los vientos por mí.

En cuanto termino, les digo que he quedado con mi entrenador.

—Volveré por la noche.

Me despido de ellas con un beso fugaz y me marcho antes de que empiecen a incordiarme con más preguntas sobre Ana.

Bastille, mi entrenador, me hace sudar la gota gorda. Hoy practicamos kick boxing en su gimnasio.

—Te has ablandado en Portland, amigo —se burla después de enviarme a la colchoneta con su patada giratoria.

Bastille se ha formado en la escuela de la vida y solo concibe un entrenamiento físico duro, lo cual ya me va bien.

Me pongo en pie con dificultad. Quiero tirarlo al suelo, pero tiene razón; me da una soberana paliza y yo no consigo ni tocarlo.

—¿Qué pasa? Estás distraído, tío —dice cuando hemos acabado.

—Cosas de la vida. Ya sabes —contesto con aire indiferente.

—Ya. ¿Esta semana estás en Seattle?

—Sí.

—Bien. Hay que ponerte en forma.

Mientras regreso corriendo al apartamento recuerdo el regalo de bienvenida para el nuevo piso de Ana. Le envío un mensaje a Elliot.

*¿Cuál es la dirección de Ana y Kate?
Quiero sorprenderlas
con un regalo.*

Me envía las señas y se las paso a Andrea, que me responde cuando ya estoy en el ascensor, camino del ático.

Champán y globo enviados. A.

Taylor me tiende un paquete cuando entro en el apartamento.

—Esto ha llegado para usted, señor Grey.

Ah, sí. Reconozco el discreto envoltorio sin remitente: es la fusta.

—Gracias.

—La señora Jones ha dicho que volverá mañana, hacia la noche.

—De acuerdo. Creo que eso es todo por hoy, Taylor.

—Muy bien, señor —contesta con una sonrisa educada, y regresa a su despacho.

Entro tranquilamente en mi dormitorio con la fusta. Será la introducción perfecta a mi mundo. La propia Ana ha admitido que no posee ningún tipo de conocimiento ni experiencia con respecto al castigo físico más allá de los azotes que le propiné la otra noche. Y la excitaron. Tendré que tomarme con calma lo de la fusta y procurar que le resulte placentero.

Muy placentero. La fusta es perfecta. Le demostraré que todos sus miedos son infundados y, una vez que se sienta a gusto con esto, seguiremos adelante.

Bueno, espero que sigamos adelante…

Nos lo tomaremos con calma; solo haremos lo que ella esté dispuesta a probar. Si quiero que esto funcione, habrá que ir a su ritmo, no al mío.

Vuelvo a echarle un vistazo a la fusta y la guardo en el armario para mañana.

Abro el portátil para ponerme a trabajar, y entonces suena el teléfono. Espero que sea Ana, pero se trata de Elena. Lástima.

¿Tenía que llamarla?

—Hola, Christian. ¿Cómo estás?

—Bien, gracias.

—¿Ya has vuelto de Portland?

—Sí.

—¿Te apetece ir a cenar esta noche?

—Esta noche no va a poder ser. Mia acaba de llegar de París y han reclamado mi presencia.

—Ah, mamá Grey. ¿Cómo está?

—¿Mamá Grey? Bien. Creo. ¿Por qué? ¿Qué sabes que yo no sepa?

—Solo preguntaba, Christian. No seas tan susceptible.

—Te llamo la semana que viene; tal vez podamos ir a cenar.

—De acuerdo. Llevas una temporada desaparecido, y he conocido a una mujer que podría cumplir con tus requisitos.

Yo también.

Paso por alto su comentario.

—Nos vemos la semana que viene. Adiós.

Mientras me ducho, me pregunto si lo que me atrae tanto de Ana es el hecho de tener que persistir en mi empeño por conseguirla, cómo es ella.

La cena ha sido divertida. Mi hermana, la princesa de la casa, ha vuelto y el resto de la familia somos sus lacayos, con los que hace lo que quiere. Grace ha reunido a todos sus hijos y está en su elemento. Ha preparado el plato preferido de Mia: pollo frito, con salsa y puré de patatas.

También es uno de los míos.

—Háblame de Anastasia —me pide Mia, ya sentados a la mesa de la cocina.

Elliot se reclina en la silla y se pasa las manos por detrás de la cabeza.

—Esto no me lo pierdo. ¿Sabes que lo desfloró?

—¡Elliot! —le riñe Grace, y luego le da con un trapo de cocina.

—¡Ay!

Mi hermano la esquiva y pongo los ojos en blanco.

—He conocido a una chica. —Me encojo de hombros—. Fin de la historia.

—¡No puedes dejarnos así! —protesta Mia haciendo un mohín.

—Mia, yo diría que sí puede, y que acaba de hacerlo. —Carrick le dirige una mirada reprobadora y paternal por encima de las gafas.

—La conoceremos mañana en la cena, ¿verdad, Christian? —apunta Grace con una sonrisa traviesa.

¡Joder!

—También viene Kate —añade Elliot con intención de provocarme.

Maldito liante. Lo fulmino con la mirada.

—Qué ganas tengo de conocerla. ¡Tiene que ser una pasada! —Mia da saltitos en la silla.

—Sí, sí —mascullo preguntándome si habrá algún modo de librarme de la cena de mañana.

—Elena me ha preguntado por ti, cariño —comenta Grace.

—¿Ah, sí?

Finjo un completo desinterés perfeccionado a lo largo de años de práctica.

—Sí, dice que hace mucho que no te ve.

—He estado en Portland por asuntos de negocios. Hablando de eso, debería irme… Mañana tengo una llamada importante y he de preparar algunas cosas.

—Pero si todavía falta el postre, y es crujiente de manzana.

Mmm… Resulta tentador. Sin embargo, si me quedo seguirán preguntándome sobre Ana.

—Tengo que irme, el trabajo me reclama.

—Cariño, trabajas demasiado —me reprende Grace levantándose de la silla.

—No te levantes, mamá. Estoy seguro de que Elliot te ayudará a fregar los platos después de cenar.

—¿Qué?

Elliot frunce el ceño. Le guiño un ojo, me despido y doy media vuelta.

—Pero te veremos mañana, ¿no? —pregunta Grace con la voz cargada de esperanza.

—Ya veremos.

Mierda. Parece que Anastasia Steele va a conocer a mi familia.

No sé cómo sentirme al respecto.

Domingo, 29 de mayo de 2011

Con el «Shake Your Hips» de los Rolling Stones sonando a todo volumen en mis oídos, sigo corriendo con ritmo enérgico por Fourth Avenue y doblo a la derecha al llegar a la esquina con Vine Street. Son las siete menos cuarto de la mañana y el recorrido es cuesta abajo y todo recto... hacia su apartamento. Me siento atraído como un imán; solo quiero ver dónde vive.

Estoy a medio camino entre un obseso del control y un acosador.

Me río para mis adentros: solo he salido a correr, estamos en un país libre...

El bloque de apartamentos es un edificio de ladrillo normal y corriente, con los marcos de las ventanas pintados de verde oscuro, típicos de esta parte de la ciudad. El apartamento está en una buena zona, cerca de la intersección de Vine Street con Western. Me imagino a Ana hecha un ovillo en la cama, bajo el edredón y su colcha de color crema y azul.

Sigo corriendo varias manzanas más y me meto en el mercado; los comerciantes están montando los puestos. Esquivo las camionetas de frutas y verduras y las furgonetas frigoríficas que reparten el pescado del día. Es el corazón de la ciudad, vibrante y lleno de vida a pesar de lo temprano que es esta mañana fría y gris. El agua del Sound está de una tonalidad plomiza y vidriosa, a juego con el color del cielo, pero eso no consigue nublar mi buen humor.

Hoy es el día.

Después de darme una ducha, me pongo unos vaqueros y una camisa de lino y saco de mi cómoda una goma para el pelo. Me la meto en el bolsillo y me voy al estudio a escribirle un e-mail a Ana.

De: Christian Grey
Fecha: 29 de mayo de 2011 08:04
Para: Anastasia Steele
Asunto: Mi vida en cifras

Si vienes en coche, vas a necesitar este código de acceso para el garaje subterráneo del Escala: 146963.
Aparca en la plaza 5: es una de las mías. El código del ascensor: 1880.

Christian Grey
Presidente de Grey Enterprises Holdings, Inc.

Al cabo de un par de minutos llega la respuesta.

De: Anastasia Steele
Fecha: 29 de mayo de 2011 08:08
Para: Christian Grey
Asunto: Una añada excelente

Sí, Señor. Entendido.
Gracias por el champán y el globo del *Charlie Tango*, que tengo atado a mi cama.

Ana

Me viene a la mente la imagen de Ana atada a la cama con mi corbata. Me remuevo inquieto en la silla. Espero que se haya traído esa misma cama a Seattle.

De: Christian Grey
Fecha: 29 de mayo de 2011 08:11
Para: Anastasia Steele
Asunto: Envidia

De nada.
No llegues tarde.
Afortunado *Charlie Tango*.

Christian Grey
Presidente de Grey Enterprises Holdings, Inc.

No me responde, así que inspecciono la nevera en busca de algo para desayunar. Gail me ha dejado unos cruasanes, y para el almuerzo, una ensalada César con pollo, suficiente para dos personas. Espero que a Ana le guste, aunque no me importa tener que comérmela dos días seguidos.

Taylor aparece mientras estoy desayunando.

—Buenos días, señor Grey. Aquí tiene la prensa dominical.

—Gracias. Anastasia vendrá hoy a la una, y también vendrá una tal doctora Green a la una y media.

—Muy bien, señor. ¿Hay algo más en la agenda para hoy?

—Sí. Ana y yo iremos a casa de mis padres a cenar esta noche.

Taylor ladea la cabeza, con un gesto de sorpresa, pero se repone enseguida y abandona la habitación. Yo vuelvo a centrarme en mi cruasán con mermelada de albaricoque.

Sí, voy a presentársela a mis padres; ¿algún problema?

No logro concentrarme; estoy nervioso e impaciente. Son las doce y cuarto. Hoy las horas se me están haciendo eternas. Desisto de seguir trabajando, recojo los periódicos del domingo y vuelvo a la sala de estar, donde pongo un poco de música y me siento a leer.

Para mi sorpresa, veo una foto de Ana y de mí en la sección de noticias locales, de la ceremonia de graduación en la Estatal de Washington. Está preciosa, aunque parece un poco asustada.

Oigo el ruido de la puerta doble y ahí está ella... Lleva el pelo suelto, un poco salvaje y sexy, y ha escogido el mismo vestido color morado que se puso para nuestra cena en el Heathman. Está espectacular.

Bravo, señorita Steele.

—Mmm... ese vestido. —Mi voz está impregnada de admiración mientras me acerco con aire despreocupado hacia ella—. Bienvenida de nuevo, señorita Steele —susurro y, sujetándola de la barbilla, le doy un beso tierno en los labios.

—Hola —dice, con las mejillas teñidas de un leve rubor.

—Llegas puntual. Me gusta la puntualidad. Ven. —La cojo de la mano y la llevo al sofá—. Quiero enseñarte algo.

Nos sentamos y le paso *The Seattle Times*. La fotografía la hace reír. No es exactamente la reacción que yo esperaba.

—Así que ahora soy tu «amiga» —bromea.

—Eso parece. Y sale en el periódico, así que será cierto.

Me siento más tranquilo ahora que ya está aquí, tal vez por el hecho de que sí ha venido; no ha salido huyendo. Le coloco un mechón de pelo suave y sedoso por detrás de la oreja y siento un hormigueo en los dedos, ansiosos por trenzarle esa melena.

—Entonces, Anastasia, ahora tienes mucho más claro cuál es mi rollo que la otra vez que estuviste aquí.

—Sí.

Me lanza una mirada intensa... cómplice.

—Y aun así has vuelto.

Asiente dedicándome una sonrisa tímida.

No puedo creer en mi suerte.

Ya sabía yo que tenías un lado oscuro, Ana...

—¿Has comido?

—No.

¿No ha comido nada de nada? Vale. Habrá que solucionarlo. Me paso la mano por el pelo y en el tono de voz más neutro posible, le pregunto:

—¿Tienes hambre?

—De comida, no —contesta con voz burlona.

¡Dios...! Es como si le estuviese hablando directamente a mi entrepierna.

Me inclino hacia delante, apoyo los labios en su oreja y percibo el aroma embriagador de su cuerpo.

—Tan impaciente como siempre, señorita Steele. ¿Te cuento un secreto? Yo también. Pero la doctora Greene no tardará en llegar. —Me recuesto en el sofá—. Deberías comer algo. —Es una súplica.

—Háblame de la doctora Greene —dice cambiando hábilmente de tema.

—Es la mejor especialista en ginecología y obstetricia de Seattle. ¿Qué más puedo decir?

Bueno, al menos eso es lo que le ha dicho mi médico a mi asistente personal.

—Pensaba que me iba a atender «tu» doctora. Y no me digas que en realidad eres una mujer, porque no te creo.

Logro contener una risotada.

—Creo que es preferible que te vea un especialista, ¿no?

Me mira con expresión de extrañeza, pero asiente.

Ahora, a por el siguiente tema.

—Anastasia, a mi madre le gustaría que vinieras a cenar esta noche. Tengo entendido que Elliot se lo va a pedir a Kate también. No sé si te apetece. A mí se me hace raro presentarte a mi familia.

Tarda un segundo en procesar la información y luego se echa el pelo hacia atrás por encima del hombro, como hace siempre antes de presentar pelea. Sin embargo, parece dolida, no con ganas de armar bronca.

—¿Te avergüenzas de mí? —Su voz suena indignada.

Oh, por el amor de Dios...

—Por supuesto que no.

¡Qué idea tan ridícula! Le lanzo una mirada ofendida. ¿Cómo puede pensar eso de sí misma?

—¿Y por qué se te hace raro? —pregunta.

—Porque no lo he hecho nunca —le contesto en tono irritado.

—¿Por qué tú si puedes poner los ojos en blanco y yo no?

—No me he dado cuenta de que lo hacía.

Ya me está desafiando. Otra vez.

—Tampoco yo, por lo general —me suelta.

Mierda. ¿Estamos discutiendo?

Oigo carraspear a Taylor.

—Ha llegado la doctora Greene, señor —dice.

—Acompáñala a la habitación de la señorita Steele.

Ana se vuelve para mirarme y le tiendo la mano.

—No irás a venir tú también, ¿no?

Está horrorizada y divertida a la vez. Yo me echo a reír y noto un cosquilleo en el cuerpo.

—Pagaría un dineral por mirar, Anastasia, pero no creo que a la doctora le pareciera bien. —Deja la mano en la mía y yo la acojo en mis brazos y empiezo a besarla. Su boca es suave, cálida y seductora; hundo las manos en su pelo y la beso con más fuerza. Cuando me aparto, parece sorprendida. Presiono la frente contra la de ella—. Cuánto me alegro de que hayas venido. Estoy impaciente por desnudarte. —Es increíble lo mucho que te he echado de menos—. Vamos, yo también quiero conocer a la doctora Greene.

—¿Es que no la conoces?

—No.

Cojo a Ana de la mano y nos dirigimos a la planta de arriba, al que será su dormitorio.

La doctora Greene tiene una de esas miradas miopes, una mirada penetrante que hace que me sienta algo incómodo.

—Señor Grey —dice estrechándome la mano que le ofrezco con movimiento firme y decidido.

—Gracias por haber venido tan deprisa aun habiéndola avisado con tan poco tiempo.

La deslumbro con mi sonrisa más amable.

—Gracias a usted por compensármelo sobradamente, señor Grey. Señorita Steele —saluda a Ana con educación, y adivino que está calibrando cuál es la relación que hay entre ella y yo.

Estoy seguro de que me ve como uno de esos villanos del cine mudo, que llevan un bigote enorme. Se vuelve y me lanza una mirada más que elocuente, invitándome a marcharme.

Vale.

—Estaré abajo —murmuro, aunque lo cierto es que me gustaría quedarme a mirar.

La reacción de la buena doctora sería impagable si le hiciese esa insólita petición. Me río para mis adentros solo de pensarlo y me voy a la planta de abajo, al salón.

Ahora que Ana ya no está conmigo, vuelve a invadirme la misma inquietud de antes. Para distraerme, decido poner dos manteles individuales sobre la encimera. Es la segunda vez que lo hago, y la primera también fue para Ana.

Grey, te estás ablandando.

Escojo una botella de Chablis para acompañar el almuerzo —es uno de los pocos chardonnays que me gustan— y, cuando termino, me siento en el sofá y hojeo la sección de deportes del periódico. Subo el volumen del mando a distancia de mi iPod con la esperanza de que la música me ayude a concentrarme en las estadísticas de la victoria de anoche de los Mariners contra los Yankees, en lugar de pensar en qué estará ocurriendo allá arriba entre Ana y la doctora Greene.

Al final, el eco de los pasos de ambas resuena en el pasillo y levanto la vista cuando entran en la sala.

—¿Ya habéis terminado? —pregunto, y pulso el botón del mando a distancia del iPod para atenuar el aria.

—Sí, señor Grey. Cuídela; es una joven hermosa e inteligente.

¿Qué le habrá contado Ana?

—Eso me propongo —contesto antes de lanzar una mirada de reojo a Ana, como diciendo: «¿A qué coño ha venido eso?».

Ana me mira sin comprender. Bien. Entonces no se debe a nada que ella le haya dicho.

—Le enviaré la factura —dice la doctora Greene—. Buenos días, y buena suerte, Ana.

Se le forman unas arrugas en las comisuras de los ojos mientras nos estrecha la mano a ambos.

Taylor la acompaña hasta el ascensor y cierra prudentemente la puerta de doble hoja que da al vestíbulo.

—¿Cómo ha ido? —pregunto en tono risueño, divertido por las palabras de la doctora Greene.

—Bien, gracias —responde Ana—. Me ha dicho que tengo que abstenerme de practicar cualquier tipo de actividad sexual durante las cuatro próximas semanas.

Pero ¿qué narices está diciendo? La miro completamente conmocionado.

La expresión seria de Ana se diluye en una nueva expresión burlona y triunfal.

—¡Has picado!

Muy bueno el chiste, señorita Steele.

Entorno los ojos y su sonrisa se desvanece.

—¡Has picado! —le suelto yo. No puedo evitar esbozar una sonrisa de satisfacción. Le rodeo la cintura y la atraigo hacia mí; mi cuerpo está hambriento de ella—. Es usted incorregible, señorita Steele.

Entierro las manos en su pelo y la beso con fuerza, preguntándome si no debería follármela ahí mismo, sobre la encimera, para darle una lección.

Todo a su debido tiempo, Grey.

—Aunque me encantaría hacértelo aquí y ahora, tienes que comer, y yo también. No quiero que te me desmayes después —murmuro.

—¿Solo me quieres por eso... por mi cuerpo? —pregunta.

—Por eso y por tu lengua viperina.

La beso otra vez pensando en lo que vendrá luego... El beso se hace más intenso y profundo, y siento cómo se me tensan todos los músculos del cuerpo. Deseo a esta mujer. Quiero follármela en el suelo, pero la suelto; los dos estamos sin aliento.

—¿Qué música es esta? —pregunta con voz ronca.

—Es una pieza de Villa-Lobos, de sus *Bachianas Brasileiras*. Buena, ¿verdad?

—Sí —dice mirando hacia la barra del desayuno.

Saco la ensalada César del frigorífico, la coloco sobre la mesa entre los manteles individuales y le pregunto si le apetece.

—Sí, perfecto, gracias.

Sonríe.

Saco la botella de Chablis de la vinoteca climatizada y noto sus ojos clavados en mí. No sabía que pudiese gustarme la vida doméstica.

—¿En qué piensas? —pregunto.

—Observaba cómo te mueves.

—¿Y? —pregunto, sorprendido momentáneamente.

—Eres muy elegante —comenta en voz baja, con las mejillas coloradas.

—Vaya, gracias, señorita Steele. —Me siento a su lado, sin saber muy bien cómo responder a su cariñoso cumplido. Nadie me había dicho nunca eso—. ¿Chablis?

—Por favor.

—Sírvete ensalada. Dime, ¿por qué método has optado?

—La minipíldora —responde.

—¿Y te acordarás de tomártela todos los días a la misma hora?

Un rubor se extiende por su rostro sorprendido.

—Ya te encargarás tú de recordármelo —señala con un deje de sarcasmo que decido pasar por alto.

Deberías haber optado por la inyección.

—Me pondré una alarma en la agenda. Come.

Toma un bocado, y luego otro… y otro más. ¡Está comiendo!

—Entonces, ¿puedo ponerle la ensalada César en la lista a la señora Jones? —pregunto.

—Creía que la que iba a cocinar era yo.

—Sí. Y cocinarás tú.

Termina antes que yo. Debía de estar hambrienta.

—¿Impaciente como de costumbre, señorita Steele?

—Sí —murmura lanzándome una mirada recatada por debajo de las pestañas.

Mierda. Ya estamos.

La atracción.

Como si estuviera bajo un hechizo, me levanto y la estrecho entre mis brazos.

—¿Quieres hacerlo? —murmuro, y ruego para mis adentros que me responda que sí.

—No he firmado nada.

—Lo sé... pero últimamente me estoy saltando todas las normas.

—¿Me vas a pegar?

—Sí, pero no para hacerte daño. Ahora mismo no quiero castigarte. Si te hubiera pillado anoche... bueno, eso habría sido otra historia.

Su cara se transforma en una expresión horrorizada.

Oh, nena...

—Que nadie intente convencerte de otra cosa, Anastasia: una de las razones por las que la gente como yo hace esto es porque le gusta infligir o sentir dolor. Así de sencillo. A ti no, así que ayer dediqué un buen rato a pensar en todo esto.

Le rodeo el cuerpo con los brazos, presionándola contra mi creciente erección.

—¿Llegaste a alguna conclusión? —susurra.

—No, y ahora mismo no quiero más que atarte y follarte hasta dejarte sin sentido. ¿Estás preparada para eso?

Su expresión se vuelve más oscura, sensual, y llena de curiosidad carnal.

—Sí —dice; una palabra suave como un suspiro.

Joder, menos mal...

—Bien. Vamos.

La llevo arriba, al cuarto de juegos. Mi refugio. Donde puedo hacer lo que quiera con ella. Cierro los ojos saboreando un instante la sensación de euforia.

¿Alguna vez he estado tan increíblemente excitado?

Cierro la puerta, le suelto la mano y la miro fijamente. Separa los labios al tomar aire; su respiración es agitada. Tiene los ojos muy abiertos. Dispuesta. Expectante.

—Mientras estés aquí dentro, eres completamente mía. Harás lo que me apetezca. ¿Entendido?

Se humedece el labio superior con la lengua y hace un movimiento afirmativo con la cabeza.

Buena chica.

—Quítate los zapatos.

Trago saliva mientras ella empieza a quitarse las sandalias de tacón. Las recojo y las dejo junto a la puerta.

—Bien. No titubees cuando te pida que hagas algo. Ahora te voy a quitar el vestido, algo que hace días que vengo queriendo hacer, si no me falla la memoria. —Hago una pausa para asegurarme de que todavía me escucha—. Quiero que estés a gusto con tu cuerpo, Anastasia. Tienes un cuerpo que me gusta mirar. Es una gozada contemplarlo. De hecho, podría estar mirándolo todo el día, y quiero que te desinhibas y no te avergüences de tu desnudez. ¿Entendido?

—Sí.

—Sí, ¿qué? —Hablo en tono más severo.

—Sí, señor.

—¿Lo dices en serio?

Quiero que te desinhibas, Ana.

—Sí, señor.

—Bien. Levanta los brazos por encima de la cabeza.

Alza los brazos despacio. Cojo el dobladillo y le subo el vestido por el cuerpo, dejándolo al descubierto centímetro a centímetro, solo para mis ojos. Cuando se lo he quitado, doy un paso atrás para poder contemplarla a mi antojo.

Piernas, muslos, vientre, culo, tetas, hombros, cara, boca... es perfecta. Doblo su vestido y lo dejo sobre la cómoda de los juguetes. Alargo la mano y le subo la barbilla.

—Te estás mordiendo el labio. Sabes cómo me pone eso —la regaño—. Date la vuelta.

Obedece y se vuelve de cara a la puerta. Le desabrocho el sujetador y le bajo los dos tirantes, rozándole la piel con las yemas de los dedos; su cuerpo tiembla bajo mi tacto. Le quito la prenda y la lanzo encima de su vestido. Me quedo a su lado, sin tocarla, escuchando su respiración acelerada y percibiendo el calor que emana de su piel. Está excitada; yo también Le recojo el pelo y dejo que le caiga en cascada por la espalda. Tiene un tacto suave como la seda. Enrosco un mechón en mi mano y tiro de él, obligándola a ladear la cabeza y dejando su cuello al descubierto, a merced de mi boca.

Le recorro con la nariz la línea que va desde su oreja al hombro y de vuelta otra vez, inhalando el delicioso aroma de su cuerpo.

Joder, qué bien huele...

—Hueles tan divinamente como siempre, Anastasia.

Deposito un beso debajo de su oreja, justo encima de una vena palpitante.

Ana gime.

—Calla. No hagas ni un solo ruido.

Saco la goma para el pelo que llevo en el bolsillo, le recojo la melena y empiezo a hacerle una trenza, despacio, disfrutando del movimiento de su pelo al tensarse y retorcerse sobre la extensión de su espalda hermosa y perfecta. Ssujeto el extremo de la trenza hábilmente con la goma y doy un tirón brusco que la obliga a echarse hacia atrás y a presionar su cuerpo contra el mío.

—Aquí dentro me gusta que lleves trenza —murmuro—. Date la vuelta.

Lo hace al instante.

—Cuando te pida que entres aquí, vendrás así. Solo en braguitas. ¿Entendido?

—Sí.

—Sí, ¿qué?

—Sí, señor.

—Buena chica.

Aprende rápido. Tiene los brazos inertes en los costados y no aparta la mirada de mí. Expectante.

—Cuando te pida que entres aquí, espero que te arrodilles

allí. —Señalo un rincón de la habitación, junto a la puerta—. Hazlo.

Pestañea una o dos veces, pero no necesito repetírselo: se vuelve y se arrodilla de cara a mí y a la habitación.

Le doy permiso para sentarse sobre los talones y así lo hace.

—Las manos y los brazos pegados a los muslos. Bien. Separa las rodillas. Más. —Quiero verte, nena—. Más. Perfecto. Mira al suelo.

No me mires a mí ni a la habitación. Puedes quedarte ahí sentada dando rienda suelta a tu fantasía mientras imaginas qué voy a hacerte.

Me acerco a ella y me complace ver que mantiene la cabeza agachada. Alargo el brazo y le tiro de la trenza, de manera que nuestras miradas se encuentran.

—¿Podrás recordar esta posición, Anastasia?

—Sí, señor.

—Bien. Quédate ahí, no te muevas.

Paso por su lado, abro la puerta pero antes me vuelvo y la miro. Tiene la cabeza gacha, con la mirada fija en el suelo.

Qué espectáculo más maravilloso… Buena chica.

Me dan ganas de abalanzarme sobre ella, pero reprimo mi ansia y me encamino con paso firme a mi habitación, en la planta de abajo.

Joder, Grey, ten un poco de dignidad…

Una vez en el vestidor, me quito la ropa y saco mis vaqueros favoritos de un cajón. Son mis DJ: mis *dom jeans*, mis vaqueros de dominante.

Me los pongo y me abrocho todos los botones salvo el superior. Del mismo cajón saco la fusta nueva y una bata acolchada de color gris. Cuando salgo del vestidor, cojo unos condones y me los guardo en el bolsillo.

Ya está.

Empieza el espectáculo, Grey.

Cuando regreso al cuarto de juegos, Ana está en la misma posición: con la cabeza agachada, la trenza colgando por la espalda y las manos en las rodillas. Cierro la puerta y cuelgo la bata en el colgador. Camino por su lado.

—Buena chica, Anastasia. Estás preciosa así. Bien hecho. Ponte de pie.

Se levanta sin alzar la cabeza.

—Me puedes mirar.

Unos ávidos ojos azules miran hacia arriba.

—Ahora voy a encadenarte, Anastasia. Dame la mano derecha.

Le tiendo la mía y ella pone la mano encima. Sin apartar los ojos de los suyos, le vuelvo la palma hacia arriba y saco la fusta que llevo detrás de la espalda. Le golpeo rápidamente la superficie de la mano con el extremo de la fusta. Ella se sobresalta y cierra la mano pestañeando y mirándome con gesto de sorpresa.

—¿Cómo te ha sentado eso? —le pregunto.

Se le acelera la respiración y vuelve a mirarme antes de desplazar la vista hacia la palma de su mano.

—Respóndeme.

—Bien —dice arrugando la frente.

—No frunzas el ceño —le advierto—. ¿Te ha dolido?

—No.

—Esto no te va a doler. ¿Entendido?

—Sí —contesta en tono vacilante.

—Va en serio —insisto, y le enseño la fusta. Marrón, de cuero trenzado, ¿lo ves? Tengo buena memoria. Me mira a los ojos, asombrada, y yo arrugo un poco los labios, divertido—. Nos proponemos complacer, señorita Steele. Ven.

La llevo al centro de la habitación y la situó bajo el sistema de sujeción.

—Esta rejilla está pensada para que los grilletes se muevan a través de ella.

Levanta la vista para examinar el complicado sistema y luego me mira.

—Vamos a empezar aquí, pero quiero follarte de pie, así que terminaremos en aquella pared. —Señalo la cruz de san Andrés—. Pon las manos por encima de la cabeza.

Me obedece inmediatamente. Extraigo los grilletes con muñequeras de cuero negro que cuelgan de la rejilla y le ato las muñecas, primero una y luego la otra. Soy una persona muy metódica, pero Ana consigue distraerme: así, tan cerca de ella, percibiendo su excitación, su deseo, tocándola… me cuesta concentrarme. Una vez está atada, doy un paso atrás y suelto un prolongado suspiro de alivio.

Por fin te tengo donde yo quiero, Ana Steele.

Me paseo despacio a su alrededor admirando el espectáculo.

—Está fabulosa atada así, señorita Steele. Y con esa lengua viperina quieta de momento. Me gusta.

Me detengo delante de ella, deslizo los dedos entre las bragas y, con toda la parsimonia del mundo, se las bajo por las largas piernas hasta arrodillarme delante de ella.

Adorándola como a una diosa. Es preciosa.

Sin apartar los ojos de los suyos, estrujo sus bragas entre mis manos, me las acerco a la nariz e inspiro hondo. Se queda boquiabierta y abre los ojos de golpe, entre escandalizada y divertida.

Sí. Sonrío. Es la reacción perfecta.

Me meto las bragas en el bolsillo trasero de los vaqueros y me levanto planeando mi próximo movimiento. Sin soltar la fusta, la deslizo por su vientre y voy trazando círculos alrededor del ombligo con la punta plana: la lengua de cuero. Ella contiene el aliento y se estremece con el contacto.

Esto te va a gustar, Ana. Confía en mí.

Muy despacio, empiezo de nuevo a caminar a su alrededor, deslizando la fusta por su piel, por el vientre, por la cintura, por la parte baja de la espalda… En la segunda vuelta, la sacudo de pronto azotándola por debajo del trasero de manera que la punta plana de cuero entra en brusco contacto con su sexo.

—¡Ah! —exclama, y se retuerce atrapada en los grilletes.

—Calla —le advierto y camino a su alrededor otra vez.

Vuelvo a azotarla en el mismo sitio, tan dulce, y ella suelta un gemido al notar el contacto, con los ojos cerrados, mientras asimila la sensación. Otro movimiento de muñeca y la fusta le da en uno de los pezones. Echa la cabeza hacia atrás y gime. Vuelvo a apuntar con la fusta y la lengua de cuero le lame el otro pezón. Observo cómo se le endurece al contacto, alargándose bajo la dentellada del cuero.

—¿Te gusta esto?

—Sí —contesta con voz ronca y los ojos cerrados, la cabeza echada hacia atrás.

Le doy en el culo con la fusta. Más fuerte esta vez.

—Sí, ¿qué?

—Sí, señor —gimotea.

Despacio, con delicadeza, le derramo sobre el vientre una sucesión de caricias, azotes y lametazos, recorriéndole el cuerpo hacia abajo, hacia mi objetivo. Con una pequeña sacudida, la lengua de cuero le muerde el clítoris y ella grita con fuerza.

—¡Por favor! —exclama con un grito ahogado.

—Calla —le ordeno, y la castigo con otro azote más fuerte en el trasero.

Deslizo la lengua de cuero por su vello púbico arrastrándola por su sexo hasta la entrada de la vagina. El cuero marrón reluce con sus secreciones cuando lo extraigo de nuevo.

—Mira lo húmeda que te ha puesto esto, Anastasia. Abre los ojos y la boca.

Respira con dificultad, pero separa los labios y me dirige una mirada aturdida y perdida en la carnalidad del momento. Entonces le meto la punta de cuero en la boca.

—Mira cómo sabes. Chupa. Chupa fuerte, nena.

Cierra los labios alrededor de la fusta, y es como si los tuviera alrededor de mi polla.

Mierda.

Está increíblemente buena y no puedo contenerme.

Retiro la fusta de su boca y la rodeo con los brazos. Ella abre la boca para mí cuando la beso, explorándola con la lengua, regodeándome en el sabor de su deseo.

—Oh, nena, sabes fenomenal —murmuro—. ¿Hago que te corras?

—Por favor —me suplica.

Un movimiento de la muñeca y la fusta le sacude el trasero.

—Por favor, ¿qué?

—Por favor, señor —gimotea.

Buena chica. Doy un paso atrás.

—¿Con esto? —pregunto sosteniendo en alto la fusta para que pueda verla.

—Sí, señor —dice para mi sorpresa.

—¿Estás segura?

No puedo creer la suerte que tengo.

—Sí, por favor, señor.

Oh, Ana… Joder, eres una diosa…

—Cierra los ojos.

Hace lo que se le ha ordenado. Y, con infinito cuidado y no poca gratitud, vuelvo a descargar una lluvia de bruscos y pequeños azotes sobre su vientre. No tarda en jadear de nuevo, más excitada aún que antes. Desciendo y le doy un suave golpecito en el clítoris, y luego otro, y otro, y otro.

Tira de las ataduras, sin dejar de gemir. Entonces se calla y sé que está al borde del clímax. De pronto echa la cabeza hacia atrás, abre la boca y grita su orgasmo mientras las convulsiones le estremecen todo el cuerpo. Suelto la fusta al instante y la rodeo con los brazos, sujetándola mientras su cuerpo se disuelve. Sufre un espasmo tras otro entre mis brazos.

Pero no, no hemos acabado todavía, Ana.

Con las manos debajo de sus muslos, le levanto el cuerpo tembloroso en el aire y la llevo, atada aún a la rejilla, hacia la cruz de san Andrés. Una vez allí, la suelto y ella se queda derecha, atrapada entre la cruz y mis hombros. Me desabrocho los botones de los vaqueros y libero mi miembro. Me saco un condón del bolsillo, abro el paquete con los dientes y, con una mano, lo deslizo sobre mi erección.

Vuelvo a levantarla con delicadeza y murmuro:

—Levanta las piernas, nena, enróscamelas en la cintura.

Le recuesto la espalda sobre la madera y la ayudo a envolverme las caderas con las piernas. Ella apoya los codos sobre mis hombros.

Eres mía, nena.

Con una sola embestida, estoy dentro de ella.

Joder. Es una maravilla.

Me paro un momento a saborearla. Luego empiezo a moverme, deleitándome con cada envite. La siento, una y otra vez, jadeando yo también mientras trato de insuflar aire a mis pulmones y me abandono entre los brazos de esta hermosa mujer. Abro la boca junto a su cuello, saboreándola. Su aroma me inunda, me llena por completo. Ana. Ana. Ana. No quiero parar.

De pronto, todo su cuerpo se tensa y se retuerce entre convulsiones a mi alrededor.

Sí. Otra vez. Y doy rienda suelta a mi deseo yo también. Inundándola. Sujetándola. Venerándola.

Sí. Sí. Sí.

Es tan hermosa… Y, joder, ha sido absolutamente increíble.

Salgo de ella y, cuando se desploma sobre mí, desabrocho enseguida las muñequeras de la rejilla y la sujeto mientras los dos nos dejamos caer al suelo. La acojo entre mis piernas, rodeándola con los brazos, y ella se apoya en mí, con los ojos cerrados y la respiración entrecortada.

—Muy bien, nena. ¿Te ha dolido?

—No —contesta con voz casi inaudible.

—¿Esperabas que te doliera? —le pregunto, y le aparto unos mechones de pelo de la cara para poder verla mejor.

—Sí.

—¿Lo ves, Anastasia? Casi todo tu miedo está solo en tu cabeza. —Le acaricio el rostro—. ¿Lo harías otra vez?

No responde de inmediato, y por un momento creo que se ha quedado dormida.

—Sí —susurra al cabo de un instante.

Gracias, oh, Dios…

La abrazo.

—Bien. Yo también. —Y otra vez, y otra. La beso con ternura en la coronilla e inhalo con fuerza. Huele a Ana, a sudor y a sexo—. Y aún no he terminado contigo —le aseguro.

Me siento muy orgulloso de ella. Lo ha hecho. Ha hecho cuanto le he pedido. .

Ella es todo lo que quiero.

Y de pronto me invade una sensación desconocida que me estremece todo el cuerpo, me arrolla e inunda cada centímetro de mi ser, dejando una estela de miedo y desazón a su paso.

Ana vuelve la cabeza y empieza a acariciarme el pecho con la nariz.

La oscuridad se hace más intensa, inesperada y familiar a la vez, y la desazón anterior deja paso a una clara sensación de terror. Siento que se me tensan todos los músculos del cuerpo. Ana me mira con ojos serenos y transparentes mientras yo trato de controlar mi miedo.

—No hagas eso —susurro. Por favor.

Se echa hacia atrás y observa mi pecho.

Recupera el control, Grey.

—Arrodíllate junto a la puerta —le ordeno al tiempo que la suelto y me aparto de ella.

Vete. No me toques.

Se levanta con movimientos temblorosos y se dirige con paso torpe hacia la puerta, donde retoma su postura anterior, arrodillada.

Respiro hondo para centrarme.

¿Se puede saber qué me estás haciendo, Ana?

Me levanto y estiro los músculos, ahora ya más calmado.

Arrodillada junto a la puerta, es la viva imagen de la sumisa ideal. Tiene los ojos vidriosos; está cansada. Estoy seguro de que le está bajando el subidón de adrenalina. Se le cierran los párpados.

No, eso no puede ser. La quieres como sumisa, Grey. Enséñale qué significa eso.

Saco de la cómoda de juguetes una de las bridas para cables que compré en Clayton's y unas tijeras.

—La aburro, ¿verdad, señorita Steele? —le pregunto esta vez en un tono más duro. La despierto de golpe y me mira con aire culpable—. Levántate —ordeno.

Se pone de pie despacio.

—Estás destrozada, ¿verdad?

Asiente con una sonrisa tímida.

Oh, nena, lo estás haciendo muy bien.

—Aguante, señorita Steele. Yo aún no he tenido bastante de ti. Pon las manos al frente, como si estuvieras rezando.

Frunce el ceño un momento, pero junta las palmas de las manos y las levanta. Le ato la brida para cables alrededor de las muñecas. Me mira de pronto, comprendiendo.

—¿Te resulta familiar? —Le sonrío y recorro el plástico con el dedo para comprobar que he dejado suficiente espacio y no le aprieta demasiado—. Tengo unas tijeras aquí. —Se las enseño—. Te las puedo cortar en un segundo. —Mis palabras parecen tranquilizarla—. Ven. —Sujetándola de las manos atadas, la conduzco al extremo de la habitación, donde está la cama de cuatro postes—. Quiero más… muchísimo más —le susurro al oído mientras ella observa la cama—. Pero seré rápido. Estás cansada. Agárrate al poste.

Se detiene y aferra la columna de madera.

—Más abajo —le ordeno. Desplaza las manos hacia la base hasta que se dobla sobre su estómago—. Bien. No te sueltes. Si lo haces, te azotaré. ¿Entendido?

—Sí, señor —dice.

—Bien. —La agarro por las caderas y la levanto hacia mí para colocarla en posición hasta que tengo su precioso trasero en el aire y a mi entera disposición—. No te sueltes, Anastasia —le advierto—. Te voy a follar duro por detrás. Sujétate bien al poste para no perder el equilibrio. ¿Entendido?

—Sí.

Le doy con fuerza en el culo con la mano.

—Sí, señor —dice enseguida.

—Separa las piernas. —Pongo el pie derecho contra el suyo y le separo más las piernas—. Eso está mejor. Después de esto, te dejaré dormir.

Su espalda es una curva perfecta; el contorno de cada vértebra dibujado desde la nuca hasta ese culo ideal y precioso. Recorro el perfil con los dedos.

—Tienes una piel preciosa, Anastasia —murmuro para mí.

Me agacho detrás de ella y sigo el trazado de mis dedos con la boca, depositando suaves besos en la columna. Al mismo tiempo, le acarició los pechos, atrapo los pezones entre los dedos y los pellizco. Ella se retuerce en mis manos y le doy un beso tierno en la cintura, para luego succionar y mordisquearle la piel sin dejar de masajearle los pezones.

Suelta un gemido. Me detengo y me echo hacia atrás un momento para contemplar la maravillosa escena, y siento cómo se me reaviva la erección solo con mirarla. Saco otro condón del bolsillo, me quito los vaqueros de una patada y abro el envoltorio. Me lo coloco en la polla con las dos manos.

Me gustaría mucho probar ese culo. Ahora mismo. Pero es demasiado pronto para eso.

—Tienes un culo muy sexy y cautivador, Anastasia Steele. La de cosas que me gustaría hacerle.

Le acaricio cada una de las nalgas, masajeándolas, y luego deslizo dos dedos en su interior, abriéndola.

Gime de nuevo.

Ya está lista.

—Qué húmeda… Nunca me decepciona, señorita Steele. Agárrate fuerte… esto va a ser rápido, nena.

La sujeto de las caderas y me sitúo a la entrada de la vagina, luego me incorporo, la agarro de la trenza, que me envuelvo alrededor de la muñeca, y la oprimo con fuerza. Con una mano en la polla y la otra en su pelo, la penetro.

Es… tan… increíblemente… maravillosa…

Me retiro despacio, le sujeto la cadera con la otra mano y le tiro de la trenza con más fuerza.

Sumisa.

La embisto de golpe empujándola hacia delante y arrancándole un grito.

—¡Aguanta, Anastasia! —le recuerdo. Si no se agarra bien, podría hacerse daño.

Sin aliento, presiona hacia atrás, contra mí, tensando las piernas.

Buena chica.

Luego empiezo a embestirla con movimientos implacables, arrancándole pequeños gritos ahogados mientras sigue aferrada al poste. Pero no se arredra, sino que sigue empujando hacia atrás.

Bravo, Ana.

Y en ese momento, lo siento. Despacio. Siento sus entrañas atenazándose alrededor de mi erección. Pierdo el control, la embisto con una nueva arremetida y me quedo inmóvil.

—Vamos, Ana, dámelo —le ordeno con un gruñido mientras me corro, con una intensidad arrolladora, y su liberación prolonga la mía mientras la sostengo en alto.

La cojo en brazos y la tumbo conmigo en el suelo, Ana encima de mí, los dos mirando al techo. Está del todo relajada, sin duda exhausta, y el peso de su cuerpo me resulta agradable y reconfortante. Miro arriba, a los mosquetones, preguntándome si algún día me dejará colgarla de ahí.

Probablemente no.

Y no me importa.

Ha sido nuestra primera vez aquí dentro y ella ha estado increíble. La beso en la oreja.

—Levanta las manos —le digo con voz ronca. Las levanta muy despacio, como si tuviera los brazos de cemento, y deslizo las tijeras por debajo de la brida para cable—. Declaro inaugurada esta Ana —murmuro y corto el plástico, liberándola.

Se ríe y su cuerpo se estremece en mis brazos. Es una sensación extraña y en absoluto desagradable, y me hace sonreír.

Me encanta hacerla reír. Debería reír más.

—Eso es culpa mía —murmuro mientras le masajeo los brazos y los hombros. Se vuelve a mirarme con el gesto fatigado y curiosidad en los ojos—. Que no rías más a menudo —le aclaro.

—No soy muy risueña —contesta antes de soltar un bostezo.

—Oh, pero cuando ocurre, señorita Steele, es una maravilla y un deleite contemplarlo.

—Muy florido, señor Grey —dice burlándose de mí.

Sonrío.

—Parece que te han follado bien y te hace falta dormir.

—Eso no es nada florido —bromea regañándome.

La aparto con cuidado para poder levantarme, busco los vaqueros y me los pongo.

—No quiero asustar a Taylor, ni tampoco a la señora Jones. Aunque no sería la primera vez.

Ana sigue sentada en el suelo, en una especie de trance. La agarro por los brazos, la ayudo a levantarse y la llevo hasta la puerta de la habitación. Descuelgo la bata gris de detrás de la puerta y se la pongo. No tiene fuerzas para nada; está completamente desfallecida.

—A la cama —anuncio, y le doy un beso rápido.

Una expresión de alarma asoma a su rostro soñoliento.

—Para dormir —puntualizo, para tranquilizarla.

Me agacho para cogerla en brazos, la estrecho contra mi pecho y la llevo a la habitación de la sumisa. Una vez allí, retiro el edredón y la tumbo en la cama, y, en un momento de debilidad, me echo a su lado. Nos tapo a ambos con el edredón y la abrazo.

La tendré así abrazada solo un momento, hasta que se duerma.

—Duerme, preciosa.

Le beso el pelo con una sensación de satisfacción absoluta… y de agradecimiento. Lo hemos hecho. Esta mujer dulce e inocente me ha dejado hacer lo que he querido con ella. Y creo que ha disfrutado. Yo sí, desde luego… como nunca.

Mami está sentada mirándome en el espejo que tiene esa grieta tan grande.

Yo le peino el pelo. Es muy suave, y huele a mami y a flores.

Coge el cepillo y se enrolla el pelo con él una y otra vez.

Al final, le cae como una serpiente barrigona por la espalda.

—Así mejor —dice.

Y se vuelve y me sonríe.

Hoy está contenta.

Me gusta cuando mami está contenta.

Me gusta cuando me sonríe.

Está guapa cuando sonríe.

—Vamos a hacer una tarta —renacuajo.

Tarta de manzana.

Me gusta cuando mami hace tartas.

Me despierto de golpe con el cerebro impregnado de un dulce olor. Es Ana. Está profundamente dormida a mi lado. Vuelvo a tumbarme y miro el techo.

¿Cuándo he dormido yo en esta habitación?

Nunca.

Es un pensamiento inquietante y, por alguna razón inexplicable, me produce un gran desasosiego.

¿Qué está pasando, Grey?

Me incorporo con cuidado, para no despertarla, y me quedo mirando su cuerpo dormido. Ya sé a qué se debe mi desazón: es porque estoy aquí con ella. Salgo de la cama, dejando que siga durmiendo, y vuelvo al cuarto de juegos. Recojo la brida y los condones usados y me los meto en el bolsillo, donde encuentro sus bragas. Con la fusta, su ropa y sus zapatos en la mano, salgo y cierro la puerta con llave al marcharme. De vuelta en su dormitorio, le cuelgo el vestido en la puerta del vestidor, le dejo los zapatos debajo de la silla y pongo el sujetador encima. Me saco sus bragas del bolsillo… y entonces se me ocurre una idea retorcida.

Me voy al cuarto de baño. Necesito darme una ducha antes de la cena con mi familia. Dejaré a Ana dormir un rato más.

El agua está ardiendo y me cae en cascada sobre el cuerpo, arrastrando consigo toda la ansiedad y el desasosiego que sentía unos momentos antes. Para ser una primera vez, no ha estado nada mal, para ninguno de los dos. Y yo que creía que una relación con Ana iba a ser imposible… Ahora, en cambio, el futuro está lleno de posibilidades. Tomo nota mentalmente de llamar a Caroline Acton por la mañana para que vista a mi chica.

Después de pasar una hora muy productiva trabajando en mi estudio, poniéndome al día con los informes que tengo que leer para el trabajo, decido que Ana ya ha dormido suficiente. Fuera está anocheciendo y tenemos que salir dentro de cuarenta y cinco minutos para ir a cenar a casa de mis padres. Me ha resultado más fácil concentrarme en el trabajo sabiendo que ella está en la planta de arriba en su dormitorio.

Me resulta algo extraño.

Seguramente se debe a que sé que está segura en esa habitación.

Saco un zumo de arándanos y una botella de agua con gas de la nevera. Los mezclo en un vaso y subo al piso de arriba.

Todavía duerme profundamente, hecha un ovillo en el mismo sitio donde la he dejado antes; diría que ni siquiera se ha movido. Tiene los labios separados mientras respira con suavidad. El pelo está alborotado, y se le escapan algunos mechones rebeldes de la trenza. Me siento en el borde de la cama, a su lado, me agacho y le beso en la sien. Protesta con un murmullo en sueños.

—Anastasia, despierta.

Le hablo en voz baja y tierna para sacarla de su sueño.

—No —gimotea abrazándose a la almohada.

—En media hora tenemos que irnos a cenar a casa de mis padres.

Abre los ojos, parpadea y me mira.

—Vamos, bella durmiente. Levanta. —Vuelvo a besarla en la sien—. Te he traído algo de beber. Estaré abajo. No vuelvas a dormirte o te meterás en un lío —le advierto mientras se despereza.

La beso una vez más y miro la silla, en la que no encontrará sus bragas, y vuelvo abajo como si tal cosa, incapaz de contener la sonrisa.

Hora de jugar, Grey.

Mientras espero a la señorita Steele, pulso el botón del mando a distancia del iPod y la música cobra vida en modo aleatorio. Inquieto, me acerco a las puertas de la terraza y contemplo el cielo del crepúsculo mientras escucho «And She Was», de los Talking Heads.

Oigo entrar a Taylor.

—Señor Grey, ¿quiere que saque el coche?

—Danos cinco minutos.

—Sí, señor —dice antes de desaparecer en dirección al ascensor de servicio.

Ana aparece en la entrada del salón al cabo de unos minutos. Está radiante, espectacular incluso… y luce una expresión divertida en la cara. ¿Dirá algo de las bragas que no aparecen?

—Hola —saluda con una sonrisa críptica.

—Hola. ¿Cómo te encuentras?

Su sonrisa se hace más luminosa aún.

—Bien, gracias. ¿Y tú? —dice fingiendo indiferencia.

—Fenomenal, señorita Steele.

El suspense me resulta muy estimulante, y espero que mi cara no deje traslucir el ansia que siento.

—Frank. Jamás te habría tomado por fan de Sinatra —dice ladeando la cabeza y mirándome con curiosidad, mientras las sensuales notas de «Witchcraft» inundan la habitación.

—Soy ecléctico, señorita Steele.

Doy un paso en dirección a ella hasta tenerla justo delante. ¿Me lo va a preguntar? Busco una respuesta en sus resplandecientes ojos azules.

Vamos, nena, pregúntame por tus bragas…

—Baila conmigo —susurro mientras saco el mando a distancia del bolsillo para subir el volumen hasta que la voz de Frank nos envuelve por completo.

Me coge de la mano. Yo le rodeo la cintura y atraigo su hermoso cuerpo hacia mí, y empezamos a bailar un lento y sencillo fox-trot. Me agarra el hombro, pero estoy preparado para el contacto y juntos nos ponemos a dar vueltas por todo el salón, mientras su cara radiante ilumina la estancia… y me ilumina a mí. Sigue mi ritmo sin problemas y, cuando termina la canción, está mareada y sin aliento.

Igual que yo.

—No hay bruja más linda que tú —murmuro, y le planto un beso casto en los labios—. Vaya, esto ha devuelto el color a sus mejillas, señorita Steele. Gracias por el baile. ¿Vamos a conocer a mis padres?

—De nada, y sí, estoy impaciente por conocerlos —contesta, ruborizada y preciosa.

—¿Tienes todo lo que necesitas?

—Sí, sí —dice en un tono firme.

—¿Estás segura?

Asiente esbozando con los labios una sonrisa traviesa.

Vaya, sí que tiene agallas.

Sonrío.

—Muy bien. —No consigo disimular mi regocijo—. Si así es como quiere jugar, señorita Steele...

Recojo mi chaqueta y nos encaminamos al ascensor.

No deja de sorprenderme, impresionarme y desarmarme por completo. Voy a tener que pasarme toda la cena con mis padres sabiendo que mi chica no lleva ropa interior. De hecho, ahora mismo estoy en este ascensor y sé que debajo de la falda no lleva absolutamente nada.

Le ha dado la vuelta a la tortilla, Grey.

Ana permanece en silencio mientras Taylor conduce en dirección norte por la interestatal 5. Veo un pedazo del lago Union; la luna se oculta detrás de una nube y el agua se oscurece, como mi humor. ¿Por qué he decidido presentársela a mis padres? Cuando la conozcan, se crearán ciertas expectativas. Y Ana también. No estoy seguro de que la relación que quiero mantener con Ana pueda llegar a cumplir esas expectativas. Y lo que es peor: fui yo quien puso en marcha toda esta rueda cuando insistí en que conociera a Grace. Yo soy el único culpable. Yo, y el hecho de que Elliot se está tirando a su compañera de piso.

¿A quién pretendo engañar? Si no quisiera presentársela a mis padres, Ana no estaría aquí. Ojalá la idea no me pusiese tan nervioso.

Sí, ese es el problema.

—¿Dónde has aprendido a bailar? —pregunta sacándome de mi ensimismamiento.

Oh, Ana. No te gustaría saberlo, créeme.

—*Christian, sujétame. Así. Más fuerte. Muy bien. Un paso. Dos. Bien. Sigue la música. Sinatra es perfecto para el fox-trot.*

Elena está en su elemento.
—Sí, señora.

—¿En serio quieres saberlo? —le digo.
—Sí —contesta, pero el tono de su voz dice lo contrario.
Tú lo has querido. Suelto un suspiro en la oscuridad, junto a ella.
—A la señora Robinson le gustaba bailar.
—Debía de ser muy buena maestra —susurra con la voz teñida de tristeza, y también de admiración, a su pesar.
—Lo era.

—*Eso es. Otra vez. Uno. Dos. Tres. Cuatro. Cariño, ya lo tienes.*
Elena y yo nos deslizamos bailando por la superficie de su sótano.
—*Otra vez.*
Se ríe, echando la cabeza hacia atrás, y parece una mujer mucho más joven, como si tuviera la mitad de su edad.

Ana asiente y mira el paisaje; seguramente se está creando una imagen de Elena. O tal vez está pensando en que dentro de unos momentos conocerá mis padres. Me encantaría saber en qué piensa. A lo mejor está nerviosa. Como yo. Es la primera vez que llevo a una chica a casa de mis padres.
Cuando Ana empieza a removerse inquieta en el asiento, intuyo que algo le preocupa. ¿Estará intranquila por lo que hemos hecho hoy?
—No lo hagas —digo en voz más baja de lo que pretendía.
Se vuelve a mirarme con una expresión inescrutable en la oscuridad.
—¿Que no haga el qué?
—No les des tantas vueltas a las cosas, Anastasia. —Sea lo que sea en lo que estés pensando. Alargo el brazo, le cojo la mano y le beso los nudillos—. Lo he pasado estupendamente esta tarde. Gracias.
Veo un breve destello de dientes blancos y una sonrisa tímida.
—¿Por qué has usado una brida? —pregunta.

Se interesa por lo ocurrido esta tarde; eso es bueno.

—Es rápido, es fácil y es una sensación y una experiencia distinta para ti. Sé que parece bastante brutal, pero me gusta que las sujeciones sean así. —Tengo la boca seca al intentar darle un poco de humor a nuestra conversación—. De lo más eficaces para evitar que te muevas.

Mira rápidamente hacia Taylor, que está en el asiento delantero.

Cariño, no te preocupes por él. Sabe exactamente lo que pasa aquí y lleva haciendo esto cuatro años.

—Forma parte de mi mundo, Anastasia.

Le aprieto la mano con gesto tranquilizador antes de soltarla. Ana mira de nuevo por la ventanilla; estamos rodeados de agua al atravesar el lago Washington por el puente de la 520, mi parte favorita del trayecto. Encoge las piernas y, acurrucada en el asiento, se abraza las rodillas.

Le pasa algo.

—¿Un dólar por tus pensamientos? —le pregunto cuando me mira.

Suelta un suspiro.

Mierda.

—¿Tan malos son?

—Ojalá supiera lo que piensas tú —replica.

Sonrío, aliviado al oír sus palabras; me alegro de que no sepa qué me pasa por la mente.

—Lo mismo digo, nena —contesto.

Taylor para el coche delante de la puerta principal de mis padres.

—¿Estás preparada para esto? —le pregunto a Ana. Ella asiente y yo le aprieto la mano—. También es la primera vez para mí —susurro. Cuando Taylor baja del vehículo, le lanzo a Ana una sonrisa maliciosa y salaz—. Apuesto a que ahora te gustaría llevar tu ropita interior.

Da un respingo y frunce el ceño, pero yo bajo del coche para saludar a mis padres, que nos esperan en el umbral de la puerta. Ana camina con aire sereno y despreocupado al rodear el coche en dirección a nosotros.

—Anastasia, ya conoces a mi madre, Grace. Este es mi padre, Carrick.

—Señor Grey, es un placer conocerlo.

Sonríe y estrecha la mano que le tiende mi padre.

—El placer es todo mío, Anastasia.

—Por favor, llámeme Ana.

—Ana, cuánto me alegro de volver a verte. —Grace la abraza—. Pasa, querida.

Tomándola del brazo, la conduce al interior de la casa y yo sigo la figura sin bragas de Ana.

—¿Ya ha llegado? —exclama Mia desde dentro.

Ana me mira nerviosa.

—Esa es Mia, mi hermana pequeña.

Ambos nos volvemos en dirección al taconeo que se oye por el pasillo. Y allí está Mia.

—¡Anastasia! He oído hablar tanto de ti...

Mia la envuelve en un fuerte abrazo. Aunque es más alta que Ana, deben de tener más o menos la misma edad.

Mia la coge de la mano y la arrastra al vestíbulo mientras mis padres y yo las seguimos.

—Christian nunca ha traído a una chica a casa —dice mi hermana, entusiasmada.

—Mia, cálmate —la reprende Grace.

Sí, Mia, joder... No montes una escena, por favor.

Ana me pilla poniendo los ojos en blanco y me fulmina con la mirada.

Grace me saluda dándome un beso en ambas mejillas.

—Hola, cariño.

Está radiante de felicidad, contenta de tener a todos sus hijos en casa. Carrick me tiende la mano.

—Hola, hijo. Cuánto tiempo sin verte...

Nos estrechamos la mano y seguimos a las mujeres al salón.

—Pero si me viste ayer, papá... —murmuro.

—Bromas de padre… —El mío tiene un excelente sentido del humor.

Kavanagh y Elliot están acurrucados en uno de los sofás, pero Kavanagh se levanta para abrazar a Ana cuando entramos.

—Christian —me saluda con un gesto cortés.

—Kate.

Y ahora Elliot le pone sus manazas encima a Ana.

Joder, ¿quién iba a decir que a mi familia le gustaba tanto tocar a la gente? Déjala ya. Le lanzo a Elliot una mirada asesina y él me responde con una sonrisa socarrona, como si quisiera decir: «Solo te estoy enseñando cómo se hace». Paso el brazo por la cintura de Ana y la atraigo hacia mí. Todos nos miran.

Vaya. Esto parece un circo.

—¿Algo de beber? —ofrece mi padre—. ¿Prosecco?

—Por favor —decimos Ana y yo al unísono.

Mia da un saltito en el sitio y aplaude.

—Pero si hasta decís las mismas cosas. Ya voy yo.

Sale volando del salón.

¿Qué narices le pasa hoy a mi familia?

Ana frunce el ceño. Creo que a ella también le parecen un poco raritos.

—La cena está casi lista —dice Grace saliendo del salón detrás de Mia.

—Siéntate —le digo a Ana, y la llevo a uno de los sofás.

Hace lo que le digo y me siento a su lado, con cuidado de no tocarla. Tengo que dar ejemplo a esta familia tan excesivamente efusiva.

¿Y si resulta que siempre han sido así?

Mi padre interrumpe mis pensamientos.

—Estábamos hablando de las vacaciones, Ana. Elliot ha decidido irse con Kate y su familia a Barbados una semana.

Pero ¡tío! Miro a Elliot, boquiabierto. ¿Qué diablos le ha pasado a don Si-te-he-visto-no-me-acuerdo? Kavanagh debe de ser muy buena en la cama. Desde luego, parece un rato engreída.

—¿Te tomarás tú un tiempo de descanso ahora que has terminado los estudios? —le pregunta Carrick a Ana.

—Estoy pensando en irme unos días a Georgia —responde.

—¿A Georgia? —exclamo, incapaz de disimular mi sorpresa.

—Mi madre vive allí —dice con voz vacilante—, y hace tiempo que no la veo.

—¿Cuándo pensabas irte? —le espeto.

—Mañana, a última hora de la tarde.

¡Mañana! Pero ¿qué narices dice? ¿Y me entero ahora?

Mia vuelve con unas copas de Prosecco rosado para Ana y para mí.

—¡Salud!

Papá alza su copa.

—¿Cuánto tiempo? —insisto tratando de mantener un tono neutro.

—Aún no lo sé. Dependerá de cómo vayan mis entrevistas de mañana.

¿Entrevistas? ¿Mañana?

—Ana se merece un descanso —interrumpe Kavanagh, y me mira con una animadversión mal disimulada.

Me dan ganas de soltarle que meta las narices en sus asuntos, pero me muerdo la lengua por Ana.

—¿Tienes entrevistas? —le pregunta mi padre a Ana.

—Sí, mañana, para un puesto de becaria en dos editoriales.

¿Cuándo pensaba decírmelo? ¡Llevo aquí con ella dos minutos y me estoy enterando de detalles de su vida que ya debería saber!

—Te deseo toda la suerte del mundo —le dice Carrick con una sonrisa amable.

—La cena está lista —nos llama Grace desde el otro lado del pasillo.

Dejo que los demás vayan adelantándose, pero agarro a Ana del codo antes de que pueda seguirlos.

—¿Cuándo pensabas decirme que te marchabas?

Estoy a punto de perder los nervios

—No me marcho, voy a ver a mi madre y solamente estaba valorando la posibilidad —me contesta hablándome como si yo fuera un niño pequeño.

—¿Y qué pasa con nuestro contrato?

—Aún no tenemos ningún contrato.

Pero…

La guío por el salón en dirección al pasillo.

—Esta conversación no ha terminado —le advierto al entrar en el comedor.

Mi madre ha tirado la casa por la ventana para agasajar a Ana y a Kavanagh: ha sacado la mejor vajilla y la mejor cristalería. Le retiro a Ana la silla, se sienta, y yo me coloco a su lado. Mia nos sonríe desde el otro lado de la mesa.

—¿Dónde conociste a Ana? —pregunta Mia.

—Me entrevistó para la revista de la Universidad Estatal de Washington.

—Que Kate dirige —añade Ana.

—Quiero ser periodista —le dice Kate a Mia.

Mi padre le ofrece un poco de vino a Ana mientras Mia y Kate hablan de periodismo. Kavanagh está haciendo prácticas en *The Seattle Times*, algo que sin duda debe de haberle conseguido su padre.

Con el rabillo del ojo, sorprendo a Ana mirándome.

—¿Qué? —pregunto.

—No te enfades conmigo, por favor —dice en voz tan baja que solo la oigo yo.

—No estoy enfadado contigo —miento.

Entorna los ojos; es evidente que no me cree.

—Sí, estoy enfadado contigo —confieso, y ahora siento que estoy exagerando. Cierro los ojos.

Contrólate, Grey.

—¿Tanto como para que te pique la palma de la mano? —susurra.

—¿De qué estáis cuchicheando los dos? —nos interrumpe Kavanagh.

¡Dios! Pero ¿siempre es así? ¿Tan entrometida? ¿Cómo narices puede soportarla Elliot? La fulmino con la mirada y tiene el buen tino de callarse.

—De mi viaje a Georgia —contesta Ana en un tono amable y dulce.

Kate sonríe.

—¿Qué tal en el bar el viernes con José? —pregunta, y me lanza una mirada elocuente.

¿A qué coño ha venido eso? ¡Joder!

Ana se pone tensa a mi lado.

—Muy bien —responde en voz baja.

—Como para que me pique la palma de la mano —le susurro—. Sobre todo ahora.

Así que se fue a un bar con el tipo que estaba intentando meterle la lengua hasta la garganta la última vez que lo vi. Y eso que ya había accedido a ser mía... ¿Yéndose a escondidas a un bar con otro hombre? Y sin mi permiso...

Se merece un castigo.

Ya están sirviendo la cena.

Le prometí que no sería demasiado violento con ella... tal vez debería utilizar un látigo de tiras. O quizá debería darle unos buenos azotes, sin contemplaciones, más fuertes que la vez anterior. Aquí mismo, esta noche.

Sí. Es una posibilidad.

Ana se está examinando los dedos de la mano. Kate, Elliot y Mia charlan sobre cocina francesa y mi padre acaba de regresar a la mesa. ¿Dónde estaba?

—Preguntan por ti, cariño. Del hospital —le dice a Grace.

—Empezad sin mí, por favor —nos pide mi madre, y le pasa una fuente de comida a Ana.

Huele bien.

Ana se humedece los labios y ese simple gesto repercute directamente en mi entrepierna. Debe de estar hambrienta. Me alegro. Algo es algo.

Mi madre se ha superado a sí misma: chorizo, vieiras y pimientos rojos. Qué rico todo. Y me doy cuenta de que yo también tengo hambre. Eso no va a ayudar a mejorar mi humor, pero mi expresión se relaja al ver comer a Ana.

Grace regresa con el semblante preocupado.

—¿Va todo bien? —le pregunta mi padre, y todos la miramos.

—Otro caso de sarampión —suspira Grace.

—Oh, no… —dice Carrick.

—Sí, un niño. El cuarto caso en lo que va de mes. Si la gente vacunara a sus hijos… —Grace menea la cabeza—. Cuánto me alegro de que nuestros hijos nunca pasaran por eso. Gracias a Dios, nunca cogieron nada más grave que la varicela. Pobre Elliot.

Todos miramos a Elliot, que deja de comer a medio masticar, con la boca llena, con cara de bobo. Se siente incómodo siendo el centro de atención.

Kavanagh le lanza a Grace una mirada interrogadora.

—Christian y Mia tuvieron suerte —explica Grace—. Ellos la cogieron muy flojita, algún granito nada más.

Vamos, déjalo ya, mamá…

—Papá, ¿viste el partido de los Mariners? —pregunta Elliot, deseoso de cambiar de tema, igual que yo.

—Es increíble que ganaran a los Yankees —dice Carrick.

—¿Viste tú el partido, campeón? —me pregunta Elliot.

—No, pero leí la columna de deportes.

—Los Mariners van a llegar lejos. Nueve victorias de once partidos, eso me da esperanza. —Mi padre parece entusiasmado.

—Les está yendo mucho mejor que en la temporada de 2010, eso desde luego —añado.

—Gutierrez, en el centro, estuvo genial. ¡Qué manera de atrapar el balón! Uau… —Elliot lanza los brazos hacia arriba, y Kavanagh lo mira embelesada, con ojos de corderilla enamorada.

—¿Qué tal en vuestra nueva casa, querida? —le pregunta Grace a Ana.

—Solo llevamos allí una noche y todavía tengo que deshacer las maletas y las cajas, pero me encanta que sea tan céntrico… y que esté tan cerca del mercado de Pike Place y de la costa.

—Ah, entonces vivís cerca de Christian —señala Grace.

La asistenta que ayuda a mi madre en casa empieza a recoger la mesa. Sigo sin acordarme de su nombre. Es suiza o austríaca o algo así, y no deja de sonreírme y de lanzarme miraditas.

—¿Has estado en París, Ana? —pregunta Mia.

—No, pero me encantaría ir.

—Nosotros fuimos de luna de miel a París —comenta mi madre.

Carrick y ella intercambian una mirada que, francamente, preferiría no haber visto. Salta a la vista que se lo pasaron muy bien.

—Es una ciudad preciosa, a pesar de los parisinos. Christian, ¡deberías llevar a Ana a París! —exclama Mia.

—Me parece que Anastasia preferiría Londres —respondo a la ridícula sugerencia de mi hermana.

Apoyo la mano en la rodilla de Ana y exploro sus muslos con toda la parsimonia del mundo, subiéndole el vestido a medida que avanzan mis dedos. Quiero tocarla, acariciarla donde deberían estar sus bragas. Se me endurece la polla solo de anticipar el momento, y reprimo un gemido y me remuevo incómodo en mi asiento.

Ella se aparta de mí con una sacudida, como si quisiera cruzar las piernas, y le cierro la mano alrededor del muslo.

¡Ni se te ocurra!

Toma un sorbo de vino sin apartar la mirada de la asistenta de mi madre, que nos está sirviendo el plato principal.

—¿Qué tienen de malo los parisinos? ¿No sucumbieron a tus encantos? —dice Elliot metiéndose con Mia.

—Huy, qué va. Además, monsieur Floubert, el ogro para el que trabajaba, era un tirano dominante.

Ana se atraganta con el vino.

—Anastasia, ¿te encuentras bien? —pregunto, y le aparto la mano del muslo.

Asiente con las mejillas encendidas, y le doy unas palmaditas en la espalda y le acaricio el cuello. ¿Un tirano dominante? ¿Eso es lo que soy? La idea me hace gracia. Mia me dirige una mirada de aprobación al ver mi demostración pública de afecto.

Mi madre ha cocinado su plato estrella: ternera Wellington, una receta que se trajo de Londres. No tiene nada que envidiarle al pollo frito de ayer. A pesar de que ha estado a punto de atragantarse, Ana da buena cuenta de su cena; es un placer verla comer. Debe de estar hambrienta después de nuestra tarde movidita. Tomo otro sorbo de vino mientras pienso en otras maneras de estimular su apetito.

Mia y Kavanagh están hablando de las diferencias entre Saint Bart's y Barbados, donde va a alojarse la familia de Kavanagh.

—¿Os acordáis de cuando a Elliot le picó una medusa?

A Mia le brillan los ojos con regocijo al mirar primero a Elliot y luego a mí.

Suelto una carcajada.

—¿Te refieres a cuando gritaba como una niña? Sí.

—Oye, ¡que podía haber sido una carabela portuguesa! Odio las medusas. Estropean todo el entorno marino.

Elliot se muestra rotundo. Mia y Kate estallan en risas y asienten, de acuerdo con él.

Ana come con ganas, atenta a la conversación. Todos los demás se han calmado y mi familia ya no hace cosas raras. ¿Por qué estoy tan tenso? Esto pasa cada día en todo el país: familias que se reúnen para disfrutar de una buena comida y de la compañía. ¿Acaso estoy tenso por la presencia de Ana? ¿Me preocupa que no les caiga bien o que a ella no le guste mi familia? ¿O es porque se va a la maldita Georgia mañana y yo no sabía nada de eso?

Es todo muy confuso.

Mia es el centro de atención, como de costumbre. Sus historias de la vida y de la cocina francesas son muy divertidas.

—Oh, mamá, *les pâtisseries sont tout simplement fabuleuses. La tarte aux pommes de M. Floubert est incroyable* —dice.

—*Mia, chérie, tu parles français* —la interrumpo—. *Nous parlons anglais ici. Eh bien, à l'exception bien sûr d'Elliot. Il parle idiote, couramment.*

Mia echa la cabeza hacia atrás mientras suelta una carcajada y es imposible no sumarse a su risa contagiosa.

Sin embargo, hacia el final de la cena noto el peso de la tensión. Quiero estar a solas con mi chica. Tengo un umbral de tolerancia más bien bajo para las conversaciones banales, aunque sean con mi familia, y ya he llegado al límite. Miro a Ana y alargo el brazo para tocarle la barbilla.

—No te muerdas el labio. Me dan ganas de hacértelo.

Es necesario también que establezcamos algunas reglas básicas. Debemos hablar de su precipitado viaje a Georgia y de eso de que salga a tomar copas con hombres que están colados por ella. Vuelvo a apoyar la mano en su rodilla; necesito tocarla. Además, debería dejar que la toque siempre que me venga en gana. Observo su reacción mientras deslizo los dedos por el muslo, hacia arriba, hacia la zona donde no lleva bragas, jugueteando con su piel. Se queda sin respiración y aprieta los muslos de golpe atenazando mis dedos, deteniéndome.

Se acabó.

Tenemos que levantarnos de la mesa.

—¿Quieres que te enseñe la finca? —le pregunto a Ana, y no le doy oportunidad de responderme.

Me mira con ojos serios y brillantes al depositar la mano en la mía.

—Si me disculpa… —le dice a Carrick, y la conduzco hacia la puerta del comedor.

En la cocina, Mia y Grace están recogiendo los platos.

—Voy a enseñarle el patio a Anastasia —informo a mi madre fingiendo alegría.

Una vez fuera, mi humor se ensombrece al tiempo que mi ira aflora a la superficie.

Las bragas. El fotógrafo. Georgia.

Atravesamos el patio y subimos los escalones que llevan al césped. Ana se detiene un momento para admirar la vista.

Sí, sí. Seattle. La luz. La luna. El agua.

Sigo atravesando la extensa parcela de hierba en dirección a la casita del embarcadero de mis padres.

—Para, por favor —me implora Ana.

Me detengo y la fulmino con la mirada.

—Los tacones. Tengo que quitarme los zapatos.

—No te molestes —digo con un gruñido, y rápidamente la tomo en brazos y me la cargo al hombro. Da un grito de sorpresa.

Mierda. Le pego en el culo, con fuerza.

—Baja la voz —suelto, y sigo andando por el césped.

—¿Adónde me llevas? —gimotea mientras su cuerpo rebota sobre mi hombro.

—Al embarcadero.

—¿Por qué?

—Necesito estar a solas contigo.

—¿Para qué?

—Porque te voy a dar unos azotes y luego te voy a follar.

—¿Por qué? —gimotea.

—Ya sabes por qué —le contesto.

—Pensé que eras un hombre impulsivo.

—Anastasia, estoy siendo impulsivo, te lo aseguro.

Abro de golpe la puerta de la casita del embarcadero, entro y enciendo la luz. Cuando los fluorescentes cobran vida con un zumbido, me dirijo arriba, a la buhardilla. Allí enciendo otro interruptor y unas luces halógenas iluminan la estancia.

La deslizo hacia abajo por mi cuerpo regodeándome en el glorioso tacto de su piel, y la dejo de pie en el suelo. Tiene el pelo oscuro alborotado, le brillan los ojos en el resplandor de las luces, y sé que no lleva bragas. La deseo. Ahora mismo.

—No me pegues, por favor —susurra.

No entiendo lo que me dice. La miro sin comprender.

—No quiero que me azotes, aquí no, ahora no. Por favor, no lo hagas.

Pero… La miro boquiabierto, paralizado. Para eso hemos venido aquí. Levanta la mano y, por un momento, no sé qué pretende hacer. La oscuridad empieza a florar y me atenaza la garganta amenazando con asfixiarme si Ana me toca. Sin embargo, apoya los dedos en mis mejillas y los desliza hacia abajo, acariciándome hasta llegar al mentón. De pronto la oscuridad se disuelve y cierro los ojos para sentir las delicadas yemas de sus dedos sobre mí. Con la otra mano, me alborota el pelo y entierra los dedos en él.

—Ah… —exclamo con un gemido, y no sé si es de miedo o de deseo.

Me he quedado sin aliento, al borde de un precipicio. Cuando abro los ojos, Ana da un paso hacia delante y pega su cuerpo al mío. Cierra los puños en torno a mi pelo y tira de él con suavidad, acercando los labios a mi boca. Y la observo mientras hace todo eso como si fuese un espectador, al margen, como si estuviese fuera de mi cuerpo. Soy alguien que pasaba por allí. Nuestros labios se rozan y cierro los ojos cuando su lengua se abre paso en mi boca. Y es el sonido de mi jadeo lo que rompe el hechizo al que me ha sometido.

Ana.

La rodeo con los brazos y la beso yo también, liberando dos horas de ansiedad y de tensión en ese beso, tomando posesión de ella con mi lengua, volviendo a conectar con mi chica. Le agarro el pelo con las manos y paladeo el sabor de su boca, su lengua, su cuerpo contra el mío mientras todo mi ser arde en llamas como si lo hubiesen rociado con gasolina.

Joder...

Cuando me aparto, los dos estamos sin aliento y ella me sujeta los brazos con fuerza. Estoy confuso. Quiero darle unos azotes, pero me ha dicho que no. Como hizo antes en la mesa, durante la cena.

—¿Qué me estás haciendo? —pregunto.

—Besarte.

—Me has dicho que no.

—¿Qué?

Está desconcertada, o tal vez ha olvidado lo que ha pasado durante la cena.

—En el comedor, cuando has juntado las piernas.

—Estábamos cenando con tus padres.

—Nadie me ha dicho nunca que no. Y eso... me excita.

Y es algo completamente nuevo para mí, diferente. Deslizo la mano por la parte baja de su espalda y la atraigo con brusquedad tratando de recuperar el control.

—¿Estás furioso y excitado porque te he dicho que no? —Habla con voz ronca.

—Estoy furioso porque no me habías contado lo de Georgia. Estoy furioso porque saliste de copas con ese tío que intentó se-

ducirte cuando estabas borracha y te dejó con un completo desconocido cuando te pusiste enferma. ¿Qué clase de amigo es ese?
Y estoy furioso y excitado porque has juntado las piernas cuando
he querido tocarte.

Y no llevas bragas.

Le subo el vestido con los dedos, centímetro a centímetro.

—Te deseo, y te deseo ahora. Y si no me vas a dejar que te
azote, aunque te lo mereces, te voy a follar en el sofá ahora mismo, rápido, para darme placer a mí, no a ti.

La abrazo y la oigo jadear cuando deslizo la mano por entre
el vello púbico y le meto el dedo medio. Suelta un gemido suave
y sexy de satisfacción. Está totalmente lista.

—Esto es mío. Todo mío. ¿Entendido?

Introduzco y saco el dedo, sin dejar de sujetarla, y ella entreabre
los labios con una mezcla de sorpresa y de deseo.

—Sí, tuyo —murmura.

Sí. Mío. Y no pienso dejar que lo olvides, Ana.

La empujo al sofá, me bajo la bragueta y me tumbo encima
de ella.

—Las manos sobre la cabeza —ordeno con un gruñido entre
dientes apretados.

Me incorporo y abro las rodillas para obligarla a separar más
las piernas. Saco un condón del bolsillo interior de la americana
que me quito y tiro al suelo. Sin apartar los ojos de los suyos, abro
el envoltorio y me pongo el condón en la polla, ávida e impaciente. Ana sube las manos hasta la cabeza observando atentamente
con un brillo de urgencia y deseo en la mirada. Cuando me coloco encima de ella, se retuerce bajo mi cuerpo y arquea las caderas con un movimiento juguetón para recibirme.

—No tenemos mucho tiempo. Esto va a ser rápido, y es para
mí, no para ti. ¿Entendido? Como te corras, te doy unos azotes
—le advierto fijando la mirada en sus ojos aturdidos y enormes
y, con un rápido empujón, me hundo en ella hasta el fondo.

Ana suelta un gemido de placer que me resulta más que familiar. La sujeto con fuerza para que no se mueva y empiezo a
follármela, a devorarla. Sin embargo, su avidez la obliga a sacudir

la pelvis para acudir al encuentro de cada una de mis embestidas, espoleándome más aún.

Oh, Ana. Sí, nena.

Me devuelve cada uno de los embates siguiendo mi ritmo furioso y frenético, una y otra vez.

Oh, qué maravilla.

Y me entrego al abandono. En ella. En este intenso placer. En su olor. Y no sé si es porque estoy enfadado, o tenso, o…

Sííí… Me corro deprisa y se me nubla la razón al estallar dentro de ella. Me quedo inmóvil, inundándola, tomando posesión de ella por completo. Recordándole que es mía.

Joder…

Eso ha estado…

Salgo de ella y me incorporo.

—No te masturbes. —Tengo la voz ronca, sin aliento—. Quiero que te sientas frustrada. Así es como me siento yo cuando no me cuentas las cosas, cuando me niegas lo que es mío.

Asiente, con las piernas separadas debajo de mí, con el vestido subido alrededor de la cintura, y la veo abierta, húmeda y con ganas, y tiene el aspecto de la diosa absoluta que es. Me levanto, me quito el condón, le hago un nudo en el extremo y luego me visto y recojo la americana del suelo.

Respiro hondo. Ahora estoy más tranquilo. Mucho más tranquilo.

Joder, qué bien ha estado eso.

—Más vale que volvamos a la casa.

Se incorpora y me mira con una expresión oscura e inescrutable.

Dios, es preciosa.

—Toma, ponte esto.

Saco del bolsillo interior de la americana sus bragas de encaje y se las doy. Me parece que está intentando contener la risa.

Sí, sí. Juego, set y partido para usted, señorita Steele.

—¡Christian! —llama Mia desde abajo.

Mierda.

—Justo a tiempo. Dios, qué pesadita es cuando quiere.

Pero es mi hermana pequeña. Miro a Ana con expresión alarmada mientras ella se pone las bragas. Ella me observa ceñuda y se yergue para recomponerse el vestido y arreglarse el pelo con los dedos.

—Estamos aquí arriba, Mia —digo—. Bueno, señorita Steele, ya me siento mejor, pero sigo queriendo darle unos azotes.

—No creo que lo merezca, señor Grey, sobre todo después de tolerar su injustificado ataque —dice con voz seca y formal.

—¿Injustificado? Me has besado.

—Ha sido un ataque en defensa propia.

—Defensa ¿de qué?

—De ti y de ese cosquilleo en la palma de tu mano.

Está intentando contener una sonrisa. Se oye el ruido de los tacones de Mia subiendo las escaleras.

—Pero ¿ha sido tolerable?

Ana sonríe con satisfacción.

—Apenas.

—Ah, aquí estáis —exclama Mia con una amplia sonrisa.

Si llega a venir dos minutos antes, habría sido una escena bastante incómoda.

—Le estaba enseñando a Anastasia todo esto.

Le tiendo la mano a Ana y ella la coge. Me dan ganas de besarle los nudillos, pero me conformo con apretársela.

—Kate y Elliot están a punto de marcharse. ¿Habéis visto a esos dos? No paran de sobarse. —Mi hermana arruga la nariz con gesto de disgusto—. ¿Qué estabais haciendo aquí arriba?

—Le estaba enseñando a Anastasia mis trofeos de remo. —Con la mano libre señalo las estanterías del fondo de la habitación, las estatuillas de oro y plata falsos de mis días como remero en las regatas de Harvard—. Vamos a despedirnos de Kate y Elliot.

Mia se vuelve para salir y dejo que Ana vaya delante, pero antes de que lleguemos a la escalera le doy un azote en el trasero.

Reprime un grito.

—Lo volveré a hacer, Anastasia, y pronto —le susurro al oído, y, abrazándola, le beso el pelo.

Caminamos por el césped cogidos de la mano, de vuelta a la casa mientras Mia sigue parloteando junto a nosotros. Es una noche preciosa; ha sido un día precioso. Me alegro de que Ana haya conocido a mi familia.

¿Por qué no había hecho esto antes?

Porque nunca había querido hacerlo.

Le aprieto la mano y Ana me dedica una mirada tímida y una sonrisa muy, muy tierna. Llevo sus sandalias en la otra mano, y al llegar a los peldaños de piedra me agacho para abrochárselas.

—Ya está —anuncio cuando acabo.

—Vaya, pues muchas gracias, señor Grey —dice ella.

—El placer es, y ha sido, todo mío.

—Soy muy consciente de eso, señor —contesta, burlona.

—Pero ¡qué monos sois los dos! —exclama Mia cuando entramos en la cocina.

Ana me mira de reojo.

De vuelta en la entrada de la casa, Kate y Elliot están a punto de marcharse. Ana abraza a Kate, pero luego la lleva aparte y mantienen una acalorada conversación privada. ¿De qué narices va todo eso? Elliot coge a Kavanagh del brazo y mis padres se despiden de ellos con la mano cuando se suben al coche de Elliot.

—Nosotros también deberíamos irnos… Tienes las entrevistas mañana.

Tenemos que volver en coche a su nuevo apartamento y son casi las once de la noche.

—¡Pensábamos que nunca encontraría a una chica! —suelta Mia con entusiasmo mientras abraza con fuerza a Ana.

Joder… Pero ¿por qué coño dice eso?

—Cuídate, Ana, querida —dice Grace dedicándole una sonrisa cálida a mi chica.

Acerco a Ana a mi lado.

—No me la espantéis ni me la miméis demasiado.

—Christian, déjate de bromas —me regaña Grace con su gracia habitual.

—Mamá. —Le doy un rápido beso en la mejilla. Gracias por invitar a Ana. Ha sido toda una revelación.

Ana se despide de mi padre y nos dirigimos al Audi, donde Taylor nos está esperando. Le sujeta la puerta de atrás a Ana para que suba al coche.

—Bueno, parece que también le has caído bien a mi familia —señalo cuando me siento al lado de Ana, en la parte de atrás.

Veo en sus ojos el reflejo de la luz del porche de mis padres, pero no sé qué está pensando. Las sombras le envuelven el rostro mientras Taylor se incorpora con suavidad a la carretera.

La sorprendo mirándome bajo el parpadeo de una farola. Está nerviosa. Le pasa algo.

—¿Qué? —pregunto.

No contesta inmediatamente y, cuando lo hace, habla con voz queda.

—Me parece que te has visto obligado a traerme a conocer a tus padres. Si Elliot no se lo hubiera propuesto a Kate, tú jamás me lo habrías pedido a mí.

Maldita sea. No lo entiende. Ha sido una primera vez para mí. Estaba nervioso. A estas alturas ya debería saber que si no hubiera querido que viniese, no estaría aquí. Cuando pasamos de la luz a las sombras bajo las farolas, parece distante y enfadada.

Grey, esto no puede ser.

—Anastasia, me encanta que hayas conocido a mis padres. ¿Por qué eres tan insegura? No deja de asombrarme. Eres una mujer joven, fuerte, independiente, pero tienes muy mala opinión de ti misma. Si no hubiera querido que los conocieras, no estarías aquí. ¿Así es como te has sentido todo el rato que has estado allí?

Niego con la cabeza buscando su mano, y vuelvo a apretársela con actitud tranquilizadora.

Ella mira a Taylor con nerviosismo.

—No te preocupes por Taylor. Contéstame.

—Pues sí. Pensaba eso —dice en voz baja—. Y otra cosa, yo solo he comentado lo de Georgia porque Kate estaba hablando de Barbados. Aún no me he decidido.

—¿Quieres ir a ver a tu madre?

—Sí.

Mi ansiedad vuelve a aflorar a la superficie. ¿Y si está pensando en dejar lo nuestro? Si se va a Georgia, es posible que su madre la convenza para que se busque a alguien más... adecuado, alguien que, como su madre, crea en el amor romántico.

Tengo una idea. Ella ha conocido a mis padres, yo he conocido a Ray. A lo mejor debería presentarme ante su madre, la romántica empedernida. Deslumbrarla con mi encanto.

—¿Puedo ir contigo? —pregunto a sabiendas de que dirá que no.

—Eh... no creo que sea buena idea —responde, sorprendida por mi pregunta.

—¿Por qué no?

—Confiaba en poder alejarme un poco de toda esta... intensidad para poder reflexionar.

Mierda. Efectivamente, quiere dejarme.

—¿Soy demasiado intenso?

Se echa a reír.

—¡Eso es quedarse corto!

Joder, me encanta hacerla reír, aunque sea a mi costa, y siento alivio al ver que conserva el sentido del humor. Tal vez no quiera dejarme, después de todo.

—¿Se está riendo de mí, señorita Steele? —le digo con aire provocador.

—No me atrevería, señor Grey.

—Claro que sí, y de hecho lo haces a menudo.

—Es que eres muy divertido.

—¿Divertido?

—Oh, sí.

Se está burlando de mí. Eso es toda una novedad.

—¿Divertido por peculiar o por gracioso?

—Uf... mucho de una cosa y algo de la otra.

—¿Qué parte de cada una?

—Te dejo que lo adivines tú.

Suelto un suspiro.

—No estoy seguro de poder averiguar nada contigo, Anastasia —digo en tono seco—. ¿Sobre qué tienes que reflexionar en
Georgia?

—Sobre lo nuestro.

Mierda.

—Dijiste que lo intentarías —le recuerdo con delicadeza.

—Lo sé.

—¿Tienes dudas?

—Puede.

Es más grave de lo que creía.

—¿Por qué?

Me mira en silencio.

—¿Por qué, Anastasia? —insisto.

Se encoge de hombros, con la boca en un rictus serio, y espero que el gesto de apretarle la mano le resulte reconfortante.

—Háblame, Anastasia. No quiero perderte. Esta última semana...

Ha sido la mejor de mi vida.

—Sigo queriendo más —murmura.

Oh, no, otra vez no. ¿Qué es lo que necesita oír?

—Lo sé. Lo intentaré. —La sujeto de la barbilla—. Por ti,
Anastasia, lo intentaré.

Pero si acabo de presentarte a mis padres, por el amor de
Dios.

De pronto se desabrocha el cinturón y, antes de darme cuenta,
la tengo sentada sobre mi regazo.

Pero ¿qué demonios...?

Me quedo inmóvil mientras me desliza los brazos alrededor
del cuello y busca mis labios con los suyos, y me arranca un beso
antes de que la oscuridad tenga tiempo de irrumpir en toda su
plenitud. Avanzo hacia arriba por su espalda hasta sujetarle la
cabeza con las manos y devolverle sus apasionados besos, explo-
rando su boca dulce, muy dulce, tratando de buscar respuestas...
Su inesperada muestra de afecto me resulta increíblemente arrebatadora. Y nueva. Y confusa. Creía que quería dejarme y ahora
la tengo sobre mi regazo, excitándome otra vez.

Yo nunca… Nunca… No te vayas, Ana.

—Quédate conmigo esta noche. Si te vas, no te veré en toda la semana. Por favor —digo en un hilo de voz.

—Sí —susurra—. Yo también lo intentaré. Firmaré el contrato.

Oh, nena.

—Firma después de Georgia. Piénsatelo. Piénsatelo mucho, nena.

Quiero que lo haga por propia voluntad; no deseo obligarla. Bueno, al menos una parte de mí no quiere obligarla. La parte racional.

—Lo haré —dice, y se apoya en mi pecho.

Esta mujer me tiene totalmente hechizado.

Qué ironía, Grey.

Y me dan ganas de reír porque me siento aliviado y feliz, pero sigo pegado a ella, inhalando su reconfortante y sugerente aroma.

—Deberías ponerte el cinturón de seguridad —la regaño, pero en realidad no quiero que se mueva.

Permanece atrapada en mis brazos, con su cuerpo relajado encima de mí. La oscuridad que habita mi interior permanece dormida, contenida, y me siento confuso ante la batalla que libran mis emociones. ¿Qué quiero de esta mujer? ¿Qué necesito de ella?

No deberíamos estar abrazados, pero me gusta tenerla en mis brazos. Me gusta acunarla así. Le beso el pelo, me recuesto hacia atrás y disfruto del trayecto hasta Seattle.

Taylor se detiene delante de la entrada del Escala.

—Ya estamos en casa —le digo a Ana en un susurro. No tengo ganas de soltarla, pero la deposito en el asiento.

Taylor le abre la puerta y ella se reúne conmigo en la entrada del edificio.

La veo estremecerse de frío.

—¿Por qué no llevas chaqueta? —le pregunto mientras me quito la americana y le envuelvo los hombros con ella.

—La tengo en mi coche nuevo —contesta bostezando.

—¿Cansada, señorita Steele?

—Sí, señor Grey. Hoy me han convencido de que hiciera cosas que jamás había creído posibles.

—Bueno, si tienes muy mala suerte, a lo mejor consigo convencerte de hacer alguna cosa más.

Con un poco de suerte.

Se apoya en la pared del ascensor mientras subimos al último piso. Con mi americana, tiene un aspecto esbelto, menudo y sexy. Si no llevase las bragas podría follármela aquí mismo... Levanto la mano y le libero el labio de la presión de los dientes.

—Algún día te follaré en este ascensor, Anastasia, pero ahora estás cansada, así que creo que nos conformaremos con la cama.

Me inclino y le mordisqueo con delicadeza el labio inferior. Se queda sin respiración y me responde hincándome los dientes en el labio superior.

Los noto directamente en la entrepierna.

Quiero llevarla a la cama y perderme en los recovecos de su cuerpo. Después de nuestra conversación en el coche, necesito estar seguro de que es mía. Cuando salimos del ascensor, le ofrezco una copa, pero la rechaza.

—Bien. Vámonos a la cama.

Parece sorprendida.

—¿Te vas a conformar con una simple y aburrida relación vainilla?

—Ni es simple ni aburrida... tiene un sabor fascinante.

—¿Desde cuándo?

—Desde el sábado pasado. ¿Por qué? ¿Esperabas algo más exótico?

—Ay, no. Ya he tenido suficiente exotismo por hoy.

—¿Seguro? Aquí tenemos para todos los gustos... por lo menos treinta y un sabores.

La miro con una sonrisa lasciva.

—Ya lo he observado.

Arquea una ceja.

—Venga ya, señorita Steele, mañana le espera un gran día. Cuanto antes se acueste, antes la follaré y antes podrá dormirse.

—Es usted todo un romántico, señor Grey.

—Y usted tiene una lengua viperina, señorita Steele. Voy a tener que someterla de alguna forma. Venga.

Sí. Se me ocurre una manera.

Al cerrar la puerta de mi dormitorio, estoy aún más contento que en el coche. Ella sigue aquí, a mi lado.

—Manos arriba —le ordeno, y ella obedece. Le agarro el dobladillo del vestido y, con un solo y hábil movimiento, se lo quito por la cabeza y dejo al descubierto la hermosa mujer que hay debajo—. ¡Tachán!

Soy un mago. Ana se ríe y me aplaude. Inclino la cabeza con una reverencia, disfrutando del juego, antes de dejar su vestido en la silla.

—¿Cuál es el siguiente truco? —pregunta con los ojos chispeantes.

—Ay, mi querida señorita Steele. Métase en la cama, que enseguida lo va a ver.

—¿Crees que por una vez debería hacerme la dura? —bromea con aire provocador ladeando la cabeza de manera que el pelo le cae por el hombro.

Un juego nuevo. Esto se pone interesante.

—Bueno… la puerta está cerrada; no sé cómo vas a evitarme. Me parece que el trato ya está hecho.

—Pero soy buena negociadora —dice en voz baja pero firme.

—Y yo.

Muy bien. ¿Qué pasa aquí? ¿No tiene ganas? ¿Está demasiado cansada? ¿Qué?

—¿No quieres follar? —pregunto, confuso.

—No —musita.

—Ah.

Vaya, menuda decepción.

Traga saliva y a continuación, en un hilo de voz, añade:

—Quiero que me hagas el amor.

La miro fijamente, perplejo y divertido.

¿Qué quiere decir con eso?

¿Hacer el amor? Lo hacemos. Lo hemos hecho. Es tan solo otro término para follar.

Me estudia con gesto grave. Mierda. ¿A esto se refiere cuando dice que quiere más? ¿Se trata de todo ese rollo de las flores y los corazones? Pero es una cuestión de semántica, ¿verdad? Es únicamente una cuestión semántica.

—Ana, yo… —¿Qué quiere de mí?—. Pensé que ya lo habíamos hecho.

—Quiero tocarte.

Mierda. No. Doy un paso atrás mientras la oscuridad me atenaza el tórax.

—Por favor —dice en un susurro.

No. ¡No! ¿No se lo he dejado lo bastante claro?

No soporto que me toquen. No lo soporto.

Eso, jamás.

—Ah, no, señorita Steele, ya le he hecho demasiadas concesiones esta noche. La respuesta es no.

—¿No? —exclama.

—No.

Y por un momento, me entran ganas de mandarla de vuelta a su casa, o arriba… donde sea pero lejos de mí. Fuera de aquí.

No me toques.

Me mira con aire receloso y de pronto recuerdo que mañana se irá y que no la veré durante unos días. Suelto un suspiro. No me queda energía para enfrentarme a eso.

—Mira, estás cansada, y yo también. Vámonos a la cama y ya está.

—¿Así que el que te toquen es uno de tus límites infranqueables?

—Sí. Ya lo sabes.

Soy incapaz de suprimir la exasperación de mi voz.

—Dime por qué, por favor.

No quiero hablar de eso. No quiero tener esa conversación. Nunca.

—Ay, Anastasia, por favor. Déjalo ya.

Se le nubla el rostro.

—Es importante para mí —dice con un deje de súplica vacilante en la voz.

—A la mierda —murmuro para mí. Saco una camiseta de uno de los cajones de la cómoda y se la tiro—. Póntela y métete en la cama.

¿Por qué narices dejo que duerma conmigo? Pero es una pregunta retórica: en lo más profundo de mí, sé cuál es la respuesta. Es porque duermo mejor con ella.

Ana es mi atrapasueños.

Mantiene mis pesadillas a raya.

Me da la espalda, se quita el sujetador y se pone la camiseta.

¿Qué le he dicho en el cuarto de juegos esta tarde? Que no debería ocultarme su cuerpo.

—Necesito ir al baño —dice.

—¿Ahora me pides permiso?

—Eh… no.

—Anastasia, ya sabes dónde está el baño. En este extraño momento de nuestro acuerdo no necesitas permiso para usarlo.

Me desabrocho la camisa y me la quito, y ella sale disparada del dormitorio mientras lucho por mantener la calma.

¿Qué mosca le ha picado?

Una cena en casa de mis padres y ya espera violines y serenatas a la luz de la luna y paseos bajo la maldita lluvia, joder. Yo no soy así. Ya se lo he dicho. A mí no me van las relaciones románticas. Suelto un suspiro mientras me quito los pantalones.

Pero ella quiere más, necesita toda esa mierda del romanticismo.

Joder.

Dentro del vestidor, arrojo los pantalones al cesto de la ropa sucia y me pongo los del pijama antes de regresar al dormitorio.

Esto no va a funcionar, Grey.

Pero quiero que funcione.

Deberías dejar que se vaya.

No. Puedo hacer que funcione. Tiene que haber algún modo.

El radiodespertador señala las 11.46. Hora de irse a la cama.

Compruebo el móvil para ver si ha llegado algún correo urgente. No hay nada. Llamo a la puerta del cuarto de baño con brusquedad.

—Pasa —farfulla Ana.

Se está lavando los dientes, sacando espuma por la boca literalmente... con mi cepillo. Escupe en el lavamanos, a mi lado, y los dos nos miramos en el reflejo del espejo. Tiene un brillo travieso y risueño en los ojos. Enjuaga el cepillo y, sin decir nada, me lo da. Me lo meto en la boca y ella pone cara de estar satisfecha consigo misma.

Y así, sin más, toda la tensión de nuestro intercambio anterior desaparece como por arte de magia.

—Si quieres, puedes usar mi cepillo de dientes —bromeo.

—Gracias, señor.

Sonríe y, por un momento, parece a punto de hacerme una reverencia, pero me deja a solas para que me lave los dientes.

Cuando vuelvo al dormitorio está tumbada en la cama bajo las sábanas. Debería estar estirada debajo de mí.

—Que sepas que no es así como tenía previsto que fuera esta noche.

Mi tono es de mal humor.

—Imagina que yo te dijera que no puedes tocarme —dice, tan peleona como siempre.

No piensa olvidarse del asunto. Me siento en la cama.

—Anastasia, ya te lo he dicho. De cincuenta mil formas. Tuve un comienzo duro en la vida; no hace falta que te llene la cabeza con toda esa mierda. ¿Para qué?

¡Nadie debería tener esa mierda en la cabeza!

—Porque quiero conocerte mejor.

—Ya me conoces bastante bien.

—¿Cómo puedes decir eso?

Se incorpora y se coloca de rodillas delante de mí, con el gesto serio y ansioso.

Ana. Ana. Ana. Déjalo de una puta vez.

—Estás poniendo los ojos en blanco —dice—. La última vez que yo hice eso, terminé tumbada sobre tus rodillas.

—Oh, no me importaría volver a hacerlo.

Ahora mismo.

Se le ilumina el rostro.

—Si me lo cuentas, te dejo que lo hagas.

—¿Qué?

—Lo que has oído.

—¿Me estás haciendo una oferta?

Mi voz deja traslucir mi incredulidad.

Asiente con la cabeza.

—Estoy negociando.

Arrugo la frente.

—Esto no va así, Anastasia.

—Vale. Cuéntamelo y luego te pongo los ojos en blanco.

Me río. Ahora se ha puesto en plan cómico, y está preciosa con mi camiseta. Se le ilumina la cara con gesto anhelante.

—Siempre tan ávida de información —comento con asombro. Y se me ocurre una idea: podría darle unos azotes. Tengo ganas de hacerlo desde la cena, pero podría añadirle un toque más divertido. Me levanto de la cama—. No te vayas —le advierto antes de salir del dormitorio.

Entro en el estudio, cojo la llave del cuarto de juegos y voy arriba. Saco de la cómoda los juguetes que busco y me planteo llevarme también el lubricante, pero, pensándolo mejor, y a juzgar por la experiencia reciente, no creo que Ana vaya a necesitarlo.

Cuando vuelvo, está sentada en la cama con una expresión de intensa curiosidad.

—¿A qué hora es tu primera entrevista de mañana? —pregunto.

—A las dos.

Excelente. No tiene que madrugar.

—Bien. Sal de la cama. Ponte aquí de pie.

Señalo un punto delante de mí. Ana baja de la cama sin vacilar, tan dispuesta como siempre. Está expectante.

—¿Confías en mí?

Asiente con la cabeza y extiendo la palma de la mano, enseñándole dos bolas chinas plateadas. Frunce el ceño y aparta los ojos de las bolas para mirarme a mí.

—Son nuevas. Te las voy a meter y luego te voy a dar unos azotes, no como castigo, sino para darte placer y dármelo yo.

Lunes, 30 de mayo de 2011

Su brusca inspiración es música para mi polla.

—Luego follaremos y, si aún sigues despierta, te contaré algunas cosas sobre mis años de formación. ¿De acuerdo?

Ana asiente. Se le ha acelerado la respiración, tiene las pupilas dilatadas, más oscuras, por la necesidad y por el ansia de conocimiento.

—Buena chica. Abre la boca.

Ella duda un momento, desconcertada. Sin embargo, hace lo que le pido antes de darme tiempo a reprenderla.

—Más.

Le meto las dos bolas. Son un poco grandes y pesadas, pero eso le mantendrá la boca ocupada un ratito.

—Necesitan lubricación. Chúpalas.

Ella pestañea, intenta chuparlas y cambia ligeramente de postura al apretar los muslos y removerse.

Oh, sí.

—No te muevas, Anastasia —le advierto, aunque estoy disfrutando del espectáculo.

Ya está bien.

—Para —ordeno, y le saco las bolas de la boca.

Retiro el edredón de la cama y me siento.

—Ven aquí.

Se acerca con sigilo hasta mí, descocada y sensual.

Oh, Ana, mi chica con ese lado oscuro.

—Date la vuelta, inclínate hacia delante y agárrate los tobillos.

Su expresión me revela que no es lo que esperaba oír.

—No titubees —la reprendo, y me meto las bolas en la boca.

Ella gira y se inclina sin esfuerzo mostrándome sus largas piernas y su bonito culo, y le subo poco a poco la camiseta por la espalda en dirección a su cabeza y a su abundante cabello.

Podría contemplar esta magnífica vista durante un buen rato mientras imagino lo que me gustaría hacerle, pero de momento me apetece darle una zurra y follármela. Poso la mano abierta en su trasero y disfruto del tacto cálido mientras la acaricio por encima de las bragas.

Oh, este culo es mío, todo mío. Y va a ponerse más caliente.

Le retiro las bragas hacia un lado y dejo al descubierto los labios de la vulva, que sujeto con una mano. Resisto el impulso de pasarle la lengua de arriba abajo por todo el sexo; además, la tengo ocupada. En vez de eso, trazo la línea que le une el perineo y el clítoris, y de vuelta otra vez, hasta que le introduzco un dedo.

Suelto un gemido de satisfacción profundamente gutural y muevo el dedo en lentos círculos, ensanchándola. Sus gemidos me provocan una erección. Instantánea.

La señorita Steele también está satisfecha. Le gusta lo que le hago.

Trazo círculos con el dedo en su interior una vez más, luego lo retiro y me saco las bolas de la boca. Con delicadeza, le introduzco la primera, luego la segunda, y dejo fuera el cordel, enroscado sobre el clítoris. Le beso el culo desnudo y vuelvo a ponerle bien las bragas.

—Ponte derecha —le ordeno, y la sujeto por las caderas hasta estar seguro de que puede mantener el equilibrio—. ¿Estás bien?

—Sí.

Tiene la voz enronquecida.

—Vuélvete.

Obedece al instante.

—¿Qué tal? —pregunto.

—Raro.

—¿Raro bueno o raro malo?

—Raro bueno.

—Bien.

Tendrá que acostumbrarse a llevar las bolas. Y la mejor manera de conseguirlo es que estire el cuerpo para alcanzar algo.

—Quiero un vaso de agua. Ve a traerme uno, por favor. Y cuando vuelvas, te tumbaré sobre mis rodillas. Piensa en eso, Anastasia.

Ella está perpleja, pero da media vuelta y avanza con cuidado, con paso vacilante, hasta que sale de la habitación. Mientras, saco un condón de la cómoda. Quedan pocos; necesitaré tener más a mano hasta que empiece a hacerle efecto la píldora. Vuelvo a sentarme en la cama y espero con impaciencia.

Cuando Ana regresa, camina con más seguridad, y me trae el agua.

—Gracias —digo.

Doy un sorbo rápido y dejo el vaso sobre la mesilla. Cuando levanto la cabeza, ella me está mirando con un deseo manifiesto.

Me gusta que me mire así.

—Ven. Ponte a mi lado. Como la otra vez.

Lo hace, y ahora su respiración es irregular… agitada. Caray, está realmente excitada. Qué diferencia con respecto a la última vez que le di unos azotes.

Ponla un poco más caliente, Grey.

—Pídemelo.

Mi tono es firme.

Una expresión perpleja recorre su cara.

—Pídemelo.

Vamos, Ana.

Ella arruga la frente.

—Pídemelo, Anastasia. No te lo voy a repetir más.

Mi tono es tajante.

Por fin se da cuenta de lo que le estoy pidiendo y se ruboriza.

—Azóteme, por favor… señor —dice en voz baja.

Qué palabras tan maravillosas… Cierro los ojos y dejo que resuenen en mi cabeza. Le cojo la mano y tiro de ella hasta colocarla sobre mis rodillas de modo que su pecho descansa en la cama. Mientras le acaricio el culo con una mano, con la otra le retiro el pelo de la cara y se lo coloco detrás de la oreja. Luego la agarro de la melena a la altura de la nuca para sujetarla bien.

—Quiero verte la cara mientras te doy los azotes.

Le acaricio el culo y hago presión sobre su sexo, consciente de que eso empujará las bolas más hacia el interior.

Ella gime en señal de aprobación.

—Esta vez es para darnos placer, Anastasia, a ti y a mí.

Levanto la mano y le doy un azote en el lugar preciso.

—¡Ay! —musita contrayendo el rostro, y yo le acaricio ese culo tan adorable mientras se acostumbra a la sensación.

Cuando se relaja, vuelvo a azotarla. Ella suelta un gemido y yo ahogo mi reacción. Empiezo en serio: nalga derecha, nalga izquierda, luego la confluencia de muslos y culo. Entre azote y azote, le acaricio y le manoseo el trasero mientras contemplo cómo su piel adquiere un delicado tono rosado bajo la ropa interior de encaje.

Ella gime, asimilando el placer, disfrutando de la experiencia.

Paro. Quiero verle el trasero en todo su rosado esplendor. Sin prisa, provocándola, le bajo las bragas mientras con las puntas de los dedos voy acariciándole los muslos, la parte posterior de las rodillas y las pantorrillas. Ella levanta los pies y deja que las bragas caigan al suelo. Se remueve, pero se queda quieta cuando pongo la palma de la mano abierta sobre su piel enrojecida, encendida. Vuelvo a cogerla del pelo y empiezo otra vez, primero con suavidad, luego repitiendo los mismos movimientos.

Está húmeda; noto su excitación en la palma de la mano.

La cojo del pelo con más fuerza y ella gime, con los ojos cerrados, la boca abierta y relajada.

Joder, qué caliente está.

—Buena chica, Anastasia.

Tengo la voz ronca y mi respiración es irregular.

La azoto un par de veces más hasta que ya no puedo soportarlo.

La deseo.

Ahora.

Enrosco los dedos en el cordel de las bolas y las saco de un tirón.

Ella grita de placer. Le doy la vuelta, hago una pausa para quitarme los calzoncillos y me pongo el maldito condón. Luego me tumbo a su lado. Le cojo las manos, las levanto por encima de su cabeza, y me deslizo lentamente sobre ella y luego dentro de ella mientras maúlla como una gatita.

—Oh, nena.

Es increíble sentirla así.

«Quiero que me hagas el amor.» Sus palabras resuenan en mi mente.

Y con suavidad, oh, cuánta suavidad, empiezo a moverme mientras siento cada precioso centímetro de su piel debajo de mí rodeándome. La beso saboreando su boca y su cuerpo al mismo tiempo. Ella enrosca sus piernas en las mías y va al encuentro de cada suave empujón, moviéndose rítmicamente hasta que la espiral de placer aumenta, cada vez más, hasta que se deja ir.

Su orgasmo me lanza más allá del límite.

—¡Ana! —exclamo a la vez que me vacío en su interior dejándome ir yo también.

Una agradable liberación que me deja… con ganas de más. Con necesidad de más.

Mientras recobro la calma, aparto de mí la extraña oleada de sentimientos que atormenta mi interior. No se parece a la oscuridad, pero es algo temible. Algo que no comprendo.

Ella entrelaza los dedos con los míos, y abro los ojos y me hundo en esa mirada somnolienta, satisfecha.

—Me ha gustado —susurro, y le doy un beso largo.

Ella me obsequia con una sonrisa adormilada. Me levanto, la cubro con el edredón, cojo los pantalones del pijama y entro en el cuarto de baño, donde me quito el condón y lo tiro. Me pongo los pantalones y busco la pomada de árnica.

De nuevo junto a la cama, Ana me dirige una sonrisa de satisfacción.

—Date la vuelta —le ordeno, y por un momento me parece

que va a poner los ojos en blanco, pero me obedece y hace lo que le digo—. Tienes el culo de un color espléndido —observo, satisfecho con el resultado.

Me aplico un poco de crema en la palma de la mano y se la extiendo lentamente por las nalgas.

—Déjalo ya, Grey —dice con un bostezo.

—Señorita Steele, es usted única estropeando un momento.

—Teníamos un trato —insiste.

—¿Cómo te sientes?

—Estafada.

Con un hondo suspiro, dejo la pomada sobre la mesilla de noche, me meto en la cama y atraigo a Ana hacia mí para abrazarla. Le beso la oreja.

—La mujer que me trajo al mundo era una puta adicta al crack, Anastasia. Duérmete.

Ella se pone tensa entre mis brazos.

Guardo silencio. No quiero que sienta lástima ni que me tenga compasión.

—¿Era? —musita.

—Murió.

—¿Hace mucho?

—Murió cuando yo tenía cuatro años. No la recuerdo. Carrick me ha dado algunos detalles. Solo recuerdo ciertas cosas. Por favor, duérmete.

Al cabo de un rato se relaja entre mis brazos.

—Buenas noches, Christian. —Tiene la voz somnolienta.

—Buenas noches, Ana.

Vuelvo a besarla aspirando su aroma tranquilizador y luchando contra mis recuerdos.

—*¡No cojas las manzanas y las tires, imbécil!*

—*Vete a la mierda, repelente.*

Elliot coge una manzana, da un bocado y la lanza contra mí.

—*Renacuajo —me provoca.*

¡No! No me llames así.

Me abalanzo sobre él y le pego un puñetazo en la cara.

—*Cerdo asqueroso. Es comida. La estás tirando. El abuelo la ven-*
de. Eres un cerdo. Cerdo. Cerdo.

—*ELLIOT. CHRISTIAN.*

Papá me aparta de Elliot, que está encogido en el suelo.

—*¿Qué os pasa?*

—*Está loco.*

—*¡Elliot!*

—*Está estropeando las manzanas.* —*La ira crece en mi pecho,*
en mi garganta. Creo que voy a explotar—. *Las muerde y las tira. Me*
las tira a mí.

—*Elliot, ¿es verdad?*

Elliot se ruboriza ante la mirada de papá.

—*Creo que es mejor que vengas conmigo. Christian, recoge las*
manzanas. Puedes ayudar a mamá a hacer una tarta.

Ana está profundamente dormida cuando me despierto con
la nariz en ese pelo fragante, arropándola con los brazos. He soñado que jugaba en el huerto de manzanos de mi abuelo con
Elliot; eran tiempos felices y tormentosos a la vez.

Son casi las siete. Otra noche durmiendo junto a la señorita
Steele. Se me hace raro despertarme a su lado, pero en el buen
sentido. Me planteo sacarla de su sueño con un polvo matutino;
mi cuerpo está más que a punto, pero se la ve bastante grogui y
puede que esté dolorida. Debería dejarla dormir. Salgo de la
cama con cuidado para no despertarla, me pongo una camiseta,
recojo su ropa del suelo y me dirijo al salón.

—Buenos días, señor Grey.

La señora Jones está ocupada en la cocina.

—Buenos días, Gail.

Me desperezo y contemplo por la ventana los últimos instantes de un luminoso amanecer.

—¿Lleva ahí ropa para lavar? —pregunta.

—Sí. Esto es de Anastasia.

—¿Quiere que lo lave y lo planche?

—¿Te da tiempo?

—Pondré un programa corto.

—Excelente, gracias. —Le entrego la ropa de Ana—. ¿Qué tal está tu hermana?

—Muy bien, gracias. Los niños se están haciendo mayores, y a esa edad pueden ser un poco difíciles.

—Lo sé.

Ella sonríe y se ofrece a hacerme un café.

—Gracias. Estaré en el estudio.

Mientras me mira, su agradable sonrisa adopta ese aire de complicidad tan misterioso y tan típico de las mujeres. Luego sale de la cocina a toda prisa, imagino que en dirección al cuarto de la colada.

¿Qué le pasa?

De acuerdo, es el primer lunes… la primera vez en los cuatro años que lleva trabajando para mí que una mujer duerme en mi cama. Pero no hay para tanto. Desayuno para dos, señora Jones. Creo que podrá arreglárselas.

Sacudo la cabeza y entro en el estudio para ponerme a trabajar. Me ducharé más tarde; tal vez con Ana.

Compruebo los correos electrónicos y les envío uno a Andrea y a Ros explicándoles que esta tarde sí que iré a la oficina, pero por la mañana no. A continuación echo un vistazo a los últimos diseños de Barney.

Gail llama a la puerta para ofrecerme una segunda taza de café y me hace saber que ya son las ocho y cuarto.

¿Ya?

—Esta mañana no iré a la oficina.

—Taylor me ha preguntado por usted.

—Iré por la tarde.

—Se lo diré. He colgado la ropa de la señorita Steele en su armario.

—Gracias. Qué rapidez. ¿Sigue dormida?

—Creo que sí.

Y esboza otra vez esa sonrisita. Arqueo las cejas y su sonrisa se hace más amplia cuando se vuelve para salir del estudio. Dejo a un lado el trabajo y salgo con el café en la mano, dispuesto a darme una ducha y a afeitarme.

Ana sigue fuera de combate cuando termino de vestirme.

La has dejado exhausta, Grey. Y la idea me resulta agradable, muy agradable. Se la ve serena, como si nada en el mundo le preocupara.

Bien.

Cojo el reloj de la cómoda y, sin pensar, abro el primer cajón y me guardo el último condón en el bolsillo.

Nunca se sabe.

Cruzo tranquilamente el salón en dirección al estudio.

—¿Quiere ya el desayuno, señor?

—Desayunaré con Ana. Gracias.

Sentado al escritorio, cojo el teléfono y llamo a Andrea. Después de intercambiar unas palabras, me pasa con Ros.

—Así ¿para cuándo te esperamos? —Ros habla en tono sarcástico.

—Buenos días, Ros. ¿Cómo estás? —digo con voz dulce.

—Cabreada.

—¿Conmigo?

—Sí, contigo y con tu política de no poner los pies en la oficina.

—Iré más tarde. El motivo de mi llamada es que he decidido liquidar la empresa de Woods.

Ya se lo había dicho, pero Marco y ella están tardando demasiado en tomar las medidas necesarias. Quiero que lo hagan ya. Le recuerdo que así lo habíamos dispuesto si el balance de pérdidas y ganancias de la empresa no mejoraba. Y no ha mejorado.

—Necesita más tiempo.

—No me interesa, Ros. No vamos a cargar con un peso muerto.

—¿Estás seguro?

—No me pongas más excusas tontas.

Ya está bien. He tomado una decisión.

—Christian…

—Que me llame Marco. Es todo o nada.

—Vale, vale. Si eso es lo que quieres… ¿Algo más?

—Sí. Dile a Barney que el prototipo pinta bien, aunque la interfaz no me convence.

—A mí me ha parecido que la interfaz funcionaba bien, cuando he conseguido entenderla. Claro que no soy ninguna experta.

—No, le falta algo.

—Habla con Barney.

—Quiero verlo esta tarde para discutirlo.

—¿Cara a cara?

Su sarcasmo me fastidia. Sin embargo, hago caso omiso del tono en que me habla y le digo que quiero que todo el equipo de Barney esté presente para hacer una lluvia de ideas.

—Estará encantado. ¿Te veo esta tarde, pues? —Parece esperanzada.

—Vale —la tranquilizo—. Pásame con Andrea otra vez.

Mientras espero a que coja el teléfono miro el cielo, en el que no hay ni una sola nube. Es del mismo color que los ojos de Ana.

Qué cursi, Grey.

—Andrea…

Me distrae un movimiento. Levanto la cabeza y me alegro de ver a Ana en la puerta, vestida tan solo con mi camiseta. Sus piernas, largas y bien torneadas, están expuestas solo para mis ojos. Tiene unas piernas fantásticas.

—¿Señor Grey? —responde Andrea.

Clavo la mirada en los ojos de Ana. Son del color de un cielo de verano, e igual de cálidos. Oh, Dios, podría deleitarme en su calidez todo el día; todos los días.

No digas bobadas, Grey.

—Cancela toda mi agenda de esta mañana, pero que me llame Bill. Estaré allí a las dos. Tengo que hablar con Marco esta tarde; eso me llevará al menos media hora.

Una tierna sonrisa estira los labios de Ana, y me descubro sonriendo también.

—Sí, señor —dice Andrea.

—Ponme a Barney y a su equipo después de Marco, o quizá mañana, y búscame un hueco para quedar con Claude todos los días de esta semana.

—Sam quiere hablar con usted, esta mañana.

—Dile que espere.

—Es sobre Darfur.

—Ah.

—Al parecer, cree que el convoy de ayuda será una gran ocasión para hacerse publicidad.

Oh, Dios, no. No será capaz, ¿verdad?

—No, no quiero publicidad para Darfur. —Tengo la voz ronca por la exasperación.

—Dice que hay un periodista de *Forbes* que quiere hablar con usted sobre el asunto.

¿Cómo narices se han enterado?

—Dile a Sam que se encargue él —le espeto. Para eso le pago.

—¿Quiere hablar con él directamente? —pregunta Andrea.

—No.

—Yo me encargo. También necesito que me confirme la asistencia al evento del sábado.

—¿Qué evento?

—La gala de la Cámara de Comercio.

—¿El sábado que viene? —pregunto. Acaba de ocurrírseme una idea.

—Sí, señor.

—Espera.

Me vuelvo hacia Ana, que mueve nerviosa el pie izquierdo sin quitarme de encima sus ojos azul cielo.

—¿Cuándo vuelves de Georgia?

—El viernes —contesta.

—Necesitaré una entrada más, porque iré acompañado —informo a Andrea.

—¿Acompañado? —pregunta Andrea con voz chillona, sin dar crédito.

Suspiro.

—Sí, Andrea, eso es lo que he dicho, acompañado, la señorita Anastasia Steele vendrá conmigo.

—Sí, señor Grey.

Parece que le he alegrado el día.

No me jodas. ¿Qué les pasa a mis empleados?

—Eso es todo. —Cuelgo.

—Buenos días, señorita Steele.

—Señor Grey —responde Ana a modo de saludo.

Rodeo el escritorio hasta situarme delante de ella y le acaricio la mejilla.

—No quería despertarte, se te veía tan serena... ¿Has dormido bien?

—He descansado, gracias. Solo he venido a saludar antes de darme una ducha.

Ana está sonriendo y los ojos le brillan de alegría. Es una gozada verla así. Me inclino para besarla con delicadeza antes de seguir con el trabajo, pero de repente me rodea el cuello con los brazos, enreda los dedos en mi pelo y aprieta todo su cuerpo contra al mío.

Uau.

Sus labios se muestran persistentes, así que respondo besándola también, sorprendido por la intensidad de su pasión. Coloco una mano detrás de su cabeza y la otra en el trasero desnudo, recién azotado, y mi cuerpo se enciende como la yesca seca.

—Vaya, parece que el descanso te ha sentado bien. —Un súbito arrebato de lujuria me transforma la voz—. Te sugiero que vayas a ducharte, ¿o te echo un polvo ahora mismo encima de mi escritorio?

—Prefiero lo del escritorio —susurra junto a la comisura de mi boca a la vez que frota el sexo contra mi erección.

Menuda sorpresa...

Tiene los ojos oscuros y ávidos a causa del deseo.

—Esto le gusta de verdad, ¿no, señorita Steele? Se está volviendo insaciable.

—Lo que me gusta eres tú.

—Desde luego, solo yo.

Sus palabras son como un canto de sirena para mi libido. Pierdo todo el dominio de mí mismo, aparto de un manotazo lo que hay sobre el escritorio: los documentos, el teléfono y los bolígrafos caen al suelo, algunos con estruendo y otros lentamente, pero no me importa. Levanto a Ana y la tumbo sobre la mesa de modo que el pelo le cuelga por el borde y cae sobre el asiento de la silla.

—Tú lo has querido, nena —mascullo mientras me saco el condón del bolsillo y me bajo la cremallera de los pantalones. Me lo pongo a toda prisa, sin dejar de mirar a la insaciable señorita Steele—. Espero que estés lista —le advierto mientras le sujeto las muñecas para que mantenga los brazos pegados al cuerpo.

Con un movimiento rápido, me introduzco en ella.

—Dios, Ana. Sí que estás lista.

Le concedo una milésima de segundo para que se acostumbre a mi presencia. Luego empiezo a empujar. Adelante y atrás. Una y otra vez. Más y más fuerte. Ella echa la cabeza hacia atrás, con la boca abierta en una súplica sin palabras, y sus pechos suben y bajan de forma rítmica, al compás de cada embestida. Enrosca las piernas alrededor de mi cuerpo mientras yo permanezco de pie, penetrándola.

¿Es esto lo que quieres, nena?

Responde a cada embate apretándose contra mí y gimiendo mientras la hago mía. La transporto, elevándola más y más, hasta que noto que se tensa a mi alrededor.

—Vamos, nena, dámelo todo —mascullo con los dientes apretados, y ella lo hace de forma espectacular, gritando y arrastrando hacia su interior mi propio orgasmo.

Joder. Mi clímax es tan espectacular como el suyo, y me desplomo sobre ella mientras su cuerpo sigue replicando con los espasmos posteriores al orgasmo.

Caray. No me lo esperaba.

—¿Qué diablos me estás haciendo? —Estoy sin aliento y le beso el cuello con suavidad—. Me tienes completamente hechizado, Ana. Ejerces alguna magia poderosa.

Además, ¡has tomado la iniciativa!

Le suelto las muñecas y me incorporo, pero ella tensa las piernas a mi alrededor y enrosca los dedos en mi pelo.

—Soy yo la hechizada —susurra.

Tenemos la mirada fija en los ojos del otro, y ella me observa intensamente, como si pudiera ver en mi interior. Como si pudiera ver la oscuridad que hay en mi alma.

¡Mierda! Suéltame. Esto es demasiado.

Le rodeo la cara con ambas manos para apresurarme a besarla, pero entonces me asalta la indeseable imagen de ella en esa postura con otra persona. No. No hará esto con nadie más. Nunca.

—Tú... eres... mía. —Las palabras se abren paso con brusquedad entre nosotros—. ¿Entendido?

—Sí, tuya —dice en un tono sentido, lleno de convicción, y mis celos irracionales se desvanecen.

—¿Seguro que tienes que irte a Georgia? —pregunto mientras le acaricio el pelo que le enmarca el rostro.

Ella asiente.

Vaya.

Me retiro, y ella hace una mueca.

—¿Te duele?

—Un poco —confiesa con una sonrisa tímida.

—Me gusta que te duela. Te recordará que he estado ahí, solo yo.

Le doy un beso violento, posesivo.

Porque no quiero que se vaya a Georgia.

Y porque nadie había tomado la iniciativa conmigo desde... desde Elena.

E incluso entonces todo estaba calculado, formaba parte de una representación.

Me pongo de pie y alargo el brazo para dejarla sentada.

—Siempre preparado —musita ella cuando me quito el condón.

Le dirijo una mirada de desconcierto mientras me subo la bragueta, y ella levanta el envoltorio vacío y me lo muestra a modo de explicación.

—Un hombre siempre puede tener esperanzas, Anastasia, incluso sueña, y a veces los sueños se hacen realidad.

No tenía ni idea de que fuera a utilizarlo tan pronto, ni de que las condiciones las pusiera ella, y no yo. Señorita Steele, a pesar de tanta inocencia es usted imprevisible, como siempre.

—Así que hacerlo en tu escritorio… ¿era un sueño? —pregunta.

Cariño… He follado en este escritorio muchas, muchas veces, pero siempre he sido yo quien lo ha provocado, nunca una sumisa.

Las cosas no funcionan así.

Su ánimo decae al leerme el pensamiento.

Mierda. ¿Qué puedo decir? Ana, a diferencia de ti, tengo un pasado.

Me recorro el pelo con la mano, frustrado; esta mañana las cosas no están saliendo según los planes.

—Más vale que vaya a darme una ducha —dice, doblegada.

Se levanta y empieza a caminar en dirección a la puerta.

—Tengo un par de llamadas más que hacer. Desayunaré contigo cuando salgas de la ducha. —La sigo con la mirada mientras me pregunto qué puedo decir para arreglarlo—. Creo que la señora Jones te ha lavado la ropa de ayer. Está en el armario.

Ella parece sorprendida, e impresionada.

—Gracias —dice.

—No se merecen.

Me mira con el entrecejo fruncido, desconcertada.

—¿Qué? —pregunto.

—¿Qué pasa?

—¿Por qué esa cara?

—Bueno… estás aún más raro de lo habitual.

—¿Te parezco raro?

Ana, nena, soy raro por naturaleza.

—A veces.

Explícaselo. Explícale que nadie se había abalanzado sobre ti desde hacía mucho tiempo.

—Como de costumbre, me sorprende, señorita Steele.

—¿En qué le sorprendo?

—Digamos que esto ha sido un regalito inesperado.

—Nos proponemos complacer, señor Grey —dice para provocarme, y no aparta los ojos de mí.

—Y me complaces, desde luego —admito. Pero también me desarmas—. Pensaba que ibas a darte una ducha.

Ella tuerce el gesto.

Mierda.

—Sí... eh... luego te veo.

Da media vuelta y sale a toda prisa del estudio dejándome plantado en medio de un laberinto de ideas confusas. Sacudo la cabeza para aclarármelas y me dispongo a recoger todo lo que se ha esparcido por el suelo para volver a colocarlo sobre el escritorio.

¿Cómo narices se las arregla para entrar en mi estudio con tal desparpajo y tentarme?

Se supone que soy yo quien controla esta relación. En eso precisamente estuve pensando anoche, en cómo da rienda suelta a su entusiasmo y a su ternura. ¿Cómo narices se supone que voy a manejar eso? La verdad es que no lo sé. Interrumpo mis pensamientos para echar un vistazo al teléfono.

Claro que es agradable.

Sí.

Muy agradable..

Al pensarlo suelto una risa, y me acuerdo de su último e-mail. Mierda, tengo una llamada perdida de Bill. Debe de haberme telefoneado mientras estaba en plena acción con la señorita Steele. Me siento al escritorio, de nuevo amo y señor de mi universo —mientras ella esté en la ducha—, y llamo a Bill. Tiene que explicarme lo de Detroit... Y yo tengo que seguir jugando a mi juego.

Bill no contesta, así que llamo a Andrea.

—¿Señor Grey?

—¿Está disponible el jet para hoy y mañana?

—No está previsto que se use hasta el jueves, señor.

—Estupendo. ¿Puedes intentar ponerme con Bill?

—Claro.

La conversación con Bill es tediosa. Ruth ha hecho un trabajo excelente buscando todas las zonas industriales en recalificación de Detroit. En dos de ellas es viable la construcción de la planta de componentes electrónicos, y Bill está seguro de que Detroit dispone de toda la mano de obra que necesitamos.

El corazón me da un vuelco.

¿Tiene que ser en Detroit?

Albergo vagos recuerdos del lugar: borrachos, vagabundos y adictos al crack gritándonos por las calles; el antro de mala muerte al que llamábamos hogar, y una mujer joven, hecha polvo, la puta adicta crack a la que llamaba «mami», sentada con la mirada perdida en una habitación anodina y mugrienta con el aire estancado y manchas de humedad.

Y él.

Me estremezco. No pienses en él... ni en ella.

Pero no puedo evitarlo. Ana no ha hecho ningún comentario sobre mi confesión de la noche anterior. Jamás le he hablado a nadie de la puta adicta al crack. Tal vez por eso Ana se me ha echado encima esta mañana: cree que necesito un poco de ternura.

A la mierda.

Nena, tomaré tu cuerpo si me lo ofreces. Estoy perfectamente. Sin embargo, tan pronto acabo de pensarlo, me pregunto si de verdad estoy bien. No hago caso de la desazón que siento; es un tema para comentarlo con Flynn cuando vuelva.

Por el momento, tengo hambre. Espero que Ana haya movido su bonito culo y haya salido de la ducha, porque necesito desayunar.

La encuentro de pie junto a la barra de la cocina, hablando con la señora Jones, que tiene la mesa del desayuno preparada para dos.

—¿Le apetece comer algo? —pregunta la señora Jones.

—No, gracias —contesta Ana.

Ah, no. Ni se te ocurra.

—Pues claro que vas a comer algo —mascullo dirigiéndome

a las dos—. Le gustan las tortitas con huevos y beicon, señora Jones.

—Sí, señor Grey. ¿Qué va a tomar usted, señor? —contesta sin pestañear.

—Tortilla, por favor, y algo de fruta. Siéntate —le ordeno a Ana señalando uno de los taburetes de la barra.

Ella obedece, y me siento a su lado mientras la señora Jones nos prepara el desayuno.

—¿Ya has comprado el billete de avión? —pregunto.

—No, lo compraré cuando llegue a casa, por internet.

—¿Tienes dinero?

—Sí —contesta como si estuviera hablando con un niño de cinco años, y se retira el pelo hacia la espalda a la vez que frunce los labios, mosqueada, creo.

Arqueo una ceja en señal de desaprobación. Podría volver a zurrarte, cariño.

—Sí tengo, gracias —dice enseguida y en un tono más manso.

Así está mejor.

—Tengo un jet. No se va a usar hasta dentro de tres días; está a tu disposición.

Seguro que me dice que no, pero por ofrecérselo no pierdo nada.

Ella se queda boquiabierta de la sorpresa, y su expresión se demuda, pasando del asombro a la admiración y a la exasperación a partes iguales.

—Ya hemos abusado bastante de la flota aérea de tu empresa. No me gustaría volver a hacerlo —dice con desenfado.

—La empresa es mía, el jet también.

Ella niega con la cabeza.

—Gracias por el ofrecimiento, pero prefiero coger un vuelo regular.

Muy pocas mujeres desaprovecharían la oportunidad de volar en un jet privado, pero parece que esta chica no se deja impresionar por la riqueza material, o tal vez no quiere sentirse en deuda conmigo; no estoy seguro de cuál es la razón. Sea como sea, es muy testaruda.

—Como quieras. —Suspiro—. ¿Tienes que prepararte mucho para las entrevistas?

—No.

—Bien.

Le pregunto qué editoriales tiene previsto visitar, pero ella no me lo dice y me obsequia con una sonrisa hierática. No piensa revelar su secreto.

—Soy un hombre de recursos, señorita Steele.

—Soy perfectamente consciente de eso, señor Grey. ¿Me va a rastrear el móvil?

Cómo no iba a acordarse de eso.

—La verdad es que esta tarde voy a estar muy liado, así que tendré que pedirle a alguien que lo haga por mí —repongo con una sonrisita.

—Si puedes poner a alguien a hacer eso, es que te sobra personal, desde luego.

Vaya, qué desparpajo tiene hoy.

—Le mandaré un correo a la jefa de recursos humanos y le pediré que revise el recuento de personal.

Esto es lo que me gusta: la chispa que surge en nuestras conversaciones. Me resultan reconfortantes y divertidas, y no he vivido nunca nada parecido con nadie.

La señora Jones nos sirve el desayuno, y me alegro de ver que Ana come con ganas. Cuando la señora Jones sale de la cocina, Ana se me queda mirando.

—¿Qué pasa, Anastasia?

—¿Sabes?, al final no me has dicho por qué no te gusta que te toquen.

¡Otra vez no!

—Te he contado más de lo que le he contado nunca a nadie.

Mi voz grave oculta mi frustración. ¿Por qué insiste en hacerme esas preguntas? Da otro par de bocados a la tortita.

—¿Pensarás en nuestro contrato mientras estás fuera? —pregunto.

—Sí.

Es sincera.

—¿Me vas a echar de menos?

¡Grey!

Se vuelve para mirarme, tan sorprendida como yo por la pregunta.

—Sí —dice al cabo de unos instantes con una expresión abierta y sincera.

Esperaba un comentario mordaz; sin embargo, me ha respondido con la verdad. Y, aunque parezca extraño, su confesión me tranquiliza.

—Yo también te voy a echar de menos —mascullo—. Más de lo que imaginas.

Mi apartamento estará un poco más silencioso sin ella, y un poco más vacío. Le acaricio la mejilla y le doy un beso. Ella me dirige una dulce sonrisa antes de seguir desayunando.

—Me lavo los dientes y después debería irme ya —anuncia en cuanto termina.

—Qué pronto. Pensaba que te quedarías un poco más.

Está desconcertada. ¿Qué creía? ¿Que iba a echarla sin miramientos?

—Ya he abusado bastante de usted y le he robado demasiado tiempo, señor Grey. Además, ¿no tiene que ir a ocuparse de su imperio?

—Puedo hacer novillos.

La esperanza crece en mi pecho y en mi voz. Por eso mismo he anulado todos los compromisos de esta mañana.

—Tengo que prepararme para las entrevistas. Y cambiarme de ropa.

Ana me mira con recelo.

—Así estás preciosa.

—Bueno, gracias, señor —dice con gentileza.

Pero sus mejillas adoptan ese tono rosado tan típico de ella, igual que el de su culo anoche. Siente vergüenza. ¿Cuándo aprenderá a aceptar un cumplido?

Se levanta para llevar el plato al fregadero.

—Deja eso. La señora Jones se ocupará.

—Vale. Voy a lavarme los dientes.

—Por favor, no te cortes si te apetece utilizar mi cepillo de dientes —digo con ironía.

—Es justo lo que pensaba hacer —contesta ella, y sale de la cocina pavoneándose.

Esta mujer tiene respuesta para todo.

Regresa al cabo de poco con el bolso en la mano.

—No te olvides de llevarte a Georgia la BlackBerry, el Mac y los cargadores.

—Sí, señor —responde, obediente.

Buena chica.

—Ven.

La acompaño al ascensor y entro con ella.

—No hace falta que bajes. Sé llegar sola al coche.

—Forma parte de los servicios que presto —suelto en tono irónico—. Además, así puedo besarte mientras te acompaño.

La envuelvo en mis brazos y hago justo lo que le he dicho, saboreándola a ella y su lengua, y la despido como es debido.

Los dos estamos excitados y sin resuello cuando se abren las puertas en la planta del parking. Pero se va. La acompaño hasta el coche y le abro la puerta conteniendo el deseo de volver a tocarla.

—Adiós, hasta dentro de unos días, señor —susurra, y vuelve a besarme.

—Conduce con cuidado, Anastasia. Y que tengas buen viaje.

Le cierro la puerta, me retiro y la miro hasta que se marcha. Luego subo al apartamento.

Llamo a la puerta del despacho de Taylor y le informo de que quiero salir hacia la oficina dentro de diez minutos.

—Me encargaré de que el coche esté a punto, señor.

Llamo a Welch desde el coche.

—Señor Grey —dice en un tono áspero.

—Welch. Anastasia Steele comprará hoy un billete de avión. Tiene previsto salir esta noche de Seattle con destino a Savannah. Quiero saber cuál es su vuelo.

—¿Tiene preferencia por alguna aerolínea?

—Me temo que no lo sé.

—Veré qué puedo hacer.

Cuelgo. Mi astuto plan empieza a ponerse en marcha según lo previsto.

—¡Señor, Grey!

Andrea se sobresalta al verme aparecer con varias horas de antelación. Me entran ganas de decirle que esa puta oficina es mi lugar de trabajo, pero opto por ser amable.

—He pensado que estaría bien darte una sorpresa.

—¿Café? —pregunta con voz chillona.

—Sí, gracias.

—¿Con o sin leche?

Buena chica.

—Con leche. Y espuma.

—Sí, señor Grey.

—Intenta ponerte en contacto con Caroline Acton. Me gustaría hablar con ella ahora.

—Por supuesto.

—Y concierta una reunión con Flynn para la semana que viene.

Ella asiente y vuelve a su silla para seguir trabajando. Una vez que me instalo ante mi escritorio, enciendo el portátil. El primer correo de la bandeja de entrada es de Elena.

De: Elena Lincoln
Fecha: 30 de mayo de 2011 10:15
Para: Christian Grey
Asunto: Fin de semana

¿Qué hay, Christian?
Tu madre me ha dicho que anoche llevaste a una chica
a cenar.
Estoy intrigada. No es tu estilo.

¿Has encontrado a una nueva sumisa?

Llámame.

Ex

ELENA LINCOLN

ESCLAVA

For The Beauty That Is You™

Justo lo que me faltaba. Cierro el e-mail, decidido a no tenerlo en cuenta por ahora. Olivia da unos golpecitos en la puerta y entra con mi café a la vez que Andrea me llama por teléfono.

—Tengo a Welch esperando, y le he dejado un mensaje a la señora Acton —anuncia.

—Bien. Ponme con él.

Olivia deja el café con leche sobre mi escritorio y se marcha aturullada. Hago todo lo posible por ignorarla.

—Welch.

—No ha comprado ningún billete de avión todavía, señor Grey. Pero estaré al tanto y le mantendré informado si se produce algún cambio.

—Por favor, hazlo.

Cuelga. Doy un sorbo de café y marco el número de Ros.

Poco antes de comer, Andrea me comunica con Caroline Acton.

—Señor, Grey. Me alegro mucho de tener noticias suyas. ¿En qué puedo ayudarle?

—Hola, señora Acton. Quiero lo de siempre.

—¿Un fondo de armario? ¿Tiene pensada alguna tonalidad especial?

—Azules y verdes. Plateado, tal vez, para alguna ocasión formal. —Me viene a la cabeza la cena de la Cámara de Comercio—. Los tonos de las piedras preciosas, creo.

—Muy bonito —responde la señora Acton con su habitual entusiasmo.

—Y para la ropa interior y la ropa de noche, raso y seda. Algo con glamour.

—Sí, señor. ¿Ha pensado en algún presupuesto?

—El presupuesto da igual. No repare en gastos; quiero lo mejor.

—¿Zapatos también?

—Sí, gracias.

—Estupendo. ¿Tallas?

—Se las enviaré por correo. Tengo su dirección, de la última vez.

—¿Cuándo quiere recibirlo?

—Este viernes.

—Seguro que podré ocuparme de ello. ¿Quiere ver fotos de lo que elija?

—Sí, gracias.

—Estupendo. Me pongo manos a la obra.

—Gracias.

Cuelgo y Andrea me pasa con Welch.

—Welch.

—La señorita Steele viajará en el DL2610 a Atlanta, sale esta noche a las 22.25.

Anoto todos los detalles de sus vuelos y de la escala con destino a Savannah. Le pido a Andrea que acuda a mi despacho, y ella entra momentos después con su libreta en la mano.

—Andrea, Anastasia Steele tomará estos vuelos. Haz que la pongan en primera clase, ocúpate de que no tenga que facturar y paga para que la dejen entrar en la sala de embarque de primera. Compra también el asiento de al lado de los dos vuelos, de ida y de vuelta. Utiliza mi tarjeta de crédito personal.

La mirada de perplejidad de Andrea me da a entender que cree que he perdido por completo el juicio, pero pronto se recupera y coge mi nota escrita a mano.

—Lo haré, señor Grey.

Se esfuerza al máximo para mantener la profesionalidad, pero la descubro sonriendo.

No es asunto suyo.

Paso la tarde de reunión en reunión. Marco ha preparado informes preliminares de las cuatro editoriales con sede en Seattle. Los reservo para leerlos más tarde. También está de acuerdo conmigo respecto a lo de Woods y su empresa. Las cosas se pondrán feas, pero, después de comprobar las sinergias, la única opción para seguir adelante es absorber la división tecnológica de Woods y liquidar el resto de la empresa. Saldrá caro, pero es lo mejor para Grey Enterprises Holdings.

A última hora de la tarde consigo hacer un hueco para una rápida y agotadora sesión de entrenamiento con Bastille, de modo que cuando vuelvo a casa estoy tranquilo y relajado.

Tras una cena ligera, me siento ante el escritorio para leer los e-mails. Lo primero que tengo que hacer es responderle a Elena, pero, cuando abro el programa de correo, veo un mensaje de Ana. He estado pensando en ella casi todo el día.

De: Anastasia Steele
Fecha: 30 de mayo de 2011 18:49
Para: Christian Grey
Asunto: Entrevistas

Querido Señor:
Las entrevistas de hoy han ido bien.
He pensado que igual le interesaba.
¿Qué tal su día?

Ana

Tecleo la respuesta de inmediato.

De: Christian Grey
Fecha: 30 de mayo de 2011 19:03
Para: Anastasia Steele
Asunto: Mi día

Querida señorita Steele:
Todo lo que hace me interesa. Es la mujer más fascinante que conozco.
Me alegro de que sus entrevistas hayan ido bien.
Mi mañana ha superado todas mis expectativas.
Mi tarde, en comparación, ha sido de lo más aburrida.

Christian Grey
Presidente de Grey Enterprises Holdings, Inc.

Me reclino en el asiento y me froto la barbilla mientras espero.

De: Anastasia Steele
Fecha: 30 de mayo de 2011 19:05
Para: Christian Grey
Asunto: Mañana maravillosa

Querido Señor:
También la mañana ha sido extraordinaria para mí, aunque se haya puesto raro después del impecable polvo sobre el escritorio. No crea que no me he dado cuenta.
Gracias por el desayuno. O gracias a la señora Jones.
Me gustaría hacerte algunas preguntas sobre ella (sin que vuelvas a ponerte raro conmigo).

Ana

¿Raro? ¿Qué narices ha querido decir con eso? ¿Me está llamando raro? Bueno, supongo que lo soy. Quizá. Tal vez se haya dado cuenta de que me ha sorprendido que tomara la iniciativa… porque nadie lo había hecho desde hacía mucho tiempo. «Impecable»… Me lo apunto.

De: Christian Grey
Fecha: 30 de mayo de 2011 19:10
Para: Anastasia Steele
Asunto: ¿Tú en una editorial?

Anastasia:
«Ponerse raro» no es una forma verbal aceptable y no debería usarla alguien que quiere entrar en el mundo editorial.
¿Impecable? ¿Comparado con qué, dime, por favor? ¿Y qué es lo que quieres preguntarme de la señora Jones? Me tienes intrigado.

Christian Grey
Presidente de Grey Enterprises Holdings, Inc.

De: Anastasia Steele
Fecha: 30 de mayo de 2011 19:17
Para: Christian Grey
Asunto: Tú y la señora Jones

Querido Señor:
La lengua evoluciona y avanza. Es algo vivo. No está encerrada en una torre de marfil, rodeada de carísimas obras de arte, con vistas a casi todo Seattle y con un helipuerto en la azotea. Impecable en comparación con las otras veces que hemos… ¿cómo lo llama usted…?, ah, sí, follado. De hecho, los polvos han sido todos impecables, punto, en mi modesta opinión… pero, claro, como bien sabe, tengo una experiencia muy limitada.
¿La señora Jones es una ex sumisa suya?

Ana

Su respuesta me hace reír a carcajadas, pero luego me quedo parado.

¡¿La señora Jones, una sumisa?!

De ninguna manera.

Ana, ¿estás celosa? Y, hablando de lengua, ¡cuidado con esa boquita...!

De: Christian Grey
Fecha: 30 de mayo de 2011 19:22
Para: Anastasia Steele
Asunto: Lenguaje. ¡Esa boquita...!

Anastasia:
La señora Jones es una empleada muy valiosa. Nunca he mantenido con ella más relación que la profesional. No contrato a nadie con quien haya mantenido relaciones sexuales. Me sorprende que se te haya ocurrido algo así. La única persona con la que haría una excepción a esta norma eres tú, porque eres una joven brillante con notables aptitudes para la negociación. No obstante, como sigas utilizando semejante lenguaje, voy a tener que reconsiderar la posibilidad de incorporarte a mi plantilla. Me alegra que tengas una experiencia limitada. Tu experiencia seguirá estando limitada... solo a mí. Tomaré «impecable» como un cumplido... aunque contigo nunca sé si es eso lo que quieres decir o si el sarcasmo está hablando por ti, como de costumbre.

Christian Grey
Presidente de Grey Enterprises Holdings, Inc., desde su torre de marfil

Aunque tal vez no sea buena idea que Ana trabaje para mí.

De: Anastasia Steele
Fecha: 30 de mayo de 2011 19:27
Para: Christian Grey
Asunto: Ni por todo el té de China

Querido señor Grey:
Creo que ya le he manifestado mis reservas respecto a trabajar en
su empresa. Mi opinión no ha cambiado, ni va a cambiar, ni
cambiará, jamás. Ahora te tengo que dejar porque Kate ya ha
vuelto con la cena. Mi sarcasmo y yo te deseamos buenas noches.
Me pondré en contacto contigo cuando esté en Georgia.

Ana

Por algún motivo, me molesta un poco saber que no está
dispuesta a trabajar para mí. Tiene una nota media impresionante. Es brillante, encantadora, divertida; sería un plus para
cualquier compañía. Y también es lo bastante sensata para decir
que no.

De: Christian Grey
Fecha: 30 de mayo de 2011 19:29
Para: Anastasia Steele
Asunto: ¿Ni por el té Twinings English Breakfast?

Buenas noches, Anastasia.
Espero que tu sarcasmo y tú tengáis un buen vuelo.

Christian Grey
Presidente de Grey Enterprises Holdings, Inc.

Aparto por completo a la señorita Steele de mi pensamiento
y empiezo a responderle a Elena.

De: Christian Grey
Fecha: 30 de mayo de 2011 19:47
Para: Elena Lincoln
Asunto: Fin de semana

Hola, Elena.
Mi madre habla más de la cuenta. ¿Qué puedo decir?
He conocido a una chica y la llevé a cenar.
No hay para tanto.
¿Qué tal te va a ti?

Un abrazo,
Christian

Christian Grey
Presidente de Grey Enterprises Holdings, Inc.

De: Elena Lincoln
Fecha: 30 de mayo de 2011 19:50
Para: Christian Grey
Asunto: Fin de semana

Christian, eso no te lo crees ni tú.
¿Por qué no salimos a cenar?
¿Mañana?

Ex

ELENA LINCOLN
ESCLAVA
For The Beauty That Is You™

¡Mierda!

De: Christian Grey
Fecha: 30 de mayo de 2011 20:01
Para: Elena Lincoln
Asunto: Fin de semana

Claro.

Un abrazo,
Christian

Christian Grey
Presidente de Grey Enterprises Holdings, Inc.

De: Elena Lincoln
Fecha: 30 de mayo de 2011 20:05
Para: Christian Grey
Asunto: Fin de semana

¿Quieres conocer a la chica de la que te hablé?
Ex

ELENA LINCOLN
ESCLAVA
For The Beauty That Is You™

De momento no.

De: Christian Grey
Fecha: 30 de mayo de 2011 20:11
Para: Elena Lincoln
Asunto: Fin de semana

Creo que dejaré que la historia que tengo entre manos siga su curso.

Hasta mañana.

C.

Christian Grey
Presidente de Grey Enterprises Holdings, Inc.

·   ·

Me siento a leer el borrador de la propuesta de Fred para Eamon Kavanagh y sigo con el informe de Marco sobre las editoriales de Seattle.

Justo antes de las diez me distrae un aviso sonoro del ordenador. Es tarde. Imagino que será un mensaje de Ana.

De: Anastasia Steele
Fecha: 30 de mayo de 2011 21:53
Para: Christian Grey
Asunto: Detalles superextravagantes

Querido señor Grey:
Lo que verdaderamente me alarma es cómo ha sabido qué vuelo iba a coger.
Su tendencia al acoso no conoce límites. Espero que el doctor Flynn haya vuelto de vacaciones.
Me han hecho la manicura, me han dado un masaje en la espalda y

432

me he tomado dos copas de champán, una forma agradabilísima de empezar mis vacaciones.

Gracias.

Ana

La han puesto en primera. Buen trabajo, Andrea.

De: Christian Grey
Fecha: 30 de mayo de 2011 21:59
Para: Anastasia Steele
Asunto: No se merecen

Querida señorita Steele:
El doctor Flynn ha vuelto y tengo cita con él esta semana.
¿Quién le ha dado un masaje en la espalda?

Christian Grey
Presidente de Grey Enterprises Holdings, Inc., con amigos en los sitios adecuados

Compruebo la hora de su correo. En estos momentos debería estar a bordo del avión, si el vuelo no se ha retrasado. Entro enseguida en Google y consulto las salidas de Seattle-Tacoma. Su vuelo sigue el horario previsto.

De: Anastasia Steele
Fecha: 30 de mayo de 2011 22:22
Para: Christian Grey
Asunto: Manos fuertes y capaces

Querido Señor:
Me ha dado un masaje en la espalda un joven muy agradable.
Verdaderamente agradable. No me habría topado con Jean-Paul

en la sala de embarque normal, así que le agradezco de nuevo el detalle.

No sé si me van a dejar mandar correos cuando hayamos despegado; además, necesito dormir para estar guapa, porque últimamente no he dormido mucho.

Dulces sueños, señor Grey... pienso en ti.

Ana

¿Intenta ponerme celoso? ¿Tiene idea de cómo puedo llegar a enfurecerme? Lleva fuera unas pocas horas e intenta que me enfade a propósito. ¿Por qué me hace esto?

De: Christian Grey
Fecha: 30 de mayo de 2011 22:25
Para: Anastasia Steele
Asunto: Disfruta mientras puedas

Querida señorita Steele:
Sé lo que se propone y, créame, lo ha conseguido. La próxima vez irá en la bodega de carga, atada y amordazada y metida en un cajón.

Le aseguro que encargarme de que viaje en esas condiciones me producirá muchísimo más placer que cambiarle el billete por uno de primera clase.

Espero ansioso su regreso.

Christian Grey
Presidente de mano suelta de Grey Enterprises Holdings, Inc.

Su respuesta es casi inmediata.

De: Anastasia Steele
Fecha: 30 de mayo de 2011 22:30
Para: Christian Grey
Asunto: ¿Bromeas?

¿Ves?, no tengo ni idea de si estás bromeando o no. Si no
bromeas, mejor me quedo en Georgia. Los cajones están en mi
lista de límites infranqueables. Siento haberte enfadado. Dime que
me perdonas.

A

Pues claro que estoy bromeando... Bueno, más o menos.
Pero ahora ya sabe que estoy enfadado. Su avión debería despegar. ¿Cómo es posible que siga enviando correos?

De: Christian Grey
Fecha: 30 de mayo de 2011 22:31
Para: Anastasia Steele
Asunto: Bromeo

¿Cómo es que estás mandando correos? ¿Estás poniendo en
peligro la vida de todos los pasajeros, incluida la tuya, usando
la BlackBerry? Creo que eso contraviene una de las normas.

Christian Grey
Presidente de manos sueltas (ambas) de
Grey Enterprises Holdings, Inc.

Y ya sabemos lo que pasa si contraviene las normas, señorita
Steele. Compruebo la página web de Seattle-Tacoma para ver las
salidas de los vuelos; su avión ha despegado. No tendré noticias
suyas durante un buen rato. Esa idea, sumada al numerito que

me ha montado vía e-mail, me pone de mal humor. Abandono el trabajo, me dirijo a la cocina y decido servirme una bebida. Esta noche, armañac.

Taylor asoma la cabeza por la puerta que da acceso al salón.

—Ahora no —gruño.

—Muy bien, señor —dice, y vuelve al lugar de donde ha venido.

No descargues tu mal humor sobre los empleados, Grey.

Enfadado conmigo mismo, me acerco a la ventana y contemplo el perfil de Seattle recortado en el cielo. Me pregunto cómo ha conseguido calarme tan hondo, y por qué nuestra relación no progresa en la dirección que a mí me gustaría. Espero que, después de tener la oportunidad de reflexionar en Georgia, tome la decisión correcta. ¿Por qué no iba a hacerlo?

La ansiedad crece en mi pecho. Doy otro trago y me siento al piano a tocar.

Martes, 31 de mayo de 2011

Mami se ha ido. No sé adónde.
Él está aquí. Oigo sus botas. Sus botas hacen mucho ruido.
Tienen hebillas plateadas. Y pisan fuerte. Hacen mucho ruido.
Él pisa fuerte. Y grita.
Estoy en el armario de mami.
Escondido.
Aquí no me oirá.
Puedo estar muy callado. Mucho.
Callado porque no estoy aquí.
—¡Jodida puta! —grita.
Grita mucho.
—¡Jodida puta!
Le grita a mami.
Me grita a mí.
Pega a mami.
Me pega a mí.
Oigo la puerta. Él ya no está.
Y mami también se ha ido.
Me quedo en el armario. A oscuras. Muy callado.
Espero mucho rato. Mucho, mucho, mucho rato.
¿Dónde está mami?

La luz del amanecer se insinúa en el cielo cuando abro los ojos. Según el radiodespertador son las 5.23. He dormido a ratos, agobiado por sueños desagradables, y estoy agotado, pero decido salir a correr para acabar de despejarme. Cojo el teléfono en cuanto me he puesto el pantalón de chándal. Tengo un mensaje de Ana.

He llegado sana y salva a Savannah. A :)

Bien. Ya está allí, sana y salva. La noticia me deja tranquilo y echo un vistazo rápido al correo. El texto del asunto del último e-mail de Ana me asalta desde la pantalla: «¿Te gusta asustarme?». Ni de broma.

Se me eriza el vello y me siento en la cama para leer lo que ha escrito, desplazándome por el texto. Debe de habérmelo enviado durante su escala en Atlanta, antes del mensaje de texto.

De: Anastasia Steele
Fecha: 31 de mayo de 2011 06:52
Para: Christian Grey
Asunto: ¿Te gusta asustarme?

Sabes cuánto me desagrada que te gastes dinero en mí. Sí, eres muy rico, pero aun así me incomoda; es como si me pagaras por el sexo. No obstante, me gusta viajar en primera —mucho más civilizado que la clase turista—, así que gracias. Lo digo en serio, y he disfrutado del masaje de Jean-Paul, que era gay. He omitido ese detalle en mi correo anterior para provocarte, porque estaba molesta contigo, y lo siento.

Pero, como de costumbre, tu reacción es desmedida. No me puedes decir esas cosas (atada y amordazada en un cajón; ¿lo decías en serio o era una broma?), porque me asustan, me asustas. Me tienes completamente cautivada, considerando la posibilidad de llevar contigo un estilo de vida que no sabía ni que existía hasta la semana pasada, y vas y me escribes algo así y me dan ganas de salir corriendo espantada. No lo haré, desde luego, porque te echaría de menos. Te echaría mucho de menos. Quiero que lo nuestro funcione, pero me aterra la intensidad de lo que siento por ti y el camino tan oscuro por el que me llevas. Lo que me ofreces es erótico y sensual, y siento curiosidad, pero también tengo miedo de que me hagas daño, física y emocionalmente. A los tres meses, podrías pasar de mí y ¿cómo me quedaría yo? Claro que supongo que ese es un riesgo que se corre en cualquier relación. Esta no es precisamente la clase de relación que yo imaginaba que tendría, menos aún siendo la primera. Me supone un acto de fe inmenso. Tenías razón cuando dijiste que no hay una pizca de sumisión en mí, y ahora coincido contigo. Dicho esto, quiero estar contigo, y si eso es lo que tengo que hacer para conseguirlo, me gustaría intentarlo, aunque me parece que lo haré de pena y terminaré llena de moratones... y la idea no me atrae en absoluto.

Estoy muy contenta de que hayas accedido a intentar darme más. Solo me falta decidir lo que entiendo por «más», y esa es una de las razones por las que quería distanciarme un poco. Me deslumbras de tal modo que me cuesta pensar con claridad cuando estamos juntos.

Nos llaman para embarcar. Tengo que irme.

Luego más.

Tu Ana

Me ha echado una reprimenda. De nuevo. Aunque me impresiona su sinceridad; es muy esclarecedora. Leo el correo una y otra vez, y siempre me paro en el mismo sitio: «Tu Ana».

Mi Ana.

Quiere que lo nuestro funcione.

Quiere estar conmigo.

Todavía hay esperanza, Grey.

Dejo el teléfono sobre la mesita de noche y me doy cuenta de que necesito salir a correr para aclararme las ideas y poder pensar en una respuesta.

Sigo la ruta habitual: subo por Stewart hasta Westlake Avenue y luego rodeo Denny Park varias veces, mientras el «She Just Likes to Fight» de los Four Tet suena en mis oídos.

Ana me ha dado mucho en lo que pensar.

439

¿Pagarle por el sexo?

Como si fuera una puta.

Nunca la he considerado así y la sola idea me pone furioso. Me cabrea de verdad. Rodeo el parque una vez más a la carrera, espoleado por la rabia. ¿Por qué se hace esto? Soy rico, ¿y qué? Tendrá que acostumbrarse. Me recuerda la conversación que mantuvimos ayer sobre el jet de Grey Enterprises Holdings. No hubo manera de que aceptara el ofrecimiento.

Al menos no está conmigo por mi dinero.

Si es que quiere estar conmigo.

Dice que la deslumbro, pero hay que estar muy ciego para no darse cuenta de que es justo al contrario. Ella es la que me deslumbra como nunca antes me había ocurrido y, aun así, ha volado hasta la otra punta del país para alejarse de mí.

¿Cómo se supone que debo sentirme?

Tiene razón. El camino por donde la llevo es oscuro, pero también mucho más íntimo que cualquier relación vainilla, al menos según mi experiencia. Solo hay que ver a Elliot y la escandalosa ligereza con que se toma sus relaciones para apreciar la diferencia.

Además, nunca le haría daño, ni física ni emocionalmente; ¿cómo puede pensar algo así? Yo solo quiero poner a prueba sus límites, ver hasta dónde está dispuesta a llegar. Castigarla cuando se pasa de la raya… sí, tal vez duela, pero es del todo soportable. Podemos ir trabajando el terreno para llegar hasta donde quiero, y podemos hacerlo poco a poco.

Pero esa es la cuestión: si quiero que haga lo que deseo, voy a tener que tranquilizarla y darle «más». En qué consiste ese «más»… todavía no lo sé. Le he presentado a mis padres; seguro que eso cuenta como «más». Y no ha sido tan difícil.

Aminoro el paso mientras corro alrededor del parque para pensar en lo que realmente me preocupa del e-mail. No son sus miedos, sino el terror que le produce la intensidad de lo que siente por mí.

¿Eso qué significa?

Esa sensación desconocida aflora en mi pecho, y los pulmones me arden porque me falta el aire. Me asusta. Me asusta tanto que aumento el ritmo hasta que solo siento las piernas y el pecho doloridos por el esfuerzo realizado y el sudor frío que me recorre la espalda.

Será mejor que no vayas por ahí, Grey.

No pierdas el control.

De vuelta en mi apartamento, me doy una ducha rápida, me afeito y me visto. Gail está en la cocina cuando paso por su lado en dirección al estudio.

—Buenos días, señor Grey. ¿Café?

—Sí, gracias —contesto sin detenerme. Tengo una misión.

Enciendo el iMac de mi escritorio y redacto una respuesta para Ana.

De: Christian Grey
Fecha: 31 de mayo de 2011 07:30
Para: Anastasia Steele
Asunto: ¡Por fin!

Anastasia:

Me fastidia que en cuanto pones distancia entre nosotros te comuniques abierta y sinceramente conmigo. ¿Por qué no lo haces cuando estamos juntos?

Sí, soy rico. Acostúmbrate. ¿Por qué no voy a gastar dinero en ti? Le hemos dicho a tu padre que soy tu novio. ¿No es eso lo que hacen los novios? Como amo tuyo, espero que aceptes lo que me gaste en ti sin rechistar. Por cierto, díselo también a tu madre.

No sé cómo responder a lo que me dices de que te sientes como una puta. Ya sé que no me lo has dicho con esas palabras, pero es lo mismo. Ignoro qué puedo decir o hacer para que dejes de sentirte así. Me gustaría que tuvieras lo mejor en todo. Trabajo muchísimo, y me gusta gastarme el dinero en lo que me apetezca.

Podría comprarte la ilusión de tu vida, Anastasia, y quiero hacerlo.

Llámalo redistribución de la riqueza, si lo prefieres. O simplemente ten presente que jamás pensaría en ti de la forma que dices y me fastidia que te veas así. Para ser una joven tan guapa, ingeniosa e inteligente, tienes verdaderos problemas de autoestima y me estoy pensando muy seriamente concertarte una cita con el doctor Flynn. Siento haberte asustado. La idea de haberte inspirado miedo me resulta horrenda. ¿De verdad crees que te dejaría viajar como una presa? Te he ofrecido mi jet privado, por el amor de Dios. Sí, era una broma, y muy mala, por lo visto. No obstante, la verdad es que imaginarte atada y amordazada me pone (esto no es broma: es cierto). Puedo prescindir del cajón; los cajones no me atraen. Sé que no te agrada la idea de que te amordace; ya lo hemos hablado: cuando lo haga —si lo hago—, ya lo hablaremos. Lo que parece que no te queda claro es que, en una relación amo/sumiso, es el sumiso el que tiene todo el poder. Tú, en este caso. Te lo voy a repetir: eres tú la que tiene todo el poder. No yo. En la casita del embarcadero te negaste. Yo no puedo tocarte si tú te niegas; por eso debemos tener un contrato, para que decidas qué quieres hacer y qué no. Si probamos algo y no te gusta, podemos revisar el contrato. Depende de ti, no de mí. Y si no quieres que te ate, te amordace y te meta en un cajón, jamás sucederá.

Yo quiero compartir mi estilo de vida contigo. Nunca he deseado nada tanto. Francamente, me admira que una joven tan inocente como tú esté dispuesta a probar. Eso me dice más de ti de lo que te puedas imaginar. No acabas de entender, pese a que te lo he dicho en innumerables ocasiones, que tú también me tienes hechizado. No quiero perderte. Me angustia que hayas cogido un avión y vayas a estar a casi cinco mil kilómetros de mí varios días porque no puedes pensar con claridad cuando me tienes cerca.

A mí me pasa lo mismo, Anastasia. Pierdo la razón cuando estamos juntos; así de intenso es lo que siento por ti.

Entiendo tu inquietud. He intentado mantenerme alejado de ti; sabía que no tenías experiencia —aunque jamás te habría perseguido de haber sabido lo inocente que eras—, y aun así me desarmas por completo como nadie lo ha hecho antes. Tu correo, por ejemplo: lo he leído y releído un montón de veces, intentando comprender tu punto de vista. Tres meses me parece una cantidad arbitraria de tiempo. ¿Qué te parece seis meses, un año? ¿Cuánto tiempo quieres? ¿Cuánto necesitas para sentirte cómoda? Dime. Comprendo que esto es un acto de fe inmenso para ti. Debo ganarme tu confianza, pero, por la misma razón, tú debes comunicarte conmigo si no lo hago. Pareces fuerte e independiente, pero luego leo lo que has escrito y veo otro lado tuyo. Debemos orientarnos el uno al otro, Anastasia, y solo tú puedes darme pistas. Tienes que ser sincera conmigo y los dos debemos encontrar un modo de que nuestro acuerdo funcione.

Te preocupa no ser dócil. Bueno, quizá sea cierto. Dicho esto, debo reconocer que solo adoptas la conducta propia de una sumisa en el cuarto de juegos. Parece que ese es el único sitio en el que me dejas ejercer verdadero control sobre ti y el único en el que haces lo que te digo. «Ejemplar» es el calificativo que se me ocurre. Y yo jamás te llenaría de moratones. Me va más el rosa. Fuera del cuarto de juegos, me gusta que me desafíes. Es una experiencia nueva y refrescante, y no me gustaría que eso cambiara. Así que sí, dime a qué te refieres cuando me pides más. Me esforzaré por ser abierto y procuraré darte el espacio que necesitas y mantenerme alejado de ti mientras estés en Georgia. Espero con ilusión tu próximo correo. Entretanto, diviértete. Pero no demasiado.

Christian Grey
Presidente de Grey Enterprises Holdings, Inc.

Le doy a «Enviar» y bebo un sorbo de café, que se ha quedado frío.

Ahora a esperar, Grey. A ver qué dice.

Entro en la cocina con paso decidido para tomarme el desayuno que me ha preparado Gail.

Taylor aguarda en el coche para llevarme volando al trabajo.

—¿Qué era lo que querías anoche? —pregunto.

—Nada importante, señor.

—Bien —murmuro, y vuelvo la vista hacia la ventanilla, intentando no pensar en Ana ni en Georgia, aunque fracaso de manera estrepitosa.

Sin embargo, una idea ha empezado a tomar forma.

Llamo a Andrea.

—Buenos días.

—Buenos días, señor Grey.

—Estoy de camino, pero ¿podrías ponerme con Bill?

—Sí, señor.

Poco después tengo a Bill al teléfono.

—¿Señor Grey?

—¿Tu gente ha tenido Georgia en cuenta a la hora de buscar una posible ubicación para la planta de componentes electrónicos? Savannah, en concreto.

—Yo diría que sí, señor, pero tendría que comprobarlo.

—Pues compruébalo. Y tenme informado.

—Por supuesto. ¿Eso es todo?

—Por el momento sí. Gracias.

Hoy me he pasado casi todo el día en reuniones. Consulto el correo de vez en cuando, pero no he recibido nada de Ana. Me pregunto si el tono de mi e-mail la ha intimidado o si estará ocupada haciendo otras cosas.

¿Qué otras cosas?

No puedo evitar pensar en ella. Llevo todo el día intercambiando mensajes de texto con Caroline Acton, aprobando y rechazando los vestidos que ha elegido para Ana. Espero que le gusten; estará deslumbrante con cualquiera de ellos.

Bill me ha comunicado que ha encontrado un solar industrial donde sería posible ubicar nuestra planta, cerca de Savannah. Ruth está estudiando su potencial.

Al menos no es Detroit.

Me llama Elena y decidimos quedar para cenar en Columbia Tower.

—Christian, mira que te muestras evasivo sobre esa chica —me regaña.

—Te lo contaré todo esta noche. Ahora mismo estoy ocupado.

—Siempre estás ocupado. —Se ríe—. Nos vemos a las ocho.

—Hasta luego.

¿Por qué son tan entrometidas las mujeres de mi vida? Elena, mi madre, Ana... Por enésima vez, me pregunto qué estará haciendo. Hablando del rey de Roma... Acabo de recibir un correo suyo. Por fin.

De: Anastasia Steele
Fecha: 31 de mayo de 2011 19:08
Para: Christian Grey
Asunto: ¿Elocuente?

Señor, es un escritor elocuente. Tengo que ir a cenar al club de golf de Bob y, para que lo sepa, estoy poniendo los ojos en blanco solo de pensarlo. Pero, de momento, usted y su mano suelta están muy lejos de mí. Me ha encantado tu correo. Te contesto en cuanto pueda.
Ya te echo de menos.
Disfruta de tu tarde.

Tu Ana

No es un no, y me echa de menos. Su tono me alivia y me divierte. Contesto.

De: Christian Grey
Fecha: 31 de mayo de 2011 16:10
Para: Anastasia Steele
Asunto: Su trasero

Querida señorita Steele:
Me tiene distraído el asunto de este correo. Huelga decir que, de momento, está a salvo.

Disfrute de la cena. Yo también la echo de menos, sobre todo
su trasero y esa lengua viperina suya.

Mi tarde será aburrida y solo me la alegrará pensar en usted y en
sus ojos en blanco. Creo que fue usted quien juiciosamente me
hizo ver que también yo tengo esa horrenda costumbre.

Christian Grey
Presidente, que acostumbra a poner los ojos en blanco, de Grey
Enterprises Holdings, Inc.

Unos minutos después, oigo el tono de mensaje entrante.

De: Anastasia Steele
Fecha: 31 de mayo de 2011 19:14
Para: Christian Grey
Asunto: Ojos en blanco

Querido señor Grey:
Deje de mandarme correos. Intento arreglarme para la cena.
Me distrae mucho, hasta cuando está en la otra punta del país.
Y sí, ¿quién le da a usted unos azotes cuando es usted el que
pone los ojos en blanco?

Su Ana

Ay, Ana, tú.
Constantemente.
Recuerdo cuando me dijo que me estuviera quieto mientras
ella me tiraba del vello público y yo la tenía sentada a horcajadas
encima de mí, desnuda. La imagen me excita.

De: Christian Grey
Fecha: 31 de mayo de 2011 16:18
Para: Anastasia Steele
Asunto: Su trasero

Querida señorita Steele:
Me gusta más mi asunto que el suyo, en muchos sentidos. Por
suerte, soy el dueño de mi propio destino y nadie me castiga. Salvo
mi madre, de vez en cuando, y el doctor Flynn, claro.
Y usted.

Christian Grey
Presidente de Grey Enterprises Holdings, Inc.

Me descubro tamborileando con los dedos a la espera de su
respuesta.

De: Anastasia Steele
Fecha: 31 de mayo de 2011 19:22
Para: Christian Grey
Asunto: ¿Castigarle yo?

Querido Señor:
¿Cuándo he tenido yo valor de castigarle, señor Grey? Me parece
que me confunde con otra, lo cual resulta preocupante.
En serio, tengo que arreglarme.

Su Ana

¡Habrase visto...! Me castigas a la menor oportunidad por
e-mail... Además, ¿cómo podría confundirte con nadie?

De: Christian Grey
Fecha: 31 de mayo de 2011 16:25
Para: Anastasia Steele
Asunto: Tu trasero

Querida señorita Steele:
Lo hace constantemente por escrito. ¿Me deja que le suba la
cremallera del vestido?

Christian Grey
Presidente de Grey Enterprises Holdings, Inc.

De: Anastasia Steele
Fecha: 31 de mayo de 2011 19:28
Para: Christian Grey
Asunto: Para mayores de 18 años

Preferiría que me la bajaras.

Sus palabras van directas a mi polla, sin pasar por la casilla de
salida.

Joder.

Esto exige… ¿cómo las había llamado ella? MAYÚSCULAS
CHILLONAS.

De: Christian Grey
Fecha: 31 de mayo de 2011 16:31
Para: Anastasia Steele
Asunto: Cuidado con lo que deseas…

YO TAMBIÉN.

Christian Grey
Presidente de Grey Enterprises Holdings, Inc.

De: Anastasia Steele
Fecha: 31 de mayo de 2011 19:33
Para: Christian Grey
Asunto: Jadeando

Muy despacio...

De: Christian Grey
Fecha: 31 de mayo de 2011 16:35
Para: Anastasia Steele
Asunto: Gruñendo

Ojalá estuviera allí.

Christian Grey
Presidente de Grey Enterprises Holdings, Inc.

De: Anastasia Steele
Fecha: 31 de mayo de 2011 19:37
Para: Christian Grey
Asunto: Gimiendo

OJALÁ.

Tan solo ella es capaz de excitarme por e-mail.

De: Anastasia Steele
Fecha: 31 de mayo de 2011 19:39
Para: Christian Grey
Asunto: Gimiendo

Tengo que irme.
Hasta luego, nene.

Sonrío socarronamente al leer sus palabras.

De: Christian Grey
Fecha: 31 de mayo de 2011 16:41
Para: Anastasia Steele
Asunto: Plagio

Me has robado la frase.
Y me has dejado colgado.
Disfruta de la cena.

Christian Grey
Presidente de Grey Enterprises Holdings, Inc.

Andrea llama a la puerta; trae más diseños de Barney para la tableta de energía solar que estamos desarrollando. Le sorprende que me alegre de verla.

—Gracias, Andrea.

—De nada, señor Grey. —Me dirige una sonrisa extraña—. ¿Le apetece un café?

—Sí, por favor.

—¿Con leche?

—No, gracias.

Mi día ha mejorado sustancialmente. He logrado tumbar a Bastille en dos ocasiones durante sendos asaltos de kick boxing, y eso no ocurre nunca. Después de la ducha, y mientras me pongo la americana, creo que ya estoy preparado para enfrentarme a Elena y a todas sus preguntas.

Aparece Taylor.

—¿Desea que conduzca, señor?

—No. Me llevaré el R8.

—Muy bien, señor.

Compruebo el correo electrónico antes de salir.

De: Anastasia Steele
Fecha: 31 de mayo de 2011 22:18
Para: Christian Grey
Asunto: Mira quién habla

Señor, si no recuerdo mal, la frase era de Elliot.
¿Sigue colgado?

Su Ana

¿Está coqueteando conmigo? ¿Otra vez?
Y es mi Ana. Otra vez.

De: Christian Grey
Fecha: 31 de mayo de 2011 19:22
Para: Anastasia Steele
Asunto: Pendiente

Señorita Steele:
Ha vuelto. Se ha ido tan de repente… justo cuando la cosa empezaba a ponerse interesante.

Elliot no es muy original. Le habrá robado esa frase a alguien.
¿Qué tal la cena?

Christian Grey
Presidente de Grey Enterprises Holdings, Inc.

Hago clic en «Enviar».

De: Anastasia Steele
Fecha: 31 de mayo de 2011 22:26
Para: Christian Grey
Asunto: ¿Pendiente?

La cena me ha llenado; te gustará saber que he comido hasta hartarme.
¿Se estaba poniendo interesante? ¿En serio?

Me alegro de que esté comiendo bien.

De: Christian Grey
Fecha: 31 de mayo de 2011 19:30
Para: Anastasia Steele
Asunto: Pendiente, sin duda

¿Te estás haciendo la tonta? Me parece que acababas de pedirme que te bajara la cremallera del vestido.
Y yo estaba deseando hacerlo. Me alegra saber que estás comiendo bien.

Christian Grey
Presidente de Grey Enterprises Holdings, Inc.

De: Anastasia Steele
Fecha: 31 de mayo de 2011 22:36
Para: Christian Grey
Asunto: Bueno, siempre nos queda el fin de semana

Pues claro que como... Solo la incertidumbre que siento cuando
estoy contigo me quita el apetito.
Y yo jamás me haría la tonta, señor Grey.
Seguramente ya te habrás dado cuenta. ;)

¿Pierde el apetito cuando está conmigo? Eso no me gusta.
Y está burlándose de mí. ¡Otra vez!

De: Christian Grey
Fecha: 31 de mayo de 2011 19:40
Para: Anastasia Steele
Asunto: Estoy impaciente

Lo tendré presente, señorita Steele, y, por supuesto, utilizaré esa
información en mi beneficio.
Lamento saber que le quito el apetito. Pensaba que tenía un efecto
más concupiscente en usted. Eso me ha pasado a mí también, y
bien placentero que ha sido.
Espero impaciente la próxima ocasión.

Christian Grey
Presidente de Grey Enterprises Holdings, Inc.

De: Anastasia Steele
Fecha: 31 de mayo de 2011 22:36
Para: Christian Grey
Asunto: Flexibilidad léxica

¿Has vuelto a echar mano al diccionario de sinónimos?

Se me escapa una carcajada.

De: Christian Grey
Fecha: 31 de mayo de 2011 19:40
Para: Anastasia Steele
Asunto: Me ha pillado

Qué bien me conoce, señorita Steele.
Voy a cenar con una vieja amistad, así que estaré conduciendo.
Hasta luego, nena©.

Christian Grey
Presidente de Grey Enterprises Holdings, Inc.

Por mucho que me apetezca seguir bromeando con Ana, no quiero llegar tarde a la cena. Si me retraso, Elena se disgustará. Apago el ordenador, cojo la cartera y el teléfono y bajo hasta el garaje en ascensor.

El Mile High Club se encuentra en el ático de Columbia Tower. El sol empieza a ocultarse tras las cimas del Olympic National Park y tiñe el cielo de una magnífica amalgama de naranjas, rosas y ópalos. Un espectáculo imponente. A Ana le encantarían las vistas. Tengo que traerla algún día.

Elena está esperando sentada a una mesa rinconera. Al verme, me saluda con un gesto discreto de la mano y una amplia sonrisa, y el maître me acompaña hasta allí. Ella se levanta y me ofrece la mejilla.

—Hola, Christian —saluda con voz sensual.

—Buenas noches, Elena. Estás guapísima, como siempre.

La doy un beso. Se aparta hacia un lado el pelo, liso, brillante y de color platino, un gesto habitual en ella cuando está de ánimo juguetón.

—Siéntate —dice—. ¿Qué te apetece tomar?

Sus dedos y sus inconfundibles uñas de color escarlata rodean el pie de una copa de champán.

—Veo que ya has empezado con el Cristal.

—Bueno, creo que tenemos algo que celebrar, ¿no?

—¿Ah, sí?

—Christian. La chica. Cuéntamelo todo.

—Tomaré una copa de sauvignon blanc Mendocino —le digo al camarero que aguarda a nuestro lado.

El hombre asiente con un gesto de cabeza y se aleja a paso vivo.

—Entonces ¿no hay motivo de celebración?

Elena le da un sorbo al champán, con las cejas enarcadas.

—No sé por qué le das tanta importancia.

—No le doy importancia, simplemente tengo curiosidad. ¿Qué edad tiene? ¿A qué se dedica?

—Acaba de graduarse.

—Ah. ¿No es un poco joven para ti?

La miro con sorna.

—¿En serio? ¿Quieres que hablemos de eso?

Elena se echa a reír.

—¿Cómo está Isaac? —pregunto con una sonrisilla.

Vuelve a reír.

—Se comporta —contesta con un brillo travieso en la mirada.

—Cómo debes de aburrirte… —comento, mordaz.

Ella sonríe con resignación.

—Está bien domesticado. ¿Pedimos?

Saco a Elena de su sinvivir cuando estamos tomando la crema de cangrejo.

—Se llama Anastasia, ha estudiado literatura inglesa en la Estatal de Washington y la conocí cuando vino a entrevistarme para el periódico de la universidad. Este año me ha tocado dar el discurso de la ceremonia de graduación.

—¿Está metida en este estilo de vida?

—Todavía no, pero no pierdo la esperanza.

—Vaya.

—Sí. Ha huido a Georgia para meditarlo.

—Sí que se ha ido lejos…

—Ya.

Bajo la vista hacia la crema de cangrejo mientras me pregunto cómo estará Ana y qué estará haciendo. Durmiendo, y espero que… sola. Cuando levanto la cabeza, Elena me observa detenidamente.

—Nunca te había visto así —asegura.

—¿Qué quieres decir?

—Estás distraído. Es muy poco propio de ti.

—¿Tan evidente es?

Asiente con la cabeza y su mirada se dulcifica.

—Para mí, sí. Me parece que ha puesto todo tu mundo patas arriba.

Inspiro hondo, aunque lo disimulo llevándome la copa a los labios.

Qué perspicaz es usted, señora Lincoln.

—¿Eso crees? —murmuro después del trago.

—Eso creo —responde mirándome fijamente.

—Me desconcierta.

—Vaya, eso sí que es nuevo. Y seguro que te preocupa lo que esté haciendo en Georgia, lo que esté pensando. Te conozco muy bien.

—Sí, quiero que tome la decisión correcta.

—Tendrías que ir a verla.

—¿Qué?

—Coge un avión.

—¿En serio?

—Si todavía no lo tiene claro, ve y utiliza ese encanto que derrochas.

Se me escapa un resoplido burlón.

—Christian, cuando se desea algo de verdad, hay que perseguirlo hasta que se consigue —me regaña—. Lo sabes perfectamente. Eres muy negativo cuando se trata de ti mismo, y eso me saca de quicio.

Suspiro.

—No estoy seguro.

—La pobre chica debe de estar aburriéndose como una ostra en ese sitio. Ve. Obtendrás tu respuesta. Si es un no, pues a otra cosa. Si es un sí, podrás disfrutar con ella siendo tú mismo.

—Regresa el viernes.

—*Carpe diem*, querido.

—Ha dicho que me echa de menos.

—Ahí lo tienes.

Su mirada transmite una profunda seguridad.

—Me lo pensaré. ¿Más champán?

—Gracias —dice, y me dedica una sonrisa coqueta.

Durante el camino de regreso al Escala no hago más que darle vueltas al consejo de Elena. Podría ir a ver a Ana. Ha dicho que me echa de menos… Y el jet está disponible.

Ya en casa, leo su último e-mail.

De: Anastasia Steele

Fecha: 31 de mayo de 2011 23:58

Para: Christian Grey

Asunto: Compañeros de cena apropiados

Espero que esa amistad tuya y tú hayáis pasado una velada agradable.

Ana

P.D.: ¿Era la señora Robinson?

Mierda.

Es la excusa perfecta. Esto exige una respuesta en persona.

Llamo a Taylor y le digo que voy a necesitar a Stephan y el Gulfstream por la mañana.

—Muy bien, señor Grey. ¿Cuál es su destino?

—Nuestro. Nuestro destino es Savannah.

—Sí, señor.

Y me parece apreciar un matiz divertido en su voz.

Miércoles, 1 de junio de 2011

Ha sido una mañana interesante. Hemos salido de Boeing Field a las 11.30; Stephan está volando con su primera oficial, Jill Beighley, y tenemos previsto llegar a Georgia a las 19.30, hora local.

Bill ha conseguido acordar una reunión mañana con la Autoridad para la Remodelación de las Zonas Industriales de Savannah, y es probable que quede con ellos esta noche para tomar una copa. Así que, si Anastasia está ocupada, o no quiere verme, el viaje no habrá sido una completa pérdida de tiempo.

Sí, sí. Repítete eso, Grey.

Taylor me ha acompañado en un almuerzo ligero y ahora revisa unos documentos, y yo tengo mucho por leer.

La única parte de la ecuación que aún debo resolver es cómo voy a encontrarme con Ana. Pero ya lo decidiré cuando llegue a Savannah; confío en que algo se me ocurrirá durante el vuelo.

Me paso la mano por el pelo y, por primera vez en mucho tiempo, me reclino contra el respaldo y dormito mientras el G550 viaja a nueve mil metros de altitud con rumbo al Savannah/Hilton Head International. El zumbido de los motores tiene un efecto sosegador, y estoy cansado. Muy cansado.

Serán las pesadillas, Grey.

No sé por qué, pero ahora son aún más perturbadoras. Cierro los ojos.

—*Así es como serás conmigo, ¿lo entiendes?*

—*Sí, señora.*

Me pasa una uña escarlata por el pecho, de lado a lado.

Me estremezco, tiro de los grilletes y la oscuridad aflora, quemándome la piel en la estela de su tacto. Pero no emito el menor sonido.

No me atrevo.

—*Si te portas bien, dejaré que te corras. En mi boca.*

Joder.

—*Pero aún no. Tenemos un largo trecho por delante hasta entonces.*

Su uña abrasa mi piel, desde el esternón hasta el ombligo.

Quiero gritar.

Me agarra la cara, la aprieta hasta obligarme a abrir la boca y me besa.

Su lengua es ávida y húmeda.

Blande el látigo de tiras de cuero.

Y sé que esto va a ser duro de soportar.

Pero no pierdo de vista la recompensa: su boca lasciva.

Cuando el primer latigazo restalla en mi piel y la castiga, recibo de buen grado el dolor y el aflujo de endorfinas.

—Señor Grey, aterrizaremos dentro de veinte minutos —me informa Taylor,, y me despierto sobresaltado—. ¿Se encuentra bien, señor?

—Sí, muy bien. Gracias.

—¿Quiere un poco de agua?

—Sí, por favor.

Respiro profundamente para ralentizar mi ritmo cardíaco, y Taylor me pasa un vaso de Evian fría. Bebo un placentero trago y me alegro de que a bordo solo esté Taylor. No suelo soñar con los embriagadores tiempos que compartí con la señora Lincoln.

Veo el cielo azul a través de la ventanilla; las escasas nubes tiñen de rosa el sol del atardecer. Aquí arriba la luz es radiante. Dorada. Serena. El sol poniente se refleja en los cúmulos. Por un momento desearía estar en mi planeador. Estoy seguro de que las térmicas son fantásticas aquí arriba.

¡Sí!

Eso es lo que debería hacer: llevar a Anastasia a planear. Eso sería «más», ¿no?

—Taylor.

—¿Sí, señor?

—Me gustaría llevar a Anastasia a planear sobre Georgia, mañana, al amanecer, si encontramos un sitio donde hacerlo. Aunque también podría ser más tarde.

—Me encargaré, señor.

—No repares en gastos.

—De acuerdo, señor.

—Gracias.

Ahora solo tengo que decírselo a Ana.

Dos coches nos esperan cuando el G550 se detiene en la pista cerca de la terminal de Signature Flight Support del aeropuerto. Taylor y yo salimos y nos derretimos bajo el sofocante calor.

Dios, es pegajoso, incluso a estas horas.

El representante entrega a Taylor las llaves de los dos coches. Lo miro, sorprendido.

—¿Un Ford Mustang?

—Es lo único que he conseguido encontrar en Savannah con tan poca antelación. —Taylor parece abochornado.

—Al menos es rojo y descapotable. Aunque con este calor espero que tenga aire acondicionado.

—Debería tener de todo, señor.

—Bien. Gracias.

Me da las llaves, cojo la bolsa de piel y dejo que Taylor se encargue de llevar el resto del equipaje del avión a su Suburban.

Les estrecho la mano a Stephan y a Beighley y les doy las gracias por el agradable vuelo. Luego subo al Mustang, salgo del aeropuerto y enfilo hacia el centro de Savannah escuchando a Bruce con mi iPod a través del sistema de sonido del coche.

Andrea me ha reservado una suite en el Bohemian, con vistas al río Savannah. Está anocheciendo y la panorámica desde la terraza es impresionante: el río parece tener luz propia y refleja la variedad de colores del cielo y las farolas del puente colgante y los muelles. El cielo está incandescente, y en él se funde una gama de tonalidades que va del violeta intenso al rosado.

Es casi tan impactante como la puesta de sol en el Sound.

Pero no tengo tiempo de quedarme a admirar la escena. Saco el portátil, subo el aire acondicionado al máximo y llamo a Ros para que me ponga al día.

—¿A qué viene ese repentino interés por Georgia, Christian?

—Es algo personal.

Ella resopla.

—¿Desde cuándo permites que tu vida personal interfiera en tu vida profesional?

Desde que conocí a Anastasia Steele.

—No me gusta Detroit —suelto.

—Vale. —Ros recula.

—Es posible que más tarde quede con nuestro contacto en la Autoridad para la Remodelación de las Zonas Industriales de Savannah para tomar una copa —añado en un intento de apaciguarla.

—Pues genial, Christian. Oye, hay más cosas de las que tenemos que hablar. La ayuda ha llegado a Rotterdam. ¿Aún quieres seguir adelante?

—Sí. Hagámoslo. Me comprometí con la Fundación para la Erradicación del Hambre en el Mundo. Tiene que estar hecho antes de volver a reunirme con el comité.

—De acuerdo. ¿Alguna idea nueva con respecto a la compra de la editorial?

—Sigo sin decidirme.

—Creo que SIP tiene cierto potencial.

—Sí, es posible. Deja que lo piense un poco más.

—Voy a reunirme con Marco para comentar la situación de Lucas Woods.

—Vale, infórmame de cómo va. Llámame más tarde.

—Lo haré. Hasta luego.

Estoy evitando lo inevitable. Lo sé. Pero decido que será mejor enfrentarme a la señorita Steele —por e-mail o por teléfono, aún no lo he decidido— con el estómago lleno, así que pido la cena. Mientras espero, recibo un mensaje de Andrea en el que me hace saber que mi cita para tomar una copa se ha desconvocado. Los veré mañana por la mañana, en caso de que no esté volando con Ana.

Antes de que llegue el servicio de habitaciones, llama Taylor.

—Señor Grey.

—Hola, Taylor. ¿Ya estamos registrados?

—Sí, señor. Enseguida subirán su equipaje.

—Estupendo.

—La Brunswick Soaring Association tiene un planeador disponible. Le he pedido a Andrea que les envíe su licencia de vuelo por fax. En cuanto la documentación esté firmada, no habrá inconveniente.

—Estupendo.

—Puede ir en cualquier momento a partir de las seis de la mañana.

—Mejor aún. Que lo tengan preparado para esa hora. Envíame la dirección.

—Sí, señor.

Llaman a la puerta: el equipaje y la cena llegan a la vez. La comida huele de maravilla: tomates verdes fritos y sémola con gambas. Bueno, estoy en el Sur.

Mientras ceno, barrunto sobre mi estrategia respecto a Ana. Podría presentarme en casa de su madre a la hora del desayuno. Llevaría panecillos. Y luego iría con ella a planear. Puede que sea el mejor plan. No me ha llamado ni me ha escrito en todo el día, así que imagino que está enfadada. Vuelvo a leer su último mensaje cuando acabo de cenar.

¿Qué demonios tiene en contra de Elena? No sabe nada de nuestra relación. Lo que hubo entre nosotros pasó hace mucho tiempo y ahora solo somos amigos. No tiene ningún motivo para enfadarse.

Además, de no haber sido por Elena, a saber cómo habría acabado yo.

Llaman a la puerta. Es Taylor.

—Buenas noches, señor. ¿Satisfecho con la habitación?

—Sí, está bien.

—Traigo la documentación de la Brunswick Soaring Association.

Echo un vistazo al contrato de alquiler. Parece correcto. Lo firmo y se lo devuelvo.

—Mañana iré con mi coche. ¿Estarás allí?

—Sí, señor. Estaré allí a partir de las seis.

—Te informaré si hay algún cambio.

—¿Le deshago el equipaje, señor?

—Sí, por favor. Gracias.

Asiente y lleva la maleta al dormitorio.

Estoy inquieto, necesito tener claro qué voy a decirle a Ana. Miro el reloj: las nueve y cuarto. Se me ha hecho muy tarde. Aunque quizá debería tomar una copa antes. Dejo a Taylor con el equipaje y decido ir al bar del hotel antes de volver a hablar con Ros y escribir a Ana.

El bar, en la azotea, está a rebosar, pero encuentro un sitio al final de la barra y pido una cerveza. Es un espacio moderno, actual, con iluminación tenue y ambiente relajado. Lo recorro con la mirada, evitando a las dos mujeres que están sentadas a mi lado… y un movimiento atrae mi atención: un gesto exasperado que hace que una lustrosa melena oscura atrape y refleje la luz.

Es Ana. Joder.

Está de espaldas a mí, sentada frente a una mujer que solo puede ser su madre. El parecido entre ambas es asombroso.

Pero ¿qué posibilidades había de encontrármela aquí?

De todos los bares de la ciudad… Dios.

Las miro, paralizado. Están tomando cócteles… Cosmopolitans, diría por su aspecto. Su madre es imponente, como Ana, pero mayor; aparenta menos de treinta, y tiene el pelo castaño y largo y los ojos del mismo azul que Ana. Desprende cierto aire bohemio… No es alguien a quien uno asociaría al instante al ambiente de un club de golf. Quizá vaya vestida así porque ha salido con su joven y preciosa hija.

Esto no tiene precio.

Carpe diem, Grey.

Saco el teléfono del bolsillo de los vaqueros. Es el momento de enviarle un correo a Ana. Esto podría ser interesante. Pondré a prueba su estado de ánimo... y observaré.

De: Christian Grey
Fecha: 1 de junio de 2011 21:40
Para: Anastasia Steele
Asunto: Compañeros de cena

Sí, he cenado con la señora Robinson. No es más que una vieja amiga, Anastasia.
Estoy deseando volver a verte. Te echo de menos.

Christian Grey
Presidente de Grey Enterprises Holdings, Inc.

Su madre tiene el semblante serio. Puede que esté preocupada por su hija, o tal vez solo esté intentando sonsacarle información.

Buena suerte, señora Adams.

Y por un momento me pregunto si estarán hablando de mí. Su madre se pone en pie; parece que va al servicio. Ana coge el bolso y saca la BlackBerry.

Allá vamos...

Empieza a leer con los hombros encorvados y repiqueteando con los dedos en la mesa. Entonces se pone a teclear frenéticamente. No le veo la cara, lo cual es frustrante, pero diría que no está impresionada con lo que acaba de leer. Instantes después deja el teléfono sobre la mesa con un gesto que podría interpretarse como asco.

Mala señal.

Su madre vuelve y le pide por señas a un camarero otra ronda. Me pregunto cuántas llevarán.

Consulto el teléfono y, cómo no, encuentro una respuesta.

De: Anastasia Steele
Fecha: 1 de junio de 2011 21:42
Para: Christian Grey
Asunto: VIEJOS compañeros de cena

Esa no es solo una vieja amiga.
¿Ha encontrado ya otro adolescente al que hincarle el diente?
¿Te has hecho demasiado mayor para ella?
¿Por eso terminó vuestra relación?

Pero ¿qué narices...? Mi genio empieza a calentarse.

Isaac tiene cerca de treinta.

Igual que yo.

¿Cómo se atreve?

¿Será efecto del alcohol?

Momento de desvelar tus cartas, Grey.

De: Christian Grey
Fecha: 1 de junio de 2011 21:45
Para: Anastasia Steele
Asunto: Cuidado...

No me apetece hablar de esto por e-mail.
¿Cuántos Cosmopolitans te vas a beber?

Christian Grey
Presidente de Grey Enterprises Holdings, Inc.

Mira el teléfono, se yergue de golpe y observa a su alrededor.

Llegó la hora, Grey.

Dejo diez dólares sobre la barra y me encamino hacia ellas.

Nuestras miradas se encuentran. Ana palidece —conmocionada, diría yo—, y no sé cómo me saludará ni cómo contendré mi mal humor si dice algo más sobre Elena.

Se recoge el pelo detrás de las orejas con dedos inquietos. Un indicio inequívoco de que está nerviosa.

—Hola —dice con voz tensa y aguda.

—Hola. —Me inclino hacia ella y la beso en la mejilla.

Qué bien huele, aunque se tense cuando mis labios rozan su piel. Está preciosa; le ha dado un poco el sol y no lleva sujetador. Sus pechos están prietos bajo la tela sedosa del top, aunque ocultos tras la larga melena.

Solo para mis ojos, espero.

Y aunque está enfadada, me alegro de verla. La he echado de menos.

—Christian, esta es mi madre, Carla. —Ana hace un gesto hacia ella.

—Encantado de conocerla, señora Adams.

Su madre me mira de arriba abajo.

¡Mierda! Me está dando un repaso. Tú ni caso, Grey.

Tras una pausa más larga de lo necesario, me tiende una mano.

—Christian.

—¿Qué haces aquí? —me pregunta Ana en tono acusatorio.

—He venido a verte, claro. Me alojo en este hotel.

—¿Te alojas aquí? —Su voz ahora es estridente.

Sí, a mí también me cuesta creerlo.

—Bueno, ayer me dijiste que ojalá estuviera aquí. —Estoy intentando analizar su reacción. Por el momento ha consistido en: movimiento nervioso de los dedos, tensión, tono acusador y voz tensa—. Nos proponemos complacer, señorita Steele —añado, inexpresivo, confiando en ponerla de buen humor.

—¿Por qué no te tomas una copa con nosotras, Christian?

—propone la señora Adams amablemente, y llama al camarero por señas.

Necesito algo más fuerte que una cerveza.

—Tomaré un gin-tonic —le digo al camarero—. Hendricks si tienen, o Bombay Sapphire. Pepino con Hendricks, lima con Bombay.

—Y otros dos Cosmos, por favor —pide Ana mirándome, nerviosa

Tiene motivos para estarlo. Creo que ya ha bebido suficiente.

—Acércate una silla, Christian.

—Gracias, señora Adams.

Lo hago y me siento al lado de Ana.

—¿Así que casualmente te alojas en el hotel donde estamos tomando unas copas? —El tono de Ana es tirante.

—O casualmente estáis tomando unas copas en el hotel donde me alojo. Acabo de cenar, he venido aquí y te he visto. Andaba distraído pensando en tu último correo —le dirijo una mirada mordaz—, levanto la vista y ahí estabas. Menuda coincidencia, ¿verdad?

Ana parece turbada.

—Mi madre y yo hemos ido de compras esta mañana y a la playa por la tarde. Luego hemos decidido salir de copas esta noche —dice, aturullada, como si sintiera la necesidad de justificarse por estar bebiendo en un bar con su madre.

—¿Ese top es nuevo? —le pregunto. Está realmente deslumbrante. La blusa de tirantes es verde esmeralda; elegí acertadamente los colores de la ropa que Caroline Acton ha seleccionado para ella: tonos de piedras preciosas—. Te sienta bien ese color. Y te ha dado un poco el sol. Estás preciosa. —Sus mejillas se encienden y sus labios se curvan al oír mi halago—. Bueno, pensaba hacerte una visita mañana, pero mira por dónde…

Le cojo una mano, porque quiero tocarla, y la aprieto con ternura. Le acaricio despacio los nudillos con el pulgar, y a ella se le acelera la respiración.

Sí, Ana. Siéntelo.

No te enfades conmigo.

Me mira a los ojos y me sonríe con timidez.

—Quería darte una sorpresa. Pero, como siempre, me la has dado tú a mí, Anastasia, cuando te he visto aquí. No quiero robarte tiempo con tu madre. Me tomaré una copa y me iré. Tengo trabajo pendiente.

Resisto el impulso de besarle los nudillos. No sé qué le ha contado a su madre de nosotros, si es que le ha contado algo.

—Christian, me alegro mucho de conocerte. Ana me ha hablado muy bien de ti —dice la señora Adams con una sonrisa encantadora.

—¿En serio? —Miro a Ana, que vuelve a sonrojarse.

Muy bien, ¿eh?

Buena noticia.

El camarero me trae el gin-tonic y lo deja delante de mí.

—Hendricks, señor.

—Gracias.

A continuación sirve sus Cosmopolitans.

—¿Cuánto tiempo vas a estar en Georgia, Christian? —pregunta su madre.

—Hasta el viernes, señora Adams.

—¿Cenarás con nosotros mañana? Y, por favor, llámame Carla.

—Me encantaría, Carla.

—Estupendo —dice—. Si me disculpáis un momento, tengo que ir al lavabo.

¿No acababa de ir?

Me levanto con ella y luego vuelvo a sentarme para enfrentarme a la ira de la señorita Steele. Le cojo la mano otra vez.

—Así que te has enfadado conmigo por cenar con una vieja amiga.

Le beso los nudillos, uno por uno.

—Sí —contesta con sequedad.

¿Está celosa?

—Nuestra relación sexual terminó hace tiempo, Anastasia. Yo solo te deseo a ti. ¿Aún no te has dado cuenta?

—Para mí es una pederasta, Christian.

Su respuesta me conmociona y me eriza el vello.

—Eso es muy crítico por tu parte. No fue así.

Le suelto la mano, frustrado.

—Ah, ¿cómo fue entonces? —pregunta alzando su pequeña y tozuda barbilla.

¿Es el alcohol lo que le hace hablar de este modo?

—Se aprovechó de un chico vulnerable de quince años —continúa—. Si hubieras sido una chiquilla de quince años y la señora Robinson un señor Robinson que la hubiera arrastrado al sadomasoquismo, ¿te parecería bien? ¿Si hubiera sido Mia, por ejemplo?

Oh, por favor, ahora sí que dice tonterías.

—Ana, no fue así.

Sus ojos refulgen. Está furiosa. ¿Por qué? Esto no tiene nada que ver con ella. Pero no quiero discutir aquí, en el bar. Modero la voz.

—Vale, yo no lo sentí así. Ella fue una fuerza positiva. Lo que necesitaba.

Santo Dios, es probable que ahora estuviera muerto de no haber sido por Elena. Estoy haciendo un gran esfuerzo por controlar mi ira.

Ella frunce el ceño.

—No lo entiendo.

Zanja esto, Grey.

—Anastasia, tu madre no tardará en volver. No me apetece hablar de esto ahora. Más adelante, quizá. Si no quieres que esté aquí, tengo un avión esperándome en Hilton Head. Me puedo ir.

Su expresión pasa del enfado al pánico.

—No, no te vayas. Por favor. Me encanta que hayas venido —se apresura a decir.

¿Le encanta? Pues había conseguido engañarme.

—Solo quiero que entiendas —añade— que me enfurece que, en cuanto me voy, quedes con ella para cenar. Piensa en cómo te pones tú cuando me acerco a José. José es un buen amigo. Nunca he tenido una relación sexual con él. Mientras que tú y ella...

—¿Estás celosa?

¿Cómo puedo hacerle entender que Elena y yo solo somos amigos? No tiene ningún motivo para estar celosa.

Está claro que la señorita Steele es posesiva.

Y tardo un momento en caer en la cuenta de que me gusta que lo sea.

—Sí, y furiosa por lo que te hizo —contesta.

—Anastasia, ella me ayudó. Y eso es todo lo que voy a decir al respecto. En cuanto a tus celos, ponte en mi lugar. No he tenido que justificar mis actos delante de nadie en los últimos siete años. De nadie en absoluto. Hago lo que me place, Anastasia. Me gusta mi independencia. No he ido a ver a la señora Robinson para fastidiarte. He ido porque, de vez en cuando, salimos a cenar. Es amiga y socia.

Sus ojos se abren aún más.

Vaya. ¿No se lo había dicho?

Pero ¿por qué iba a decírselo? No tiene nada que ver con ella.

—Sí, somos socios. Ya no hay sexo entre nosotros. Desde hace años.

—¿Por qué terminó vuestra relación?

—Su marido se enteró. ¿Te importa que hablemos de esto en otro momento, en un sitio más discreto?

—Dudo que consigas convencerme de que no es una especie de pedófila.

¡Joder, Ana! ¡Déjalo de una vez!

—Yo no la veo así. Nunca la he visto así. ¡Y basta ya! —gruño.

—¿La querías?

¿Qué?

—¿Cómo vais? —Carla ha vuelto.

Ana imposta una sonrisa que me encoge el estómago.

—Bien, mamá.

¿Quería a Elena?

Tomo un sorbo de la copa. Joder, la veneraba, pero... ¿la quería? Qué pregunta más ridícula. No sé nada del amor romántico. Esto es el rollo de flores y corazones que ella quiere. Las novelas del siglo XIX que ha leído le han llenado la cabeza de tonterías.

Ya me he hartado.

—Bueno, señoras, os dejo disfrutar de vuestra velada. Por favor, que carguen estas copas en mi cuenta, habitación 612. Te llamo por la mañana, Anastasia. Hasta mañana, Carla.

—Oh, me encanta que alguien te llame por tu nombre completo, hija.

—Un nombre precioso para una chica preciosa. —Le doy la mano a Carla. El cumplido ha sido sincero, pero la sonrisa que le brindo no lo es.

Ana guarda silencio y me mira con una expresión implorante a la que no hago ningún caso. La beso en la mejilla.

—Hasta luego, nena —le susurro al oído; luego me doy la vuelta y me encamino hacia la salida del bar.

Esa chica me provoca como nadie lo ha hecho nunca.

Y está cabreada conmigo; igual está con el síndrome premenstrual. Me dijo que tenía que venirle la regla esta semana.

Entro en mi habitación, cierro de un portazo y salgo directamente a la terraza. Hace calor fuera, e inspiro y paladeo el aroma acre y salado del río. Ha caído la noche y la negrura del río es insondable, como la del cielo… como la de mi ánimo. Ni siquiera he conseguido comentarle lo de ir a volar mañana. Apoyo las manos en la barandilla de la terraza. Las luces de la playa y del puente mejoran las vistas… pero no mi humor.

¿Por qué tengo que justificar una relación que empezó cuando Ana iba aún a primaria? No es de su incumbencia. Sí, no fue nada convencional, pero eso es todo.

Me paso las manos por el pelo. Este viaje no está saliendo como esperaba, en absoluto. Quizá haya sido un error venir. Y pensar que fue Elena quien me animó…

Suena el teléfono y deseo que sea Ana, pero es Ros.

—Sí —espeto.

—Huy, Christian, ¿interrumpo algo?

—No. Lo siento. ¿Qué ocurre?

Cálmate, Grey.

—He pensado que querrías que te pusiera al día de mi conversación con Marco. Pero, si es mal momento, vuelvo a llamarte por la mañana.

—No, está bien.

Llaman a la puerta.

—Espera, Ros.

Abro convencido de que será Taylor o alguien del servicio de habitaciones y me dispongo a despacharlo... pero es Ana; ahí, en el pasillo, con aire abatido y tímido.

Ha venido.

Abro más la puerta y la invito a entrar con un gesto.

—¿Están listas todas las indemnizaciones? —le pregunto a Ros sin apartar la mirada de Ana.

—Sí.

Ana entra en la suite con mirada cautelosa, los labios abiertos y húmedos y los ojos que se oscurecen por momentos. ¿Qué significa esto? ¿Un cambio de opinión? Conozco esa mirada. Es de deseo. Me desea. Y yo también la deseo a ella, sobre todo después de la discusión en el bar.

¿Por qué, si no, iba a estar aquí?

—¿Y el coste? —le pregunto a Ros.

—Casi dos millones.

Dejo escapar un silbido entre dientes.

—Uf, nos ha salido caro el error.

—Grey Enterprises consigue quedarse con el departamento de fibra óptica.

Tiene razón. Ese era uno de nuestros objetivos.

—¿Y Lucas? —pregunto.

—No se lo ha tomado muy bien.

Abro el minibar y le hago un gesto a Ana para que se sirva. La dejo allí y voy a la habitación.

—¿Qué ha hecho?

—Se ha puesto furioso.

En el baño abro el grifo para llenar la inmensa bañera encastrada de mármol y vierto en ella aceite aromático. Tiene cabida para seis personas.

—La mayor parte del dinero es para él —le recuerdo a Ros mientras compruebo la temperatura del agua—. También cuenta con lo que se ha pagado por la empresa. Siempre podrá comenzar de nuevo.

Me doy la vuelta para salir del baño, pero me detengo y decido encender las velas que están dispuestas con muy buen gusto a lo largo del asiento de piedra que rodea la bañera. Encender velas cuenta como «más», ¿no?

—Pues está amenazando con abogados, y no entiendo por qué. Estamos bien blindados en todo esto. ¿Es agua lo que oigo? —pregunta Ros.

—Sí, voy a darme un baño.

—Oh… ¿Quieres que vaya?

—No. ¿Algo más?

—Sí, Fred quiere hablar contigo.

—¿En serio?

—Ha estudiado el prototipo de Barney.

Camino del salón, agradezco la solución de diseño de Barney para la tableta y le indico a Ros que Andrea me envíe las gráficas. Ana ha cogido una botella de zumo de naranja.

—¿Es este tu nuevo estilo de dirección: no estar aquí? —pregunta Ros.

Me río a carcajadas, pero sobre todo por la bebida que ha elegido Ana. Muy astuta. Le digo a Ros que no volveré al despacho hasta el viernes.

—¿En serio te estás planteando cambiar de parecer con lo de Detroit?

—Estoy interesado en un terreno de por aquí.

—Creo que Bill debería saberlo —comenta Ros, insolente.

—Sí, que me llame Bill.

—Lo hará. ¿Al final has tomado una copa con los de Savannah?

Le digo que los veré mañana y adopto un tono de voz más conciliador, ya que es un tema delicado para Ros.

—Quiero ver lo que podría ofrecernos Georgia si nos instalamos aquí.

Cojo un vaso del estante, se lo doy a Ana y señalo una cubitera.

—Si los incentivos son lo bastante atractivos, creo que deberíamos considerarlo, aunque aquí hace un calor de mil demonios.

Ana se sirve zumo.

—Es tarde para cambiar de opinión en esto, Christian. Pero podría servirnos para presionar a Detroit —cavila Ros.

—Detroit tiene sus ventajas, sí, y es más fresco.

Aunque allí hay demasiados fantasmas para mí.

—Que me llame Bill. Mañana. —Ahora es tarde y tengo visita—. No demasiado temprano —le advierto.

Ros se despide, y cuelgo.

Ana me mira cohibida mientras la devoro con los ojos. La sensual melena le cae sobre los hombros menudos y enmarca su rostro, precioso y pensativo.

—No has respondido a mi pregunta —murmura.

—No.

—¿No has respondido a mi pregunta o no, no la querías?

No va a rendirse. Me apoyo en la pared y cruzo los brazos para resistir la tentación de tirar de ella y abrazarla.

—¿A qué has venido, Anastasia?

—Ya te lo he dicho.

No la hagas sufrir más, Grey.

—No, no la quería.

Se le relajan los hombros y el semblante. Es lo que deseaba oír.

—Tú eres mi diosa de ojos azules, Anastasia. ¿Quién lo habría dicho?

Pero ¿de verdad eres mi diosa?

—¿Se burla de mí, señor Grey?

—No me atrevería —contesto.

—Huy, claro que sí, y de hecho lo haces a menudo. —Sonríe y se clava los dientes perfectos en el labio.

—Por favor, deja de morderte el labio. Estás en mi habitación, hace casi tres días que no te veo y he hecho un largo viaje en avión para verte.

Necesito saber que estamos bien… de la única manera que sé: quiero follarla, duro.

Me suena el teléfono, pero lo apago sin mirar quién llama. Sea quien sea, puede esperar.

Me acerco a ella.

—Quiero hacerlo, Anastasia. Ahora. Y tú también. Por eso has venido.

—Quería saber la respuesta, de verdad —dice.

—Bueno, ahora que lo sabes, ¿te quedas o te vas? —le pregunto deteniéndome delante de ella.

—Me quedo —responde sin dejar de observarme fijamente.

—Me alegro. —La miro a los ojos y me maravillo de cómo se oscurecen cada vez más

Me desea.

—Con lo enfadada que estabas conmigo… —susurro.

Aún es algo nuevo para mí enfrentarse a su enfado, tener en cuenta sus sentimientos.

—Sí.

—No recuerdo que nadie se haya enfadado nunca conmigo, salvo mi familia. Me gusta.

Le acaricio la cara con las yemas de los dedos y luego los desplazo hasta la barbilla. Ella cierra los ojos y ladea la cabeza para facilitarme el acceso. Me inclino y le paso la nariz por el hombro desnudo hacia la oreja, inhalando su aroma, y el deseo me inunda el cuerpo. Llevo los dedos hacia la nuca y el pelo.

—Deberíamos hablar —susurra.

—Luego.

—Quiero decirte tantas cosas…

—Yo también.

La beso detrás de la oreja y le tiro suavemente del pelo para echarle la cabeza hacia atrás y acceder al cuello. Le mordisqueo la barbilla con los dientes y los labios, y luego bajo por el cuello. Mi cuerpo empieza a hervir, anhelante.

—Te deseo —susurro mientras la beso ahí donde el pulso palpita bajo la piel.

Ella gime y se aferra a mis brazos. Me tenso un momento, pero la oscuridad permanece dormida.

—¿Estás con la regla? —le pregunto entre beso y beso.

Se queda paralizada.

—Sí —contesta.

—¿Tienes dolor menstrual?

—No. —Su voz es tenue pero vehemente a la vez debido a la vergüenza.

Dejo de besarla y la miro a los ojos. ¿De qué se avergüenza? Es su cuerpo.

—¿Te has tomado la píldora?

—Sí —contesta.

Bien.

—Vamos a darnos un baño.

En el lujoso cuarto de baño suelto la mano de Ana. El aire está caliente y húmedo. El vapor se eleva suavemente sobre la espuma. Llevo demasiada ropa para este calor; la camisa de lino y los vaqueros se me pegan a la piel.

Ana me mira, también empapada por la humedad.

—¿Llevas una goma para el pelo? —le pregunto.

Empieza a pegársele a la cara. Saca una del bolsillo de los vaqueros.

—Recógetelo —le digo, y veo cómo obedece con elegante destreza.

Buena chica. Y sin protestar.

Se le escapan varios mechones de la coleta, pero está preciosa. Cierro el grifo, la cojo de la mano y la llevo a la otra zona del baño, donde un gran espejo dorado cuelga sobre dos lavamanos dispuestos sobre una encimera de mármol. Nos miramos en el espejo; me sitúo detrás de ella y le pido que se quite las sandalias. Ella obedece de inmediato y las deja caer al suelo.

—Levanta los brazos —susurro.

Cojo el borde de la bonita blusa que lleva y se la quito por la cabeza dejando sus pechos a la vista. Alargo la mano, le desabrocho el botón de los vaqueros y le bajo la cremallera.

—Te lo voy a hacer en el baño, Anastasia.

Su mirada se pierde en mi boca, y se lame los labios. Bajo la tenue luz del baño sus pupilas refulgen de excitación. Me agacho y voy besándole el cuello con ternura, introduzco los pulgares por la cinturilla de los vaqueros y se los bajo despacio liberando su exquisito culo y arrastrando también las bragas. Me arrodillo detrás de ella y se las bajo hasta el suelo.

—Saca los pies de los vaqueros —ordeno.

Ella se sujeta al borde del lavamanos y me complace; ahora está desnuda y mi cara queda a la altura de su trasero. Dejo los vaqueros, las bragas y la blusa sobre un escabel blanco que hay debajo del lavabo y pienso en todas las cosas que podría hacerle a ese culo. Vislumbro un cordón azul entre sus piernas; el tampón sigue en su sitio, así que empiezo a besarle y a mordisquearle las nalgas con delicadeza antes de levantarme. Nuestras miradas vuelven a encontrarse en el espejo y apoyo las manos abiertas sobre su vientre, plano y suave.

—Mírate. Eres preciosa. Siéntete.

Se le acelera la respiración cuando le cojo las dos manos y se las coloco sobre el vientre, bajo las mías.

—Siente lo suave que es tu piel —susurro.

Guío sus manos despacio por su torso dibujando círculos grandes, y luego las llevo hacia los pechos.

—Siente lo turgentes que son tus pechos.

Los abarco con sus manos. Le acaricio los pezones con los pulgares. Ella gime y arquea la espalda, apretando los pechos contra nuestras manos unidas. Pellizco los pezones entre sus pulgares y los míos y tiro de ellos suavemente una y otra vez, y me deleito notando cómo se endurecen y se agrandan.

Como cierta parte de mi anatomía.

Ella cierra los ojos y se revuelve frotando la espalda contra mi erección. Gime y apoya la cabeza sobre mi hombro.

—Muy bien, nena —le murmuro con los labios pegados a su cuello mientras disfruto de cómo su cuerpo va cobrando vida bajo sus propias caricias.

Guío sus manos hacia abajo hasta alcanzar el vello púbico. Deslizo una pierna entre las suyas y le separo los pies sin dejar de guiar sus manos por su sexo, primero una y luego la otra, apretando el clítoris con los dedos.

Gime y veo en el espejo cómo su cuerpo se retuerce.

Dios mío, es una diosa.

—Mira cómo resplandeces, Anastasia.

Le beso y mordisqueo el cuello y el hombro, y luego la suelto, dejándola a medias, y ella abre los ojos de golpe cuando me retiro.

—Sigue tú —le digo, y me pregunto qué hará.

Titubea un momento, y después se toca con una mano, pero con escaso entusiasmo.

Oh, esto no va a funcionar.

Me quito rápidamente la camisa pegajosa, los vaqueros y la ropa interior y libero mi erección.

—¿Prefieres que lo haga yo? —le pregunto mirándola en el espejo; sus ojos arden.

—Sí, por favor —contesta con una nota desesperada, ávida, en la voz.

La rodeo con los brazos, apoyo la frente en su espalda y coloco la polla en la hendidura de su precioso culo. Vuelvo a cogerle las manos y las guío sobre el clítoris, alternándolas, una y otra vez, apretando, acariciando y excitándola. Ella se retuerce cuando le mordisqueo la nuca. Empiezan a temblarle las piernas. De pronto le doy la vuelta para ponerla de frente. Le agarro las dos muñecas con una mano, se las sujeto a la espalda y le tiro de la coleta con la otra para acercar sus labios a los míos. La beso, devoro su boca, me deleito en su sabor: zumo de naranja y dulce, dulce Ana. Jadea, como yo.

—¿Cuándo te ha venido la regla, Anastasia?

Quiero follarte sin condón.

—Eh... ayer —musita entre jadeos.

—Bien.

Retrocedo un paso y le doy la vuelta.

—Agárrate al lavabo —ordeno.

La sujeto por las caderas, la levanto y tiro de ella hacia atrás. Deslizo la mano por su culo hasta el cordón azul, le saco el tampón y lo tiro al váter. Ella contiene el aliento, conmocionada, diría, pero la penetro rápidamente.

El aire escapa de mis pulmones entre los dientes con un leve silbido.

Joder. Qué placer tan inmenso… Piel con piel. Me retiro un poco y vuelvo a entrar en ella, despacio, disfrutando de hasta el último centímetro de su carne húmeda y divina. Ella gime y empuja contra mí.

Oh, sí, Ana.

Se aferra aún más al mármol mientras aumento el ritmo; le sujeto las caderas con más fuerza y la embisto más y más deprisa, arremeto contra ella con todo mi ímpetu. La quiero para mí. La poseo.

No estés celosa, Ana. Solo te deseo a ti.

A ti.

A ti.

Mis dedos buscan su clítoris y juguetean con él, lo acarician y lo estimulan hasta que las piernas empiezan a temblarle de nuevo.

—Muy bien, nena —murmuro con voz ronca mientras le impongo un ritmo castigador y posesivo.

No discutamos. No nos peleemos.

Sus piernas se envaran mientras la monto y su cuerpo empieza a estremecerse. De pronto grita al llegar al orgasmo y me arrastra consigo.

—¡Oh, Ana! —jadeo mientras me dejo ir.

Pierdo de vista el mundo y me corro dentro de ella.

Joder.

—Oh, nena, ¿alguna vez me saciaré de ti? —susurro mientras me derrumbo sobre ella.

Me dejo caer despacio al suelo, abrazado a ella, que se sienta y apoya la cabeza contra mi hombro, aún jadeante.

Oh, Dios santo.

¿Alguna vez había sido así?

Le beso el pelo y ella se calma; con los ojos cerrados, va recuperando el aliento entre mis brazos. Los dos estamos sudorosos y sofocados en un baño húmedo, pero no quiero estar en ningún otro sitio.

Se mueve.

—Estoy manchando —dice.

—A mí no me molesta. —No quiero soltarla.

—Ya lo he notado. —Su tono es seco.

—¿Te molesta a ti? —No debería. Es algo natural. Solo he conocido a una mujer reticente al sexo teniendo el período, pero no conseguí quitarle de la cabeza esas chorradas.

—No, en absoluto. —Ana alza la cabeza y me mira con sus ojos azules y cristalinos.

—Bien. Vamos a darnos un baño.

La libero y su ceño se frunce un instante mientras me mira el pecho. Su tez rosada pierde algo de color, y clava sus ojos empañados en los míos.

—¿Qué pasa? —pregunto, alarmado.

—Tus cicatrices. No son de varicela.

—No, no lo son. —Mi tono es glacial.

No quiero hablar de eso.

Me pongo en pie y le tiendo una mano para ayudarla a levantarse. Sus ojos están muy abiertos, horrorizados.

Lo siguiente será la compasión.

—No me mires así —le advierto, y le suelto la mano.

No quiero tu maldita compasión, Ana. No vayas por ese camino.

Se mira la mano; creo que se lo he dejado claro.

—¿Te lo hizo ella? —Su voz es casi inaudible.

Me limito a mirarla con el ceño fruncido mientras intento contener la ira que me ha invadido. Mi silencio la obliga a mirarme.

—¿Ella? —gruño—. ¿La señora Robinson?

Ana palidece al oír mi tono.

—No es una salvaje, Anastasia. Claro que no fue ella. No entiendo por qué te empeñas en demonizarla.

Agacha la cabeza para evitar mi mirada, pasa rápidamente por mi lado, se mete en la bañera y se hunde en la espuma para que no pueda verle el cuerpo. Me mira, con expresión arrepentida y franca.

—Solo me pregunto cómo serías si no la hubieras conocido, si ella no te hubiera introducido en ese... estilo de vida.

Maldita sea. Ya hemos vuelto a Elena.

Me acerco a la bañera, me meto en el agua y me siento en el escalón, fuera de su alcance. Ella me mira mientras espera una respuesta. El silencio se agranda entre nosotros hasta que lo único que oigo es el bombeo de la sangre en mis orejas.

Joder.

No me quita la vista de encima.

¡Baja la guardia, Ana!

No. Eso no va a pasar.

Meneo la cabeza. Qué difícil es esta mujer.

—De no haber sido por la señora Robinson, probablemente habría seguido los pasos de mi madre biológica.

Se coloca un mechón mojado detrás de la oreja sin pronunciar palabra.

¿Qué puedo decir de Elena? Pienso en nuestra relación: Elena y yo. Aquella época embriagadora. El secretismo. Los encuentros furtivos. El dolor. El placer. La liberación... El orden y la calma que trajo a mi vida.

—Ella me quería de una forma que yo encontraba... aceptable —musito casi para mí.

—¿Aceptable? —pregunta, incrédula.

—Sí. Me apartó del camino de autodestrucción que yo había empezado a seguir sin darme cuenta —prosigo con voz casi inaudible—. Resulta muy difícil crecer en una familia perfecta cuando tú no eres perfecto.

Toma aire con decisión.

Dios, no soporto hablar de esto.

—¿Aún te quiere?

¡No!

—No lo creo, no de ese modo. Ya te digo que fue hace mucho. Es algo del pasado. No podría cambiarlo aunque quisiera, que no quiero. Ella me salvó de mí mismo. Nunca he hablado de esto con nadie.

»Salvo con el doctor Flynn, claro. Y la única razón por la que te lo cuento a ti ahora es que quiero que confíes en mí.

—Yo ya confío en ti —dice—, pero quiero conocerte mejor, y siempre que intento hablar contigo, me distraes. Hay muchísimas cosas que quiero saber.

—Oh, por el amor de Dios, Anastasia. ¿Qué quieres saber? ¿Qué tengo que hacer?

Se mira las manos, que mantiene dentro del agua.

—Solo pretendo entenderlo; eres todo un enigma. No te pareces a nadie que haya conocido. Me alegro de que me cuentes lo que quiero saber.

Con repentina resolución, se mueve por el agua para sentarse a mi lado y se pega a mí de manera que mi piel queda en contacto con la suya.

—No te enfades conmigo, anda —dice.

—No estoy enfadado contigo, Anastasia. Es que no estoy acostumbrado a este tipo de conversación, a este interrogatorio. Esto solo lo hago con el doctor Flynn y con…

Maldita sea.

—Con ella. Con la señora Robinson. ¿Hablas con ella? —pregunta con un hilo de voz.

—Sí, hablo con ella.

—¿De qué?

Me vuelvo para mirarla de frente, de una forma tan abrupta que el agua se desborda y se derrama en el suelo.

—Eres insistente, ¿eh? De la vida, del universo… de negocios. La señora Robinson y yo hace tiempo que nos conocemos. Hablamos de todo.

—¿De mí? —pregunta.

—Sí.

—¿Por qué habláis de mí? —quiere saber, y ahora parece adusta.

—Nunca he conocido a nadie como tú, Anastasia.

—¿Qué quieres decir? ¿Te refieres a que nunca has conocido

a nadie que no firmara automáticamente todo tu papeleo sin preguntar primero?

Niego con la cabeza. No.

—Necesito consejo.

—¿Y te lo da doña Pedófila? —espeta.

—Anastasia… basta ya —digo casi gritando—. O te voy a tener que tumbar en mis rodillas. No tengo ningún interés romántico o sexual en ella. Ninguno. Es una amiga querida y apreciada, y es mi socia. Nada más. Tenemos un pasado en común, hubo algo entre nosotros que a mí me benefició muchísimo, aunque a ella le destrozara el matrimonio, pero esa parte de nuestra relación ya terminó.

Ella yergue los hombros.

—¿Y tus padres nunca se enteraron?

—No —gruño—. Ya te lo he dicho.

Me mira con cautela, y creo que sabe que me ha llevado al límite.

—¿Has terminado? —pregunto.

—De momento.

Gracias al cielo. No mentía al decirme que había muchas cosas de las que quería hablar. Necesito saber dónde estoy, si nuestro trato tiene posibilidades.

Carpe diem, Grey.

—Vale, ahora me toca a mí. No has contestado a mi e-mail.

Se recoge el pelo detrás de la oreja y niega con la cabeza.

—Iba a contestar. Pero has venido.

—¿Habrías preferido que no viniera? —Contengo el aliento.

—No, me encanta que hayas venido —dice.

—Bien. A mí me encanta haber venido, a pesar de tu interrogatorio. Aunque acepte que me acribilles a preguntas, no creas que disfrutas de algún tipo de inmunidad diplomática solo porque haya venido hasta aquí para verte. Para nada, señorita Steele. Quiero saber lo que sientes.

Frunce el ceño.

—Ya te lo he dicho. Me gusta que estés conmigo. Gracias por venir hasta aquí. —Parece sincera.

—Ha sido un placer. —Me inclino para besarla y ella se abre como una flor, ofreciéndose y pidiendo más. Me retiro—. No. Me parece que necesito algunas respuestas antes de que hagamos más.

Ella suspira y la cautela regresa a su mirada.

—¿Qué quieres saber?

—Bueno, para empezar, qué piensas de nuestro contrato.

Hace un mohín, como si su respuesta fuera a ser desagradable.

Ay, Dios…

—No creo que pueda firmar por un período mayor de tiempo. Un fin de semana entero siendo alguien que no soy.

Agacha la mirada, la aparta de mí.

Eso es un no. Y, en realidad, creo que tiene razón.

Le sujeto la barbilla y le alzo la cabeza para verle los ojos.

—No, yo tampoco creo que pudieras.

—¿Te estás riendo de mí?

—Sí, pero sin mala intención. —Vuelvo a besarla—. No eres muy buena sumisa.

Se queda boquiabierta. ¿Finge sentirse ofendida? Y entonces se ríe, una risa dulce y contagiosa, y sé que no lo está.

—A lo mejor no tengo un buen maestro.

Buena réplica, señorita Steele.

Yo también me río.

—A lo mejor. Igual debería ser más estricto contigo. —Escruto su cara—. ¿Tan mal lo pasaste cuando te di los primeros azotes?

—No, la verdad es que no —contesta, algo ruborizada.

—¿Es más por lo que implica? —le pregunto presionándola.

—Supongo. Lo de sentir placer cuando uno no debería.

—Recuerdo que a mí me pasaba lo mismo. Lleva un tiempo procesarlo.

Al fin estamos teniendo la conversación.

—Siempre puedes usar las palabras de seguridad, Anastasia. No lo olvides. Y si sigues las normas, que satisfacen mi íntima necesidad de controlarte y protegerte, quizá logremos avanzar.

—¿Por qué necesitas controlarme?

—Porque satisface una necesidad íntima mía que no fue satisfecha en mis años de formación.

—Entonces, ¿es una especie de terapia?

—No me lo había planteado así, pero sí, supongo que sí.

Asiente con la cabeza.

—Pero el caso es que en determinado momento me dices «No me desafíes», y al siguiente me dices que te gusta que te desafíe. Resulta difícil traspasar con éxito esa línea tan fina.

—Lo entiendo. Pero hasta la fecha lo has hecho estupendamente.

—Pero ¿a qué coste personal? Estoy hecha un auténtico lío, me veo atada de pies y manos.

—Me gusta eso de atarte de pies y manos.

—¡No lo decía en sentido literal! —Lanza una mano sobre la superficie del agua y me salpica.

—¿Me has salpicado?

—Sí —contesta.

—Ay, señorita Steele. —Le paso un brazo por la cintura y la subo a mi regazo, y vuelve a verterse agua al suelo—. Creo que ya hemos hablado bastante por hoy.

Le sujeto la cabeza con ambas manos y la beso; le separo los labios con la lengua y la hundo en su boca, dominándola. Ella enreda los dedos en mi pelo y me devuelve el beso, envolviendo mi lengua con la suya. Le ladeo la cabeza con una mano y con la otra la levanto y la coloco a horcajadas sobre mí.

Me aparto para coger aire. Sus ojos están oscuros, repletos de deseo; rezuman lujuria. Le llevo las manos a la espalda y se las sujeto por las muñecas con una de las mías.

—Te la voy a meter —le digo, y la levanto hasta situarla justo encima de mi erección—. ¿Lista?

—Sí —jadea, y la bajo muy despacio sobre mí observando su expresión mientras la voy llenando.

Ella gime, cierra los ojos y acerca sus pechos a mi cara.

Oh, qué delicia.

Muevo las caderas y la levanto, con lo que me hundo aún más

dentro de ella, y luego me inclino hacia delante hasta que nuestras frentes se tocan.

Qué placer de mujer...

—Suéltame las manos, por favor —susurra.

La miro y veo que tiene la boca abierta y la respiración agitada.

—No me toques —le suplico; le suelto las manos y la sujeto por las caderas.

Ella se agarra al borde de la bañera y lentamente empieza a montarme. Arriba. Luego abajo. Muy, muy despacio. Abre los ojos y se encuentra con los míos mirando cómo me monta. Se inclina y me besa, y su lengua invade mi boca. Cierro los ojos, deleitándome con la sensación.

Oh, sí, Ana.

Vuelve a enredar los dedos en mi pelo y tira de él sin dejar de besarme; su lengua se entrelaza con la mía mientras se mueve. Le aprieto más las caderas y empiezo a levantarla cada vez más deprisa, apenas consciente de la gran cantidad de agua que se está derramando por el suelo.

Pero no me importa. La deseo. Así.

A esta hermosa mujer que gime en mi boca.

Arriba. Abajo. Arriba. Abajo. Una y otra vez.

Entregándose a mí. Cabalgándome.

—Ah... —El placer le aprisiona la garganta.

—Eso es, nena —susurro, y ella acelera el ritmo y luego grita al estallar en un orgasmo.

La rodeo con los brazos y la estrecho, la sujeto con fuerza mientras me dejo ir y me corro dentro de ella.

—¡Ana, nena! —grito, y sé que no quiero perderla nunca.

Me besa la oreja.

—Ha sido... —musita aún sin aliento.

—Sí. —La agarro de los brazos y la aparto de mí para poder mirarla. Parece somnolienta y saciada, e imagino que yo debo de tener el mismo aspecto—. Gracias —susurro.

Ella me mira desconcertada.

—Por no tocarme —le aclaro.

Su expresión se dulcifica y levanta una mano. Me tenso. Pero ella niega con la cabeza y resigue mis labios con un dedo.

—Dijiste que es un límite infranqueable. Lo entiendo. —Se inclina hacia delante y me besa.

Ese sentimiento desconocido aflora, crece en mi pecho, anónimo y peligroso.

—Vamos a la cama. ¿O tienes que volver a casa? —Me asustan estas nuevas emociones que me invaden.

—No, no tengo que irme.

—Bien. Pues quédate.

La ayudo a levantarse y salgo de la bañera para coger toallas, e intento dejar de lado mis inquietantes sentimientos.

La envuelvo con una toalla, me enrollo una a la cintura y dejo otra en el suelo, en un vano intento por recoger el agua que hemos derramado. Ana se acerca a un lavamanos mientras yo sigo con ello.

Bueno. Ha sido una noche interesante.

Y ella tenía razón: nos ha ido bien hablar, aunque no estoy seguro de que hayamos resuelto nada.

Está lavándose los dientes con mi cepillo cuando me dirijo al dormitorio. Eso me hace sonreír. Cojo el teléfono y veo que la llamada perdida era de Taylor.

Le envío un mensaje.

*¿Todo en orden? Saldré para ir
a planear a las 6:00.*

Taylor contesta de inmediato.

*Para eso llamaba. Hay buena previsión de tiempo.
Le veré allí. Buenas noches, señor.*

¡Voy a llevar a volar a la señorita Steele! Sonrío ante el regocijo que siento, y mi sonrisa se hace más amplia cuando Ana sale del baño envuelta en la toalla.

488

—Necesito mi bolso —dice con cierta timidez.

—Creo que lo dejaste en el salón.

Corretea en su busca y yo me lavo los dientes, consciente de que el cepillo acaba de estar en su boca.

De vuelta en el dormitorio, me quito la toalla, retiro las sábanas y me acuesto a esperarla. Ella ha vuelto a desaparecer en el baño y ha cerrado la puerta.

Instantes después regresa. Deja caer la toalla y se tiende a mi lado, desnuda salvo por una recatada sonrisa. Yacemos el uno frente al otro, cada uno abrazado a su almohada.

—¿Quieres dormir? —le pregunto. Sé que tenemos que madrugar, y son casi las once.

—No. No estoy cansada —contesta con los ojos brillantes.

—¿Qué quieres hacer? —¿Más sexo?

—Hablar.

¿Hablar? ¿Más? Ay, Señor. Sonrío, resignado.

—¿De qué?

—De cosas.

—¿De qué cosas?

—De ti.

—De mí ¿qué?

—¿Cuál es tu película favorita?

—Actualmente, *El piano*.

Sonríe.

—Por supuesto. Qué boba soy. ¿Por esa banda sonora triste y emotiva que sin duda sabes interpretar? Cuántos logros, señor Grey.

—Y el mayor es usted, señorita Steele.

Su sonrisa se ensancha.

—Entonces soy la número dieciséis.

—¿Dieciséis?

—El número de mujeres con las que… has tenido sexo.

Oh, mierda.

—No exactamente.

Su sonrisa se esfuma.

—Tú me dijiste que habían sido quince.

489

—Me refería al número de mujeres que habían estado en mi cuarto de juegos. Pensé que era eso lo que querías saber. No me preguntaste con cuántas mujeres había tenido sexo.

—Ah. —Se le abren más los ojos—. ¿Vainilla?

—No. Tú eres mi única relación vainilla. —Y por alguna extraña razón, me siento terriblemente satisfecho conmigo mismo—. No puedo darte una cifra. No he ido haciendo muescas en el poste de la cama ni nada parecido.

—¿De cuántas hablamos: decenas, cientos... miles?

—Decenas. Nos quedamos en las decenas, por desgracia. —Finjo indignación.

—¿Todas sumisas?

—Sí.

—Deja de sonreírme —dice, altanera, intentando en vano contener una sonrisa.

—No puedo. Eres divertida. —Y me siento algo aturdido mientras nos sonreímos.

—¿Divertida por peculiar o por graciosa?

—Un poco de ambas, creo.

—Eso es bastante insolente, viniendo de ti —dice.

Le beso la nariz a modo de aviso.

—Esto te va a sorprender, Anastasia. ¿Preparada?

Sus ojos se han agrandado y rebosan ansia y deleite.

Díselo.

—Todas eran sumisas en prácticas, cuando yo estaba haciendo mis prácticas. Hay sitios en Seattle y alrededores a los que se puede ir a practicar. A aprender a hacer lo que yo hago.

—Ah —dice.

—Pues sí, yo he pagado por sexo, Anastasia.

—Eso no es algo de lo que estar orgulloso —me reprende—. Y tienes razón, me has dejado pasmada. Y enfadada por no poder dejarte pasmada yo.

—Te pusiste mis calzoncillos.

—¿Eso te sorprendió?

—Sí. Y fuiste sin bragas a conocer a mis padres.

Ha recuperado el buen humor.

—¿Eso te sorprendió?

—Sí.

—Parece que solo puedo sorprenderte en el ámbito de la ropa interior.

—Me dijiste que eras virgen. Esa es la mayor sorpresa que me han dado nunca.

—Sí, tu cara era un poema. De foto. —Suelta una risilla y se le ilumina la cara.

—Me dejaste que te excitara con una fusta.

Estoy sonriendo como el maldito gato de Cheshire. ¿Cuándo antes había estado desnudo y acostado al lado de una mujer, solo hablando?

—¿Eso te sorprendió?

—Pues sí.

—Bueno, igual te dejo que lo vuelvas a hacer.

—Huy, eso espero, señorita Steele. ¿Este fin de semana?

—Vale —contesta.

—¿Vale?

—Sí. Volveré al cuarto rojo del dolor.

—Me llamas por mi nombre.

—¿Eso te sorprende?

—Me sorprende lo mucho que me gusta.

—Christian —susurra, y el sonido de mi nombre en sus labios propaga una sensación de calidez por todo mi cuerpo.

Ana.

—Mañana quiero hacer una cosa.

—¿El qué?

—Una sorpresa. Para ti.

Bosteza.

Se acabó. Está cansada.

—¿La aburro, señorita Steele?

—Nunca —confiesa.

Me acerco y le doy un beso rápido.

—Duerme —le ordeno, y apago la luz de la mesilla.

Y un momento después ya oigo su respiración rítmica y pausada; se ha dormido enseguida. La tapo con una sábana, me tumbo de espaldas y contemplo el susurrante ventilador del techo.

Bueno, hablar no está tan mal.

Después de todo, hoy ha funcionado.

Gracias, Elena…

Y, con una sonrisa saciada, cierro los ojos.

Jueves, 2 de junio de 2011

No, no me dejes.

Unas palabras susurradas se abren paso en mi sueño hasta que me remuevo y despierto.

¿Qué ha sido eso?

Miro por toda la habitación. ¿Dónde narices estoy?

Ah, sí, en Savannah.

—No, por favor. No me dejes.

¿Qué? Es Ana.

—No me voy a ninguna parte —murmuro, desconcertado.

Doy media vuelta y me incorporo sobre un codo. Está acurrucada junto a mí y parece dormida.

—Yo no voy a dejarte —masculla.

Siento un hormigueo en la cabeza.

—Me alegra oírte decir eso.

Ana suspira.

—¿Ana? —susurro yo.

Pero no reacciona, tiene los ojos cerrados. Está profundamente dormida, así que debe de ser un sueño… ¿Con qué estará soñando?

—Christian —dice.

—Sí —respondo al instante.

Pero no dice nada más; es evidente que duerme, pero hasta ahora nunca la había oído hablar en sueños.

La miro fascinado. La luz ambiental que entra desde el salón le ilumina el rostro. Arruga la frente un momento, como si un pensamiento aciago la estuviera disgustando, pero enseguida vuelve a relajarla. Respirando por los labios entreabiertos y con el rostro distendido por el sueño está preciosa.

Y no quiere que me vaya, y ella no me va a dejar. Esa confesión sincera, de la que ella no es consciente, me arrastra consigo como una brisa estival que deja calidez y esperanza a su paso.

No me va a dejar.

Bueno, ahí tienes tu respuesta, Grey.

La miro con una sonrisa. Parece que ya se ha calmado y ha dejado de hablar. Consulto la hora en el despertador: las 4.57.

De todas formas ya toca levantarse, y estoy eufórico. Voy a planear. ¡Con Ana! Me encanta planear. Le doy un beso rápido en la sien, me levanto y voy directo al salón de la suite, donde pido el desayuno y consulto el pronóstico meteorológico local.

Otro día caluroso y con mucha humedad. Sin lluvias.

Me ducho deprisa, me seco y luego recojo la ropa de Ana del cuarto de baño y se la dejo en una silla cerca de la cama. Al levantar sus bragas, recuerdo cómo acabó dándole la vuelta a mi malicioso plan de confiscarle la ropa interior.

Ay, señorita Steele.

Igual que después de nuestra primera noche juntos...

«Ah... por cierto, me he puesto unos calzoncillos tuyos.» Y luego tiró de la goma y pude leer «Polo» y «Ralph» asomando bajo sus vaqueros.

Sacudo la cabeza y saco del armario un par de bóxers que le dejo sobre la silla. Me gusta que se ponga mi ropa.

Ana vuelve a mascullar algo, me parece que ha dicho «jaula», pero no estoy seguro.

¿De qué narices va ese sueño?

No mueve ni un dedo, sino que sigue felizmente dormida mientras me visto. Cuando me pongo la camiseta se oyen unos golpes en la puerta. El desayuno ya está aquí: bollos, un café para mí y Twinings English Breakfast para Ana. Por suerte el hotel está surtido de su marca preferida.

Ya es hora de despertar a la señorita Steele.

—Fresa —susurra mientras me siento en la cama junto a ella.

¿Qué le pasa con la fruta?

—Anastasia —la llamo en voz baja.

—Quiero más.

Ya lo sé, y yo también.

—Vamos, nena.

Sigo intentando despertarla, pero ella refunfuña.

—No… Quiero acariciarte.

Mierda.

—Despierta.

Me inclino y, con los dientes, le tiro suavemente del lóbulo de la oreja.

—No. —Cierra los ojos con fuerza.

—Despierta, nena.

—Ay, no —se queja.

—Es hora de levantarse, nena. Voy a encender la lamparita.

Alargo el brazo y enciendo la luz, que vierte un haz de tenue luminosidad sobre ella. Ana entorna los ojos.

—No —vuelve a protestar.

Verla con tan pocas ganas de despertarse resulta divertido, y diferente. En mis relaciones anteriores, una sumisa dormilona habría recibido su castigo.

Le acaricio la oreja.

—Quiero perseguir el amanecer contigo —le susurro, y le beso la mejilla, le beso un párpado y después el otro, le beso la punta de la nariz, y los labios.

Sus ojos se abren con un parpadeo.

—Buenos días, preciosa.

Y se cierran otra vez. Ana refunfuña y sonrío.

—No eres muy madrugadora.

Abre un solo ojo desenfocado y me examina con él.

—Pensé que querías sexo —dice con un alivio evidente.

Me contengo para no echarme a reír.

—Anastasia, yo siempre quiero sexo contigo. Reconforta saber que a ti te pasa lo mismo.

—Pues claro que sí, solo que no tan tarde. —Se abraza a la almohada.

—No es tarde, es temprano. Vamos, levanta. Vamos a salir. Te tomo la palabra con lo del sexo.

—Estaba teniendo un sueño tan bonito.

Suspira y levanta la mirada hacia mí.

—¿Con qué soñabas?

—Contigo. —Su rostro se llena de calidez.

—¿Qué hacía esta vez?

—Intentabas darme de comer fresas —dice con una voz tenue.

Eso explica sus balbuceos.

—El doctor Flynn tendría para rato con eso.. Levanta, vístete. No te molestes en ducharte, ya lo haremos luego.

Protesta pero se sienta, y no le importa que la sábana le resbale hasta la cintura y deje su cuerpo al descubierto. Mi polla se estremece. Con el pelo alborotado cayéndole en cascada por los hombros y rizándose sobre sus pechos desnudos está maravillosa. No hago caso de mi excitación y me pongo de pie para dejarle algo de sitio.

—¿Qué hora es? —pregunta con voz adormecida

—Las cinco y media de la mañana.

—Pues parece que sean las tres.

—No tenemos mucho tiempo. Te he dejado dormir todo lo posible. Vamos. —Me dan ganas de sacarla a rastras de la cama y vestirla yo mismo.

Estoy ansioso por llevarla a volar.

—¿No puedo ducharme?

—Si te duchas, voy a querer ducharme contigo, y tú y yo sabemos lo que pasará, que se nos irá el día. Vamos.

Me dirige una mirada llena de paciencia.

—¿Qué vamos a hacer?

—Es una sorpresa. Ya te lo he dicho.

Sacude la cabeza y se le ilumina la expresión. Parece que eso le resulta divertido.

—Vale.

Baja de la cama sin darle importancia a su desnudez y ve que tiene la ropa en la silla. Me encanta comprobar que ya no es la

Ana tímida de siempre; tal vez sea porque aún está somnolienta. Se pone mi ropa interior y me dedica una amplia sonrisa.

—Te dejo tranquila un rato ahora que ya te has levantado.

Mejor le doy tiempo para que se vista. Regreso al salón, me siento a la pequeña mesa de comedor y me sirvo un café.

Ella solo tarda unos minutos en reunirse conmigo.

—Come —ordeno mientras le indico que se siente.

Ella me mira, paralizada y con los ojos vidriosos.

—Anastasia —digo para traerla de vuelta a la realidad.

Sus pestañas revolotean cuando por fin regresa de donde sea que estuviera.

—Tomaré un poco de té. ¿Me puedo llevar un cruasán para luego? —pregunta en un tono esperanzado.

No va a comer nada.

—No me agües la fiesta, Anastasia.

—Comeré algo luego, cuando se me haya despertado el estómago. Hacia las siete y media, ¿vale?

—Vale. —No puedo obligarla; se muestra desafiante y tozuda.

—Me dan ganas de ponerte los ojos en blanco —dice.

Ay, Ana, atrévete.

—Por favor, no te cortes, alégrame el día.

Alza la vista hacia el rociador contra incendios del techo.

—Bueno, unos azotes me despertarían, supongo —añade como si sopesara esa opción.

¿De verdad se lo está planteando? ¡Esto no funciona así, Anastasia!

—Por otra parte, no quiero que te calientes y te molestes por mí. El ambiente ya está bastante caldeado aquí.

Me lanza una sonrisa edulcorada.

—Como de costumbre, es usted muy difícil, señorita Steele —le digo haciéndome el gracioso—. Bébete el té.

Se sienta y da un par de sorbos.

—Bébetelo todo. Tendríamos que irnos ya.

Estoy impaciente por ponernos en marcha; el trayecto es largo.

—¿Adónde vamos?

—Ya lo verás.

Deja de sonreír como un bobo, Grey.

Ella hace un mohín, frustrada. La señorita Steele, como siempre, siente curiosidad, pero no lleva encima más que la blusa de tirantes y los vaqueros. Tendrá frío en cuanto estemos en el aire.

—Acábate el té —le ordeno, y me levanto de la mesa.

En el dormitorio, revuelvo en el armario y saco una sudadera. Con esto bastará. Llamo al mozo y le digo que nos acerque el coche a la entrada.

—Ya estoy lista —anuncia Ana cuando vuelvo al salón.

—La vas a necesitar —advierto, y le lanzo la sudadera mientras ella me mira perpleja—. Confía en mí.

Le doy un beso breve en los labios. La cojo de la mano, abro la puerta de la suite y salimos hacia los ascensores. Allí veo a un empleado del hotel (Brian, según dice su etiqueta de identificación) que también está esperando el ascensor.

—Buenos días —dice en un tono alegre cuando las puertas se abren.

Miro a Ana y sonrío de medio lado al entrar.

Nada de travesuras en el ascensor esta mañana.

Ella oculta su sonrisa y clava la vista en el suelo; se ha puesto colorada. Sabe exactamente en qué estaba pensando. Brian nos desea que tengamos un buen día cuando salimos.

Fuera, el mozo nos espera ya con el Mustang. Ana arquea una ceja, impresionada al ver el GT500. Sí, es una gozada conducirlo, aunque no sea más que un Mustang.

—A veces es genial que sea quien soy, ¿eh? —digo solo por incordiarla, y le abro la puerta con una educada reverencia.

—¿Adónde vamos?

—Ya lo verás.

Me siento al volante y pongo el coche en marcha. En el semáforo, introduzco deprisa la dirección del campo de aviación en el GPS. El navegador nos hace salir de Savannah hacia la interestatal 95. Enciendo el iPod a través del volante y una melodía sublime inunda el vehículo.

—¿Qué es? —pregunta Ana.

—Es de *La Traviata*, una ópera de Verdi.

—¿*La Traviata*? He oído hablar de ella, pero no sé dónde. ¿Qué significa?

Le lanzo una mirada de complicidad.

—Bueno, literalmente, «la descarriada». Está basada en *La dama de las camelias*, de Alejandro Dumas.

—Ah, la he leído.

—Lo suponía.

—La desgraciada cortesana —recuerda con la voz teñida de melancolía—. Mmm, es una historia deprimente —comenta.

—¿Demasiado deprimente? —Eso no nos conviene, señorita Steele, sobre todo hoy que estoy de tan buen humor—. ¿Quieres poner otra cosa? Está sonando en el iPod.

Toco la pantalla del panel de mandos y aparece la lista de reproducción.

—Elige tú —le propongo, y al mismo tiempo me pregunto si le gustará algo de lo que tengo en el iTunes.

Estudia la lista y va bajando por ella, muy concentrada. Da un golpecito en una canción, y el dulce sonido de cuerda de Verdi se ve sustituido por un ritmo contundente y la voz de Britney Spears.

—Conque «Toxic», ¿eh? —señalo con humor irónico.

¿Está intentando decirme algo?

¿Se refiere a mí?

—No sé por qué lo dices —contesta en tono inocente.

¿Cree acaso que debería llevar colgado un cartel de advertencia?

La señorita Steele quiere que juguemos.

Pues que así sea.

Bajo un poco el volumen de la música. Todavía es algo temprano para ese remix y para el recuerdo que me evoca.

—*Señor, esta sumisa solicita con todo respeto el iPod del Amo.*

Aparto la mirada de la hoja de cálculo que estoy leyendo y la observo, arrodillada a mi lado con la mirada gacha.

Este fin de semana ha estado estupenda. ¿Cómo voy a negarme?

—Claro, Leila, cógelo. Creo que está en su base.

—Gracias, Amo —dice, y se pone de pie con la elegancia de siempre, sin mirarme.

Buena chica.

No lleva puesto nada más que los zapatos rojos de tacón alto. Camina tambaleante hasta la base del iPod y se hace con su recompensa.

—Yo no he puesto esa canción en mi iPod —digo con toda tranquilidad.

Piso tanto el acelerador que los dos nos vemos lanzados contra el respaldo, pero aun así oigo el pequeño soplido de exasperación de Ana por encima del rugido del motor.

Britney sigue dándolo todo para seducirnos, y Ana tamborilea con los dedos sobre su muslo, inquieta, mientras mira por la ventanilla del coche. El Mustang devora kilómetros de autopista; no hay tráfico, y las primeras luces del alba nos persiguen por la interestatal 95.

Ana suspira cuando empieza a sonar Damien Rice.

Acaba ya con su tortura, Grey.

No sé si es porque estoy de buen humor, o por nuestra conversación de anoche, o por el hecho de que dentro de nada estaremos planeando... pero quiero contarle quién puso la canción en el iPod.

—Fue Leila.

—¿Leila?

—Una ex, ella puso la canción en el iPod.

—¿Una de las quince? —Se vuelve y me dirige toda su atención, ansiosa por conocer más detalles.

—Sí.

—¿Qué le pasó?

—Lo dejamos.

—¿Por qué?

—Quería más.

—¿Y tú no?

La miro y niego con la cabeza.

—Yo nunca he querido más, hasta que te conocí a ti.

Me recompensa con una sonrisa tímida.

Sí, Ana. No eres solo tú la que quieres más.

—¿Qué pasó con las otras catorce? —pregunta.

—¿Quieres una lista? ¿Divorciada, decapitada, muerta?

—No eres Enrique VIII —me riñe.

—Vale. Sin seguir ningún orden en particular, solo he tenido relaciones largas con cuatro mujeres, aparte de Elena.

—¿Elena?

—Para ti, la señora Robinson.

Se calla un momento, y sé que me está escrutando con la mirada. Pero no aparto los ojos de la carretera.

—¿Qué fue de esas cuatro? —pregunta.

—Qué inquisitiva, qué ávida de información, señorita Steele —contesto para provocarla.

—Mira quién habla, don Cuándo-te-toca-la-regla.

—Anastasia, un hombre debe saber esas cosas.

—¿Ah, sí?

—Yo sí.

—¿Por qué?

—Porque no quiero que te quedes embarazada.

—¡Yo tampoco quiero! Bueno, al menos hasta dentro de unos años —dice en un tono algo nostálgico.

Claro, eso sería con otro tío… Una perspectiva que me angustia… Ana es mía.

—Bueno, ¿qué pasó entonces con las otras cuatro? —insiste.

—Una conoció a otro. Las otras tres querían… más. A mí entonces no me apetecía más.

¿Por qué he abierto esta caja de los truenos?

—¿Y las demás?

—No salió bien.

Asiente y vuelve a mirar por la ventanilla mientras Aaron Neville canta «Tell It Like It Is».

—¿Adónde vamos? —pregunta otra vez.

Ya estamos cerca.

—Vamos a un campo de aviación.

—No iremos a volver a Seattle, ¿verdad? —Parece que le ha entrado el pánico.

—No, Anastasia, vamos a disfrutar de mi segundo pasatiempo favorito —digo riendo entre dientes al ver su reacción.

—¿Segundo?

—Sí. Esta mañana te he dicho cuál era mi favorito. —Su expresión delata que está absolutamente desconcertada—. Disfrutar de ti, señorita Steele. Eso es lo primero de mi lista. De todas las formas posibles.

Baja la mirada mientras sus labios contienen una sonrisa.

—Sí, también yo lo tengo en mi lista de perversiones favoritas —dice.

—Me complace saberlo.

—¿A un campo de aviación, dices?

Se me ilumina la expresión.

—Vamos a planear. Vamos a perseguir el amanecer, Anastasia.

Giro a la izquierda para tomar la salida hacia el campo de aviación y sigo hasta estar delante del hangar de la Brunswick Soaring Association, donde detengo el coche.

—¿Estás preparada para esto? —le digo.

—¿Pilotas tú?

—Sí.

Su rostro resplandece de emoción.

—¡Sí, por favor!

Me encanta lo temeraria y entusiasta que se muestra ante cualquier experiencia nueva. Me inclino hacia ella y le doy un beso rápido.

—Otra primera vez, señorita Steele.

Fuera hace fresco pero la temperatura es agradable, y el cielo ya está más luminoso, nacarado y brillante en el horizonte. Rodeo el coche y le abro la puerta a Ana. Nos dirigimos hacia la entrada del hangar cogidos de la mano.

Taylor nos espera allí junto a un hombre con barba que lleva pantalones cortos y sandalias.

—Señor Grey, este es su piloto de remolque, el señor Mark Benson —dice Taylor.

Suelto a Ana para poder estrecharle la mano a Benson, que tiene un brillo salvaje en la mirada.

—Le va a hacer una mañana estupenda para planear, señor Grey —comenta Benson—. El viento es de diez nudos, y del nordeste, lo cual quiere decir que la convergencia a lo largo de la costa debería mantenerlos en el aire un buen rato.

Benson es británico y tiene un apretón de manos firme.

—Suena de maravilla —repongo, y miro a Ana, que ha estado hablando con Taylor—. Anastasia. Ven.

—Hasta luego —le dice a Taylor.

Paso por alto esa familiaridad que tiene con mi personal y se la presento a Benson.

—Señor Benson, esta es mi novia, Anastasia Steele.

—Encantada de conocerlo —dice ella, y Benson le ofrece una enorme sonrisa mientras se estrechan la mano.

—Igualmente —contesta él—. Si hacen el favor de seguirme.

—Usted primero.

Cojo a Ana de la mano mientras echamos a andar detrás de Benson.

—Tengo un Blanik L-23 preparado para volar. Es de la vieja escuela, pero se maneja muy bien.

—Estupendo. Yo aprendí a planear con un Blanik. Un L-13 —le cuento al piloto.

—Con los Blanik nada puede salir mal. Soy un gran fan. —Levanta un pulgar—. Aunque para hacer acrobacias prefiero el L-23.

Asiento; estoy de acuerdo con él.

—Irán enganchados a mi Piper Pawnee —sigue diciendo—. Subiré hasta los mil metros y allí arriba los soltaré. Con eso deberían tener un buen rato de vuelo.

—Espero que sí. La nubosidad parece prometedora.

—Todavía es algo temprano para encontrar muchas corrientes ascendentes, pero nunca se sabe. Dave, mi compañero, se ocupará del ala. Está en el tigre.

—Muy bien. —Creo que «tigre» quiere decir el servicio—. ¿Hace mucho que vuela?

—Desde que entré en la RAF, pero ahora ya hace cinco años que piloto estas avionetas de patín de cola. Estamos en la frecuencia 122.3, que lo sepa.

—Apuntado.

El L-23 parece estar en buena forma, y memorizo su matrícula de la Administración Federal de Aviación: Noviembre. Papá. Tres. Alpha.

—Primero hay que ponerse los paracaídas. —Benson alarga un brazo por el interior de la cabina y saca un paracaídas para Ana.

—Ya lo hago yo —me ofrezco, y le quito la mochila al piloto antes de que tenga ocasión de ponerle las manos encima a Ana.

—Voy a por el lastre —dice Benson con una sonrisa alegre, y se aleja hacia su avioneta.

—Te gusta atarme a cosas —comenta Ana arqueando una ceja.

—Señorita Steele, no tiene usted ni idea. Toma, mete brazos y piernas por las correas.

Le sostengo las correas de las piernas extendidas y ella se inclina y apoya una mano en mi hombro. Me tenso de manera instintiva, esperando ya que la oscuridad despierte y me ahogue, pero no ocurre nada. Qué extraño. Nunca sé cómo voy a reaccionar cuando me toca Ana. Me suelta en cuanto tiene las lazadas alrededor de los muslos, y entonces levanto las correas de los hombros para pasárselas sobre los brazos y ajustar el paracaídas.

Caray, con arnés está preciosa.

Por un instante me pregunto cómo estaría con brazos y piernas extendidos y colgada de los mosquetones del cuarto de juegos, con la boca y el sexo a mi entera disposición. Qué lástima que haya establecido la suspensión como límite infranqueable.

—Hala, ya estás —murmuro intentando ahuyentar esa imagen de mi mente—. ¿Llevas la goma del pelo de ayer?

—¿Quieres que me recoja el pelo? —pregunta.

—Sí.

Hace lo que le digo. Para variar.

—Vamos, adentro.

La sostengo con una mano y ella empieza a subir a la parte trasera.

—No, delante. El piloto va detrás.

—Pero ¿verás algo?

—Veré lo suficiente. —La veré a ella disfrutando, espero.

Monta y yo me inclino en la cabina para atarla a su asiento y fijar el arnés y las correas de sujeción.

—Mmm, dos veces en la misma mañana; soy un hombre con suerte —musito, y le doy un beso.

Ana me sonríe y puedo percibir su expectación.

—No va a durar mucho: veinte, treinta minutos a lo sumo. Las térmicas no son muy buenas a esta hora de la mañana, pero las vistas desde allá arriba son impresionantes. Espero que no estés nerviosa.

—Emocionada —dice sin dejar de sonreír.

—Bien.

Le acaricio la mejilla con el dedo índice y luego me pongo el paracaídas y me subo al asiento del piloto.

Benson regresa con un poco de lastre para Ana y comprueba sus correas.

—Muy bien, todo en orden. ¿Es la primera vez? —le pregunta.

—Sí.

—Te va a encantar.

—Gracias, señor Benson —dice Ana.

—Llámame Mark —añade él. Y la mira embelesado, ¡joder! Lo fulmino con la mirada—. ¿Todo bien? —me pregunta a mí.

—Sí. Vamos —respondo, impaciente por estar en el aire y tenerlo a él lejos de mi chica.

Benson asiente con la cabeza, baja la cubierta de la cabina y se dirige hacia la Piper con tranquilidad. A nuestra derecha veo a Dave, el compañero de Benson, que ha aparecido y sostiene en alto el extremo del ala. Me doy prisa en comprobar el equipo: pedales (oigo el timón moviéndose detrás de mí); palanca de mando, hacia ambos lados (una mirada rápida a las alas y veo que los alerones se mueven); y palanca de mando, adelante y atrás (oigo cómo responde el elevador).

Muy bien. Estamos preparados.

Benson se sube a la Piper, y la única hélice se pone en marcha casi de inmediato con un rugido fuerte y gutural en la silenciosa mañana. Unos instantes después, la avioneta se mueve hacia delante y tira de la soga de remolque hasta que se tensa y empezamos a movernos. Equilibro los alerones y el timón mientras la Piper coge velocidad, luego tiro lentamente hacia atrás de la palanca de mando y nos elevamos antes que Benson.

—¡Allá vamos, nena! —le grito a Ana mientras ganamos altura.

—Tráfico de Brunswick, Delta Victor, dirección dos-siete-cero.

Es la voz de Benson por la radio, pero no le presto atención mientras seguimos elevándonos más y más. El L-23 se pilota muy bien, y observo a Ana, que zarandea la cabeza a uno y otro lado para intentar captar toda la vista. Ojalá pudiera ver cómo sonríe.

Vamos en dirección oeste, con el sol recién salido a nuestra espalda, y me fijo en que cruzamos la interestatal 95. Me encanta la serenidad que reina aquí arriba, lejos de todo y de todos, solos el planeador y yo en busca de corrientes ascendentes… Y pensar que nunca había compartido esta experiencia con nadie. La luz es hermosa, tenue, todo lo que había esperado que fuera… para Ana y para mí.

Cuando compruebo el altímetro, veo que nos estamos acercando a la altitud deseada y que nos deslizamos a 105 nudos. La voz de Benson llega crepitante por la radio y me informa de que estamos a mil metros y que podemos desengancharnos.

—Afirmativo. Desengancho —contesto por la radio, y pulso el botón correspondiente.

La Piper desaparece y hago que descendamos en una lenta curva hasta que nos ponemos rumbo sudoeste y planeamos con el viento. Ana ríe con fuerza. Alentado por su reacción, sigo en espiral con la esperanza de encontrar alguna corriente de convergencia cerca de la costa o térmicas bajo las pálidas nubes rosadas.

Esos cúmulos planos podrían ayudarnos a subir, aun siendo tan temprano.

De repente me siento como un niño, feliz y travieso; es una mezcla embriagadora.

—¡Agárrate fuerte! —le grito a Ana.

Y hago que el L-23 dé una vuelta completa. Ella chilla, lanza las manos hacia arriba y las apoya en la cubierta para sujetarse boca abajo. Cuando nos enderezo otra vez, está riendo. Es la reacción más gratificante que cualquier hombre desearía, y me hace reír a mí también.

—¡Menos mal que no he desayunado! —exclama.

—Sí, pensándolo bien, menos mal, porque voy a volver a hacerlo.

Esta vez se agarra al arnés y mira directamente hacia abajo, al suelo, mientras está suspendida sobre la Tierra. Suelta una risita que se entremezcla con el silbido del viento.

—¿A que es precioso? —grito.

—Sí.

Sé que no nos queda mucho rato más, porque hay pocas corrientes ascendentes ahí fuera, pero no me importa. Ana se está divirtiendo… y yo también.

—¿Ves la palanca de mando que tienes delante? Agárrala.

Intenta volver la cabeza, pero está atada y no puede.

—Vamos, Anastasia, agárrala —la animo.

La palanca se mueve entre mis manos y así sé que ella ha aferrado la suya.

—Agárrala fuerte… mantenla firme. ¿Ves el dial de en medio, delante de ti? Que la aguja no se mueva del centro.

Seguimos volando en línea recta y la lana está perpendicular a la cubierta.

—Buena chica.

Mi Ana. Nunca se acobarda ante los desafíos. Y, por algún extraño motivo, me siento inmensamente orgulloso de ella.

—Me extraña que me dejes tomar el control —exclama.

—Le extrañaría saber las cosas que le dejaría hacer, señorita Steele. Ya sigo yo.

De nuevo al mando de la palanca, nos hago girar de vuelta al campo de aviación porque empezamos a perder altitud. Creo que podré conseguir aterrizar allí. Llamo por radio para informar a Benson y a quienquiera que esté escuchando de que vamos a tomar tierra, y luego ejecuto otro círculo que nos acerca más al suelo.

—Agárrate, nena, que vienen baches.

Vuelvo a descender y alineo el L-23 con la pista mientras bajamos hacia la hierba. Tocamos tierra con una sacudida, y logro mantener las dos alas levantadas hasta que nos detenemos bruscamente y casi rechinando con los dientes cerca del final de la pista de aterrizaje. Quito el seguro de la cubierta, la abro, me desabrocho el arnés y bajo como puedo.

Estiro las piernas, me quito el paracaídas y le sonrío a la señorita Steele y sus mejillas sonrosadas.

—¿Qué tal? —pregunto mientras alargo los brazos para desengancharla del asiento y del paracaídas.

—Ha sido fantástico. Gracias —dice, y sus ojos centellean de alegría.

—¿Ha sido más? —Rezo para que no perciba la esperanza de mi voz.

—Mucho más.

Me ofrece una sonrisa radiante y yo me siento como si fuese alguien realmente especial.

—Vamos.

Le tiendo la mano y la ayudo a bajar de la cabina. Cuando salta, la estrecho entre mis brazos. Llevado por la adrenalina, mi cuerpo responde de inmediato a su suavidad. En un nanosegundo tengo los dedos hundidos en su pelo y le inclino la cabeza hacia atrás para poder besarla. Le deslizo las manos hasta la base de la espalda y la aprieto contra mi erección, cada vez mayor, mientras mi boca toma la de ella en un largo beso cadencioso y posesivo.

La deseo.

Aquí.

Ahora.

Sobre la hierba.

Ana corresponde a mi pasión, me hunde los dedos en el pelo, tira de él suplicando más y se abre a mí como una flor de la mañana.

Me aparto para tomar aire y recuperar el sentido.

¡Aquí en el campo no!

Benson y Taylor están cerca.

Los ojos de Ana brillan y suplican más.

No me mires así, Ana.

—Desayuno —murmuro antes de hacer algo que luego pueda lamentar.

Me vuelvo y le cojo la mano para regresar al coche.

—¿Y el planeador? —pregunta mientras intenta seguirme el paso.

—Ya se ocuparán de él. —Para eso pago a Taylor—. Ahora vamos a comer algo. Vamos.

Ana va saltando a mi lado, rebosante de felicidad; creo que nunca la había visto tan exultante. Su alegría es contagiosa, y no recuerdo haberme sentido también tan eufórico alguna vez. No puedo contener una amplia sonrisa mientras le sostengo la puerta del coche abierta.

Con los King of Leon saliendo a todo volumen por el sistema de sonido, saco el Mustang del campo de aviación en dirección a la interestatal 95.

Mientras circulamos por la autopista, la BlackBerry de Ana empieza a sonar.

—¿Qué es eso? —pregunto.

—Una alarma para tomarme la píldora —contesta en un murmullo.

—Bien hecho. Odio los condones.

La miro de reojo y creo ver que está poniendo los ojos en blanco, pero no estoy seguro.

—Me ha gustado que me presentaras a Mark como tu novia —dice cambiando de tema.

—¿No es eso lo que eres?

—¿Lo soy? Pensé que tú querías una sumisa.

—Quería, Anastasia, y quiero. Pero ya te lo he dicho: yo también quiero más.

—Me alegra mucho que quieras más —dice.

—Nos proponemos complacer, señorita Steele —digo para incordiarla mientras paro en un International House of Pancakes... el placer secreto de mi padre.

—Un IHOP —comenta con incredulidad.

El Mustang ruge antes de detenerse.

—Espero que tengas hambre.

—Jamás te habría imaginado en un sitio como este.

—Mi padre solía traernos a uno de estos siempre que mi madre se iba a un congreso médico. —Nos sentamos en un cubículo, el uno frente al otro—. Era nuestro secreto. —Cojo una carta y miro a Ana, que se coloca un mechón de pelo detrás de cada oreja. Se lame los labios con impaciencia, y me veo obligado a contener mis impulsos—. Yo ya sé lo que quiero —susurro, y me pregunto qué le parecería ir a los servicios conmigo.

Su mirada se cruza con la mía y se le dilatan las pupilas.

—Yo quiero lo mismo que tú —murmura.

Como siempre, la señorita Steele no se acobarda ante un desafío.

—¿Aquí?

¿Estás segura, Ana? Enseguida recorre con la mirada el tranquilo restaurante, luego me mira a mí y los ojos se le oscurecen, llenos de promesas carnales.

—No te muerdas el labio —le advierto. Por mucho que me gustaría, no me la voy a follar en los servicios de un IHOP. Se merece algo mejor y, francamente, yo también—. Aquí, no; ahora, no. Si no puedo hacértelo aquí, no me tientes.

Nos interrumpen.

—Hola, soy Leandra. ¿Qué les apetece... tomar... esta mañana...?

Ay, Dios, no. Paso de la camarera pelirroja.

—¿Anastasia? —la acucio.

—Ya te he dicho que quiero lo mismo que tú.

Mierda. Es como si le hablara directamente a mi entrepierna.

—¿Quieren que les deje unos minutos más para decidir?

—No. Sabemos lo que queremos. —No puedo apartar la mirada de los ojos de Ana—. Vamos a tomar dos tortitas normales con sirope de arce y beicon al lado, dos zumos de naranja, un café cargado con leche desnatada y té inglés, si tenéis.

Ana sonríe.

—Gracias, señor. ¿Eso es todo? —dice la camarera con voz entrecortada, muerta de vergüenza.

Consigo despegarme de los ojos de Ana, despacho a la chica con una mirada y ella sale corriendo.

—¿Sabes?, no es justo —dice Ana en tono tranquilo mientras con los dedos dibuja un número ocho en la mesa.

—¿Qué es lo que no es justo?

—El modo en que desarmas a la gente. A las mujeres. A mí.

—¿Te desarmo? —Me ha dejado de piedra.

—Constantemente.

—No es más que el físico, Anastasia.

—No, Christian, es mucho más que eso.

Sigue viéndolo desde la perspectiva errónea y, una vez más, le aseguro que la que me desarma es ella a mí.

Frunce el ceño.

—¿Por eso has cambiado de opinión?

—¿Cambiado de opinión?

—Sí… sobre… lo nuestro.

¿He cambiado de opinión? Yo creo que solo he relajado un poco los límites, nada más.

—No creo que haya cambiado de opinión. Solo tenemos que redefinir nuestros parámetros, trazar de nuevo los frentes de batalla, por así decirlo. Podemos conseguir que esto funcione, estoy seguro. Yo quiero que seas mi sumisa y tenerte en mi cuarto de juegos. Y castigarte cuando incumplas las normas. Lo demás… bueno, creo que se puede discutir. Esos son mis requisitos, señorita Steele. ¿Qué te parece?

—Entonces, ¿puedo dormir contigo? ¿En tu cama?

—¿Eso es lo que quieres?

—Sí.

—Pues acepto. Además, duermo muy bien cuando estás conmigo. No tenía ni idea.

—Me aterraba la idea de que me dejaras si no accedía a todo —dice con la tez algo pálida.

—No me voy a ir a ninguna parte, Anastasia. Además...

—¿Cómo puede pensar eso? Tengo que tranquilizarla—. Estamos siguiendo tu consejo, tu definición: compromiso. Lo que me dijiste por correo. Y, de momento, a mí me funciona.

—Me encanta que quieras más.

—Lo sé —aseguro con voz cálida.

—¿Cómo lo sabes?

—Confía en mí. Lo sé. —Me lo has dicho en sueños.

La camarera regresa con el desayuno y miro a Ana mientras lo devora. Parece que esto del «más» le sienta bien.

—Está de muerte —dice.

—Me gusta que tengas hambre.

—Debe de ser por todo el ejercicio de anoche y la emoción de esta mañana.

—Ha sido emocionante, ¿verdad?

—Ha estado más que bien, señor Grey —contesta, y se mete el último trozo de tortita en la boca—. ¿Te puedo invitar? —añade.

—Invitar ¿a qué?

—Pagarte el desayuno.

Suelto un bufido.

—Me parece que no.

—Por favor. Quiero hacerlo.

—¿Quieres castrarme del todo? —Levanto las cejas a modo de advertencia.

—Este es probablemente el único sitio en el que puedo permitirme pagar.

—Anastasia, te agradezco la intención. De verdad. Pero no.

Frunce los labios, molesta, y yo le pido la cuenta a la pelirroja.

—No te enfurruñes —la regaño.

Consulto la hora: son las ocho y media. Tengo una reunión a las once y cuarto con la Autoridad para la Remodelación de las Zonas Industriales de Savannah, así que por desgracia tenemos que regresar a la ciudad. Sopeso la idea de cancelar la reunión porque me gustaría pasar el día con Ana, pero no, sería excesivo. No puedo pasarme el día persiguiendo a esta chica cuando debería centrarme en mis negocios.

Prioridades, Grey.

Regresamos al coche cogidos de la mano como cualquier otra pareja. Ella va envuelta en mi sudadera y se la ve informal, relajada, guapa... y sí, está conmigo. Tres tipos que entran en el IHOP le dan un repaso; ella no se da cuenta, ni siquiera cuando le pongo un brazo sobre los hombros para que quede claro que es de mi propiedad. Lo cierto es que no tiene ni idea de lo encantadora que es. Le abro la puerta del coche y ella me mira con una sonrisa luminosa.

Podría acostumbrarme a esto.

Introduzco la dirección de su madre en el GPS y nos dirigimos al norte por la interestatal 95 escuchando a los Foo Fighters. Los pies de Ana siguen el ritmo. Es la clase de música que le gusta: rock genuinamente americano. La autopista está ahora más cargada de tráfico por toda la gente de las afueras que va a trabajar a la ciudad. Pero no me importa: me gusta estar aquí con ella pasando el rato.

Le doy la mano, le toco la rodilla, la veo sonreír. Ella me habla de anteriores visitas a Savannah; tampoco le entusiasma el calor, pero sus ojos se iluminan cuando me habla de su madre. Será interesante ver qué tipo de relación tiene con ella y con su padrastro esta noche.

Aparco frente a la casa de su madre con cierto pesar. Ojalá pudiéramos pasarnos el día saltándonos la agenda; las últimas doce horas han sido... bonitas.

Más que bonitas, Grey. Sublimes.

—¿Quieres entrar? —pregunta.

—Tengo que trabajar, Anastasia, pero esta noche vengo. ¿A qué hora?

Me sugiere que sobre las siete, después se mira las manos y luego me mira a mí con los ojos brillantes y felices.

—Gracias... por el más.

—Un placer, Anastasia.

Me inclino y, al besarla, inhalo su aroma dulce, tan dulce...

—Te veo luego.

—Intenta impedírmelo —susurro.

Baja del coche, todavía con mi sudadera puesta, y se despide con la mano. Yo regreso al hotel, con una sensación de vacío ahora que no está conmigo.

Desde mi habitación llamo a Taylor.

—¿Señor, Grey?

—Sí... Gracias por organizar lo de esta mañana.

—No hay de qué, señor. —Parece sorprendido.

—Estaré listo para salir hacia la reunión a las diez cuarenta y cinco.

—Tendré el Suburban esperando fuera.

—Gracias.

Me quito los vaqueros y me pongo el traje, pero dejo mi corbata favorita junto al portátil mientras pido un café al servicio de habitaciones.

Reviso unos e-mails de trabajo, me bebo el café y me planteo si llamar a Ros; sin embargo, para ella es demasiado temprano. Leo todo el papeleo que me ha enviado Bill: Savannah ha presentado argumentos poderosos para emplazar aquí la planta. Compruebo la bandeja de entrada y me encuentro con un mensaje nuevo de Ana.

De: Anastasia Steele
Fecha: 2 de junio de 2011 10:20
Para: Christian Grey
Asunto: Planear mejor que apalear

A veces sabes cómo hacer pasar un buen rato a una chica.
Gracias.

Ana x

El «Asunto» me hace reír y el beso hace que me sienta muy feliz. Tecleo una respuesta.

De: Christian Grey
Fecha: 2 de junio de 2011 10:24
Para: Anastasia Steele
Asunto: Planear mejor que apalear

Prefiero cualquiera de las dos cosas a tus ronquidos. Yo también lo he pasado bien.
Pero siempre lo paso bien cuando estoy contigo.

Christian Grey
Presidente de Grey Enterprises Holdings, Inc.

Me contesta casi inmediatamente.

De: Anastasia Steele
Fecha: 2 de junio de 2011 10:26
Para: Christian Grey
Asunto: RONQUIDOS

YO NO RONCO. Y si lo hiciera, no es muy galante por tu parte comentarlo.
¡Qué poco caballeroso, señor Grey! Además, que sepas que estás en el Profundo Sur.

Ana

Me río entre dientes.

De: Christian Grey
Fecha: 2 de junio de 2011 10:28
Para: Anastasia Steele
Asunto: Somniloquia

Yo nunca he dicho que fuera un caballero, Anastasia, y creo que te lo he demostrado en numerosas ocasiones. No me intimidan tus mayúsculas CHILLONAS. Pero reconozco que era una mentirijilla piadosa: no, no roncas, pero sí hablas dormida. Y es fascinante. ¿Qué hay de mi beso?

Christian Grey
Sinvergüenza y presidente de Grey Enterprises Holdings, Inc.

Esto la va a poner a mil.

De: Anastasia Steele
Fecha: 2 de junio de 2011 10:32
Para: Christian Grey
Asunto: Desembucha

Eres un sinvergüenza y un canalla; de caballero, nada, desde luego. A ver, ¿qué he dicho? ¡No hay besos hasta que me lo cuentes!

Ay, madre, esto podría seguir y seguir...

De: Christian Grey
Fecha: 2 de junio de 2011 10:35
Para: Anastasia Steele
Asunto: Bella durmiente parlante

Sería una descortesía por mi parte contártelo; además, ya he recibido mi castigo.

Pero, si te portas bien, a lo mejor te lo cuento esta noche. Tengo
que irme a una reunión.
Hasta luego, nena.

Christian Grey
Sinvergüenza, canalla y presidente de Grey Enterprises Holdings, Inc.

Me pongo la corbata con una sonrisa enorme en la cara, cojo
la americana y bajo en busca de Taylor.

Poco más de una hora después ya estoy acabando con la reunión
con la Autoridad para la Remodelación de las Zonas Industriales
de Savannah. Georgia tiene muchísimo que ofrecer, y el equipo
le ha prometido a Grey Enterprises Holdings unos incentivos
fiscales importantes. Oigo que llaman a la puerta y Taylor entra
en la pequeña sala de reuniones. Su expresión es adusta, pero
lo que resulta aún más preocupante es que nunca, jamás, me ha
interrumpido durante una reunión. Noto un hormigueo en la
cabeza.

¿Ana? ¿Le ha pasado algo?

—Disculpen, señoras, señores —nos dice a todos.

—¿Sí, Taylor? —pregunto, y él se me acerca y me habla discretamente al oído.

—Tenemos una situación complicada en casa relacionada con
la señorita Leila Williams.

¿Leila? ¿Qué narices…? Y una parte de mí se siente aliviada
porque no se trata de Ana.

—Si me disculpan, por favor —me excuso con los dos hombres y las dos mujeres de la Autoridad.

En el pasillo, Taylor habla en tono grave mientras se disculpa
una vez más por haber interrumpido la reunión.

—No te preocupes. Cuéntame qué ha ocurrido.

—La señorita Williams está en una ambulancia de camino a
Urgencias del Free Hope de Seattle.

—¿En ambulancia?

—Sí, señor. Se ha colado en el apartamento y ha intentado suicidarse delante de la señora Jones.

Joder.

—¿Suicidarse? —¿Leila? ¿En mi apartamento?

—Se ha cortado una muñeca. Gail va con ella en la ambulancia. Me ha informado de que el médico de emergencias ha llegado a tiempo y que la señorita Williams está fuera de peligro.

—¿Por qué en el Escala? ¿Por qué delante de Gail? —Estoy conmocionado.

Taylor sacude la cabeza.

—No lo sé, señor. Y Gail tampoco. No ha conseguido sacar nada en claro de la señorita Williams. Por lo visto solo quiere hablar con usted.

—Joder.

—Exacto, señor.

Taylor lo dice sin juzgar. Me paso las manos por el pelo intentando comprender la magnitud de lo que ha hecho Leila. ¿Qué narices se supone que debo hacer? ¿Por qué ha acudido a mí? ¿Esperaba verme? ¿Dónde está su marido? ¿Qué ha pasado con él?

—¿Cómo está Gail?

—Bastante afectada.

—No me extraña.

—He pensado que debía saberlo, señor.

—Sí, claro. Gracias —mascullo, distraído.

No me lo puedo creer; Leila parecía feliz la última vez que me envió un e-mail. ¿Cuánto hará de eso?, ¿seis o siete meses? Pero aquí, en Georgia, no encontraré ninguna respuesta... Tengo que regresar y hablar con ella. Descubrir por qué lo ha hecho.

—Dile a Stephan que prepare el jet. Tengo que volver a casa.

—Lo haré.

—Nos iremos en cuanto podamos.

—Estaré en el coche.

—Gracias.

Taylor se dirige a la salida llevándose ya el móvil al oído.

Todo me da vueltas.

Leila, pero ¿qué narices...?

Hace un par de años que salió de mi vida. Habíamos intercambiado algún que otro correo de vez en cuando. Se casó, y parecía feliz. ¿Qué puede haberle ocurrido?

Vuelvo a entrar en la sala de reuniones para disculparme antes de salir al calor sofocante del exterior, donde Taylor me espera con el Suburban.

—El avión estará listo dentro de cuarenta y cinco minutos. Podemos regresar al hotel, hacer las maletas e irnos —me informa.

—Bien —contesto, y agradezco el aire acondicionado del coche—. Debería llamar a Gail.

—Ya lo he intentado, pero salta el buzón de voz. Creo que aún sigue en el hospital.

—De acuerdo, la llamaré después. —Esto no es lo que Gail necesitaba un jueves por la mañana—. ¿Cómo ha entrado Leila en el apartamento?

—No lo sé, señor. —Taylor cruza una mirada conmigo por el espejo retrovisor y veo su rostro adusto y contrito a partes iguales—. Me pondré como prioridad averiguarlo.

Las maletas están hechas y ya estamos de camino al aeropuerto internacional Savannah/Hilton Head cuando llamo a Ana. No contesta, lo cual me resulta bastante frustrante, y no hago más que pensar en lo ocurrido mientras nos dirigimos al aeropuerto, con la mirada fija en la ventanilla. Poco después, me devuelve la llamada.

—Anastasia.

—Hola —dice con voz entrecortada. Es un placer oírla.

—Tengo que volver a Seattle. Ha surgido algo. Voy camino del aeropuerto. Pídele disculpas a tu madre de mi parte, por favor; no puedo ir a cenar.

—Nada serio, espero.

—Ha surgido un problema del que debo ocuparme. Te veo mañana. Mandaré a Taylor a recogerte al Seattle/Tacoma si no puedo ir yo.

—Vale. Espero que puedas resolver el problema. Que tengas un buen vuelo.

Ojalá no tuviera que irme.

—Tú también, nena —susurro, y cuelgo antes de que cambie de opinión y decida quedarme.

Llamo a Ros mientras rodamos hacia la pista de despegue.

—Christian, ¿qué tal por Savannah?

—Estoy en el avión de vuelta a casa. Ha surgido un problema que debo solucionar.

—¿Algo relacionado con la empresa? —pregunta Ros, preocupada.

—No, es personal.

—¿Puedo ayudarte en algo?

—No, nos vemos mañana.

—¿Cómo ha ido la reunión?

—Tengo una buena sensación, aunque he tenido que interrumpirla. Veamos qué envían por escrito. Puede que me decante por Detroit solo porque es más fresco.

—¿Tanto calor hace?

—Es asfixiante. Tengo que dejarte. Te llamaré luego para ver si hay noticias al respecto.

—Que tengas buen viaje, Christian.

Me centro en el trabajo durante el vuelo para no pensar en el problema que me aguarda en casa. Cuando aterrizamos, he leído tres informes y he escrito quince e-mails. El coche nos espera, y Taylor conduce bajo la lluvia torrencial en dirección al Free Hope de Seattle. Tengo que ver a Leila y saber qué narices está ocurriendo. La rabia me invade de nuevo a medida que nos aproximamos al hospital.

¿Por qué me haría Leila algo así?

La lluvia cae con fuerza cuando me bajo del coche. Hace un día de perros que está en consonancia con mi humor. Respiro hondo para controlar la ira, atravieso la puerta principal y pregunto por Leila Reed en el mostrador de recepción.

—¿Es usted un familiar?

La enfermera de guardia me mira con el ceño fruncido y los labios apretados en un gesto hosco.

—No —contesto con un suspiro. Esto no va a ser fácil.

—Entonces, lo siento, pero no puedo ayudarle.

—Ha intentado cortarse las venas en mi apartamento. Creo que tengo derecho a saber dónde narices está —siseo entre dientes.

—¡Ni se le ocurra hablarme en ese tono! —replica la mujer.

La fulmino con la mirada, pero sé que no conseguiré nada de ella.

—¿Dónde está Urgencias?

—Señor, no podemos ayudarle si no es usted un familiar.

—No se preocupe, ya me las apañaré yo solo —mascullo, y me dirijo a la puerta doble con paso airado.

Sé que podría llamar a mi madre y que ella aceleraría las cosas, pero entonces tendría que explicarle lo ocurrido.

Urgencias es un caos de médicos y personal sanitario, y la sala de triaje está a rebosar de pacientes. Abordo a una enfermera jovencita y le dirijo mi sonrisa más deslumbrante.

—Hola, busco a Leila Reed. Ha ingresado hoy. ¿Podría decirme dónde se encuentra?

—¿Y usted es…? —pregunta sonrojándose ligeramente.

—Su hermano —miento con toda naturalidad, como si no me hubiera dado cuenta de su reacción.

—Venga por aquí, señor Reed. —Se acerca apresurada al puesto de enfermería y consulta el ordenador—. Está en la segunda planta, en el ala de psiquiatría. Tome el ascensor que hay al final del pasillo.

—Gracias.

La recompenso con un guiño y ella se coloca un mechón

suelto detrás de la oreja y me dirige una sonrisa coqueta que me recuerda a cierta chica que he dejado en Georgia.

Sé que algo va mal en cuanto salgo del ascensor en la segunda planta. Al otro lado de lo que parecen unas puertas cerradas con llave, dos guardias de seguridad y una enfermera recorren el pasillo mientras van comprobando todas las habitaciones. Se me eriza el vello, pero me dirijo al área de recepción intentando no prestar atención al jaleo que se ha armado.

—¿Puedo ayudarle en algo? —me pregunta un joven con un aro en la nariz.

—Estoy buscando a Leila Reed. Soy su hermano.

Palidece.

—Oh, señor Reed. ¿Le importaría acompañarme?

Lo sigo hasta una sala de espera y me siento en la silla de plástico que me indica. Veo que está atornillada al suelo.

—El médico vendrá enseguida.

—¿Por qué no puedo verla? —pregunto.

—El médico se lo explicará —contesta con expresión cautelosa, y se marcha antes de que pueda hacerle más preguntas.

Mierda. Tal vez he llegado demasiado tarde.

La idea me produce náuseas. Me levanto y paseo intranquilo por la salita mientras me planteo si llamar a Gail, aunque no tengo que esperar demasiado ya que al poco entra un joven con rastas no muy largas y unos ojos oscuros de mirada perspicaz. ¿Este es el médico?

—¿Señor Reed? —pregunta.

—¿Dónde está Leila?

Me mira fijamente un instante y luego suspira armándose de valor.

—Me temo que no lo sé —contesta—. Se las ha ingeniado para escapar.

—¿Qué?

—Se ha ido. Cómo lo ha logrado, no lo sé.

—¡¿Que se ha ido?! —exclamo, incrédulo, derrumbándome en una de las sillas.

El médico toma asiento frente a mí.

—Sí, ha desaparecido. Estamos buscándola en estos momentos.

—¿Sigue aquí?

—No lo sabemos.

—¿Y quién es usted? —pregunto.

—Soy el doctor Azikiwe, el psiquiatra de guardia.

Parece demasiado joven para ser psiquiatra.

—¿Qué puede decirme de Leila? —quiero saber.

—Bueno, ingresó después de un intento fallido de suicidio. Quiso abrirse las venas en casa de un ex novio. La trajo el ama de llaves.

Noto que me pongo lívido.

—¿Y? —lo apremio. Necesito más información.

—Eso es todo lo que sabemos. Dijo que había cometido un error, que estaba bien, pero preferimos mantenerla en observación y hacerle más preguntas.

—¿Usted habló con ella? .

—Sí.

—¿Por qué lo hizo?

—Dijo que había sido un grito de socorro, tan solo eso. Y que, después del espectáculo que había montado, estaba avergonzada y que quería irse a casa. Nos aseguró que no pretendía matarse, y la creí. Sospecho que solo se trataba una ideación suicida.

—¿Cómo han podido dejarla escapar?

Me paso una mano por el pelo intentando controlar mi frustración.

—No sé cómo ha logrado salir de aquí. Se abrirá una investigación interna. Si se pone en contacto con usted, le sugiero que la convenza para que vuelva aquí cuanto antes. Necesita ayuda. ¿Puedo hacerle unas preguntas?

—Por supuesto —contesto sin prestarle demasiada atención.

—¿Existen antecedentes de enfermedades mentales en su familia?

Frunzo el ceño, hasta que recuerdo que está hablando de la familia de Leila.

—No lo sé. Mi familia es muy reservada para esas cosas.

Parece preocupado.

—¿Sabe algo sobre ese ex novio?

—No —aseguro, tal vez demasiado rápido—. ¿Se han puesto en contacto con su marido?

El médico me mira de hito en hito.

—¿Está casada?

—Sí.

—Eso no fue lo que nos dijo.

—Ah. Bueno, ya lo llamaré yo, no quiero hacerles perder más tiempo.

—Pero tengo más preguntas…

—Prefiero emplear el mío en buscarla. Es evidente que no está bien.

Me levanto.

—Pero, su marido…

—Me pondré en contacto con él.

No voy a sacar más información de aquí.

—Pero deberíamos hacerlo nosotros…

El doctor Azikiwe se pone en pie.

—No puedo ayudarles, tengo que encontrarla.

Me dirijo a la puerta.

—Señor Reed…

—Adiós —murmuro mientras salgo ya apresuradamente de la sala de espera.

No me molesto en esperar el ascensor, sino que bajo los peldaños de la escalera de incendios de dos en dos. Odio los hospitales. Me asalta un recuerdo de mi infancia: soy pequeño, estoy asustado y muy callado; el olor a desinfectante y a sangre me embota la nariz.

Me estremezco.

Salgo del hospital y me detengo un instante bajo la lluvia torrencial para que se lleve el recuerdo con ella. Ha sido una tarde estresante, pero al menos la fría lluvia resulta un alivio en comparación con el calor de Savannah. Taylor da media vuelta con el SUV para recogerme.

—A casa —le digo mientras subo al coche.

Llamo a Welch desde el móvil en cuanto me he abrochado el cinturón de seguridad.

—¿Señor Grey? —masculla.

—Welch, tengo un problema. Necesito que localices a Leila Reed, de soltera Williams.

Gail está pálida y no dice nada mientras me observa con preocupación.

—¿No va a acabárselo, señor? —pregunta.

Niego con la cabeza.

—¿La cena estaba su gusto?

—Sí, sí, claro. —Le dirijo una tenue sonrisa—. Después de todo lo que ha pasado hoy se me ha quitado el apetito. ¿Cómo lo llevas tú?

—Estoy bien, señor Grey, aunque esa chica me dio un buen susto. La verdad es que prefiero mantenerme ocupada para no pensar.

—Te entiendo. Gracias por preparar la cena. Si recuerdas algo, dímelo.

—Por descontado, pero, como ya le he comentado antes, ella solo quería hablar con usted.

¿Por qué? ¿Qué quiere de mí?

—Gracias por no llamar a la policía.

—La policía no es lo que necesita esa chica. Lo que necesita es ayuda.

—Ya lo creo. Ojalá supiera dónde está.

—La encontrará —asegura Gail con suma tranquilidad, cosa que me sorprende.

—¿Necesitas algo? —pregunto.

—No, señor Grey, estoy bien.

Se lleva el plato inacabado al fregadero.

La información de Welch sobre Leila es frustrante. Le han perdido la pista. No está en el hospital y siguen sin explicarse cómo ha logrado salir de allí. Una pequeña parte de mí la admira;

siempre ha sido una chica de recursos, pero ¿qué ha ocurrido que la haya hecho tan infeliz? Apoyo la cabeza entre las manos. Menudo día, de lo sublime al completo absurdo. Primero alcanzo el cielo con Ana y luego me toca lidiar con este problema. Taylor continúa sin entender cómo ha conseguido Leila entrar en el apartamento, y Gail tampoco tiene ni idea. Por lo visto, ha entrado en la cocina sin más, exigiendo saber dónde estaba yo y, cuando Gail le ha dicho que no me encontraba aquí, ella ha gritado «Se ha ido» y luego se ha hecho un corte en la muñeca con un cúter. Por suerte, no ha sido muy profundo.

Miro disimuladamente a Gail, que está lavando los platos en la cocina. Se me hiela la sangre. Leila podría haberle hecho daño. Tal vez lo que quería era hacérmelo a mí. Pero ¿por qué? Cierro los ojos con fuerza e intento recordar si en los últimos correos que intercambiamos hay algo que pudiera proporcionarme una pista sobre el motivo que le ha hecho perder el norte. No saco nada en claro y me dirijo al estudio con un suspiro de exasperación.

Cuando me siento, el teléfono me avisa de que acabo de recibir un mensaje.

¿Ana?

Es Elliot.

Eh, campeón. ¿Nos echamos unos billares?

Echar una partida al billar con Elliot significa que venga aquí y se beba toda mi cerveza. Sinceramente, no estoy de humor.

Estoy currando. ¿La semana que viene?

*Venga. Antes de que me vaya a la playa.
Te daré una paliza.
Hasta luego.*

Tiro el teléfono sobre el escritorio y repaso con atención el informe de Leila buscando cualquier dato que pudiera ofrecerme una pista acerca de su paradero. Encuentro la dirección de sus padres y un número de teléfono, pero no hay nada sobre su marido. ¿Dónde se ha metido? ¿Por qué no está Leila con él?

No quiero llamar a sus padres y asustarlos, así que me pongo en contacto con Welch y le doy su número para que averigüe si ellos saben algo.

Al encender el iMac, veo que tengo un e-mail de Ana.

De: Anastasia Steele
Fecha: 2 de junio de 2011 22:32
Para: Christian Grey
Asunto: ¿Has llegado bien?

Querido Señor:
Por favor, hágame saber si ha llegado bien. Empiezo a preocuparme.
Pienso en ti.

Tu Ana x

Sin darme cuenta, mi dedo acaricia el besito que me ha enviado.

Ana.

Pero qué cursi eres, Grey. Qué cursi. Contrólate.

De: Christian Grey
Fecha: 2 de junio de 2011 19:36
Para: Anastasia Steele
Asunto: Lo siento

Querida señorita Steele:
He llegado bien; por favor, discúlpeme por no haberle dicho nada.
No quiero causarle preocupaciones; me reconforta saber que le

importo. Yo también pienso en usted y, como siempre, estoy deseando volver a verla mañana.

Christian Grey
Presidente de Grey Enterprises Holdings, Inc.

Le doy a «Enviar» con el vivo deseo de tenerla a mi lado. Alegra mi casa, mi vida… y me alegra a mí. Sorprendido, niego con la cabeza ante unos pensamientos tan poco propios de mí y repaso el resto de los e-mails.

El sonido de una campanita anuncia la llegada de un nuevo correo de Ana.

De: Anastasia Steele
Fecha: 2 de junio de 2011 22:40
Para: Christian Grey
Asunto: El problema

Querido señor Grey:
Me parece que es más que evidente que me importa mucho.
¿Cómo puede dudarlo?
Espero que tenga controlado «el problema».

Tu Ana x

P.D.: ¿Me vas a contar lo que dije en sueños?

¿Le importo mucho? Qué bonito. De pronto, ese sentimiento extraño, que ha estado ausente todo el día, despierta y se extiende por mi pecho. Debajo esconde un pozo lleno de dolor que no deseo reconocer o al que no estoy dispuesto a asomarme, y que invoca el recuerdo olvidado de una mujer joven que se cepilla una melena larga y oscura…

Joder.

No vayas por ahí, Grey.

Contesto el correo de Ana... y decido provocarla para distraerme.

De: Christian Grey
Fecha: 2 de junio de 2011 19:45
Para: Anastasia Steele
Asunto: Me acojo a la Quinta Enmienda

Querida señorita Steele:
Me encanta saber que le importo tanto. «El problema» aún no se ha resuelto.
En cuanto a su posdata, la respuesta es no.

Christian Grey
Presidente de Grey Enterprises Holdings, Inc.

De: Anastasia Steele
Fecha: 2 de junio de 2011 22:48
Para: Christian Grey
Asunto: Alego locura transitoria

Espero que fuera divertido, pero que sepas que no me responsabilizo de lo que sale de mi boca mientras estoy inconsciente. De hecho, probablemente me oyeras mal.
A un hombre de tu avanzada edad sin duda le falla un poco el oído.

Por primera vez me echo a reír desde que he vuelto a Seattle. No sabe cuánto agradezco la distracción que me proporciona.

De: Christian Grey
Fecha: 2 de junio de 2011 19:52
Para: Anastasia Steele
Asunto: Me declaro culpable

Querida señorita Steele:
Perdone, ¿podría hablar más alto? No la oigo.

Christian Grey
Presidente de Grey Enterprises Holdings, Inc.

Su respuesta no se hace esperar.

De: Anastasia Steele
Fecha: 2 de junio de 2011 22:54
Para: Christian Grey
Asunto: Alego de nuevo locura transitoria

Me estás volviendo loca.

De: Christian Grey
Fecha: 2 de junio de 2011 19:59
Para: Anastasia Steele
Asunto: Eso espero...

Querida señorita Steele:
Eso es precisamente lo que me proponía hacer el viernes por la noche. Lo estoy deseando. ;)

Christian Grey
Presidente de Grey Enterprises Holdings, Inc.

Tendré que pensar en algo muy, muy especial para mi pequeña con un lado oscuro.

De: Anastasia Steele
Fecha: 2 de junio de 2011 23:02
Para: Christian Grey
Asunto: Grrrrrr

Que sepas que estoy furiosa contigo.
Buenas noches.

Señorita A. R. Steele

¡Uau! ¿A quién si no a ella le toleraría algo así?

De: Christian Grey
Fecha: 2 de junio de 2011 20:05
Para: Anastasia Steele
Asunto: Gata salvaje

¿Me está sacando las uñas, señorita Steele?
Yo también tengo gato para defenderme.

Christian Grey
Presidente de Grey Enterprises Holdings, Inc.

No contesta. Han pasado cinco minutos y nada. Seis... Siete.
Maldita sea, lo ha dicho en serio. ¿Cómo voy a contarle que
mientras dormía confesó que no me dejaría? Pensará que estoy
loco.

De: Christian Grey
Fecha: 2 de junio de 2011 20:20
Para: Anastasia Steele
Asunto: Lo que dijiste en sueños

Anastasia:
Preferiría oírte decir en persona lo que te oí decir cuando dormías,
por eso no quiero contártelo. Vete a la cama. Más vale que mañana
estés descansada para lo que te tengo preparado.

Christian Grey
Presidente de Grey Enterprises Holdings, Inc.

No contesta, y por una vez espero que haya hecho lo que le
he pedido y que esté durmiendo. Me detengo a pensar unos
momentos en lo que podríamos hacer mañana, pero resulta demasiado excitante, así que aparco la idea y me concentro en los
e-mails que debo contestar.

Sin embargo, he de confesar que me siento un poco más animado después de bromear un rato con la señorita Steele. Ana es
un buen bálsamo para mi oscurísima alma.

Viernes, 3 de junio de 2011

No puedo dormir. Son más de las dos de la madrugada y llevo una hora mirando el techo. Hoy no son las pesadillas nocturnas lo que me mantiene en vela, es la que vivo despierto.

Leila Williams.

El detector de humos del techo me lanza guiños, como si los pequeños destellos de luz verde se burlaran de mí.

¡Mierda!

Cierro los ojos y dejo que mis pensamientos fluyan con total libertad.

¿Por qué querría suicidarse? ¿Qué la ha impulsado a hacerlo? Su profunda infelicidad me trae recuerdos de un yo más joven y desdichado. Intento acallarlos, pero la rabia y la desolación de mis solitarios años de adolescencia afloran de nuevo a la superficie y no tienen intención de marcharse. Me recuerdan mi sufrimiento y cómo arremetía contra todos durante esa época. Contemplé la idea del suicidio muchas veces, pero siempre me echaba atrás. Resistí por Grace, porque sabía que eso la destrozaría. Sabía que si me quitaba la vida se culparía a sí misma, y había hecho tanto por mí... ¿Cómo iba a provocarle tal dolor? Además, cuando conocí a Elena... todo cambió.

Me levanto de la cama y trato de apartar de mi mente estos pensamientos tan perturbadores. Necesito el piano.

Necesito a Ana.

Si ella hubiera firmado el contrato y todo hubiese ido según lo previsto, ahora estaría conmigo, arriba, durmiendo. Podría despertarla y perderme en ella… o, según el nuevo acuerdo, estaría a mi lado, y podría follármela y luego contemplarla mientras duerme.

¿Qué me diría de Leila?

Me siento frente al piano pensando que Ana no conocerá a Leila jamás, y me alegro. Sé lo que opina de Elena. Dios sabe qué opinaría de una ex… De una ex incontrolable.

Eso es justo lo que no me cuadra. Leila era abierta, traviesa y alegre cuando la conocí; una sumisa excelente. Y creía que había sentado la cabeza y que estaba felizmente casada. Por sus correos nunca habría dicho que algo iba mal. ¿Qué ha fallado?

Empiezo a tocar… y mis preocupaciones se desvanecen hasta que solo quedamos la música y yo.

Leila está trabajándose mi polla con la boca.
Su habilidosa boca.
Lleva las manos atadas a la espalda.
Y el pelo recogido en una trenza.
Está de rodillas.
Con la mirada gacha. Recatada. Seductora.
No me mira.
Y de pronto es Ana.
Ana de rodillas, delante de mí. Desnuda. Hermosa.
Con mi polla en la boca.
Pero Ana me mira a los ojos.
Sus abrasadores ojos azules lo ven todo.
A mí. Mi alma.
Ve la oscuridad y el monstruo que se oculta en ella.
Abre los ojos desmesuradamente, aterrada, y desaparece al instante.

¡Mierda! Despierto sobresaltado y con una erección que remite tan pronto recuerdo la expresión dolida que tenía Ana en mi sueño.

Pero ¿qué narices…?

Casi nunca tengo sueños eróticos. ¿Por qué ahora? Miro la hora en el despertador y veo que le he sacado unos minutos de ventaja. La luz de la mañana se abre paso entre los edificios mientras me levanto. Tengo los nervios a flor de piel, seguro que por culpa de ese sueño tan inquietante, así que decido salir a correr un rato para desfogarme un poco. No hay e-mails, ni mensajes, ni se sabe nada nuevo de Leila. El apartamento está en silencio cuando salgo, y no veo a Gail por ninguna parte. Espero que se haya recuperado del mal rato que pasó ayer.

Abro las puertas de cristal del vestíbulo del edificio. Una mañana cálida y soleada me da la bienvenida y me detengo a echar un vistazo a la calle. Miro en los callejones y en los portales junto a los que paso durante mi carrera matutina, incluso detrás de los coches aparcados, por si veo a Leila.

¿Dónde estás, Leila Williams?

Subo el volumen cuando suenan los Foo Fighters mientras mis pasos resuenan sobre la acera.

Olivia me resulta hoy excepcionalmente exasperante. Ha derramado mi café, ha cortado una llamada importante y sigue mirándome con sus grandes ojos castaños de cordera degollada.

—¡Vuelve a ponerme con Ros! —vocifero—. ¡No, mejor, dile que venga!

Cierro la puerta del despacho y regreso a mi escritorio. No es justo que les haga pagar mi mal humor a los empleados.

Welch no tiene nada nuevo, salvo que los padres de Leila creen que su hija sigue en Portland, con su marido. Alguien llama a la puerta.

—Adelante.

Por su bien, espero que no se trate de Olivia. Ros asoma la cabeza.

—¿Querías verme?

—Sí, sí, pasa. ¿En qué punto estamos con Woods?

Ros abandona mi despacho poco antes de las diez. Todo va según lo previsto: Woods ha decidido aceptar el trato y la ayuda para Darfur no tardará en salir por carretera con destino a Munich, donde la cargarán en el avión. Sigo sin tener noticias sobre la oferta que deben enviarnos desde Savannah.

Compruebo la bandeja de entrada y encuentro un e-mail de bienvenida de Ana.

De: Anastasia Steele
Fecha: 3 de junio de 2011 12:53
Para: Christian Grey
Asunto: Rumbo a casa

Querido señor Grey:
Ya estoy de nuevo cómodamente instalada en primera, lo cual le agradezco. Cuento los minutos que me quedan para verle esta noche y quizá torturarle para sonsacarle la verdad sobre mis revelaciones nocturnas.

Su Ana x

¿Torturarme? Ay, señorita Steele, me temo que será al revés. Tengo mucho trabajo, así que decido ser breve.

De: Christian Grey
Fecha: 3 de junio de 2011 09:58
Para: Anastasia Steele
Asunto: Rumbo a casa

Anastasia, estoy deseando verte.

Christian Grey
Presidente de Grey Enterprises Holdings, Inc.

Sin embargo, Ana no se da por satisfecha.

De: Anastasia Steele
Fecha: 3 de junio de 2011 13:01
Para: Christian Grey
Asunto: Rumbo a casa

Queridísimo señor Grey:
Confío en que todo vaya bien con respecto al «problema». El tono de su correo resulta preocupante.

Ana x

Al menos todavía me merezco un beso. ¿No debería de estar ya en el avión?

De: Christian Grey
Fecha: 3 de junio de 2011 10:04
Para: Anastasia Steele
Asunto: Rumbo a casa

Anastasia:
El problema podría ir mejor. ¿Has despegado ya? Si lo has hecho, no deberías estar mandándome e-mails. Te estás poniendo en peligro y contraviniendo directamente la norma relativa a tu seguridad personal. Lo de los castigos iba en serio.

Christian Grey
Presidente de Grey Enterprises Holdings, Inc.

Estoy a punto de llamar a Welch para que me ponga al día cuando oigo de nuevo el tono de mensaje entrante. Ana otra vez.

De: Anastasia Steele
Fecha: 3 de junio de 2011 13:06
Para: Christian Grey
Asunto: Reacción desmesurada

Querido señor Cascarrabias:
Las puertas del avión aún están abiertas. Llevamos retraso, pero solo de diez minutos. Mi bienestar y el de los pasajeros que me rodean está asegurado. Puede guardarse esa mano suelta de momento.

Señorita Steele

A duras penas consigo reprimir una sonrisa. Conque señor Cascarrabias, ¿eh? Y se acabaron los besos. ¡Vaya por Dios!

De: Christian Grey
Fecha: 3 de junio de 2011 10:08
Para: Anastasia Steele
Asunto: Disculpas; mano suelta guardada

Echo de menos a usted y a su lengua viperina, señorita Steele. Quiero que lleguéis a casa sanas y salvas.

Christian Grey
Presidente de Grey Enterprises Holdings, Inc.

De: Anastasia Steele
Fecha: 3 de junio de 2011 13:10
Para: Christian Grey
Asunto: Disculpas aceptadas

Están cerrando las puertas. Ya no vas a oír ni un solo pitido más de mí, y menos con tu sordera.
Hasta luego.

Ana x

Ahí está mi beso. Vaya, menudo alivio. Muy a mi pesar, me alejo de la pantalla del ordenador y descuelgo el teléfono para llamar a Welch.

A la una del mediodía declino el ofrecimiento de Andrea de traerme la comida al despacho. Necesito salir de aquí. Las paredes se cierran sobre mí y creo que se debe a que no he tenido más noticias de Leila.

Me preocupa. Mierda, vino a verme. Había decidido utilizar mi casa de escenario para su numerito. ¿Cómo no voy a tomármelo como algo personal? ¿Por qué no llamó o me envió un correo? Si estaba en apuros, podría haberla ayudado. Le habría ayudado; no habría sido la primera vez.

Necesito airearme. Paso decidido por delante de Olivia y de Andrea, que parecen atareadas, aunque me percato de la expresión desconcertada de esta última cuando me meto en el ascensor.

Fuera me espera una tarde soleada y bulliciosa. Respiro hondo y percibo el olor salobre y relajante del Sound. ¿Y si me tomo el resto del día libre? No, no puedo, tengo una reunión con el alcalde. Qué fastidio… ¡Si lo veré mañana en la gala de la Cámara de Comercio!

¡La gala!

De pronto tengo una idea y me dirijo a una pequeña tienda que conozco, con la renovada sensación de tener un objetivo.

Tras la reunión en el despacho del alcalde, regreso al Escala recorriendo a pie la decena de manzanas que me separan de casa. Taylor ha ido a recoger a Ana al aeropuerto, y Gail está en la cocina cuando entro en el salón.

—Buenas tardes, señor Grey.

—Hola, Gail. ¿Qué tal te ha ido el día?

—Bien, gracias, señor.

—¿Te encuentras mejor?

—Sí, señor. Han llegado los vestidos de la señorita Steele. Los he sacado y los he colgado en el armario de su habitación.

—Perfecto. ¿Se sabe algo de Leila?

Una pregunta tonta, ya que Gail me habría llamado.

—No, señor. También ha llegado esto.

Me tiende una bolsita roja.

—Bien.

Cojo la bolsa pasando por alto el brillo animado que se atisba en su mirada.

—¿Cuántos serán esta noche para cenar?

—Dos, gracias. Y, Gail...

—¿Señor?

—¿Podrías poner las sábanas de satén en el cuarto de juegos?

Cuento con conseguir que Ana lo visite en algún momento a lo largo del fin de semana.

—Sí, señor Grey —contesta con voz un tanto sorprendida, y regresa a lo que estuviera haciendo antes en la cocina, aunque su reacción me ha dejado un poco desconcertado.

Tal vez Gail no lo apruebe, pero es lo que quiero de Ana.

Una vez en mi estudio, saco el estuche de Cartier que contiene la bolsa, un regalo para Ana que le entregaré mañana, a tiempo para la gala. Se trata de unos pendientes; sencillos, elegantes, preciosos. Como ella. Sonrío al pensar que, incluso con sus Converse y sus vaqueros, Ana posee cierto encanto seductor.

Espero que acepte el regalo. Si fuera mi sumisa, no le quedaría otro remedio, pero con nuestro acuerdo alternativo no sé cómo reaccionará. Ocurra lo que ocurra, será interesante. Siempre consigue sorprenderme. Voy a dejar el estuche en el cajón del escritorio cuando me distrae el tono de mensaje entrante del ordenador. Los últimos diseños de la tableta de Barney aparecen en mi bandeja de entrada y estoy impaciente por verlos.

Cinco minutos después, recibo una llamada de Welch.

—Señor Grey —lo oigo resollar.

—Sí. ¿Qué hay de nuevo?

—He hablado con Russell Reed, el marido de la señora Reed.

—¿Y?

El desasosiego me invade al instante. Salgo del estudio con paso airado y cruzo el salón en dirección al ventanal.

—Según él, su mujer ha ido a visitar a sus padres —me informa Welch.

—¿Qué?

—Eso digo yo. —Welch parece tan cabreado como yo.

Ver Seattle a mis pies y saber que la señora Reed, también conocida como Leila Williams, está ahí fuera, en alguna parte, aumenta mi irritación. Me paso la mano por el pelo.

—Tal vez es lo que le ha dicho ella.

—Tal vez —coincide conmigo—, pero hasta ahora no hemos encontrado nada.

—¿Ni rastro?

No puedo creerme que haya desaparecido sin más.

—Nada, pero si utiliza un cajero, cobra un cheque o se conecta a cualquiera de sus cuentas en internet, la encontraremos.

—Vale.

—Nos gustaría repasar las grabaciones que hayan podido registrar las cámaras de los alrededores del hospital. ¿Le parece bien?

—Sí.

De pronto se me eriza el vello… y no tiene que ver con la llamada. No sé por qué, pero tengo la sensación de que me observan, y al volverme veo a Ana en el umbral de la habitación, mirándome fijamente con el ceño y los labios fruncidos. Lleva

puesta una falda muy, muy corta; toda ella es ojos y piernas...
sobre todo piernas. Unas piernas que ya imagino alrededor de mi
cintura.

El deseo, vivo y carnal, me enciende la sangre y me descubro
incapaz de apartar la mirada.

—Nos pondremos a ello de inmediato —dice Welch.

Me despido de él con los ojos fijos en Ana y voy derecho hacia ella mientras me quito la americana y la corbata, que arrojo
al sofá.

Ana.

La envuelvo en mis brazos y le tiro de la coleta para llevar sus
ávidos labios a los míos. Sabe a gloria, a hogar, a otoño y a Ana.
Esa fragancia me invade mientras tomo todo lo que me ofrece
su boca cálida y dulce. Siento que mis músculos se tensan, espo-
leados por la expectación y el deseo, cuando nuestras lenguas se
entrelazan. Anhelo perderme en Ana, olvidar el final de mierda
que ha tenido la semana, olvidarlo todo salvo a ella.

La beso con pasión febril al tiempo que le arranco la goma de
la coleta de un tirón y ella entierra los dedos en mi pelo. De
pronto, me siento tan abrumado por la desesperación con que la
ansío que me aparto y me quedo mirando un rostro aturdido por
el deseo.

Yo también me siento así. ¿Qué me está haciendo?

—¿Qué pasa? —susurra.

La respuesta resuena en mi cabeza con absoluta claridad.

Te he echado de menos.

—Me alegro mucho de que hayas vuelto. Dúchate conmigo.
Ahora.

—Sí —contesta con voz ronca.

La cojo de la mano y nos dirigimos a mi cuarto de baño,
donde abro el grifo de la ducha y luego me vuelvo hacia ella. Es
preciosa, y los ojos le brillan de excitación mientras me observa.
Recorro su cuerpo con la mirada y me detengo en las piernas,
desnudas. Nunca la había visto con una falda tan corta, enseñando tanta piel, y no sé si me parece bien. Ella es solo para mis
ojos.

—Me gusta tu falda. Es muy corta. —Demasiado corta—. Tienes unas piernas preciosas.

Me quito los zapatos y los calcetines y, sin apartar la vista, ella también se libra de su calzado.

Que le den a la ducha, la quiero ahora.

Avanzo hacia Ana, le sujeto la cabeza y retrocedemos juntos hasta que la tengo contra la pared de azulejos. Abre la boca en busca de aire. Deslizo las manos hasta su cara, hundo los dedos en su pelo y la beso; en los pómulos, en el cuello, en los labios… Ella es ambrosía y yo soy insaciable. Se le corta la respiración y se aferra a mis brazos, pero la oscuridad que habita en mi interior no protesta ante el contacto. Solo existe Ana, en toda su belleza e inocencia, devolviéndome el beso con un fervor que compite con el mío.

El deseo me quema en las venas y la erección empieza a ser dolorosa.

—Quiero hacértelo ya. Aquí, rápido, duro —murmuro metiendo la mano por debajo de la falda mientras le recorro con urgencia un muslo desnudo—. ¿Aún estás con la regla?

—No.

—Bien.

Le subo la falda por encima de las caderas, encajo los pulgares en sus bragas de algodón y me dejo caer de rodillas al tiempo que se las arranco y se las deslizo por las piernas.

Jadea cuando le agarro las caderas y beso la dulce unión que oculta el vello púbico. Desplazo las manos por detrás de sus muslos, le separo las piernas y su clítoris queda expuesto a mi lengua. Cuando inicio el asalto sensual, Ana entierra los dedos en mi pelo. Mi lengua la atormenta, y ella gime y echa la cabeza hacia atrás, contra la pared.

Huele de maravilla. Y sabe mejor.

Gime y empuja las caderas hacia mi lengua invasora e implacable, hasta que noto que empiezan a temblarle las piernas.

Es suficiente. Quiero correrme en su interior.

Otra vez piel contra piel, como en Savannah. La suelto, me levanto, le cojo la cara y apreso el gesto sorprendido y frustrado de sus labios con los míos, besándola con violencia. Me bajo la cremallera y la alzo asiéndola por las nalgas.

—Enrosca las piernas en mi cintura, nena —ordeno con voz ronca y apremiante.

Y en cuanto obedece, la embisto y la penetro.

Es mía. Es una delicia.

Gime aferrada a mí mientras me muevo, despacio al principio, aunque aumento el ritmo a medida que mi cuerpo toma el control y me empuja hacia delante, me empuja a embestirla más hondo, más deprisa, más fuerte, con el rostro enterrado en su cuello. Gime y siento que ella se acelera y que me pierdo en ella, en nosotros, cuando alcanza el clímax con un grito liberador. La sensación de las contracciones de su sexo sobre mi miembro me arrastra al límite y me corro con una última, dura y honda embestida mientras pronuncio algo parecido a su nombre con un gruñido confuso.

La beso en el cuello sin intención de salir de ella, esperando a que se recupere. El grifo de la ducha sigue abierto y nos envuelve una nube de vapor; la camisa y los pantalones se me pegan al cuerpo, pero no me importa. La respiración de Ana ya no es tan agitada y siento que su cuerpo cobra peso en mis brazos a medida que se relaja. Todavía conserva una expresión extasiada y aturdida cuando salgo de ella, así que la sujeto con fuerza hasta que estoy seguro de que se tiene en pie. Sus labios se curvan en una sonrisa cautivadora.

—Parece que te alegra verme —dice.

—Sí, señorita Steele, creo que mi alegría es más que evidente. Ven, deja que te lleve a la ducha.

Me desvisto rápidamente y, ya desnudo, empiezo a desabrocharle los botones de la blusa. Su mirada se traslada de mis dedos a mi cara.

—¿Qué tal tu viaje? —pregunto.

—Bien, gracias —contesta con la voz un poco ronca—. Gracias otra vez por los billetes de primera. Es una forma mucho más agradable de viajar. —Respira hondo, como si cogiera fuerzas—. Tengo algo que contarte —dice.

—¿En serio?

¿Y ahora qué? Le quito la blusa y la dejo sobre mi ropa.

—Tengo trabajo.

Parece incómoda. ¿Por qué? ¿Creía que iba a enfadarme? ¿Cómo no va a encontrar trabajo? Me siento henchido de orgullo.

—Enhorabuena, señorita Steele. ¿Me vas a decir ahora dónde? —pregunto con una sonrisa.

—¿No lo sabes?

—¿Por qué iba a saberlo?

—Dada tu tendencia al acoso, pensé que igual…

Se interrumpe y me observa con atención.

—Anastasia, jamás se me ocurriría interferir en tu carrera profesional, salvo que me lo pidieras, claro.

—Entonces, ¿no tienes ni idea de qué editorial es?

—No. Sé que hay cuatro editoriales en Seattle, así que imagino que es una de ellas.

—SIP —anuncia.

—Ah, la más pequeña, bien. Bien hecho.

Es la editorial que, según Ros, se encuentra en el momento idóneo para ser objeto de una absorción. Será fácil.

La beso en la frente.

—Chica lista. ¿Cuándo empiezas?

—El lunes.

—Qué pronto, ¿no? Más vale que disfrute de ti mientras pueda. Date la vuelta.

Obedece de inmediato. Le quito el sujetador y la falda y luego le agarro el trasero y le beso el hombro. Me pego a ella y entierro la nariz en su pelo. Su fragancia invade mis sentidos, relajante, familiar e inconfundible. Definitivamente lo tiene todo.

—Me embriaga, señorita Steele, y me calma. Una mezcla interesante.

Agradecido por su presencia, le beso el pelo y luego la cojo de la mano y la llevo a la ducha.

—Ay —se queja cerrando los ojos y encogiéndose bajo el chorro humeante.

—No es más que un poco de agua caliente.

Sonrío. Alza la barbilla mientras abre un ojo y poco a poco se rinde al calor.

—Date la vuelta —ordeno—. Quiero lavarte.

Obedece y me echo un chorro de gel en la mano, froto para hacer un poco de espuma y empiezo a masajearle los hombros.

—Tengo algo más que contarte —anuncia al tiempo que se le tensan los hombros.

—¿Ah, sí? —pregunto sin perder el tono afable.

¿Por qué está tensa? Deslizo las manos sobre sus hombros y luego bajo hasta sus magníficos pechos.

—La exposición fotográfica de mi amigo José se inaugura el jueves en Portland.

—Sí, ¿y qué pasa?

¿Otra vez el fotógrafo?

—Le dije que iría. ¿Quieres venir conmigo?

Lo dice de corrido, como si las palabras le quemaran en la boca.

¿Una invitación? Me ha dejado descolocado. Solo recibo invitaciones de mi familia, del trabajo y de Elena.

—¿A qué hora?

—La inauguración es a las siete y media.

Esto contará como «más», eso seguro. Le beso la oreja y le susurro al oído:

—Vale.

Relaja los hombros y se echa hacia atrás hasta apoyarse en mí. Parece aliviada, y no sé si debo alegrarme o enfadarme. ¿De verdad soy tan inaccesible?

—¿Estabas nerviosa porque tenías que preguntármelo?

—Sí. ¿Cómo lo sabes?

—Anastasia, se te acaba de relajar el cuerpo entero.

Intento ocultar mi irritación.

—Bueno, parece que eres… un pelín celoso.

Sí, soy celoso. Imaginar a Ana con otro me resulta… perturbador. Muy perturbador.

—Lo soy, sí. Y harás bien en recordarlo. Pero gracias por preguntar. Iremos en el *Charlie Tango*.

Me dirige una sonrisa breve pero amplia mientras mis manos recorren su cuerpo, el cuerpo que me ha entregado a mí única y exclusivamente.

—¿Te puedo lavar yo a ti? —pregunta tratando de desviar mi atención.

—Me parece que no.

La beso en el cuello mientras le aclaro la espalda.

—¿Me dejarás tocarte algún día?

Su voz está teñida de delicada súplica, pero no detiene la oscuridad que de pronto se revuelve en mi interior, surgida de ninguna parte, y que me atenaza la garganta.

No.

Deseo que desaparezca, así que agarro el culo de Ana, magnífico y glorioso, y me centro en él. Mi cuerpo responde a un nivel primario, en guerra con la oscuridad. Necesito a Ana. La necesito para ahuyentar mis miedos.

—Apoya las manos en la pared, Anastasia. Voy a penetrarte otra vez —susurro y, tras un breve gesto de sorpresa, coloca las manos contra las baldosas de la pared. La sujeto por las caderas y la atraigo hacia mí—. Agárrate fuerte, Anastasia —le aviso mientras el agua le cae por la espalda.

Agacha la cabeza y se prepara mientras mis manos se pasean por su vello púbico. Se retuerce y su trasero roza mi erección.

¡Joder! Y sin más, mis miedos residuales se desvanecen.

—¿Es esto lo que quieres? —pregunto, al tiempo que mis dedos juguetean con su sexo. En respuesta, ella restriega el culo contra mi miembro erecto arrancándome una sonrisa—. Dilo —la apremio con voz atenazada por el deseo.

—Sí.

Su consentimiento se abre paso a través de la cortina de agua y mantiene la oscuridad a raya.

Oh, nena.

Todavía está húmeda de antes, de mí, de ella; ya no lo sé. Ahora mismo nada importa, y doy las gracias mentalmente a la doctora Greene: se acabaron los condones. La penetro con suavidad y, poco a poco, sin prisa, vuelvo a hacerla mía.

La envuelvo en un albornoz y le doy un beso largo y profundo.

—Sécate el pelo —le ordeno tendiéndole un secador que no uso nunca—. ¿Tienes hambre?

—Estoy famélica —admite, y no sé si lo dice de verdad o solo por complacerme. Aunque me complace.

—Genial, yo también. Iré a ver cómo va la señora Jones con la cena. Tienes diez minutos. No te vistas.

Vuelvo a besarla y me dirijo descalzo a la cocina.

Gail está lavando algo en el fregadero, pero levanta la vista cuando echo un vistazo por encima de su hombro.

—Almejas, señor Grey —dice.

Delicioso. Pasta *alle vongole*, uno de mis platos preferidos.

—¿Diez minutos? —pregunto.

—Doce —contesta.

—Estupendo.

Me mira de manera peculiar cuando me dirijo al estudio. Me da igual. Ya me ha visto antes con bastante menos que un albornoz… ¿qué problema tiene?

Consulto el programa de correo y el teléfono para ver si hay alguna noticia de Leila. Nada, aunque… desde que Ana está aquí ya no siento la desesperación de antes.

Ana entra en la cocina al mismo tiempo que yo, sin duda atraída por el delicioso olor de la cena, y se cierra el cuello del albornoz al ver a la señora Jones.

—Justo a tiempo —dice Gail, y nos sirve lo que ha preparado en dos cuencos enormes que hay junto a los cubiertos dispuestos sobre la barra.

—Siéntate.

Le indico uno de los taburetes. Ana mira a la señora Jones con inquietud, y luego a mí.

Está cohibida.

Nena, tengo servicio. Acostúmbrate de una vez.

—¿Vino? —le ofrezco para distraerla.

—Gracias —contesta con voz contenida mientras se acomoda en el taburete.

Abro una botella de Sancerre y lleno dos copas pequeñas.

—Hay queso en la nevera si le apetece, señor —dice Gail.

Se lo agradezco con un gesto de cabeza y se va, para gran alivio de Ana. Tomo asiento.

—Salud.

Levanto mi bebida.

—Salud —contesta Ana, y las copas de cristal tintinean cuando brindamos.

Prueba un bocado y expresa su aprobación con un murmullo de satisfacción. Tal vez era cierto que estaba hambrienta.

—¿Vas a contármelo? —pregunta.

—¿Contarte el qué?

La señora Jones se ha superado; la pasta está deliciosa.

—Lo que dije en sueños.

Niego con la cabeza.

—Come. Sabes que me gusta verte comer.

Finge un mohín exasperado.

—Serás pervertido… —exclama en un susurro.

Oh, nena, no lo sabes tú bien. De pronto me asalta una idea: ¿y si esta noche probamos algo nuevo en el cuarto de juegos? Algo divertido.

—Háblame de ese amigo tuyo —pido.

—¿Mi amigo?

—El fotógrafo —especifico sin perder el tono distendido.

Aun así, me mira y frunce el ceño brevemente.

—Bueno, nos conocimos el primer día de universidad. Ha estudiado ingeniería, pero su pasión es la fotografía.

—¿Y?

—Eso es todo.

Sus evasivas me irritan.

—¿Nada más?

Se retira el pelo hacia atrás.

—Nos hemos hecho buenos amigos. Resulta que el padre de José y el mío sirvieron juntos en el ejército antes de que

yo naciera. Han retomado la amistad y ahora son insepara-
bles.

Ah.

—¿Su padre y el tuyo?

—Sí.

Vuelve a enrollar la pasta en el tenedor.

—Ya veo.

—Esto está delicioso.

Me sonríe satisfecha. El albornoz se le abre un poco y atisbo
sus pechos turgentes. La imagen agita mi entrepierna.

—¿Cómo estás? —pregunto.

—Bien —contesta.

—¿Quieres más?

—¿Más?

—¿Más vino?

¿Más sexo? ¿En el cuarto de juegos?

—Un poquito, por favor.

Le sirvo más Sancerre, con mesura. Si vamos a jugar, es mejor que ninguno de los dos beba demasiado.

—¿Cómo va el «problema» que te trajo a Seattle?

Leila. Mierda. No quiero hablar de ella.

—Descontrolado. Pero tú no te preocupes por eso, Anastasia.
Tengo planes para ti esta noche.

Quiero saber si cabe la posibilidad de que ambos salgamos
beneficiados con esta especie de acuerdo al que hemos llegado.

—¿Ah, sí?

—Sí. Te quiero en el cuarto de juegos dentro de quince minutos. —Me levanto y la observo con atención para ver cómo
reacciona. Le da un rápido sorbo a su copa y se le dilatan las pupilas—. Puedes prepararte en tu habitación. Por cierto, el vestidor
ahora está lleno de ropa para ti. No admito discusión al respecto.

Sus labios forman un gesto de asombro y la miro con seve-
ridad retándola a contradecirme. Pero para mi sorpresa no protesta, así que me dirijo al estudio con intención de enviarle un
e-mail rápido a Ros para decirle que quiero iniciar el proceso de
compra de SIP lo antes posible.

Echo un vistazo por encima a un par de correos de trabajo, pero no veo nada en la bandeja de entrada relacionado con la señora Reed. Aparto a Leila de mi pensamiento; llevo las últimas veinticuatro horas pendiente de ella. Esta noche quiero centrarme en Ana... y pasarlo bien.

Cuando vuelvo a la cocina, Ana ha desaparecido. Supongo que ha subido a prepararse.

Me quito el albornoz junto al armario del dormitorio y me pongo mis vaqueros preferidos. Mientras me cambio, acuden a mi mente imágenes de Ana en el cuarto de baño: su culo perfecto y las manos apoyadas en la pared de azulejos mientras me la tiraba.

Qué aguante tiene...

Veamos cuánto.

Con cierta sensación de euforia, cojo el iPod del salón y subo corriendo al cuarto de juegos.

Al encontrarme a Ana arrodillada junto a la entrada como se supone que debe estar, vuelta hacia la habitación (con la mirada en el suelo, las piernas separadas y vestida únicamente con las braguitas), lo primero que me invade es un gran alivio.

Sigue aquí, y está dispuesta a probar.

Lo segundo, un gran orgullo: ha seguido mis instrucciones al pie de la letra. Me cuesta ocultar una sonrisa.

A la señorita Steele no le asustan los retos.

Cierro la puerta detrás de mí y veo que ha dejado el albornoz en el colgador. Paso descalzo junto a ella y dejo el iPod en la cómoda. He decidido que voy a privarla de todos los sentidos menos el del tacto, a ver qué le parece. Las sábanas de satén están puestas en la cama.

Y los grilletes con muñequeras de cuero también esperan en su sitio.

Saco una goma de pelo de la cómoda, una venda para los ojos, un guante de piel, unos auriculares y el práctico transmisor que Barney diseñó para mi iPod. Lo dispongo todo en una fila perfecta y conecto el transmisor en la parte superior del iPod mientras Ana espera. Crear expectativas es fundamental en la elaboración de una escena. En cuanto me doy por satisfecho, me acerco y me coloco delante de ella. Ana mantiene la cabeza gacha, su melena despide suaves destellos bajo la luz ambiental. Tiene un aspecto recatado y está bellísima: es la personificación de una sumisa.

—Estás preciosa. —Le cojo la cara entre las manos y le levanto la cabeza hasta que unos ojos azules se encuentran con unos grises—. Eres una mujer hermosa, Anastasia. Y eres toda mía —susurro—. Levántate.

Parece un poco entumecida mientras se pone de pie.

—Mírame —ordeno, y cuando la miro a los ojos sé que podría ahogarme en su expresión seria y concentrada. Tengo toda su atención—. No hemos firmado el contrato, Anastasia, pero ya hemos hablado de los límites. Además, te recuerdo que tenemos palabras de seguridad, ¿vale?

Parpadea un par de veces, pero guarda silencio.

—¿Cuáles son? —pregunto en tono exigente.

Vacila.

Esto no va a funcionar.

—¿Cuáles son las palabras de seguridad, Anastasia?

—Amarillo.

—¿Y?

—Rojo.

—No lo olvides.

Arquea una ceja con evidente aire burlón y está a punto de decir algo.

Ah, no. En mi cuarto de juegos, ni hablar.

—Cuidado con esa boquita, señorita Steele, si no quieres que te folle de rodillas. ¿Entendido?

Por excitante que me resulte la idea, lo que deseo en estos momentos es su obediencia.

Se traga el orgullo.

—¿Y bien?

—Sí, señor —se apresura a contestar.

—Buena chica. No es que vayas a necesitar las palabras de seguridad porque te vaya a doler, sino que lo que voy a hacerte va a ser intenso, muy intenso, y necesito que me guíes. ¿Entendido?

Su expresión impasible no delata ninguna emoción.

—Vas a necesitar el tacto, Anastasia. No vas a poder verme ni oírme, pero podrás sentirme.

Sin prestar atención a su gesto confuso, enciendo el reproductor de audio que hay encima de la cómoda y lo cambio a modo auxiliar.

Solo tengo que escoger una canción, y de pronto recuerdo la conversación que mantuvimos en el coche después de que durmiera en la suite del Heathman donde yo me alojaba. Veamos si le gusta la música coral de la época de los Tudor.

—Te voy a atar a esa cama, Anastasia, pero primero te voy a vendar los ojos y... —le enseño el iPod— no vas a poder oírme. Lo único que vas a oír es la música que te voy a poner.

Creo detectar cierta sorpresa en su expresión, pero no estoy seguro.

—Ven. —La conduzco hasta la cama—. Ponte aquí de pie. —Me inclino hacia ella, inspiro su dulce fragancia y le susurro al oído—: Espera aquí. No apartes la vista de la cama. Imagínate ahí tumbada, atada y completamente a mi merced.

Respira hondo, como si le faltara el aire.

Sí, nena, imagínatelo. Resisto la tentación de besarla con suavidad en el hombro. Primero tengo que trenzarle el pelo y luego ir a buscar un látigo. Recupero la goma de pelo que hay sobre la cómoda, cojo del colgador mi látigo de tiras preferido y lo meto en el bolsillo trasero de los vaqueros.

Cuando vuelvo junto a ella, le recojo el pelo con delicadeza y le hago una trenza.

—Aunque me gustan tus trencitas, Anastasia, estoy impaciente por tenerte, así que tendrá que valer con una.

Sujeto el extremo con la goma y tiro de la trenza para obligarla a retroceder hasta que topa conmigo. Me la enrollo en la muñeca y vuelvo a tirar, esta vez hacia un lado, obligando a Ana a torcer la cabeza y a dejar su cuello expuesto, que recorro lamiendo y mordisqueando con delicadeza mientras la acaricio con la nariz desde el lóbulo de la oreja hasta el hombro.

Mmm... Qué bien huele.

Ana se estremece y gime.

—Calla —le advierto.

Saco el látigo de tiras del bolsillo trasero, le rozo los brazos al extender los míos por delante de ella y se lo muestro.

Se queda sin respiración y veo que contrae los dedos.

—Tócalo —susurro, consciente de que está deseándolo.

Alza la mano, se detiene y finalmente recorre las suaves tiras de ante con los dedos. Me excita.

—Lo voy a usar. No te va a doler, pero hará que te corra la sangre por la superficie de la piel y te la sensibilice. ¿Cuáles son las palabras de seguridad, Anastasia?

—Eh… «amarillo» y «rojo», señor —murmura, hipnotizada por el látigo.

—Buena chica. Casi todo tu miedo está solo en tu mente.

—Dejo el látigo sobre la cama, deslizo los dedos por sus costados hasta las turgentes caderas y los introduzco en sus braguitas—. No las vas a necesitar.

Se las bajo por las piernas y me arrodillo detrás de ella. Ana se agarra al poste de la cama para acabar de sacárselas con torpeza.

—Estate quieta —ordeno, y le beso el trasero dándole mordisquitos en las nalgas—. Túmbate. Boca arriba. —Le propino un pequeño azote al que responde con un respingo, sobresaltada, y se apresura a subir a la cama. Se tumba de espaldas, vuelta hacia mí, mirándome con unos ojos que brillan de excitación… y con una ligera inquietud, creo—. Las manos por encima de la cabeza.

Hace lo que le pido. Recojo los auriculares, la venda, el iPod y el mando a distancia que había dejado encima de la cómoda. Me siento en la cama, a su lado, y le muestro el iPod y el transmisor. Sus ojos van rápidamente de mi cara a los aparatos y luego regresan a mí.

—Esto transmite al equipo del cuarto lo que se reproduce en el iPod. Yo voy a oír lo mismo que tú, y tengo un mando a distancia para controlarlo.

En cuanto lo ha visto todo, le pongo los auriculares en los oídos y dejo el iPod sobre la almohada.

—Levanta la cabeza.

Obedece y le ajusto la venda elástica en los ojos. Me levanto y le cojo una mano para colocarle el grillete con la muñequera de cuero que hay situado en una de las esquinas de la cama. Recorro su brazo estirado con los dedos, sin prisa, y ella se retuerce en respuesta. Su cabeza sigue el ruido de mis pasos cuando rodeo la cama, despacio. Repito el proceso con la otra mano y le pongo el grillete.

La respiración de Ana cambia; se vuelve irregular y acelerada. Un ligero y lento rubor le recorre el pecho mientras se contonea y alza las caderas, expectante.

Bien.

Me dirijo al pie de la cama y la cojo por los tobillos.

—Levanta la cabeza otra vez —ordeno.

Obedece al instante y tiro de ella hacia abajo hasta que tiene los brazos extendidos del todo.

Deja escapar un leve gemido y levanta las caderas de nuevo.

Le aseguro los grilletes de los tobillos a sendas esquinas de la cama hasta que queda abierta de piernas y brazos ante mí, y retrocedo un paso para admirar el espectáculo.

Joder.

¿Cuándo ha estado tan fabulosa?

Se encuentra completa y voluntariamente a mi merced. La idea me resulta embriagadora y me demoro unos instantes, maravillado por su valor y su generosidad.

Me aparto a regañadientes de esa visión cautivadora y cojo el guante de piel que he dejado sobre la cómoda. Antes de ponérmelo, aprieto el botón de inicio del mando a distancia. Se oye un breve silbido y acto seguido da comienzo el motete a cuarenta voces, y la voz angelical del intérprete envuelve el cuarto de juegos y a la deliciosa señorita Steele.

Ella permanece quieta, atenta a la música.

Rodeo la cama y la contemplo embelesado.

Alargo la mano y le acaricio el cuello con el guante. Se queda sin respiración y tira de los grilletes, pero no grita ni me pide que pare. Despacio, recorro con la mano enguantada su cuello, los hombros, los pechos, disfrutando de sus movimientos contenidos. Trazo círculos alrededor de sus pechos, le tiro de los pezones con suavidad y su gemido de placer me anima a continuar la expedición. Exploro su cuerpo a un ritmo lento y pausado: el vientre, las caderas, el vértice que forman sus muslos y cada una de las piernas. El canto va in crescendo al tiempo que se unen más voces al coro en un contrapunto perfecto al movimiento de mi mano. Observo su boca para saber qué le parece: unas veces la abre en un grito mudo de placer y otras se muerde el labio. Cuando acaricio su sexo, aprieta las nalgas y levanta el cuerpo al encuentro de mi mano.

Aunque prefiero que se quede quieta, ese movimiento me gusta.

La señorita Steele se lo está pasando bien. Es insaciable.

Vuelvo a acariciarle los pechos, y los pezones se endurecen con el roce del guante.

Sí.

Ahora que tiene el cuerpo sensibilizado, me quito el guante y cojo el látigo de tiras. Paso las cuentas de los extremos sobre su piel con suma delicadeza siguiendo el mismo recorrido que el guante: los hombros, los pechos, el vientre, a través del vello púbico y a lo largo de las piernas. Más cantantes unen sus voces al motete cuando levanto el mango del látigo y descargo las tiras sobre su vientre. Ana lanza un grito; creo que debido a la sorpresa, pero no pronuncia la palabra de seguridad. Le concedo un instante para que asimile la sensación y vuelvo a azotarla, esta vez más fuerte.

Tira de los grilletes y suelta de nuevo un gruñido confuso… pero no es la palabra de seguridad. Descargo el látigo sobre sus pechos y echa la cabeza hacia atrás ahogando un grito que la mandíbula relajada es incapaz de formar mientras se retuerce sobre el satén rojo.

Sigue sin pronunciar la palabra de seguridad. Ana está aceptando su lado oscuro.

Me siento transportado por el placer mientras sigo azotándole todo el cuerpo, viendo cómo su piel enrojece levemente bajo el aguijonazo de las tiras. Me detengo al mismo tiempo que el coro.

Dios mío. Está deslumbrante.

Reanudo la lluvia de azotes al tiempo que la música va in crescendo y todas las voces se unen en un mismo canto. Descarga el látigo, una y otra vez, y ella se retuerce bajo cada impacto.

Cuando la última nota resuena en la habitación, me detengo y dejo caer el látigo de tiras al suelo. Me falta el aliento, jadeo, abrumado por el deseo y la urgencia.

Joder.

Yace sobre las sábanas, indefensa, con toda su piel rosada, y jadea como yo.

Oh, nena.

Me subo a la cama, me coloco entre sus piernas e inclino el cuerpo hacia delante hasta cernerme sobre ella. Cuando la música se reanuda y una sola voz entona una dulce nota seráfica, trazo el mismo recorrido que el guante y el látigo de tiras, aunque esta vez con la boca, y beso, succiono y venero hasta su último centímetro de piel. Me demoro en los pezones hasta que brillan de saliva, duros como piedras. Ana se retuerce tanto como le permiten las ataduras y gime debajo de mí. Desciendo por su vientre con la lengua y rodeo el ombligo. Lamiéndola. Saboreándola. Adorándola. Sigo mi camino y me abro paso entre el vello púbico hasta su dulce clítoris expuesto, que suplica el encuentro con mi lengua. Trazo círculos y más círculos, embebiéndome de su fragancia, embebiéndome de su respuesta, hasta que noto que empieza a estremecerse.

Oh, no. Todavía no, Ana. Todavía no.

Me detengo y ella resopla, contrariada.

Me arrodillo entre sus muslos y me abro la bragueta para liberar mi miembro erecto. Luego alargo el cuerpo hacia una esquina y, con delicadeza, le quito el grillete que le sujeta una de las piernas, con la que me rodea en una larga caricia mientras le libero el otro tobillo. Tan pronto está desatada, le masajeo las piernas para despertar los músculos, desde las pantorrillas a los muslos. Se contonea debajo de mí, alzando las caderas al ritmo del motete de Tallis mientras mis dedos ascienden por la cara interna de sus muslos, que están húmedos a causa de su excitación.

Ahogo un gruñido, la agarro por las caderas para levantarla de la cama y la penetro en un solo y brusco movimiento.

Joder.

Está resbaladiza, caliente, húmeda, y su cuerpo palpita alrededor de mi miembro, al límite.

No. Muy pronto. Demasiado pronto.

Me detengo, me quedo inmóvil encima de ella, en su interior, mientras el sudor perla mi frente.

—¡Por favor! —grita, y la sujeto con más fuerza tratando de dominar el deseo que me empuja a moverme y a perderme en ella.

Cierro los ojos para no verla tumbada debajo de mí en toda su gloria y me concentro en la música. Tan pronto he recuperado el control, reanudo mis movimientos, despacio. Acelero el ritmo, poco a poco, a medida que aumenta la intensidad de la pieza coral, en armonía perfecta con la fuerza y el compás de la música, disfrutando de hasta el último centímetro de presión que su sexo ejerce sobre mi miembro.

Cierra las manos en un puño y lanza un gemido echando la cabeza hacia atrás.

Sí.

—Por favor —suplica entre dientes.

Lo sé, nena.

Vuelvo a dejarla en la cama y me inclino sobre ella con los codos apoyados en el colchón, y sigo el ritmo, embistiéndola y perdiéndome en su cuerpo y en la música.

Dulce y valiente Ana.

El sudor me recorre la espalda.

Vamos, nena.

Por favor.

Y por fin, con un grito liberador, explota en un orgasmo que me arrastra a un clímax intenso y extenuante con el que pierdo toda noción de mí mismo. Me desplomo sobre ella mientras mi mundo se transforma y se realinea y me abandona a merced de esa emoción desconocida que me consume y se revuelve en mi pecho.

Sacudo la cabeza tratando de ahuyentar ese sentimiento siniestro y confuso. Alargo la mano para coger el mando a distancia y apago la música.

Se acabó Tallis.

Es evidente que la música ha contribuido a lo que prácticamente ha sido una experiencia religiosa. Frunzo el ceño intentando controlar mis emociones, aunque no lo consigo. Salgo de Ana y estiro el cuerpo para soltarle los grilletes.

Ella suspira y flexiona los dedos mientras le quito la venda de los ojos y los auriculares con delicadeza.

Unos ojos enormes y azules me miran tras un par de parpadeos.

—Hola —murmuro.

—Hola —contesta, tímida y de buen humor.

Una respuesta cálida que me empuja a inclinarme sobre ella y a besarla suavemente en los labios.

—Lo has hecho muy bien —aseguro, lleno de orgullo.

Y es cierto. Ha aguantado. Lo ha aguantado todo.

—Date la vuelta.

Me mira de hito en hito.

—Solo te voy a dar un masaje en los hombros.

—Ah, vale.

Se da la vuelta y se desploma en la cama, con los ojos cerrados. Me siento a horcajadas sobre ella y le masajeo los hombros.

Un gemido de placer resuena en su garganta.

—¿Qué música era esa? —pregunta.

—Es el motete a cuarenta voces de Thomas Tallis, titulado *Spem in alium*.

—Ha sido… impresionante.

—Siempre he querido follar al ritmo de esa pieza.

—¿No me digas que también ha sido la primera vez?

Sonrío, complacido.

—En efecto, señorita Steele.

—Bueno, también es la primera vez que yo follo con esa música —dice con un tono de voz que delata su cansancio.

—Tú y yo nos estamos estrenando juntos en muchas cosas.

—¿Qué te he dicho en sueños, Chris… eh… señor?

Otra vez no. Acaba con su tortura, Grey.

—Me has dicho un montón de cosas, Anastasia. Me has hablado de jaulas y fresas, me has dicho que querías más y que me echabas de menos.

—¿Y ya está?

Parece aliviada.

¿A qué viene ese alivio?

Me tumbo a su lado para poder verle la cara.

—¿Qué pensabas que habías dicho?

Abre los ojos un instante y vuelve a cerrarlos de inmediato.

—Que me parecías feo y arrogante, y que eras un desastre en la cama.

Un atento ojo azul me espía con disimulo.

Vaya… Está mintiendo.

—Vale, está claro que todo eso es cierto, pero ahora me tienes intrigado de verdad. ¿Qué es lo que me oculta, señorita Steele?

—No te oculto nada.

—Anastasia, mientes fatal.

—Pensaba que me ibas a hacer reír después del sexo. Y no lo estás consiguiendo.

Su respuesta es tan inesperada que sonrío a mi pesar.

—No sé contar chistes —añado.

—¡Señor Grey! ¿Una cosa que no sabe hacer?

Me premia con una sonrisa amplia y contagiosa.

—Los cuento fatal —replico muy digno, como si mereciera una medalla de honor.

Se le escapa una risita.

—Yo también los cuento fatal.

—Me encanta oírte reír —susurro, y la beso, pero sigo queriendo saber a qué se debe su alivio—. ¿Me ocultas algo, Anastasia? Voy a tener que torturarte para sonsacártelo.

—¡Ja! —Su risa inunda la distancia que nos separa—. Creo que ya me ha torturado bastante.

La respuesta borra mi gesto alegre y su expresión se suaviza al instante.

—Tal vez deje que vuelvas a torturarme como lo has hecho —añade con timidez.

Ahora soy yo el que siente un gran alivio.

—Eso me encantaría, señorita Steele.

—Nos proponemos complacer, señor Grey.

—¿Estás bien? —pregunto, conmovido a la vez que preocupado.

—Mejor que bien.

Vuelve a sonreír con timidez.

—Eres increíble.

La beso en la frente y luego salgo de la cama al tiempo que la sombría sensación de antes se extiende de nuevo en mi interior. Me abrocho la bragueta mientras intento no pensar en ello y le tiendo la mano para ayudarla a levantarse. Una vez de pie, la atraigo hacia mí y la beso recreándome en su sabor.

—A la cama —murmuro, y la acompaño hasta la puerta.

Allí la envuelvo en el albornoz que ha dejado en el colgador y, antes de darle tiempo a protestar, la cojo en brazos para llevarla a mi habitación.

—Estoy muy cansada —musita, ya bajo las sábanas.

—Duerme —susurro estrechándola entre mis brazos.

Cierro los ojos, luchando contra ese inquietante sentimiento que nace y se extiende por mi pecho una vez más. Se trata de una mezcla de añoranza y de regreso al hogar... que resulta aterradora.

Sábado, 4 de junio de 2011

La brisa veraniega me alborota el pelo, su caricia es como los ágiles dedos de una amante.

Mi amante.

Ana.

Me despierto de golpe, confuso. La habitación está sumida en la oscuridad, y Ana duerme a mi lado con la respiración sosegada y regular. Me incorporo apoyándome en un codo y me paso la mano por el pelo con la extraña sensación de que alguien acaba de hacer eso mismo. Miro a mi alrededor, escudriñando con la mirada los rincones en sombra de la habitación, pero Ana y yo estamos solos.

Qué raro. Habría jurado que había alguien más, que alguien me ha tocado.

Solo ha sido un sueño.

Me sacudo de encima esa inquietante sensación y miró qué hora es. Son más de las cuatro y media de la madrugada. Cuando vuelvo a hundir la cabeza en la almohada, Ana farfulla algo incoherente y se vuelve de cara a mí, aún profundamente dormida. Está serena y hermosa.

Miro al techo; la luz parpadeante del detector de humos vuelve a burlarse de mí. No tenemos firmado ningún contrato y, sin embargo, Ana está aquí. ¿Qué significa eso? ¿Cómo se supone que tengo que reaccionar con ella? ¿Acatará mis reglas? Necesito saber que está segura aquí. Me froto la cara. Todo esto es territorio desconocido para mí, escapa a mi control y me produce una enorme desazón.

En ese momento me acuerdo de Leila.

Mierda.

Mi cerebro es un torbellino de pensamientos: Leila, el trabajo, Ana... y sé que no voy a volver a conciliar el sueño. Me levanto, me pongo unos pantalones de pijama, cierro la puerta del dormitorio y me voy al salón, a sentarme frente al piano.

Me refugio en Chopin; las notas sombrías son un acompañamiento perfecto para mi estado de ánimo, y las toco una y otra vez. Con el rabillo del ojo percibo un leve movimiento que capta mi atención y, al levantar la vista, veo a Ana dirigiéndose hacia mí con paso vacilante.

—Deberías estar durmiendo —murmuro, pero continúo tocando.

—Y tú —replica.

Me mira con gesto firme, pero parece pequeña y vulnerable vestida únicamente con mi albornoz, que le queda enorme.

Disimulo mi sonrisa.

—¿Me está regañando, señorita Steele?

—Sí, señor Grey.

—No puedo dormir.

Tengo demasiadas cosas en la cabeza; preferiría que Ana volviera a la cama y se durmiese de nuevo. Debe de estar cansada después de lo de anoche, pero hace caso omiso de mis palabras, se sienta a mi lado en la banqueta del piano y apoya la cabeza en mi hombro.

Es un gesto tan íntimo y tierno que, por un momento, pierdo el compás en el preludio, pero sigo tocando, sintiendo cómo su presencia a mi lado me apacigua.

—¿Qué era lo que tocabas? —me pregunta cuando termino.

—Chopin. Opus 28. Preludio n.º 4 en mi menor, por si te interesa.

—Siempre me interesa lo que tú haces.

Dulce Ana... La beso en el pelo.

—Siento haberte despertado.

—No has sido tú —dice sin apartar la cabeza—. Toca la otra.

—¿La otra?

—La pieza de Bach que tocaste la primera noche que me quedé aquí.

—Ah, la de Marcello.

No recuerdo cuándo fue la última vez que toqué para alguien. Siento el piano como un instrumento solitario, solo para mis oídos. Hace años que mi familia no me oye tocar. Pero ya que me lo ha pedido, tocaré para mi dulce Ana. Acaricio las teclas con los dedos y la hechizante melodía reverbera por el salón.

—¿Por qué solo tocas música triste? —pregunta.

¿Es triste?

—¿Así que solo tenías seis años cuando empezaste a tocar? —sigue inquiriendo.

Levanta la cabeza y me escudriña el rostro. Su gesto es franco y está ávido de información, como de costumbre, y, después de lo de anoche, ¿quién soy yo para negarle nada?

—Aprendí a tocar para complacer a mi nueva madre.

—¿Para encajar en la familia perfecta?

Mis palabras de nuestra noche de confesiones en Savannah resuenan en el tono apagado de su voz.

—Sí, algo así. —No quiero hablar de eso, y me sorprende la cantidad de información personal que ha conseguido retener—. ¿Por qué estás despierta? ¿No necesitas recuperarte de los excesos de ayer?

—Para mí son las ocho de la mañana. Además, tengo que tomarme la píldora.

—Me alegro de que te acuerdes —murmuro—. Solo a ti se te ocurre empezar a tomar una píldora de horario específico en una zona horaria distinta. Quizá deberías esperar media hora hoy y otra media hora mañana, hasta que al final terminaras tomándotela a una hora razonable.

—Buena idea —dice—. Vale, ¿y qué hacemos durante esa media hora?

Bueno, podría follarte encima de este piano.

—Se me ocurren unas cuantas cosas —le digo en tono seductor.

—Aunque también podríamos hablar. —Y sonríe provocándome.

No estoy de humor para hablar.

—Prefiero lo que tengo en mente.

Le paso el brazo por la cintura, me la subo sobre el regazo y le entierro la nariz en el pelo.

—Tú siempre antepondrías el sexo a la conversación.

Se echa a reír.

—Cierto. Sobre todo contigo.

Enrosca las manos alrededor de mi bíceps y, a pesar de ello, la oscuridad permanece agazapada y silenciosa. Le dejo un reguero de besos que va desde la base de la oreja hasta el cuello.

—Quizá encima del piano —murmuro mientras mi cuerpo responde a una imagen de ella abierta de piernas y desnuda ahí encima, con el pelo cayendo en cascada a un lado.

—Quiero que me aclares una cosa —me dice en voz baja al oído.

—Siempre tan ávida de información, señorita Steele. ¿Qué quieres que te aclare?

Tiene la piel suave y cálida al contacto con mis labios mientras le quito el albornoz por el hombro, deslizándolo con la nariz.

—Lo nuestro —dice, y esas simples palabras suenan como una oración.

—Mmm… ¿Qué pasa con lo nuestro? —Hago una pausa. ¿Adónde quiere ir a parar?

—El contrato.

Paro y la miro a esos ojos de mirada astuta. ¿Por qué saca ese tema ahora? Le deslizo los dedos por la mejilla.

—Bueno, me parece que el contrato ha quedado obsoleto, ¿no crees?

—¿Obsoleto? —repite, y los labios se le suavizan con un amago de sonrisa.

—Obsoleto.

Imito su expresión.

—Pero eras tú el interesado en que lo firmara.

La incertidumbre le nubla la mirada.

—Eso era antes. Pero las normas no. Las normas siguen en pie.

Necesito saber que estás a salvo.

—¿Antes? ¿Antes de qué?

—Antes... —Antes de todo esto. Antes de que pusieras mi mundo patas arriba, antes de que durmieses a mi lado. Antes de que apoyaras la cabeza en mi hombro frente al piano. Es todo...—. Antes de que hubiera más —murmuro, y ahuyento esa familiar sensación de inquietud que siento en el estómago.

—Ah —dice. Parece complacida.

—Además, ya hemos estado en el cuarto de juegos dos veces, y no has salido corriendo espantada.

—¿Esperas que lo haga?

—Nada de lo que haces es lo que espero, Anastasia.

Vuelve a marcársele esa V del ceño.

—A ver si lo he entendido: ¿quieres que me atenga a lo que son las normas del contrato en todo momento, pero que ignore el resto de lo estipulado?

—Salvo en el cuarto de juegos. Ahí quiero que te atengas al espíritu general del contrato, y sí, quiero que te atengas a las normas en todo momento. Así me aseguro de que estarás a salvo y podré tenerte siempre que lo desee —añado en tono frívolo.

—¿Y si incumplo alguna de las normas? —pregunta.

—Entonces te castigaré.

—Pero ¿no necesitarás mi permiso?

—Sí, claro.

—¿Y si me niego? —insiste.

¿Por qué es tan testaruda?

—Si te niegas, te niegas. Tendré que encontrar una forma de convencerte.

Ya debería saberlo. No me dejó que le diera unos azotes en la casita del embarcadero, pese a que yo deseaba hacerlo, aunque sí se los di más tarde... con su consentimiento.

Se levanta y se dirige a la entrada del salón, y por un momento creo que está a punto de largarse, pero se vuelve con expresión de perplejidad.

—Vamos, que lo del castigo se mantiene.

—Sí, pero solo si incumples las normas.

Para mí está perfectamente claro. ¿Por qué para ella no?

—Tendría que releérmelas —dice poniéndose en plan serio y formal.

¿De verdad quiere hacerlo ahora?

—Voy a por ellas.

Entro en mi estudio, enciendo el ordenador e imprimo las normas mientras me pregunto por qué estamos discutiendo este asunto a las cinco de la madrugada.

Cuando regreso con el papel impreso, Ana está junto al fregadero bebiendo un vaso de agua. Me siento en un taburete y espero sin dejar de observarla. Tiene la espalda rígida y tensa; eso no augura nada bueno. Cuando se vuelve, deslizo la hoja por la superficie de la isla de la cocina, en dirección a ella.

—Aquí tienes.

Examina las normas rápidamente.

—¿Así que lo de la obediencia sigue en pie?

—Oh, sí.

Mueve la cabeza y una sonrisa irónica asoma a la comisura de sus labios mientras eleva la vista al techo.

Oh, qué maravilla.

De pronto recupero mi buen humor.

—¿Me acabas de poner los ojos en blanco, Anastasia?

—Puede, depende de cómo te lo tomes.

Parece recelosa y divertida a la vez.

—Como siempre.

Si me deja…

Traga saliva y abre los ojos con expectación.

—Entonces…

—¿Sí?

—Quieres darme unos azotes.

—Sí. Y lo voy a hacer.

—¿Ah, sí, señor Grey?

Se cruza de brazos y alza la barbilla en actitud desafiante.

—¿Me lo vas a impedir?

—Vas a tener que pillarme primero.

Me mira con una sonrisa coqueta que siento directamente en mi miembro.

Tiene ganas de jugar.

Me levanto del taburete y la observo con atención.

—¿Ah, sí, señorita Steele?

El aire entre nosotros está cargado de electricidad.

¿Hacia qué lado va a echar a correr?

Clava unos ojos rebosantes de excitación en los míos y se mordisquea el labio inferior.

—Además, te estás mordiendo el labio.

¿Lo hace a propósito? Me desplazo despacio hacia la izquierda.

—No te atreverás —me provoca—. A fin de cuentas, tú también pones los ojos en blanco.

Sin apartar la mirada de la mía, ella también se desplaza hacia la izquierda.

—Sí, pero con este jueguecito acabas de subir el nivel de excitación.

—Soy bastante rápida, que lo sepas —dice, burlona.

—Y yo.

¿Cómo consigue que todo sea tan emocionante?

—¿Vas a venir sin rechistar?

—¿Lo hago alguna vez?

—¿Qué quiere decir, señorita Steele? —La sigo alrededor de la isla de la cocina—. Si tengo que ir a por ti, va a ser peor.

—Eso será si me coges, Christian. Y ahora mismo no tengo intención de dejarme coger.

¿Habla en serio?

—Anastasia, puedes caerte y hacerte daño. Y eso sería una infracción directa de la norma siete, ahora la seis.

—Desde que te conocí, señor Grey, estoy en peligro permanente, con normas o sin ellas.

—Así es.

Tal vez esto no sea un juego. ¿Está intentando decirme algo? Vacila un instante y de pronto me abalanzo hacia ella. Suelta un grito y corre por el perímetro de la isla, hacia la seguridad relativa del lado opuesto de la mesa de comedor. Con los labios entreabiertos, la mirada recelosa y desafiante a la vez, el albornoz se le resbala por el hombro. Está increíble. Increíblemente sexy.

Poco a poco me voy aproximando a ella, que retrocede unos pasos.

—Desde luego, sabes cómo distraer a un hombre, Anastasia.

—Nos proponemos complacer, señor Grey. ¿De qué te distraigo?

—De la vida. Del universo.

De las ex sumisas que han desaparecido. Del trabajo. De nuestro acuerdo. De todo.

—Parecías muy preocupado mientras tocabas.

Sigue erre que erre. Paro y me cruzo de brazos para rediseñar mi estrategia.

—Podemos pasarnos así el día entero, nena, pero terminaré pillándote y, cuando lo haga, será peor para ti.

—No, ni hablar —dice con absoluta seguridad.

Arrugo la frente.

—Cualquiera diría que no quieres que te pille.

—No quiero. De eso se trata. Para mí lo del castigo es como para ti el que te toque.

Y de improviso la oscuridad se apodera de mi cuerpo, me recubre la piel y deja una estela helada de desesperación a su paso.

No. No soporto que nadie me toque. Nunca.

—¿Eso es lo que sientes?

Es como si me hubiese tocado y me hubiera dejado unas marcas blancas con las uñas sobre el pecho.

Ana pestañea varias veces calibrando mi reacción, y cuando habla lo hace en voz baja.

—No. No me afecta tanto; es para que te hagas una idea.

Me mira con expresión de angustia.

¡Joder! Eso arroja una luz completamente distinta sobre nuestra relación.

—Ah —murmuro, porque no se me ocurre qué otra cosa decir.

Ella inspira hondo y se dirige hacia mí, y cuando la tengo delante levanta la vista con los ojos llenos de aprensión.

—¿Tanto lo odias? —digo en un susurro.

Vale; está claro que somos incompatibles.

No. Me niego a creerlo.

—Bueno… no —dice, y siento que me invade una oleada de alivio—. No —continúa—. No lo tengo muy claro. No es que me guste, pero tampoco lo odio.

—Pero anoche, en el cuarto de juegos, parecía…

—Lo hago por ti, Christian, porque tú lo necesitas. Yo no. Anoche no me hiciste daño. El contexto era muy distinto, y eso puedo racionalizarlo a nivel íntimo, porque confío en ti. Sin embargo, cuando quieres castigarme, me preocupa que me hagas daño.

Mierda. Díselo.

Es la hora de la verdad, Grey.

—Yo quiero hacerte daño, pero no quiero provocarte un dolor que no seas capaz de soportar.

Nunca llegaría tan lejos.

—¿Por qué?

—Porque lo necesito —murmuro—. No te lo puedo decir.

—¿No puedes o no quieres?

—No quiero.

—Entonces sabes por qué.

—Sí.

—Pero no me lo quieres decir.

—Si te lo digo, saldrás corriendo de aquí y no querrás volver nunca más. No puedo correr ese riesgo, Anastasia.

—Quieres que me quede.

—Más de lo que puedas imaginar. No podría soportar perderte.

Ya no puedo soportar la distancia que hay entre nosotros. La sujeto para que no se escape y la estrecho entre mis brazos buscándola con los labios. Ella responde a mi urgencia y amolda la boca a la mía, corresponde a mis besos con la misma pasión, esperanza y anhelo. La oscuridad que me amenaza se atenúa y encuentro consuelo.

—No me dejes —le susurro en los labios—. Me dijiste en sueños que nunca me dejarías y me rogaste que nunca te dejara yo a ti.

—No quiero irme —dice, pero bucea con los ojos en los míos en busca de respuestas.

Y me siento desnudo, con mi alma sucia y descarnada completamente expuesta.

—Enséñamelo —dice.

No sé a qué se refiere.

—¿El qué?

—Enséñame cuánto puede doler.

—¿Qué?

Me echo hacia atrás y la miro incrédulo.

—Castígame. Quiero saber lo malo que puede llegar a ser.

Oh, no. La suelto y me aparto de ella.

Me mira con expresión abierta, sincera, seria. Se me está ofreciendo una vez más, para que la tome y haga con ella lo que quiera. Estoy atónito. ¿Satisfaría esa necesidad por mí? No puedo creerlo.

—¿Lo intentarías?

—Sí. Te dije que lo haría.

Su gesto es de absoluta determinación.

—Ana, me confundes.

—Yo también estoy confundida. Intento entender todo esto. Así sabremos los dos, de una vez por todas, si puedo seguir con esto o no. Si yo puedo, quizá tú…

Se calla y doy otro paso atrás. Quiere tocarme.

No.

Pero si hacemos esto, entonces lo sabré. Ella lo sabrá.

Hemos llegado a este punto mucho antes de lo que yo esperaba.

¿Puedo hacerlo?

Y en ese momento sé que no hay nada que desee más en el mundo… No hay nada más que pueda satisfacer al monstruo que llevo dentro.

Antes de que pueda cambiar de opinión, la agarro del brazo y la llevo arriba, al cuarto de juegos. Me detengo ante la puerta.

—Te voy a enseñar lo malo que puede llegar a ser y así te decides. ¿Estás preparada para esto?

Asiente con la expresión firme y decidida que tan bien he llegado a conocer.

Adelante, entonces.

Abro la puerta, cojo rápidamente un cinturón del colgador antes de que cambie de opinión y la llevo hasta el banco que hay al fondo del cuarto.

—Inclínate sobre el banco —le ordeno en voz baja.

Hace lo que le digo, sin decir una sola palabra.

—Estamos aquí porque tú has accedido, Anastasia. Además, has huido de mí. Te voy a pegar seis veces y tú vas a contarlas.

Sigue sin decir nada.

Le doblo el bajo del albornoz por la espalda para dejar al descubierto su trasero desnudo y espléndido. Le recorro con las palmas de las manos las nalgas y la parte superior de los muslos, y siento un estremecimiento que me recorre todo el cuerpo.

Esto es lo que quiero, lo que quería desde el principio.

—Hago esto para que recuerdes que no debes huir de mí, y, por excitante que sea, no quiero que vuelvas a hacerlo nunca más. Además, me has puesto los ojos en blanco. Sabes lo que pienso de eso.

Inspiro hondo saboreando este momento, tratando de apaciguar los latidos desbocados de mi corazón.

Necesito esto. Esto es lo que me gusta hacer. Y por fin estamos aquí.

Ella puede hacerlo.

Hasta ahora nunca me ha decepcionado.

La sujeto en su sitio con una mano en la parte baja de su espalda y sacudo el cinturón. Respiro hondo de nuevo concentrándome en la tarea que tengo por delante.

No va a huir. Ella me lo ha pedido.

Y entonces descargo la correa y golpeo en las dos nalgas, con fuerza.

Ana lanza un grito, conmocionada.

Pero no ha contado... ni ha dicho la palabra de seguridad.

—¡Cuenta, Anastasia! —le ordeno.

—¡Uno! —grita.

Está bien... no ha dicho la palabra de seguridad.

—¡Dos! —chilla.

Eso es, suéltalo, nena.

La golpeo una vez más.

—¡Tres!

Se estremece. Veo tres marcas en su trasero.

Las convierto en cuatro.

Ella grita el número, con voz alta y clara.

Aquí nadie va a oírte, nena. Grita todo lo que necesites.

Vuelvo a golpearla.

—Cinco —dice entre sollozos, y espero a oír la palabra de seguridad.

Pero no la dice.

Y llega el último.

—Seis —susurra con voz forzada y ronca.

Suelto el cinturón saboreando mi descarga dulce y eufórica. Estoy pletórico de alegría, sin aliento y satisfecho al fin. Oh, esta hermosa criatura, mi chica preciosa... Quiero besarle cada centímetro del cuerpo. Estamos aquí. Donde yo quiero estar. La busco y la estrecho entre mis brazos.

—Suéltame... no... —Intenta zafarse de mi abrazo y se aparta de mí forcejeando y empujándome hasta que al final se revuelve contra mí como una fiera salvaje—. ¡No me toques! —masculla entre dientes.

Tiene la cara sucia y surcada de lágrimas, la nariz congestionada, y lleva el pelo oscuro enredado en una maraña, pero nunca la había visto tan arrebatadora... ni tampoco tan furiosa.

Su ira me aplasta con la fuerza de una ola.

Está enfadada. Muy, muy enfadada.

Vale. No había contemplado la posibilidad del enfado.

Dale un momento. Espera a que sienta el efecto de las endorfinas.

Se limpia las lágrimas con el dorso de la mano.

—¿Esto es lo que te gusta de verdad? ¿Verme así?

Se seca la nariz con la manga del albornoz.

Mi euforia se desvanece por completo. Estoy perplejo; me siento del todo impotente y paralizado por su ira. Me parece lógico que llore, y lo entiendo, pero esa rabia… En algún rincón de mi alma, ese sentimiento encuentra eco dentro de mí, pero no quiero pensar en ello.

No vayas por ahí, Grey.

¿Por qué no me ha pedido que parara? No ha dicho la palabra de seguridad. Merecía ser castigada. Huyó de mí. Puso los ojos en blanco.

Eso es lo que pasa cuando me desafías, nena.

Frunce el ceño. Me mira con los ojos azules enormes y brillantes, llenos de dolor, de rabia y de una súbita y escalofriante visión de lo ocurrido, como si acabara de tener una revelación.

Mierda. ¿Qué he hecho?

Es algo que me supera.

Me balanceo al borde de un peligroso precipicio, a punto de perder el equilibrio, buscando desesperadamente las palabras que resuelvan esta situación, pero tengo la mente en blanco.

—Eres un maldito hijo de puta —suelta.

Me quedo sin aliento, y siento como si fuera ella la que me hubiese golpeado con un cinturón… ¡Mierda!

Se ha dado cuenta de quién soy en realidad.

Ha visto al monstruo.

—Ana —murmuro en tono de súplica.

Quiero que pare. Quiero abrazarla y hacer que desaparezca el dolor. Quiero que llore en mis brazos.

—¡No hay «Ana» que valga! ¡Tienes que solucionar tus mierdas, Grey! —suelta, y sale del cuarto de juegos cerrando la puerta despacio al salir.

Estupefacto, me quedo mirando la puerta cerrada con el eco de sus palabras resonándome en los oídos.

«Eres un maldito hijo de puta.»

Nunca me habían dejado plantado así. Pero ¿qué narices…? Me paso la mano por el pelo mecánicamente tratando de entender su reacción y la mía. Acabo de dejar que se vaya. No estoy enfadado… Estoy… ¿qué? Me agacho a recoger el cinturón, me encamino hacia la pared y lo cuelgo en su sitio. Ha sido sin duda uno de los momentos más satisfactorios de mi vida. Hace un momento me sentía más ligero, una vez desaparecido el peso de la incertidumbre que había entre ambos.

Ya está. Ya hemos llegado al punto que yo deseaba.

Ahora que sabe lo que implica, podemos seguir adelante.

Ya se lo advertí: a las personas que son como yo nos gusta infligir dolor.

Pero solo a mujeres a quienes les gusta.

Siento que mi inquietud va en aumento.

Vuelvo a evocar su reacción, la imagen de ese gesto atormentado y dolorido. Resulta turbadora. Estoy acostumbrado a hacer llorar a las mujeres… eso es lo que hago.

Pero ¿a Ana?

Me desplomo en el suelo y apoyo la cabeza en la pared rodeándome las rodillas flexionadas con los brazos. Deja que llore. Llorar le sentará bien. A las mujeres les sienta bien, por lo que yo sé. Déjala un momento a solas y luego ve a ofrecerle consuelo. No ha dicho la palabra de seguridad. Fue ella quien me lo pidió. Quería saber qué se sentía, tan curiosa como de costumbre. Solo ha sido un despertar un poco brusco, eso es todo.

«Eres un maldito hijo de puta.»

Cierro los ojos y sonrío sin ganas. Sí, Ana, lo soy, y ahora ya lo sabes. Ahora podemos dar un paso más allá en nuestra relación… en nuestro acuerdo. O lo que quiera que sea esto.

Mis pensamientos no me reconfortan y crece mi desasosiego. Sus ojos dolidos lanzándome una mirada fulminante, indignada, acusadora, cáustica... Ella me ve tal como soy: un monstruo.

Me vienen a la mente las palabras de Flynn: «No te regodees en los pensamientos negativos».

Cierro los ojos otra vez y veo la cara angustiada de Ana.

Soy un idiota.

Era muy pronto.

Muy, muy pronto. Demasiado.

Mierda.

La tranquilizaré.

Sí, déjala llorar y luego ve a tranquilizarla.

Estaba enfadado con ella por haber huido de mí. ¿Por qué lo hizo?

Joder. Es completamente distinta de las mujeres que había conocido hasta ahora. Era evidente que no iba a reaccionar de la misma forma tampoco.

Necesito ir a verla, abrazarla. Lo superaremos. Me pregunto dónde estará.

¡Mierda!

El pánico se apodera de mí. ¿Y si se ha ido? No, ella no haría algo así. No sin decir adiós. Me levanto y salgo a toda prisa de la habitación para bajar corriendo la escalera. No está en el salón... Debe de estar en la cama. Salgo disparado hacia mi dormitorio.

La cama está vacía.

Siento una fuerte punzada de ansiedad en la boca del estómago. ¡No, no puede haberse ido! Arriba... Tiene que estar en su habitación. Subo los escalones de tres en tres y me detengo, sin aliento, en la puerta de su dormitorio. Está ahí, llorando.

Bueno, menos mal...

Apoyo la cabeza en la puerta, sintiendo un inmenso alivio.

No te vayas. Esa idea me aterroriza.

Bueno, solo necesita llorar.

Respiro hondo para serenarme y me voy al baño que hay junto al cuarto de juegos para coger un bote de pomada de árnica, ibuprofeno y un vaso de agua, y regreso a su habitación.

Dentro aún está oscuro, a pesar de que el alba asoma en el

horizonte con su pálida luz, y tardo unos segundos en localizar a mi preciosa chica. Está hecha un ovillo en medio de la cama, menuda y vulnerable, llorando en silencio. El sonido de su dolor me desgarra el alma y me destroza por dentro. Ninguna de mis sumisas me había afectado nunca de esa manera, ni siquiera cuando lloraban a mares. No lo entiendo. ¿Por qué me siento tan confuso y perdido? Dejo el árnica, el agua y las pastillas, retiro el edredón, me meto en la cama a su lado y alargo el brazo para tocarla. Se pone rígida de inmediato; todo su cuerpo me grita que no la toque. No se me escapa la ironía que supone eso.

—Tranquila —murmuro en un vano intento por apaciguar sus lágrimas y calmarla. No me responde. Permanece inmóvil, inflexible—. No me rechaces, Ana, por favor.

Se relaja de forma casi imperceptible y deja que la estreche entre mis brazos, y entierro la nariz en la maravillosa fragancia de su pelo. Huele tan dulce como siempre; su aroma es un bálsamo que calma mi nerviosismo. Le doy un beso tierno en el cuello.

—No me odies —murmuro, y presiono los labios sobre su piel saboreándola.

No dice nada, pero poco a poco su llanto se apacigua hasta convertirse en un débil sollozo ahogado. Al final, deja de llorar. Creo que se ha dormido, pero no tengo el coraje de comprobarlo, por si la molesto. Al menos ahora ya está más tranquila.

Amanece; la luz se hace cada vez más intensa e irrumpe como una intrusa en la habitación a medida que avanza la mañana. Y seguimos ahí tumbados e inmóviles. Dejo volar mis pensamientos mientras abrazo a mi chica y observo la textura cambiante de la luz. No recuerdo ninguna ocasión en la que haya permanecido así, tumbado sin más, dejando que el tiempo discurra y divagando con el pensamiento. Es relajante; pienso en lo que podríamos hacer el resto del día. A lo mejor debería llevarla a ver el *Grace*.

Sí, podríamos salir a navegar esta tarde.

Eso si todavía te dirige la palabra, Grey.

Se mueve, sacude un poco el pie, y sé que está despierta.

—Te he traído ibuprofeno y una pomada de árnica.

Por fin reacciona y se vuelve despacio en mis brazos para mirarme de frente. Unos ojos llenos de dolor se clavan en los míos con la mirada intensa, inquisitiva. Se toma su tiempo para escudriñar mi rostro, como si me viera por primera vez. Me resulta inquietante porque, como siempre, no tengo ni idea de qué está pensando, de qué es lo que ve. Sin embargo, es evidente que está más calmada, y recibo con alegría la pequeña chispa de alivio que eso supone. Hoy podría ser un buen día, a fin de cuentas.

Me acaricia la mejilla y me recorre la mandíbula con los dedos haciéndome cosquillas en la barba. Cierro los ojos y disfruto de ese contacto. Es una sensación tan nueva para mí todavía... La sensación de que me toquen y de disfrutar del tacto de sus inocentes dedos acariciándome la cara mientras la oscuridad permanece acallada. No me perturban sus caricias... ni que entierre los dedos en mi pelo.

—Lo siento —dice.

Sus palabras, en voz baja, son una sorpresa. ¿Se está disculpando?

—¿El qué?

—Lo que he dicho.

Una oleada de alivio me recorre todo el cuerpo. Me ha perdonado. Además, lo que me ha dicho cuando estaba furiosa es verdad: soy un maldito hijo de puta.

—No me has dicho nada que no supiera ya. —Y por primera vez en muchos años, me sorprendo a mí mismo pidiendo disculpas—. Siento haberte hecho daño.

Encoge un poco los hombros al tiempo que esboza una débil sonrisa. Me he librado de momento. Lo nuestro está a salvo. Todo va bien. Siento alivio.

—Te lo he pedido yo —dice.

Eso es verdad, nena.

Traga saliva, nerviosa.

—No creo que pueda ser todo lo que quieres que sea —susurra con los ojos muy abiertos y una sinceridad apabullante.

De pronto, el mundo se detiene.

Mierda.

No estamos a salvo.

Grey, soluciona esto ahora mismo.

—Ya eres todo lo que quiero que seas.

Frunce el ceño. Tiene los ojos enrojecidos y está muy pálida; nunca la había visto tan pálida. Resulta extrañamente emocionante.

—No lo entiendo —dice—. No soy obediente, y puedes estar seguro de que jamás volveré a dejar que me hagas eso. Y eso es lo que necesitas; me lo has dicho tú.

Y ahí está: su golpe de gracia. He ido demasiado lejos. Ahora lo sabe, y todas las discusiones que mantuve conmigo mismo antes de embarcarme en la búsqueda de la chica que tengo a mi lado regresan a mí con toda su fuerza. No le va este estilo de vida. ¿Cómo puedo corromperla así? Es demasiado joven, demasiado inocente, demasiado… Ana.

Mis sueños son solo eso… sueños. Esto no va a funcionar.

Cierro los ojos; no puedo soportar mirarla. Es cierto; estará mucho mejor sin mí. Ahora que ha visto al monstruo, sabe que no puede enfrentarse a él. Tengo que liberarla, dejar que siga su camino. Nuestra relación no va a ninguna parte.

Céntrate, Grey.

—Tienes razón. Debería dejarte ir. No te convengo.

Abre unos ojos enormes.

—No quiero irme —susurra.

Se le saltan las lágrimas, que relucen en sus largas y oscuras pestañas.

—Yo tampoco quiero que te vayas —contesto, porque es la verdad, y esa sensación, ese sentimiento asfixiante y aterrador, regresa y me abruma. Está llorando otra vez. Le seco con delicadeza una lágrima solitaria con el pulgar y, antes de darme cuenta, las palabras me salen a borbotones—: Desde que te conozco, me siento más vivo.

Le recorro el labio inferior con el dedo. Quiero besarla, con fuerza. Hacer que olvide lo ocurrido, deslumbrarla, excitarla… Sé que puedo. Sin embargo, algo me frena: su expresión dolida y recelosa. ¿Querrá que la bese un monstruo? Tal vez me rechace, y no sé si podría soportarlo. Sus palabras me atormentan, hurgan en un recuerdo oscuro y reprimido del pasado.

«Eres un maldito hijo de puta.»

—Yo también —dice—. Me he enamorado de ti, Christian.

Recuerdo cuando Carrick me enseñó a tirarme de cabeza. Yo me agarraba con los dedos de los pies al borde de la piscina mientras arqueaba el cuerpo para lanzarme al agua... y ahora estoy cayendo una vez más, en el abismo, a cámara lenta.

No puede tener esos sentimientos por mí.

Por mí no. ¡No!

Y siento que me falta el aire, asfixiado por sus palabras, que me oprimen el pecho con su peso implacable. Sigo cayendo y cayendo, y la oscuridad me acoge en sus brazos. No las oigo. No puedo enfrentarme a ellas. No sabe lo que dice, no sabe con quién está tratando... con *qué* está tratando.

—No. —Mi voz sale teñida de dolorosa incredulidad—. No puedes quererme, Ana. No... es un error.

Tengo que sacarla de su error. No puede querer a un monstruo. No puede querer a un maldito hijo de puta. Tiene que marcharse, alejarse de mí, y de pronto lo veo todo claro. Es como una revelación: yo no puedo hacerla feliz. No puedo ser lo que ella necesita. No puedo dejar que lo nuestro siga adelante. Tiene que acabar. Nunca debería haber empezado.

—¿Un error? ¿Qué error?

—Mírate. No puedo hacerte feliz.

La angustia es palpable en mi voz mientras sigo hundiéndome más y más en el abismo, envuelto en la mortaja de la desesperación.

Nadie puede quererme.

—Pero tú me haces feliz —replica sin comprender.

Anastasia Steele, mírate. Tengo que ser sincero con ella.

—En este momento, no. No cuando haces lo que yo quiero que hagas.

Parpadea, y sus pestañas revolotean sobre sus ojos grandes y heridos, que me estudian detenidamente mientras busca la verdad.

—Nunca conseguiremos superar esto, ¿verdad?

Niego con la cabeza, porque no se me ocurre qué decir. Todo se reduce a un problema de incompatibilidad, otra vez. Cierra los ojos, nublados de dolor, y al volver a abrirlos su mirada es más clara; está llena de determinación. Ha dejado de llorar. Y la sangre empieza a bombearme con fuerza en la cabeza mientras el corazón se me acelera. Sé lo que va a decir, y tengo miedo de que lo diga.

—Bueno, entonces más vale que me vaya.

Se estremece al incorporarse.

¿Ahora? No puede irse ya.

—No, no te vayas.

Estoy en caída libre, cada vez me hundo más y más. No puede marcharse; es un tremendo error. Un error mío. Pero tampoco puede quedarse si está enamorada de mí. No puede.

—No tiene sentido que me quede —dice, y se levanta con presteza de la cama, envuelta aún en el albornoz.

Se marcha de verdad. No puedo creerlo. Me levanto yo también con movimientos torpes para detenerla, pero su expresión me deja paralizado: una expresión desolada, fría y distante que nada tiene que ver con mi Ana.

—Voy a vestirme. Quisiera un poco de intimidad —dice, y su voz suena vacía y apagada cuando se vuelve y sale de la habitación cerrando la puerta a su espalda.

Me quedo con la mirada fija en la puerta cerrada.

Es la segunda vez en el mismo día que me deja plantado y se marcha.

Me siento y hundo la cabeza en las manos tratando de calmarme, de racionalizar mis sentimientos.

¿Me quiere?

¿Cómo ha podido suceder? ¿Cómo?

Grey, maldito idiota de mierda.

¿Acaso no implicaba un riesgo desde el principio tratándose de alguien como ella? Alguien bueno, inocente y valiente. El riesgo de que no me viera tal como soy hasta que fuese demasiado tarde. De hacerla sufrir de esa manera.

¿Por qué resulta tan doloroso? Siento como si me hubieran perforado el pulmón. La sigo fuera de la habitación. Puede que ella quiera intimidad, pero, si me deja, yo necesito ropa.

Cuando entro en mi dormitorio, Ana está duchándose, así que rápidamente me pongo unos vaqueros y una camiseta de color negro, acorde con mi estado de ánimo. Cojo el teléfono y empiezo a pasearme por el apartamento. Por un momento siento la necesidad de sentarme al piano y arrancarle algún lamento desconsolado. Pero, en vez de eso, me quedo de pie en medio del salón; siento un vacío absoluto en mi interior.

Sí, vacío.

¡Céntrate, Grey! Has tomado la decisión correcta. Deja que se vaya.

Me suena el móvil. Es Welch. ¿Habrá encontrado a Leila?

—Welch.

—Señor Grey, tengo novedades. —Su voz es áspera al otro lado del hilo. Ese hombre debería dejar de fumar: parece Garganta Profunda.

—¿La has encontrado?

La esperanza mejora un poco mi estado de ánimo.

—No, señor.

—Entonces, ¿qué pasa?

¿Para qué narices llamas?

—Leila ha dejado a su marido. Él mismo me lo ha admitido al final. Dice que no quiere saber nada de ella.

Eso sí son novedades.

—Entiendo.

—Tiene una idea de dónde podría estar, pero no va a soltar prenda hasta recibir algo a cambio. Quiere saber quién tiene tanto interés en su mujer. Aunque no es así como la ha llamado él.

Reprimo mi incipiente arrebato de ira.

—¿Cuánto dinero quiere?

—Ha dicho que dos mil.

—¿Que ha dicho qué? —suelto a voz en grito perdiendo los estribos—. Pues nos podía haber dicho la puta verdad. Dame su número de teléfono; necesito llamarlo... Welch, esto es una cagada monumental.

Levanto la vista y veo a Ana de pie con expresión incómoda en la entrada del salón, vestida con unos vaqueros y una sudadera horrenda. Me mira con los ojos muy abiertos y el rostro tenso y serio. Junto a ella está su maleta.

—Encontradla —espeto, y cuelgo el teléfono. Ya me encargaré de Welch más tarde.

Ana se acerca al sofá y saca de su mochila el Mac, el móvil y las llaves del coche. Inspira hondo, se dirige a la cocina y los deja sobre la encimera.

¿Qué narices hace? ¿Me está devolviendo sus cosas?

Se vuelve para mirarme con una clara expresión de determinación en el rostro ceniciento. Es su gesto testarudo, el que conozco tan bien.

—Necesito el dinero que le dieron a Taylor por el Escarabajo.

Habla con voz serena pero apagada.

—Ana, yo no quiero esas cosas, son tuyas. —No puede hacerme esto—. Llévatelas.

—No, Christian. Las acepté a regañadientes, y ya no las quiero.

—Ana, ¡sé razonable!

—No quiero nada que me recuerde a ti. Solo necesito el dinero que le dieron a Taylor por mi coche.

Su voz está desprovista de emoción.

Quiere olvidarme.

—¿Intentas hacerme daño de verdad?

—No. No. Solo intento protegerme.

Pues claro, intenta protegerse del monstruo.

—Ana, quédate esas cosas, por favor.

Tiene los labios muy pálidos.

—Christian, no quiero discutir. Solo necesito el dinero.

El dinero. Al final todo se reduce al puto dinero.

—¿Te vale un cheque? —le suelto con brusquedad.

—Sí. Creo que podré fiarme.

Si quiere dinero, le daré dinero. Entro en mi estudio como

un vendaval; a duras penas consigo dominar mi ira. Me siento al escritorio y llamo a Taylor.

—Buenos días, señor Grey.

No respondo al saludo.

—¿Cuánto te dieron por el Escarabajo de Ana?

—Doce mil dólares, señor.

—¿Tanto?

A pesar de mi mal humor, me sorprendo.

—Es un clásico —señala a modo de explicación.

—Gracias. ¿Puedes llevar a la señorita Steele a casa ahora?

—Por supuesto. Bajaré enseguida.

Cuelgo y saco la chequera del cajón del escritorio. Al hacerlo, me viene a la memoria la conversación con Welch sobre el cabronazo del marido de Leila.

¡Siempre es el puto dinero!

Presa de la furia, duplico la cantidad que consiguió Taylor por esa trampa mortal y meto el cheque en un sobre.

Cuando vuelvo, Ana sigue de pie junto a la isla de la cocina con actitud perdida; parece una niña. Le entrego el sobre y mi ira se desvanece en cuanto la miro.

—Taylor consiguió un buen precio. Es un clásico. Se lo puedes preguntar a él. Te llevará a casa.

Señalo con la cabeza hacia donde Taylor la espera, a la entrada del salón.

—No hace falta. Puedo ir sola a casa, gracias.

¡No! Acepta que te lleve él, Ana. ¿Por qué me haces esto?

—¿Me vas a desafiar en todo?

—¿Por qué voy a cambiar mi manera de ser?

Me mira con gesto inexpresivo.

Esa es básicamente la razón de por qué nuestro acuerdo estaba condenado al fracaso desde el principio. No está hecha para esto y, en el fondo de mi alma, siempre lo he sabido. Cierro los ojos.

Soy un auténtico idiota.

Pruebo otro enfoque más suave, en tono de súplica.

—Por favor, Ana, deja que Taylor te lleve a casa.

—Iré a buscar el coche, señorita Steele —anuncia Taylor con callada autoridad, y se marcha.

Puede que a él le haga caso. Ana mira alrededor, pero él ya se ha ido al sótano a sacar el coche.

Ana se vuelve para mirarme, con los ojos aún más abiertos. Y contengo la respiración. No puedo creer que vaya a marcharse. Es la última vez que la veré, y parece muy, muy triste. Me duele en el alma ser el responsable de esa tristeza. Doy un paso vacilante al frente, quiero abrazarla una vez más y suplicarle que se quede.

Ella retrocede; es evidente que ya no quiere saber nada de mí. La he apartado de mi vida.

Estoy paralizado.

—No quiero que te vayas.

—No puedo quedarme. Sé lo que quiero, y tú no puedes dármelo, y yo tampoco puedo darte lo que tú quieres.

Oh, por favor, Ana… Déjame abrazarte una vez más. Oler tu aroma dulce, tan dulce… Sentirte en mis brazos. Doy otro paso hacia delante, pero ella levanta las manos para detenerme.

—No, por favor. —Se aparta con el pánico reflejado en el rostro—. No puedo seguir con esto.

Recoge la maleta y la mochila y se dirige al vestíbulo. Yo la sigo, manso e impotente detrás de ella, con la mirada fija en su cuerpo menudo.

Una vez en el vestíbulo, llamo al ascensor. No puedo apartar los ojos de ella… de su delicada cara de duendecilla, de esos labios, de la forma en que sus largas pestañas aletean y proyectan una sombra sobre sus palidísimas mejillas. No acierto a encontrar palabras mientras intento memorizar cada detalle. No se me ocurre ninguna frase ingeniosa, ninguna broma ocurrente, ninguna orden arrogante. No tengo nada… tan solo un inmenso vacío en el interior del pecho.

Se abren las puertas del ascensor y Ana entra en él. Me mira… y por un momento se le cae la máscara y ahí está: mi dolor reflejado en su hermoso rostro.

No… Ana. No te vayas.

—Adiós, Christian.

—Adiós, Ana.

Las puertas se cierran y ella ha desaparecido.

Me dejo caer lentamente hasta el suelo y entierro la cabeza en mis manos. Ahora el vacío es inconmensurable y lacerante, y me consume por completo.

Grey, ¿qué narices has hecho?

Cuando vuelvo a levantar la vista, los cuadros que adornan mi vestíbulo, los de la Virgen con el Niño, ponen una sonrisa glacial en mis labios. La idealización de la maternidad. Todas ellas mirando a sus hijos, o mirándome a mí con aire funesto.

Tienen razón al dirigirme esa mirada. Ana se ha ido. Se ha ido de verdad. Lo mejor que me ha pasado en la vida. Después de decirme que nunca me dejaría. Me prometió que nunca me dejaría. Cierro los ojos para no ver esas miradas compasivas y sin vida, y vuelvo a recostar la cabeza en la pared. Es cierto, lo dijo en sueños y, como el idiota que soy, la creí. En el fondo de mi alma siempre he sabido que no era bueno para ella, y que ella era demasiado buena para mí. Así es como tenía que ser.

Entonces ¿por qué estoy hecho una mierda? ¿Por qué duele tanto?

El timbre que anuncia la llegada del ascensor me obliga a abrir los ojos de nuevo, y el corazón me sube hasta la garganta. ¡Ha vuelto! Me quedo paralizado esperando mientras las puertas se abren… y Taylor sale del ascensor y se para un instante.

Mierda. ¿Cuánto rato llevo aquí sentado?

—La señorita Steele está en casa, señor Grey —dice como si fuese habitual hablar conmigo mientras estoy tirado en el suelo.

—¿Cómo estaba? —pregunto con el tono más neutro posible, aunque necesito saberlo.

—Disgustada, señor —responde sin mostrar ningún tipo de emoción.

Asiento y le hago una indicación para que se retire, pero no se mueve.

—¿Quiere que le traiga algo, señor? —pregunta, demasiado amablemente para mi gusto.

—No.

Vete. Déjame solo.

—Señor —dice, y me deja en el suelo del vestíbulo.

Pese a lo mucho que me gustaría quedarme aquí sentado todo el día y recrearme en el dolor, no puedo hacerlo. Espero noticias de Welch, y tengo que llamar al desgraciado del marido de Leila.

También necesito una ducha. Tal vez el agua pueda arrastrar consigo esta agonía.

Al levantarme, toco la mesa de madera que preside el vestíbulo y rozo con los dedos la delicada marquetería del mueble, siguiendo su trazado con aire distraído. Me habría gustado follarme a la señorita Steele encima de esa mesa. Cierro los ojos y la imagino abierta de piernas ahí encima, con la cabeza echada hacia atrás, la barbilla subida, la boca abierta en pleno éxtasis y su melena voluptuosa colgando a un lado. Mierda, se me pone dura con solo pensarlo.

Joder.

El dolor en mis entrañas se hace más intenso y lacerante todavía.

Se ha ido, Grey. Más vale que te acostumbres.

Y, con la ayuda de años de forzada disciplina, obligo a mi cuerpo a cuadrarse.

El agua de la ducha está ardiendo; la temperatura justo por debajo del límite del dolor, tal como a mí me gusta. Me sitúo bajo la cascada intentando olvidar a Ana, con la esperanza de que el calor abrasador me la arranque de la mente y elimine su olor de mi cuerpo.

Si ha decidido marcharse, no hay vuelta atrás.

Nunca más.

Me froto el pelo con sombría determinación.

Bueno, pues ¡hasta nunca! Estaré mucho mejor sin ella.

Y doy un respingo.

No, no estaré mucho mejor sin ella.

Levanto la cara hacia el chorro de agua. No, no estaré mejor en absoluto: la voy a echar de menos. Apoyo la cabeza en los azulejos. Anoche, sin ir más lejos, estaba en la ducha conmigo. Me miro las manos y acaricio con los dedos las juntas de los azulejos en los que ayer Ana apoyaba las manos en la pared.

A la mierda con todo.

Cierro el agua y salgo de la ducha. Mientras me envuelvo una toalla alrededor de la cintura, tomo conciencia de lo que pasará a partir de ahora: cada uno de mis días será más oscuro y más vacío, porque ella ya no estará en mi vida.

No habrá más correos ocurrentes e ingeniosos.

No habrá más lengua viperina.

No habrá más curiosidad.

Sus chispeantes ojos azules ya no me mirarán con ese brillo divertido… ni escandalizados… ni con lujuria. Contemplo al imbécil hosco y malhumorado que me devuelve la mirada desde el espejo del baño.

—¿Qué diablos has hecho, capullo? —le suelto, y él me devuelve las mismas palabras con cáustico desdén. El cabrón pestañea al mirarme, con unos enormes ojos grises anegados de tristeza—. Está mejor sin ti. Nunca serás lo que ella quiere. No puedes darle lo que necesita. Quiere flores y corazones. Se merece a alguien mejor que tú, jodido cabrón miserable.

Asqueado por ese reflejo que me observa con ojos asesinos, le doy la espalda al espejo.

A la mierda el afeitado de hoy.

Me seco junto a la cómoda y saco unos calzoncillos y una camiseta limpia. Al volverme, reparo en una caja pequeña que hay encima de mi almohada. Es como si el suelo se abriera de nuevo bajo mis pies, dejando otra vez al descubierto el abismo que hay debajo, sus fauces abiertas, esperándome, y mi ira se transforma en miedo.

Es un regalo suyo. ¿Qué tipo de regalo será? Suelto la ropa y respiro hondo antes de sentarme en la cama y abrir la caja.

Es un planeador; un kit para montar la maqueta del Blanik L-23. Una nota garabateada cae al suelo desde lo alto de la caja y aterriza sobre la cama.

Esto me recordó un tiempo feliz.
Gracias.
Ana

Es el regalo perfecto de la chica perfecta.
El dolor me desgarra por dentro.
¿Por qué me duele tanto? ¿Por qué?
Un recuerdo del pasado asoma su fea cabeza tratando de hincarme sus dientes. No. No quiero que mi mente vuelva a ese lugar. Me levanto, tiro la caja sobre la cama y me visto a toda prisa. Cuando termino, recupero la caja y la nota y me voy al estudio. Sabré manejar mucho mejor este asunto desde mi cuartel general.

Mi conversación con Welch es breve, y la que mantengo con Russell Reed —el capullo mentiroso y miserable que se casó con Leila— es más breve aún. No sabía que se habían casado durante un fin de semana de borrachera en Las Vegas. No es de extrañar, pues, que su matrimonio se fuera a pique al cabo de solo dieciocho meses. Ella lo dejó hace doce semanas. Entonces ¿dónde te encuentras ahora, Leila Williams? ¿Qué has estado haciendo todo este tiempo?

Me concentro en Leila tratando de recordar alguna pista de nuestro pasado que pueda decirme dónde está. Necesito saberlo. Necesito saber que está a salvo. Y por qué vino a mí. ¿Por qué yo?

Ella quería más y yo no, pero de eso hace mucho tiempo. Cuando se marchó, todo fue muy fácil: pusimos fin al contrato de mutuo acuerdo. En realidad, todo nuestro trato había sido ejemplar, tal como debería ser. Cuando estaba conmigo, disfrutaba siendo traviesa; no era esa misma criatura desesperada que ha descrito Gail.

Recuerdo lo mucho que le gustaban nuestras sesiones en el cuarto de juegos. A Leila le encantaban las perversiones. Aflora un recuerdo: estoy atándole juntos los dedos gordos de ambos pies y se los separo por los talones para que no pueda apretar las nalgas y evitar así el dolor. Sí, le volvía loca toda esa mierda, y a mí también. Era una sumisa increíble, pero nunca me interesó como lo hizo Anastasia Steele.

Nunca me absorbió tanto el pensamiento como Ana.

Miro la maqueta que tengo encima del escritorio y recorro el borde de la caja con el dedo, consciente de que los dedos de Ana la han tocado antes.

Mi dulce Anastasia.

Tan diferente a todas las mujeres que he conocido… La única a la que he perseguido y que además no puede darme lo que quiero.

No lo entiendo.

He vuelto a sentirme vivo desde que la conocí. Estas últimas semanas han sido las más emocionantes, las más impredecibles, las más fascinantes de mi vida. Me han sacado de mi mundo monocromático para llevarme a otro más rico y lleno de colores… y, a pesar de todo, ella no puede ser lo que yo necesito.

Hundo la cabeza entre las manos. A ella nunca le gustará lo que hago. Intenté convencerme a mí mismo de que podríamos ir trabajando el camino hacia las prácticas más duras, pero eso no sucederá, nunca. Está mejor sin mí. ¿Para qué iba a querer ella a un monstruo completamente jodido que no soporta que le toquen?

Y sin embargo, tuvo el detalle de comprarme este regalo. ¿Quién ha hecho algo así por mí, aparte de mi familia? Examino otra vez la caja y la abro. Todas las piezas de plástico del planeador están sujetas en una misma plantilla, envueltas en celofán. Me viene a la mente el recuerdo de sus gritos de entusiasmo a bordo del planeador durante nuestra excursión: las manos arriba, apoyadas en la cubierta de plexiglás. No puedo evitar sonreír.

Dios, qué divertido fue eso... el equivalente a tirarle de las trenzas en el recreo. Ana con trenzas... Borro esa imagen inmediatamente. No quiero pensar en eso, en nuestro primer baño juntos. Y lo único que me queda es pensar que ya nunca volveré a verla.

El abismo se abre a mis pies.

No. Otra vez no.

Tengo que construir este planeador. Será una distracción. Abro el celofán y leo las instrucciones. Necesito cola, cola para maquetas. Busco en los cajones del escritorio.

Mierda. En el fondo de uno de los cajones encuentro la caja de cuero rojo que contiene los pendientes de Cartier. No he tenido la oportunidad de dárselos... y ahora nunca la tendré.

Llamo a Andrea y le dejo un mensaje en el móvil pidiéndole que cancele lo de esta noche. No soporto la idea de acudir a la gala, no sin mi acompañante.

Abro la caja roja y miro los pendientes. Son muy bonitos: sencillos y elegantes a la vez, igual que la encantadora señorita Steele... que me ha dejado esta mañana porque la he castigado... porque la he presionado demasiado. Vuelvo a hundir la cabeza entre las manos. Pero ella me lo permitió. No me detuvo. Me lo permitió porque... me quiere. La idea es aterradora y la ahuyento de inmediato. No puede quererme. Es muy simple: nadie puede sentir eso por mí. No si me conoce.

Pasa página, Grey. Céntrate.

¿Dónde está la maldita cola? Vuelvo a meter los pendientes en el cajón y sigo buscando. Nada, no la encuentro.

Llamo a Taylor.

—¿Señor Grey?

—Necesito cola para una maqueta.

Se queda callado un instante.

—¿Para qué clase de maqueta, señor?

—La maqueta de un planeador.

—¿De madera o de plástico?

—De plástico.

—Yo tengo. Ahora se la bajo, señor.

Le doy las gracias, un tanto desconcertado al saber que tiene cola para maquetas. Momentos más tarde, llama a la puerta.

—Pasa.

Entra en mi estudio y deja un bote pequeño de plástico encima de la mesa. No se marcha inmediatamente, y tengo que preguntárselo.

—¿Por qué tienes cola?

—Construyo algún que otro avión de vez en cuando —contesta ruborizándose.

—Ah.

Me pica la curiosidad.

—Volar fue mi primer amor, señor.

No lo entiendo.

—Soy daltónico, señor —explica, escueto.

—¿Y entonces te hiciste marine?

—Sí, señor.

—Gracias por la cola.

—De nada, señor Grey. ¿Ha comido?

Su pregunta me coge por sorpresa.

—No tengo hambre, Taylor. Por favor, ve y disfruta de la tarde con tu hija, ya te veré mañana. No volveré a molestarte.

Se detiene un momento y siento que aumenta mi irritación. Vete.

—Estoy bien.

Mierda. Hablo con la voz entrecortada.

—Señor. —Asiente con la cabeza—. Volveré mañana por la noche.

Hago un rápido gesto para despedirme de él y desaparece.

¿Cuándo fue la última vez que Taylor me ofreció algo para comer? Seguro que parezco mucho más jodido de lo que creía. Enfurruñado, cojo el bote de cola.

Tengo el planeador en la palma de mi mano. Lo miro maravillado y satisfecho por haber logrado montarlo, mientras me vienen a la memoria destellos de aquel vuelo. Era imposible despertar a Anastasia —sonrío al recordarlo— y una vez despierta, estaba insoportable, arrebatadora y hermosa, y divertida también.

Fue tan agradable... Se la veía entusiasmada como una niña durante el vuelo, gritando de pura exaltación, y al final, nuestro beso.

Ha sido mi primer intento de llegar a tener «más». Es extraordinario que en un espacio de tiempo tan corto haya acumulado tantos recuerdos felices.

El dolor vuelve a aflorar a la superficie, zahiriéndome, atormentándome, recordándome todo lo que he perdido.

Concéntrate en el planeador, Grey.

Ahora solo me falta colocar las pegatinas en su sitio; son complicadas de poner, las muy cabronas.

He pegado la última y ahora tendrá que secarse. Mi planeador tiene su propia matrícula de la Administración Federal de Aviación: Noviembre. Nueve. Cinco. Dos. Echo. Charlie.

Echo Charlie.

Levanto la vista y veo que empieza a oscurecer. Es tarde. Lo primero que pienso es que puedo enseñárselo a Ana.

Pero ella no está.

Aprieto los dientes con fuerza y estiro los hombros, rígidos. Me levanto despacio y me doy cuenta de que no he comido ni bebido nada en todo el día; me duele la cabeza.

Estoy hecho una mierda.

Compruebo el móvil con la esperanza de que haya llamado, pero solo hay un mensaje de texto de Andrea.

*Gala cancelada.
Espero q todo bien. A*

Mientras leo el mensaje de Andrea, me suena el móvil. El pulso se me acelera inmediatamente, pero luego se apacigua cuando veo que es Elena quien llama.

—Hola.

No me molesto en disimular mi decepción.

—Christian, ¿qué manera de saludar es esa? ¿Qué bicho te ha picado? —me reprende, pero noto que su tono es de buen humor.

Miro por la ventana. Está anocheciendo en Seattle. Me pregunto un instante qué estará haciendo Ana. No quiero contarle a Elena lo que ha pasado. No quiero pronunciar las palabras en voz alta y convertirlas en realidad.

—¿Christian? ¿Qué te pasa? Dímelo.

Su voz adopta un tono brusco y molesto.

—Me ha dejado —mascullo, huraño.

—Ah. —Elena parece sorprendida—. ¿Quieres que vaya a verte?

—No.

Respira hondo.

—Esta clase de vida no es para todo el mundo.

—Ya lo sé.

—Vaya, Christian, pareces hecho polvo. ¿Quieres salir a cenar?

—No.

—Voy para allá.

—No, Elena. No soy buena compañía. Estoy cansado y quiero estar solo. Te llamaré esta semana.

—Christian… es lo mejor.

—Lo sé. Adiós.

Cuelgo el teléfono. No quiero hablar con Elena. Fue ella la que me animó a ir a Savannah. Tal vez sabía que este día llegaría. Arrugo la frente mirando el teléfono, lo lanzo sobre el escritorio y voy en busca de algo para comer y beber.

Examino el contenido de mi nevera.

Pero no me apetece nada de lo que hay.

Encuentro una bolsa de galletitas saladas en el armario de la despensa, la abro y como una detrás de otra mientras me dirijo a la ventana. Fuera ya es de noche; las luces titilan y parpadean por entre la lluvia pertinaz. El mundo sigue adelante.

Sigue adelante, Grey.

Sigue adelante.

Domingo, 5 de junio de 2011

Miro el techo del dormitorio. No consigo conciliar el sueño. Me atormenta la fragancia de Ana, que sigue impregnando mis sábanas. Me llevo su almohada a la cara para aspirar su perfume. Es una tortura, es el cielo, y por un momento me planteo morir asfixiado.

Contrólate.

Repaso mentalmente lo que ha ocurrido esta mañana. ¿Podría haber sido de otra manera? No es algo que suela hacer, me parece una pérdida de tiempo, pero hoy busco algo que me ayude a determinar en qué me he equivocado. Además, da igual lo que haga, en mi fuero interno sé que de todas formas habríamos llegado a este callejón sin salida, ya fuera esta mañana o dentro de una semana, un mes o un año. Mejor que haya sido tan pronto, antes de que le infligiese más dolor a Anastasia.

La imagino acurrucada en su pequeña cama blanca. Soy incapaz de visualizarla en su nuevo apartamento ya que nunca he estado allí, pero sí en aquella habitación de Vancouver donde pasé una noche con ella. Niego con la cabeza; fue la noche que mejor he dormido en años. El radiodespertador marca las dos de la madrugada. Llevo dos horas metido en la cama dándole vueltas a la cabeza. Respiro hondo, inhalo su aroma una vez más y cierro los ojos.

Mami no me ve. Estoy delante de ella. No me ve. Está dormida con los ojos abiertos. O enferma.

Oigo un tintineo. Son las llaves de él. Ha vuelto.

Corro, me escondo y me hago pequeño debajo de la mesa de la cocina. He cogido mis coches.

¡Bum! La puerta se cierra de golpe y me asusto.

Veo a mami a través de mis dedos. Vuelve la cabeza y lo ve. Luego está dormida en el sofá. Él lleva las botas grandes con la hebilla brillante y está de pie junto a mami, gritando. Pega a mami con un cinturón.

—*¡Levántate! ¡Levántate! Eres una jodida puta. Eres una jodida puta.*

Mami hace un ruido. Es como un quejido.

—*Para. No le pegues más a mami. No le pegues más a mami.*

Corro hacia él y le pego y le pego y le pego.

Pero él se ríe y me da un bofetón.

¡No! Mami grita.

—*Eres una jodida puta.*

Mami se hace pequeña. Pequeña como yo. Y luego se calla.

—*Eres una jodida puta. Eres una jodida puta. Eres una jodida puta.*

Estoy debajo de la mesa. Tengo los dedos metidos en las orejas, y cierro los ojos. El ruido cesa. Él se da la vuelta y veo sus botas cuando irrumpe en la cocina. Lleva el cinturón y va dándose golpecitos en la pierna. Intenta encontrarme. Se agacha y sonríe. Huele mal. A tabaco y a alcohol y a asco.

—*Aquí estás, mierdecilla.*

Un lamento escalofriante me despierta. Estoy empapado en sudor y tengo el corazón desbocado. Me incorporo de golpe en la cama.

Joder.

Ese quejido espantoso procedía de mí.

Respiro hondo para tranquilizarme intentando deshacerme del recuerdo del hedor a olor corporal, a whisky barato y a cigarrillos Camel rancios.

«Eres un maldito hijo de puta.»

Las palabras de Ana resuenan en mi cabeza.

Como las de él.

Joder.

No pude ayudar a la puta adicta al crack.

Lo intenté. Dios sabe que lo intenté.

«Aquí estás, mierdecilla.»

Pero he podido ayudar a Ana.

He dejado que se fuera.

Tenía que dejarla marchar.

No necesita toda esta mierda.

Echo un vistazo al despertador; son las tres y media de la madrugada. Me dirijo a la cocina y, después de beber un gran vaso de agua, me acerco al piano.

Vuelvo a despertar sobresaltado y esta vez la luz se filtra en la habitación. Los primeros albores de la mañana inundan la estancia. Estaba soñando con Ana: me besaba, tenía la lengua en mi boca, mis dedos se hundían en su pelo; y yo apretaba contra mí su maravilloso cuerpo, con las manos atadas sobre la cabeza.

¿Dónde está?

Por un dulce instante olvido todo lo ocurrido ayer... hasta que vuelvo a revivirlo.

Se ha ido.

Joder.

La prueba de mi deseo hace presión contra el colchón, pero el recuerdo de sus ojos alegres, enturbiados por el dolor y la humillación cuando se fue, hace que desaparezca el deseo.

Me siento como una mierda. Me tumbo de espaldas y me quedo mirando el techo con los brazos cruzados por detrás de la cabeza. Tengo todo el día por delante y, por primera vez en años, no sé qué hacer. Vuelvo a mirar qué hora es: las 5.58.

Mierda, más vale que salga a correr un rato.

La «Llegada de los Montesco y los Capuleto» de Prokófiev suena a todo volumen en mis oídos mientras mis pies golpean la acera en medio del silencio que impera en Fourth Avenue a primera hora de la mañana. Me duele todo: los pulmones me arden, tengo la cabeza a punto de estallar y una honda y sorda sensación de vacío me devora las entrañas. Por mucho que corra para dejar atrás este dolor, no lo consigo. Me detengo para cambiar de música y llenar los pulmones de un aire precioso. Me apetece algo… contundente. «Pump It», de los Black Eyed Peas, sí. Reanudo la carrera.

De pronto me encuentro en Vine Street y, aunque sé que es de locos, me hago ilusiones de verla. A medida que me aproximo a su calle, el pulso se me acelera aún más y se agudiza mi ansiedad. No estoy desesperado por verla… solo quiero comprobar que está bien. No, no es cierto. Necesito verla. Cuando llego a su calle, paso inquieto por delante de su edificio de apartamentos.

Todo está tranquilo —un Oldsmobile circula lentamente por la calzada y veo a un par de personas paseando unos perros—, pero no parece que haya señal de actividad en su apartamento. Cruzo la calle, me detengo un instante en la acera de enfrente y luego me quedo al resguardo de la entrada de un edifico de apartamentos para recuperar el aliento.

Las cortinas de una de las habitaciones están cerradas, y las de la otra, descorridas. Tal vez esa es la suya. Quizá sigue dormida… si es que está ahí, claro. Una escena angustiante se desarrolla en mi mente: anoche salió, se emborrachó, conoció a alguien…

No.

Siento la bilis en la boca. La idea de las manos de otro en su cuerpo, de que un gilipollas disfrute de su cálida sonrisa mientras consigue que se divierta, que se ría… que se corra. Tengo que recurrir a todo mi autocontrol para no tirar la puerta abajo de su apartamento y comprobar si está, y si está sola.

Tú te lo has buscado, Grey.

Olvídala. Ana no es para ti.

Me calo la gorra de los Seahaws hasta que me cubre la cara y sigo corriendo por Western Avenue.

Mis celos son crudos y furiosos; llenan el vacío que se abre a mis pies. Odio esto… Remueve algo en lo más profundo de mi mente, pero no quiero saber de qué se trata. Corro más deprisa para huir de ese recuerdo, del dolor, de Anastasia Steele.

El sol se pone sobre Seattle. Me levanto y me estiro. Llevo todo el día sentado delante del escritorio, en mi estudio, y ha sido productivo. Ros también ha trabajado duro. Ha redactado un primer borrador de plan de negocio y un acuerdo de intenciones para la adquisición de SIP y ya me lo ha enviado.

Al menos podré seguir cuidando de Ana.

La idea me resulta dolorosa y atrayente a partes iguales.

He leído y comentado dos peticiones de patente, varios contratos y más especificaciones de diseño y, mientras he estado absorto en todos esos detalles, no he pensado en ella. El pequeño planeador sigue sobre mi mesa, mofándose de mí, recordándome tiempos más felices, como escribió ella. La imagino en la puerta de mi estudio, con una de mis camisetas, toda ella piernas largas y ojos azules, justo antes de que me sedujera.

Otra novedad.

La echo de menos.

Ya está… lo he admitido. Miro el móvil con la vana esperanza de que se haya puesto en contacto conmigo, pero veo que tengo un mensaje de texto de Elliot.

¿Una cerveza, campeón?

Contesto:

No. Ocupado.

Elliot responde al instante.

Pues que te den.

Sí, que me den.

Nada de Ana; ni llamadas perdidas, ni e-mails, absolutamente nada. El vacío que devora mis entrañas se intensifica. No va a llamar. Quería irse. Quería alejarse de mí, y no puedo culparla por ello.

Es lo mejor.

Me dirijo a la cocina para cambiar de aires.

Gail ha vuelto. La cocina está limpia y hay algo cocinándose en el fuego. Huele bien… pero no tengo hambre. Gail entra cuando estoy echando un vistazo a lo que está preparando.

—Buenas noches, señor.

—Gail.

Se detiene un instante, sorprendida. ¿Es por mí? Mierda, sí que debo de tener mala cara.

—¿Pollo a la cazadora? —pregunta, indecisa.

—Perfecto —mascullo.

—¿Para dos? —quiere saber.

Me la quedo mirando, y de pronto parece incómoda.

—Para uno.

—¿Diez minutos? —dice con voz temblorosa.

—Bien. —Mi tono es glacial.

Me doy la vuelta para irme.

—Señor Grey —me llama.

—¿Qué, Gail?

—No es nada, perdone que le moleste.

Se vuelve hacia los fogones para remover el pollo y yo salgo de la cocina. Voy a darme otra ducha.

Dios, incluso el personal se ha dado cuenta de que algo huele a podrido en la puta Dinamarca.

Lunes, 6 de junio de 2011

Temo irme a la cama. Es más de medianoche y estoy cansado, pero me siento al piano y toco el adagio Bach Marcello una y otra vez. Al recordar a Ana con la cabeza reposando sobre mi hombro, casi puedo notar su dulce fragancia.

Venga ya, ¡dijo que lo intentaría!

Dejo de tocar y me cubro la cabeza con ambas manos. Al apoyarme sobre los codos aporreo el teclado y suenan dos acordes discordantes. Dijo que lo intentaría, pero a la mínima se ha dado por vencida.

Y ha salido corriendo.

¿Por qué le pegué tan fuerte?

En mi fuero interno conozco la respuesta: porque ella me lo pidió, y yo fui demasiado impetuoso y egoísta para resistir la tentación. Seducido por su desafío, aproveché la oportunidad para colocarnos a ambos donde yo deseaba estar. Ella no usó ninguna palabra de seguridad, y le hice más daño del que podía soportar... cuando le había prometido que jamás lo haría.

Soy un completo gilipollas.

¿Cómo podría volver a confiar en mí después de eso? Es normal que se haya marchado.

Además, ¿por qué narices iba a querer estar conmigo?

Se me pasa por la cabeza emborracharme. No lo he hecho desde que tenía quince años. Bueno, sí, una vez, a los veintiuno. No soporto perder el control; sé lo que el alcohol puede hacerle a uno. Me estremezco y cierro la mente a esos recuerdos, y decido que es mejor que me vaya a dormir.

Tumbado en la cama, rezo por no soñar nada. Pero, si tengo que soñar, quiero que sea con ella.

Hoy mami está muy guapa. Se sienta y me deja que le cepille el pelo. Me mira en el espejo y pone esa sonrisa especial. La sonrisa especial que tiene para mí. Se oye un ruido fuerte. Algo se ha roto. Es él, ha vuelto. ¡No!

—¿Dónde coño estás, puta? He traído a un amigo que te necesita. Tiene pasta.

—Mami se pone de pie, me coge de la mano y me empuja dentro del armario. Me siento sobre sus zapatos y procuro estar callado mientras me tapo las orejas y cierro los ojos con fuerza. La ropa huele a mami. Me gusta su olor. Me gusta estar aquí. A salvo de él. Está gritando.

—¿Dónde está ese puto mequetrefe?

Me ha cogido del pelo y me saca del armario.

—No quiero que estropees la fiesta, mierdecilla.

Le pega una bofetada fuerte a mami.

—Házselo bien a mi amigo y te conseguiré un pico, puta.

Mami me mira con lágrimas en los ojos. No llores, mami. Otro hombre entra en la habitación. Un hombre grande con el pelo sucio. El hombre grande le sonríe a mami. Me llevan a la otra habitación. Él me tira al suelo de un empujón y me hago daño en las rodillas.

—¿Qué voy a hacer contigo, mocoso de mierda?

Huele mal. Huele a cerveza y está fumando un cigarrillo.

Despierto. El corazón me va a cien, como si hubiera recorrido cuarenta manzanas a todo correr para escapar de los perros del infierno. Salto de la cama mientras entierro el sueño en lo más recóndito de mi conciencia y me apresuro a ir a la cocina a por un vaso de agua.

Necesito ver a Flynn. Las pesadillas son cada vez peores. No las tenía cuando Ana dormía a mi lado.

Mierda.

Nunca me había dormido con ninguna de mis sumisas. Bueno, nunca me había apetecido hacerlo. ¿Es porque me daba miedo que me tocaran durante la noche? No lo sé. Hizo falta que una chica inocente se emborrachara para demostrarme lo apacible y agradable que puede llegar a ser.

Sí que había mirado a mis sumisas mientras dormían, pero siempre con el propósito de despertarlas para obtener un poco de alivio sexual.

Recuerdo haber estado horas enteras observando a Ana dormida en el Heathman. Cuanto más la miraba, más guapa me parecía: su piel sin mácula resplandecía bajo la tenue luz, el pelo oscuro se extendía sobre la almohada blanca y las pestañas le temblaban mientras dormía. Tenía la boca entreabierta y se le veían los dientes, y también la lengua al pasársela por los labios. Simplemente observarla fue una experiencia de lo más excitante. Y cuando por fin me puse a dormir a su lado, escuchando su respiración regular, contemplando cómo subían y bajaban sus pechos cada vez que tomaba aire, dormí bien, muy bien.

Entro en el estudio y cojo el planeador. El simple hecho de verlo me arranca una sonrisa de ternura y me reconforta. Me siento orgulloso de haberlo construido, y a la vez ridículo por lo que estoy a punto de hacer. Fue su último regalo para mí. El primero desde que empezó a ser... ¿qué?

Claro. Ella misma.

Se había sacrificado a sí misma para satisfacer mis necesidades, mi ansia, mi lujuria, mi ego; mi puto ego malherido.

Mierda. ¿Desaparecerá alguna vez este dolor?

Aunque me siento un poco tonto al hacerlo, me llevo el planeador a la cama.

—¿Qué le apetece desayunar, señor?

—Solo un café, Gail.

La señora Jones duda.

—Señor, ayer noche no se comió la cena.

—¿Y qué?

—Que igual se pone enfermo.

—Gail, solo un café. Por favor. —Con eso la hago callar. No es asunto suyo.

Ella frunce los labios, pero asiente y se vuelve hacia la Gaggia. Me dirijo al estudio para recoger los documentos de la oficina y buscar un sobre acolchado.

Llamo a Ros por teléfono desde el coche.

—Buen trabajo con los preparativos para SIP, pero hace falta revisar el plan de negocio. Vamos a hacer una oferta.

—Christian, es demasiado pronto.

—Quiero que nos demos prisa. Te he enviado por e-mail mi opinión sobre el precio de la oferta. Estaré en la oficina a partir de las siete y media; nos reuniremos allí.

—Si estás seguro…

—Lo estoy.

—De acuerdo, llamaré a Andrea para que programe esa reunión. Tengo las estadísticas de la comparativa entre Detroit y Savannah.

—¿Y cuál es la conclusión?

—Detroit.

—Ya.

Mierda. No ha salido Savannah.

—Hablamos luego.

Cuelgo. Me arrellano en el asiento trasero del Audi y le doy vueltas a la cabeza mientras Taylor se abre paso a toda velocidad entre el tráfico. Me pregunto cómo se las arreglará Anastasia para desplazarse hasta el trabajo esta mañana. A lo mejor ayer compró un coche, aunque lo dudo, y no sé por qué. Me pregunto si está tan hecha polvo como yo; espero que no. Tal vez se haya dado cuenta de que yo no era más que un ridículo capricho pasajero.

Es imposible que me quiera.

Y menos ahora, desde luego, después de todo lo que le he hecho. Nadie me había dicho jamás que me quería, excepto mis padres, claro, pero incluso ellos lo hacen por su sentido del deber. Me viene a la mente la palabrería de Flynn sobre la incondicionalidad del amor parental, aun cuando se trata de niños adoptados, pero nunca me ha convencido. Para ellos no he sido más que una decepción.

—¿Señor Grey?

—Lo siento, ¿qué pasa?

Taylor me ha pillado fuera de juego. Ha abierto la puerta del coche y está esperando a que salga con cara de preocupación.

—Hemos llegado, señor.

Mierda... ¿Cuánto tiempo llevamos aquí?

—Gracias. Ya te diré a qué hora tienes que venir a buscarme por la tarde.

Céntrate, Grey.

Andrea y Olivia me miran cuando salgo del ascensor. Olivia pestañea y se coloca un mechón de pelo detrás de la oreja. Dios, estoy hasta el gorro de esa idiota. Tendré que pedirles a los de Recursos Humanos que la trasladen a otro departamento.

—Un café, Olivia, por favor... y también un cruasán.

La chica se levanta de inmediato para seguir mis instrucciones.

—Andrea, ponme al teléfono con Welch, con Barney, luego con Flynn y después con Claude Bastille. No quiero que me moleste nadie, ni siquiera mi madre. A menos que... A menos que llame Anastasia Steele, ¿entendido?

—Sí, señor. ¿Quiere que revisemos ahora la agenda?

—No, antes necesito tomarme un café y comer algo.

Miro con mala cara a Olivia, que avanza hacia el ascensor a la velocidad de un caracol.

—Sí, señor Grey —dice Andrea tras de mí cuando ya estoy abriendo la puerta de mi despacho.

Saco del maletín el sobre acolchado que contiene mi posesión más preciada: el planeador. Lo coloco sobre el escritorio, y a mi mente acude la señorita Steele.

Esta mañana se estrena en su nuevo empleo, conocerá a personas nuevas... a hombres nuevos. La idea me resulta dolorosa. Me olvidará.

No, no me olvidará. Las mujeres siempre recuerdan al primer hombre con quien han follado, ¿verdad? Siempre ocuparé un lugar en su memoria, aunque solo sea por eso. Pero yo no quiero ser un simple recuerdo; quiero que me tenga presente. Necesito que me tenga presente. ¿Qué puedo hacer?

Llaman a la puerta y aparece Andrea.

—El café y los cruasanes que ha pedido, señor Grey.

—Pasa.

Se apresura a acercarse y su mirada recae en el planeador, pero tiene la sensatez de morderse la lengua. Deja el desayuno sobre el escritorio.

Café solo. Buen trabajo, Andrea.

—Gracias.

—Les he dejado mensajes a Welch, Barney y Bastille. Flynn llamará dentro de cinco minutos.

—Bien. Quiero que canceles todos los compromisos sociales que tengo para esta semana. Nada de comidas, y nada de asistir a ningún acto por la noche. Arréglatelas para ponerme con Barney y busca el teléfono de una buena floristería.

Lo va anotando todo como puede en su libreta.

—Señor, solemos trabajar con Arcadia's Roses. ¿Quiere que les pida que manden algún ramo de su parte?

—No, pásame el número, me encargaré personalmente. Eso es todo.

Ella asiente y se apresura a marcharse, como si no viera la hora de salir de mi despacho. Al cabo de un momento suena el teléfono. Es Barney.

—Barney, necesito que me hagas un pie para una maqueta de planeador.

Entre reunión y reunión llamo a la floristería y encargo dos docenas de rosas blancas para Ana. Pido que las entreguen en su casa por la noche; así no la incomodo ni la molesto mientras trabaja.

Y no podrá olvidarse de mí.

—¿Quiere que incluyamos algún mensaje con las flores, señor? —pregunta la florista.

¿Un mensaje para Ana?

¿Y qué le digo?

Vuelve. Lo siento. No te pegaré más.

Las palabras brotan en mi mente de forma espontánea y me obligan a arrugar la frente.

—Mmm... Algo como: «Felicidades por tu primer día en el trabajo. Espero que haya ido bien. —Miro el planeador en el escritorio—. Y gracias por el planeador. Has sido muy amable. Ocupa un lugar preferente en mi mesa. Christian».

La florista me lee la nota.

Maldita sea, no expresa nada de lo que quiero decirle.

—¿Será todo, señor Grey?

—Sí. Gracias.

—De nada, señor, y que tenga un buen día.

Le lanzo una mirada asesina al teléfono. Un buen día, y una mierda.

—Oye, tío, ¿qué te pasa? —Claude levanta su miserable trasero del suelo, donde lo he hecho aterrizar de un puñetazo—. Esta tarde estás que muerdes, Grey.

Se levanta despacio, con la elegancia de un gato grande que tantea de nuevo a su presa. Estamos entrenándonos a solas en el gimnasio del sótano de Grey House.

—Estoy cabreado —suelto entre dientes.

Él mantiene el semblante impasible mientras nos movemos en círculo.

—No es buena idea subirte al ring si tienes la cabeza en otro sitio —dice Claude, divertido pero sin quitarme los ojos de encima.

—Pues a mí me está ayudando.

—Más a la izquierda. Protégete la derecha. El brazo más arriba, Grey.

Me ataca con un golpe cruzado, me da en el hombro y a punto estoy de perder el equilibrio y caerme.

—Concéntrate, Grey. Aquí no te traigas todas esas mierdas de tu vida de ejecutivo. ¿O es por una chica? ¿Por fin un culo de los buenos te tiene bien pillado? —Me mira con sorna provocándome.

Y funciona: le doy una patada a media altura y un puñetazo con todo el peso del cuerpo, y otro más, y él retrocede tambaleándose mientras sus cortas rastas se agitan.

—Métete en tus putos asuntos, Bastille.

—Vaya, te he dado donde más te duele —alardea Claude, en un tono triunfal.

De repente repite el golpe cruzado, pero yo me anticipo a su acción y lo bloqueo atacando con un puñetazo y una patada rápida. Esta vez se echa para atrás de un salto, impresionado.

—No sé qué mierda está pasando en tu pequeño mundo privilegiado, Grey, pero funciona. Quédate con ello.

Voy a derribarlo, ya lo creo. Arremeto contra él.

De vuelta a casa encontramos poco tráfico.

—Taylor, ¿podemos hacer una parada?

—¿Adónde vamos?

—¿Puedes pasar por el apartamento de la señorita Steele?

—Sí, señor.

Me he acostumbrado a este dolor; está siempre presente, como un zumbido en el oído. Durante las reuniones se hace más débil y resulta menos molesto; pero, cuando estoy a solas con mis pensamientos, se intensifica y me desgarra por dentro. ¿Cuánto va a durar?

A medida que nos acercamos a su edificio, el corazón se me ralentiza.

A lo mejor la veo.

La posibilidad me hace vibrar de emoción y me incomoda al

mismo tiempo. Y me doy cuenta de que, desde que se marchó, tan solo he pensado en ella. Su ausencia es mi compañera permanente.

—Conduce despacio —le indico a Taylor cuando nos acercamos más.

Las luces están encendidas.

¡Se encuentra en casa!

Espero que esté sola, y que me eche de menos.

¿Habrá recibido las flores que le he mandado?

Me entran ganas de mirar el teléfono para comprobar si me ha enviado algún mensaje, pero no puedo apartar la mirada de su ventana; no quiero perderme la oportunidad de verla. ¿Estará bien? ¿Estará pensando en mí? Me pregunto cómo le habrá ido el primer día de trabajo.

—¿Otra vez, señor? —pregunta Taylor mientras, lentamente, dejamos atrás el edificio.

—No —digo exhalando. No era consciente de que había contenido la respiración.

Mientras regresamos al Escala, reviso los e-mails y los mensajes de texto con la esperanza de encontrar alguno de ella... pero no hay nada. Veo un mensaje de texto de Elena.

¿Estás bien?

Hago como si no lo hubiera recibido.

En mi apartamento no se oye un solo ruido. No me había dado cuenta hasta ahora. La ausencia de Anastasia ha acentuado ese silencio.

Doy un sorbo de coñac mientras me dirijo a la biblioteca con aire apático. Qué ironía que no le haya enseñado jamás esta habitación, con el amor que siente por la literatura... Tengo la esperanza de hallar un poco de consuelo en este lugar, puesto que no alberga ningún recuerdo de nosotros. Reviso todos mis libros, bien catalogados y colocados en las estanterías, y mi mirada se desvía hacia la mesa de billar. ¿Jugará Ana al billar? No lo creo.

Me asalta una imagen de ella abierta de piernas sobre el paño verde. Puede que aquí no haya recuerdos de los dos, pero mi mente es más que capaz y está más que encantada de crear vívidas y eróticas imágenes de la encantadora señorita Steele.

No puedo soportarlo.

Doy otro trago de coñac y salgo de la habitación.

Martes, 7 de junio de 2011

Estamos follando. Follando duro. En el suelo del baño. Es mía. Me hundo en ella, una y otra vez. Me deleito con ella: su tacto, su olor, su sabor. La sujeto por el pelo para que no pueda moverse. La sujeto por el culo. Sus piernas alrededor de mi cintura. La tengo inmovilizada. Me envuelve como si fuera seda. Sus manos me tiran del pelo. Ah, sí. Me siento en casa, ella es mi hogar. Aquí es donde quiero estar... dentro de ella...

Ella... es... mía. Cuando se corre, sus músculos se tensan, aprisionan mi miembro, y echa la cabeza hacia atrás. ¡Córrete para mí! Grita, y yo la sigo... Oh, sí, mi dulce, dulce Anastasia. Sonríe, somnolienta, saciada... oh, y tan sexy...

Se levanta y me mira con esa sonrisa juguetona en los labios, luego me aparta y retrocede unos pasos sin decir nada. La cojo de la mano y estamos en el cuarto de juegos. La sujeto sobre el banco. Levanto el cinturón para castigarla... y ella desaparece. Está junto a la puerta. Pálida, conmocionada y triste, y se aleja como flotando... La puerta ya no está, y ella se aleja más aún. Alarga las manos en un gesto de súplica.

—Ven conmigo —susurra, pero sigue retrocediendo y desvaneciéndose... desapareciendo frente a mis ojos... evaporándose... Se ha ido.

—¡No! —grito—. ¡No!

Pero no tengo voz. No tengo nada. Estoy mudo. Mudo... otra vez.

Despierto aturdido.

Mierda, ha sido un sueño. Otro sueño vívido.

Aunque diferente.

¡Dios! Mi cuerpo está todo pegajoso. Por un instante revivo una sensación que había olvidado hace mucho tiempo, una sensación de miedo y euforia... pero ahora ya no pertenezco a Elena.

¡Madre de Dios! Ha sido una corrida monumental. No me pasaba esto desde que tenía... ¿cuántos años?, ¿quince?, ¿dieciséis?

Sigo acostado, a oscuras, asqueado de mí mismo. Me quito la camiseta y me limpio con ella. Hay semen por todas partes. Me sorprendo sonriendo, a pesar de la dolorosa sensación de pérdida que siento. El sueño erótico ha merecido la pena. El resto... joder. Me doy la vuelta y sigo durmiendo.

Él se ha ido. Mami está sentada en el sofá. Callada. Mira la pared y a veces parpadea. Me pongo delante de ella, pero no me ve. Muevo una mano y entonces me ve, pero me hace un gesto para que me vaya. No, renacuajo, ahora no. Él le hace daño a mami. Me hace daño a mí. Me duele la barriga, vuelve a tener hambre. Estoy en la cocina, busco galletas. Acerco la silla al armario y me subo. Encuentro una caja de galletas saladas. Es lo único que hay en el armario. Me siento en la silla y abro la caja. Quedan dos. Me las como. Están buenas. Lo oigo. Ha vuelto. Salto de la silla, voy corriendo a mi habitación y me meto en la cama. Me hago el dormido. Él me clava un dedo.

—*Quédate aquí, mierdecilla. Voy a follarme a la puta de tu madre. No quiero volver a ver tu asquerosa cara el resto de la noche, ¿lo entiendes?*

No le contesto y me da una bofetada.

—*O te quemo, pequeño capullo.*

No. No. Eso no me gusta. No me gusta que me queme. Duele.

—*¿Lo pillas, retrasado?*

Sé que quiere que llore. Pero es difícil. No consigo hacer el sonido. Me da un puñetazo...

Vuelvo a despertar sobresaltado y jadeando, y me quedo tumbado a la pálida luz del amanecer esperando a que se me calme el corazón, intentando deshacerme del acre sabor a miedo que tengo en la boca.

Ella te salvó de esta mierda, Grey.

No revivías el dolor de estos recuerdos cuando ella estaba contigo. ¿Por qué has dejado que se marchase?

Miro el reloj: las 5.15. Hora de salir a correr.

Su edificio tiene una apariencia lúgubre en la penumbra; aún no le alcanzan los primeros rayos de sol: una estampa apropiada que refleja mi estado de ánimo. Su apartamento está a oscuras, aunque las cortinas de la habitación en la que me fijé ayer permanecen echadas. Debe de ser su dormitorio.

Confío desesperadamente en que esté durmiendo sola ahí arriba. La imagino acurrucada en su cama de hierro forjado blanco; Ana hecha una pequeña bola. ¿Estará soñando conmigo? ¿Le provocaré pesadillas? ¿Me habrá olvidado?

Nunca me había sentido tan desgraciado, ni siquiera de adolescente. Tal vez antes de ser un Grey… Mi memoria retrocede de nuevo. No, no… pesadillas estando despierto no, por favor. Esto es demasiado. Me pongo la capucha, me escondo en el portal de enfrente y me apoyo en la pared de granito. Me asalta el espantoso y fugaz pensamiento de que podría pasarme aquí una semana, un mes… ¿un año? Vigilando, esperando conseguir al menos un atisbo de la chica que era mía. Duele. Me he convertido en lo que ella siempre me ha acusado de ser: en su acosador.

No puedo seguir así. Tengo que verla, comprobar que está bien. Necesito borrar la última imagen que conservo de ella: herida, humillada, derrotada… y dejándome.

Tengo que idear la forma de conseguirlo.

De vuelta en el Escala, Gail me mira impasible.

—Yo no he pedido esto —le digo al ver la tortilla que acaba de dejarme delante.

—Entonces la tiraré, señor Grey —dice, y alarga una mano para coger el plato.

Sabe que no soporto que se derroche la comida, pero no tiembla ante mi mirada fulminante.

—Lo ha hecho a propósito, señora Jones. —Qué mujer más entrometida.

Ella sonríe, una sonrisa breve y triunfal. Frunzo el ceño, pero no se inmuta y, con el recuerdo de la pesadilla de esta noche aún latente, devoro el desayuno.

¿Podría sencillamente llamar a Ana para saludarla? ¿Me contestaría? Mi mirada se posa en el planeador que tengo sobre el escritorio. Ella me pidió una ruptura definitiva, y debería respetar su decisión y no molestarla. Pero quiero oír su voz. Sopeso un instante la idea de llamarla y colgar, solo para oírla.

—¿Christian? ¿Estás bien, Christian?

—Perdona, Ros, ¿decías algo?

—Estás muy distraído. Nunca te había visto así.

—Estoy bien —contesto en un tono seco. Mierda. Céntrate, Grey—. ¿Qué decías?

Ros me mira recelosa.

—Decía que SIP tiene problemas financieros más graves de lo que creíamos. ¿Estás seguro de que quieres seguir adelante?

—Sí. —Mi voz es vehemente—. Estoy seguro.

—Su equipo vendrá mañana por la tarde para firmar el preacuerdo.

—Bien. ¿Novedades sobre nuestra propuesta para Eamon Kavanagh?

Reflexiono mientras miro a Taylor a través de las tablillas de madera del estor; ha aparcado delante de la consulta de Flynn. Falta poco para que anochezca y sigo pensando en Ana.

—Christian, estoy encantado de aceptar tu dinero y de verte

mirar por la ventana, pero no creo que las vistas sean el motivo que te ha traído aquí —dice Flynn.

Me vuelvo hacia él y lo encuentro mirándome con aire de cortés expectación. Suspiro y me dirijo al diván.

—Las pesadillas han vuelto. Y son más aterradoras que nunca.

Flynn arquea una ceja.

—¿Las mismas?

—Sí.

—¿Qué ha cambiado? —Ladea la cabeza esperando mi respuesta. Al ver que guardo silencio, añade—: Christian, pareces hundido. Ha ocurrido algo.

Me siento como con Elena; una parte de mí no quiere contárselo, porque entonces se volverá real.

—He conocido a una chica.

—¿Y?

—Me ha dejado.

Parece sorprendido.

—Ya te habían dejado otras mujeres. ¿Por qué esta vez es diferente?

Lo miro inexpresivo.

¿Por qué esta vez es diferente? Porque Ana era distinta.

Mis pensamientos se confunden y se emborronan formando un tapiz colorido y confuso: ella no era una sumisa. No teníamos contrato. Era sexualmente inexperta. Era la primera mujer a la que deseaba por algo más que el sexo. Dios… he experimentado tantas cosas nuevas con ella: la primera chica con la que he dormido, la primera virgen, la primera que ha conocido a mi familia, la primera que ha volado en el *Charlie Tango*, la primera a la que he llevado a planear.

Sí… Distinta.

Flynn me arranca de mi ensimismamiento.

—Es una pregunta sencilla, Christian.

—La echo de menos.

Su expresión sigue transmitiendo afabilidad y preocupación, pero no comenta nada.

—¿Nunca habías echado de menos a las mujeres con las que habías mantenido relaciones?

—No.

—Entonces había algo diferente en ella —concluye.

Me encojo de hombros, pero insiste.

—¿Has mantenido una relación contractual con ella? ¿Era una sumisa?

—Confiaba en que acabara siéndolo. Pero eso no iba con ella.

Flynn frunce el ceño.

—No entiendo.

—He quebrantado una de mis normas. Perseguí a esa chica creyendo que le interesaría, pero no iba con ella.

—Explícame qué ha pasado.

Las compuertas se abren y le cuento los acontecimientos del último mes, desde la aparición de Ana en mi despacho hasta el momento en que se marchó, la mañana del pasado sábado.

—Ya veo. Has tenido experiencias muy intensas desde la última vez que hablamos. —Me observa frotándose el mentón—. Hay muchas cuestiones aquí, Christian. Pero ahora mismo vamos a centrarnos en cómo te sentiste cuando te dijo que te quería.

Tomo aire, pero el miedo me atenaza las entrañas.

—Aterrado —susurro.

—Claro. —Sacude la cabeza—. No eres el monstruo que crees ser; eres digno de afecto, Christian. Lo sabes. Te lo he dicho muchas veces, por mucho que opines lo contrario.

Le miro inexpresivo, obviando su perogrullada.

—¿Y cómo te sientes ahora? —pregunta.

Perdido. Me siento perdido.

—La echo de menos. Quiero verla.

Vuelvo a estar en el confesionario admitiendo mis pecados: la necesidad oscura, oscurísima, que siento de ella, como si fuera una adicción.

—De modo que, a pesar del hecho de que, tal como tú lo percibes, ella no podía satisfacer tus necesidades, la echas de menos.

—Sí. No es solo una percepción, John. Ella no puede ser lo que yo quiero, y yo no puedo ser lo que ella quiere.

—¿Estás seguro?

—Se marchó.

—Se marchó porque la azotaste con un cinturón. ¿Puedes culparla por no compartir tus gustos?

—No.

—¿Te has planteado probar a mantener una relación a su manera?

¿Qué? Lo miro con sorpresa.

—¿Te resultaban satisfactorias las relaciones sexuales con ella? —añade.

—Mucho.

—¿Te gustaría repetir?

¿Volver a hacérselo? ¿Y ver de nuevo cómo se marcha?

—No.

—¿Y por qué?

—Porque no es lo suyo. Le hice daño. Le hice mucho daño… y ella no puede… no querrá… —Hago una pausa—. Ella no disfruta con eso. Se enfadó. Se enfadó mucho, joder. —Su expresión, esa mirada herida, me perseguirá mucho tiempo… Y no quiero volver a ser la causa de esa mirada.

—¿Estás sorprendido?

Niego con la cabeza.

—Se puso furiosa —susurro—. Nunca la había visto tan enfadada.

—¿Cómo te hizo sentir eso?

—Impotente.

—Un sentimiento que ya conoces —dice.

—¿Que ya conozco…? —¿A qué se refiere?

—¿Es que no te das cuenta? ¿Tu pasado?

Su pregunta me pilla desprevenido.

Mierda, hemos hablado de esto mil veces.

—No, en absoluto. Es diferente. La relación que tuve con la señora Lincoln fue completamente distinta.

—No me refería a la señora Lincoln.

—¿A qué te referías? —Mi voz se ha reducido a un susurro, porque de pronto veo adónde quiere ir a parar.

—Ya lo sabes.

Intento coger aire, abrumado por la rabia impotente de un niño indefenso. Sí. La rabia. La rabia profunda y desquiciante... y el miedo. La oscuridad es como un torbellino furioso dentro de mí.

—No es lo mismo —mascullo esforzándome por contener mi ira.

—No, cierto —concede Flynn.

Pero la imagen de ella enfadada me asalta sin previo aviso.

«¿Esto es lo que te gusta de verdad? ¿Verme así?»

Y aplaca mi cólera.

—Sé lo que estás intentando hacer, doctor, pero es una comparación injusta. Me pidió que se lo mostrara. Es mayor de edad, por el amor de Dios. Podría haber utilizado la palabra de seguridad. Podría haberme pedido que parase, pero no lo hizo.

—Lo sé, lo sé. —Levanta una mano—. Solo trato de ilustrar crudamente un hecho, Christian. Estás muy enfadado, y tienes derecho a estarlo. No voy a discutir todo eso ahora. Es evidente que estás sufriendo, y el principal objetivo de estas sesiones es conseguir que te aceptes a ti mismo y te sientas mejor. —Hace una pausa—. Esa chica...

—Anastasia —musito, enfurruñado.

—Anastasia. Es obvio que ha tenido un profundo efecto en ti. Su decisión de marcharse ha reavivado tus problemas con el abandono y el síndrome de estrés postraumático. Es incuestionable que significa mucho más para ti de lo que estás dispuesto a admitir.

Respiro hondo; estoy muy tenso. ¿Ese es el motivo por el que esto resulta tan doloroso? ¿Porque ella significa más, mucho más?

—Necesitas centrarte en dónde quieres estar —prosigue Flynn—. Y yo diría que quieres estar con esa chica. La echas de menos. ¿Quieres estar con ella?

¿Estar con Ana?

—Sí —susurro.

—Entonces debes concentrarte en ese objetivo. En eso consiste lo que hemos estado machacando estas últimas sesiones de SFBT: terapia breve centrada en soluciones. Si está enamorada de ti, tal como te ha dicho, también debe de estar sufriendo. Así que repito mi pregunta: ¿te has planteado la posibilidad de mantener una relación más convencional con esa chica?

—No.

—¿Por qué no?

—Porque nunca he pensado que pudiera ser capaz.

—Bueno, si ella no está preparada para ser tu sumisa, no puedes asumir el papel de amo.

Lo miro, furioso. No es un papel: es quien soy. Y, como salido de la nada, me viene a la memoria un correo a Anastasia. Mis palabras: «Lo que parece que no te queda claro es que, en una relación amo/sumiso, es el sumiso el que tiene todo el poder. Tú, en este caso. Te lo voy a repetir: eres tú la que tiene todo el poder. No yo». Si ella no está dispuesta a hacerlo... entonces yo no puedo.

Siento una punzada de esperanza en el pecho.

¿Podría?

¿Podría mantener una relación vainilla con Anastasia?

Se me eriza el vello.

Joder. Es posible.

Si pudiera, ¿volvería conmigo?

—Christian, has demostrado ser una persona extraordinariamente competente, pese a tus problemas. Eres un individuo fuera de lo común. En cuanto te planteas un objetivo, vas directo hacia él y lo consigues... por lo general superando tus propias expectativas. Escuchándote hoy, está claro que te habías propuesto llevar a Anastasia hasta donde tú querías que estuviera, pero sin tener en cuenta su inexperiencia y sus sentimientos. Tengo la impresión de que has estado tan centrado en tu objetivo que te has perdido el viaje que estabais iniciando juntos.

El último mes destella ante mí como un fogonazo: su aparición en mi despacho, su bochorno en Clayton's, sus correos ingeniosos y mordaces, su lengua viperina... su risa... su discreta fortaleza y su coraje; y pienso que he disfrutado de hasta el último minuto, de cada segundo, exasperante, ameno, divertido, sensual, carnal... Sí, he disfrutado de todo. Hemos vivido un viaje fascinante, los dos... Bueno, al menos yo.

Mis pensamientos dan un giro más oscuro.

Ella no conoce las honduras de mi depravación, la oscuridad de mi alma, el monstruo que oculto... Tal vez debería dejarla en paz.

No soy digno de ella. No puede estar enamorada de mí.

Pero, aun así, sé que carezco de la fuerza necesaria para permanecer separado de Ana... si es que ella quiere tenerme cerca.

Flynn reclama mi atención.

—Christian, piensa en ello. Ahora se nos ha acabado el tiempo. Quiero verte dentro de unos días y hablar de las demás cuestiones que has mencionado. Le diré a Janet que llame a Andrea y le pida una cita. —Se pone en pie, y sé que ha llegado la hora de irse.

—Me has dado mucho en que pensar —confieso.

—No estaría haciendo mi trabajo si no fuera así. Solo unos días, Christian. Aún tenemos mucho de lo que hablar.

Me estrecha la mano brindándome una sonrisa tranquilizadora, y yo me marcho con un brote de esperanza.

Contemplo desde la terraza la noche en Seattle. Aquí arriba estoy a un paso y a la vez lejos de todo. ¿Cómo lo llamó ella?

Mi torre de marfil.

Suelo encontrarlo sosegador... pero últimamente mi sosiego mental ha quedado hecho añicos a manos de cierta joven de ojos azules.

«¿Te has planteado probar a mantener una relación a su manera?» Las palabras de Flynn regresan y sugieren muchas posibilidades.

¿Podría recuperarla? La idea me aterra.

Tomo un sorbo de coñac. ¿Por qué querría volver conmigo?

Y yo ¿podría convertirme en lo que ella desea? No pienso perder la esperanza. Necesito encontrar el modo de conseguirlo.

La necesito a ella.

Algo me sobresalta… un movimiento, una sombra en la periferia de mi visión. Frunzo el ceño. ¿Qué demonios…? Me vuelvo hacia la sombra, pero no hay nada. Vaya, ahora me imagino cosas. Apuro el coñac y vuelvo al salón.

Miércoles, 8 de junio de 2011

*M*ami! ¡Mami!
Mami está dormida en el suelo. Lleva mucho tiempo dormida. La sacudo. No se despierta. La llamo. No se despierta. Él no está y aun así mami no se despierta.

Tengo mucha sed. En la cocina acerco una silla al fregadero y bebo. El agua me salpica el jersey. El jersey está sucio. Mami sigue dormida.

—¡Mami, despierta!

No se mueve. Está muy quieta. Y fría. Cojo mi mantita y la tapo. Luego me tumbo en la alfombra verde y pegajosa a su lado.

Me duele la barriga. Tiene hambre, pero mami sigue dormida. Tengo dos coches de juguete. Uno rojo. Otro amarillo. El coche verde ya no está. Corren por el suelo cerca de donde duerme mami. Creo que mami está enferma. Busco algo para comer. Encuentro guisantes en el congelador. Están fríos. Me los como muy despacio. Hacen que me duela el estómago. Me echo a dormir al lado de mami. Ya no hay guisantes. En el congelador hay algo más. Huele raro. Lo pruebo con la lengua y se me queda pegada. Me lo como lentamente. Sabe mal. Bebo agua. Juego con los coches y me duermo al lado de mami. Mami está muy fría y no se despierta. La puerta se abre con un estruendo. Tapo a mami con la mantita.

—Joder. ¿Qué coño ha pasado aquí? Puta descerebrada... Mierda. Joder. Quítate de mi vista, niño de mierda.

Me da una patada y yo me golpeo la cabeza con el suelo. Me duele. Llama a alguien y se va. Cierra con llave. Me tumbo al lado de mami. Me duele la cabeza. Ha venido una señora policía. No. No. No. No me toques. No me toques. Quiero quedarme con mami.

No. Aléjate de mí. La señora policía coge mi mantita y me lleva. Gri-
to. ¡Mami! ¡Mami! Quiero a mami. Las palabras se van. No puedo
decirlas. Mami no puede oírme. No tengo palabras.

Despierto con la respiración agitada, jadeando en busca de
aire y mirando alrededor. Oh, gracias a Dios... estoy en mi cama.
El miedo remite lentamente. Tengo veintisiete años, no cuatro.
Esta mierda tiene que acabar.

Tenía controladas las pesadillas. Quizá una cada dos semanas,
pero nada parecido a esto... noche tras noche.

Desde que ella se marchó.

Me tumbo de espaldas en la cama mirando el techo. Cuando
ella estaba a mi lado, dormía bien. La necesito en mi vida, en mi
cama. Era el día de mi noche. Voy a recuperarla.

¿Cómo?

«¿Te has planteado probar a mantener una relación a su manera?»

Quiere flores y corazones. ¿Puedo darle eso? Frunzo el ceño
intentando recordar los momentos románticos de mi vida...
Y no hay nada... salvo con Ana. El «más». El vuelo en planeador,
el IHOP y el trayecto en el *Charlie Tango*.

Quizá sí pueda hacerlo. Intento volver a dormir con un man-
tra en mi cabeza: «Es mía. Es mía»... Y la huelo, siento su piel
suave, saboreo sus labios y oigo sus gemidos. Exhausto, me sumo
en un sueño erótico repleto de Ana.

Despierto de golpe. Tengo el vello erizado y por un instante
me parece que lo que me ha sobresaltado está fuera y no dentro.
Me incorporo y me froto la cabeza mientras paseo la mirada por
el dormitorio.

A pesar del sueño carnal, mi cuerpo se ha comportado. Elena estaría satisfecha. Ayer me envió un mensaje, pero es la última
persona con la que quiero hablar... Solo hay una cosa que quiero
hacer ahora mismo. Me levanto y me pongo la ropa de correr.

Voy a vigilar a Ana.

En su calle reina el silencio salvo por el rumor de un camión de reparto y el silbido desafinado de un solitario viandante que pasea al perro. No se ve luz en el apartamento; las cortinas de su habitación está echadas. Observo discretamente desde mi escondrijo de acosador, sin dejar de mirar las ventanas ni de pensar. Necesito un plan, un plan para recuperarla.

Cuando la luz del amanecer ilumina su ventana, subo al máximo el volumen del iPod y, con Moby atronando en los oídos, corro de vuelta al Escala.

—Tomaré un cruasán, señora Jones.

No sale de su sorpresa, y yo arqueo una ceja.

—¿Mermelada de albaricoque? —pregunta cuando se recupera.

—Sí, por favor.

—Le calentaré un par de cruasanes, señor Grey. Aquí tiene el café.

—Gracias, Gail.

Sonríe. ¿Solo porque voy a comer cruasanes? Si eso la hace feliz, debería comerlos más a menudo.

En el asiento trasero del Audi urdo mi plan. Necesito un primer acercamiento a Ana Steele con el que poner en marcha mi campaña para recuperarla. Llamo a Andrea sabiendo que a las siete y cuarto aún no estará en su despacho, y le dejo un mensaje de voz: «Andrea, en cuanto llegues quiero que repasemos mi agenda de los próximos días». Perfecto. El primer paso en mi ofensiva es ganarle tiempo a la agenda para dedicárselo a Ana. ¿Qué narices iba a hacer esta semana? Ahora mismo no tengo la menor idea. Suelo saberlo al detalle, pero últimamente he estado muy disperso. Ahora tengo una misión en la que centrarme. Puedes hacerlo, Grey.

Sin embargo, no estoy tan seguro de tener el valor necesario para llevar a cabo mis propósitos. La ansiedad se desata en mis entrañas. ¿Seré capaz de convencer a Ana de que vuelva a aceptarme? ¿Me escuchará? Eso espero, porque tiene que funcionar. La echo de menos.

—Señor Grey, he cancelado todos los compromisos sociales que tenía esta semana, excepto el de mañana… No sé de qué se trata. En su agenda solo pone «Portland».

¡Sí! ¡El maldito fotógrafo!

Sonrío, y Andrea arquea las cejas, sorprendida.

—Gracias, Andrea. Es todo por ahora. Dile a Sam que venga.

—Enseguida, señor Grey. ¿Le apetece más café?

—Sí, por favor.

—¿Con leche?

—Sí. Un café con leche. Gracias.

Sonríe educadamente y se va.

¡Eso es! ¡La excusa! ¡El fotógrafo! Pero… ¿cómo hacerlo?

La mañana ha sido una sucesión de reuniones, y mi equipo ha estado observándome, nervioso, esperando a que estallara a la mínima ocasión. Sí, lo admito, esa ha sido mi actitud los últimos días… pero hoy me siento más despejado, más calmado y más presente, capaz de enfrentarme a todo.

Es hora de almorzar; la sesión de ejercicio con Claude ha ido bien. La única pega es que no ha habido más noticias de Leila. Lo único que sabemos es que se ha separado de su marido y que podría estar en cualquier parte. Si asoma la cabeza, Welch la encontrará.

Estoy hambriento. Olivia deja un plato sobre mi escritorio.

—Su bocadillo, señor Grey.

—¿Pollo y mayonesa?

—Eh…

La miro fijamente. No cae en la cuenta.

Olivia se disculpa con torpeza.

—He pedido pollo *con* mayonesa, Olivia. No es tan difícil.

—Lo siento, señor Grey.

—Está bien. Vete.

Parece aliviada, pero sale del despacho a toda prisa.

Llamo a Andrea.

—¿Señor?

—Ven.

Andrea aparece en el vano de la puerta con aspecto sereno y eficiente.

—Deshazte de esa chica.

Ella se yergue.

—Señor, Olivia es hija del senador Blandino.

—Como si es la maldita reina de Inglaterra. Que se vaya de mi oficina.

—Sí, señor. —Andrea se ruboriza.

—Búscate a otra ayudante —añado en un tono más afable. No quiero contrariarla.

—Sí, señor Grey.

—Gracias. Es todo.

Sonríe y sé que vuelve a estar tranquila. Es una buena asistente personal; no quiero que se vaya solo porque estoy siendo un imbécil. Sale del despacho dejándome con mi bocadillo de pollo —sin mayonesa— y con mi plan.

Portland.

Conozco la fórmula de las direcciones de correo electrónico de los empleados de SIP. Creo que Anastasia responderá mejor por escrito; siempre lo ha hecho. ¿Cómo empiezo?

~~Querida Ana~~

No.

~~Querida Anastasia~~

No.

~~Querida señorita Steele~~

¡Mierda!

Media hora después sigo delante de una pantalla en blanco. ¿Qué narices le digo?

¿«Vuelve… por favor»?

~~Perdóname.~~

~~Te echo de menos.~~

~~Vamos a intentarlo a tu manera.~~

Apoyo la cabeza en las manos. ¿Por qué es tan difícil?

Sin rodeos, Grey. Ve al grano.

Respiro hondo y tecleo un e-mail. Sí… esto funcionará.

Llama Andrea.

—La señora Bailey está aquí.

—Dile que espere.

Cuelgo, me tomo un momento y, con el corazón desbocado, le doy a «Enviar».

De: Christian Grey
Fecha: 8 de junio de 2011 14:05
Para: Anastasia Steele
Asunto: Mañana

Querida Anastasia:
Perdona esta intromisión en el trabajo. Espero que esté yendo bien. ¿Recibiste mis flores?
Me he dado cuenta de que mañana es la inauguración de la exposición de tu amigo en la galería, y estoy seguro de que no has tenido tiempo de comprarte un coche, y eso está lejos. Me encantaría acompañarte… si te apetece.
Házmelo saber.

Christian Grey
Presidente de Grey Enterprises Holdings, Inc.

Miro la bandeja de entrada.

Y miro.

Y miro… La ansiedad aumenta con cada segundo que pasa.

Me levanto y deambulo por el despacho… pero eso hace que me aleje del ordenador. Vuelvo al escritorio y compruebo el programa de correo una y otra vez.

Nada.

Para distraerme, recorro con un dedo las alas del planeador.

Joder, Grey, contrólate.

Vamos, Anastasia, contéstame. Siempre responde enseguida.

Miro el reloj: las 14.09.

¡Cuatro minutos!

Nada.

Me levanto, vuelvo a deambular por el despacho consultando el reloj cada tres segundos, o esa es mi impresión.

A las 14.20 estoy desesperado. No va a contestar. Realmente me odia… Y no puedo culparla.

De pronto oigo el aviso de correo entrante. El corazón me da un vuelco.

¡Mierda! Es Ros, que me dice que ha vuelto a su despacho.

Y entonces ahí está, en la pantalla, la frase mágica:

«De: Anastasia Steele»

De: Anastasia Steele
Fecha: 8 de junio de 2011 14:25
Para: Christian Grey
Asunto: Mañana

Hola, Christian:
Gracias por las flores; son preciosas.
Sí, te agradecería que me acompañaras.
Gracias.

Anastasia Steele
Ayudante de Jack Hyde, editor de SIP

Me inunda una sensación de alivio. Cierro los ojos y la saboreo. ¡SÍ!

Releo minuciosamente su correo en busca de claves, pero, como siempre, no tengo ni idea de qué pensamientos ocultan sus palabras. El tono es cordial, pero nada más. Solo cordial.

Carpe diem, Grey.

De: Christian Grey
Fecha: 8 de junio de 2011 14:27
Para: Anastasia Steele
Asunto: Mañana

Querida Anastasia:
¿A qué hora paso a recogerte?

Christian Grey
Presidente de Grey Enterprises Holdings, Inc.

Esta vez no tengo que esperar tanto.

De: Anastasia Steele
Fecha: 8 de junio de 2011 14:32
Para: Christian Grey
Asunto: Mañana

La exposición de José se inaugura a las 19.30. ¿A qué hora te parece bien?

Anastasia Steele
Ayudante de Jack Hyde, editor de SIP

Podemos ir en el *Charlie Tango*.

De: Christian Grey
Fecha: 8 de junio de 2011 14:34
Para: Anastasia Steele
Asunto: Mañana

Querida Anastasia:
Portland está bastante lejos. Debería recogerte a las 17.45.
Tengo muchas ganas de verte.

Christian Grey
Presidente de Grey Enterprises Holdings, Inc.

De: Anastasia Steele
Fecha: 8 de junio de 2011 14:38
Para: Christian Grey
Asunto: Mañana

Hasta entonces, pues.

Anastasia Steele
Ayudante de Jack Hyde, editor de SIP

Mi plan para recuperarla ya está en marcha. Me siento eufórico; el pequeño brote de esperanza es ahora un cerezo japonés en flor.

Llamo a Andrea.

—La señora Bailey ha vuelto a su despacho, señor Grey.

—Lo sé, me ha avisado por correo. Necesito a Taylor aquí dentro de una hora.

—Sí, señor.

Cuelgo. Anastasia está trabajando para un tipo llamado Jack Hyde. Quiero saber más de él. Llamo a Ros.

—Christian. —Parece cabreada. Mala suerte.

—¿Tenemos acceso a las fichas de los empleados de SIP?

—Aún no, pero puedo conseguirlas.

—Hazlo, por favor. A poder ser, hoy mismo. Quiero todo lo que tengan sobre Jack Hyde, y sobre todos los que hayan trabajado para él.

—¿Puedo preguntar por qué?

—No.

Guarda silencio un momento.

—Christian, no sé qué te está pasando últimamente.

—Ros, hazlo y punto, ¿de acuerdo? —Ella suspira—. Bien. Y ahora ¿podemos reunirnos para hablar de la propuesta de los astilleros taiwaneses?

—Enseguida me pongo a ello.

Cuando acabamos, salgo del despacho detrás de Ros.

—El viernes en la Universidad Estatal de Washington —le digo a Andrea, que toma nota en su cuaderno.

—¿Y podré volar con el pájaro de la empresa? —pregunta Ros, entusiasmada.

—Helicóptero —la corrijo.

—Lo que tú digas, Christian. —Pone los ojos en blanco y entra en el ascensor, y su gesto me hace sonreír.

Cuando ve que Ros se ha ido, Andrea me dirige una mirada expectante.

—Llama a Stephan. Mañana por la tarde voy a ir con el *Charlie Tango* a Portland y necesitaré que lo traiga de vuelta a Boeing Field —le digo.

—Sí, señor Grey.

No veo rastro de Olivia.

—¿Se ha marchado?

—¿Olivia? —pregunta Andrea.

Asiento.

—Sí. —Parece aliviada.

—¿Adónde?

—Al departamento financiero.

—Buena idea. Así me quitaré de encima al senador Blandino.

Andrea parece agradecida por el cumplido.

—¿Vendrá alguien a ayudarte? —pregunto.

—Sí, señor. Mañana por la mañana veré a tres candidatos.

—Bien. ¿Está Taylor aquí?

—Sí, señor.

—Cancela el resto de las reuniones del día. Me voy.

—¡¿Se va?! —exclama, sorprendida.

—Sí. —Sonrío—. Me voy.

—¿Adónde, señor? —pregunta Taylor, y me desperezo en el asiento trasero del SUV.

—A la tienda de Apple.

—¿En la Cuarenta y Cinco Noreste?

—Sí. —Voy a comprarle un iPad a Ana.

Me reclino en el asiento, cierro los ojos y pienso en las aplicaciones y en las canciones que voy a descargar e instalarle. Podría elegir «Toxic». La ocurrencia me hace sonreír. No, no creo que le entusiasmara. Se pondría hecha una furia... y por primera vez en una buena temporada la idea de Ana enfadada me hace sonreír. Enfadada como en Georgia, no como el sábado pasado. Me remuevo en el asiento; no quiero ni recordarlo. Me centro de nuevo en la selección potencial de canciones y me siento más optimista que en muchos días. Suena el teléfono y se me acelera el corazón.

Me atrevo a confiar...

Eh, imbécil. ¿Una cerveza?

Mierda. Un mensaje de mi hermano.

No. Ocupado.

*Tú siempre ocupado. Me voy a Barbados mañana.
A, ya sabes, DESCANSAR. Te veo a la vuelta
¡¡¡Y tomaremos esa cerveza!!!*

Hasta pronto, Lelliot. Buen viaje.

Ha sido una noche amena, llena de música, con un viaje nostálgico por mi iTunes mientras confeccionaba una lista de reproducción para Anastasia. La recuerdo bailando en mi cocina; ojalá supiera qué estaba escuchando. Estaba totalmente ridícula y absolutamente adorable. Eso fue después de que me la follara por primera vez.

No. ¿Después de que le hiciera el amor por primera vez? Ninguna de las dos expresiones parece adecuada.

Recuerdo su súplica vehemente la noche que le presenté a mis padres: «Quiero que me hagas el amor». Cómo me conmocionó esa sencilla frase... y aun así lo único que ella quería era tocarme. Me estremezco al pensarlo. Tengo que hacerle entender que eso es un límite infranqueable para mí. No soporto que me toquen.

Sacudo la cabeza. Te estás precipitando, Grey; antes tienes que cerrar este trato. Compruebo la inscripción del iPad:

> *Anastasia... esto es para ti.*
> *Sé lo que quieres oír.*
> *La música que hay aquí lo dice por mí.*
> *Christian*

Tal vez funcione. Quiere flores y corazones; quizá esto se acerque. Pero vuelvo a negar con la cabeza porque no tengo ni idea. Hay tanto que quiero decirle... si ella quisiera escucharme. Y si no es así, las canciones se lo dirán por mí. Solo espero que me dé la oportunidad de regalárselas.

Pero si no le gusta mi propuesta, si no le gusta la idea de estar conmigo... ¿qué haré? Puede que yo no sea más que alguien que, muy oportunamente, se ha ofrecido a llevarla a Portland. Esa posibilidad me deprime mientras me dirijo al dormitorio para conciliar el sueño, algo que necesito desesperadamente.

¿Me atrevo a albergar una esperanza?

Maldita sea. Sí, me atrevo.

Jueves, 9 de junio de 2011

*L*a doctora levanta las manos.
—*No voy a hacerte daño. Tengo que examinarte la tripita. Toma.*
Me da una cosa fría y redonda que hace como de ventosa y me la deja para que juegue.
—*Te lo pones en la tripita y yo no te tocaré y podré oírla.*
La doctora es buena... La doctora es mi mamá.
Mi nueva mamá es guapa. Es como un ángel. Un ángel que hace de doctora. Me acaricia el pelo. Me gusta que me acaricie el pelo. Me deja comer helado y pastel. No me grita cuando encuentra el pan y las manzanas escondidos en mis zapatos. O debajo de mi cama. O de mi almohada.
—*Cariño, la comida está en la cocina. Cuando tengas hambre, solo hace falta que vengas a buscarnos a papá o a mí. Señala la comida con el dedo. ¿Podrás hacerlo?*
Hay otro niño. Lelliot. Es malo. Por eso le pego. Pero a mi nueva mamá no le gustan las peleas. Hay un piano. Me gusta el ruido que hace. Me pongo delante del piano y aprieto las cosas blancas y negras. Las negras hacen un ruido raro. La señorita Kathie se sienta al piano conmigo. Ella me enseña las notas negras y blancas. Tiene el pelo largo y castaño y se parece a alguien que conozco. Huele a flores y a pastel de manzana en el horno. Huele a cosas buenas. Hace que el piano suene bonito. Es amable conmigo. Sonríe y yo toco. Sonríe y yo soy feliz. Sonríe y es Ana. La preciosa Ana, sentada conmigo mientras toco una fuga, un preludio, un adagio, una sonata. Suspira y me posa la cabeza en el hombro, y sonríe.

—Me encanta oírte tocar, Christian. Te quiero, Christian. Ana. Quédate conmigo. Eres mía. Yo también te quiero.

Despierto sobresaltado.
Hoy la recuperaré.

La trilogía Cincuenta sombras
de **E L James**

La trilogía Cincuenta sombras está disponible en eBook y tapa blanda.

Disponibles en tu librería favorita.